Das Löwenmädchen

Erik Fosnes Hansen

Das Löwenmädchen

Roman

Aus dem Norwegischen von
Hinrich Schmidt-Henkel

Kiepenheuer & Witsch

Dank

Ich möchte mich herzlich bei Prof. Dr. Ole Fyrand bedanken, der mich in medizinischen Fachfragen beraten hat. Eventuelle Fehler oder Missdeutungen gehen allein zu meinen Lasten.

1. Auflage 2008

Titel der Originalausgabe: LØVEKVINNEN

Published by Agreement with Leonhardt & Høier Agency, Copenhagen
Aus dem Norwegischen von Hinrich Schmidt-Henkel

Umschlaggestaltung: Rudolf Linn, Köln
Umschlagmotiv: © Ann Cutting/Getty Images
Autorenfoto: © Marcel Leliënhof/Tinagent
Gesetzt aus der Minion
Satz: Pinkuin Satz und Datentechnik, Berlin
Druck und Bindearbeiten: GGP Media GmbH, Pößneck
ISBN 978-3-462-03973-3

Für Daniel,
den Geduldigsten aller Geduldigen

A lion among ladies, is a most dreadful thing
SHAKESPEARE

– ·–· · – · –· / ··· ·· · / –· ·–·– ···· · ·–·

MARKTGESCHREI

Ah, ei, eieieiei, trrreten Sie näher, meine Damenn und Herrenn, trrreten Sie näher! Sie auch, mein Herr, und Sie, meine Damenn, herrreinspaziert, immer nur herrreinspaziert. Die Gebrüder Schwan zeigen Ihnen heute Abend Famillje Beljajew aus Kiew, Turner, Seiltänzer und Akrrrobatenn, mit dem kleinen Pjotr, erst fünf Jahre alt, eine unglaublich niedliche, anmutige Kind, das die kühnsten Salti vollführt; außerdem zeigen wir Ihnen die Elefanten Kerba und Bella, direkt aus Haiderabad, zusammen mit ihre Mahout Abdul, und Kunstreiterin Fräulein Schumann aus Salzburg mit ihre vier Araberhengste, alle so weiß wie Marmor und so schnell wie Blitz! Hier gibt es etwas für jede Geschmack, für ganze Famillje. Trrreten Sie näher! Wir präsentieren Zauberer Victor el Greno, wie letztes Jahr, mit ganz neue, verblüffende Zauberkunststücke, die er hat gezeigt vor schwedische Kehnigsfamillje in Schloss von Stockholm.

Das stimmt, das hatte er wirklich. Wie jedes Jahr, sie konnten gar nicht genug von ihm bekommen. So seltsam es ist, denn seine Tricks waren eigentlich sehr schlicht.

Eieiei, trrreten Sie näher, trrreten Sie nur näher! Zeigen wir auch in Pause zweiköpfigen Mann Antonius aus Genua und nicht zuletzt kleinstes Mensch von Welt, General Minusculo, was raucht Pfeife, reitet auf Pony und zeigt noch andere Kunststücke.

Eine sehr langweilige Nummer, wenn man aufrichtig ist. Aber klein war er wirklich.

Trrreten Sie näher! Eintrittsbilljetten in mehrere Preise und Klassen, ab 25 Öre. Stellen Sie sich auch neben größter Mann von Europa, Samson Grimson aus Norwegen, sehen Sie Hottentottenkehnig Gareeb und Frau, beide früher Kannibalen, jetzt zu christliches Glauben bekehrt, und zeigen sich mit Alltagsleben in ihrer Hütte –

Würde mich nicht wundern, wenn die beiden genauso aus der norwegischen Provinz gekommen wären …

– und nicht zuletzt Inghildur, weibliches Werwolf aus Island, ist von Wölfen großgezogen und spricht Wolfssprache fließend; meine Herrenn, ist sie am ganzen Leibe Wolf, ja tatsächlich, sehen Sie selber nach in Pause, am ganzen Leibe. Sehen Sie auch unser Wachstableau über Christi Geburt in Bethlehem und über Leben in Karawanserei, trrreten Sie näher!

Trrreten Sie näher. Sehen Sie den roten Vorhang, sehen Sie die brennende Bogenlampe in dramatischen Farben, hören Sie den langgezogenen Trommelwirbel. Jetzt. Jetzt gleitet das Rote zur Seite. Sehen Sie! Sehen Sie mich!

Tritt auch du näher, dem ich nie begegnet bin und den nur ich kenne. Kennst du mich auch?

Hier hinter der verschlossenen Tür.

Trrreten Sie näher, meine Damenn und Herrrenn, Jungen und Mädchen, wir zeigen Ihnen Weltsensation direkt aus isländische Wildnis, sehen Sie selber, mit eigene Augenn! Elf Sprachen kann sie sprechen!

Elf Sprachen kann ich sprechen.

Hat sie Singstimme wie menschliche Nachtigall, ist völlig gegen die Natur.

Völlig gegen die Natur.

»Trrreten Sie näher, hier hinter verschlossene Tür.« Jemand klopft hart, rüttelt an der Klinke der Garderobentür, es riecht nach Bühnenstaub und billiger Schminke, eine Stimme sagt:

Jetzt musst du kommen, meine Liebe. Dein Auftritt.

Und die Tür antwortet: Ich will nicht. Ich kann nicht.

Die Hand: Na, na. Du musst jetzt auftreten. Es ist jetzt zu spät, um sich anders zu entscheiden.

Aber die Tür weint: Ich kann nicht. Ich kann einfach nicht.

Die Hand (ärgerlich): Du machst jetzt auf! Wir haben für so was keine Zeit. Du führst dich auf wie ein Kleinkind!

Aber ich kann nicht. Schauen Sie nur, wie ich aussehe.

Ich kann nicht durch die Tür sehen, sagt die Stimme etwas milder. Mach schon auf und lass mich sehen. So, ja, so ist es gut. Da haben wir dich ja.

Hier! Ich kann nicht! Ich kann so etwas doch nicht anziehen! Schauen Sie, wie ich aussehe!

Das ist nur, weil es ungewohnt ist, Kleines. Du bist sehr hübsch so, finde ich.

Aber alle werden mich anstarren.

Ja.

Ja schauen Sie doch. Ich sehe ja ganz …

Es steht dir gut. Du siehst exotisch aus. Jetzt musst du aber kommen. Es ist zu spät zum Bereuen. Du hast das selbst gewählt.

Ich habe das selbst gewählt.

Trrreten Sie näher! Sehen Sie große Weltsensation, menschlichen Pekinesen, direkt aus Borneo, meine Damenn und Herrenn, direkt aus sibirische Wälder, aus Tundra von Alaska, aus die Sümpfe von Sumatra, trrreten Sie näher!

Treten Sie näher. Das ist die Wahrheit: So wahr mir Gott helfe, der Allmächtige und Allwissende. Hinsichtlich dessen, was mein Leben und meinen Leib geprägt hat, könnte ich gar nicht lügen. Meine Eltern waren Russen, sogar von feiner Familie; mein Vater war ein Graf von Oblowsk-Trimowsk. Reich waren wir nicht, dennoch genoss meine Familie ein großes Ansehen, und unser Leben war geprägt von tiefer Religiosität und Sparsamkeit. Doch die Gegend, in der wir lebten, war wild und wurde von Untieren heimgesucht, und als meine Eltern eines Nachts in ihrer Troika über die Steppe heimwärts fuhren, wurden sie von Wölfen überfallen, die die Pferde in Stücke rissen. Mein Vater, ein tüchtiger Jäger, verteidigte meine Mutter, zuerst mit den Kugeln seines Gewehrs, dann mit Messer und Feuer, schließlich mit bloßen Fäusten. Als gegen Morgen Hilfe nahte, war er den Krallen und Reißzähnen der Untiere unterlegen und lag zerrissen im Schnee. Doch meine Mutter war gerettet. Drei Monate darauf kam ich zur Welt. Arm, aber ehrlich musste ich um meiner Mutter und meiner Geschwister willen hier, wo Sie mich heute sehen können, in Dienst treten.

Du bist ein kleines Kätzchen. Ich liebe es, dass dein kleiner Hintern voller Haare ist, dass dein Rücken aussieht wie der von einem Katzenjungen. Ich werde dir alles geben, was du haben willst.

Dies ist die Wahrheit: Ich schwöre beim Grundgesetz des Staates Arkansas, das für mich ein heiliges Dokument ist, verfasst von klugen und gottesfürchtigen Männern, dass ich von skandinavischer Herkunft bin, wie so viele in diesem Land, und dass mein Äußeres dem Umstand geschuldet ist, dass meine Mutter, als sie, mit mir schwanger, im Wald spazieren ging, einem Luchs begegnete, jenem merkwürdigen, seltenen skandinavischen Waldlöwen, Felis lynx, *in genau dem Augenblick, in dem ich selbst einen Fußtritt vollführte und sie spürte, dass Leben in ihr war: Da begegnete ihr Blick dem des Luchses, an einem Kreuzweg im Wald, nahe bei einem Wasserfall. Und heute können meine Herren mit eigenen Augen sehen, dass ich am ganzen Leibe aussehe wie ein Luchs.*

Das ist sehr interessant und selten. Ich möchte um Erlaubnis bitten, dass ich und meine Kollegen eine Untersuchung vornehmen, wann immer es Ihnen recht wäre, Fräulein, sodass die Wissenschaft ein für alle Mal –

Dies ist die Wahrheit: Und ich versichere auf Ehre und Gewissen, dass ich an einem Tag gezeugt wurde, als meine Eltern in der afrikanischen Savanne gemeinsam einen Löwen erlegten; mein Vater war ein deutscher Großwildjäger, meine Mutter eine englische Lady; ihre Liebe war eine verbotene, denn beide waren verheiratet, doch der Tod des Löwen von ihrer Hand gab ihnen eine unwiderstehliche Inspiration ein; bereits während dem Löwen das Fell abgezogen wurde, genossen sie einander; meine Damen und Herren, so und auf keine andere Weise wurde ich gezeugt.

Komm her, kleine Löwin, dass ich dich nehmen kann, wie Löwen einander nehmen.

Dies ist die Wahrheit: Meine Mutter glaubte so fest an Jesus Christus, dass sie im Augenblick des Todes Sein Bild auf mich übertrug, und ich wurde geboren mit den Haaren und dem Bart eines Mannes, nein, nicht eines Mannes, sondern eines Engels, und dazu mit Haaren am ganzen Körper, wie ein Glorienschein.

Jesus verfolgt einen Sinn mit allem, und ich vergebe dir deine Sünden.

Treten Sie näher. Direkt aus einer kleinen, uninteressanten Provinzstadt, einem ganz gewöhnlichen, sicheren nordischen Städtchen, in dem rein gar nichts passiert, das geprägt ist von gesunden Normen, kommt und schaut, kommt näher, sperrt die Augen auf, kommt näher. Bald gleitet der Vorhang zur Seite.

Tritt näher auch du, du, den ich nicht kenne und dem ich sicher schon begegnet bin. Siehst du mich? Kannst du mich jetzt sehen? Tritt näher.

1

RUTH ARCTANDERS KURZES LEBEN

Es war das Jesusbild, aber auch noch etwas Anderes. Auch etwas Anderes, an das sie dachte, als sie die schnurgerade Straße nach Hause ging, so schnell sie konnte. Der Schnee knirschte unter ihren Stiefeln, im Blauschwarz über ihr zog das Nordlicht einen ebenmäßig strömenden Schleier aus Grün zwischen sie und die Sternenwirbel. Ab und zu flackerte es in überraschenden Farbwechseln. Dann blieb sie stehen und blickte hinauf, wobei sie sich mit dem Fausthandschuh die Nase wischte. Ein Gespinst von Licht umgab die Welt, und die Welt war eine Straße. Diese Straße erstreckte sich von der Anhöhe, wo Fredheim lag, etwas oberhalb der letzten Häuser, hinab zum Städtchen und zur Bahnstation unten am Fluss, wo sie wohnte.

Wie schön das ist, dachte sie. Die sanftgeschwungenen Wellen des Schnees am Boden, nur hier und da von senkrechten schwarzen Linien unterbrochen, Bäume, Weiden, Lattenzäune. Das Licht waberte über den Himmel wie sanfte Schauder. Dann wechselte es die Farbe – aber jäh, ohne die dazwischenliegenden Abstufungen des Farbenkreises zu durchlaufen. Sie stand still. Was für ein Malkasten, dachte sie. Sie lächelte gen Himmel. Jetzt sammelte sich das wundersame, milde Licht im Norden zu Türmen und Zinnen. Und in ihr, irgendwo zwischen Herz und Kehle, klangen die Lieder von der abendlichen Chorprobe nach, ebenso mild wie das Licht; *Macht hoch die Tür, die Tor macht weit. Ein feste Burg ist unser Gott.* Vielleicht, so dachte sie, ist diese Burg aus einem sehr schimmernden und flüchtigen Material gebaut. Und das Jesusbild dort in Fredheim war heute Abend so schön gewesen; sie wusste nicht recht, warum. Es war ja dasselbe Bild wie sonst, ein einfaches Gemälde, Jesus, der die Kindlein um sich sammelt. Jesus war sehr blauäugig, sein Haar und sein Bart glänzten frisch gewaschen über seinem Gewand. Sie legte sich die Hände auf den Bauch, sammelte ihre Gedanken; es war eigentlich ein ziemlich schlechtes Bild, aber heute Abend hatte es sie gerührt. Jesus, dachte sie, ist Licht und Erlöser der Welt. Er ist der Weg und die Wahrheit. Und Tür und Tor sind für ihn geöffnet. Sie summte leise:

Es kommt der Herr der Herrlichkeit.

Das Nordlicht winkte ihr zu. Als kleines Mädchen hatte sie ein altes Weib sagen hören, man dürfe nicht zu lange hineinschauen. Und unterm Nordlicht singen dürfe man schon gar nicht. Da könne es passieren, dass man geholt wird. Jetzt war dort oben alles rot geworden und strahlte von einem einzigen Punkt aus fast am Zenit. Dann ging sie weiter, zog gegen die stählerne Kälte den Schal enger um den Hals und sang nicht mehr, summte nur noch. Die Straße führte über weites, offenes Gelände, sie musste noch über einen niedrigen Hügelkamm, dann würde sie bis nach Hause schauen können.

Von weit dort hinten, direkt über ihrem Gesichtsfeld, war ihr, als könne sie den metallischen Klang des Nordlichts hören. Aber das war es natürlich nicht, das wusste sie wohl, es war der Halb-zehn-Uhr-Zug beim Abbremsen; wenn es so kalt war, sangen die Räder besonders laut. Er war pünktlich, Gustav würde sich freuen. Nein, freuen nicht. Vergnügt würde er sein, still vergnügt.

Sie lächelte bei dem Gedanken.

Bald würde der Wagenmeister sämtliche Waggons abschreiten, erst auf der Seite des Bahnsteigs, dann zum offenen Gelände hin, mit seiner Laterne und dem langstieligen Stahlhammer, und jedem Rad einen präzisen kleinen Schlag versetzen, einen Augenblick stehenbleiben und aufmerksam dem Klang lauschen, dann weiterwandern. Die Lokomotive würde ungeduldig fauchen, Lokführer und Heizer würden auf dem Stationsklo ihr Bedürfnis erledigen und hinterher in der Wirtsstube hastig einen Teller heiße Grütze oder Suppe schlürfen. Viele Passagiere dürfte es nicht geben, aber man würde die Maschine auffüllen, der Oberschaffner und die Schaffner würden an den Wagen entlanggehen und den Namen der Station ausrufen, und dort würde Gustav stehen in seiner Stationsmeisteruniform, direkt vor der Kontortür, und das Ganze in aller Ruhe überwachen. Heizer und Lokführer würden zurückkommen, nachsehen, ob der Wassertank auch ordentlich verschlossen wurde und der Dampfdruck in Ordnung ist, sich zum Stationsmeister umdrehen und freundlich salutieren. Ungefähr zur selben Zeit würden Wagenmeister und Oberschaffner sich melden und ebenfalls salutieren, Gustav würde dastehen, ruhig, zufrieden, und den Gruß erwidern. Ruhig und zufrieden. Sie lächelte. Dann nimmt er die silberblanke Pfeife zwischen die Zähne, tritt an den Zug, die Signallaterne in der Hand. Er bückt sich kurz, denkt sie, stellt die Laterne zwischen seine Stiefel und dreht das Lampenglas auf Grün, ebenso grün wie das Leuchten über mir, nein, sogar noch viel grüner, scharf und sternenklar. Dann hebt er die Laterne, dann bläst er in die Pfeife.

Immer noch hörte sie den singenden Laut. Den bremsenden Zug. Jetzt lag sie auf dem Rücken. Schwer zu sagen, wie lange sie schon so lag. Sie öffnete die Augen. Immer noch hörte sie den Zug bremsen. Oder pfiff er schon zur Abfahrt? Hoch oben überspannte das Licht immer noch die Welt, und die Welt war eine Straße. Da lag sie. Etwas schwankte ein wenig in ihr, wie eine Art Nachhall des Schlags, den es ihr im Rücken versetzt hatte, als sie fiel.

Es tat nicht besonders weh, es stach ein wenig, und sie wurde ziemlich ruhig. Aber sie spürte, dass es schwierig war aufzustehen, und sie hatte wohl doch ein wenig Angst. Rücken und Hüfte waren wie betäubt. Ihr Name war Ruth Arctander, sie war in dieser Nacht genau siebenundzwanzig Jahre alt, am 13. Dezember 1912, sie war Klavierlehrerin und die Frau des Stationsmeisters.

Lange kann ich noch nicht hier liegen. Ich bleibe noch ein bisschen so, dachte sie. Dann kann sich alles etwas beruhigen. Bevor ich aufstehe. Und ich friere nicht.

Im Grunde war es schön.

Dort oben zog das Nordlicht sein grünweiß wehendes Gespinst für einen Augenblick zum Horizont zurück, und Ruth Arctander sah den Großen Bären mitten in seinem Satz auf den nächtlichen

Nordosten zu. Ganz unbeweglich, in seinem schweren Sprung erstarrt. Was hatte er damals erzählt, ihr alter Lehrer? Ja, jetzt wusste sie es wieder, kurz wurde sie innerlich ganz warm, und die arme Callisto, dachte sie, die für immer und ewig in ihrem Bärenpelz herumlaufen und sich auf so eine merkwürdige und unmenschliche Weise verstecken muss. Dann dachte sie wieder an Jesus, der heute Abend so schön gewesen war, und an die Musik. Macht hoch die Tür, die Tor macht weit. Hilf uns. Hilf mir. Jesus, Licht und Erlöser der Welt, Weg und Wahrheit.

Da hörte sie hinter sich Schritte auf der Straße knirschen, und sie drehte den Kopf.

»Hallo?«, sagte sie in die Luft hinein, ihre Stimme klang merkwürdig klein und trug gar nicht, ganz anders als sonst. Jetzt war sie irgendwie nur in ihrem Kopf, lag wie eine Blase auf ihren Lippen. Ein feste Burg. Aber wer da ankam, hatte sie wohl doch gehört oder sie vielleicht auch da liegen sehen, denn die Schritte wurden rascher, bald waren sie ganz nah.

Sie stützte sich mit der Rechten vom Boden ab, auf der festgetretenen, harten Straße, richtete sich ein wenig auf und drehte sich halb um. Frau Apotheker Birgerson war es, die da auf sie zugehastet kam.

»Aber liebes Kind«, sagte sie.

»Ich bin wohl gestürzt«, sagte Ruth Arctander.

»Aber um alles in der Welt. In deinem Zustand.«

»Es ist glatt.«

Frau Birgerson half ihr auf in eine sitzende Stellung. Sie hockte sich neben sie, stützte ihr behutsam mit der Hand den unteren Rücken. Gleich fühlte sich alles schon viel vertrauter an.

»Da hast du aber Glück gehabt«, sagte Frau Birgerson mit ihrer heiseren, etwas kratzigen Stimme. »Dass ich hier entlangkomme. Sonst wärst du womöglich lange liegen geblieben. Es ist spät.«

»Dann haben wir denselben Weg.«

»Ich war bei Pedersen mit etwas Medizin. Und jetzt will ich noch ein Päckchen holen, vom Zug, dann geht es wieder nach Hause. Meinem Mann ist das Antitoxin ausgegangen.«

»Ist jemand krank?«

»Pedersens kleiner Jan hat Diphtherie, vielleicht wird er es nicht überstehen. Ja, und übrigens noch zwei weitere Kinder im Kirchspiel.«

»Der Arme.«

»Ja, der Arme. Das ist der furchtbare Würger der Kinder.«

»Da hoffe ich, die Arznei kann helfen.«

»Das tut sie sicher. Aber wir sollten jetzt nicht so viel reden. Erst müssen wir dich mal auf die Beine kriegen. Hast du Schmerzen?«

»Nein, nein, es geht schon. Nur ein bisschen.«

»Soso, ja. Noch ein bisschen. Erst das eine Bein. So. Da wären wir. Wann ist es so weit, Kindchen?«

»Nur noch zwei, drei Wochen.«

»Dann solltest du in deinem Zustand aber nicht mehr mitten in der Nacht alleine draußen herumlaufen.«

»Der Chor braucht mehr Altstimmen.«

»Sicher auch noch Tenöre, was, habe ich gehört. Aber ich habe mich noch nicht gemeldet«, sagte Frau Birgerson mit ihrer rauen Stimme.

Ruth musste kurz lachen. Frau Birgerson bürstete ihr den Schnee vom Schaffellmantel.

»Kannst du ohne Hilfe gehen?«

»Ich glaube schon.«

»Dann werden wir dich mal ins Haus schaffen«, sagte Frau Birgerson. »Immer schön langsam und vorsichtig, und dann rufen wir Doktor Levin.«

»Ich glaube, das wird nicht nötig sein«, sagte Ruth. »Es geht schon ganz gut. Es wird alles gut.«

Sie gingen langsam den sanften Hügel hinab. Erst jetzt spürte Ruth, dass etwas von dem milden Licht in ihr geblieben war, und jetzt floss es langsam ab. Es rann aus ihr hinaus, in den Schnee, erst vorsichtig, ein etwas kitzelndes Rieseln von der Brust hinab, dann in weichen Wellen.

»Aber mein Liebes«, sagte Frau Birgerson, weit entfernt. »Aber mein Liebes.«

»Vielleicht sollten wir doch Doktor Levin rufen«, sagte Ruth Arctander.

»Ich weiß, wo er ist«, sagte Frau Birgerson.

»Ich habe Jesus so lieb.«

»Psst, Kleines, nicht sprechen jetzt.«

»Ich habe den ganzen Abend lang an Ihn gedacht.«

»Psst, psst. Leg deinen Arm um meine Schultern, dann geht es ein bisschen leichter. Ja, so.«

»Glaubst du, Er wird mir helfen?«

»Still jetzt. Nicht weinen.«

»Aber Er muss mir helfen.«

»Psst. Wir rufen den Doktor an. Ich weiß, wo er ist.«

Jetzt sahen sie den Bahnhof.

Es dauerte seine Zeit, bis Doktor Levin kam. Unterdessen lag Ruth in einem Nebel aus Farben und Schmerzen im Bett. Sie hatten sie die Treppe hinaufgetragen, sie erinnerte sich an Gustavs Gesicht, besorgt, ganz nah bei ihrem, mit dem weißen Backenbart unter der Uniformmütze; das geflügelte Rad am Mützenspiegel schimmerte golden. Sie erinnerte sich daran, wie Knudtzon sich entschuldigt hatte, als er ihr die Stiefel auszog, bevor sie sie hinauftrugen.

Frau Birgerson war irgendwo hier bei ihr im Zimmer, machte sich nützlich, kam mit einer Schüssel voll heißem Wasser, mit Handtuch und Lappen, wusch sie, bewegte sich vorsichtig um sie herum, tröstete sie. Ruth fühlte jetzt ein merkwürdig liebes Gefühl für Frau Birgerson; sonst hatte sie sie nie so besonders sympathisch gefunden. Erstens war da das mit ihrer Stimme, die war so merkwürdig hart und rau, sie hätte nie in einem Chor singen können, nicht einmal Tenor, und dann glaubte sie weder an Jesus noch an sonst etwas, genau wie der Apotheker selbst. Sie hatte eine etwas barsche und sachliche Wesensart, ganz ähnlich wie ihre Stimme. Ruth hatte sie nie so recht leiden mögen. Aber jetzt klammerte sie sich an diese Sachlichkeit, und Frau Birgersons etwas harte, trockene Hand war wie ein sicherer Fels. Sie segelte über Wellen aus Schmerz und vertäute sich an dieser Hand, hielt sie ganz fest.

Frau Birgerson strich ihr mit einem Waschlappen über die Stirn.

»Ein Mann«, murmelte Ruth, »ging von Jerusalem hinab nach

Jericho, und er geriet unter die Räuber.« Dann kam sie nicht weiter, denn eine neue Welle von Schmerzen kam heran und riss sie mit sich. Frau Birgerson wischte ihr die Stirn.

Wenn sie nicht sich selbst hörte, hörte sie die Stille des Zimmers. Es war ganz und gar still. Irgendwo von draußen vor der Tür kam in regelmäßigen Abständen der dumpfe, dunkle Laut von rastlosen Uniformstiefeln, die schwer über Holzdielen und Flickenteppiche schlurften.

»Soll ich den Stationsmeister holen?«

»Gustav? Nein. Nein. Jetzt nicht.«

Es ist seine Schuld, dachte sie.

»Ich glaube, ich hole ihn trotzdem.«

»Nein, nicht weggehen. Nicht weggehen.«

»Gut, ich gehe nicht weg. Ich bleibe hier.«

»Werden nicht fünf Spatzen für zwei Heller verkauft? Aber vergisst Gott auch nur einen von ihnen?«

»Still jetzt. Du brauchst keine Angst zu haben. Alles wird gut.«

Es ließ etwas nach. Ruth hielt sich an Frau Apotheker Birgersons Hand fest. Rasche Schritte die Treppe hinab, eine Tür wurde geöffnet. Jetzt schrie Ruth. Jetzt hatte sie Angst. Ab und zu glitt sie in Halbschlaf. Und dieser Halbschlaf war wie warmes, schimmerndes Wasser. Aber in regelmäßigen Abständen rissen die Schmerzen sie wieder an die Oberfläche.

Frau Birgerson war besorgt. Immer wieder ging sie zum Fenster und schaute nach dem zweispännigen Schlitten des Arztes. Einmal ging sie aus der Tür und bat Stationsmeister Arctander, noch einmal anzurufen. Der Doktor hatte einen weiten Weg, so war es, er war nordwärts zu einem Krankenbesuch gewesen, aber der Schnee glitt gut.

Wenn er nur bald hier ist, dachte Frau Birgerson. Das Gesicht des Stationsmeisters war grau und verzerrt. Seine sonst so freundlichen, rotwangigen Augen schauten auf einmal ganz anders aus dem bärtigen Gesicht hinaus, und er hatte sich den engen, hohen Uniformkragen aufgeknöpft. Er nickte ernst und ging noch einmal zum

Telefon. Die Falten unter seinen Augen hatten sich gerötet, doch das restliche Gesicht, Wangen und Kinn, waren grau.

Bevor er zum Telefon hinunterging, drehte er sich noch einmal zu Frau Birgerson um.

»Sie glauben doch nicht, dass ich sie verlieren werde?«, fragte er.

»Na, na, es geht sicher gut.«

»Ja, denn ich darf sie nicht verlieren«, sagte er. »Sie müssen tun, was in Ihrer Macht steht.« Er sprach eindringlich.

»Telefonieren Sie jetzt dem Doktor hinterher und fragen Sie, wie weit er ist.«

»Ja«, sagt er. »Das werde ich tun.«. Er wandte sich zum Gehen, drehte sich noch einmal zu Frau Birgerson um, wollte etwas sagen, dann fuhr er sich mit der Hand übers Gesicht und ging.

»Und wir brauchen noch Wasser«, sagte Frau Birgerson.

Sie ging wieder zu der Gebärenden hinein und bekam es mit der Angst. Viel Blut war gekommen. Das geht nicht gut, dachte sie. Frau Birgerson hatte einige Erfahrung als Hebamme und war nicht so leicht zu erschrecken, aber das hier wollte ihr überhaupt nicht gefallen. Wenn dieser Doktor sich nur beeilen würde. Sie griff nach der Hand der jungen Frau. Sie war feucht und kalt.

Als Stationsmeister Arctander anklopfte, war sie sofort an der Tür.

»Nichts Neues«, atmete er schwer, »aber er ist unterwegs. Zuletzt wurde er am Åremo-Kreuzweg gesehen, sagt die Zentrale.« Er schnaufte, denn er war kein junger Mann mehr.

»Am besten, Sie rufen auch meinen Mann an«, sagte Frau Birgerson. »Er ist entweder zu Hause oder in der Apotheke. Sagen Sie, er soll schnell kommen und Kalialaun mitbringen. Ich bin nicht sicher, dass der Doktor welchen in seiner Tasche hat.«

»Kalialaun?«

»Ja. Er soll sich beeilen. Jemand soll ihn herfahren. Es eilt.«

»Kalialaun«, sagte der Stationsmeister entschlossen und drehte sich auf dem Absatz um. Aber er schaute noch einmal zurück, wie vorhin, bittend, er versuchte, Frau Birgerson über die Schulter zu schauen, hinein, zum Bett:

»Ist es –«

Da blickte sie ihn an, fest:

»Es ist ernst. Beeilen Sie sich jetzt.«

Er ging. Bald darauf waren Schlittenglöckchen zu hören, und der Apotheker war da. Und bald darauf kam auch der Doktor.

Ruth trieb unterdessen in ihrem Halbschlaf dahin, tauchte ein und kam wieder heraus, je nachdem, wie die Schmerzen sie hochhoben oder sinken ließen. Jedes Mal war es, als müsste der Schmerz sie etwas mehr hochhieven und an ihr zerren, um sie aus diesem behaglichen, warmen Zustand zu holen. In weiter Ferne hörte sie Stimmen, konnte aber nicht recht erkennen, was sie sagten; Dinge gingen um sie her vor, sie hörte ein schwaches, kaltes Klirren, einen Augenblick lang störte es sie, doch dann glitt sie erneut tief in die warme Benommenheit, als triebe sie jetzt wirklich hinaus auf See, in die große Tiefe, wo starke Strömungen herrschen, und jetzt endete auch der Schmerz, er ebbte ab, jetzt gab er nach, und hier draußen, hier draußen war mit einmal auch Jesus. Da war er wieder. Jesus, der heute Abend so schön gewesen war, an den sie den ganzen Abend gedacht, nach dem sie sich den ganzen Abend gesehnt hatte, seit sie gestürzt war, Jesus, den sie angebetet hatte, angerufen, herbeigesehnt, begehrt, hier draußen war er mit einmal, hier draußen in der Tiefe, sie konnte seine Nähe spüren – für einen kurzen Moment öffnete sie die Augen, es war zu hell im Zimmer um sie her, und sie hörte ein seltsames, unbehaglich knirschendes Geräusch, das sie nicht recht erkannte, aber dort, im Lampenschein, sah sie es, sie sah das Gesicht, und es war Jesu Antlitz, ganz anders, als sie es sich vorgestellt hatte, viel weicher und kleiner, aber doch so wunderschön und verklärt, das goldenhelle Haar, und der Bart feucht von Schmerz und Leiden. Sie lächelte. Dann starb sie.

Aber der Doktor hatte sich hinsetzen müssen, als das Kind aus der Mutter geglitten war wie ein blutiger Haarball. Sein Gesicht war ganz weiß. Nur Frau Birgerson stand auf beiden Beinen und behielt einen kühlen Kopf.

»Abraham«, sagte sie zum Arzt, »reiß dich zusammen. Sie stirbt uns!«

Und Doktor Abraham Levin riss sich zusammen. Er stand auf.

»Es ist nur, ich habe so etwas noch nie gesehen«, sagte er halblaut. Frau Birgerson, die nicht nur Freidenkerin, sondern auch recht gut orientiert war, dank der vielen pharmazeutischen Bücher und Zeitschriften ihres Mannes, versuchte ihn zu beruhigen.

»So etwas ist selten, aber es kommt schon einmal vor«, sagte sie. »Es fällt wohl irgendwann aus. Nach ein paar Wochen. Halt hier fest, hier, ich trenne die Nabelschnur durch und binde ab.« Der Arzt hielt fest. Das Kind wimmerte.

»Und jetzt musst du versuchen, die Blutung zum Stillstand zu bringen«, sagte Frau Birgerson leise und hielt das Kind hoch, sodass Ruth es sehen konnte. Frau Birgerson hoffte, dass doch wenigstens etwas durch die halb offenen Augen der jungen Frau drang. In diesem Moment kam die Nachgeburt, und mit ihr ein Strom von Blut, der sich über den bloßen Arm des Arztes ergoss, der vornübergebeugt dastand und vergeblich mit der geballten Hand eine innere Kompression versuchte.

Ruth Arctander öffnete die Augen zwei Mal, murmelte etwas; dann war es vorbei.

Der Arzt musste sich erneut hinsetzen.

»Gott im Himmel«, sagte er. »Gott im Himmel.« Er beugte den Kopf vornüber und wippte vor und zurück. Sein Schnurrbart glänzte schweißnass. Seine Arme bis zu den Ellbogen und die Manschetten seiner hochgekrempelten Ärmel waren grellrot von Blut. Frau Birgerson stand etwas unschlüssig da, das Kind, das sie hastig in ein Leintuch gewickelt hatte, im Arm. Es wimmerte, schrie aber nicht.

Die Stiefel im Gang schlurften nicht mehr, sondern standen still. Der Arzt saß vornübergebeugt auf dem Stuhl, sie stand. Doktor Levins Uhr war aus der Westentasche gerutscht und pendelte langsam zwischen seinen Beinen; Frau Birgerson konnte das Ticken hören. Von dem Leib im Bett kam ein schwaches, keuchendes Geräusch. Frau Birgerson schrak zusammen, aber der Arzt hob das Gesicht und sah sie traurig an, langsam den Kopf schüttelnd. Dann gab er sich einen Ruck, stand auf und begann, die voll Blut gesogenen

Handtücher und Laken aus dem Blick zu schaffen. Frau Birgerson sah sich nach einem frischen Handtuch um. Sie tunkte es in die Schüssel mit dem warmen Wasser und wusch Blut und Schmiere von dem Kind ab.

»Es ist ein kleines Mädchen«, sagte sie leise.

»Ach ja?«, fragte der Arzt.

Jetzt, als es mit dem Wasser in Berührung kam, fing das Kind an zu schreien.

»Sch, sch«, sagte Frau Birgerson etwas abwesend und versuchte mit unsicheren Händen, es zu waschen.

Der Arzt deckte die Tote mit einem reinen Laken zu, zog ihr das Betttuch bis zur Brust hoch, rollte die blutigen Tücher zu einer Kugel zusammen und schob sie mit dem Fuß unters Bett. Dann nahm er sein Stethoskop und hörte die Brust des weinenden Neugeborenen ab, das Frau Birgerson jetzt abzutrocknen versuchte. Nach ein paar Sekunden nickte er kurz.

»Glaubst du, es tut weh?«, fragte Frau Birgerson. »Ist es ihr unangenehm, was denkst du?«

Der Arzt stand da und betrachtete das Kind, in seinem Blick mischten sich jetzt Faszination und Ekel.

»Ich weiß nicht«, sagte er abwesend.

Frau Birgerson trocknete das Kind fertig ab, so gut sie konnte, dann wickelte sie es. Sie blickte zur Tür. Sie sah den Arzt an. Er schaute finster zurück. Dann seufzte er schwer.

»Ich mache das«, sagte er.

Gemurmel draußen im Flur. Ein Laut, eine Art Ausbruch, ein Stöhnen, ein seltsam würgendes Geräusch dringt dumpf durch die geschlossene Tür, Wut oder Trauer oder beides. Dann ist es still. Die ganze Zeit steht Frau Birgerson da und blickt auf das Kind in ihren Armen, schaut, als könne sie nicht ganz glauben, was sie da sieht. Immer wieder vertieft sie sich in den Anblick, als sähe sie es immer wieder zum ersten Mal. Das Kind liegt da so ruhig und still, zwinkert mit den Augen, schließt die kleinen Finger fest und entschlossen um nichts, krächzt ein bisschen, gähnt, müde nach dem harten Kampf.

Jetzt duftet es in ihren Armen nach Neugeborenem, und auch im ganzen Raum, süß und blumig, fast übertönt der Duft den scharfen Blutgeruch.

Milch, denkt Frau Birgerson, das habe ich ja ganz vergessen, wir müssen Milch warm machen. Und ein Fläschchen, wo kriegen wir ein Trinkfläschchen her; ach, Frau Arctander hat doch sicher, hatte sicher …

Frau Birgerson wendet sich zu der toten Frau Arctander, die dort liegt, so blass und friedlich. Dass sie dann einfach nicht mehr *da* sind, denkt Frau Birgerson, das ist so unmöglich zu begreifen.

Immer noch wirkte das Gesicht der jungen Frau ganz lebendig, als schlafe sie nur tief und atme lautlos durch halb geöffnete Lippen. Ihre Züge waren weich und entspannt, noch ohne das Strenge, Abweisende, das sie später bekommen würden. Als wäre sie immer noch hier im Zimmer, dachte Frau Birgerson. Oder nur kurz hinausgegangen.

Das seltsame kleine Mädchen wimmerte und blinzelte wieder mit den Augen. Frau Birgerson hob sie hoch, vor die Tote, als wollte sie, dass die Kleine sich das Bild der Mutter einprägte, in dieser ersten und letzten Stunde. Dann ließ sie die Arme sinken und schüttelte den Kopf über sich selbst.

Die Tür ging auf. Der Arzt trat als Erster ein, gefolgt von Stationsmeister Arctander, der sich schwer auf Knut Birgerson stützte, den Apotheker. Jetzt ließ Arctander, zusammengesunken, grau im Gesicht, den Arm des Apothekers los und bewegte sich apathisch, fast schwankend, auf das Bett zu. Kurz dachte Frau Birgerson, er würde zusammenbrechen, auf die Knie fallen, aber er blieb stehen, den Rücken zu den anderen, und weinte still, während er unverwandt auf seine tote Frau blickte. Das Weinen strömte fast lautlos aus ihm heraus, wie ein leiser Flötenton. Es war merkwürdig berührend, den großen, kräftigen Mann so zu sehen, und die drei anderen standen verlegen hinter ihm. Endlich waren ein paar schwere Atemzüge und ein kleines Schlucken von ihm zu hören, dann strich er sich die Hand ein paar Mal übers Gesicht und durchs Haar und drehte sich zu ihnen um.

»Ruhig, ruhig, Arctander«, sagte Apotheker Birgerson hilflos und drückte ihm die Hand.

»Danke«, sagte Arctander leise. »Danke.« Und, sehr leise, wieder kurz zu der Toten gewandt, mit tränenerstickter Stimme: »Und auch dir danke, mein Kleines.« Und wieder musste er sich mit der Hand ein paar Mal übers Gesicht fahren.

Der Arzt legte ihm die Hand auf die Schulter:

»Es tut mir so leid. Ich habe wirklich alles getan, was in meiner Macht stand«, sagte er. »Aber es war nichts zu machen. Es tut mir leid.«

»Danke«, sagte der Stationsmeister wieder und drückte ihm die Hand. »Danke.«

»Aber das Kind lebt, Arctander«, sagte der Arzt vorsichtig.

»Ja«, sagte der Stationsmeister.

»Wollen Sie es sich nicht ansehen?«

Gustav Arctander starrte ihn schwer an. Dann riss er sich zusammen und trat zu Frau Birgerson. Er warf einen kurzen Blick auf das Kind in ihren Armen.

»Um Himmels willen«, sagte er nur und schaute fort.

»Ich verstehe, dass Ihnen das schwerfällt«, beruhigte ihn der Arzt, »aber ich habe Ihnen ja schon gesagt, dass …«

»Wird es …?«, fragte der Stationsmeister. »Ich meine, ist es lebensfähig?«

»Ja«, sagte der Arzt, »es ist etwas zu früh gekommen, zeigt aber alle Vitalitätszeichen.«

»Um Himmels willen«, sagte der Stationsmeister wieder. Er sah das Kind noch einmal kurz an.

»Sie werden sehen, in ein paar Tagen …«, setzte Frau Birgerson an.

»Schaffen Sie es weg«, sagte der Stationsmeister, laut jetzt. »Ich will es nicht sehen. Das ist ja kein Kind. Das ist – ein Wiesel, verdammt. Schaffen Sie es weg.«

»Aber lieber Gustav«, versuchte Frau Birgerson, eindringlich, »ich versichere Ihnen, schon in wenigen Tagen oder Wochen …«

»Elsa …«, sagte Apotheker Birgerson warnend.

»Ein Ungeheuer«, sagte Arctander sehr laut. »Schaffen Sie es weg, sage ich! Außerdem bin ich für Sie nicht Ihr lieber Gustav. Oder für sonst jemanden hier.« Er sah sich beleidigt um, als wären sie Eindringlinge in seinem Heim. Dann aber blickte er zu Boden. »Entschuldigung«, sagte er leise. »Entschuldigung.« Er drehte sich auf dem Absatz um und hastete zur Tür.

Die drei anderen standen da und sahen einander ratlos an. Doktor Levin machte Anstalten, dem Trauernden zu folgen, doch der Apotheker hielt ihn zurück.

»Du kannst jetzt nicht viel für ihn tun, Abraham«, sagte er.

»Aber er steht unter Schock«, sagte der Arzt.

»Ist das denn ein Wunder?«, fragte der Apotheker. »Lass ihm jetzt seine Ruhe.«

»Milch«, sagte Frau Birgerson. »Und ein Fläschchen.«

»Ja«, sagte ihr Mann abwesend. »Abraham, wir müssen uns wohl um das Praktische kümmern ...« Er schaute zur Leiche hinüber.

»Kann denn jemand kommen und helfen?«, fragte der Arzt unsicher.

»Nein«, sagte Frau Birgerson. »Arctander hat keine lebenden Verwandten, soweit ich weiß. Und Ruth – die war ja aus dem Norden.«

»Das Bahnhofspersonal vielleicht?«, schlug der Apotheker versuchsweise vor.

»Ja«, sagte der Arzt. »Ich werde mit den Leuten reden. Ich muss erst noch die Papiere fertig machen. Und den Pfarrer anrufen.«

»Ja«, sagte der Apotheker.

»Vielleicht kommst du nachher mit und redest mit dem Personal, Elsa?«, fragte Doktor Levin.

Sie sahen einander an.

»Milch«, sagte Frau Birgerson. »Und ein Fläschchen. Das Kind muss versorgt werden.«

»Ja«, sagte Doktor Levin.

Der Arzt fand den Stationsmeister in seinem dunklen Büro sitzend. Er hatte die Rollos vor den Fenstern zum Schalterraum heruntergezogen und nicht geantwortet, als Doktor Levin anklopfte.

»Hier sitzen Sie also«, sagte der Arzt etwas ratlos, als er die große Gestalt auf dem Stuhl erblickte.

Arctander antwortete nicht, nickte bloß.

Der Doktor machte die Lampe an, ohne zu fragen.

»Brauchen Sie etwas?«, fragte er. »Etwas zu essen? Oder zu trinken?«

Der Stationsmeister schüttelte den Kopf.

»Ein Bier vielleicht?«

»Nein danke«, sagte der Stationsmeister, »ich trinke nicht im Dienst.«

Es wurde still. Durch die Fenster war das Ticken vom Stellwerk und dem Telegraphen zu hören.

»Sie haben ein fabelhaftes Personal«, sagte der Arzt. »Sie helfen bei den praktischen Dingen.«

»Ja«, sagte Arctander. »Das ist gut. Ich – kann heute Abend nicht so viel tun.«

»Soll jemand herkommen? Soll ich jemanden anrufen? Einen Freund? Einen Verwandten?«

»Nein danke«, sagte Arctander. »Ich habe keine Verwandten. Keine lebenden.«

»Aha.«

»Sie sterben. Alle.«

Der Arzt räusperte sich.

»Was Ihre neugeborene Tochter anbelangt«, sagte er, »so hat Apotheker Birgerson sich bereit erklärt, sie für die nächsten Tage zu sich zu nehmen, falls Sie das wünschen.«

»Ja«, sagte der Stationsmeister.

»Bis Sie wieder so weit sind, dass Sie sich um das rein Praktische kümmern können.«

Wieder nickte der Stationsmeister.

»Sie müssen eine Amme finden. Oder wenigstens ein Kindermädchen. Aber vorerst brauchen Sie über so etwas nicht nachzudenken«, sagte der Arzt.

»Doktor Levin«, sagte der Stationsmeister, »was fehlt dem Kind?«

»Nichts fehlt ihm«, sagte der Arzt und schaute so überzeugend drein, wie er konnte. »Offenbar ist es so, dass selten, hin und wieder einmal, eines so zur Welt kommt. Später kommt das dann von selbst in Ordnung.«

»Aha«, sagte der Stationsmeister. »Aha, ja.«

»Sie sollten sich keine Sorgen machen«, sagte der Arzt. »Das wird schon werden. Sie sollten versuchen zu schlafen. Brauchen Sie etwas, um einzuschlafen?«

»Nein«, sagte Arctander. »Ich nehme keine Mittel.«

»Ich lasse Ihnen trotzdem eine Schachtel Brom da«, sagte der Arzt.

»Danke.«

»Wollen Sie sich wirklich nicht hinlegen? Knudtzons Frau hat das Gästezimmer bereitgemacht.«

»Nein«, sagte der andere schwer. »Noch nicht. Ich glaube, ich bleibe noch etwas hier sitzen.«

»Wie Sie möchten. Wie Sie möchten.«

»Löschen Sie die Lampe, wenn Sie gehen«, sagte Stationsmeister Arctander.

So kam es, dass das Neugeborene seine erste Nacht nicht zu Hause verbrachte, sondern in einem fremden Heim. Birgersons nahmen sie mit zu sich, versorgten sie, Birgerson ging in die Apotheke und holte eine Schachtel Patentschnuller. In Ruth Arctanders Kommode hatten sie Babyzeug und Windeln gefunden, säuberlich aufgestapelt.

Sie kochten eine Flasche aus, wärmten Milch und gaben der Kleinen eine erste Mahlzeit. Sie selbst hatten keine Kinder und fanden es seltsam mit diesem kleinen Wesen im Wäschekorb. So einer Merkwürdigkeit. Das kleine Mädchen war hellblond und starrte aus dunkelblauen Augen zu Frau Birgerson hinauf. Das Haar bedeckte seinen gesamten Körper, langes, goldweißes, seidenweiches Haar, fast wie bei einer Langhaarkatze, nur noch weicher und feiner. Und es bedeckte den gesamten Leib, Arme und Beine, Bauch und Rücken. Sogar das Gesicht trug eine dichte Fellschicht. Nur die Augen sowie Handflächen und Fußsohlen waren unbehaart. Frau Birgerson kam es vor, als hielte sie ein kleines Tier im Arm. Sie streichelte die Kleine, ließ die Hände durch die weichen Haare gleiten, sah zu ihr hinunter. Das Gesicht war inmitten all der Haare schwer zu erkennen. Nur die Augen waren zu sehen, groß und klar.

»Tja, dir hätte heute eine andere Stimme ein Wiegenlied singen sollen, nicht meine«, sagte Elsa Birgerson bewegt. Trotzdem summte sie etwas, das einem Lied ähnelte, ein wenig dunkel und heiser, während sie die namenlose Kleine in den Schlaf wiegte.

STATIONSMEISTER ARCTANDERS TRAUER

Wo warst du in dieser Nacht, du, die mir das Leben gab? Wo bist du geblieben? Bist du im Nordlicht verschwunden da droben, in diesem unbegreiflichen, über den Himmel zuckenden Schimmer? Bist du ins Paradies eingezogen und hörtest das Jubeln der himmlischen Harfen? Bist du diesem Jesus begegnet? Einem Jesus wie einer Art Chorleiter höherer Ordnung? Oder bist du bei mir geblieben, bist mir gefolgt in jener Nacht und allen Nächten seither? Warst du seither bei mir?

Warst du es jemals? Wirklich? Oder warst du nur noch das, was der Stationsmeister in seiner Trauer sah?

Stationsmeister Arctander blieb lange im Dunkeln sitzen. Er weinte nicht, bewegte sich nicht, atmete kaum. Er saß still und schaute in sich hinein. Dort sah er einige sehr schlichte Dinge, Dinge, die nur ihn allein angingen und sie, die nun tot war. Zum Beispiel sah er ein blaues Kleid, drei Koffer und einen Gepäckwagen.

»Entschuldigung, könnten Sie mir bitte sagen, wie ich zum Pensionat komme?«

»Natürlich, gnädiges Fräulein.«

»Sie brauchen vor mir aber nicht zu salutieren.«

»Kommen Sie, ich helfe Ihnen.«

»Das ist allzu freundlich.«

»Aber das ist viel zu schwer für Sie! Knudtzon! *Knudtzon!*«

»Machen Sie sich wegen mir bitte keine Umstände …«

»Es tut mir wirklich leid. Warten Sie, ich schaue, dass ich Knudtzon finde. Er hilft Ihnen mit den Koffern. Es ist ein ganzes Stück zu Fuß.«

»Sie sind sehr freundlich, aber ich glaube, ich schaffe es sicher bis …«

»Nein, nein, gnädiges Fräulein. Ich kümmere mich selbst darum.«

»Das ist wirklich allzu freundlich.«

»Stets zu Diensten, gnädiges Fräulein, stets zu Diensten!«

Ja. War es so gewesen? Oder waren das Verzerrungen der Erinnerung? Hatte er diese Bilder später umgeformt? Hatte sie jemals gesagt:

»Sie müssen wirklich einmal zur Probe kommen. Ich bin sicher, Sie haben einen ausgezeichneten Bass!«

Etwas in der Art auf jeden Fall. Aber er hatte sich geweigert, so viel ist sicher, ich bin so unmusikalisch wie eine Draisine, pflegte er das nicht zu sagen? Sie ließ nur widerwillig locker. Bereits vierzehn Tage nach ihrer Ankunft war das gewesen, da leitete sie schon diesen Chor.

»Sicher ein Bass, so tief wie der eines Russen«, das hatte sie auf jeden Fall gesagt. Er erinnerte sich genau an den Tonfall, das Gesicht, die Gebärde, mit der sie es sagte. Er legte das Bild still in der Dunkelheit beiseite, um es nicht abzunutzen, nicht zu entstellen. Er wollte es später wieder ansehen. Er würde es später wieder ansehen. Er wusste, er würde es später wieder ansehen.

»Aber meinen Kamm, Gustav, den darfst du nicht vergessen.« Das Hotelzimmer dort in jenem Badeort, er packt den Koffer. Sie hat prächtiges rotes Haar, lockig gekraust. In diesem Haar kann er sich schier verlieren, kann darin wohnen. Unser Haar, so nennt er es. Das Ende der Hochzeitsreise. »Aber meinen Kamm, Gustav …«

Einfach so. Einen einfachen Satz. Auch den legt er beiseite, er wird ihn später wieder einmal hervorholen.

Ähnliche Dinge wie diese, ähnlich schlichte Bilder betrachtete er in jener Nacht, während das Stellwerk wispernd die Stunden verticken ließ und das Nordlicht draußen sachte dahinstarb, über der Station, über den Eisenbahngleisen, über der Stadt und der Landstraße. Und in dieser Nacht – so, wie später immer wieder in vielen solchen Nächten, während derer er behutsam ein Bild nach dem anderen aus der Erinnerung hervornahm, um einen kurzen Moment daraufzublicken –, in dieser Nacht stellte er sich zum ersten Mal wirklich die Frage:

Was ist Trauer?

Ganz anders als seine Frau beschäftigte der Stationsmeister sich nicht besonders mit Gott und den letzten Dingen, obschon er gewiss ein Christenmensch war, wie es sich für einen Mann in seiner Stellung geziemte. Aber ein großer Metaphysiker war er nicht. Wenn die Trauer von Zeit zu Zeit in sein Leben getreten war, wie sie von Zeit zu Zeit unausweichlich in jedes Leben tritt, dann hatte er sie wie ein erwachsener Mann getragen. So hatte er gedacht. Doch jetzt musste er sich fragen, was sie wirklich war.

Was ist Trauer.

Von klein auf war er viel in Wald und Feld gewesen, erst mit seinem Vater und Großvater, danach mit Freunden, und als Erwachsener allein, zu seinem eigenen Vergnügen. Er war immer ein Freund der Natur gewesen, wie es zu einem passt, der allein lebt. Wie er jetzt dasaß, mit seiner Trauer rang und die Erinnerungen vor seinen Augen tanzten wie flackernde Lichter, lag es für ihn nahe, bei einfachen, fast gleichnishaften Bildern aus der Natur Halt zu suchen.

Ein Rudel Rehe wird von Wölfen angegriffen, eine Ricke wird vom Rudel getrennt. Die anderen Tiere verteidigen sie, sie stoßen mit ihren Gehörnen nach den Raubtieren und versuchen, sie zu verjagen, aber es hilft nichts, ihre Artgenossin wird angefallen und getötet. Und ihr Kitz steht lange da und klagt im Sommerabend, mit jammernden, fast schluchzenden, fast menschlich wirkenden Rufen. Aus Sehnsucht nicht nur nach der warmen, nährenden Milch, sondern nach etwas Anderem, Nahem und Sicherem, etwas fast Persönlichem. Und das, jeder kann es sehen, das ist Trauer. Jedenfalls beinahe Trauer. Natürlich, nach ein paar Stunden geht das Kitz weiter und folgt der Herde; Arctander hatte das in einer weichen, verzauberten Waldnacht selbst so beobachtet.

Doch dann weiter hinunter im Tierreich, durch Familien und Gattungen, aus dem Bereich der Säugetiere hinaus, hinauf in den Luftraum zwischen den Bäumen, wo sich tagtäglich, sogar in einem

Stadtpark, dramatische Dinge ereignen, von den Menschen nur als »Gezwitscher« oder gar »Gesang« wahrgenommen. Auf einmal: Jähe Unruhe in den Baumwipfeln, ein klagender, schnatternder Laut aus einem Dutzend Starenkehlen, eine große weiße Möwe ist in die Birken eingedrungen und hat ein Junges aus einem Nest geschnappt. Und in wilder Raserei stürzen die Stare auf sie ein, fast wie die Rehe im vorherigen Bild, sie greifen sie von allen Seiten an, in luftigen Schwüngen und Sturzflügen zwischen den Baumkronen, mit den erschreckendsten Tönen, die Stare so zuwege bringen.

Aber die Möwe fliegt auf, das Junge baumelt in ihrem Schnabel, sie will ins Freie, wo ihre breiten, langen Flügel sich entfalten können; immer noch verfolgen die kleinen Vögel sie, verzweifelt in ihrer Wut, sie hacken nach ihr, versuchen, das Junge zurückzubekommen, jagen die Möwe, bis sie zu schnell wird und mit ihrer Beute davonfliegt.

Noch eine kleine Weile durchschneiden die verängstigten Rufe der Stare die Luft, eine andere Möwe taucht auf, weit oben, eine Lachmöwe, die zwar nur vorbeifliegen will, aber das Spektakel schwillt wieder an zu einem klappernden Chor gefiederter Wut. Nur langsam kommt er zur Ruhe, schließlich sind nur noch ein paar Laute aus dem Nest zu hören, aus dem das Kleine geraubt wurde. Dann, vielleicht zehn Minuten nach dem Vorfall, ist es ganz still, die Stare flattern wieder geschäftig umher, jagen Insekten für die vielen Nestlinge, die noch zu versorgen sind. Und sollte die erste Möwe, die Kindsräuberin, zwanzig Minuten später wieder auftauchen, sich vielleicht sogar gemächlich auf einem Pfosten in der Nähe der Bäume, wo die Stare nisten, niederlassen, gehen die nicht noch einmal in blinder Raserei oder Rachlust auf sie los, sie trauern nicht mehr.

Anderenorts im Tierreich findet man dann ganz sorglose, gleichgültige Existenzen, das Krokodil, das seine eigene Nachkommenschaft frisst, Spinnen, die ihresgleichen aussaugen, und so weiter, bis hinunter zu kleinen, einfachen Organismen, denen es nicht einmal mehr sonderlich viel auszumachen scheint, gefressen zu werden.

Auf dieser Ebene ist die Trauer etwas ganz Fremdes, es gibt sie nicht, ebenso wenig wie ein Gedächtnis und Erinnerungen.

So gehen die Gedanken von Stationsmeister Arctander in dieser Nacht, es tut ihm gut, an einen Ort zu denken, an dem es keine Trauer gibt. Er bleibt hier sitzen, und als das Stationspersonal um drei, vier Uhr morgens nach ihm schaut, schläft er. Sie lassen ihn sitzen, bis er am nächsten Morgen mit dem merkwürdigen Gefühl, es müsse Sonntag sein, aus einem Traum erwacht. Er hat von einem großen Umzug geträumt, von Musik und festlich gekleideten Menschen. Es muss Sonntag sein, das spürt er. Erst nach einem Moment bemerkt er, dass der Gemeindepfarrer bei ihm sitzt, mit ernstem Gesicht. Ich habe ein Wiesel als Kind bekommen, denkt der Stationsmeister, auf einmal hat er das ganz klar vor Augen. Er steht auf, sie reichen einander die Hand. Der Stationsmeister lächelt den Pfarrer höflich an.

»Guten Morgen, Herr Pfarrer«, sagt er. »Wie freundlich von Ihnen, dass Sie gekommen sind. Wir haben wohl Verschiedenes zu besprechen.«

In der Zeitung stand unter anderem dies zu lesen:

… Aber viele von uns werden sich an Dinge erinnern, die über die äußeren biographischen Details von Frau Arctanders Leben hinausgehen. In diesem schlichten Nachruf will ich mich damit begnügen, ihr für die vielen schönen Stunden zu danken, die sie uns bescherte, sei es mit ihrem gefühlvollen Klavierspiel bei Konzerten oder privaten Anlässen, sei es als Sängerin im Pfarrchor und als Solistin; besonders ihre gefühlvollen und innigen Interpretationen von Kirchenliedern und Chorälen bezauberten die Zuhörer, doch in gesellschaftlichen Zusammenhängen bewies sie auch ihre Kunst als Liedsängerin mit ihren bewegenden und gefühlvollen Darbietungen von Schubert als auch von Grieg. Als Musikpädagogin hat sie Großes für die Verbreitung des Geistes der Musik in unserem Landkreis geleistet, obwohl es ihr nicht vergönnt war, lange unter uns zu wirken.

Alle Kinder der Gemeinde werden sich ihrer als einer freundlichen und stets lächelnden Sonntagsschullehrerin erinnern, die die Frohe Botschaft unter ihnen verbreitete. Unermüdlich ging sie an kalten Abenden von Haus zu Haus zu den weniger Bemittelten und sorgte dafür, dass ihre Kinder für den Winter mit allem Lebensnotwendigen versorgt waren. Zugleich hatte sie stets ein gutes Wort für sie. Andere Kinder werden sich ihrer als einer stets aufmerksamen und unermüdlichen Klavierlehrerin erinnern, die ihnen den Weg in die Welt der Musik wies. Wieder andere kennen sie aus dem Kirchenchor, in dem sie vom ersten Tag in unserer Stadt mit Lust und Liebe mitsang, ja, man darf behaupten, dass sie mit ihrem unermüdlichen Enthusiasmus stark dazu beitrug, sowohl Klang als auch Instrument neu zu beleben. Sie wurde sofort zu einer bleibenden, lebendigen Kraft. Still, aber zäh suchte sie jeden auf, bei dem sie ungehobene stimmliche Schätze vermutete, und auch mit ihrer unermüdlichen Tätigkeit als Kuchenbäckerin und bei der Vorbereitung von Kirchenbasaren sorgte Ruth Arctander dafür, dass das Musikleben unserer Gemeinde zu neuer Blüte gelangte. Als Kantor kann ich mich nur in tiefer Dankbarkeit für ihren Einsatz verneigen, und ich spüre, in welch hohem Maße sowohl ich wie auch die übrigen Sänger nun machtlos und hilflos zum Himmel blicken und fragen: Wie sollen wir weiterleben? Doch Ruth Arctander hätte nicht gewollt, dass wir in einer solch fragenden und zweifelnden Haltung verharren, sie hätte uns aus ihrem tiefen Christenglauben heraus gesagt: Vertrauet in Gott! Legt eure Sorgen Ihm, dem König der Könige, in die Hände, offenbart Ihm eure Verzweiflung, so wird Er voller Gnade auf euch blicken und euch aufhelfen.

Und dennoch – dennoch ist unsere Trauer groß, und ebenso groß ist unser »Warum?«, angesichts dessen, dass diese lebensfrohe, begabte junge Frau in der Blüte ihrer Jahre aus unserer Mitte gerissen wurde. Unsere Gedanken sind heute bei Hrn. Stationsmeister Arctander und seiner neugeborenen Tochter, die das erste Sakrament, die Taufe, an eben demselben Tage empfangen soll, an dem ihre Mutter zur ewigen Ruhe gebettet wird. Dieses kleine Mädchen, von beiden Eltern so innig erwartet, wird auf immer die Sehnsucht nach seiner Mutter durchs Leben tragen. Mit Gedanken an sie beten wir um Frieden für Ruth Arctanders Seele.

L. Swammerdamm
Kantor

Kantor Ludvig Swammerdamm war eine romantische Seele, hatte manches von Heine gelesen und war ein Bewunderer von Novalis.

Diese Seite seiner Persönlichkeit war aus seinem Nachruf auf Ruth Arctander deutlich zu lesen, den er bereits am Abend nach dem Todesfall geschrieben hatte, als die ganze Stadt davon erfuhr und er noch unter Schock stand.

Was nicht unbedingt so deutlich zu sehen ist: Während er diese Gedenkworte schrieb, vergoss er bittere Tränen, ja, er schluchzte derart, dass seine zierliche, mit langem Federhalter auf Büttenpapier kalligraphierte Notenschreiberschrift die Spur salziger Tränen trug, in dem Maße, dass sowohl Redakteur Jahnn als auch Setzer Nygren, die den Nachruf gleich anderntags in die Zeitung brachten, gewisse Schwierigkeiten beim Lesen hatten. Setzer Nygren, der das Manuskript entziffern musste, hatte nur sehr wenig Zeit dazu (wie immer, wenn er für die Zeitung schrieb, lieferte Kantor Swammerdamm in der letzten Minute ab), und so musste er an den besonders tränenfeuchten Stellen improvisieren. So kam es beispielsweise, dass da »sowohl *Klang als auch Instrument*« stand statt »sowohl *Gesang als auch Dirigent*« und »zu einer *bleibenden*, lebendigen Kraft« statt »zu einer *treibenden*«, was zwar ganz gut geraten war, aber dennoch den Kantor erzürnte, als er sein Werk in der Zeitung las.

Seiner Tränen konnte dieser edelmütige und romantische Musikus also nicht Herr werden, als er seinen Nachruf schrieb, er war immer noch ein recht junger Mann, und so tropften die Tränen sachte aufs Büttenpapier und flossen noch lange danach weiter. Das lag nicht nur darin begründet, dass die Verstorbene etwas für das Musikleben des Ortes bedeutet hatte, für das der Kantor verantwortlich war (eine Aufgabe, die in so einem kleinen Städtchen sowohl undankbar als auch einsam sein konnte), sondern auch (und das hätte der Kantor auch sich selbst gegenüber kaum eingestanden), dass er, tief im Grunde seines Herzens, gern an der Stelle des Witwers gewesen wäre.

In Wahrheit war er dann recht betroffen, wie pragmatisch und wenig idealistisch der Stationsmeister mit seiner Trauer umging. Dieser Mann hatte ganz offensichtlich keinen Novalis gelesen. An den Tagen nach dem Todesfall widmete der Stationsmeister sich vor allem konkreten Dingen, das war ganz auffällig, er trug eine Trauerbinde an der Uniform, deren Knöpfe und Besätze blanker geputzt und gewienert waren denn je, ebenso wie die Stiefel. Als Kantor Swammerdamm, von seiner Trauer aufrichtig tief bedrückt, zu einem kurzen Kondolenzbesuch kam, nicht zuletzt, um die Musikauswahl für Beisetzung und Taufe zu besprechen, redete Arctander ziemlich lange und lebhaft über die Wahl des Sargmodells (Kirschholz mit Löwenfüßen und Blumenschnitzereien) und des Leichenhemds, samt Preisen. Arctander hatte die teuersten Varianten gewählt. Der Kantor versuchte, das Gespräch doch etwas mehr auf die ewigen Dinge hinüberzulenken, die Musik und wie sie der Trauer Ausdruck verleihen kann, doch Arctander schilderte ausführlich, welche Schnittchen und Gerichte zum Leichenschmaus gereicht werden wollten – sowohl Heringsspeisen als auch Pasteten, Räucheraal, Rentierzunge, Fleischküchlein und kalter Braten mit Meerrettichsauce. Dazu Wein, Bier und Portwein. Der Stationsmeister hatte sogar den Saal von Fredheim gemietet, hundert Gedecke waren geplant.

»Das ist ja großartig«, sagte Swammerdamm, peinlich berührt.

»Jeder Tisch wird mit weißen Nelken dekoriert, den gleichen Blumen wie in der Kirche. Und rote Rosen als Hauptgesteck auf jedem Tisch. In der Kirche kommt ein Strauß an den Anfang jeder Reihe, zum Gang hin, dazu zwei große Gestecke neben den Altar«, sagte der Stationsmeister, er klang fast begeistert.

»Wie prachtvoll«, sagte Swammerdamm matt.

»Blumenhändler Horne hat natürlich eine Sonderlieferung bestellen müssen«, erläuterte der Stationsmeister. »Das kommt alles in einem Kühlwaggon mit dem Güterzug heute Abend. Na ja, unter uns, ich bekomme Rabatt.«

»Wie praktisch«, sagte Swammerdamm säuerlich, und noch mehr grämte ihn der Gedanke, dass die Ursache für diese ganze kostspielige Veranstaltung, Ruth, Ruth mit der schönen Stimme und dem anmutigen, bescheidenen Lächeln, eine Etage über ihnen auf dem Totenbett lag, Ruth, die jetzt offensichtlich der Mittelpunkt einer fürstlichen Beerdigung werden sollten, bezahlt von einem Stationsmeisterlohn, Ruth, die –

»Aber Sie sind gewiss nicht hergekommen, um mit mir über Smørrebrød und Blumengestecke zu reden!«, sagte der Stationsmeister väterlich.

»Nein«, knurrte der Novalisjünger, »ich wollte mit Ihnen über Musik reden. Der Chor – ich meine Ruths Chor, Frau Arctanders

Chor, meine ich – ist natürlich gern bereit, bei den Feierlichkeiten etwas zu singen, wenn Sie es wünschen.«

»Aber selbstverständlich wünsche ich das, seien Sie versichert«, sagte Arctander warm und drückte Kantor Swammerdamm die Hand. »Das ist sehr freundlich. Ja. Ein sehr freundlicher und schöner Gedanke. Und an was für eine Entschädigung haben Sie und der Chor gedacht?«

»Wie bitte, was meinen Sie?«

»Was soll das kosten? Sie lassen es sich doch üblicherweise entlohnen, wenn Sie bei Beerdigungen und Hochzeiten singen, da irre ich mich doch nicht? Meine Frau hat seit einem Jahr die Bücher des Chores geführt, ich weiß es.«

»Also, Herr Arctander«, sagte Swammerdamm einigermaßen erschüttert. »Sie begreifen sicher, dass ich und der Chor ... der Chor und ich, meine ich ... diesmal, da es um ... um Frau Arctander geht ... dass, dass wir nichts *verlangen* wollen, wenn wir ...«

»Nein, nein, mein lieber Kantor«, unterbrach der Stationsmeister ihn freundlich, fast gerührt. »Ein kleines Honorar sollen Sie schon haben. Wie gesagt, Ruth hat sich so mit der Buchhaltung dieses Chors herumgeschlagen, ich bin mit den Gepflogenheiten vertraut.«

»Herr Arctander, ich kann wirklich nicht ...«

»Doch, natürlich können Sie, lieber Freund. Wären fünfundsiebzig Kronen passend? Sie verstehen, ich kann Sie einen solchen Dienst nicht unentlohnt leisten lassen, auch wenn Ruth Mitglied des Chores war. *So* viel hat der Chor ihr nun auch wieder nicht bedeutet ...«

Benommen hörte der Kantor seine eigene Stimme:

»Sagen wir dann fünfzig ...«

»Ausgezeichnet, ausgezeichnet.«

»Haben Sie ... haben Sie bestimmte Wünsche, was die Musik angeht?«

»Nein, das überlasse ich ganz Ihnen, wählen Sie etwas, das meiner Frau gefallen würde.«

»Gut«, sagte Swammerdamm, etwas milder gestimmt, während er innerlich bereits ein Programm entwarf und Sonderproben ansetzte. »Sie – und Ruth – werden sicher zufrieden sein«, wagte er zu sagen.

»Ausgezeichnet.«

»Und morgens wird der Chor natürlich … ohne dass es weitere … hm … weitere Ausgaben für Sie bedeutet …«

»Worauf beziehen Sie sich?«

»Die Taufe. Die Kindstaufe.«

Jäh verfinsterte sich das Gesicht des Stationsmeisters.

»Ach, die«, sagte er trocken. »Die findet im engsten Kreis hier zu Hause statt. Frühmorgens. Vor der Beerdigung.«

»Aber …«, sagte Swammerdamm, »aber wollen sie nicht, wo Sie schon den Saal gemietet und … die Kirche geschmückt haben …«

»O nein«, sagte der Stationsmeister. »Das wird zu viel. Mit der Beerdigung und allem. An ein und demselben Tag. Nein, die Taufe bleibt ganz einfach.«

»Ich verstehe«, sagte Swammerdamm, der nicht verstand. »Und wollen Sie nicht, dass ein Sänger – oder auch eine Sängerin – aus dem Chor zur Taufe kommt, als Solist? Ich könnte auf Frau Arctanders Harmonium spielen, und …«

»Nein«, sagte der Stationsmeister. »Wir singen nur ein paar einfache Kirchenlieder. *Ein feste Burg ist unser Gott.* In der Art.«

»Aha. Ja, ja, gut, Herr Arctander, dann will ich Sie in dieser schweren Zeit nicht weiter beanspruchen. Haben Sie Dank, dass Sie mich empfangen haben.«

»Oh, keine Ursache.«

»Übrigens, wo ist die Kleine? Ist sie wohlauf?«

»Sie ist bei Apothekers. Vorläufig. Sie helfen mir freundlicherweise, da ich jetzt ja allein bin. Bis ich eine Amme gefunden habe. Oder ein Kindermädchen. Ja, sie ist wohlauf.«

»Das freut mich zu hören. Ja, Sie werden sehen, Herr Arctander, an der Kleinen werden Sie zukünftig ebenso viel Freude haben, wie Sie jetzt …«

»Gewiss, gewiss.«

Es wurde still zwischen ihnen. Swammerdamm zögerte eine Weile, den Hut in der Hand, dann sagte er:

»Hätten Sie etwas dagegen … wenn ich … ich meine … etwas dagegen, wenn ich … mich von der Verstorbenen verabschieden würde? Ich meine, bevor der Sarg …«

»Nur die Allernächsten«, sagte der Stationsmeister und schüttelte freundlich, aber bestimmt den Kopf.

»Aha. Aha. Verstehe.«

»Aber ich freue mich aufrichtig über Ihre Anteilnahme.«

»Ja. Ja. Nun, dann auf Wiedersehen, Herr Arctander. Und – mein Beileid. Nochmals.« Sie drückten einander die Hände.

»Oh, keine Ursache«, sagte Stationsmeister Arctander.

In der Tat war es eine ausgesprochen großartige Beerdigung, die das Städtchen einige Tage darauf erlebte. Stationsmeister Arctander hatte an nichts gespart; der Blumenschmuck war überwältigend, die Programme auf Papier mit Wasserzeichen gedruckt, der Sarg schimmerte goldbraun (beinahe wie Frau Arctanders Haar, sagten die Leute), geschmückt mit einem großen weißen Kranz vom Stationsmeister und all den anderen Kränzen und Blumengrüßen bis weit den Mittelgang der Kirche hinunter. Beim Sarg stand eine Ehrenwache aus Stationspersonal und Chormitgliedern, ja, einer der Wagenvisiteure sogar mit der Fahne des Eisenbahnerverbandes; manch ein Trauergast fand wie Kantor Swammerdamm, dass Arctander es übertrieb. Bürgermeisters waren da und der Redakteur, im feinsten Staat, und gleichfalls beehrten sämtliche Schullehrer und andere Honoratioren der Stadt die verstorbene Musiklehrerin mit ihrer Anwesenheit. Der Pfarrer trug einen frischgebleichten und frischgestärkten Fältelkragen, seine Trauerrede war lang und ging zu Herzen, und über allem brauste die Orgel, und der Chor sang, unter Kantor Swammerdamms Leitung. *Veni creator spiritus, Jesus bleibet meine Freude, Wer weiß, wie nahe mir mein Ende* (Gemeindegesang), *Bis hierher hat mich Gott gebracht* (dito), dazu eine bewegende Darbietung des *Lacrimosa* aus Mozarts *Requiem*, bei der Schwung und Innigkeit die Unzulänglichkeiten des Chores mehr als wettmachten. Zum Auszug dann ein Trauermarsch unbekannter Provenienz, vorgetragen auf der Orgel vom Kantor selbst (dessen Werk es nämlich in Wirklichkeit auch war).

Und danach dann Heringsgerichte und Räucheraal, dazu ein ganzes glasiertes Spanferkel (der Stationsmeister war wohl im letzten Moment unsicher gewesen, ob Braten mit Meerrettichsauce als Mittelpunkt des kalten Buffets auch wirklich genug Eindruck machte), all das im geschmückten Saal von Fredheim; es war ein Leichenschmaus ohnegleichen, und mehr als nur ein Gast zog die Augenbrauen hoch, nicht zuletzt beim Anblick des Spanferkels.

Etwas verwirrt saß Kantor Swammerdamm für sich am Ende der großen Haupttafel, er hatte während des Essens ein paar bewegende Worte im Namen des Chors gesagt, im Grunde nur eine Vertiefung dessen, was er in der Zeitung geschrieben hatte, und jetzt fiel es ihm schwer, inmitten all dieser Traueropulenz etwas wie Appetit an den Tag zu legen.

Der Leichenschmaus war mittlerweile in seine zweite Phase eingetreten; einzelne Herren hatten schon merklich viele Erfrischungen zu sich genommen und das Rauchzeug hervorgeholt, andere gingen immer noch ans Buffet und bedienten sich mit Hering und Aal. Vom Ferkel war fast nur noch der Kopf übrig. Allmählich erinnerte der Saal an eine ganz gewöhnliche Feier, und das betrübte den Kantor. Er war 26 Jahre alt und dachte an Ruth, jetzt war sie beerdigt und von schwarzer Erde bedeckt; er selbst hatte sich bislang mit den hektischen Chorproben abgelenkt, um das Programm auf mehr oder weniger wacklige Beine zu stellen, doch jetzt trat ihm mit grausamer Deutlichkeit vor Augen, dass sie wirklich in der schwarzen Erde lag.

Nur wer die Sehnsucht kennt, dachte er und sah sich nach einem Ausgang um, das hier wurde ihm zu viel. Aber ihm war klar, dass er nicht gehen konnte, solange der Witwer am Tisch saß. Apotheker Birgerson war schon gegangen, aber der musste wohl nach Hause zu seiner Frau und dem kleinen Pflegekind, da hatte er einen guten Grund.

Der Kantor sah zum Stationsmeister hinüber. Würdig, groß und weißhaarig saß er da, in makelloser Uniform, zu seiner Linken die Pfarrersfrau, mit der er offenbar ein erbauliches Gespräch führte.

Man wanderte ein wenig umher. Ein paar Herren in einer Ecke ließen eine Lachsalve los, brachten einander aber rasch mit einem »Pscht« wieder zum Schweigen.

Etwas Schweres plumpste auf den freien Stuhl neben ihm. Der Kantor blickte auf, aber es war nicht Fräulein Hadeland, sondern Redakteur Jahnn samt mitgebrachtem Portweinglas.

»Guten Tag«, sagte der Redakteur und grinste sein fettes Fuchsgrinsen, sofern man sich einen fetten Fuchs vorstellen kann, dachte der Kantor und erwiderte den Gruß verhalten.

»Einen schönen Text haben Sie da geschrieben, Swammerdamm«, sagte der Redakteur. »Wollte ich nur nochmal sagen.«

»Danke«, sagte Swammerdamm, »sehr freundlich.« Eins muss man dem Redakteur lassen, dachte er, die Leute haben ganz recht, wenn sie sagen: Der hat Intuition.

»Ich hoffe, er ist auch beim Witwer gut angekommen«, sagte der Redakteur und nahm einen Schluck Portwein.

»Hm. Das hoffe ich auch. Er hat ihn mir gegenüber nicht erwähnt«, sagte der Kantor.

»Sieh an.«

»Aber er kann das auch vergessen haben. Arctander hatte wohl genug … im Kopf in den letzten Tagen, denke ich mir.«

»Ja, das kann man wohl sagen. Das kann man wohl sagen.« Der Redakteur sah sich um, trank noch einen Schluck, dann blickte er den Musiker plötzlich scharf an: »Na, was meinen Sie?«, fragte er leise.

»Was ich meine?«

»Ja, zu all … alldem hier?« Er machte eine kleine Bewegung mit dem Kopf in den Raum hinein und grinste schlau, fast anzüglich. Instinkt, dachte Swammerdamm.

»Hmnja«, sagte er. »Ich weiß ja, dass er seine Frau sehr geliebt hat, aber …«

»Ja, ist das nicht merkwürdig«, sagte Jahnn leise. »Man möchte glauben, es sei eine Erbtante gewesen oder die Königin von Saba, die wir unter die Erde gebracht haben, aber doch nicht ein Mensch, der ihm nahestand. Sehr eigenartig, finden Sie nicht?«

»Doch, vielleicht«, sagte Swammerdamm, trotz seiner feurigen, romantischen Natur ein eher vorsichtiger Mensch, jedenfalls im zivilen Leben. »Das wird seine Art sein, es zu zeigen. Seine Trauer, meine ich.«

»Hm, hm. Mag sein. Mag sein. Die Trauer des Stationsmeisters. Glauben Sie das?«

»Jeder hat wohl so seine Art«, sagte Kantor Swammerdamm diplomatisch.

»Soll ich Ihnen mal sagen, was ich glaube?« Redakteur Jahnn beugte sich zum Kantor vor.

»Ja?«

»Ich werde Ihnen sagen, was ich glaube: Das hier ist verdammt nochmal keine Beerdigung. Das ist ein *Ablenkungsmanöver*. Genau das.« Mit einem dumpfen Knall stellte er sein Glas aufs Tischtuch.

Der Kantor blickte ihn fragend an.

»Na, ich werd mir mal noch ein letztes Stück Spanferkel sichern«, sagte der Redakteur und stand auf, »und dann kondoliere ich und verabschiede mich, bevor das hier ausartet. Wiedersehen, Swammerdamm. Ausgezeichneter Nachruf. Ganz ausgezeichnet.«

»Auf Wiedersehen«, sagte Ludvig Swammerdamm verwundert. War der Redakteur vielleicht doch von seinem Instinkt verlassen worden? Vielleicht hatte er zu viel getrunken. Swammerdamm wurde nicht klug aus dem, was Jahnn gesagt hatte. Er stand seufzend auf, um dann doch mal vom Apfelhering zu kosten.

Ob nun der Instinkt des Redakteurs tatsächlich so treffsicher war, wie oft behauptet, oder ob irgendwie anders etwas durchgesickert war, das mag ungesagt bleiben, doch früh am selben Tage, morgens um neun, hatte die wirklich wichtige und eigentlich sorgenschwere Zeremonie stattgefunden, im Speisezimmer des Stationsmeisters. Niemand war zugegen außer dem Stationsmeister selbst, Apotheker Birgerson und Frau Birgerson, dazu der Arzt und der Pfarrer. Und natürlich der Täufling, den Frau Birgerson zur Taufe trug, sie war Patin, ihr Mann Pate; Doktor Levin konnte dieses Amt aus konfessionellen Gründen nicht übernehmen.

Der Vater selbst brachte es nicht über sich, das Kind zu halten.

So also ging das vor sich, fast wie eine Verschwörung an dem weißen Wintermorgen; der Pfarrer blickte sie wissend und ernsthaft an, schlug vor, sie sollten ein Lied singen, es war tatsächlich *Ein feste Burg ist unser Gott*. Niemand spielte das Harmonium in der Ecke, niemand war da, der es hätte spielen können, sie, die es hätte tun sollen, lag in dem langen goldbraunen Sarg, der die Mitte des Zimmers einnahm, und sie war niemand mehr; der Deckel war fest aufgeschraubt, der Kranz lag bereits darauf und verströmte seinen allzu süßen Duft.

Auf dem an die Wand geschobenen Esstisch hatte der Pfarrer seine Utensilien angeordnet; die Kerzen brannten, ein Taufgefäß war mit Wasser gefüllt.

»Ich bin mir bewusst, dass das Kind krank ist«, sagte der Pfarrer ernst. »Aber nicht so krank, dass ich mich gezwungen sähe, eine Nottaufe vorzunehmen. Also halte ich die übliche Haustaufe ab.«

Da der Stationsmeister keinerlei Anzeichen von Einverständnis oder Einspruch von sich gab, räusperte Apotheker Birgerson sich und nickte. Der Pfarrer erwiderte das Nicken.

»Im Namen des Vaters, des Sohnes und des Heiligen Geistes, Amen! Liebe Christen! Lasset uns hören, was uns unser Herr Jesus Christus über die heilige Taufe gelehrt hat …«, so begann er die Zeremonie.

Aus den Augen des Stationsmeisters rannen verzweifelte Tränen, ohne Halt und ganz ohne jeden Laut.

»… Dann wurden Kinder zu ihm gebracht, damit er ihnen die Hände auflege und bete. Die Jünger aber fuhren sie an. Jesus aber sprach …«

Wieder sangen sie. Der Pfarrer betete. Dann predigte er über den Glauben und den Gehorsam, die Voraussetzungen der Taufe, und sprach das Glaubensbekenntnis. Jetzt stieg vor den Fenstern der Tag empor, mit einem orangefarbenen Schimmer über all dem Weiß und Hellblau. Das Kind wimmerte ein wenig. Stationsmeister Arctander warf einen kurzen Blick auf die strähnige Maske, die es statt eines Gesichtes trug, aber dann musste er wieder aus dem Fenster schauen. Er weinte immer noch.

Der Pfarrer fragte, wer das Kind zur Taufe trage, und Frau Birgerson trat vor.

»Willst du, dass dieses Kind getauft wird im Namen des Vaters und des Sohnes und des Heiligen Geistes und im christlichen Glauben und Gottesgehorsam aufgezogen wird?«

»Ja«, sagte Frau Birgerson. Der Pfarrer beugte sich über das Kind und streckte die Hand aus.

»Der Herr behüte deinen Eingang und Ausgang von nun an bis in Ewigkeit. Ich zeichne dich mit dem Heiligen Kreuz auf Stirn und

Brust, zum Zeugnis, dass du an den gekreuzigten Jesus Christus glauben sollst.«

Er vollführte die Handlung, zog die Hand wieder zurück:

»Wie soll das Kind heißen?«

Einen Augenblick lang sah Frau Birgerson ihn verwirrt an. Sie räusperte sich, blickte den Stationsmeister fragend an. Darüber hatten sie gar nicht geredet.

»Wie soll das Kind heißen?«, fragte der Pfarrer nochmals, mild und ruhig.

Gustav Arctander sah aus dem Fenster. Verschwommen war ihm klar, dass jemand etwas von ihm wollte, irgendwer hier in der Stube, er wandte das Gesicht von dem silberblanken und sonnenglänzenden Anblick ab und schaute sie an.

»Entschuldigung?«, fragte er.

»Wie soll das Kind heißen?«, fragte der Pfarrer zum dritten Male, jetzt schon betonter.

»Das … das weiß ich nicht«, sagte Gustav Arctander.

Der Pfarrer schaute ihn lange an. »Sie wissen es nicht?«

»Nein … nein … Ich habe an so vieles … denken müssen.«

Die vier anderen wechselten Blicke, sagten aber nichts.

Der Blick des Stationsmeisters flackerte, dann glitt er wieder zum Fenster hinaus.

»Gustav«, sagte der Pfarrer und nahm ihn behutsam beim Arm, »ich brauche einen Namen.«

»Ja«, sagte der Stationsmeister verwirrt, dann riss er sich zusammen. »Natürlich«, sagte er. Er hielt einen Augenblick inne, dachte nach. »Meine Frau …«, begann er und nickte zum Sarg hin, »wollte, dass es ein guter christlicher Name sei. Ich glaube, falls es ein Mädchen werden sollte …«, er nickte zu dem Bündel auf Frau Birgersons Arm, »dann dachte sie an Rebecca oder Christine oder Maria.«

Er hielt wieder inne. Der Pfarrer räusperte sich.

»Aber in Anbetracht der Umstände finde ich es schwierig, einen dieser Namen zu wählen. Vielleicht wäre es sogar gottlos?« Er blickte den Pfarrer unsicher an.

»Lieber Gustav«, sagte der, »vor allem will Gott, dass deine Tochter überhaupt einen Namen bekommt.«

»Ja«, sagte der Stationsmeister, »aber …« Er zögerte. »Weil sie ja nun nicht richtig gesund und vielleicht beschränkt ist, und falls sie dieses Schreckliche, dieses … dieses … behalten sollte, dann, ja …«

»Gustav, ich versichere dir, in ein paar Wochen …«, setzte Frau Birgerson an, aber der Stationsmeister sprach weiter:

»… dann wäre es vielleicht lästerlich, einen so christlichen Namen zu wählen für so einen Wechselbalg. Ja, entschuldigt«, sagte Arctander, »aber ich kann es nur so sagen, wie ich es empfinde.«

Es war ganz still im Zimmer. Die anderen sahen sich an, blickten zu Boden.

»Das ist gut, Gustav«, sagte der Pfarrer verständnisvoll und behutsam. Er faltete die Hände. Sie schwiegen eine Weile.

Dann räusperte sich der Pfarrer:

»Wie wäre es mit Ruth«, sagte er, »nach der Mutter?«

Bestürzt sah Arctander ihn an.

»Nein«, sagte er. »Nein. Das ist zu viel. Das geht nicht. Das geht einfach nicht. Es tut mir leid.«

Wiederum Schweigen.

»Und wie wäre es mit Ylva«, fragte Frau Birgerson. »Das ist ein guter altnordischer Name.«

»Aber doch wieder zu heidnisch, oder?«, fragte ihr Mann. »Und denk bloß an die Bedeutung, Elsa, der Name heißt ›Wölfin‹, was sollen da bloß die Leute …«

»Ach, die Leute«, sagte Frau Birgerson.

»Und Eva?«, meldete sich Doktor Levin auf einmal. Die anderen sahen ihn an.

»Abraham!«, sagte Apotheker Birgerson.

»Ja«, sagte der Arzt entschuldigend, »das ist ja doch ein biblischer Name, der Name von unser aller Stammmutter, ein Name, der ›Frau‹ bedeutet und das Weibliche an sich bezeichnet. Außerdem … außerdem, wenn die Wissenschaft recht hat, dann war unsere Stammmutter vor Äonen von Jahren diesem kleinen Kind hier gar nicht so unähnlich.«

Der Pfarrer starrte ihn an.

»Eva sah doch nicht aus wie ein Affe!«, brach es aus ihm hervor. Dann schwieg er jäh, wurde rot. Jetzt war er es, den alle anstarrten.

»Hm«, sagte Apotheker Birgerson. »Tja, tja. Das muss man schon sagen.«

Stationsmeister Arctander, der abwesend neben ihnen gestanden hatte, meldete sich mit einem nachdenklichen kleinen Lächeln in das Gespräch zurück:

»Eva ist vielleicht gar nicht schlecht«, sagte er. Sein Lächeln war fast ironisch.

»Nein«, sagte der Pfarrer verlegen. »Nein. Das ist im Grunde ein guter Name. Es hat wohl niemand etwas dagegen einzuwenden?« Er sah sich um. »Gut. Gut.« Er nickte Frau Birgerson zu, die ihm das Kind hinreichte. »Eva«, sagte er und schöpfte Wasser, »ich taufe dich im Namen des Vaters, des Sohnes und des Heiligen Geistes. Amen.«

Das kleine Mädchen weinte nicht, sondern schlief jetzt.

»Eva«, sagte der Pfarrer, zu Frau Birgerson gewandt: »Schwörst du dem Teufel ab und all seinen Geschöpfen und all seinen Erscheinungen?«

»Ja«, sagte Frau Birgerson.

»Eva, glaubst du an den Vater und den Sohn und den Heiligen Geist?«

»Ja«, sagte Frau Birgerson.

Aber dem Stationsmeister liefen wieder die Tränen, und erneut wanderte sein Blick aus dem Fenster hinaus. Zwei schwarze Pferde waren jetzt in all dem Weiß aufgetaucht, nein, mehrere, vier, nein fünf zogen einen Wagen mit einem Katafalk, der ebenfalls so schwarz war wie blanker Koks, ein Leichenwagen war das, genau, es war der Leichenwagen, flankiert von den Sargträgern mit ihren Zylinderhüten, dazu ein Mann mit Fahne und Uniform, und dahinter kamen noch mehr Menschen; jetzt wusste er, jetzt riss er sich zusammen, jetzt geht es los, dachte er, jetzt kommt es, der Pfarrer beendete die Taufe, mit dem allmächtigen Gott, dem Vater unseres Herrn Jesus Christus, der dich durch die Heilige Taufe zu seinem Kinde gemacht und in die Gemeinde der Gläubigen aufgenommen hat, der dich stärke mit seiner Gnade bis zum ewigen Leben, Friede sei mit dir; zu mehr war jetzt keine Zeit, der Pfarrer drückte jedem einzeln die Hand, Gustav Arctander drückte auch jedem Einzelnen die Hand, warf einen kurzen Blick auf das Kind, dem Frau Birgerson hastig die Kapuze überzog und es in eine Decke hüllte; sie trug es hinten hinaus zum Schlitten des Apothekers, der auf der zu den Gleisen gewandten Seite des Hauses wartete; zugleich klopfte es schwer und langsam am Haupteingang, der zur Stadt hin lag, die Männer mit den Zylinderhüten traten ein, auf der anderen Seite flog der Schlitten davon, sie nahmen die Hüte ab, grüßten, dann hoben sie den Sarg an, trugen ihn hinaus durch die große schwarze Vordertür; der Stationsmeister drückte dem Pfarrer noch einmal die Hand, er zog sich den Uniformmantel über und setzte seine Mütze auf, kontrollierte, ob die Trauerbinde an Ort und Stelle saß, und begab sich hinaus in den weißen, klaren Tag, dichtauf gefolgt vom Pfarrer, dem Arzt und dem Apotheker, hinaus in den Tag, an dem eine halbe Stadt schwarz gekleidet wartete, und der Trauerzug konnte beginnen.

EIN GESPRÄCH UNTER MÄNNERN

Die ersten Tage nach der Beerdigung ließ man den Stationsmeister in Ruhe; auch die Beschützer und Helfer des seltsamen kleinen Mädchens, Birgersons und Doktor Levin, ließen ein wenig Zeit ins Land gehen. Es wurde berichtet, dass Stationsmeister Arctander bereits am Tag der Beerdigung wieder seinen Abenddienst versah, und wer ihn gesehen hatte, sagte, dass man ihm eigentlich nichts weiter anmerken konnte, abgesehen von der Trauerbinde am Ärmel und vielleicht einem etwas abwesenden Blick. Sonst aber war er derselbe höflich entgegenkommende, korrekte, wenn auch persönlich zurückhaltende Beamte, als den man ihn kannte. Er fertigte die Züge ab und kümmerte sich um die Passagiere, machte seine Kontrollgänge die Gleise entlang und übers Gelände, seine Untergebenen und alle, die er sonst traf, grüßte er würdevoll und etwas distanziert. Alles wie sonst.

Zunächst war man erleichtert, ja, erfreut über diese Haltung, offenbar nutzte der Mann seine Stellung und seine Pflicht als Anker in dieser schweren Zeit; statt sich dem Trunk zu ergeben oder in Melancholie zu versinken, riss er sich zusammen und versah seine Arbeit, ja, so sagte man zueinander; gottlob nimmt er es so gefasst auf; was man eben so sagt; wirklich gefasst nimmt er es auf, wahrhaftig ein tapferer Mann, das muss man wirklich sagen; solche Sachen. Unterdessen wanderte Stationsmeister Arctander mit seinem wiegenden Gang den Bahnsteig auf und ab, er fertigte seine Züge ab, er erledigte die Papiere, er überwachte die Arbeit des Personals. Doch als einige Tage vergangen waren, ließ sich nicht mehr übersehen, dass sich doch eine gewisse Bekümmerung geltend machte.

Währenddessen lag das kleine Mädchen, das jetzt Eva hieß, im Wäschekorb der Apothekersleute. Dort schlief sie, sie wimmerte und stieß auf, sie schrie, sie trank aus dem Fläschchen, in Elsa Birgersons Arm. Zwischendurch gurgelte und gähnte sie, öffnete die Augen und blickte Frau Birgerson ernst und forschend aus ihrem Pelzchen heraus an. Elsa Birgerson fand das süß und unheimlich zugleich. Jedes Mal, wenn sie das Kind wickelte, ja, jedes Mal, wenn sie es aus dem Korb nahm, ließ sie die Finger durch die Behaarung gleiten. Auf diese Behandlung reagierte Eva mit deutlichem Wohlbehagen, und wenn man sie kraulte, wurde sie sofort ganz ruhig, schloss die Augen und schlief ein. Andererseits schuf das Fell einige Probleme beim Waschen und Wickeln, die feinen Härchen verfitzten leicht, vor allem, wenn Kot oder Erbrochenes in sie geriet, und das verlangte besonders gründliches Baden. Auch war es recht schwierig, sie danach richtig trocken zu bekommen; eine gewisse Feuchtigkeit blieb immer auf der Haut, einer ansonsten, soweit Frau Birgerson es feststellen konnte, ganz normalen, rosigen Neugeborenenhaut (was sie in ihrem Glauben an das Vorläufige von Evas Zustand bestärkte). Sie trocken zu rubbeln war zu heftig, dann schrie sie und konnte sich lange nicht beruhigen. Nach einigen Tagen begann Frau Birgerson, sie vorsichtig zu bürsten, mit einer weichen Kinderbürste mit verziertem Silbergriff, die ihr selbst als kleinem Mädchen gehört hatte, und dabei fuhr sie mit den Fingern durch die Haare und blies behutsam darauf, um sie zu trocknen.

Das fühlte sich wunderlich an. Wenn dieses Fell überhaupt an irgendetwas erinnerte, dann an eine Mischung aus Katzen- und Kinderhaar. Dennoch, so etwas hatte sie noch nie unter den Fingern gehabt.

Die Pflege des Kindes war also außergewöhnlich zeitaufwendig, und dabei setzte die kleine Eva häufig eine missvergnügte Miene auf. Oder interpretiere ich das nur hinein, dachte Frau Birgerson? Wenn Babys noch so winzig sind, sucht man leicht nach einer Persönlichkeit und verwechselt reflexhafte Grimassen mit echtem Gesichtsausdruck. Unter dieser Maske aus Haar waren auch die Grimassen nur schwer auszumachen. Die Haare bewegten sich und flossen hin und her, bildeten Scheingrimassen; plötzlich konnte die Kleine aussehen wie ein ernster alter Mann mit traurigem Schnurrbart, im nächsten Augenblick wie ein glatter, füchsischer Charmeur, auf einmal schafsdumm, danach wieder streng wie ein biblischer Prophet. Und all das, ohne dass das Kind seinen Gesichtsausdruck eigentlich verändert hatte, und auch, wenn es schlief. Frau Birgerson musste sich anstrengen, sozusagen unter das Fell zu schauen, bis zur Haut, auf der das wirkliche Mienenspiel stattfand, doch war das Fell so dicht, dass es schwerfiel. Aber wenn Frau Birgerson mit der Bürste und mit ihren Fingern kam und pustete, dann erkannte sie sogleich an Evas Lauten und Bewegungen, wie es ihr ging.

Dass die Behaarung weniger würde, konnte sie nicht beobachten. Auch der Arzt, der eine Reihe von Untersuchungen vorgenommen hatte, konnte keine Veränderung feststellen. Eher wurde das Fell dichter und länger; prachtvoll und golden umgab es die kleine Gestalt, wenn das Kind frisch gebadet war, schimmernd wie ein Strahlenkranz. Wenn sie Eva anpustete, wogten die Haare wie ein Kornfeld im Wind.

Als zehn Tage vergangen waren und der Stationsmeister immer noch mit derselben Pflichterfüllung in seiner Arbeit aufging, ohne aber auch nur in die Nähe des Apothekerhauses gekommen zu sein, griff Frau Birgerson dann doch einmal zu Widerworten, als ihr Mann beim Nachmittagstee wieder einmal sagte:

»Wirklich gefasst nimmt er es auf.«

»Das ist mal sicher«, sagte Doktor Levin, der mit ihnen Tee trank (was er mehrmals wöchentlich tat). »Das muss man wirklich sagen.«

Frau Birgerson räusperte sich.

»Ein bisschen merkwürdig ist es aber schon«, sagte sie etwas verstimmt, »dass er sich hier überhaupt nicht blicken lässt.«

»Nun ja. Gerade noch heute«, sagte der Arzt, »war ich mit einem Paket auf der Station. Da stand er, der Ärmste, so tapfer auf dem Bahnsteig und kümmerte sich um alles. Als wäre nichts passiert.«

»Hast du ihn gegrüßt?«, fragte Frau Birgerson.

»Zugenickt habe ich ihm«, sagte der Arzt, »aber er hat nur abwesend dreingeschaut. Schien mich nicht zu bemerken. War auf seine Pflichten konzentriert.«

»Er ist wirklich tapfer«, sagte der Apotheker.

Seine Frau räusperte sich erneut.

»Er hat übrigens eine Tochter. Sie liegt im Wäschekorb in meinem und Birgersons Schlafzimmer«, informierte sie. »Er hat sie seit ihrer Geburt zwei Mal gesehen.«

Die Herren wechselten einen Blick.

»Vielleicht braucht er noch ein bisschen Zeit, um mit seiner Trauer zurechtzukommen, Elsa«, sagte der Arzt langsam. »Glaubst du nicht?«

»Mag schon sein«, sagte Frau Birgerson, »aber wir müssen ihn irgendwann mal mit der Nase darauf stoßen. Auf die Dauer ist das so keine Lösung.«

»Er braucht wohl einfach noch Zeit, um sich zu fassen und … die Situation zu überblicken«, sagte Doktor Levin. »Eine gewisse Gewöhnungszeit, eine Zeit, um so etwas zu bewältigen, ist bei Witwern mit Kindern ganz gewöhnlich, würde ich sagen. Das habe ich schon öfter beobachtet. Oft brauchen sie am Anfang Hilfe. Er hat weder Verwandte noch Freunde – na ja, jedenfalls nicht viele. Er muss erst überdenken und planen, wie er das Ganze rein praktisch angehen soll.«

»Doch, ich finde wirklich, er hält sich gut«, sagte der Apotheker.

»Ja, aber hat er denn etwas *getan*?«, fragte Frau Birgerson. »Hat er denn wirklich, wie nanntest du es, Pläne gemacht, wie er es praktisch angehen will? Unternimmt er etwas, abgesehen davon, dass er sich gut hält?«

»Na na«, sagte Apotheker Birgerson und stand auf. Er ging zum Buffet und holte eine Flasche mit einer grünen Flüssigkeit. »Es ist ja noch nicht so viel Zeit vergangen«, sagte er begütigend.

»Und das Kind ist in sicheren Händen«, sagte der Arzt.

»Das ist es ganz gewiss«, sagte der Apotheker und blickte seine Frau liebevoll an. Er schenkte ihnen allen ein Glas ein.

Aber Frau Birgerson ließ sich nicht beschwichtigen.

»Genau das meine ich«, sagte sie streng. »Er kann doch das Kind nicht einfach hier deponieren wie ein Kuckuck. Wenn er nicht von sich aus kommt und sagt, wie es weitergehen soll, dann muss das bald mal jemand mit ihm besprechen.«

»Aber Elsa, ich dachte, du hast sie gern hier?«, fragte ihr Mann.

»Genau das ist das Problem«, sagte Frau Birgerson.

»Das verstehe ich jetzt nicht ganz«, sagte der Arzt.

»Abraham«, sagte Frau Birgerson und sah ihn ernst an, »du hast keine Kinder, und wir auch nicht. Birgerson und ich können offenbar keine bekommen.« Ihr Mann blickte zu Boden und errötete. Aber verlegen zu sein hätte Frau Birgersons Temperament nicht entsprochen. »Bitte, Abraham ist Arzt«, sagte sie sachlich. »Aber eins glaube ich trotzdem zu wissen, nämlich dass für kleine Kinder Gewohnheiten und Regelmäßigkeit ganz entscheidend sind. Das muss früh aufgebaut werden. Darum ist das auf Dauer keine Lösung. Weder für Eva noch für mich.«

»Hm«, machte der Arzt.

»Tja, also …«, setzte ihr Mann an.

»Und dazu«, fuhr Frau Birgerson fort, »kommt noch diese … diese stillschweigende Übereinkunft. Offenbar soll alles bis auf weiteres verheimlicht werden.«

»Nun ja, es hat ja doch niemand eigentlich gesagt, dass …«, wollte Doktor Levin sagen, aber ein schräger Blick von Frau Birgerson ließ ihn verstummen.

»Ich finde das wirklich heikel«, sagte sie. »Wir haben ein Dienstmädchen im Haus. Sie findet es langsam merkwürdig, dass sie das Schlafzimmer nicht mehr betreten darf.«

»Es ist wirklich nicht ganz leicht«, gab der Apotheker zu. »Die Leute fangen an zu reden. Mich haben auch schon ein paar Kunden über den Ladentisch hinweg ausfragen wollen.«

»Heikel«, sagte der Arzt, »sehr heikel. In so einem Fall ist es oft hilfreich, mit Freunden oder Verwandten des Betroffenen zu reden. Aber beim Stationsmeister kann davon ja kaum Rede sein …«

»Nur Angestellte«, sagte der Apotheker. »Die kommen Angehörigen noch am nächsten. Dieser Knudtzon zum Beispiel. Ein wackerer Mann. Vielleicht könnte man es mit dem besprechen.«

»Vergesst mal diesen Knudtzon«, sagte Frau Birgerson. »Ich finde, einer von euch beiden Herren sollte mit Arctander ein ernstes Wort sprechen.« Sie sah ihren Mann an. »Seine Tochter wohnt in *deinem*

Haus.« Sie wandte sich zum Arzt. »Und *du* hast ihr ans Licht der Welt geholfen. Und Birgerson und ich sind Paten. Wer sollte wohl näherstehen als wir?«

»Gut, dann machen wir es so«, sagte Birgerson, wenn auch etwas widerwillig.

Trotzdem vergingen noch fast zwei Wochen. Der Stationsmeister meldete sich nicht, sondern wandelte über seinen Bahnsteig in stets derselben blankgeputzten Trauer. Für alle hatte er ein freundlich-wehmütiges Lächeln. Auf kostbaren Karten mit einem aufgedruckten Engel schrieb er in seiner schönen, wenn auch etwas eckigen, deutlichen Handschrift Dankesworte an die Trauergäste.

Frau Birgerson bedachte ihren Mann mit einem langen Blick, als er die Karte öffnete und den Dank für Mitgefühl und Beistand bei Trauer und Beerdigung las. Sie sagte nichts. Birgerson blickte zu Boden.

Doch dann wurde der Apotheker drei Nächte nacheinander von der schreienden Eva wach gehalten. Da verließ er in der Mittagspause seine Apotheke und begab sich zur Bahnstation. Dort wies man ihn ins Kontor des Stationsmeisters. Er blieb lange darin. Erst eine ganze Weile nach Ende der Mittagspause verließ er die Station mit verbissenem Gesicht. Raschen Schritts ging er zurück zur Apotheke; dort fand er seine mild verzweifelte Frau vor einem Stapel mit Rezepten, die sie nicht ausführen konnte, und einige ungeduldig wartende Kunden. Aus dem Obergeschoss hörte man leises Kinderweinen.

Das Ehepaar wechselte ein kurzes Nicken. Frau Birgerson ging die Treppe hinauf, und Birgerson kümmerte sich um die Kunden. Sie sahen ihn neugierig an, sahen einander an, sahen aus dem Fenster, sahen auf ihre Füße.

Erst eine halbe Stunde nach dem üblichen Geschäftsschluss konnte Birgerson die Tür hinter dem letzten Kunden schließen. Er machte die Kasse fertig, ordnete seine Papiere, löschte das Licht und ging in die Wohnung hinauf. Seine Frau wickelte gerade Eva.

»Na«, fragte sie, »hast du ihn zur Vernunft bringen können?«

»Ja«, sagte Birgerson düster.

»Hat ja gedauert.«

»Das kann man wohl sagen.«

»Und –?« Sie blickte schräg vom Wickeltisch auf. Ihr Mann wich ihrem Blick aus.

»Jetzt ist alles in Ordnung«, sagte er. »Er wird eine Amme suchen. Oder ein Kindermädchen.«

»Ich hoffe, er kann sich das noch leisten«, sagte Frau Birgerson. »Nach dieser Beerdigung.«

»Pfui«, sagte der Apotheker, »das war gemein.«

»Ja«, sagte Frau Birgerson.

»Übrigens werden wir ihm helfen … ihm behilflich sein … ein passendes Mädchen zu finden.«

»Ach ja?«

»Ja. Wir und Doktor Levin. Eines, das passt. Und das *will*.«

»Ja«, sagte seine Frau. Sie blickten auf das Kind.

»Sie sieht seltsam aus so angezogen«, sagte der Apotheker abwesend. »Irgendwie merkwürdig.«

»Also ich finde sie niedlich.«

»Die Anziehsachen wirken … tja … irgendwie überflüssig«, sagte der Apotheker. »Wie Kleider an einem … einer … äh …«

Seine Frau sah ihn streng an.

»Ich finde, ich mache das mittlerweile richtig gut«, sagte sie.

Hanna Olsen hieß sie, sie hatte braunes, gelocktes Haar, dunkelblaue, lebhafte Augen und eine Stupsnase; Doktor Levin hatte sie gefunden, er hatte ja einen gewissen Überblick. Mit ihren siebzehn Jahren hatte sie es schon mit einem oder mehreren jungen Männern gehabt; weder der Arzt noch der Pfarrer konnte ihr je entlocken, mit wem, vielleicht wusste sie es selbst nicht so recht. Ihr Kind aber starb drei Tage nach der Geburt, möglicherweise war es zu früh gekommen. Hanna, das dritte von sieben Geschwistern im beengten Hause des Tagelöhners Johan Olsen und seiner Frau Marie, war infolge dieser Ereignisse mit ihren Eltern, Anhängern einer freikirchlichen Vereinigung, über Kreuz geraten.

Als der Arzt sie besuchte, war sie verzweifelt. Doch als er ihr erklärte, unter welchen Bedingungen ihr doch noch gewisse Möglichkeiten offenstünden, hellte ihre Miene sich ein wenig auf. Eine Weile wanderte ihr Blick zwischen der Wiege mit dem toten Kind und Doktor Levin hin und her. Dann nickte sie zustimmend, sehr ernst.

»Gut«, sagte der Arzt, »aber Hanna, du sollst wissen, es ist nicht irgendein Kind.«

»Nein«, sagte Hanna, »ich weiß auch schon, welches.«

»Ach ja?«, fragte der Arzt.

»Alle wissen das«, sagte Hanna. »Das vom Stationsmeister.«

»Und was ist mit seiner Tochter?«, fragte der Arzt resigniert.

»Sie hat ein Fell wie ein Tierchen«, sagte Hanna.

Und pünktlich drei Tage später trat Hanna ihren Dienst beim Stationsmeister an. Der Arzt erwartete sie vor dem Büro und begleitete sie in die Wohnung hinauf, stellte sie Arctander vor, der sie höflich, aber abwesend begrüßte. Über die Bedingungen war man sich rasch einig; der Stationsmeister äußerte sich kaum zu der Sache, doch sie erhielt einen guten Lohn. Danach zeigte der Arzt ihr ihr Zimmer unterm Dach, das man mit emsiger Mithilfe der Rangierlokführer nach Doktor Levins Anweisungen in aller Eile instand gesetzt hatte.

Hanna war mit diesem Zimmer sichtbar zufrieden, fast zärtlich wanderte ihr Blick über die frischgestrichene weiße Spiegelkommode, den kleinen Nähtisch, den Tisch am Fenster, den Stuhl, den Nachttisch, den stummen Diener und das Bett, behutsam strich sie mit flacher Hand über die neue Tapete. Der Stationsmeister war nicht mit hochgekommen. Sagt Bescheid, wenn ihr da oben etwas fehlt, hatte er gebrummt.

»Findest du, hier oben fehlt irgendetwas?«, fragte der Arzt kurz angebunden.

Sie schüttelte den Kopf, sah ihn an. Er erkannte, dass sie allmählich doch ein bisschen nervös wurde.

Kurz darauf kam Frau Birgerson mit dem Kind in die Station. Arctander hatte sich unter dem Vorwand irgendeiner Erledigung unsichtbar gemacht, und so kam es, dass es Hanna war, die Eva in einem Heim willkommen hieß, das beiden gleichermaßen fremd war. Dies geschah in dem kleinen Zimmer im ersten Stock, das zum Bahnsteig hinaus lag, das man ebenso eilig als Kinderzimmer eingerichtet hatte, schließlich musste die Amme Eva zu allen Tag- und Nachtzeiten anlegen, da konnte der Stationsmeister sie nicht in seinem Schlafzimmer haben.

Voller Zweifel biss Hanna sich auf die Lippe, als Frau Birgerson das Kind aus Decken und Tüchern auswickelte. Der Arzt zog sich zurück und schloss die Kinderzimmertür hinter sich. Das Stationsgebäude lag ganz still, kein Geräusch drang aus den Büroräumen im Erdgeschoss zu ihnen hinauf, es war, als würde das ganze Haus warten, auf einen Ausbruch warten, der nicht kam, auf einen Schrei. Doch nein, hinter der Kinderzimmertür blieb es still; kurz war ein Babykrähen zu hören, das war alles – und trotzdem war es dem Arzt, als könnte er spüren, wie Hanna erschauderte, als sie das kleine, bepelzte Kind zum ersten Mal an ihre Brust legte.

EIN WISSENSCHAFTLICHER BERICHT

Natürlich war gar nicht zu vermeiden, dass es sich ziemlich rasch herumsprach. Eine Bemerkung des Doktors hier, ein Wort von Birgersons Dienstmädchen oder dem Stationspersonal da, und bald wussten es alle. Zwei Wochen nach der Beerdigung war das ganze Städtchen von den Gerüchten um dieses Kind erfüllt, das noch niemand gesehen hatte. Den Apothekersleuten und dem Arzt war das ausgesprochen unangenehm.

Anfangs hofften sie noch auf Frau Apotheker Birgersons Wort und rechneten damit, dass es eine der vorübergehenden Launen der Natur war. Frau Birgerson hielt lange daran fest, sogar länger als die beiden anderen.

»Es verschwindet von selbst«, sagte sie bestimmt beim Nachmittagstee. »Ich habe darüber gelesen. Das ist ein Stadium in der Entwicklung des Embryos.«

»Das habe ich auch gelesen«, sagte Apotheker Birgerson. »Nach einer Weile fallen die Haare aus.«

»Aber liebe Elsa«, wandte der Arzt vorsichtig ein, »jetzt ist ein Monat vergangen, und nichts hat sich geändert. Der Zustand ist eher noch gravierender als anfangs.«

»Glaubt mir«, sagte Elsa Birgerson, »es ist ein Stadium in der Entwicklung des Embryos.«

»Das ist mir doch auch klar!«, rief der Arzt entnervt. Frau Birgersons Tonfall erinnerte ihn an seine eigene Ratlosigkeit in der Nacht, als das Mädchen geboren wurde. »Aber nach allem, was ich in der

Literatur gefunden habe, kann dann höchstens von einem Flaum die Rede sein, ziemlich kurzen Haaren, die recht bald verschwinden. Du musst doch auch einsehen, dass …«

»Dann ist es eben ein besonders ausgeprägter Fall«, unterbrach Frau Birgerson ihn mit sachlicher Miene.

»… na, aber dann ein verdammt ausgeprägter«, sagte der Arzt, leerte seine Tasse und stellte sie klirrend ab.

»Glaubt mir«, wiederholte Frau Birgerson, etwas kleinlauter.

»Meine Frau pflegt recht zu behalten«, sagte Apotheker Birgerson resigniert und holte die Flasche; die besänftigte die Gemüter üblicherweise. Doktor Levin war Junggeselle und häufig zu Besuch bei ihnen, er hatte sonst kaum jemanden, mit dem er sich aussprechen konnte. Schrecklich viele interessante Themen hatte der Alltag hier draußen in der Provinz auch nicht zu bieten, immer das ewig Gleiche, Tuberkulose und Diphtherie, Armut und mangelnde Hygiene. All das hatten sie schon so oft durchgekaut, vorwärts und rückwärts, dass es sozusagen verbraucht war. Der Doktor war Determinist, die Apotheker waren eher idealistisch und fortschrittsfreundlich eingestellt, und am Kreuzungspunkt von mildem Zynismus und behutsamem Reformgeist entstand zwischen ihnen dreien oftmals ein ganz erstaunlicher antithetischer Meinungsaustausch über an sich relativ einfache Dinge wie die Vorbeugung gegen Zahnfäule oder die Ausdehnung der Schulpflicht. Sie kannten die Ansichten der anderen bis auf den Grund. Trotzdem schätzten sie das Zusammensein, und die Geschichte von der kleinen Tochter des Stationsmeisters war jetzt ein wichtiger Punkt auf der Tagesordnung und eine höchst willkommene Abwechslung. Es ist ja immer recht erfrischend, eine Sensation so direkt mitzuerleben.

»Man muss es wohl der Zeit überlassen«, sagte der Arzt versöhnlich, als er ein Glas mit etwas Grünem in der Hand hielt, das die Kompromissbereitschaft steigerte.

Elsa Birgerson nickte und reichte die Keksplatte herum.

»Ja, Zeit ist wahrscheinlich das, was es braucht«, sagte sie.

Doch die Wochen liefen zu Monaten auf, und die Kleine sah immer noch ganz genau so aus wie zu dem Zeitpunkt, als ihre sterbende Mutter sie gebar. Näher beschrieben wird ihr Aussehen in dem Bericht an das Medizinische Kollegium der Hauptstadt, den abzufassen der Arzt sich nach drei Monaten als verpflichtet erklärte, trotz Frau Birgersons beim Abendtee geäußerten inständigen Bitte, doch noch ein paar Wochen zuzuwarten. Nein, auch nach mehreren grünen Gläsern beharrte Doktor Levin darauf, dass die Zeit reif sei und ein Bericht nicht länger warten könne.

»Ich kann das nicht weiter hinausschieben«, sagte er. »Früher oder später kommt es dem Kollegium anderweitig zu Ohren, und dann bekomme ich selber Schwierigkeiten, weil ich keinen Bericht geliefert habe.«

An diesem Punkt war es, dass Frau Birgerson die prophetischen Worte äußerte, dass der Arzt wohl eher an sein eigenes berufliches Fortkommen denke und »die Kleine zu einem Schaustück und Spektakel für die Anatomen« machen wolle. Der Arzt wurde ärgerlich, vor allem, weil ihm selbst insgeheim dieser Gedanke nicht fremd war.

»Glaubt mir«, sagte Frau Birgerson wieder einmal, aber der Arzt wollte nicht nachgeben:

»Und was, wenn es ein Mittel dagegen gibt? Eine Hilfe? Eine Kur, von der wir einfachen Medizinmänner auf dem Lande nichts wissen? Hast du daran mal gedacht? Und wir sitzen unterdessen hier, die Hände im Schoß, und tun nichts.«

Darauf hatte Frau Birgerson nichts zu entgegnen, sie reichte nur die Keksplatte herum.

Später ging der Arzt nach Hause, setzte sich in seine Praxis und verfasste seinen Rapport.

Am 13. Dezember vergangenen Jahres kam im hiesigen Distrikt ein Mädchen mit einer außergewöhnlichen köperlichen Anomalie zur Welt, die der Unterzeichnete in der ihm zugänglichen Literatur nicht beschrieben findet.

Die Mutter des Kindes starb bei der Geburt nach schweren, offensichtlich von einem Sturz verursachten Blutungen, der zudem ausgespro-

chen heftige Geburtswehen ausgelöst hatte. Sie befand sich ca. in der 30. Schwangerschaftswoche, die Geburt ereignete sich folglich etwas zu früh, aber das Kind war dennoch gesund und fast völlig entwickelt; es weist keinerlei Anzeichen von Schäden oder Entwicklungshemmungen auf. Es hat insgesamt normale Proportionen und normale Reflexe, nimmt ohne Probleme Nahrung zu sich, verfügt über einen dem Alter entsprechenden Gebrauch von Gliedmaßen und Stimme. Jedoch leidet das Kind seit Geburt unter einem den gesamten Körper betreffenden ausgeprägten Hirsutismus. Die Haare sind dünn und weich, an verschiedenen Körperteilen von verschiedener Länge und Dichte, jedoch nirgends kürzer als ca. zweieinhalb Zentimeter. Sie sind gleichmäßig und harmonisch verteilt, der Wuchs ist mithin auf Kopf und Rücken stärker als im Gesicht und an den Extremitäten frontalseitig länger als dorsalseitig. Das längste Haar, das ich messen konnte, sitzt am Rücken und misst knapp neun Zentimeter. Einzelne Körpergegenden sind unbehaart, nämlich Augenlider, Lippen, Ellbogen, Handflächen und Fußsohlen. Die Haut unter der Behaarung wirkt normal. Die Haare sind hell, teils gelblich, und erinnern in ihrer Weichheit an die Kopfbehaarung von Säuglingen sonst; sie sind weder besonders geformt noch brüchig und erscheinen auch nicht widernatürlich männlich, wie ich es in den kurzen Artikeln über Hirsutismus finden konnte, die mir hier zugänglich sind. Das Aussehen des kleinen Mädchens erinnert vielmehr ein wenig an ein Pelztier mit einem anmutigen und vollentwickelten Fell.

Es erübrigt sich wohl zu erwähnen, dass die städtische Öffentlichkeit, obwohl man versucht hat, die Kleine abzuschirmen, ihr bereits verschiedene phantasievolle Namen beigegeben hat, so »Wolfskind«, »Ungeheuer« und – aus welchem Grund auch immer – »Spanierin«. Die Kleine weist jedoch keinerlei Ähnlichkeit mit Wölfen oder Mitgliedern der iberischen Rasse auf, sondern ist ansonsten, wie gesagt, normal entwickelt und zeigt keine weiteren Anomalien als diesen bemerkenswerten Haarwuchs. Es konnte eine junge Frau gefunden werden, die sich bereit erklärte, gegen Vergütung die Aufgabe einer Amme zu übernehmen.

Man wird verstehen, dass der Vater des Kindes sich zusätzlich zur Trauer um den Verlust seiner Frau schwere Sorgen wegen des Kindes macht. Er ist sehr niedergedrückt.

Bislang habe ich ihm geraten abzuwarten, da ich meinte, der Zustand des Kindes könne vorübergehender Natur sein, denn eine gewisse Überbehaarung kommt bei Neugeborenen ab und zu vor, obgleich ich noch nie von einem Fall gehört habe, in dem der Haarwuchs so ausgeprägt war. Da jedoch keinerlei Veränderung eingetreten ist, teile ich nun die Sorgen des Vaters; es ist unmöglich vorherzusehen, ob die mentale und physische Entwicklung des Kindes weiterhin normal verläuft oder ob die Hypertrichose sich doch noch als vorübergehend herausstellen sollte, was ich leider bezweifle, denn der Haarwuchs ist eher kräftiger und ausgeprägter geworden. Daher ersuche ich um kollegiale Hilfe, um eine genauere Diagnose stellen zu können und evtl. eine erfolgversprechende Therapie zu finden.

Davon, die Behaarung mit einem Rasiermesser vorsichtig zu entfernen, habe ich abgeraten, teils aus Angst, die Haut des Kindes zu beschädigen, die der anderer Säuglinge entspricht, teils, da nicht vorhersehbar ist, welche ästhetischen und medizinischen Auswirkungen es hat, wenn sie wieder nachwächst.

Ich tappe in diesem Fall im Dunkeln und wende mich daher an das Kollegium, in der Hoffnung, dass es dem hier berichteten Fall Interesse schenkt und mir möglichst Rat geben kann, was ich im Zusammenhang mit diesem wirklich bemerkenswerten Kasus unternehmen soll.

Mit hochachtungsvollen Grüßen zeichne ich

Ihr verbundener
Abraham Levin
Arzt

KANTOR SWAMMERDAMM SIEHT ETWAS MERKWÜRDIGES

Dass es Kantor Swammerdamm war, der der Öffentlichkeit schließlich als Zeuge dienen sollte, war weder seine eigene erklärte Absicht noch die von irgendjemand anderem. Es begab sich, dass der Kantor eines Tages beim Stationsmeister anklopfte, aber erst drei Monate nach der Beerdigung. Er hielt hier ein gewisses Feingefühl für angebracht. Seine Absicht war dann dennoch keine andere, als seine Bereitschaft als musikalischer Mitstreiter zu erklären, nein, zu erneuern; ihm war Verschiedenes zu Ohren gekommen, aber auf Gerede und Gerüchte gab er nichts. Sein Anliegen war also, die Erinnerung an die junge Frau, seine Lieblingsaltstimme, aufrechtzuerhalten.

Aber der Stationsmeister war nicht zu Hause. Swammerdamm war völlig unvorbereitet, als ein junges Mädchen die Tür öffnete, das Kind auf dem Arm. Sie starrte ihn erschrocken an, wusste nicht, wer er war. Das Kind blickte ihn ruhig an.

»Entschuldigung«, sagte der Kantor, »aber treffe ich Herrn Arctander an?« »Nein«, sagte das Mädchen.

»Er ist auf … Streckeninspektion, heißt das, glaub ich.« Von ihrem Arm blickte ihn immer noch die Kleine an, aus ernsten, forschenden Augen mitten in all dem Haar.

»Oh«, sagte Swammerdamm bedauernd. Er wusste nicht, was er noch sagen sollte, denn so etwas Merkwürdiges hatte er noch nie, niemals im Leben gesehen. »Ja … dann entschuldige bitte«, sagte er.

»Richte ihm aus, dass ich hier war … dass ich demnächst wiederkomme.«

»Von wem soll ich grüßen?«, fragte das Mädchen, aber Swammerdamm hatte schon wieder die Mütze auf und schwankte von dannen.

Eine Weile ging er die Hauptstraße auf und ab und grübelte über das nach, was er da gesehen hatte.

Schrecklich, sagte er sich. Dann stimmt also, was die Leute erzählen.

Nach einigem Hin- und Hergewandere fand er es am klügsten, nach Hause an seinen Schreibtisch zu gehen und seine Arbeit weiterzuführen; er wollte ein kleines religiöses Volkslied mehrstimmig setzen.

An einer Ecke traf er auf Redakteur Jahnn. Der Kantor sah ihn erst, als er dicht vor ihm stand.

»Guten Tag, Herr Kantor!«, sagte der Redakteur. »Und, wie geht's?«

»Danke, gleichfalls«, stammelte der Kantor und wollte eilig weiter.

Der Redakteur hielt ihn fest. »Sie wirken ja ganz verwirrt, Swammerdamm?«

»Ja, das stimmt«, sagte der Kantor erregt. Und dann erzählte er, was er gesehen hatte. Er musste es zwei Mal schildern, der Redakteur fragte präzise und forschend nach und sagte zum Schluss:

»Dann stimmt also, was die Leute erzählen.«

»Ja«, sagte Swammerdamm.

»Aber Natternaugen hat sie nicht?«

»Natternaugen? Nein!«

»Oder Reißzähne?«

»Nein, wo denken Sie hin?«

»Hm. Ich glaube, wir *müssen* ein paar Zeilen darüber bringen.« Der Kantor sah ihn erschrocken an.

»Ja, um dem Gerede ein Ende zu bereiten«, sagte der Redakteur. »Damit die Fakten zu ihrem Recht kommen. Einen guten Nachmittag noch, Herr Swammerdamm.«

Eine seltsame Laune der Natur

Nach reiflicher Erwägung erachtet die Redaktion es für richtig, ja notwendig, diesen Leitartikel zu bringen, um gewissen Spekulationen entgegenzutreten, die jüngst in unserem Distrikt aufgekommen sind. Gerede und Gerüchte sind bekanntlich ein Übel, ebenso wie der Aberglaube, und unsere Zeitung ist – wie alle seriösen journalistischen Organe – ein notwendiges und natürliches Gegengewicht zu dergleichen wenig ehrbaren Dingen, die aller Aufklärung schaden und ihr zuwiderarbeiten, aller Rationalität und allem Fortschritt unserer Gesellschaft. Andererseits sind wir der Auffassung, dass Ereignisse aus dem Privatleben einzelner Bürger nicht von öffentlichem Interesse zu sein haben, auch wenn sie die Volksphantasie beschäftigen, und daher nicht wert sind, dass man ihnen kostbaren Raum in der Zeitung opfert.

Allerdings kann es private Ereignisse von derart außergewöhnlicher Natur geben, die Anlass zu Gerede in einem solchen Ausmaß sind, dass sie eine verantwortungsbewusste journalistische Aufmerksamkeit erfordern.

So in dem vorliegenden Fall. Wir empfinden es als unsere Pflicht, der Öffentlichkeit die Fakten zu präsentieren, eben um den Drang zu Spekulationen zu dämpfen. Kürzlich wurde in unserem Landkreis ein Mädchen geboren, das, so viel ist richtig, am gesamten Körper einen übermäßigen Haarwuchs aufweist, einen so genannten Hirsutismus. Laut behandelndem Arzt liegt hier eine natürliche, wenn auch seltene Variante vor, die möglicherweise immer noch von selbst verschwinden kann. Es mag nicht allgemein bekannt sein, dass der Embryo im Verlaufe der Schwangerschaft – genauer gesagt im siebten Monat – eine Phase durchläuft, in der er vollständig behaart ist, möglicherweise, da seine Entwicklung im Mutterleibe eine Wiederholung der Entwicklung des Menschen von niedrigeren Tieren zum vernunftbegabten Wesen durchläuft. Wie auch immer man über diese Theorien denken mag, so ist die Behaarung des Embryos im siebten Monat eine medizinische Tatsache, und häufig ist zu erleben, dass diese Haare bei der Geburt noch nicht restlos ausgefallen sind, sodass Neugeborene dann und wann mit einer gewissen Behaarung zur Welt kommen, vor allem an Rücken und Beinen. Das kleine Mädchen, Gegenstand der gegenwärtigen Spekulationen, ist allerdings sehr viel stärker behaart, es hat einen längeren und vor allem den gesamten Körper bedeckenden Haarwuchs. Ansonsten aber ist es ein gesundes, lebhaftes und normales Kind, immer noch laut seinem Arzt, und seine Behaarung kann in keiner Weise als etwas Anderes gesehen werden denn als Laune der Natur, die nichts, aber auch gar nichts mit Werwölfen, übernatürlichen Ereignissen oder anderen der aberwitzigen Hypothesen zu tun hat, die phantasievolle Hirne jüngst ausgesponnen haben, sodass wir unseren Lesern raten, solchen Ausgeburten der Phantasie verantwortungsbewusst und nüchtern zu begegnen, nicht zuletzt aus Rücksicht gegenüber den Betroffenen und ihren Angehörigen.

gez. Red.

JOURNALIST HANSEN

Anfang April kommt ein Fremder in die Stadt, ein jüngerer Mann in elegantem, einreihigem Reiseanzug aus Tweed und mit gepflegten Schuhen. Er entsteigt dem 11-Uhr-20-Zug, und bereits die Art, wie er in die Sonne blinzelt, zeigt, dass er noch nie hier gewesen ist. Er reist offensichtlich mit leichtem Gepäck, mit einem einfachen Koffer und einem Skizzenbuch, über seinem Arm hängt ein Mantel mit Lederbesätzen, überflüssig in der unvermittelten Frühlingswärme, aber er nimmt sich elegant aus, wie er da hängt. Höflich fragt der junge Mann sich durch und findet selbst den Weg zum Hotel, wo er ein Zimmer reserviert hat. »Hansen, Journalist«, so steht auf seiner Visitenkarte. Nein, er weiß nicht, wie lange er bleibt, mindestens zwei Nächte jedenfalls, er spricht gepflegt und gebildet, ist zum Äußersten korrekt und freundlich, und der Hoteldirektor verzichtet sogleich auf jegliche Anzahlung. Hansen bezieht sein Zimmer, wechselt das Hemd, kämmt sich Haar und Oberlippenbart, bürstet seine Schuhe und begibt sich, nunmehr ohne Mantel, hinaus in die Nachmittagswärme des Städtchens. Zunächst spaziert er ein halbes Stündchen umher, besieht sich, rasch getan, die Sehenswürdigkeiten des Ortes, Marktplatz mit Springbrunnen und Rathaus, Polizeistation und Schule. Nachdem er die Hauptstraße ein paar Mal auf- und abgeschritten ist, lüpft er höflich den Hut vor einer vorbeigehenden, frühlingshaft gekleideten Dame – wie der Zufall es will, ist es Frau Birgerson – und fragt ganz einfach nach dem Weg zur Zeitung, mehr nicht, doch seine Art, wie er den Kopf neigt, sein charmierendes Lächeln, etwas Wohlgepflegtes und Rücksichtsvolles in seiner Stimme bewirken, dass sie für einen Augenblick ihr sonstiges barsches Wesen ablegt und seine Frage zuvorkommend beantwortet; sie freut sich, dass er sie gefragt hat, sie erklärt; die zweite links, zum Fluss hinunter, gelbes Haus. Er vollführt eine kleine Verbeugung, sie spürt, wie ihre Wangen warm werden. Er dankt ihr und geht weiter. Sie dreht sich noch einmal nach ihm um.

Bald darauf sitzt er im Vorzimmer des Redakteurs, wartet geduldig, hat bereits um Verzeihung gebeten, dass er ohne Termin ... Die Bürodame ist hingerissen, hat ihm eine Tasse Kaffee angeboten. Jetzt wartet er.

Nicht lange, und Redakteur Jahnn kommt aus seinem Büro, breitbeinig und massig. Er wirkt beschäftigt. Hansen springt vom Stuhl auf, stellt sich vor, grüßt weltmännisch, zieht einige Beglaubigungen hervor. Und der sonst wenig zugängliche Jahnn ist von der höflichen Art des jungen Mannes eingenommen, außerdem imponieren ihm die lobenden Empfehlungsschreiben, die er aus der Brusttasche zaubert. Er schmilzt geradezu, etwas, das nur ausgesprochen selten geschieht, und lädt den jungen Mann auf der Stelle für selbigen Abend zum Essen ein, als wäre der Besucher ebenfalls bereits Chefredakteur. Und Schlag sieben Uhr sitzen die beiden Herren jeder vor seinem Châteaubriand am besten Tisch des Hotelrestaurants. Der Kellner umschwebt sie, schenkt Médoc-Wein in die Gläser. Lange haben sie über Politik geredet, über die Papierindustrie, Holzgewinnung und den Ausbau des Eisenbahnnetzes, auch über die bevorstehenden Wahlen. Redakteur Jahnn sieht sich in seinem Vertrauen auf seine Menschenkenntnis gestärkt. Der junge Hansen ist, so hat sich erwiesen, weder ein Spinner noch ein Liebediener, ganz im Gegenteil, er hat eine Reihe wohldurchdachter und wohlinformierter, kritischer Fragen gestellt, alle mit einem hohen Maße an rhetorischer Gewandtheit, Fragen, zu deren überzeugender und fundierter Beantwortung der Redakteur wirklich all seine Formulierungskunst und seinen Scharfsinn hat mobilisieren müssen. Redakteur Jahnn fühlt sich heute Abend als kluger und sachkundiger Mann, und auch als großzügiger Mensch, denn er hat dem jungen Kollegen in einer Reihe Punkte recht geben müssen; Hansen hat seine argumentative Fähigkeit aufs äußerste gefordert. Dies war ein guter und sehr befriedigender, ja, ein stimulierender Meinungsaustausch. Kein Streitgespräch, nein, eine Klärung und ein Austausch von Gesichtspunkten und Meinungen unter Ebenbürtigen. Schon lange nicht mehr hat Redakteur Jahnn einen so angenehmen Abend verbracht, das wird ihm jetzt klar, des Bürgermeisters sowie des Oberlehrers ist er längst überdrüssig, ganz zu schweigen von den Apothekersleuten, den Arzt kann er nicht ausstehen, und mit dem Pfarrer hat er nur Umgang, wenn es sich absolut nicht vermeiden lässt; nein, jetzt ist ihm pudelwohl, mittlerweile ist man beim Schokoladenpudding angelangt, er und dieser junge Mann mit höchst gewöhnlichem Familiennamen, aber von ungewöhnlicher Beredtsamkeit und mit seinen beeindruckenden Empfehlungsschreiben aus der Hauptstadt. Der Redakteur findet es angebracht, zum Kaffee einen älteren Cognac als sonst zu bestellen. Und danach noch eine Flasche Médoc. Und da sitzen sie nun und hatten einen fabelhaften Abend, diese beiden Zeitungsmänner; aus Hansens Gesicht funkeln Humor, Diskussionslust und unverstellte Freude über das Zusammensein mit seinem älteren Kollegen, und endlich erkundigt Redakteur Jahnn sich, was er denn für ihn tun könne.

Das Vorhaben des jungen Mannes ist schnell erläutert, und rasch bekommt er vom Redakteur zu hören, was er hören will.

»Ich verstehe ja Ihr Anliegen«, sagt Redakteur Jahnn großmütig. »Natürlich ist es für die Information der Öffentlichkeit von großem Interesse, dass …« Er hält inne, zündet sich seine Zigarre an. »Nun ja«, sagt er nachdenklich. »Also gewissermaßen, natürlich.«

»Seien Sie versichert«, sagt Journalist Hansen, »mein Bericht wird sich strikt an den Tatsachen orientieren.«

»Natürlich, natürlich. Ganz meine Meinung. Sie verstehen, dieser kleine Hausstand ist hart getroffen. Sehr hart. Und der Stationsmeister – also der Vater des Kindes – ist ein älterer Mann …«

»Also der Stationsmeister ist es?«

»Ja, wussten Sie das nicht?«

»Nein«, sagte Hansen, »das wusste ich nicht.«

»Das ist eine tragische Geschichte, wirklich tragisch. Und interessant.«

»Ach, erzählen Sie doch, seien Sie so gut.«

»Ach ja. Stationsmeister Arctander … Ach ja. Unter uns gesagt hatte niemand gedacht, dass er noch heiraten würde – ein alternder Sonderling. Ein tüchtiger Mann, bewahre, sehr pflichtbewusst und verlässlich, der rechte Mann am rechten Platz, aber … wie soll man sagen … etwas einfach. Einfach. Nicht einfältig. Geradlinig. Etwas schmale Interessen, wenn Sie verstehen. Gesellschaftlich ein bisschen schwerfällig. Natur und Technik, dafür interessiert er sich, das schon. Geht nicht gerade viel unter die Leute. Hat sich übrigens eine Zeit lang für Musik interessiert, aber das lag wohl eher an seiner Frau. Sie war Musiklehrerin.«

»Ach ja? Wie interessant.«

»Kam her, um zu unterrichten. Ursprünglich aus dem Norden. Allseits beliebt, auch bei den Herren, sie verstehen schon. Ruth, so hieß sie. Aber sie war ziemlich fromm, also machte sich niemand größere Hoffnungen, nach Kanaan einzuziehen.« Der Redakteur lacht gedämpft. Der junge Journalist lächelt. »Aber stellen Sie sich vor, auf einmal war sie mit Stationsmeister Arctander verlobt und spazierte Arm in Arm mit ihm über die Hauptstraße. Sehr verblüffend. Haben Sie ihn vielleicht heute an der Bahnstation gesehen?«

»Ich glaube nicht.«

»Er wäre Ihnen aufgefallen. Eine etwas schlichte Existenz, wie gesagt, aber weißhaarig und äußerlich ziemlich beeindruckend. Er hätte ihr Vater sein können. Natürlich hat man sich für ihn gefreut. Aber recht verstanden hat es eigentlich niemand. Und dann das. Wie lange war Adam im Paradies? Es war ein kurzes Glück. Eine wirklich tragische Geschichte im Grunde.«

»Ich verstehe«, tönt es verständnisvoll von Hansen.

»Ich spreche so offen mit Ihnen, damit Sie sich ein richtiges Bild machen können. Als wir selbst ein paar Zeilen zu der Sache brachten, haben wir eben auf eine sehr diskrete und wohlüberlegte Wortwahl geachtet, ohne Namen zu nennen, mehr, um die Dinge geradezurücken, denn Sie können sich wohl denken, was für Formen das Gerede hier unter den Leuten angenommen hatte.«

»Ja, das kann ich mir vorstellen«, sagt der Journalist verträumt.

»Ich weiß nicht, ob der Stationsmeister damit einverstanden war, gesagt hat er jedenfalls nichts, aber ich glaube, wir haben ihm einen Dienst erwiesen. Weder Namen noch Stellung haben wir genannt. Nicht, dass man nicht wüsste, um wen es geht, er ist ja sieben Meilen im Umkreis allen bekannt. Aber die Verhältnisse sind … nun ja … klein, und derlei Angelegenheiten wollen mit einer gewissen Discrétion behandelt werden. Man begegnet sich doch hin und wieder auf dem gesellschaftlichen Parkett. Sie wissen, wie das ist.«

»Ich verstehe, und ich versichere Ihnen, was Sie mir hier anvertrauen, das bleibt unter uns.«

»Gut, gut.«

»Dieser Stationsmeister Arctander … können Sie mir über den vielleicht noch mehr erzählen, falls es Ihnen keine Umstände macht? Mit wem er Umgang hat, wer bei ihm in Diensten steht, und natürlich noch etwas über dieses arme Kind, also nur, falls Sie noch etwas wissen?«

»Ja, natürlich«, sagt Redakteur Jahnn. »Mit Vergnügen.«

Es war überhaupt ein großartiger Abend, und obwohl sie beide ziemlich viel getrunken hatten, konnte Redakteur Jahnn am nächsten Morgen mit Wohlbehagen feststellen, dass trotz des kleinen Schwipses die Grenzen gewahrt geblieben waren, sie waren weiterhin per Sie, als sie voneinander schieden, keine fachlichen oder menschlichen Indiskretionen irgendeiner Art waren begangen worden. Zudem nährte er eine gewisse Bewunderung für einen jungen Zeitungsmann, der gar keine Notizen machte. Und Redakteur Jahnn verbrachte den restlichen kleinen Rausch in Harmonie und Einklang mit sich selbst.

Auch des jungen Herrn Hansens nächster Tag war ausbalanciert und produktiv. Die ersten paar Stunden verbrachte er auf dem Platz, wo er ein paar Bekanntschaften machte, mit Marktverkäufern und Hökern, Frauen und Dienstmädchen, und sich mit ihnen über dies und das unterhielt. Eine Weile saß er im Hotelrestaurant, trank Selterswasser und plauderte dabei mit den Kellnern. Danach ging er auf sein Zimmer, kämmte sich erneut und suchte Stationsmeister Arctander in dessen Kontor auf. Nicht nur seine Weltgewandtheit, sondern auch die Referenzen, die er vorweisen konnte, nun auch von Redakteur Jahnn, bewirkten, dass er auch dort freundlich aufgenommen und zum Platznehmen aufgefordert wurde. Doch bald stieß er auf Schwierigkeiten. Er erläuterte sein Anliegen mit Überzeugungskraft, Punkt für Punkt, und der Stationsmeister lauschte ihm, schenkte Kaffee nach, sagte aber nichts. Jedes Mal, wenn Hansen die Schraube seiner Beredtsamkeit noch ein wenig weiterdrehte, versank der Stationsmeister sichtlich tiefer in seinem Schweigen. Nicht einmal kleine Reaktionen, ein Ja oder ein Nein oder ein Räuspern, waren zu hören. Monumentales Schweigen.

»Und folglich ... folglich, in einer solchermaßen ausgewogenen und wohldurchdachten Weise, meine ich, dass es für die weitere Öffentlichkeit von Interesse sein muss ... Sehen Sie das nicht auch so?«

Doch es kam immer noch kein Laut von dem Weißhaarigen. Der Stationsmeister sah ihn an oder eher dicht an ihm vorbei, fast, als hätte er nichts gehört. Als säße man einem Felsen gegenüber. Hansen mobilisierte seine Kräfte und versuchte es erneut, spürte aber, dass er anfing, sich zu wiederholen, allerdings schlechter. Schließlich trank er den restlichen Kaffee in einem Zug aus.

Nach einer weiteren Stille schüttelte der Stationsmeister traurig den Kopf und äußerte sich:

»Sie müssen eines verstehen, Herr Hansen«, sagte er ruhig, »und zwar, dass ich höherer Beamter der Staatsbahn bin.« Mit Nachdruck sprach er das. »Und in dieser Funktion kann ich keinerlei Form von Aufsehen um mich selbst oder um meine Familie dulden ... ich meine, um das Wenige, das von ihr noch übrig ist.«

Erfreut, dass endlich eine Reaktion kam, sagte der Journalist:

»Ich verstehe, ich verstehe, aber Sie können versichert sein, dass ich ...«

»Ich kann daher Ihrer Bitte nicht entsprechen.« Freundlich, aber bestimmt.

»... aber ich versichere Ihnen doch, versichere Ihnen, dass die Öffentlichkeit ...« Er zögerte ein wenig bei dem Wort. »... dass *die Öffentlichkeit* eine, eine natürliche, ja, eine natürliche Wissbegier hat, ganz zu schweigen von der Wissenschaft ... Sie sind doch selbst ein naturwissenschaftlich interessierter Mann, und ...«

Doch der Stationsmeister sank ganz offensichtlich wieder in seine Lethargie zurück und wandte das Gesicht ab. Der Journalist war verzweifelt:

»… und ich versichere Ihnen, dass Ihr Name, Ihre Stellung und Wohnort ungenannt bleiben.«

Der Stationsmeister drehte ihm langsam wieder den Kopf zu. »Es tut mir leid, dass Sie den weiten Weg umsonst gemacht haben«, sagte er ruhig. Und stand auf. Der Journalist desgleichen.

»Die Pflicht ruft«, sagte Arctander und reichte ihm die Hand. »Güterzug, westwärts.«

Der junge Mann erwiderte den Druck der großen Eisenbahnerhand, so gut er konnte, und sagte: »Ich werde noch ein paar Tage in der Stadt sein. Ich wohne im Hotel, falls Sie Ihre Meinung also noch ändern sollten …«

Der Stationsmeister blickte ihn an.

»Ihnen wünsche ich einen angenehmen Aufenthalt.«

Doch der Journalist begab sich direkt zum Telegraphenamt, wo er einen längeren Schrieb an seine Vorgesetzen aufgab, und danach blieb er eine geschlagene Woche. Im Laufe dieser Tage unternahm er Verschiedenes. Er verspeiste in aller Nüchternheit ein Mittagessen höflichkeitshalber mit Redakteur Jahnn, dann tat er sich überall im Städtchen und der Umgebung um. Er besuchte Hoch und Niedrig, keine Stube war ihm zu gering, und trat überall gleichermaßen freundlich und zuvorkommend auf. Nicht überall wurde ihm derselbe Empfang zuteil, mancherorts wies man ihm sofort die Tür, doch im Großen und Ganzen fand man es erfreulich, mit dem jungen Mann zu reden. Doktor Levin warf ihn relativ rasch hinaus, aber Frau Birgerson, die allein zu Hause war, ließ ihn ein; sie erinnerte sich an den höflichen jungen Mann von ihrer kurzen Begegnung auf der Straße und unterhielt sich eine Weile mit ihm, was sie später bereuen sollte. Danach suchte er verschiedene Mitglieder des Stationspersonals auf, den Pfarrer und Kantor Swammerdamm (der lange und präzise – so meinte er selbst – über Ruth Arctanders Aussehen und Eigenschaften sprach), Bahnangestellte, Waschmädchen und Laufburschen. Er erfuhr bei den einzelnen Besuchen nicht unbedingt viel, aber doch jedes Mal ein Mosaiksteinchen. Und er wurde bei Hanna vorstellig, als sie an ihrem freien Tag bei ihren

Eltern war, doch muss man sagen, dass sie bis zum Tage ihres Todes Stein und Bein schwor, dass sie, noch bevor das Kaffeewasser kochte, dem Mann die Tür wies, als sie begriff, worauf er hinauswollte. Zwar trug sie unmittelbar nach Hansens Besuch im Städtchen einen neuen Hut, aber das konnte ja auch daran liegen, dass sie sparsam war, und es war ja allgemein bekannt, das Arctander sie gut bezahlte.

All dies dauerte fast fünf Tage, und dann setzte sich Hansen in sein Hotelzimmer und nahm Skizzenblock und Bleistift hervor. So saß er eine ganze Weile. Dann ging er aus, suchte ein Nähmädchen in der Umgebung auf, das einen Säugling hatte, saß ein paar Stunden bei ihr, ging dann zurück ins Hotel und zeichnete weiter. So verbrachte er seinen sechsten Tag in der Stadt. Am siebenten begegnete er auf der Straße dem Stationsmeister.

Nun waren die Bewegungen des Journalisten dem Eisenbahner nicht ganz verborgen geblieben, weshalb Arctander Hansen diesmal ausgesprochen wortkarg grüßte.

»Wie man erzählt, hören Sie sich um?«

»Herr Arctander, Sie wollten ja nicht mit mir reden.«

»Sie haben meine Freunde aufgesucht.«

»Ihre Freunde waren sehr loyal.«

»Und auch einige Mitglieder meines Personals. Das verbitte ich mir.«

»Ich verstehe, Herr Arctander, aber Sie können mich nicht daran hindern, meiner Arbeit nachzugehen.«

Der Stationsmeister sah ihn an. Mit einem Blick, so matt, dass er fast aschbleich war.

»Sie sind ein Schwein«, sagte er.

»Keineswegs, Herr Arctander«, sagte der Journalist. »Keineswegs. Das müssen Sie mir glauben. Ich bin mit einem Auftrag hier, das müssen Sie verstehen. Ich kann erst wieder fahren, wenn er erfüllt ist. Wenn Sie nicht mit mir reden wollen, muss ich mit anderen reden.«

»Trotzdem finde ich Ihr Verhalten eine Sauerei.«

»Aha. Nun, das kann ich nur bedauern.«

»Das hoffe ich sehr.«

Und sie gingen beide ihrer Wege.

Hansen verfügte über eine sehr ordentliche Begabung als Zeichner, vielleicht überstieg sie seine journalistischen Fähigkeiten, jedenfalls was das professionelle Taktgefühl anging. Als Zeichner war er wirklich nicht schlecht, auf seinem Gebiet, seine schwarz-weißen Tuschzeichnungen waren deutlich, realistisch und in Form und Ausführung dramatisch. Dank ihrer war er ein hochgeschätzter Mitarbeiter bei der *Illustrirten*, vor allem, da er eine feine, instinktive Fähigkeit besaß, für jede Geschichte die typischsten Situationen zu finden und pointiert darzustellen. Außerdem arbeitete er rasch und zuverlässig. Sein Arbeitsbereich war weit, sein professioneller Status hoch, höher, als Redakteur Jahnn wahrgenommen hatte; Hansen war nämlich Syndikalist. Als solcher hieß er übrigens nicht Hansen, sondern Hazle, und große Teile Europas hatten jüngst seine bewegende vierteilige Schilderung der Jungfernfahrt und des Unterganges der *Titanic* verschlungen, die derart frappierende Momentaufnahmen zu bieten hatte, dass man fast meinte, man befinde sich selbst an Bord. Die Sterne. Die Nacht. Der Eisberg. Die Telegraphisten. Die Rettungsboote. Und so weiter und so fort. Ebenso eifrig hatte das an Adelsdingen interessierte Publikum des gesamten Kontinents seine Gedenkserie über das Leben Edwards VII. verfolgt. Hansen hatte sorgsam darauf geachtet, vor allem die eher politischen Momente herauszuarbeiten, heroische Augenblicke wie Edward und Alexandras persönlichen Mut beim Attentatsversuch in Paris, sodass kaum jemand daran Anstoß nehmen konnte, dass der Zeichner – auf einem Bild von einer Gartengesellschaft – eine namenlose, auffällige Dame mit tiefem Ausschnitt zeigte, die Alice Keppel zum Verwechseln ähnlich sah.

Realistische Porträts waren beim breiten Publikum beliebt, und Hansens Porträts waren sehr realistisch. Diesmal allerdings hatte er improvisiert, auf der Grundlage der wenigen Informationen, die seine Gewährsmänner und -frauen ihm geliefert hatten, und des spärlichen Bildmaterials, das er vor seiner Abreise aus der Hauptstadt hatte finden können. Professor Strøm war sehr hilfsbereit, ja begeistert gewesen, hatte aber nicht mehr gefunden als ein paar Reproduktionen von Gemälden des 16. Jahrhunderts sowie aus jüngerer Zeit eine ziemlich verschwommene, kräftig retuschierte russische Fotografie und eine etwas schärfere aus dem Fernen Osten.

Hätte Hansen das *Corpus Delicti* in Augenschein nehmen können, worum er sich so eifrig bemüht hatte, dann hätte das Ergebnis vielleicht eher mit der Wirklichkeit übereingestimmt, doch keiner seiner Zehntausenden und Aberzehntausenden treuen Illustriertenleser in ganz Europa hätte bestritten, dass seine bebilderte Geschichte äußerst mitreißend und dramatisch wirkte. Der gesamte Verlauf war da, vom jungen Glück des ungleichen Paars bis zur Geburt des bizarren Kindes. Aus dem alternden Stationsmeister hatte er einen Obersten gemacht, doch sonst war er ganz er selbst. Ruth Arctander hingegen erschien in dieser Geschichte eher wie eine Mischung aus der bewussten Alice Keppel und der Jungfrau Maria am Tage der Verkündigung (hier hatten Kantor Swammerdamms Ausführungen abgefärbt), Frau Birgerson als unerschütterliche Matrone (was sie mehr ärgerte, als sie je hätte zugeben können), und Doktor Levin bekam eine wuchtige krumme Nase verpasst (zum Dank für den Rausschmiss).

Eva Arctander war ein Anblick der Extraklasse. Hansen hatte seine ganze Seele und Schaffenskraft in die Darstellung gelegt – in einem Gemütszustand, im Prinzip nicht unähnlich demjenigen, in den die Meister der Renaissance sich versetzen mussten, um ordentliche Porträts von Heiligen zu schaffen, die vor Zeiten den Märtyrertod erlitten hatten und deren Antlitze es sozusagen aus dem Staub hervor- und auf die Altarbilder hinaufzuzaubern galt, zur Freude und Erbauung der Gemeinde. Zwar glich Hansens Werk Eva nicht eben, aber regte ohne jeden Zweifel die Phantasie an mit dem allzu langen und groben Haar, dem etwas unförmigen Kopf und der angedeuteten spitzen Schnute.

Natürlich waren die Namen von Ort und Beteiligten sorgsam verändert, sodass kaum andere als die Leser der *Illustrirten* im näheren Umkreis (und die waren unleugbar deutlich zahlreicher als diejenigen von Redakteur Jahnns Artikel) Handlung und Personen mit Sicherheit ins wirkliche Leben zurücktransportieren konnten. Und – das ist wichtig – hieraus hätten sie auch lernen können, dass ein Bild sehr viel wirkungsmächtiger ist als ein flüchtiger Sinneseindruck, ja, dass es *wirklicher* wird als die Wirklichkeit. Denn so ein Bild liegt lange auf dem Zeitungstisch oder auf dem Klo, oder sogar in Sammelheften, man kann es immer wieder aufs Neue hervorholen; ein kleines, haariges Mädchen hingegen, das man höchst selten einmal in der Wirklichkeit zu sehen bekommt, ist nicht mehr als ein kurzer Blick, den man auf den Arm des Kindermädchens erhascht, wenn es durch eine Tür schlüpft, oder hinterm Schleier eines Kinderwagens, oder durch das matte Fenster einer Bahnstation.

MUTTER BERG

Der Stationsmeister war nie eine ausgeprägt abergläubische Natur gewesen, ganz im Gegenteil, er hatte sich zeitlebens an die eine und wahrhaftige lutherische Religion gehalten, aber ohne Übertreibungen; das hätte nicht zu ihm gepasst. Die glühende Überzeugung, die seine Frau erfüllt hatte, ging ihm ab. Natürlich war er der Ansicht, dass Aberglaube und Altweiberkünste mit einer respektierlichen Lebensführung unvereinbar waren, ebenso wie Freidenkerei und Gottesleugnung. Zudem war der Stationsmeister ein Mann seines Standes, die Bahn, die Telegraphie und die standardisierte Uhrzeit, das war seine Welt, und alle Phänomene, die irrational oder überspannt schmeckten, waren ihm instinktiv zuwider.

In der Schule hatte er sich besonders in Mathematik, Chemie und Mechanik geschickt angestellt, so geschickt, dass sein Lehrer meinte, er hätte durchaus das Zeug zum Ingenieur, wenn die Familie sich die Ausbildung leisten könne. Stattdessen hatte er den Dienstweg beschritten, zunächst als Stationsbeamter, bald aber in der Ausbildung zum Telegraphistendienst in der Abendschule der Bahngesellschaft. Er zeichnete sich aus durch Genauigkeit und Zuverlässigkeit, legte zudem gute administrative Fähigkeiten an den Tag, konnte seinen Vorgesetzten bei Buchhaltung und Korrespondenz zur Hand gehen, und so rückte er in immer höhere Stellungen auf, bis er stellvertretender Stationsmeister in einer größeren Stadt wurde und sich schließlich auf den frei gewordenen Stationsmeisterposten in seiner Heimatstadt bewarb. So konnte er sich auch um seine alte Mutter kümmern, die ein paar Jahre darauf starb. Stationsmeister Arctander war ein Freund von Präzision und Verlässlichkeit und bestand darauf, dass seine Telegraphisten jeden einzelnen Tag um Schlag zwölf Uhr die korrekte Eisenbahnzeit aus der Hauptstadt anforderten – die Reichszeit, wie sie hieß –, obgleich die Vorschriften dies nur einmal wöchentlich verlangten.

Seine Telegraphisten belächelten ihn ein wenig, aber nicht, wenn er zur Mittagszeit in die Telegraphenstation kam, mit seinem eigenen Chronometer im gepolsterten Etui, das er behutsam öffnete, zur Justierung bereitmachte und sie dann anwies, eine Leitung für das Zeitsignal frei zu machen. Danach machte er selbst die Runde und inspizierte sämtliche Uhrwerke der Station, den Chronometer in der Hand. Lange stand er dann vor jedem einzelnen Zifferblatt und beobachtete die Zeiger, um sich zu vergewissern, dass sämtliche Werke auf die Sekunde gleich und genau gingen. Hinter Fensterscheiben und Ecken schmunzelte man darüber, wie geduldig er dastand und wartete, dass der Minutenzeiger weitersprang. Den Sekundenzeiger, so nannten sie ihn.

Genau war er auch in anderen Dingen; die Wagenmeister sollten präzise Arbeit leisten, und er legte großen Wert darauf, dass sie dazu auch genug Zeit hatten; so war er selbst manches Mal mit ihnen in kalten Winternächten die Züge entlanggegangen, die Uhr in der Hand, um festzustellen, wie lange sie für jedes Räderpaar brauchten und für jeden Wagen, um hernach einen längeren Schriftsatz an die Bahnverwaltung aufzusetzen, worin er darum bat, für die längsten Züge einen fünf Minuten längeren Aufenthalt vorzusehen. Es war, wie er in seinem Gesuch etwas umständlich ausführte, nicht verantwortbar, vor allem nicht im Winter und bei einer Station, die in einer schneereichen Gegend lag und wo die Entfernungen von und zur nächsten Station besonders groß waren und zudem dem Wetter ausgesetzt, sodass die Räder in der klirrenden Kälte leicht einmal Schaden nehmen konnten, sich darauf zu verlassen, dass elf Minuten Aufenthalt genügten. Und nach einigem Schriftwechsel hin und zurück konnte er seine Ansicht durchsetzen, denn seine Argumentation war sachlich absolut unanfechtbar, auf die Sekunde genau. Er setzte sich durch, obwohl das die Überarbeitung vieler Fahrpläne und eine Veränderung der Aufenthaltszeiten an den Kreuzungen entlang der Linie mit sich brachte. Mit anderen Worten, er gab der Hauptverwaltung ein regelrechtes Puzzlespiel auf, damit seine eigenen Visiteure fünf Minuten länger Zeit bekamen, um Räder und Waggons zu inspizieren, und das verschuf ihm enormes Ansehen unter diesem Personal. Im Gegenzug verlangte er aber, dass die Visiteure diese neu angesetzte Zeit auch einhielten, selbst bei Orkan. Und wenn ein Zug mit mehreren Stunden Verspätung anrollte, duldete Stationsmeister Arctander keinesfalls, dass in seiner Station oder auf seinen Strecken auch nur eine Minute dazukam. Darum rückte er Dutzende Male gemeinsam mit den Männern aus, sogar beim übelsten Schneetreiben, mit normalem Schneepflug und Rotorpflug, um sich durch eigenen Augenschein zu vergewissern, wo die schlimmsten Abschnitte lagen, und wiederum: Auf dieselbe unwiderlegbare Weise setzte er mittels unermüdlicher Eingaben die Einstellung von zwei zusätzlichen Männern im Winterhalbjahr durch samt der Anschaffung eines weiteren Schneepflugs, zusätzlich zu den beiden, über die er bereits verfügte. Wenn man also ein wenig über ihn lächelte und ihn den Sekundenzeiger nannte, so geschah das in gutmütigem Respekt. Jeden Kilometer der Strecken hatte er selbst mit der Draisine befahren, er kannte sämtliche Schienennähte und Weichen, jede Kurve und jedes Signal auswendig, wusste genau, wann ein Augusttag so warm war, dass die Männer rausmussten, um nach verbogenen Schienen zu sehen, und wenn er Schicht hatte, empfing er die Züge immer selbst, schaute in regelmäßigen Abständen das Stellwerk nach, kontrollierte, ob das Restaurant sauber und aufgeräumt war, sowohl der Teil für die Passagiere als auch derjenige fürs Personal, und dass die Abtritte täglich neu mit Chlor gereinigt wurden; von seinem Kontorfenster aus beobachtete er alles Kommen und Gehen und war außerdem stets zur Stelle, wenn er sah, dass ein Passagier Hilfe benötigte oder wenn er einen offenen Uniformknopf erspähte. Schon als er kam, hatte er etwas von einem alten Hagestolz an sich, und mit den Jahren wurde er zu einem noch älteren Hagestolz. Als er dann so ganz auf einmal so schön und jung verheiratet war, wollten seine Leute sich fast ein wenig Sorgen machen, sie befürchteten eine Schwächung im moralischen Regime der Station. Aber der Frischverheiratete ging seinen Pflichten mit derselben präzisen Sorgfalt nach, nichts an seinem Arbeitstag ließ eine Art postnuptiale Schwäche erkennen; er wirkte vielleicht glücklicher, etwas milder. Die 54.000 Sekunden des Tageslaufes, die er jetzt als Ehemann verbringen durfte, vergoldeten ihm die 32.400 Sekunden, in denen die Bahn seine ganze Seele beanspruchte. Aber ein leicht anzurührender Mann, das war er nicht, das hätte er selbst als Erster unterschrieben. Zu so etwas hätte er ganz einfach keine Zeit gehabt. Sollte seine Frau ruhig die Proben des Kirchenchors in Fredheim besuchen, er selbst ging weiterhin zu den naturwissenschaftlichen Vorträgen am nämlichen Ort.

Aber jetzt war ja alles anders.

Es war Hannas Vorschlag. Und in der Stunde der Not lässt sich sogar ein Stationsmeister zwingen, seinen Stolz herunterzuschlucken und so manche andere Kröte mit.

»Herr Stationsmeister«, sagte Hanna also eines Tages, als sie mit dem nachmittäglichen Wickeln fertig war und Eva schlafen gelegt hatte. Eine ernste Falte stand zwischen ihren Augenbrauen. »Es ist ja nicht … ich meine … es steht mir nicht zu, so etwas vorzuschlagen, wirklich nicht, aber …« Sie blickte zum Bettchen, in dem Eva allerlei satte und vergnügliche Geräusche von sich gab.

Der Stationsmeister war gekommen, um ihr den Wochenlohn auszuzahlen. Er blickte sie fragend an.

»Sprich weiter, Hanna, bitte.«

»Sie dürfen aber nicht böse werden.«

»Keine Sorge, Hanna. Sag, was du mir sagen willst.«

»Ja … also … wir haben zu Hause darüber geredet.« Sie errötete. »Ja, Herr Stationsmeister weiß sicher, dass überall geredet wird, und … ähm …«

»Sprich ruhig weiter, Hanna.«

»Wir haben drüber geredet, Mama und ich. Und Mama sagt, sie wundert sich schon, dass der Stationsmeister nicht nach Mutter Berg geschickt hat, wo er so einen … na ja, wo die Kleine so ist, wie sie ist.« Sie blickte zu Boden.

»Ja, Hanna?«, sagte der Stationsmeister leise.

»So einen Wechselbalg, hat Mama gesagt, aber das hat sie gesagt, nicht ich, ich will nicht, dass Sie so was denken.« Schnell kam das.

Der Stationsmeister schlug die Augen nieder.

»Es ist in Ordnung, Hanna«, sagte er leise. »Es gibt sicher viele, die schlimmere Wörter verwenden.«

Hanna streckte die Hand aus, völlig unvermittelt, und legte sie ihm einen Moment lang auf den Uniformärmel. Dann zog sie die Hand zurück und blickte zu Boden.

»Ich finde Eva jetzt ein süßes Kleines«, sagte sie nur.

»Ich höre, was die Leute sagen«, sagte er. »Ich denke es ja manchmal selbst.«

»Hm … ja«, sagte Hanna.

»Deine Mutter meint also, ich soll nach Mutter Berg schicken?«

»Ja.«

»Findest du das auch?«

…

»Findest du das auch, Hanna?«

»Kann wohl nicht schaden, denk ich.«

»Hm.«

»Mutter Berg hat schon oft geholfen. Der Kleine vom Anton, der mit der Schwindsucht. Der Doktor hatte ihn schon aufgegeben, nichts mehr zu machen, hat er gesagt. Aber Mutter Berg hat ihn besprochen und Blei über ihm gegossen, das war am Tag vor Weihnachten, alle haben gedacht, der Kleine erlebt Neujahr nicht mehr. Aber als der Sommer kam, da war er gesund, und das ist er immer noch. Ist jetzt drei Jahre her. Jetzt soll er in die Lehre gehen.«

»Aha.«

»Oder der Herbstarbeiter da im Sägewerk, weiß den Namen nicht mehr, der hat sich die Axt ins Bein geschlagen, dass das Blut nur so spritzte, das Sägemehl war ganz rot, in einem weiten Kreis. Aber Mutter Berg war zufällig gerade in der Nähe, die Männer sind hin und haben sie geholt, und sie hat das Blut gestillt, bis der Doktor kam.«

»Ich verstehe. Ja, Hanna, ich habe schon von ihr gehört.«

»Ja, ja, nicht wahr«, sagte Hanna, ganz eifrig jetzt, und etwas keck, »alle haben schon von Mutter Berg gehört. Sie hat die Gabe, hat sie wohl.«

»Meinst du?«

»Kann jedenfalls nicht schaden«, sagte Hanna, auf einmal wieder verlegen.

»Nein«, sagte Stationsmeister Arctander nachdenklich und beugte sich über die Wiege. Hanna wurde aus seinem Gesichtsausdruck nicht ganz schlau. »Es würde sicher nicht schaden«, sagte er.

»Nein«, sagte Hanna.

»Nun ja. Ich werde darüber nachdenken.«

Und so kam Mutter Berg eines Tages gegen Ende April. Stationsmeister Arctander hatte sich bei den Angestellten nach der Person erkundigt, und jeder konnte die eine oder andere merkwürdige oder mirakulöse Geschichte zum Besten geben. Danach war er bei seinem einsamen Abendessen in sich gegangen. Er spürte, dass er das Ganze mit großer Skepsis betrachtete. Doch da diese Mutter Berg offenkundig sonderbare Dinge bewerkstelligt hatte, ließ er seine Bedenken fahren und bat Hanna, diese Madam zur Station zu bestellen, aber in aller Stille, um überflüssiges Gerede zu vermeiden. Obwohl – Gerede würde es sowieso geben, dachte Stationsmeister Arctander resigniert.

Mutter Berg vollführte ihren Auftritt dann auch mitten am Tage, sodass alle es sahen, und als er selbst im Stationsmeisterkontor saß. Mochte sein, dass sie zwielichtige Künste ausübte, aber für das Licht wirksamer Reklame war sie jedenfalls nicht blind.

Der Stationsmeister wusste selbst nicht genau, was er erwartet hatte, wahrscheinlich ein altes, hässliches Weiblein mit einer gewissen Nasenlänge, und nachdem Knudtzon gemeldet hatte, da stehe eine Frau Berg am Schalter, dachte der Stationsmeister, es müsse sich um eine Verwechslung handeln, als sie zu ihm hereinkam, und dies sei eine andere Frau Berg. Er konnte seine Vorstellung von einer Gesundbeterin nicht gleich zusammenbringen mit der schlanken, mittelalten Frau, die da vor ihm stand. Ihr Haar war hell, die Augen grau, an ihrem linken Arm hing eine Tasche aus Wollstoff. Sie war recht hoch gewachsen und hielt sich aufrecht. Ihre Kleidung war lange getragen, aber gut instand gehalten und sauber. Sie stand da, unbeeindruckt und ruhig, streckte die Hand aus. Er stand auf und ging auf sie zu, nahm ihre Hand. Unter schwarzen Brauen blickte sie ihn forschend an.

»Guten Tag«, sagte sie.

»Guten Tag«, sagte der Stationsmeister unsicher. »Ich hatte Sie nicht heute erwartet. Äh … ich bin im Dienst, verstehen Sie …«

»Aha?« Mit einem angedeuteten Lächeln blickte sie ihn an.

»Aber es ist gut, dass Sie gekommen sind«, sagte er rasch.

»Ich komme, wenn man mich bittet.« Ihre Stimme hatte etwas Spezielles, sie war zugleich hell und dunkel, aber wohlklingend, und sie wirkte sehr sicher.

»Ja. Jaha.« Er räusperte sich. »Ja. Wir haben ja heute wirklich ein fabelhaftes Wetter.«

»Und was ist in diesem Haus zu tun?«, fragte Mutter Berg.

»Tja ...« Arctander zögerte. »Davon haben Sie sicher schon gehört.«

»Ich würde es gern von Ihnen selbst hören, mit Ihren Worten«, sagte Mutter Berg.

Der Stationsmeister räusperte sich erneut.

»Wollen wir uns nicht setzen«, sagte Mutter Berg.

»Ja, natürlich, wo habe ich nur meinen Kopf. Setzen Sie ... Nehmen Sie Platz.« Er rückte einen Stuhl für sie zurecht.

»Und einen Schluck Kaffee gibt es in der Bahnstation vielleicht auch?«

»Ja, natürlich. Ich gehe uns gleich eine Kanne holen.«

Mutter Berg trank ihren Kaffee aus der Untertasse. Ansonsten aber wirkte sie gebildet und höflich und absolut nicht geheimnisvoll. Sie sah ihn an, während sie trank, immer noch etwas forschend.

»Jetzt musst du erzählen«, sagte sie leise.

»Tja«, sagte der Stationsmeister, schaute hoch zur Wanduhr.

»Lass dir ruhig Zeit«, sagte sie freundlich.

»Ja. Ja, natürlich. Ich weiß nur nicht so recht ...«

»Fang einfach mit dem Anfang an.«

»Ja«, sagte Stationsmeister Arctander gezwungen. »Wie Sie gewiss gehört haben, bin ich vor einigen Monaten Vater geworden ...« Er suchte ein wenig nach den Worten, sie verwirrten sich vor ihm, und er fühlte sich auf einmal sehr matt.

»Warte mal«, sagte sie und holte etwas aus ihrer Tasche. »Nimm einen von denen.« Sie hielt ihm eine offene Blechdose hin. Er blickte skeptisch darauf. »Das sind nur Lavendelbonbons, kein Hexenzauber«, beruhigte sie ihn.

»Gut ... danke«, sagte der Stationsmeister und bediente sich.

»Ich glaube, ich nehme selbst auch einen«, sagte Mutter Berg. »Sind sie nicht gut?«

Der Bonbon schmeckte wirklich gut – eine milde, freundliche, blumige Süße füllte Mund und Nase. Der Stationsmeister lutschte an dem Bonbon, ließ ihn auf der Zunge rollen. Der Geschmack wirkte irgendwie belebend und beruhigend zugleich.

»Ja«, sagte er, »sehr gut sogar.«

»Schön«, sagte Mutter Berg.

»Sie könnten eine Bonbonfabrik aufmachen, Frau Berg«, versuchte er zu scherzen, doch ihre ernsten grauen Augen unterbrachen ihn.

»Pscht jetzt«, sagte sie. »Jetzt hab mal keine Angst vor mir, Arctander, stell dir einfach vor, ich bin ein Gast, der dir gut will.«

»Ja, danke«, sagte der Stationsmeister und spürte, dass er wieder errötete.

»Und du sollst wissen, ich vergesse leicht. Das ist sehr wichtig, wenn man so etwas macht wie ich.«

»Aha.«

»Ich war schon in allen möglichen Häusern hier in der Stadt. Ich habe alles Mögliche gehört und gesehen. Aber das habe ich alles längst vergessen, bis ich die Leute wiedersehe. Oder bis ich andere Leute sehe. Was denkst du, wie es mir sonst gehen würde?«

»Nein«, sagte der Stationsmeister, »da haben Sie wohl recht.«

»Jetzt erzähl«, sagte Mutter Berg.

Und der Stationsmeister erzählte, von Anfang an. Er schilderte die Geburt und – kurz zunächst – das Sterben seiner Frau. Er erzählte vom merkwürdigen Äußeren der kleinen Eva und davon, was die Apothekers und der Arzt zu den Aussichten gesagt hatten. Mutter Berg unterbrach ihn nicht, sondern lauschte aufmerksam. Als er fertig war, schwieg sie eine Weile. Dann bat sie ihn, es noch einmal zu erzählen. Und jetzt erkundigte sie sich nach Einzelheiten, bat ihn, die Ereignisse detailliert zu berichten.

Und auf einmal, weißt du, Eva, fragte sie, ob deine Mutter … ja, ob deine Mutter ein Muttermal auf dem Bauch hatte. Ein großes.

Das hat sie gefragt, Papa?

Ja, es war so seltsam. Sie fragte danach, als ob sie die Antwort schon kennen würde.

Hatte sie denn eins?

Wer?

Mutter, meine ich. Ein Muttermal?

Ja, das war ja das Seltsame. Es saß eigentlich etwas höher, auf … na ja, egal, ungefähr auf dem Bauch jedenfalls. Und dann fragte Mutter Berg, ob es vielleicht eine besondere Form hatte, und so war es auch.

Ja, Papa?

Ja. Aber ich sollte dir so etwas nicht erzählen.

Ach doch, bitte …

Nein, nein, Kleines. Aber es war so seltsam, als ob sie es gewusst hätte.

Was für eine Form hatte es denn?

Sie hat mir dann noch viele andere Fragen gestellt.

Und da sitzt Gustav Arctander nun, erfüllt von einer großen Ruhe, und es tut einfach nur gut, dieser fremden Frau, die vor ihm sitzt, alles zu erzählen, diesem Gast, der ihm gut will. Auf einmal merkt er, dass er dabei ist, ihr Dinge zu erzählen, die er nie zuvor jemandem anvertraut hat, Einzelheiten aus dem Eheleben, Sorgen und Freuden, Gedanken von vor und nach der Hochzeit, aber auch Dinge, die weiter zurückliegen, aus seiner Zeit als junger Mann und sogar aus der Kindheit.

Und Mutter Berg lauscht seinem Redefluss, selten schiebt sie ein Ja ein oder nickt, sie blickt ihn ernst an und sieht aus, als wollte sie gern noch mehr hören, hier und da stellt sie eine kurze Frage, aber lässt ihn berichten.

Sie hatte also ein Muttermal auf dem Bauch – aha, gut, dann dort. Ja, das kommt aufs Gleiche heraus. Und war es vielleicht geformt wie … sie blickt ihn wachsam an … wie eine Glocke, nein, Moment, nicht wie eine Glocke, sag nichts, vielleicht mehr wie ein Tier … ja? … wie ein Hund? Eher wie ein Hundekopf? Verstehe.

Und der Stationsmeister erzählt von seiner Liebe und seiner Trauer …

Und sie lauscht lange, und sie stellt ihm weitere Fragen, ob Ruths Hände vielleicht sehr hell und langgliedrig waren, ja, doch, das waren sie, ja natürlich, sie nickt, ja …

Und sie fragt nach dem Tag, als sie sich begegneten, welche Jahreszeit das war, und sie nickt wieder, sehr vielsagend …

Ich verstehe, sagt sie, du warst lange allein.

Ja, sagt er.

Und alle, die dir nahestanden, sind tot.

Ja, sagt er, erschüttert jetzt. Du hast recht.

Aber du dachtest, jetzt brauchst du niemals mehr allein zu sein.

Ja, sagt er.

Und dann erzählt der Stationsmeister von seiner Traurigkeit und von seiner rasenden Wut. Es purzelt aus ihm heraus, alles miteinander, und er lässt es purzeln.

Ach Vater, Papa, du alter Dummerjan. Das waren doch alles Tricks, mehr nicht, jetzt kenne ich mich damit aus, jetzt habe ich das selbst gelernt. Ganz gewöhnliche Tricks waren das.

Du weißt nicht, was daran ein Trick sein soll? Das geht den meisten anderen auch so. Dabei sind diese Tricks das wichtigste Werkzeug von Wahrsagern und Wahrsagerinnen. Das Werkzeug der Spiritisten, kein Mystiker, kein Medium kommt ohne aus. Das ist das Brecheisen – nein, das ist zu brutal –, das ist der Schlüssel zu deiner Seele und zu deinem Vertrauen. Nein, nicht Schlüssel, das ist zu schön. Diese Tricks sind der Dietrich, der verschlossene Türen öffnet.

Hier bin ich, sagt der Prophet, und schon damit, wie er sich anzieht, fängt die Trickserei an. Seine Tracht kann mehr oder weniger geheimnisvoll sein, auffällig oder bewusst einfach, je nachdem, bei wem er sich einschmeicheln will. Aber sie ist immer anders. Irgendwie anders, und überraschend. Mit der Kostümierung steht und fällt der Ruf des Wahrsagers. Dazu kommen dann Stimmen und Gesten, und vor allem der Blick – glaub mir, Vater, das ist wirklich alles. Wirklich alles. Wenn das alles Vertrauen schafft, hat er dich schon in den Fängen, und jetzt kann das Spiel ernstlich losgehen.

Warte mal, sagt der Wahrsager – und du bist ein junger Mann –, warte mal, ich kann da etwas sehen. Ich sehe … hab jetzt keine Angst … ja, entschuldige, dass ich das so direkt sage, aber ich sehe, dass dein linker Hoden weiter herunterhängt als der rechte. Ist das richtig? Ja, und darüber hast du dir vielleicht schon mal Sorgen gemacht, habe ich recht? Ja? Ja. Aber ich kann dich beruhigen, das ist nicht weiter gefährlich, du kannst viele Kinder bekommen.

Warte mal, sagt der Wahrsager – und du bist eine ältere Dame, rund-

lich, etwas blass um die Nase, und deine Kleidung ist nicht mehr besonders gepflegt –, ich kann da etwas sehen. Ich sehe … ah, ja, ich sehe, ich sehe, dass du dir Sorgen machst. Stimmt das? Ja? Ja. Geht es vielleicht um deinen Sohn …? Deinen Sohn. Ja, ich hatte recht. Er heißt … warte mal … ich sehe ein »r« in seinem Namen … habe ich recht? Kein »r«? Auch nicht im zweiten Vornamen? Aha. Kristian. Da haben wir's. Aber im Vornamen ist ein »n«. Siehst du. Vielleicht auch ein »o«? Ich glaube, er heißt Johan. Johan? Johannes, aha. Da haben wir's. Und du machst dir wegen Johannes Sorgen, ja, er lässt so selten von sich hören. Stimmt das? Lebt er vielleicht in einer anderen Stadt? In einem anderen Land? Ja? Das stimmt. Und er schreibt so selten. Aber du wirst recht bald einen Brief von Johannes bekommen. Es geht ihm gut in Amerika. Er hatte Geldsorgen, aber jetzt geht es ihm etwas besser.

»Wollen wir uns die Kleine nicht einmal ansehen?«, fragte Mutter Berg.

»Ja, doch, natürlich«, sagte der Stationsmeister, »selbstverständlich.« Er stand auf, wies ihr den Weg aus dem Kontor, den Korridor die Schalterhalle entlang und hinauf zur Privatwohnung.

Er ahnte neugierige Blicke hinter den Scheiben, zwang sich aber, nicht in ihre Richtung zu schauen, ging aufrecht und gerade langsam seinem Gast voraus, öffnete die Tür, ging vor ihr die Treppe hinauf.

Am Küchentisch saß Hanna und trank Kaffee. Sie schrak zusammen, als Arctander auf einmal in der Tür stand.

»Entschuldigung«, sagte sie, »ich habe den Herrn Stationsmeister nicht so früh erwartet …«

»Guten Tag, Hanna«, sagte Mutter Berg, nahm ihre beiden Hände, blickte sie forschend an. »Und wie geht es *dir*?«

»Ja, danke«, sagte Hanna und blickte zu Boden. »Es geht.«

»Besser, hoffe ich«, sagte Mutter Berg.

»Ja-a«, sagte Hanna. »Jetzt bin ich ja hier.«

»Stationsmeister Arctander ist wohl gut zu dir?«

»Ja«, sagte Hanna wieder, immer noch den Blick zu Boden gerichtet. »Es ist nett von ihm, dass …«

»Das ist gut«, sagte Mutter Berg und blickte Gustav Arctander gespielt streng an.

Arctander hüstelte.

»Wir sind gekommen, um Eva zu sehen«, sagte er.

»Sie schläft. Hab sie gerade gestillt und gewickelt.«

»Das ist gut, Hanna«, sagte Mutter Berg, »aber wir gehen trotzdem zu ihr rein, nicht wahr?«

»Ja, klar«, sagte Hanna und schielte unsicher zum Stationsmeister hinüber, »soll … ich mit rein?«

»Komm du mal mit«, sagte Mutter Berg, ohne Arctanders Antwort abzuwarten.

In Evas Zimmer war es still und dunkel. Weicher, rascher Babyatem war zu hören. Mutter Berg ging zur Wiege hin, hob behutsam die Decke an und betrachtete das Kind eingehend. Sie griff vorsichtig an sein Hemdchen, hob es ein wenig hoch, murmelte vor sich hin.

»Und so sieht sie am ganzen Leib aus?«, fragte sie, ohne den Blick von dem Kind abzuwenden.

»Ja«, sagte Gustav Arctander still.

»Hm«, machte Mutter Berg und murmelte erneut unhörbar vor sich hin. »Und sonst ist sie gesund?«

»Ja«, sagte Arctander. »Wie ich erzählt habe, also soweit wir wissen. Soweit der Arzt weiß.«

»Freundlich? Ausgeglichen?« Mutter Berg wandte ihm das Gesicht zu. Der Blick des Stationsmeisters flackerte kurz, dann sah er Hanna an.

»Ja, o ja«, sagte Hanna leise. »Sie ist lebendig und wach. Quietscht und kräht und macht alles so wie andere Kleinchen auch. So gut ich es weiß, ja«, fügte sie hinzu.

»Und ihre Laune?« Mutter Berg blickte nach wie vor Arctander an, der wiederum Hanna ansah.

»Hmnja«, sagte Hanna, »sie fängt jetzt an zu lachen, also da ist sicher alles in Ordnung. Das Einzige ist, manchmal ist es schwierig, sie zu erkennen, also wie es ihr geht. Ich meine, wenn sie nicht schreit oder lacht oder quiekt.«

»Aha?«

»Ja … das Gesicht«, sagte Hanna. »Lächeln und so. Das verschwindet so irgendwie in den ganzen Haaren. Schwierig zu erkennen, ob es ihr gutgeht. Das ist bisschen schade. Außerdem sind das keine gewöhnlichen Haare, wie Mutter Berg sieht, die sind mehr … mehr so …«

»Ja, ich sehe es, Hanna«, sagte Mutter Berg. »Aber sie lächelt schon?« Wieder sah sie Arctander an, aber Hanna antwortete sofort:

»O ja, man muss nur ein Auge dafür haben. Eva ist ein richtig liebes Kindchen, das ist es nicht.«

»Du hast sie also liebgewonnen?«, fragte Mutter Berg, ohne einen der beiden anzusehen.

»O ja«, antwortete Hanna lebhaft. Dann sprach sie leiser weiter: »Das heißt … am Anfang hab ich ja bisschen Angst gehabt … Fand es eklig, sie anzulegen.« Sie griff sich kurz an die Wangen. »… Aber jetzt ist alles gut, find ich. Hab mich dran gewöhnt jetzt.«

»Ich verstehe«, sagte Mutter Berg. »Aber die anderen stellen sicher Fragen?«

»O … ja, du weißt …« Das kam ganz leise. »Es ist nicht leicht. Aber ich beklage mich nicht, nein.«

»Hanna, kannst du sie hochnehmen, ohne sie zu wecken?«

»Versuchen kann ich's«, sagte Hanna, und gleich darauf stand sie da, das schlafende kleine Mädchen im Arm.

»Sie schläft tief«, bemerkte Mutter Berg.

»Ja, sie hat ein gutes Schlafherz, ja. Jetzt ist sie satt, da merkt sie nichts.«

»Mit Ihrer Erlaubnis, Stationsmeister Arctander«, sagte Mutter Berg feierlich, »werde ich jetzt über Eva Blei gießen und lesen.«

»Hm, ja?« Der Stationsmeister war wieder ein klein wenig misstrauisch geworden. Aber dann nickte er ergeben. »Gut, gut«, sagte er einfach.

»Am besten, der Vater hält das Kind«, sagte Mutter Berg und kramte in ihrer geräumigen Tasche.

»Hm«, machte der Stationsmeister wiederum, diesmal allerdings bestimmter. »Nein, am besten hältst du sie, Hanna. Das ist besser.«

»Soll ich?«, fragte Hanna und ließ den Blick unsicher vom einen zur anderen wandern.

»Ja, sicher, Hanna, das geht natürlich auch«, sagte Mutter Berg. »Wenn der Vater es für das Beste hält, dann …«

Hanna blickte zu Boden.

»… dann wird ihn niemand zwingen wollen«, vollendete Mutter Berg. Sie holte ihre Gerätschaften aus der Tasche und stellte sie auf die Kommode, auf der Eva sonst gewickelt wurde.

Arctander betrachtete sie. Und jetzt, so fand er, veränderte sie sich in Aussehen und Wirkung, während die Dinge hervorkamen und ihren Platz erhielten. Bei jedem einzelnen verwandelte sie sich ein wenig mehr. Da war ein kleines Neues Testament, eine weiße Altarkerze in einem Leuchter, ein paar kleine Blechdosen, solche wie diejenigen, in der sie die Lavendelbonbons aufbewahrte – aber sie klapperten anders –, dazu ein großes Tuch ohne Stickereien oder Muster. Dann kamen noch eine langstielige Gießkelle aus der Tasche und eine hohe, verkorkte Steingutflasche, sie sah aus wie eine Geneverflasche. Schließlich ein solider Zinnkrug mit eingraviertem Anker, ein solcher, aus dem man in alten Tagen Bier zu trinken pflegte; Krug und Schnapsflasche wirkten ein wenig komisch, fehl am Platze, aber gaben dem Ganzen etwas Versöhnliches. Schlimmstenfalls, dachte er, sind das ja alles nur Possen.

Doch es war, als wäre Mutter Berg jetzt größer geworden, grauer und weißer in dem Dämmerlicht. Ihr Gesicht schwebte gleichsam im Zimmer, mit einem unergründlichen Ausdruck, und sie bewegte sich völlig lautlos, als wäre ihr Körper nichts als ein Anhängsel des Gesichts.

Sie glitt zum Fenster, hielt dort inne. Dann zog sie mit einem kurzen, entschiedenen Ruck die Gardinen zu, dass die Vorhangringe rasselten. Hanna und der Stationsmeister zuckten zusammen.

Dann stand Mutter Berg wieder an der Kommode, den Rücken ihnen beiden zugewandt.

»Jetzt darfst du keine Angst haben, Hanna«, sagte sie, und auch ihre Stimme klang nun anders, tiefer. »Und du auch nicht, Gustav Arctander. Und keiner von euch darf die Stimme erheben, bis ich es sage. Nur mit ja oder nein meine Fragen beantworten.«

Sie drehte sich zur Kommode um, breitete das Tuch aus, stellte Kerze, Krug, Gießkelle und Bibel darauf, zog ein Zündholz aus der Tasche ihres Kleides und machte die Kerze an. Sie wartete, bis die Flamme nicht mehr flackerte, dann ergriff sie mit beiden Händen die Bibel, jedoch ohne sie zu öffnen, stand eine Weile da, das Buch an die Brust gepresst, und wisperte dazu unhörbar etwas, es klang fast wie Atemluft. Sie wiegte sich langsam vor und zurück, aber ihr Flüstern wehte durchs Zimmer, fast wie Rauch. Den Stationsmeister überkam eine Gänsehaut. Dann drehte sie sich ruhig zu ihnen um, immer noch das Buch in den Händen, hob es bis auf Höhe des Kinns und sagte mit verblüffend scharfer, hell singender Stimme:

»In Jesu Namen!«

Sie schraken zusammen.

»In Jesu Namen rufe ich. In Jesu Namen gebiete ich. In Jesu Namen bete ich.«

Sie senkte die Bibel, beugte sich vornüber, als faltete sie sich um das Buch herum, ging krumm auf Hanna zu. Es war, als trüge sie an einer schweren Last. Hanna zitterte jetzt.

Dann stand Mutter Berg wieder über das Kind gebeugt. Erneut flüsterte sie etwas, unhörbar. Dann wieder laut und hell:

»Bei Jesu bleibst du und in Gottes Schoß ruhst du und in seinem Angesicht stehst du geschrieben wie dieses.« Sie streckte die Hand aus und schrieb dem Kind etwas auf die Stirn.

Der Stationsmeister dachte: So weit sind wir also gekommen. Was würde Ruth dazu sagen.

Mutter Berg murmelte etwas. Als sie das nächste Mal laut sprach, klang es wie zuvor, aber mit gurgelnder Stimme. Immer noch stand sie über das Kind gebeugt.

»Gustav Arctander! In Gottes Namen, willst du, dass deine Tochter Eva von ihrem Leid und Gebresten befreit wird?«

»Ich …«, setzte der Stationsmeister an, unsicher. Ruth, dachte er.

»Ja oder nein!«

»Ja!« Er kapitulierte und musste schlucken.

»So bete für sie zu Jesum!« Wieder murmelte sie etwas. Dann: »Hanna Olsen!«

»Ja!«, brach es aus Hanna heraus.

»Ebenso in Gottes Namen frage ich dich, die du für Eva stehst an Mutters statt, willst du, dass sie von ihrem Gram und Gebresten befreit wird, auf dass sie gesunde?«

»Ja«, sagte Hanna, klar und rein.

»So betet für sie, in Jesu Namen!« Mutter Berg streckte die Hand erneut aus und legte sie dem Kind kurz auf den Kopf.

Dann wandte sie sich zur Kommode, legte das Buch aus der Hand und öffnete die beiden Blechdosen. In der einen lagen ein paar dunkle Klumpen, in der anderen ein weißes Pulver. Hiervon nahm die weise Frau ein wenig und streute es in die Kerzenflamme, die leise zischelte. Aus der Flasche goss sie etwas in den Zinnkrug. Erneut verstreute sie etwas von dem weißen Pulver, diesmal in den Krug.

Dann ergriff sie mit der Rechten die Gießkelle und hielt sie so über die Kerze, dass die Flamme über den Rand leckte. Mit der Linken legte sie einige der dunklen Klumpen in die Kelle, und jetzt flüsterte sie wieder, wiegte sich vor und zurück, bis es in der Kelle zu brodeln und zu dampfen begann und das Zimmer von einem scharfen, metallischen Duft erfüllt wurde, wie dem Duft warmer Münzen.

Eva wachte auf, wimmerte.

»So halte mir das Kind hin!«, sagte Mutter Berg, jetzt wieder mit scheppernd scharfer Stimme, »auf dass ich mein Werk verrichte in Jesu Namen!«

Hanna hielt ihr das Kind hin.

»Bastam, Basti, Biori, Anex, Anexis, Arabs! Vertreibt den gefährlichen Unhold, der über Eva gekommen ist, und lasset ihn von hinnen fahren zum Blocksberg, sodass er nimmermehr zurückkomme, welches geschehe im Namen der Heiligen Dreifaltigkeit! Amen!« Mutter Berg drehte sich jäh um, hob den Krug über Eva, riss die Gießkelle mit dem blubbernden Metall hoch in die Luft, und ein langer, glänzender Strahl schoss aus der Tülle in den Krug.

Es zischte kurz und heftig, dann herrschte Stille. Mutter Berg legte die Gießkelle aus der Hand, tunkte den Finger in den Krug und zeichnete mit der nassen Fingerspitze Eva wieder etwas auf die Stirn. Dann griff sie mit der ganzen Hand hinein und fischte den Metallklumpen vom Grunde. Sie hielt ihn an die Kerze, untersuchte ihn, der im Schein der Flamme glitzerte, drehte ihn zwischen den Fingern. Ein langgestrecktes Stück mit verdrehten, sich verästelnden Formen.

Sie schloss die Augen, flüsterte erneut und legte den Bleiklumpen vor die Kerze. Sie griff in das weiße Pulver, nahm eine Prise davon zwischen die Fingerspitzen, ging zu Hanna und führte die Finger über die Lippen des Kindes.

Der Stationsmeister richtete sich auf.

»Moment mal«, sagte er.

»Es ist nur feines Salz«, sagte Mutter Berg mit wieder normaler Stimme, während sie ihn anblickte, wach jetzt, und fast anerkennend. Sie schob Eva ein Körnchen zwischen die Lippen, dann war sie mit zwei raschen Schritten bei Gustav Arctander und hob die Hand zu seinem Mund:

»Koste«, sagte sie, und bevor er sich versah, hatte sie ihm ein paar Salzkörnchen auf die Lippen gelegt. »Du auch, Hanna«, sagte sie. Das Mädchen beugte den Kopf, öffnete folgsam den Mund.

»So!«, sagte Mutter Berg, lächelte und tätschelte Hanna die Wange. »In Jesu Namen danken wir, wir beten und gehorchen. Amen.« Sie faltete die Hände, nickte, schloss einen kurzen Moment lang die Augen und seufzte. Dann ging sie zum Fenster, mit einem sachlichen Ruck zog sie die Gardinen zurück. Weißes Licht erfüllte das Zimmer. Eva quengelte, und Hanna wiegte sie in ihren Armen, um sie zu beruhigen.

»So!«, sagte Mutter Berg nochmals und wandte sich zum Stationsmeister. Ihre Stimme klang jetzt wieder fast wie sonst, ein wenig Schärfe war ihr allerdings noch geblieben.

»Gustav Arctander«, sagte sie, »nun habe ich getan, was ich vermochte, nun liegt das Übrige in Händen, die kundiger sind als meine, und ihnen müssen wir vertrauen.«

Verwundert hörte der Stationsmeister sich selbst sagen:

»Wird sie gesund werden?«

»Der Mensch denkt«, sagte Mutter Berg, »doch Gott allein lenkt. Was das Blei sagt oder nicht sagt, ist nicht immer deutlich und kann so oder so ausgelegt werden. Aber wenn du dich gut um sie kümmerst, kann es gut sein, dass es ihr besser gehen wird.«

Gustav Arctander nickte.

»So viel kann ich aber sagen«, fuhr Mutter Berg fort, »und zwar, dass sie dir viele Sorgen bereiten wird. Zuerst viele Sorgen. Doch dann Freude. Große Freude. Und ein bewegtes Leben voller Auf und Ab wird sie haben, mit Reisen in viele Länder. Ich sehe sowohl Glück als auch Reichtum, ich sehe zwei große Gefahren, eine kommt vom Wasser, eine vom Feuer. Doch auch Erlösung kommt von ihnen, Rettung und Sicherheit.«

»Ja«, sagte der Stationsmeister, etwas verlegen.

»Aber du musst dich gut um sie kümmern«, sagte Mutter Berg, jetzt sprach sie fast ganz normal, und sie packte ihr Zubehör wieder ein, goss das Wasser aus dem Krug in den Ausgusseimer. »Und jetzt, Stationsmeister, hoffe ich, du bringst mich zur Tür.« Sie drückte Hanna die Hand, strich ihr über die Wange: »Leb wohl, Hanna, und viel Glück. Und dir auch leb wohl«, sagte sie und strich dem weinenden kleinen Mädchen über den Kopf.

Der Stationsmeister musste sie bis hinaus auf die Straße begleiten. Dort drückte sie ihm kräftig die Hand, lächelte schwach und wünschte ihm Glück. Und dann verschwand sie, von den Vorbeikommenden neugierig beäugt.

Warte mal, sagt der Wahrsager, und du wartest – du bist vielleicht eine junge Frau –, und er sagt: Genau jetzt denkst du an eine bestimmte Person. Er hat blaue Augen, habe ich recht? Ja? Er heißt Arvid? Er hat blaue Augen und ein weißes Lächeln? Und er ist es, an den du denkst?

Ja, er ist es, an den ich denke. Arvid.

Trickserei, Papa, mehr war das alles nicht.

UNWETTER

Es passierte nicht viel in ihrem Haus. Ja, »ihrem«. Hanna hatte sich schon daran gewöhnt, es so zu nennen, auch wenn es nicht wirklich stimmte. In ihrem? Also jedenfalls in dem des Stationsmeisters, oder der Reichsbahn. Aber dennoch. In ihrem. Sie wohnte schließlich hier. Sie und Eva und der geistesabwesende Arctander. Morgens, nachdem sie Eva versorgt hatte, brachte sie ihm in der Küche das Frühstück auf den Tisch, kochte Kaffee. Er hatte nichts dagegen, dass sie am selben Tisch frühstückte, er hatte sogar ausdrücklich gesagt, dass sie das tun solle, dennoch war es, als äße er allein. Abgesehen von einem höflichen »Guten Morgen« und vielleicht einer Bemerkung über etwas Praktisches wechselte er so gut wie kein Wort mit ihr. Er aß, las seine Zeitung, trank Kaffee. Saß da und blickte in sich selbst hinein; sie war nicht ganz sicher, ob ihm die Zeitung nicht nur zur Deckung diente. Dankte dann artig fürs Essen, zog sich die Uniformjacke an, bürstete die Mütze ab und ging hinunter an seine Arbeit.

Danach war sie den ganzen Vormittag mit Eva allein, bis halb ein Uhr, wenn Arctander hinaufkam, um sein Mittagessen und eine weitere Tasse Kaffee zu sich zu nehmen. Auch dies stellte sie ihm hin, sorgte aber dafür, dass sie allein aß, bevor er hochkam, sodass ihr das lastende doppelte Schweigen erspart blieb.

Sie sprach mit Eva. Stillte sie. Wickelte sie. Viel mehr war nicht zu tun. Die Kleine war ein besonderes Kind. Große, ernste Augen in all dem Haar. Wach. Still. Sie lächelte meist, wenn Hanna ihr zum Einschlafen das Fell kraulte oder ihr ein Lied vorsang. Früh schon hatte Hanna den Stationsmeister gefragt, ob sie nicht mit dem Kinderwagen ausgehen und auf diese Weise gleichzeitig einkaufen könne. Andere Kindermädchen und Ammen taten das auch, das wusste sie, und man konnte sie vormittags auf der Hauptstraße antreffen – Hanna dachte im Stillen, so könnte sie auch ein wenig Abwechslung bekommen.

»Bis auf weiteres kannst du auf einen Zettel schreiben, was wir brauchen«, sagte Arctander, »dann sorge ich dafür, dass es ins Haus kommt.«

»Aber es ist doch nicht gut«, versuchte Hanna es, »wenn Eva gar nicht an die frische Luft kommt. Dann wird sie uns ganz blass. Schläft schlecht und isst auch weniger.«

»Aha«, sagte der Stationsmeister, ohne zu verstehen.

»Da hab ich gedacht, wenn ich jeden Tag mit ihr auf die Hauptstraße und bisschen nach Fredheim hochgehe, dann ...«

»Ich denke darüber nach«, unterbrach Arctander sie.

Drei Tage später stand ein hübscher neuer Kinderwagen zum Spazierengehen bereit, genau so einer, wie Hanna ihn hatte haben wollen, nur die Route war eine etwas andere. Die Anweisungen des Stationsmeisters waren so präzise, als würde er einen Sonderzug auf die Fahrt schicken. Wenn die Bahnsteige leer waren, nämlich um Viertel nach zehn Uhr morgens, konnte Hanna mit Eva losgehen, bis zum Ende des Bahnsteigs, dort nahm sie dann den Übergang über die Gleise und kam aufs Freigelände. Hier verlief ein Weg, teils von einem Lattenzaun verborgen, bis hin zum Lokomotivenschuppen. An dessen Südwand befand sich eine Sonnenbank, und sie durfte mit dem Personal plaudern, das da saß. Der Rückweg verlief über dieselbe Strecke, falls sie über eine Stunde fort gewesen war, doch war sie nicht länger als vierzig Minuten unterwegs, so benutzte sie den nächsten Übergang und nahm einen anderen Weg, am Frachtkontor vorbei, aber auf dem schmalen Frachtbahnsteig am Nebengleis entlang, und danach dann über den Bahnsteig, wo sie weder stehen bleiben noch irgendjemanden ansprechen durfte. Alles andere war *strengstens verboten*, wie er es sagte, noch dazu auf Deutsch!

Diese Anweisungen präsentierte der Stationsmeister ihr ebenso selbstverständlich, wie wenn er Schriftsätze an die Verwaltung aufsetzte; ein Widerspruch war nicht angeraten. Das eine Mal, dass sie es gewagt hatte und mit Eva ins Städtchen spaziert war, weil sie unbedingt Brot brauchten, hätte es sie um ein Haar die Stellung gekostet. Das nahm sie jedenfalls an, denn der Stationsmeister hatte ein Gesicht wie ein Unwetter zur Schau getragen, tagelang, bis es sich endlich wieder verzog. Zudem hatte Hanna auf dem kurzen Weg erkannt, dass Arctander wohl recht hatte. Die neugierigen Blicke und das Geflüster, wenn sie vorüberging, waren alles andere als angenehm. Das einzige andere Mädchen mit Kinderwagen, dem sie begegnet war, hatte sie kaum gegrüßt, da war es schon mit dem Kopf in Evas Wagen, um zu glotzen. Hanna war weitergehastet.

So ging sie also mit Wagen und Kind auf dem Bahngelände spazieren, zu dem außer dem Personal niemand Zugang hatte. Die Männer waren freundlich zu ihr, und falls sie neugierig waren, ließen sie es nicht erkennen.

Der Stationsmeister selbst ging selten aus. Abends, nach dem Essen, das wieder Hanna anrichtete, saß er da und las, oder er saß einfach nur da. Legte lange Patiencen, die selten aufgingen. So gut wie nie kam er in Evas Zimmer, um gute Nacht zu sagen. Der Arzt und die Apothekersleute schauten ungefähr einmal wöchentlich vorbei, auf Abend- oder Sonntagsbesuch. Manches seltene Mal begleitete Swammerdamm sie. Wenn sie nach dem Kind sahen, kam Arctander pflichtschuldigst mit nach oben. Frau Birgerson war lieb zu Eva, und auch zu Hanna war sie freundlich. Sooft ihre Zeit es erlaubte, klopfte sie vormittags an und besuchte Hanna für ein Stündchen. Und das war ein Glück, denn sonst hätte Hanna das viele Alleinsein kaum ertragen. So hatte sie jemanden, mit dem sie reden, dem sie ihre kleinen und großen Sorgen anvertrauen konnte. Man konnte zwar Frau Birgerson, eine unprätentiöse und belesene, zudem ältere Dame, schwerlich als Freundin von Gleich zu Gleich bezeichnen, aber sie kümmerte sich um Hanna und munterte sie auf. Anfangs hatte Hanna sich bei der Kinderpflege unsicher und ungeschickt gefühlt, und obzwar der Stationsmeister kein Feinschmecker war, galten hier bei der Essenszubereitung doch andere Ansprüche, als sie es von zu Hause her kannte. Aber Frau Birgerson half ihr mit Rat und Tipps, auf ihre sachliche, etwas schroffe, aber wohlwollende Art. Mit der Zeit wurde Hanna geschickter. Und so wurden die Stunden, die Frau Birgerson täglich vorbeisah, zu Hannas liebster Tageszeit; sie plauderten, spielten mit der Kleinen, tranken Kaffee. Eines Tages brachte Frau Birgerson ein kariertes Notizbuch mit und begann, Hanna zielstrebig und wohlbedacht die Grundlagen einfacher Haushaltsrechnung beizubringen (in der Apotheke oblag ihr die Buchführung). Waren Eva oder Hanna krank, so brachte sie Kampfertropfen, Brustsalbe und andere Arznei aus den Apothekenschränken mit, und an Hannas wöchentlichem freien Tag kümmerte sie sich um Eva. Und manchmal half sie auch abends aus, sodass Hanna ein wenig aus dem Haus kam und Gleichaltrige treffen konnte.

Den Stationsmeister zu bitten, sich um das Kind zu kümmern, das wäre vergebens gewesen. Wenn er selten einmal die Kinderzimmertür öffnete und einen Blick auf die Dinge warf, die darinnen geschahen, wirkte er so ungeschickt und hilflos, als wäre er im Dschungel unter die Pygmäen geraten.

Beide seufzten darüber; nicht einmal, als Eva anfing zu krabbeln, hatte ihm das Freude bereitet; »Aha, schön«, sagte er nur und drehte sich weg. Seine fehlende Teilnahme am eigenen Leben erschreckte Hanna. Auch Frau Birgerson bekümmerte sie. Abends saß er da, immer noch in Uniformjacke. Er wirkte dann wie ein förmliches, distanziertes Porträt in einem schweren, verschnörkelten Rahmen, glänzend von Trauer.

Ob er wohl an seine Frau denke, wollte Hanna wissen. Ganz sicher denkt er an sie, was?

Er denkt wohl an so allerlei, meinte Frau Birgerson.

Eines Tages spät im Mai hatten sie ein gewaltiges Unwetter. Gewitter und Hagelschauer von morgens an, stahlgraues Licht und jähe, eiskalte Windstöße. Auch drinnen war es dunkel und ungemütlich. Hanna hatte das Licht angeschaltet. Eva schrie. Da zuckte draußen ein bläulicher Blitz, zugleich knallte ein Donnerschlag, und der Strom fiel aus.

Nervös ging Hanna umher und zündete Paraffinlampen an. Jetzt schrie Eva wie von Sinnen, Hanna musste sie auf den Arm nehmen. Zugleich hämmerte jemand unten an die Eingangstür. Hanna eilte die Treppe hinunter, immer noch Eva auf dem Arm, insgeheim erleichtert, dass Frau Birgerson gerade jetzt kam, wo es so unheimlich war.

Natürlich war es aber nicht Frau Birgerson, die solch einen Auftritt inszenierte, natürlich nicht. Sondern ein hochgewachsener, sehr blasser, schwarzhaariger Mann in elegantem schwarzem Anzug, mit breitem, schwarzem Schlips, offenem Mantel, in der Linken Hut und Regenschirm. Hanna blickte ihn erschrocken an, als hätte der Wind ihn in den Eingang geweht. Eva schrie unvermindert. Der Fremde warf einen Blick auf das Kind, lächelte matt, dann fragte er sie höflich, wo er den Stationsmeister finde; freilich fragte er es nicht mit diesen Worten, er fragte:

»Verzeihen Sie, mein Fräulein, aber würden Sie mir freundlicherweise Auskunft geben, ob ich den Herrn Stationsmeister antreffe?«

Irgendetwas an der höflichen, ausgesucht gepflegten Wortwahl ließ Hanna stutzen. Und etwas in der Sprachmelodie. Als wäre er nicht ganz der, für den er sich ausgab. Nun hatte er sich allerdings für gar niemanden ausgegeben, er war nur einfach ein Fremder, der bei Hagel und Regen angekommen war.

»Der Stationsmeister ist im Kontor«, antwortete sie.

»Ich verstehe. Und darf ich vermuten, dass man zu seinem Kontor gelangt, indem man in der Schalterhalle anklopft?« Wieder lächelte er schmal und verbeugte sich leicht vor ihr und dem Kinde.

»Ja, stimmt«, sagte Hanna, leicht verwirrt. Etwas an dem Fremden brachte sie aus dem Gleichgewicht, sie war auf der Hut.

»Verbindlichsten Dank für die Information«, sagte der Schwarze, deutete erneut einen Bückling an, trat zwei Schritte zurück, öffnete seinen Regenschirm und verschwand über den Kiesweg um die Hausecke, um auf der anderen Seite anzuklopfen. Hanna stand ein paar Sekunden da und sah ihm nach, dann schloss sie die Tür resolut hinter sich.

Nach einer Weile ließ das schlimme Wetter nach, und draußen wurde es wieder lichter. Gleich darauf kam Frau Birgerson. Eva bekam seit einiger Zeit Brei, und die beiden amüsierten sich, wie sie Löffel um Löffel verputzte. Durch das Fell in ihrem Gesicht sah das noch merkwürdiger und niedlicher aus als bei anderen Kleinkindern, obwohl sich der Brei mit den Haaren ums Kinn verklebte und man ihn äußerst umständlich herauswaschen musste. Die ganze Zeit hatte Hanna das Gefühl, sie wollte oder sollte Frau Birgerson von dem Unbekannten, der da angeklopft hatte, erzählen, aber sie fand keinen Anfang. Als käme ihr jedes Mal, wenn sie den Mund aufmachen wollte, etwas in die Quere. Etwas Praktisches, etwas Konkretes, etwas Anderes, etwas, das sie zuerst noch sagen musste. Schließlich war sie selbst kaum mehr sicher, dass tatsächlich jemand angeklopft hatte, als es am ärgsten blitzte und donnerte. Gerade, als Frau Birgerson sich zum Gehen anschickte, wollte sie es endlich erzählen, doch da kam der Strom zurück, und sie wurde wieder davon abgelenkt.

Einige Zeit vor dem Abendessen schaute der Stationsmeister herein, ganz anders als sonst, und bat Hanna, sie möge für eine Person mehr kochen, er habe einen Essensgast.

Sie nickte folgsam, ja, gewiss, natürlich, aber es gebe nur Fischküchlein, Kartoffeln und Gemüse, also wenn der Stationsmeister einen Gast habe, dann …

»Das ist schon recht so, Hanna«, sagte er. »Iss du zuerst, und wir nehmen das, was da ist.«

Sie aß mit Eva, räumte ab, deckte für zwei. Dann brachte sie Eva ins Bettchen und zog sich auf ihr Zimmer zurück. Als sie später hinunterging, um nach dem Kind zu schauen, wunderte sie sich nicht, erneut die Stimme des schwarzbefrackten Fremden zu hören, diesmal aber wie ein Gebrumm, von der Tür gedämpft und dann und wann von einem Murmeln Arctanders unterbrochen; die Stimme des Fremden schien besser zu tragen als die des Stationsmeisters, obgleich sie leiser war, sie war eindringlicher, angenehm und melodisch und erfüllte sie mit einer merkwürdigen Mischung von Wohlbehagen und Unruhe.

Weder tags darauf noch an den folgenden Tagen erwähnte der Stationsmeister seinen Essensgast mit einem Wort. Hanna erzählte Frau Birgerson nichts von dem Besuch, obschon sie es einige Male tun wollte. Sie hatten aber auch so genug zu schaffen, Eva wurde größer, der Haarwuchs wurde länger, er musste viel gekämmt und gebürstet werden, und Eva quengelte und war reizbar.

DIE STIMME DER WISSENSCHAFT

Sehr geehrter Hr. Dr. Levin,

das Medizinische Kollegium dankt Ihnen für Ihren äußerst interessanten Bericht und bittet um Nachsicht für diese späte Antwort, die sich darin begründet, dass Ihr Brief Gegenstand zahlreicher Debatten und Diskussionen unter den Dermatologen unseres Kollegiums war.

Wir sind zu der Auffassung gelangt, dass es sich bei dem Zustand, den Sie bei dem bewussten Kinde beschreiben, um eine äußerst seltene Erscheinung handelt, genauer gesagt um Hypertrichosis lanuginosa congenita, *auch genannt* Gonsalvus' Krankheit. *Aus den letzten vierhundert Jahren ist nur eine Handvoll verbürgter Fälle bekannt, somit hat Ihr Brief großes Aufsehen innerhalb des Kollegiums erregt, ja, die Nachricht von diesem seltenen Fund ist bereits über die Landesgrenzen hinausgedrungen und hat in London und Berlin Interesse geweckt.*

Mit Ihrer Erlaubnis und derjenigen der Erziehungsberechtigten des bewussten Kindes würde ich Sie also mit Dr. Mathisen, meinem Assistenten, gern baldmöglichst aufsuchen und das Kind näher in Augenschein nehmen, um festzustellen, ob es sich hier tatsächlich um einen echten Fall von Gonsalvus' Krankheit handelt, ferner, um einige Proben zu nehmen und notwendige Beobachtungen anzustellen, da in jüngerer Zeit nur äußerst wenige Patienten mit dieser Diagnose Gegenstand gründlicher ärztlicher Untersuchung waren.

Mit hochachtungsvollen Grüßen,
namens des Medizinischen Kollegiums,
Prof. Dr. Johan Q. Strøm

Doktor Levin war begeistert und zeigte den Brief stehenden Fußes bei Birgersons vor. Endlich, nach drei Monaten, hatte die Wissenschaft sich geräuspert und sodann gesprochen, und siehe da, die Wissenschaft fand den Fall interessant und beachtenwert, ja, die Stimme der Wissenschaft wollte sich in höchstselbsteigener Person in ihre Stadt bemühen, um das Phänomen in näheren Augenschein zu nehmen. Das gab doch Anlass zu Hoffnung und bedeutete einen gewissen Trost, und Abraham Levin wärmte sich beim Tee in der glühenden Bewunderung seiner Freunde; »Fabelhaft, Abraham«, sagte Frau Birgerson, worauf Levin sich zur Bahnstation begab, um dem Stationsmeister die freudige Nachricht zu überbringen.

Auch Gustav Arctanders Miene hellte sich auf, als der den Brief las, fast ungläubig vor Freude war er, es war ganz rührend, ja, wirklich, und der Arzt kam sich wer weiß wie großartig vor.

»Glauben Sie … glauben Sie wirklich, dass diese … Spezialisten uns helfen können, mir und …«

Der Stationsmeister stotterte förmlich vor Erleichterung über diesen Brief mit dem schmucken Emblem und der steilen Unterschrift.

»Nun«, sagte der Arzt, so nüchtern er konnte, doch ohne seine eigene Hoffnung ganz verhehlen zu können, »jetzt kann die Stimme der Wissenschaft sich erst einmal äußern, dann werden wir sehen, ob sich etwas tun lässt.«

»Wir telegraphieren sofort«, sagte Arctander.

»Aber die Telegraphenstation … ist die nicht schon geschlossen, so spät …«

»Doch nicht die in der Stadt«, sagte Arctander energisch. »Bei denen dauert es sowieso ewig und drei Tage. Wir gehen hier unten in den Telegraphenraum und geben das auf dem Dienstweg durch.«

Gemeinsam gingen sie in das kleine, fensterlose Telegraphistenkontor der Station, der Stationsmeister scheuchte den Diensthabenden hinaus, setzte sich ans Pult und verfasste folgende Mitteilung:

Sehen Ihrem baldigen Besuch entgegen zu jedem Zeitpunkt, den Sie für gut befinden, erbitten Antwort mit Nachricht über Ankunftszeit. Levin.

Sodann setzte sich der Stationsmeister an den Ticker und sandte eigenhändig die Nachricht in die Hauptstadt, samt Verfügung, sie möge dem Adressaten umgehend zugestellt werden.

Einige Telegramme, zwei Telefonate und acht Tage später standen Doktor Levin und der Stationsmeister in Sonntagsstaat auf dem Bahnsteig bereit. Es war der Vormittag des 12. Juni.

Wie sich erwies, gehörte die Stimme der Wissenschaft einem Herren in den Vierzigern mit blankgescheuerten schwarzen Jackenärmeln, einer Schleife am gräulichen Hemdkragen und einem Mensurschmiss auf der Wange, unter einem üppigen, braunen, stark gekräuselten Vollbart halb verborgen. Er blickte vergrätzt und abweisend drein. Professor Johan Q. Strøm grüßte Doktor Levin pro forma, sodann, nur ein paar Grad herzlicher, Arctander, dann stellte er ihnen seinen Reisegefährten vor, Doktor Mathisen, jünger und bartlos, der sich mit dem Gepäck das Trittbrett hinabquälte.

Der Professor schnitt ihre Willkommensfloskeln barsch mit der Frage ab, ob sein Hotelzimmer über ein eigenes Badezimmer verfüge, wie bestellt.

»Ich kann mich nicht erinnern, dass …«, setzte Doktor Levin an. Der Professor bedachte ihn mit einem langen Blick, und der Arzt unterbrach sich. »Ich habe das wohl am Telefon missverstanden«, sagte er bedauernd.

Sie marschierten zum Hotel. Nieselregen lag in der Luft, und der Stationsmeister hielt seinen großen schwarzen Regenschirm über die Spezialisten auf Landpartie, während Levin das Gepäck hinterhertrug und nass wurde.

Wie sich erwies, verfügten beide Zimmer, die der Arzt reserviert hatte, lediglich über ein Etagenbad. Vorwurfsvoll blickte Arctander Levin an, der die Arme entschuldigend ausbreitete und eifrige Verhandlungen an der Rezeption begann. Unterdessen wechselten Mathisen und Arctander ein paar Worte; Professer Strøm hatte sich neben der Palme aufgebaut (dem ganzen Stolz des Hotels) und schaute unverwandt auf die Hauptstraße hinaus, auf der es nichts zu sehen gab als graues Wetter. Nach einigem Parlamentieren gelang es doch noch, ein Zimmer mit Bad freizumachen: es ging an den Professor. Doktor Mathisen war bereit, sich mit dem Status quo zu begnügen.

Strøm bekam seinen Schlüssel ausgehändigt und marschierte ohne ein weiteres Wort ab, dicht gefolgt vom Piccolo mit dem Gepäck.

»Der Herr Professor reist ungern mit dem Zug«, erklärte Mathisen. »Ihm wird leicht unwohl.«

»Da ist es ja umso erfreulicher, dass er die Strapazen hat auf sich nehmen wollen«, sagte Doktor Levin zuvorkommend, und der Stationsmeister brummelte zustimmend.

»Jetzt will er baden«, sagte Mathisen und setzte eine Miene auf, die von fern dem Versuch eines Lächelns ähneln mochte. »Ich schlage vor, dass die Herren später wiederkommen.«

»Ja, o ja, natürlich … Sagen wir … in einer Stunde?«

Doktor Mathisen blickte sie mit demselben merkwürdigen Gesichtsausdruck an.

»Eher zwei Stunden, denke ich«, sagte er. Dann nahm er seinen Koffer und ging die Treppe hoch.

Der Stationsmeister und der Arzt hatten gehofft, dass das Bad den Professor etwas erweicht hätte, doch das war nicht der Fall. Zweieinhalb Stunden später kam er ebenso missgelaunt, wenn auch von deutlichem Lavendelduft umweht, in die Hotelrezeption herab, wo seine Gastgeber bereits seit einer geraumen Weile zusammen mit Doktor Mathisen ausharrten.

Ursprünglich hatten Arctander und Levin ihre beiden Gäste zu einer Mittagsmahlzeit im Hotelrestaurant einladen wollen. Die

Essenszeit war eigentlich seit einer Stunde verstrichen, aber der Stationsmeister hatte den Maître d'Hôtel dazu bewegen können, dass dieser den Koch anbettelte, die Küche in Bereitschaft zu halten. Doch Arctanders Einladung wurde durch die professorale Expertise schlankweg weggewedelt.

»Wir können doch mit so was keine Zeit vergeuden«, schleuderte der Frischgebadete ihm mit verärgerter Miene entgegen. »Bringen Sie uns zur Patientin. Herr Stationsmeister, Sie weisen den Weg.« Er deutete zum Ausgang.

»Natürlich, natürlich«, sagte der Stationsmeister und eilte zur Mahagonitür. »Herr Professor, darf ich …«

Levin vollführte Gesten des Bedauerns zum Maître d'Hôtel, der verzweifelt trippelnd in der Tür zum Speisesaal stand.

»Ist der Professor immer so?«, murmelte Levin Doktor Mathisen zu.

»Meist, ja«, sagte Mathisen, der, abgesehen von einem kurzen, hungrigen Blick in Richtung der Beköstigungsregionen, gänzlich ungerührt wirkte.

Auch bei der Ankunft in der Wohnung des Stationsmeisters war der Professor ebenso wortkarg wie unfreundlich. Birgersons grüßte er knapp, für Hanna hatte er nicht mehr als ein Nicken übrig. Erst als Hanna das Kind aus dem Bett geholt und entkleidet hatte, ereignete sich eine Veränderung mit ihm. Er seufzte hingerissen bei dem Anblick, stieß allerlei »Ohs!« und »Ahs!« aus, und hinter seinem Bart tat sich etwas – offenbar lächelte er. Doktor Mathisen öffnete den Arztkoffer, und die Untersuchung begann. Der Professor beäugte das Kind eingehend von allen Seiten, hob die Gliedmaßen an, schaute ihm in Mund und Ohren, maß die Haarlänge und schnitt mit einer kleinen Schere Pröbchen ab, während er dem eifrig protokollierenden Mathisen unablässig Bemerkungen zumurmelte.

»Vollständig bedeckt … dorsal und frontal … kein Anzeichen von Haarwuchs auf der Zunge … ebenso auf den Handflächen … Länge 35 bis 45 Millimeter … keine, absolut keine eingewachsenen Haare … sehen Sie hier, Mathisen … das ist sehr, sehr bemerkenswert …« Die beiden Mediziner nahmen noch weitere Haarproben und zapften der wild schreienden Eva etwas Blut ab.

Nachdem sie so eine Weile ihre Untersuchungen vorgenommen

hatten, ohne die Anwesenden zu beachten, nahm der Stationsmeister seinen Mut zusammen:

»Herr Professor, können Sie denn die Ursache für dieses Phänomen erklären?«

Zerstreut blickte der Professor von seiner Untersuchung auf. Jetzt allerdings wirkte er zuvorkommend, beinahe fröhlich.

»Nein. Aber es ist äußerst faszinierend. Äußerst faszinierend. Sehr schön. Haare am ganzen Körper.« Er wirkte wie ein Kind bei der Weihnachtsbescherung.

»Aber ... die Ursache?«

»Die Ursache, die Ursache«, sagte Professor Strøm abwägend. »Ich kann Ihnen immerhin erklären, wie die Dinge zusammenhängen. Jeder Mensch, Sie oder ich, Mann oder Frau, das spielt keine Rolle, hat eine bestimmte Anzahl von Haarbälgen, die über den ganzen Körper verteilt sind, die so genannten Follikel. Deren Anzahl ist sehr groß, ja, wenn Sie genauer nachsehen, werden Sie feststellen, dass Sie auch dort Haare haben, wo Sie durchaus nicht damit gerechnet hätten. Die Follikel sind gewissermaßen die Brutstätte des Haarwuchses. Sie dienen verschiedenen Zwecken, aus den einen wachsen Kopfhaare, aus anderen Barthaare, das sind die so genannten Terminalhaare. Aus manchen sprießen jene flaumweichen, zarten Haare, die wir auf Armen und Beinen haben, so genannte Vellus-Haare, und aus wieder anderen, ja, Sie gestatten, das Schamhaar.«

Der Stationsmeister räusperte sich, sagte aber nichts.

»Nun. Sie werden bemerkt haben, dass all diese Haare äußerst verschiedengestaltig sind, je nachdem, ob es sich um Augenbrauen oder Kopfhaar handelt oder – nun, kurz und gut, sie sind verschieden lang, verschieden weich und dick, teils auch von verschiedener Farbe, an ein und demselben Individuum. Sie wachsen auch verschieden schnell. Sie können mir folgen?«

»Ich denke schon.«

»Am menschlichen Körper wachsen eine Unmenge Haare!«

»Ja.«

»Die Anzahl werden Sie sich nicht vorstellen können. Versuchen Sie mal zu raten!«

»Herr Professor«, meldete sich Doktor Levin, »Stationsmeister Arctander ist ganz sicher nicht ...«

»Hunderttausende!«, fuhr Professor Strøm begeistert fort. »Überall! Und jedes hat eine eigene Funktion. Sie denken wahrscheinlich, dass die Funktion der Augenbrauen ausschließlich darin besteht, Schweiß und Regen aus den Augen zu halten? Da irren Sie sich! Die Funktion der Augenbrauen ist weit subtiler. Denken Sie sich ein Gesicht ohne Brauen. Es wäre völlig ausdruckslos, kaum zu deuten. Welche Schauspielkunst, ja, welche Leidenschaften kann eine große Schauspielerin mit einer einzigen Bewegung ihrer Braue ausdrücken? Folglich sind die Augenbrauen ebenso Sprachorgane, wie sie gegen ein wenig Nässe schützen. Wollte die Natur die Augen vor Regen schützen, hätte sie etwas weit Effektiveres und Tropfenfängerartigeres entwickelt als ein paar schüttere, lächerliche Augenbrauen. Lassen Sie sich das gesagt sein. Doch auch die Vellus-Haare …«

Doktor Levin räusperte sich, öffnete den Mund, aber es gelang ihm nicht, Professor Strøms Lobpreisungen des Haarwuchses zu unterbrechen.

»… die Vellus-Haare, dieser feine, ach so feine, winzige Flaum an unserem Leibe, auch an Stellen, von denen wir denken, sie wären völlig nackt … welche Funktion haben nun die, werden Sie fragen?«

»Ich …«, setzte der Stationsmeister an.

»Ganz genau. Das werden Sie fragen. Ja, fragen Sie nur immerzu! Wozu sind diese kleinen, lausigen Härchen da, werden Sie fragen. Sie wärmen nicht, sie sind unsichtbar, sie hindern den Regen nicht daran, an Stellen zu gelangen, wo er nichts zu suchen hat. Eine vereinfachende, vulgäre Wissenschaft würde nun sagen, dass diese Haare sowie die übrige Körperbehaarung des Menschen nur rudimentäre Reste des Fells sind, das wir einst trugen. Von Uexküll würde sagen, sie sind Reste eines Teiles des menschlichen *Reizschutzes*. Ein Atavismus. Mit anderen Worten: Überbleibsel. Aber das ist falsch. Hören Sie? Falsch. Ha! Unwiderruflich und idiotisch falsch.«

»Ich verstehe …«

»Sie unterstützen unseren sensorischen Apparat! Unseren Tastsinn. So ist das! Wie winzig kleine Balancierstangen sitzen sie auf der Haut und recken sich der allernächsten Lebensumgebung des menschlichen Organismus entgegen. Und kommt dann – sagen wir einmal – eine Frau im erotisch aktiven Alter, schmachtend und verführerisch, und berührt unsere Haut mit ihrer, dann wäre der

Sinneseindruck bei dieser Berührung sehr viel weniger .. äh ... stimulierend, wenn wir nicht über diese feinen Vellus-Haare verfügten. Versuchen Sie einmal, sich selbst zu stimulieren ...«

Jetzt räusperte sich auch Doktor Mathisen.

»... an der Rückseite Ihrer Gliedmaßen, die höchstgewiss mit den Jahren haarlos geworden sind wie bei einem alten Hasen; und Sie werden sehr viel weniger spüren als auf der Vorderseite.«

»Das habe ich noch nicht versucht ...«

»Da können Sie mal sehen. Aber, kurz gesagt, Sie haben eine große Menge Haare am Leib. Nur dass die Anzahl Ihrer Haarbälge, der Follikel, noch größer ist. Der Mensch hat sie fast überall. Im Gesicht. Auf dem Rücken. Auf dem Bauch. Überall. Die meisten dieser Follikel sind nämlich inaktiv, und seien Sie froh darüber! Sonst hätten Sie nämlich lange Haare in den Ohren oder auf den Schultern. Oder Fell auf den Handrücken. Follikel aber haben wir überall, ob aus ihnen nun Haare wachsen oder ob sie ... nennen wir es einmal: *ruhen*. Bei manchen Männern begeben sich ja größere Anteile der Kopfbehaarung zu einem relativ frühen Zeitpunkt ebenfalls zur Ruhe, ohne dass sich erklären ließe, warum. Egal, mit wie viel Spargelextrakt oder Tinkturen und anderem Teufelszeug man die Kopfhaut traktiert, es hilft nichts. Sie sind und bleiben inaktiv. Aber die Follikel selbst sind noch da. Und ihr Vorhandensein ist ein Rest von dem Fell, das der Urmensch einst trug, das sich heute jedoch auf einige wenige Körperregionen beschränkt. Verstehen Sie, wovon ich rede?«

»Ja«, sagte Gustav Arctander. »Sie reden davon, dass der Mensch sich im Laufe der Äonen aus niedriger stehenden Wesen entwickelt hat.«

»Wie Sie wissen, dauert die Entwicklung des menschlichen Embryos von der Empfängnis bis zur Geburt 266 Tage, oder 38 Wochen. Im Laufe dieser Zeit scheint der Fötus im Eiltempo die gesamte Entwicklung der Menschheitsgeschichte nachzuvollziehen, vom Einzeller über das Weichtier zur Kaulquappe, zur Amphibie, zum Reptil und dann zum behaarten Säugetier. Und zu einem bestimmten Zeitpunkt, Herr Arctander, kurz vor dem siebten Monat, setzt aus sämtlichen Follikeln am Leibe, aus sämtlichen, starker Haarwuchs ein, der den gesamten Körper bedeckt. Alle auf einmal, fast, als wollte der Organismus erproben, ob auch alle funktionieren. Diese Haare sind ganz einzigartig, dünn und seidenweich. Es sind sozusagen Versuchshaare, genannt Lanugo-Haare, nämlich Wollhaare. Allerdings wirft der Fötus sie im siebten Monat restlos ab …«

»Wie ein Tier, das den Pelz wechselt?«

»Nja. Fast. Bemerkenswert ist übrigens, dass all diese Haare, wenn der Fötus sie abgeworfen hat, im Fruchtwasser treiben und er sie verschluckt. Die allererste, grünliche Verdauung des Säuglings nach der Geburt, das *Meconium*, das so genannte Kindspech, besteht vor allem aus den Resten dieser Haare. Erst danach setzt der Haarwuchs ein, vor allem der des Kopfhaars, mit dem das Kind zur Welt kommt. Manchmal sind noch Reste vom Lanugo-Haar vorhanden, pelzartig, zum Beispiel auf dem Rücken. Wenn also Doktor … äh, Levin war der Name? … hier und die Frau Apothekerin der Ansicht waren, das Kind würde die Haare nach einer Weile verlieren, so war diese Vermutung nicht restlos unbegründet. Allerdings war sie falsch.«

»Und stattdessen?«

»Was wir hier sehen, an Ihrer kleinen Tochter, ist etwas ganz Anderes. Das ist kein gewöhnliches Kinderfell. Was wir hier vor uns haben, sind die Lanugo-Haare selbst, in voller Pracht, die das Kind aber nicht im siebten Monat verloren hat, sondern die weitergewachsen sind. Immer weiter.«

»Sie hat sie also einfach behalten?«

»Genau. Das ist unglaublich selten. Herr Arctander, ich muss Ihnen sagen, mein Lebtag habe ich noch nicht etwas so Phantastisches gesehen. Ich spreche natürlich als Fachmann. Das ist eine medizinische Sensation. Ein physiologisches Unikum.«

»Und … wann verliert sie sie?«

»Wie wann? Sie verliert sie nie.«

Der Stationsmeister öffnete den Mund, doch ohne etwas zu sagen; er starrte den Spezialisten an, der unverdrossen fortfuhr:

»Die Haare, die ihr eigentlich wachsen sollten, sind nie gekommen, und sie werden sich auch nie entwickeln. Aus allen Follikeln, aus denen nie Haare wachsen sollten oder die allenfalls zur Geschlechtsreife hätten aktiv werden sollen, sprießt jetzt langes, helles Lanugo-Haar. Das ist ganz phantastisch. Unglaublich. Und so wird es ihr Leben lang sein.«

»Ihr Leben lang?«

»Vermutlich.«

»Sie wird immer so aussehen?«

»Den Tatsachen nach zu urteilen, ja. Aber wie gesagt, das ist unglaublich selten. Nur eine Handvoll Fälle sind überhaupt dokumentiert. Ich weiß nicht einmal, ob es gegenwärtig auf Erden einen weiteren gibt, höchsten einen in Fernost. Nein, Herr Arctander, das ist wirklich ganz einzigartig selten. Ich bin sehr dankbar, dass wir herkommen und uns das ansehen durften.«

»Und es gibt … keine Hoffnung auf Veränderung?«

»Man kann nie wissen. Ich würde es allerdings bezweifeln. Dieser Haarwuchs hat sich bei ihr entwickelt, und so wird es bleiben, immer. Was für eine Seltenheit! Eine Rarität! Sie erlauben, dass ich eine Fotografie mache.«

2

REISSER UND ZERRER

Bube, Bube, Dame, Ass. Treffsiebener, Trefffünfer, Kleiner Hans, Cœurfünfer, die unheimliche Ida, Ilma-Il Treffbube. Arima. Arima mein.

Da liegen sie auf dem Tisch vor ihr ausgebreitet, in sinnreichen Mustern. Es sind Vaters Spielkarten. Sie sind wertvoll, sagt der Vater, schau mal, wie fein sie gedruckt sind. Sie sind für vier Whistpartner gedacht, sagt er.

Seidenfaden Spielkarten GmbH Wien steht auf dem Kreuz-Ass. Sie kann lesen. Sie ist sieben Jahre alt. Sie kann auch Karten spielen, aber sie hat selten jemanden zum Spielen, höchstens den Vater, wenn er Zeit hat, aber er hat keine, also hat sie gelernt, Patiencen zu legen. Whist kann sie aber sowieso nicht. Hanna spielt nicht, für Hanna ist Kartenspiel Sünde.

Drei Kartenstapel in einer hübschen Schachtel, sie hat Goldränder und ist mit hellgrünem Samt ausgekleidet. Die Karten sind wertvoll. Eva wäscht sich immer die Hände, bevor sie sie anfasst. Sie sind für gepflegte Whistpartien gedacht, sagt der Vater, aber er hat ja nie Gäste, also liegt die Schachtel unbenutzt in der rechten Schublade des Wohnzimmertischs, zusammen mit einer Tüte Pfeifenreiniger, einem Würfelbecher, der Dominokiste, dem Etui mit den Schachfiguren und einer Schachtel mit strohtrockenen Zigarren, die ihren Duft der ganzen Schublade mitteilen.

Aber auch die Spielkarten haben ihren ganz eigenen Duft. Parfümiert, etwas süßlich, himbeerartig, wenn Eva sie dicht an die Nase hält. Bube, Dame Mona, König Johan. Wertvolle Karten, drei Stapel, rote, blaue und grüne Rückseiten. Schau mal, wie fein sie gedruckt sind. Das ist Kunstdruck, sagt der Vater. Die Bildkarten sehen ganz lebendig aus, nicht wie übliche Karten; die Figuren haben rosenrote Wagen und wallendes, langes Haar. Kronen und Szepter schimmern golden, der Samt ist nachtblau.

Sie kann Patiencen legen, aber diejenigen, die sie kann, gehen fast nie auf. Und wenn sie nicht aufgehen, ist es noch langweiliger. Trotzdem, wenn der Vater Abendschicht hat und sie das von Hanna aufgetischte Essen aufgegessen hat und sie dann in der Stube unter der Mondscheinlampe sitzt, dann holt sie die Karten hervor, alle drei Stapel, räumt die leere Obstschale und den Kerzenleuchter beiseite und legt die Karten aus, wie zu einer Patience. Alle Karten, von allen drei Stapeln. Und an verschiedenen Stellen des Tisches, die einen am Rand, andere in der Mitte, manche mit der Bildseite nach oben, andere in kleinen Stapeln. Es ist nämlich so, dass der Tisch ein Land ist. Das hat sie vor längerem entdeckt, als sie eines Abends eine Siebener-Patience legte. Mit den Äderungen und Mustern in der hölzernen Tischplatte ist das ein Land, eine große Insel, die weit fort liegt. Viele Städte und Burgen gibt es auf diesem Kontinent, es gibt Flüsse und hohe Gebirge, tiefe Seen und ausgedehnte Ebenen.

Und Städte wie Burgen werden von drei großen Heeren beherrscht, drei Provinzheeren, jedes mit einem Hof und Heerführern, Prinzen und Prinzessinnen. Denn dies ist die Zeit der Ritter und Troubadoure; sie hat davon gelesen. Sie kann lesen. Sie ist sieben Jahre alt, geht aber noch nicht zur Schule. Das mit der Schule ist eine Sache, die es noch abzuwägen gilt, sagt der Vater. Das Lesen hat sie sich selbst beigebracht. Elsa Birgerson hat ihr ein wenig geholfen. Und der Vater, wenn sie auf seinem Schoß sitzt und er laut vorliest. Das macht er manchmal, wenn er gute Laune hat. Er liest viel. *Lhase* heißt das Land, und die Hauptstadt *Kebesh*. In dieser Stadt herrschen die Blauen, und die Höchsten unter den Blauen gehören zur Treff-familie, deren Namen natürlich nichts mit Treff zu tun hat, sondern die, ihrem Schildwappen mit dem Kreuz entsprechend, vom Geschlechte der Kruzaga sind. Der Höchste von ihnen wiederum ist nicht der König, sondern tatsächlich der Bube, Arima. Der König ist nämlich alt und hat einen weißen Bart, und er ist ein bisschen verwirrt im Kopf, ein bisschen dirmelig, wie Hanna sagen würde, und die Königin ist miesepetrig und sieht ein bisschen falsch aus (wahrscheinlich war sie schon immer so), aber Arima, der Bube, ist gewandt und schlau, er hat ein gutes, stilles und ehrliches Lächeln, ist hübsch in Samt gewandet, und sie freut sich jedes Mal, wenn sie die Karten aufblättert und hinlegt; sobald sie diese sieht, kribbelt es in ihr. Sie kann lange dasitzen und sie anschauen.

Arima ist weder Junge noch Mädchen. Genau wie sie. Lange sagte sie zu allen Buben des Kartenspiels *sie*. Der Vater lächelte nur ein wenig, bis sie eines Abends beieinandersaßen, Mau-Mau spielten und Eva den Pikbuben hinknallte: »Da hast du sie!« Ihr Vater lachte ein wenig und sagte: »Ihn, Eva. Der Bube ist ein Mann, siehst du das nicht?«

Sie sah ihn beleidigt an, dann den Pikbuben, sagte aber nichts. Er hatte sicher recht. Das hatte er ja sonst auch immer. Ja, sie sieht, dass er recht hatte. Aber die Buben haben so langes, lockiges Haar und beinahe Mädchengesichter, obwohl sie auch Barthaare haben.

Sie denkt – vielleicht gibt es ja zwei Arten Menschen. Hier Jungen und Mädchen – und da noch eine andere Art. Wie den Treffbuben in dem blauen Spiel. Arima mein.

So sitzt sie abends vor den Karten, die Karten sind wie eine Welt, und spielt stille Spiele. Das Schöne an diesem Spiel ist, dass Hanna, wenn sie in der Tür steht, einfach ein kleines Mädchen sieht, das zu Abend gegessen hat und jetzt Patiencen legt. Eva kann das Spiel auch zusammenräumen, kann alle übereinanderlegen, ihre Freunde in der richtigen Reihenfolge wegräumen, bis zum nächsten Abend. Auch ihr Vater weiß nichts davon; wenn sie manchmal miteinander spielen und die Karten mischen, hat sie sie ja schnell hinterher wieder auseinandersortiert. Sie hat ein gutes Gedächtnis, vor allem für Reihenfolgen. Kann alle Monate aufzählen, weiß sämtliche norwegischen Könige der Geschichte und das Kleine Einmaleins bis sieben. An dem mit acht übt sie noch.

Auch sonst gibt es zwei Arten Menschen. Reißer und Zerrer. Die Reißer, das sind die, die an ihr reißen. Typischerweise meistens andere Kinder. Sie haben leere Augen. Sagen nichts, höchstens kurze, rätselhafte Wörter, hart wie Warzen. Dann reißen sie an ihr, an ihren Haaren, und dann sagen sie alles Mögliche auf einmal.

Sie ist nie mit anderen Kindern zusammen.

Und dann gibt es die Zerrer, das sind meist Erwachsene. Sie machen sich ganz breit und weit, damit sie zu ihnen geht und sich ihnen auf den Schoß setzt. Oder sie stehen da und locken sie, um sie näher besehen zu können. Vielleicht halten die sie für eine Puppe. Sie haben irgendwas Marmeladiges im Blick – und zerren an ihr. Sie denken, sie würden sie streicheln, aber sie ist keine Katze, und eine Puppe ist sie auch nicht. Es ist sehr unangenehm. Der Vater findet es ebenfalls unangenehm. Darum trifft sie auch fast keine Erwachsenen.

Der Vater ist hoch oben und weit weg. Er hat weißes Haar und ist wahrscheinlich ziemlich alt, sagt Hanna. Er sieht sie an, von weit oben und von weit weg. Ganz selten mal kommt er zu ihr herunter, mit dem Kopf ganz nah an ihr Gesicht, und lächelt sie an. Dann ist sie glücklich. Aber meistens hat er keine Zeit, ihr Vater muss auf alle Züge aufpassen, sagt Hanna, denn was würde passieren, wenn das keiner täte?

Er passt auf alle Züge auf. Aber manchmal, da liest er ihr vor, aus genau den Büchern, die er selbst als Junge geliebt hat, darum liebt sie sie auch, auch wenn sie sie nicht immer versteht. *Lederstrumpf, Robinson Crusoe, Der letzte Mohikaner.*

Allermeistens muss er auf die Züge aufpassen.

Abends nach dem Essen sitzt er gern in Ruhe allein da, beim Schrank, mit dem Rücken zu ihr. Er liest Zeitungen oder Papiere und ist irgendwie nicht da. Oder aber er ist überhaupt nicht da, weil er Schicht hat. Schicht, das ist, wenn er auf die Züge aufpasst.

Wenn der Vater ein Zimmer verlässt, schließt er immer die Tür leise, aber bestimmt hinter sich; er zieht sie zu, bis sie klickt. Er hat ihr gezeigt, wie man das machen muss. Was er überhaupt nicht leiden mag, sagt er, das sind Türen, die nicht ordentlich geschlossen sind. *Eine Tür muss ordnungsgemäß geschlossen sein*, sagt er. Er selbst, der Vater, hat es ihr erklärt.

Es gibt viele Türen hier im Obergeschoss des Stationsgebäudes, zwölf an der Zahl, nicht mitgerechnet die zur Abstellkammer unter dem Dachbodengiebel. Sie hat sie gezählt. Sie mag Zahlen. Sie hat gelernt, sie alle ordnungsgemäß zu schließen, jede einzelne, hat mit jeder geübt.

Manche fallen leicht ins Schloss, wie die Küchentür, andere sind recht widerwillig, und sie muss mit aller Kraft am Knauf ziehen, bis sie das leise Schnappen hört, das anzeigt, dass die Tür ordnungsgemäß geschlossen ist, und selbst dann ist sie nicht immer sicher. Die Tür zum väterlichen Schlafzimmer zum Beispiel widersetzt sich.

Dies ist ein Haus der verschlossenen Türen, zwölf an der Zahl, und alle sind ordnungsgemäß geschlossen.

Ab und zu, wenn er guter Laune ist, erzählt der Vater aus seiner Bubenzeit. Er schildert Ausflüge in die Berge und in den Wald, allein oder mit Freunden. Er erzählt, wie er in einem Bach Frösche und Kaulquappen fing.

Dann hört sie besonders gut zu, denn es kommt nicht oft vor, dass er so erzählt, außerdem weiß sie, dass sie nie Ausflüge in den Wald oder in die Berge wird machen können; das geht ja nicht, sagt der Vater.

Also begnügt sie sich damit zuzuhören. Der Vater kann schön von solchen Dingen erzählen, von Kaulquappen und Fröschen, von Blindschleichen und Fuchsbauten. Von Leuten kann er nicht so gut erzählen. Sie wünscht sich so sehr, mal einen Fuchsbau zu sehen.

Ja, nein, Arctander muss an so vieles denken, weißt du, meine Kleine, sagt Hanna.

SO FUNKTIONIERT EINE LOKOMOTIVE

So funktioniert eine Lokomotive. Man stellt einen Pfeifenkessel mit Wasser auf den Herd und wartet, bis er kocht und der Dampf in einem langen, gedrehten Strahl aus dem Ventil strömt. Dann kann man eine Windmühle, die man selbst aus Schreibpapier gefaltet hat, zwischen zwei Pfeifenreinigern in den Dampfstrahl halten, und die dreht sich dann durch den Dampfdruck rasend schnell. Grob gesehen, baut man dann das ganze Ding in eine Maschine ein und stellt alles auf Schienen. Der Vater hat ihr das erklärt.

HANNA

Hanna ist lieb. Sie macht ihr und dem Vater Essen, sie wäscht und bügelt die Wäsche, hält das Haus in Ordnung. Einmal täglich geht sie mit Eva spazieren. Sie hat ein eigenes Zimmer unterm Dach, da oben wohnt sie sechs Tage in der Woche, dann ist sie einen Tag fort, da besucht sie ihre Familie. Die hat Eva noch nie gesehen, und es tut ihr ein bisschen weh, sich vorzustellen, dass Hanna eine Familie hat, wo sie doch hierher gehört und in ihrem Zimmer wohnt. Da wohnt sie mit ihren Mänteln, den Hüten und ihrer Gitarre. Abends spielt sie Eva manchmal etwas vor, oder Eva kann aus ihrem Zimmer hören, wie sie oben sitzt und singt. Lange, klagende Lieder mit viel Tod und Schmerzen. Die liebt Eva.

Manchmal besucht sie Hanna in ihrem Zimmer unterm Dach. Es ist ein heller, kühler Raum mit grünen Gardinen und einer großen Nählampe auf dem Tisch; die hat sicher Evas Mutter gehört.

Manchmal darf Eva Hannas Hüte und Muffs anprobieren. Hanna mag schicke Hüte. Sie seufzt, dass sie so viel von ihrem Gesparten für solch dummes Zeug ausgibt. Aber ein paar Freuden muss eine arme Haushälterin in ihrer Einsamkeit schließlich auch haben, sagt Hanna. Sehr feierlich sagt sie das Wort, als würde sie es fast nicht wagen: Haus*hält*erin.

Hanna hält das Haus.

Hannas Hüte, Muffs und Mäntel anzuprobieren gehört für Eva zum Schönsten. Hanna hat einen großen Spiegel, in dem kann sie sich dann betrachten.

Dann sieht sie zum Beispiel dies: einen großen Pelzhut. Braun, mit Troddeln. Er ist hübsch und ganz weich, wenn sie darüberstreicht. Unter dem Hut ein kleines Mädchen mit hellem Haar am ganzen Kopf und im Gesicht. Das Haar fällt vom Nasenrücken zu beiden Seiten und wallt sehr ordentlich in regelmäßigen Wellen zu beiden Seiten des Gesichts herab. Auch den Hals hinab wächst es und verschwindet unter der Bluse.

»Du siehst aus wie eine kleine Prinzessin«, sagt Hanna und umarmt sie.

Eva hat Haare am ganzen Körper. Jeden Abend muss Hanna sie baden, mit großen, weichen Tüchern abtrocknen und sie danach mit einer langen Bürste striegeln, und oft muss sie ihr etwas Öl in die Haare streichen, wenn sie zu trocken geworden sind. Morgens muss sie erneut gekämmt werden. Hanna und der Vater haben allergrößte Angst vor Läusen und Ungeziefer. Eine ziemlich umständliche Prozedur, morgens und abends, und manchmal wird Eva ungeduldig. Trotzdem mag sie diese Stunden, wenn Hanna ihr das Haar auf dem Rücken kämmt, immer wieder, bis der kleinste Fitz entfernt ist, oder die Haare auf der Rückseite von Ober- und Unterschenkeln. Wenn es nicht mehr ziept, ist es ein weiches, beruhigendes Gefühl, und sie kann dabei mit Hanna reden, während die immer weiterkämmt und davon erzählt, wie sie klein war, oder sie singt etwas, oder Eva erzählt von Sachen, die sie tagsüber von ihrem Fenster aus gesehen hat; Leuten, die sie an der Station hat kommen oder gehen sehen. Von vielen weiß sie die Namen, aber gesprochen hat sie noch mit keinem.

So viel Haar ist nicht gerade praktisch, die Pflege dauert ziemlich lange. Und ihr wird so warm unter der Kleidung. Am liebsten würde sie gar nichts anziehen, vor allem im Sommer, wenn es auch oben in der Wohnung sehr warm wird, aber das geht ja nicht, man muss immer angezogen sein, sagt Hanna streng, wenn Eva an einem heißen Juninachmittag heimlich die Bluse auszieht, um sich ein wenig Kühlung zu verschaffen.

In den Haaren setzt sich immer ein bisschen Schmutz fest, vor allem im Gesicht und auf den Handrücken; Essensreste und Wasserfarben und Ähnliches mehr. Und die Haare bleiben irgendwo hängen. An Rissen in der Tischplatte, an Spielsachen, im Nähzeug. So hat sie sich angewöhnt, alles nur mit den Fingerspitzen anzufassen, ob sie nun isst oder spielt.

Vor allem sollen bloß keine Reißer und Zerrer in ihre Nähe kommen. Sonst ergeht es ihr wie bei der Weihnachtsbaumfeier.

WEIHNACHTSBAUMFEIER IN FREDHEIM

Das mit der Weihnachtsbaumfeier war ursprünglich eigentlich Hannas Idee gewesen, auch wenn sie es natürlich überhaupt nicht böse gemeint hatte. Es war, als sie in der Wohnstube den Weihnachtsbaum schmückten, Hanna und sie, und der Vater saß da und schaute ihnen zu. Da sagt Hanna auf einmal, das erinnert sie an die Weihnachtsbaumfeier in Fredheim, als sie noch ein Kind war.

»Was ist eine Weihnachtsbaumfeier, Hanna?«

»Weißt du das nicht?«

»Ein Fest für den Weihnachtsbaum?«

Hanna sieht sie an, lächelt, stemmt die Hände in die Seiten. Hanna ist lieb. Dann erzählt sie von den Weihnachtsbaumfeiern am Ende der Weihnachtszeit, von einem Baum, der viel, viel größer ist als derjenige, den sie hier gerade schmücken. Einem Baum, so hoch, dass er schier in den Himmel ragt. Der Vater, der sich auf dem Sofa davon ausruht, dass er den schweren Baum im Ständer befestigt hat, sieht Hanna an, während sie erzählt, halb fragend, halb warnend.

Eva ist sieben Jahre alt. Und Hanna erzählt so schön, von roten Krepppapiergirlanden und vergoldeten Kugeln, vom Stern hoch oben unter der Saaldecke und großen Kerzen.

»War der Baum wirklich so hoch wie ein Haus, Hanna?«

»O ja. Und er war mit Ketten geschmückt, nicht nur aus Silberpapier wie hier bei uns, sondern aus echtem Silberdraht. Und aus Golddraht.«

»Aus echtem Gold, Hanna? Und auch Dilimanten?«

»Dilimanten? Ja. Doch. Sicher auch die.«

»Genau wie im Schatzberg«, sagt Eva träumerisch.

»Und ich hatte mein bestes Kleid an, ganz rot war das, mit blauen Samtbändern. Und Mama hatte mir Schnallen auf den Schuhen festgemacht, die glitzerten, genau wie der Baum.«

»Hast du da ausgesehen wie eine Prinzessin, Hanna?«

»Wahrscheinlich schon. War so hübsch alles.« Hanna seufzt leise und hängt noch eine Pfefferkuchenfigur an den Baum.

»Hattest du eine Krone im Haar?«

»Nein, aber eine große blaue Schleife. In genau derselben Farbe wie die Bänder an meinem Kleid. Alle Mädchen hatten Schleifen. Und die Jungen trugen Matrosenanzüge – also die, die einen hatten, das waren die feinsten – aber alle hatten ihre besten Sachen an und blankgeputzte Schuhe. Alle hatten sich so feingemacht, wie sie konnten, um den Baum zu feiern. Um Abschied von ihm zu nehmen. Wir haben uns fast nicht wiedererkannt, so hübsch waren wir. Haben nur dagestanden und gekichert. Hätten fast nicht geglaubt, dass das dieselben Kinder sind wie sonst. Aber alle durften hinkommen.« Hanna lacht und hängt, nach etwas Überlegen, eine Kugel hoch oben in den Baum.

»Hanna«, brummt es vom Sofa, »sollte die nicht ein bisschen tiefer hängen?«

Da steht ihr Baum und durchlebt langsam die Verwandlung von einer Tanne in eine Weihnachtswelt aus Farben und Geglitzer, Pfefferkuchenfräuleins und Weihnachtsmännern mit Ösen. Er ist so schön und hoch, und Eva liebt ihn bereits, als wäre eine fremde, freundliche, große Persönlichkeit ins Haus gekommen, eine, die sich wie ein würziger Duft in allen Zimmern umtut.

Und sie haben jetzt wochenlang Kettenglieder zusammengeleimt und Körbe geflochten, sie und Hanna – ihre Fingerhaare waren unablässig voller Weizenmehlkleister –, und die ganze quälende Zeit hindurch, die die Erwachsenen Advent nennen, eine Art Vorgeschmack auf die Ewigkeit, hat sie gewartet und sich gesehnt, aber obwohl der Baum jetzt da steht, ist sie begierig, mehr von Bäumen zu hören, die noch höher sind, noch festlicher als ihrer. Da ein Weihnachtsbaum ein Wesen ist, ein freundliches, duftendes, leuchtendes Wesen, das wieder das Haus füllt, nach einer unendlichen Wartezeit, kommt es Eva ganz natürlich vor, ein Fest für ihn zu veranstalten. Also fragt sie Hanna aus, und Hanna berichtet willig.

»Und dann kam der Christbaumtanz.«

»Der Baum hat getanzt?« Das mag Eva kaum glauben, aber man kann ja nie wissen.

»Der Baum? Getanzt? Nein, i wo, Dummerchen, das kannst du dir doch selber denken, der hat stillgestanden, genau wie der hier. Wir sind um ihn herumgetanzt.« Irgendetwas fällt Hanna ein. »Stimmt schon, du und dein Vater, ihr seid nicht genug, um am Weihnachtsabend um den Baum zu tanzen. Aber da, wo genügend Leute sind, da tanzt man um den Baum herum, weißt du.«

Eva ist enttäuscht. Sie kann sich gut vorstellen, dass so ein Baum ein heimliches Leben hat, genau wie die Spielkarten, zum Beispiel nachts, wenn alle schlafen, dass der dann ein bisschen umherwandert. Also ein klein wenig.

»Wir sind um ihn herumgegangen und haben gesungen. Und dann haben wir gespielt. Fang den Ring, und Habicht und Taube, und viele andere Spiele. Und dann ist der Weihnachtsmann gekommen, und er hatte Tüten mit Leckereien, für alle Kinder. Und dann ist ein Zauberkünstler aufgetreten – ach nein, ich glaub, der war vorm Weihnachtsmann dran.«

»Was ist ein Zauberkünstler, Hanna?«

»Das ist ein Magier«, sagt Hanna, »einer, der zaubern kann. Ja, also natürlich tut er nur so. Aber weißt du, er hat aus der leeren Luft Blumen hervorgezaubert.«

»Blumen …«

»Und große Federn, glaub ich, und Tücher!, und Flaschen! Aus einer goldenen Röhre. Und dann hat er eine Papiertüte gedreht, und dann hat er Wasser daraus ausgeschüttet, das weiß ich noch.«

»Wirklich!«

»Und dann hat er das Wasser von einem Glas in ein anderes gegossen, und davon ist es ganz rot geworden, und dann noch viele andere Sachen, an die ich mich nicht mehr erinnere. Ich werde so langsam alt.«

Der Vater räuspert sich.

»Jetzt wollen wir den Baum mal fertig schmücken, Hanna«, sagt er. Und Hanna und Eva schmücken den Baum fertig. Er wird sehr schön und glänzt über und über, jetzt steht er da und wartet auf den nächsten Tag.

Aber nachts, als Eva im Bett liegt und nicht schlafen kann, weil es die Nacht vor Heiligabend ist, denkt sie an die Weihnachtsbaumfeier und an den Zauberkünstler, der Blumen und Federn hervorzaubert, jetzt sieht sie ihn ganz deutlich vor sich, er zaubert goldene Äpfel herbei und große blaue Blumen, und die Decke in Fredheim ist so hoch, und da ist der Baum, derselbe wie hier zu Hause in der Stube, nur viel, viel größer. Er reicht so weit hinauf, dass sie die Spitze fast nicht sehen kann, und er ist ganz und gar in Silber gehüllt, und rundherum laufen viele schöne Kinder, Kinder, die anders sind als sonst, Kinder, die fast so schön sind wie die Gesichter auf den Spielkarten, außerdem eine lange Reihe Kinder, die sie noch nie gesehen hat, aber alle haben freundliche Augen und spielen mit ihr.

Am nächsten Tag ist Heiligabend, und der Tag verläuft, wie es sich gehört. Erst Besuche bei Apothekers und bei Doktor Levin, sie tauschen Geschenke aus, und danach eine kleine Weihnachtsversammlung des Stationspersonals, drinnen in der Kantine, an der Eva teilnehmen darf. Ihr Vater sagt Dinge, die sie nicht so ganz versteht, über Genauigkeit und Pflichterfüllung, dann werden erneut Geschenke ausgestauscht und schließlich Wünsche für ein frohes und gesegnetes Fest. Wie immer bekommt sie ein eigenes Päckchen von den Männern, und der Vater hat kleine Päckchen für alle; es ist genauso wie jedes Jahr: Eine Tüte Kaffee und Tabak, wenn sie keine Kinder haben, und falls ja, dann noch etwas Schokolade dazu, und schließlich für alle Beamten der Jahresalmanach der Universität.

Dann geht es in die Kirche. Das mag Eva nicht, auch an gewöhnlichen Kirchtagen mag sie es nicht, denn es ist zu warm; sie muss die Hände im Muff behalten, das Schultertuch auf dem Kopf, dicht geschlungen, so hat der Vater es bestimmt. Der Kirchgang stellt sie vor manche Probleme. Entweder müssen sie früh hingehen und als Erste Platz nehmen, aber dann muss sie lange in der Wärme sitzen und warten. Oder sie kommen fast als Letzte. Dann glotzen sie alle an und recken die Hälse, um sie zu sehen. Das versteht Eva eigentlich sogar. Also gehen sie nicht so oft in die Kirche, wie sie eigentlich müssten, der Vater und sie, dabei mag Eva die Musik. Aber jetzt, zu

Weihnachten, da gehen sie, Hanna kämmt sie, stutzt das Haar ein wenig auf dem Kopf und an den Händen, sie verlassen das Haus und den Baum, unter dem schon alle Pakete liegen, sie betreten als Allerletzte die Kirche, der Pfarrer spricht lange und gewählt, und Kantor Swammerdamms Chor singt so wunderschön. Swammerdamm schaukelt beim Dirigieren hin und her, mit flatternden, ausgreifenden Bewegungen; ein lustiger Anblick. Sie sind unter den Ersten, die die Kirche verlassen, und alle recken die Hälse, und dann sind sie zu Hause, bei dem Braten, den Hanna vorbereitet hat, während die Glocken läuteten. Sie essen ohne sie, sie muss nach Haus zu ihrer Familie, sie können nur noch einmal kurz *Stille Nacht* miteinander singen, dann eilt Hanna los, ihre Geschenke in einem Netz. Es fühlt sich etwas seltsam an. Dann setzen Eva und der Vater sich zu Tisch und essen. Danach bekommt Eva ihre Geschenke, ein Puzzlespiel vom Personal, vom Vater einen Malkasten und neue Zeichenblöcke, dazu *Onkel Toms Hütte*, noch einige Bücher vom Doktor und den Apothekers, einen Schal und eine Mütze, die Hanna ihr gestrickt hat, und ein Flohhüpfspiel.

Der Vater hat Festlaune und liest ihr bei Kaffee und Datteln aus Kipling vor, der Baum glitzert und duftet, sie hört ihm zu, ohne eigentlich zu hören, was er liest, oder alles zu verstehen, was diesem Kim da widerfährt, aber trotzdem hört sie zu, denn der Vater ist so gut gelaunt, er liest lang und ausführlich, und als er fertig ist, nimmt er noch eine Dattel und kaut sie behaglich, sie fragt, verträumt: Könnten wir nicht auch zu der Weihnachtsbaumfeier nach Fredheim gehen, Vater?

Hat sie das gesagt? Es muss ihr entschlüpft sein, denn er hört auf, die Dattel zu kauen.

Nein, sagt er kurz, kleine Eva, das ist nichts für uns.

Aber Hanna hat gesagt, es ist für alle.

Hanna hat dir Flöhe ins Ohr gesetzt, wie üblich.

Er leert die Kaffeetasse, ist jetzt etwas verstimmt.

Sie sagt nichts, lässt sich geräuschlos vom Stuhl gleiten, setzt sich auf den Boden und schaut sich ihre Geschenke an. Jedenfalls soll er glauben, sie täte das.

Was siehst du jetzt?

Siehst du ein kleines Mädchen ohne Freunde? Das immer hier oben sitzt, in der Dienstwohnung, und mit Karten und Dominosteinen spielt und Zeichenblock um Zeichenblock füllt? Das sein Gesicht halb abwendet, obwohl du seinen Ausdruck sowieso nicht lesen kannst?

Woran denkst du?

»Du weißt doch, wie die Leute sind«, sagt der Vater vorsichtig von seinem Stuhl aus.

»Ja. Es macht nichts, Vater.« Dünne Stimme.

»Ich werde darüber nachdenken. Komm jetzt, Eva, ich bringe dich ins Bett.«

Heute Abend ist es der Vater, der sie kämmt und ihr hilft, Hände und Gesicht zu waschen. Er ist sehr genau dabei, stellt sich aber etwas ungeschickt an, sonst macht das ja Hanna. Sie braucht nur zwanzig Minuten, der Vater deutlich länger, fast eine Stunde, und bei ihm ziept es mehr. Dann bringt er sie ins Bett. Er sitzt auf der Bettkante. Singt nicht, anders als Hanna. Wenn der Vater sie ins Bett bringt, liest er ihr meist noch etwas vor, oder er erzählt aus seiner Kindheit. Selten einmal erzählt er von ihrer Mutter, wenn sie auf die richtige Weise danach fragt, fast ohne zu fragen, sondern indem sie über andere Dinge den Weg zur Mutter findet. Heute Abend geht es fast von selbst.

»Hattet ihr auch Weihachtsbäume, bevor ich auf der Welt war, Vater?«

»O ja, das hatten wir. Das weißt du doch aber. Deine Mutter hat ja den Stern und die Engel selbst gemacht, die am Baum hängen.«

»Das hatte ich vergessen.«

Er schaut sie schräg an, dann blickt er vor sich hin, während er mit gleichmäßiger Stimme berichtet.

»Sie konnte so etwas wirklich gut, deine Mutter. Als sie an unserem ersten Weihnachtsfest feststellte, dass ich gar keinen Weihnachtsschmuck hatte, hat sie sich gleich mit Papier und Leim hingesetzt, damit alles seine Ordnung bekam.«

Er verstummt. Um ihn in Gang zu halten, sagt sie:

»Hast du denn nicht Weihnachten gefeiert, bevor du Mutter kennengelernt hast?«

»Schon … Weihnachten … ja, hab ich gefeiert. Aber …«

»Aber ohne Baum?«

»Hmja, ich war ja Junggeselle, also hab ich zu Weihnachten besonders viele Schichten übernommen, damit die Männer ein bisschen freihatten. Hab da keinen Baum gebraucht, verstehst du.«

»Und dann?«

»Ja, dann kam Ruth.« Er hält inne. Sie wagt nichts zu sagen, wie sie da liegt, hält fast den Atem an.

»Drei Weihnachtsfeste insgesamt«, kommt dann. »Und Heiligabend hat sie an ihrem Harmonium gesessen und gesungen. Alle Weihnachtslieder.«

»Alle?«

»Na ja, fast alle.«

»Und du, was hast du gemacht, wenn Mutter gesungen hat?«

»Hab wohl zugehört. Sie hatte eine schöne Stimme. Hab ein bisschen mitgebrummt, wenn sie gesagt hat, ich soll das tun.«

»Dann sing doch eins von den Liedern, bitte, Vater«, bittet sie ihn unvermittelt.

»Nein«, sagt er. »Ich kann nicht singen.« Einen Moment lang fürchtet Eva, jetzt wünscht er ihr gleich eine gute Nacht, aber er spricht weiter:

»Sie sang, briet den Braten und machte den Weihnachtsschmuck. Drei Weihnachtsfeste hatten wir.«

»Glaubst du, sie hat an mich gedacht, während sie den Weihnachtsschmuck gebastelt hat?« Leise kommt das.

»An dich?« Mit seltsamem Blick schaut er zu ihr hinab. »Nein, das glaube ich nicht.«

Eva schließt die Augen, so schnell sie kann.

Konnte er alles sehen, was geschah, als er das sagte? Oder sah er nur das, was andere auch sahen? Sie versteckt sich gut, duckt sich wie ein

Vogel im Nest, aber er hat auch nie wirklich versucht hinzusehen. Oder hat er das doch?

Er sitzt noch eine Weile bei ihr. Sie kann seinen Blick auf sich spüren.

»Gute Nacht, Kleines«, sagt er irgendwann. Er streichelt ihr vorsichtig den Kopf. Gibt ihr keinen Gutenachtkuss, das tut er fast nie. Er steht auf, geht zur Tür.

»Gute Nacht«, murmelt er.

Und dann sagt er: »Ich werd mal über Fredheim und diese Weihnachtsbaumfeier nachdenken.« Er löscht die Lampe und geht. Zieht die Tür nachdrücklich zu, sodass sie ordnungsgemäß verschlossen ist.

Weihnachten geht vorbei; stille, ereignislose Tage; sie spielt mit ihren Geschenken und liest in den Büchern. Während der Feiertage sind weniger Züge abzufertigen, also hat der Vater mehr Zeit zu Hause. Er liest ihr öfter vor, vor allem Kipling. Draußen herrscht klares, schönes Wetter; die Strecke ist schneefrei.

Am dritten Tag, als Hanna zurückkommt, kommt auch klirrende Kälte. Die mag der Vater nicht. Dann legt er das Buch aus der Hand, geht ans Fenster und blickt auf die Gleise, die schmal und blank vorbeifließen. So steht er manchmal eine ganze Weile, ohne etwas zu sagen. Sie achtet darauf, dass sie ihn nicht stört. Wenn er sich wieder hinsetzt und weiterliest, ist er weit weg, und seine Stimme klingt nicht wie sonst. Sie weiß, hat schon immer gewusst, dass er in solchen Momenten an ihre Mutter denkt.

Die Mutter ist ein Bild an der Wand über dem Sekretär. Eine Fotografie in versilbertem Rahmen, etwas grünlich, eigentlich hat sie nicht so ausgesehen, sagt der Vater, das Bild ist nicht besonders gut.

Sie hat einen Pelzhut auf und hält einen Muff, sie blickt am Fotografen vorbei, irgendwie aus dem Bild heraus, fast verträumt. Im Hintergrund ein Zaun. Sie steht da, die Hand auf eine Stuhllehne gestützt. Der Mantel spannt etwas über der Brust, er ist mit Knöpfen, Schnüren und Persianerstreifen besetzt, er erinnert an Arimas Kostüm. Eigentlich hat sie nicht so ausgesehen, seufzt der Vater. Eva findet sie schön. Sie hat große, runde Augen und unter dem Hut eine ausladende hochgesteckte Frisur. Die Nase ist klein und ein wenig gebogen, das Kinn rund und ausgeprägt. Eva steht oft vor dem Bild und schaut es an. Es sieht ihr nicht ähnlich, es ist eigentlich keine gute Fotografie, aber Eva versucht, es so hinzukriegen, dass es ähnlich wird. Manchmal, wenn sie wirklich lange davorsteht und die Frau dort betrachtet, kommt es vor, dass sie meint, eine kleine Bewegung zu sehen, sie hebt ein wenig den Arm oder reckt den Hals.

Nachts träumt sie von ihr. Manchmal. Nicht oft. Und dann sieht sie ganz anders aus, schöner und lichter, und ihre Augen sind so blau. Und diese Stimme. Leise und ganz nah. Sie lächelt und sagt Dinge zu ihr, an die sie sich nach dem Aufwachen nicht mehr erinnert. Eva ist froh, dass diese Träume nicht zu oft kommen, denn sie wacht danach immer mit etwas in der Brust auf, das sie an Weinen erinnert. Trotzdem liebt sie diese Träume.

Wenn Eva die Fotografie betrachtet, kann sie zu sich selbst keine große Ähnlichkeit finden. Weder die Augen noch sonst etwas. Wenn Eva in den Spiegel schaut, sieht sie etwas ganz anderes, etwas, das *nichts* ähnelt. Sie weiß das ja gut, sie hat es immer gewusst. Andere haben Gesichter, sie nicht. Sie hat – ja, sie hat schon ein Gesicht, sie auch, aber es ist versteckt. Sie kann es nur manchmal erahnen. All die Haare sind so fürchterlich lang. Sie weiß nicht, wie sie selbst aussieht. Einmal hat sie geträumt, ihre Mutter hätte Haare im Gesicht, sie selbst nicht. Ein merkwürdiger Traum war das, sie spürte, dass sie ganz seltsam glatt war, aber als sie nach dem Aufwachen vor den Spiegel trat, war alles wie zuvor.

Sie wünscht sich, dass es anders wäre. Sie ähnelt niemandem und nichts. Nicht einmal ihrer Mutter. Aber das Foto von der Mutter sieht der ja auch nicht ähnlich. Es ist sicher keine gute Fotografie.

Sie ist kein gutes Kind. Das weiß sie tief in sich drin sehr gut. Sie tut ihr Bestes, um brav zu sein, aber es ist unmöglich. Es lässt sich schlicht und einfach nicht machen. Manchmal zerbricht sie alles. Eine lange Reihe Teller und Tassen hat sie schon zerbrochen, darunter auch Vaters blauen Becher mit dem Erdbeermuster, den er von seiner Mutter bekommen hatte. Eine große böhmische Kristallkaraffe hat sie zerbrochen und einen Bilderrahmen. Sie hat viele, viele Bücher an die Wand geworfen, flatternde Vögel, und Spielsachen auch. Sie hat viele Spiegel zerbrochen.

Darum muss der Vater sie oft bestrafen. Manchmal hasst sie ihn, wenn er mit dem Riemen kommt, aber sie weiß ja, dass sie das braucht, um brav zu werden. Endlich brav zu werden. Sie hat versucht herauszufinden, warum sie manchmal so böse ist, dass sie Sachen kaputt macht. Es kommt einfach über sie. Wahrscheinlich hat sie ein böses Herz.

Schlimmer als der Riemen ist es, wenn er sie in die Abstellkammer sperrt, ganz hinten unterm Giebel. Da, wo seine Skier stehen, vertrocknet und alt, mit schiefen, matten Huitfeldtbindungen, als stünden dort in dem engen Verschlag zwei hagere alte Trollweiber. Sie sollte zwar ans Eingesperrtsein gewöhnt sein, schließlich ist sie kaum draußen, aber so sperrt er sie noch schlimmer ein.

Nicht in die Kammer, Vater, nein, schreit sie, wenn er sie da hineinzerrt, zu den Skiern, und die Tür hinter ihr verriegelt.

Sie schreit dann noch eine Weile, bevor die Dunkelheit ihr den Hals füllt und sie keinen Laut mehr herausbekommt. Draußen ist es immer totenstill, abgesehen von den Zügen, die heran- und wieder fortfahren. Sonst ist das für sie ein heimeliges Geräusch, hier drinnen jedoch hallt es anders, dumpf und bedrohlich. Einmal hat sie gehört, wie Hanna für sie betete, aber seither nie wieder. Erst wenn es in ihr ganz und gar dunkel wird, erst wenn das Schwarze angeschwollen ist und ihre Augen ausfüllt, den Kopf und den Bauch, erst dann kann sie anfangen zu warten, während sie das Dunkel ein- und ausatmet. Dann zählt sie. Zu singen hilft nicht, oder sich etwas auszudenken, denn die Stimme trägt nicht in der Schwärze, und wenn sie sich etwas ausdenkt, bekommt sie nur noch mehr Angst. Also zählt sie. Sie mag Zahlen. Es ist wichtig, nicht zu schnell zu zählen, sondern bei jeder Zahl genau lange genug innezuhalten, eine kleine Weile, langsam und ebenmäßig. Wenn sie es richtig anstellt, kann sie die Zahlen sehen, die ganze Reihe. Die ersten, bis zur 6, sind hellgrün, sie fangen irgendwo unten rechts in der Dunkelheit an und reihen sich aneinander, aufwärts, nach links. Nach der 6 wechselt die Farbe zu einer Art Rosagelb. Die 10 steht direkt vor ihren Augen und ist ganz und gar gelb, die 11 ist blasser. Ab der 12 werden sie dann wieder grüner und bewegen sich in einer geordneten Reihe nach rechts zurück, bis zur 20, einer matten, seltsamen Farbe, die Zahl liegt direkt über ihrer rechten Schläfe, und von dort geht es wieder in einem langen, leuchtenden Strom nach links, bis zur 70, die sehr dunkel ist. Die 80 ist glühend rot. Die 90 entweder gelb oder rot oder etwas dazwischen, aber nicht orange. Die Bewegung geht immer weiter nach oben, stets nach links, bis zur 100, die zugleich dunkelblau und golden ist. Nicht zwei Farben nebeneinander, sondern zwei Farben ineinander. Das Besondere an dieser Zahlenreihe ist, dass sie immer weiter nach oben steigt, länger und länger wird und trotzdem immer direkt vor ihr steht, und dass sie die ganze Reihe auf einmal überblicken kann. Sie kann sehen, wie die Reihe in Abständen von acht oder zwölf Zahlen auf und nieder springt; 45, 53, 61; 99, 87, 75; blitzschnell, und die Reihe ringelt sich weiter, und ab 100 steigt sie wieder nach rechts, allerdings mit anderen Farben jetzt, es geht mehr ins Violette und Türkise, und die Empfindung von Höhe nimmt zu. Dann immer so weiter, schräg aufwärts, bis zur hellen 500 oder der orangeroten 600, von links nach rechts, von rechts nach links, bis zur schimmernden 1000.

Wenn sie richtig gezählt hat, also bei jeder Zahl genau lange genug verweilt, regelmäßig und langsam, kommt die 1000 so klar und leuchtend zu ihr, dass sie in der Dunkelheit fast ihre Hände sehen kann.

Meist lässt er sie vor der 3000 wieder heraus. Dann ist sie ganz ruhig geworden, und ihr Fell ist nass von all den Zahlen.

Aber in der Zeit zwischen den Jahren ist sie brav und folgsam und schreit nicht.

So wird sie sich immer an die Weinachtsbaumfeier in Fredheim erinnern, so wird sie immer tief in ihr drin schweben, wie ein glitzernder, glasscharfer Traum:

Der große Tag nahte, und sie hatten sich gründlich vorbereitet; Eva wollte ein rotes Kleid mit blauen Bändern anziehen, genau so eines, wie Hanna es damals bei der Weinachtsbaumfeier getragen hatte, und Schuhe mit Schnallen daran. Der Vater hatte Hanna in die Hauptstraße geschickt, sie hatte ein hübsches rotes Kleid gefunden, es war ein wenig zu lang, ließ sich aber umnähen, das nahm sie mit, damit Eva es anprobieren konnte.

Still und ernst stand Eva da, oben in Hannas Dachstube, und betrachtete sich in dem hohen Spiegel, während Hanna zu ihren Füßen herumkroch und an den Stecknadeln im Mund vorbei mit ihr redete.

Dann steckte sie hier und da blaues Samtband fest, Hanna war flink zuwege mit Nadel und Faden, sie setzte ihr eine hübsche Rosette auf die linke Schulter und eine ebensolche rechts in Kniehöhe auf den Rock.

Der Vater ging ihr selbst Schuhe kaufen; weiße Schuhe, das hatte er bestimmt, das sind die schönsten, obwohl Eva lieber rote oder schwarze gehabt hätte, die sind erwachsener. Aber sie waren wunderschön, die Schuhe, mit denen er nach Hause kam, das war es nicht; sie bedeckten den ganzen Fuß, Schnürschuhe waren es, laschenlos, die bis über die Knöchel gingen. Und er hatte zwei winzig kleine Silberschnallen gekauft, die sie mit unendlicher Mühe am Oberleder festmachten. Jetzt sahen die neuen Schuhe besonders festlich aus.

Als das Kleid unter Hannas Nähmaschine hervorkam und sie dazu auch die Schuhe anzog, stand Eva erneut vorm Spiegel; der Vater und Hanna bewundernd im Hintergrund. Sie hatte überm linken Ohr eine Schleife im Kopfhaar, keck schief sitzend, und aus Hannas kleinem Schmuckkistchen hatte sie sich ein schmales

Perlmutthalsband leihen dürfen, das Hanna als Mädchen gehört hatte.

Aber Eva sah im Spiegel keine Prinzessin.

Es ist ein alter Spiegel. In seinem matten Unterwasserlicht sieht sie sich selbst. Sie blinzelt ein wenig. Das Kleid fällt weich und glutrot an ihr herab, die blauen Bänder wirken wie frisch vom Himmel geschnittene Dämmerungsstreifen. Das Perlmutthalsband wie kleine Stückchen Mondsilber um den Hals. Und über dem Kragen, den Hanna nach des Vaters Anweisungen etwas höher gesetzt hat, sodass er ein wenig von all dem Haar am Hals und im Nacken verbirgt, sieht sie ihr schimmerndes, wogendes, helles Haar, frisch gewaschen und gebürstet, es sitzt wie eine Sonne in all dem Rot. Die Augen blaugrün im Goldenen, die Lippen rot, etwas angespannt.

»Jetzt bist du aber schön, Eva«, sagt Hanna stolz von hinten, und der Vater brummt anerkennend.

Der Vater hat einen Schlitten bestellt, von der Station bis hinauf nach Fredheim. Er selbst hat sich ebenfalls herausgeputzt, trägt seine Galauniform, mit gewienerten Stiefeln und blankgeputzten Knöpfen. Hanna in einem schlichten schwarzen Kleid. Ja, Hanna kommt auch mit, das ist wohl das Beste, das war schließlich deine Idee, Hanna, sagt der Vater.

Der Schlittenkutscher draußen macht große Augen, als sie heranschreiten. Vor allem Eva sieht er an, die so schön ist, sie trägt einen weißen Wollmantel, dessen heller Pelzbesatz am Kragen sich mit ihrem wallenden Haar mischt. Das Ganze abgerundet durch einen weißen, zum Mantel gehörigen Wollhut, ebenfalls mit hellem Pelz besetzt, der Vater hat beides neu gekauft, es muss ein Vermögen gekostet haben. Die Augen des Kutschers folgen Eva von der Türschwelle bis zum Schlitten, aber er sagt nichts, hilft ihnen hinauf, starrt sie an, während er Eva die Felldecke über die Knie legt; der Vater räuspert sich kurz, da schwingt der andere sich auf den Bock, und los geht's.

Der Glockenklang umgab sie den ganzen Weg hinauf, es schneite leicht, feine, fast unsichtbare Flöckchen in der klirrenden Kälte, und, auch daran wird Eva sich erinnern, jetzt fühlte sie sich wie eine Prinzessin, den ganzen Weg bis zum Saal von Fredheim hinauf, dessen Fenster warm und gelb in den Winterabend hinausleuchteten. Die Leute drehten sich nach ihnen um, wenn sie vorüberfuhren.

Und vielleicht wäre alles anders gelaufen, wenn sie nicht, der Gewohnheit des Vaters treu, unter den letzten Ankömmlingen gewesen wären. Oder vielleicht wäre auch alles genauso gelaufen, wie immer, doch so, wie die Dinge nun lagen, hielten sie Einzug in einen fast vollen Saal. Die Pfarrersfrau machte die Begrüßungen, und Eva bemerkte sofort, dass sie eine Zerrerin war; der Saal war gefüllt mit Kindern und Eltern, und die Menge teilte sich vor ihnen. Es war ähnlich wie in der Kirche, genau wie dort eine Masse glotzender Augen und neugieriger, ungläubiger Gesichter. Doch noch eine Weile glaubte sie daran, sie drückte die Beine mit den schönen weißen Schuhen durch und ging zierlich, feierlich durch den Saal von Fredheim, an der Hand des Vaters; in Gala wirkte er immer so prunkvoll und fast etwas furchteinflößend; sehr schön fand sie ihn. Sie bewegten sich hinüber zu den hintersten Tischen an der Seite, und dort, jetzt sah Eva ihn, dort, mitten im Saal, stand der Baum.

Eva blickte auf. Blieb stehen, sodass auch der Vater innehielt. Hanna hatte nicht übertrieben. Silbern war er und golden, Myriaden von Kerzen und etwas schimmernd Weißes, wie warmer Schnee. Er reichte bis unter die hohe Saaldecke. Und dort oben hingen Girlanden, in alle Richtungen, und an Säulen und Balken Ballons und bunte Lampen.

Der Weihnachtsduft war fast betäubend.

Einen Augenblick lang, noch einen Augenblick, hatte Eva nur Augen für all das Duftende und Leuchtende und Festliche.

Dann kamen sie zum obersten Tisch an der Längsseite, unter der Balustrade, wo die Erwachsenen saßen. Birgersons und Levin hatten ihnen Plätze freigehalten, und als Frau Birgerson Eva sah, lächelte sie ihr begeistert zu, zog sie zu sich heran und flüsterte ihr ins Ohr:

»Was bist du nur schön, meine Kleine. Und so ein hübsches Kleid.« Und dann, etwas lauter: »Ist das Hannas Meisterwerk?«

»Hanna hat es gekürzt und die Bänder aufgenäht«, erzählte Eva. »Aber gekauft hat es Papa.«

»Du meine Güte«, sagte Frau Birgerson, »da hat er wahrhaftig das schönste Kleid in der ganzen Stadt gekauft.«

»Aber Hanna hat es gefunden.«

Frau Birgerson lachte. Hanna auch.

Im Saal fanden die Kinder sich jetzt zu Grüppchen zusammen, die einen drängten sich vor der Bühne am Kopf des Saals, aber ein paar auch in der Nähe ihres Tisches.

»Und so ein schönes Halsband«, lobte der Doktor und streichelte ihr die Wange.

Zwei Tische weiter reckten ein paar Neuankömmlinge die Hälse, einer erhob sich halb und deutete mit dem Finger auf sie.

»Schau mal«, sagte Hanna und zeigte zur Bühne. »Jetzt kommt der Pfarrer mit der Begrüßung.«

Der Pfarrer stand am Rand der Bühne. Er wirkte ein bisschen fremd, als wäre er um die Leibesmitte zu dünn. Dann begriff sie, dass er Alltagskleidung trug und nicht den weißen Faltkragen um den Hals hatte, bei dem Eva immer rätselte, wie er den wohl über den Kopf bekam.

»Liebe Kinder«, fing er an, »und liebe Erwachsene. Ja, ja, pscht, still jetzt, still, Kinder, ja, ich weiß, ihr wollt schnell mit der Feier anfangen, aber erst einmal möchte ich euch kurz willkommen heißen …«

Und so weiter, etliche Minuten. Und während der Pfarrer sprach, musterte Eva die anderen Kinder im Saal.

Die anderen Kinder. Als sähe sie sie von ihrem Fenster im Bahnhofsgebäude aus, wenn sie raschen Schritts mit ihren Eltern vorbeikamen, oder auf Abstand in der Kirche, oder wenn sie, was selten einmal geschah, mit dem Vater oder Hanna durch die Hauptstraße ging, auf dem Weg zu Birgersons oder zum Arzt.

Dann sehen sie sie immer wieder an. Mit langen, forschenden Blicken. So wie jetzt. Andere Kinder.

»… und schließlich, liebe Kinder, jetzt, wo es wieder Frieden gibt in der Welt, Frieden nach all diesen langen Jahren, und unsere Seeleute sich wieder sicher fühlen können auf der kalten See heute Nacht, und in Europa unten das Feuer aus den Schützengräben verstummt ist – an diesem Abend sollt auch ihr willkommen sein, jeder für sich und alle zusammen, und besonders diejenigen …«, er warf einen Blick auf ihren Tisch, »… besonders diejenigen, die noch nie hier waren, sondern die Weihnachtsbaumfeier in Fredheim zum ersten Mal miterleben. Herzlich willkommen!«

Und das Fest begann. Erst kamen die Spiele.

»Geh ruhig zu den anderen Kindern, Eva«, ermunterte Elsa Birgerson sie und gab ihr einen sanften Knuff zwischen die Schultern.

Zu den anderen Kindern. Langsam ging Eva los, auf einen Halbkreis zu, der sich zwischen dem Baum und der Bühne gebildet hatte und wo eine ältere, resolute Dame vom Gemeinderat die kleinen Gruppen kommandierte, sie sollten etwas spielen, das hieß »Reise nach Jerusalem«, und es sollte zwei Gruppen geben, denn es waren so viele Kinder da.

Sie suchte sich ein hübsches kleines Mädchen aus, etwas kleiner als sie selbst, in hellblauer Bluse, das wirklich freundlich wirkte. Sie ging zu ihr hin und flüsterte ihr zu:

»Hallo – ich bin Eva.«

Die Hellblaue sah sie erschrocken an, erstarrte, tat ein paar Schritte rückwärts, den Blick auf Eva geheftet, dann machte sie auf dem Absatz kehrt und verschwand hinter einem tiefhängenden Ast des großen Baumes.

»So! Jetzt alle miteinander!«, bellte die Dame gebieterisch, »zwei Stuhlreihen und zwei Gruppen, damit es nicht so furchtbar lange dauert. Wer gehört noch zu keiner Gruppe … ach ja.« Sie sah Eva an, versuchte ein Lächeln. »Ja. Aha. Genau.« Eva stand zwischen den beiden Reihen, die sich gebildet hatten. »Du kannst zu denen, Kleine«, sagte die Dame und wies auf die eine Gruppe.

Eva stellte sich ganz am Rand dazu.

Oben auf der Bühne thronte Kantor Swammerdamm hinterm Klavier. Man hatte die Kinder abgezählt und entsprechend viele Stühle aufgebaut, Rückenlehne an Rückenlehne, die Kinder stellten sich vor den Stühlen auf, die Musik begann. Swammerdamm spielte einen lustigen Ländler. Wie wachsame Tiere schritten die Kinder im Kreis um die Stühle herum, umrundeten hastig die Enden der Reihen, immer rundherum, und als Swammerdamm die Hände von den Tasten hob, warfen sich alle auf den nächsten Stuhl. Auch Eva, denn sie hatte rasch begriffen, worum es ging. Das war ein lustiges Spiel, es machte ihr Spaß. Wer als Letzter einen Stuhl behielt, der würde sicher einen Preis gewinnen.

Die ersten zwei, drei Mal ging es gut. Blitzschnell setzte sie sich auf den nächsten Stuhl. Swammerdamm wechselte zu einer Mazurka. Beim vierten Innehalten der Musik kam sie sich mit einem dunkelhaarigen Jungen in die Quere, der hinter ihr ging. Sie hatte sich ganz kurz vor ihm gesetzt, spürte schon die Sitzfläche unter sich, da riss er sie einfach am Arm hoch und schleuderte sie zu Boden.

Das ließ ihm die resolute Dame natürlich nicht durchgehen und verwies ihn des Spiels. Sie half Eva auf. Das Spiel ging weiter, die Musik stoppte ein Mal, zwei Mal, Swammerdamm zog das Tempo an, jetzt war es ein Marsch.

Zwei Stopps später geschah dasselbe erneut, diesmal war es ein dünngliedriges, blasses Mädchen mit roten Haaren, das sie vom Stuhl riss, sodass sie auf den Boden klatschte. Und sei es, dass sie es nicht bemerkt hatte, sei es, weil die Rothaarige etwas kleiner war als Eva, griff die beherzte Dame diesmal nicht ein, sondern ließ das Spiel weiterlaufen. Etwas benommen schlich Eva zurück zu ihrem Tisch.

Aufmunternde Blicke und Rufe seitens der Erwachsenen, so was kommt eben mal vor, Liebes, schnell, geh wieder zu den anderen.

Und während sie zurückging und sie dachten, sie würde es nicht hören: Sie ist andere Kinder so wenig gewöhnt.

Andere Kinder. Danach kam »Ziehet durch, ziehet durch«. Von dem Spiel hatte Eva nicht nur schon gehört, sondern auch schon zugesehen, wie andere Kinder es auf dem Marktplatz spielten, also kannte sie sowohl die Regeln als auch das Lied. Voll furchtsamer Freude ging sie den anderen hinterher, in einer langen Reihe, unter der Brücke hindurch, die von zwei vorher bestimmten, etwas größeren Mädchen gebildet wurde, die die anderen fangen sollten, einer Schwarzhaarigen und einer mit so hellem Haar, dass es beinahe weiß wirkte. Und Eva hörte ihre eigene Stimme, wie sie freudebebend mit den anderen die alte Weise sang:

Ziehet durch, ziehet durch, durch die goldene Brücke,
die Brücke ist gebrochen, wir wolln sie wieder flicken.
Aus was denn? Aus was denn?
Aus lauter Gold und Edelstein,
der Letzte wird gefangen sein!

Und die Reihe zog unter der Brücke durch. Eines nach dem anderen wurden die Kinder von den vier langen Armen gefangen, es gab viel Gekreische und Gejohle. Eva aber glitt unter den beiden langen, gefährlichen Armpaaren hindurch, ein ums andere Mal, bis ...

... Gold und Edelstein,
der Letzte wird gefangen sein!

... bis es auch sie erwischte und die Arme um sie herum niedergingen. Entsetzt und entzückt ließ sie sich einfangen. Doch während die beiden größeren Mädchen alle anderen einen kleinen Moment lang festgehalten hatten, bevor sie sie hinter sich schickten, wo sich auf diese Weise die beiden Mannschaften zum Wettziehen sammelten, ließ die eine, die Schwarzhaarige, ihr Gegenüber los, sobald Eva gefangen war, taumelte ein paar Schritte nach hinten und rempelte in ihre eigene Mannschaft.

»Die kannst *du* haben!«, fauchte sie und rieb sich den linken Arm, als hätte sie sich verbrannt. Und die Helle bedachte Eva mit einem finsteren Blick, packte sie hart bei der Hand und schleuderte sie ohne weiteren Kommentar hinter sich. Es ziepte.

Benommen ging Eva nach hinten, aber der Junge, den sie bei den Schultern halten sollte, entwand sich ihrem Griff. Kurz blieb sie stehen, blickte etwas hoffnungsvoll zu der resoluten Dame hinüber, aber die verfolgte das Spiel nicht mehr weiter, und die Erwachsenen an Evas Tisch hatten jetzt Kaffee serviert bekommen.

Bevor also das Wettziehen begann, entfernte sie sich von den Kindern, umrundete den Baum, tat, als würde sie ihn absichtlich so lange inspizieren, o ja, er war wunderschön, und sehr sachkundig geschmückt.

Auf der anderen Seite des Baums rangen jetzt beide langen Kinderschlangen miteinander, unter Lachen und Singen. Nach einer

Ewigkeit schaute sie hinter den Baum. Ja, stimmt, da maßen sie ihre Kräfte. Sobald beide Schlangen johlend am Boden lagen, kam sie hinter dem Baum hervor und ging zum Tisch.

»Willst du denn gar nicht mehr spielen, Eva?«, fragte Frau Birgerson bekümmert.

»Nein«, sagte Eva. »Erst mal nicht. Ich hab so Durst. Es ist so warm hier drin. Kann ich Saft haben?« Sie nickte zu einem der Krüge, die man aufgetragen hatte.

So trank sie Saft, während die anderen Plumpsack und Ringschlagen spielten. Aber als zum Schluss Abschlagen gespielt wurde, musste sie wieder in den Saal zu den anderen. Das ging aber ganz gut. Wenn sie selbst abschlagen musste, durften alle kreischend vor ihr wegrennen, das war lustig und gehörte ja so zum Spiel. Wenn ich nichts kann, kann ich sie immerhin erschrecken, dachte sie.

Aber wenn sie selbst nicht dran war, war es nicht so lustig, denn erstens konnte sie nicht so gut rennen, und es tat ihr so weh, wenn die anderen ihr auf die Schultern oder den Rücken klatschten und sie auf diese Weise abschlugen.

Das hellhaarige Mädchen riss ihr die Schleife ab. Sie wusste nicht, dass man das bei diesem Spiel so machte.

Aber dann war es vorbei, und Kantor Swammerdamms Chor sang auf der Bühne drei Weihnachtslieder. Da war alles wieder schön, und wieder sprach der Pfarrer etwas, aber jetzt war es Eva wirklich so heiß, dass sie nur noch Saft trank. Es schmerzte sie zwischen den Schulterblättern.

Danach stand tatsächlich ein Zauberkünstler auf dem Programm. Er wurde als El Smeraldo annonciert, und an ihn knüpfte man große Erwartungen, auch die Erwachsenen, denn er war hier im Städtchen noch nie aufgetreten. Hinter dem Bühnenvorhang hatte er während der Ansprache des Pfarrers seinen Auftritt vorbereitet, und jetzt ging der Vorhang hoch, das Bühnenflicht flammte auf und erleuchtete eine große Zahl merkwürdiger, faszinierender Gegenstände, Ringe und Kisten, mit Silberpapier umkleidete Röhren, Krüge mit chinesischen Schriftzeichen und einen großen Würfel in glitzernden Farben. Zu den orientalischen Klängen von Kantor Swammerdamms Klavier zog El Smeraldo ein. Er trug einen schwarzen Anzug, dazu einen blauem Umhang und einen spitzen, hohen Hut mit Monden und Sternen darauf. Er hatte einen flotten Schnurr- und Spitzbart und sah ausgesprochen magisch aus.

»Ah! Meine Damen und Herren, Jungen und Mädchen! Willkommen zu einer kleinen verzauberten Stunde! Magie und Staunen! Machen Sie sich auf ungeahnte Dinge gefasst! Dinge, die Sie nie für möglich gehalten hätten! Sitzen alle Kinder gut?« Er schielte nach den Kindern, die vor der Bühne auf dem Boden saßen. Eva saß am Rande, ganz hinten, und diesmal hatte Hanna sie begleitet ... *keine Erwachsenen hier vorn*, hatte die resolute Dame gesagt, aber Hanna hatte gefaucht, *also wirklich!*, und jetzt durfte sie hier sitzen.

»Keine Sorge, Kinder«, sagte El Smeraldo, »ich werde keinen von euch wegzaubern. Nur, wenn ihr nicht artig seid!« Er wedelte mit seinem Zauberstab, der silbern war, mit einer goldenen Spitze.

Dann begann er seine Vorstellung, indem er eine ganz und gar unglaubliche Menge von Seidentüchern in allen nur denkbaren Farben aus einer Röhre zog, die so dünne Wände hatte und so leer war, dass sich eigentlich nicht ein einziges Tuch darin verstecken konnte. Er zeigte es einige Male vor, es war ganz offensichtlich leer, doch gleich darauf zog er noch weitere Tücher heraus. Schließlich lag ein beträchtlicher Haufen vor ihm, den er in eine leere Kiste sammelte, mit dem Zauberstab hineinstieß, ein paar magische Bewegungen über dem geschlossenen Deckel vollführte, ihn wieder öffnete, und –

»Presto!«

– und einen dicken Blumenstrauß herauszog.

Applaus. Eva schnappte nach Luft, schaute Hanna an, lächelte. Das gefiel ihr. Die Vorstellung ging weiter. Er vollführte eine Reihe kleinerer Tricks mit Spielkarten und Kugeln, die er zwischen seinen Fingern rollen ließ, dann begann er, Wasser aus einem Krug auszugießen, der nie leer wurde. Sareptas Krug, so nannte er ihn. Er füllte Glas um Glas, am Schluss noch eine ganze Karaffe, und als der Krug dann endlich leer war, er ihn umdrehte und ein wenig mit dem Zauberstab darin herumrührte, da war er wieder gefüllt Jetzt geriet er da oben allmählich in Panik, es kam unablässig Wasser aus dem Krug, die Karaffe war voll, und er begann das Wasser zu trinken, denn irgendwo musste er es ja lassen. Bei jedem Glas, das er zu trinken gezwungen war, zog er furchtbar komische Grimassen, und alle lachten. Und jedes Mal, wenn man dachte, jetzt sei der Krug aber endlich leer, war doch noch Wasser darin. Jetzt kam das Wasser auch aus anderen Dingen, aus Zitronen und aus einem leeren Trichter, und er befüllte alles, was sich mit Wasser füllen ließ, seine Panik stieg sichtlich, und zugleich stieg das Gelächter.

Endlich hatte er eine gute Idee. Er drehte eine Zeitung zu einer spitzen Tüte. Dann ließ er alles Wasser aus dem Krug in diese Tüte laufen, vollführte eine anmutige, geheimnisvolle Bewegung – knüllte unvermittelt die Zeitung zusammen und riss sie in Stücke. Langsam segelten die Stücke zu Boden, fast wie dicke Schneeflocken.

Stürmischer Beifall.

»Wie geht das denn?«, flüsterte Eva. Hanna schüttelte den Kopf.

»Vielleicht hat er ja irgendwo Schläuche versteckt …«, mutmaßte sie.

Eva versuchte sich vorzustellen, wo an dem Mann die Schläuche verliefen, ob sie in seinem Hosenbein verschwanden oder unter dem Umhang, und ob er dort eine Art Tank hatte, wie eine Lokomotive.

Jetzt holte El Smeraldo ein Mädchen auf die Bühne und erriet ein ums andere Mal die Farbe, die sie an dem großen Würfel zeigte, obwohl der in einer Schachtel lag und der Zauberkünstler ihr den Rücken zuwandte. Dann kamen noch weitere Tricks, unter anderem der, bei dem er die Zeichnung eines Huhns aus einem Rahmen verschwinden und in einem anderen auftauchen ließ, den er zuvor mit einem Tuch bedeckt hatte.

Zum Schluss war das Huhn fort und verschwunden und wollte nirgendwo mehr auftauchen, ganz gleich, wie viel er mit seinem Stab fuchtelte und die Kinder Abrakadabra rufen ließ.

»Aha!«, rief El Smeraldo schließlich, »jetzt weiß ich, wo es ist! Hier drin hat es sich versteckt!«

Er hielt einen einfachen schwarzen Leinenbeutel hoch. Ungläubiges Gemurmel des Publikums.

»Ihr glaubt mir nicht?« Er krempelte den Beutel ein paar Mal um und um, sodass es alle gut sehen konnten. »Es hat sich unsichtbar gemacht. Ein unsichtbares Huhn!«

Gelächter. Er trat an den Bühnenrand vor, wo ein leerer Henkelkorb stand.

»Ihr glaubt mir nicht? Hier ist kein Huhn drin?«

Verneinende Rufe aus dem Saal.

»Aber alle wissen doch, dass Hühner etwas ganz Bestimmtes tun …«, sagte El Smeraldo, wrang den Beutel einige Male, hielt jäh inne und blickte listig ins Publikum. »Und was ist das? … Genau. Ganz genau. Es legt Eier. Und wenn ich jetzt ein bisschen *gack, gack* sage, in den Beutel hinein, so, *gack, gack*, dann …«

Etwas Schweres fiel in den Beutel. El Smeraldo steckte langsam die Hand hinein, und als er sie herauszog, hatte er ein Ei zwischen den Fingern, das er behutsam in den Korb legte.

Wiederum großer Applaus. Dann stieg er die drei Stufen von der Bühne hinab zum Publikum, den Korb am Unterarm. Er ging von Kind zu Kind, krempelte den Beutel um, ließ jedes einzeln fühlen, ob er auch wirklich leer war, bevor es dann *gack, gack* sagen durfte. Vor allem bei den Kleinsten war das niedlich, die noch nicht ganz sauber sprechen konnten. *Dack, dack* sagte ein kleiner Junge in den Stoffbeutel, völlig atemlos vor Aufregung, und wieder lachten alle. Und jedes Mal, wenn das magische *Gack* ertönt war, fiel aus dem Nichts etwas in den Beutel, die Kinder durften wieder nachfühlen, und jedes Mal kam ein neues Ei zum Vorschein, vom unsichtbaren Huhn gelegt. El Smeraldo sammelte die Eier in seinem Henkelkorb und wanderte weiter. Eva fand es wirklich rasend aufregend, dass das Nichts Eier legen konnte, und sie spürte ihr Herz höher schlagen, als El Smeraldo sich halb zu ihr wandte, schon streckte er ihr den Beutel hin, spannte ihn zwischen den Händen auf, immer noch mit einem verschmitzten Blick zu den Kindern, für die das unsichtbare Huhn soeben ein Ei gelegt hatte, und dann wandte er sich Eva zu, freundlich lächelnd.

Eva griff nach dem Beutel.

El Smeraldo stand stockstarr, sein Lächeln hatte sich verzerrt.

»Jesses«, sagte er nur, äußerst unzauberisch, und griff sich an den spitzen Hut. Er starrte sie an. Eva hielt seinem Blick stand, so gut sie konnte. Dann endlich fiel ihm ein, dass er El Smeraldo war, der große Magier, sein Lächeln kehrte wieder, er betrachtete sie, schelmisch lächelnd, und trat einen kleinen Schritt zurück.

Stille.

»Na, du hast aber wirklich mal eine hübsche Julbockmaske, kleine Freundin«, sagte er.

Eva ließ die Hand sinken. Jemand lachte, unsicher. Ein anderer sagte, halblaut, das ist keine Maske, die ist *wirklich* so.

Der Zauberkünstler runzelte die Brauen, wurde rot.

»Dann haben wir offenbar den Julbock selbst hier zu Besuch«, sagte er linkisch.

Gelächter. Erst verhalten, dann lauter. Der Magier nickte dankbar in die Runde, dann hielt er Eva den Beutel wieder hin. Eva hatte Hannas Arm fest gepackt, jetzt löste sie den Griff und streckte die Hand nach dem Beutel aus.

»Oder vielleicht ist es doch ein Koboldkind?« Der Künstler konnte es nicht lassen. Wiederum Gelächter.

»Also wirklich!« Hanna war indigniert. Eva, die jetzt Tränen in den Augenwinkeln spürte, streckte die Hand demonstrativ fordernd aus. Starrte diesen El Smeraldo an.

Er senkte den Beutel zu ihr hinunter.

»Gack, gack!«, sagte Eva sehr laut, ihm direkt ins Gesicht. Sie spürte undeutlich, wie er eine Bewegung aus dem Handgelenk vollführte, dann fiel etwas in den Beutel. Sie griff sofort hinein, doch ohne seinen Blick loszulassen.

Jemand sagte: »Braves Hündchen«, und das Gelächter wurde lauter. Der Zauberkünstler grinste schafsgesichtig in die Richtung, aus der die Bemerkung gekommen war, sichtlich dankbar, dass er nicht der einzige Witzbold war. Eva suchte mit der Hand in dem Beutel, der von all den Händen ganz warm und etwas klebrig war, und sie spürte etwas Hartes, Rundes. Das war kein Ei. Das sah nur so aus wie ein Ei, das spürte sie sofort.

Es war ein Ei aus Stein.

Sie stand rasch auf, das Ei in der Hand, und starrte es an. Das war ja Betrug. Die anderen Kinder machten keinen Mucks, als sie sie da stehen sahen. Rasche erwachsene Schritte jetzt. Hanna zog sie am Ärmel.

»Wau! Wau-wau!«, rief Eva. Sie knurrte und fauchte den Illusionisten einen Moment lang an. Dann holte sie aus und warf ihm das Steinei mit aller Kraft ins Gesicht.

Da war schon der Vater bei ihr und trug sie weg. El Smeraldo, das konnte sie noch sehen, ging der Länge nach zu Boden.

Die Vorstellung endete an dieser Stelle, und das große Finale, bei dem sämtliche Eier in einem großen Topf mit Deckel darauf zu schmucken Federn verwandelt werden sollten, als Geschenk für alle Kinder, musste auf das nächste Jahr verschoben werden.

Nach diesem Vorfall machte sich auf der Weihnachtsbaumfeier eine doch etwas gedrückte Stimmung breit. Der Zauberkünstler wurde in Sicherheit gebracht und von der Pfarrersfrau samt Doktor Levin versorgt, der, als er dann zum Tisch zurückkehrte, erleichtert berichten konnte, dass El Smeraldo nur »eine schwere Beule und eine leichte Hirnerschütterung« abbekommen hatte.

Der Vater blickte Eva streng an, aber sie saß auf dem Stuhl, die Beine unter die Sitzfläche geklemmt, und starrte aufs Tischtuch.

»Eva, Eva«, sagte er. Doch seltsam, er wirkte nicht böse. Nicht wirklich. »Na? Was meinen Sie«, brummelte er dem Arzt zu, »muss ich nach hinten und mich entschuldigen bei diesem ... Schmeri...«

»Smedsrud heißt er in Zivil«, sagte der Arzt und konnte sich ein Grinsen nicht verkneifen.

»Aha«, sagte der Vater. »Na, kommt ja fast aufs selbe raus.«

»Doch, ja. Nein, Gustav, das ist nicht nötig. Die Frau Pfarrer hat schon im Namen der Gemeinde um Entschuldigung gebeten, aber ich habe noch ein Wörtchen Klartext mit ihm gesprochen, in meinem eigenen Namen. Ja, und auch im ...«

Die beiden Männer unterbrachen ihr Gespräch, denn sie bemerkten, dass Eva es aufmerksam verfolgte. Frau Birgerson hatte ihr noch Saft eingeschenkt und ihr einen Keks gegeben.

Der Vater setzte seine Stationsmeistermiene auf und blickte Eva streng an:

»So etwas darfst du nie wieder tun. Es ist gefährlich, mit etwas so Schwerem nach jemandem zu werfen. Stell dir vor, du hättest ihn richtig verletzt!«

»Sie wusste ja nicht, dass es aus Stein war«, sagte Frau Birgerson, »sie musste ja denken, es wäre ein gewöhnliches Ei ...«

»Ja, das wäre lustig gewesen.« Ihr Mann schmunzelte.

»Oder ein faules«, murmelte Eva, und jetzt musste der Arzt dringend seinen Kaffee umrühren.

»Na, wie auch immer«, meinte der Vater, jetzt etwas weniger stationsmeisterhaft, »so etwas tut man einfach nicht, fertig. Aber eins stimmt auch wieder«, er warf einen Rundblick und hob die Stimme ein wenig, »das war wirklich ein unverschämter Mistfink. Ein Mistfink! Nein, solche Artisten und fahrendes Gelichter …«

An den nächsten Tischen drehte man sich zu ihnen um. Ansonsten herrschte seit dem Vorfall sehr wenig Verkehr bei ihrem Tisch, man umging ihn in weitem Bogen, nur ein paar Kinder wiesen mit dem Finger nach ihnen und schüttelten die Köpfe. Beim Tannenbaum standen Pfarrer und Pfarrersfrau und sahen blass an ihnen vorbei.

»Nun gut«, sagte Birgerson, die Stimme der Vernunft, »vielleicht ist es langsam Zeit zum Aufbruch.«

»Kommt gar nicht in Frage«, sagte der Stationsmeister bestimmt. »Erst kommt noch der Reigen um den Baum. Wegen dem sind wir schließlich hier.«

Sie liefen also mit den anderen im Reigen um den Baum. Eigentlich bildeten die Kinder den inneren Kreis und die Erwachsenen den äußeren, aber kein Kind wollte Eva an der Hand halten, also ging sie zwischen dem Vater und Elsa Birgerson.

Es herrschte wieder festliche Stimmung; alles sang, und die Mitglieder von Kantor Swammerdamms Chor steuerten Ober- und Unterstimmen bei. Trotzdem fand Eva es nicht so, wie sie es erhofft hatte.

Sie drückte die Hand ihres Vaters. Der erwiderte den Druck.

Doch als sie *Es ist ein Ros entsprungen* sangen, da brummte er zu ihr hinab:

»Sing, Kind! Sing jetzt!« Sie blickte unsicher zu ihm hoch. »Und schön laut!«, sagte er.

Also sang Eva aus voller Kehle. Man drehte sich zu ihr um. Auch Kantor Swammerdamm schaute her.

Nachdem sie geendet hatten, brachen sie auf, obwohl noch ein paar Programmpunkte warteten. Doch der Vater murmelte: »Nicht noch so ein verfluchter Kerl mit schäbigem Humor«, und so gingen sie Richtung Ausgang.

Der Pfarrer und seine Frau hatten sich unsichtbar gemacht, und so war der Stationsmeister doch etwas verstimmt, als sie in der Garderobe standen, aber als sie die Mäntel anzogen, kam Kantor Swammerdamm.

»Tausend Dank«, sagte er und drückte Arctander herzlich die

Hand. »Tausend Dank, dass Sie gekommen sind!« Er beugte sich zu Eva hinunter. »Und was für eine schöne Stimme!«, sagte er begeistert. »So ein schöner Klang. Alle konnten dich hören.«

Eva sah zu ihm hoch, wusste nicht, was sie antworten sollte.

»Wirklich schön!«, sagte der Kantor zum Vater, »das ist mal sicher. Diese Stimme muss ja ein Erbteil sein, von …«

»Das ist ein Phänomen, das häufig mit ihrem Zustand einhergeht«, sagte der Vater missbilligend. »Das hat mir Professor Strøm gesagt. Guten Abend, Kantor.«

Der Kantor blickte ihn verunsichert an.

»Und wir danken Ihnen. Für einen unvergesslichen Abend.«

Auf der Treppe draußen sah Eva ihren Vater an. Er hatte gerötete Wangen und presste die Kiefer aufeinander. Hanna trippelte hinter ihnen drein.

Doch im Schlitten, da sagte er halblaut, während die Kufen über den hartgefahrenen Schneebelag auf der Straße rüttelten und schüttelten (und es war unmöglich zu entscheiden, ob er es zu Eva sagte oder zu Hanna, oder zu beiden):

»Da. Da kannst du mal sehen.«

Aber am Tag nach der Weihnachtsbaumfeier sitzt Eva an ihrem Fenster und blickt hinunter auf den Bahnsteig. Der Vormittagszug wird erwartet, viele Passagiere wollen heute nicht fort, nur eine Handvoll.

Jetzt kommt noch ein Nachzügler mit einem ganzen Gepäckkarren voller Koffer und Taschen. Ein barhäuptiger Mann mit dünnem Haar und runder Brille, in braunem Staubmantel und Winterstiefeln mit Eiskrallen. Er sieht aus wie ein ganz gewöhnlicher reisender Händler oder Vertreter, solche nehmen hier jeden Tag den Zug, er hat fast etwas Verhutzeltes und Vereinsamtes an sich, findet Eva.

Und doch auch etwas Bekanntes. Ist das nicht … doch! El Smeraldo. Ohne spitzen Hut und blauen Mantel, ohne Bart, in ziemlich gewöhnlichem Mantel und Stiefeln. Er hält einen Hut in der Hand. Auf der Stirn hat er über der dicken runden Brille ein großes Pflaster mit einem Baumwolltupfer darunter. Seine Haut ist winterlich blass, um Nase und Augen herum bläulich. Eigentlich erkennt sie ihn vor allem wegen des Pflasters.

Er schiebt den Karren vor sich her, hält den Hut dabei in der Hand, wie umständlich. Dann setzt er ihn sich ungeschickt auf, doch er will nicht recht sitzen über der dicken Bandage oben auf der Stirn, also schiebt er ihn sich in den Nacken.

Er bleibt stehen. Schaudert vor Kälte. Blickt auf die Stationsuhr direkt unter ihrem Fenster, schlägt die Füße ein paar Mal aneinander. Und da tut Eva etwas, das sie sonst nie tut, das sie keinesfalls tun darf, sie tritt ganz nah ans Fenster, steht da und sieht zu dem Mann und seinen Koffern hinunter. Da drinnen, unter den abgeschabten, gepolsterten Deckeln mit den vielen Aufklebern, da leben also die Zauberkunst, der blaue Mantel und der spitze Hut, die grellbunten Tücher und der nie versiegende Krug, natürlich auch der Eierbeutel und etliche steinerne Eier. Der Mann hingegen, der da steht, ist ein völlig gewöhnlicher reisender Händler, nein, Vertreter, und wie hieß er noch? Etwas mit Schmeri…? Eva lächelt bei der Vorstellung, da fällt es ihr wieder ein, Smedsrud, ja genau.

Und im selben Moment dreht der Mann sich um, sei es, er will noch einmal nach der Stationsuhr schauen, sei es, er hat ihren Blick auf der Hutkrempe gespürt, er hebt den Blick, der die Uhr streift, weiter an der Fassade nach oben gleitet, und dann sieht er sie, auf einmal trifft sein Blick auf ihren.

Beide zucken zusammen. Er fasst sich an die Brille. Die Gläser sind wirklich sehr dick. Er schiebt sie auf der Nase vor und zurück, dann nimmt er sie ab und blinzelt kurzsichtig zu ihr hoch, fixiert sie. Dann steht er ganz still, ernst und blass und alltäglich in der kalten Luft. Sieht sie an.

Er lässt die Arme neben dem Körper sinken, dreht die behandschuhten Hände ein klein wenig nach außen, eine merkwürdige, etwas resignierte Geste.

Eva hebt die Hand, unsicher, winkt kurz. Und da lächelt er. Er hebt die Hand zum Kopf, wischt sich den Hut herunter und verbeugt sich tief, mit einer flotten, fegenden Armbewegung, das eine Bein ein wenig vor das andere gestellt, so, wie ein echter Zauberkünstler sich verbeugt, und kurz kann sie sehen, wie sein Mantel ihn umweht, dabei sieht sie seinen dünnbehaarten, bepflasterten Schädel; er richtet sich wieder auf, der Zug fährt ein, er lächelt ihr zu. Dann muss er sich um seine Koffer bemühen. In der Wagentür aber dreht er sich nochmals um und winkt ihr mit dem Hut zu. Dann verschwindet er in der Schattenwelt des Waggons, das Abfahrtsignal ertönt, die Vorstellung ist beendet.

SO FUNKTIONIERT EINSAMKEIT

So funktioniert Einsamkeit. Wenn du so allein bist, dass du glaubst, schlimmer geht es nicht, genau dann wird es schlimmer. Im selben Augenblick. Und dann kannst du wählen. Ob du schreien willst oder ob du ganz still in einem Zimmer sitzen und fühlen willst, dass du draußen vor der Tür stehst und anklopfst.

Wenn du schreist, dann weil es keine Wörter gibt, die einsam genug sind. Arima, Arima mein. Aber wenn du stillsitzt, hörst du immerhin das Klopfen an der Tür.

Danach kannst du die Spielkarten hervorholen oder etwas anderes tun, und dann ist alles wie zuvor, oder fast wie neu, und es ist für diesmal vorüber.

Sie weiß nicht, wer ihr das beigebracht hat.

SO FUNKTIONIERT EINE WEICHE

So funktioniert eine Weiche. Man spaltet zwei Schienen der Länge nach in der Richtung, in der der Zug die Spur wechseln soll. Zugräder folgen stets dem Weg, den die Gleise ihnen vorbestimmen, und zwar stets auf der Innenseite der Schienen, denn dort haben die Räder eine Kante, die sie in der Spur halten. Kommt dann das gespaltene Schienenpaar, greift diese Kante in den Spalt, und der Zug folgt von selbst der neuen Richtung, die ihm die Weiche vorgibt. In die alte Spur zurück kann er nur mittels einer erneuten Weiche, oder durch Rangieren, was meist ein umständlicher und mühseliger Prozess ist.

Das hat ihr der Vater erklärt.

SO FUNKTIONIEREN NOTEN

So funktionieren Noten. Noten funktionieren so, dass Kantor Swammerdamm zu einem nach Hause kommt und lange und begeistert mit dem Vater über den Sinn des Lebens redet, und ein wichtiger Teil davon ist natürlich die Musik. Man ist kein ganzer Mensch, behauptet der Kantor, wenn man nicht all seine Talente voll und ganz entfaltet, und hier ist Talent in Hülle und Fülle vorhanden.

Doch auch, wenn es eine Schande wäre, seine Talente nicht zu nutzen, wäre es ebenfalls eine Schande, durch die Hauptstraße zur Musikstunde zu gehen wie ein normaler Mensch, aber, und das ist das Schöne, zu Hause steht ja in der Ecke Mutters Harmonium. So kann der Kantor einen zu Hause besuchen und seine Musik- und Gesangsstunden an diesem Heiligtum abhalten, das bislang zugesperrt war. Das Instrument ist wie ein Altarschrein, wenn der Deckel geöffnet wird. Ein Doppeldeckertabernakel mit zwei Manualen, auf beiden liegen Staubschützer wie purpurne Stolen; sie werden sorgfältig zusammengefaltet, bevor man zu spielen beginnt. Die Tasten sind weiß und schwarz und glatt, die Registerknöpfe schimmern perlmutten. Die Frakturschrift darauf ist blank und schwarz. Flöte steht auf einem, auf Deutsch, das Wort versteht sie, und so klingt es auch, findet sie, weich und weiß. Waldhorn und Geige klingen anders, und diese deutschen Wörter versteht sie nicht.

Beim Unterricht muss sie halb stehen, sodass sie mit dem Fuß den linken Blasebalg bedienen kann, sie ist nicht groß genug, um im

Sitzen beide Blasebalgpedale zu treten. Um das rechte kümmert sich Swammerdamm. Auf die Dauer ist das eine unpraktische Regelung, sagt er.

Wenn das Instrument dann mit Luft gefüllt ist und sie ein C spielt (nachdem sie zunächst den Flötenknopf gezogen hat), klingt der Ton ganz klar und so lang, wie sie es sich wünscht, wenn nur die Bälge in Gang gehalten werden. In ihrer allerersten Stunde drückte Swammerdamm ein C, sagte, das ist ein C, ein eingestrichenes C. So schrieb er diese Note für immer in sie ein, genau so, genau so hoch, keine Schwingung höher oder tiefer, von weißgelber Farbe. Eingestrichenes C. Von jetzt an kann sie es auch singen, wenn jemand sie auffordert. Sie muss es nur erst finden. So funktionieren Noten. Sie funktionieren auch auf Papier, da schreibt man einfach die Noten hin, die man hört; das ist ziemlich leicht. Es erinnert sie an die Zahlen, nur dass man sie eben auch hören kann. In ihr drinnen sind sie schöner, als wenn sie sie aufs Notenpapier schreibt. Gleich in der ersten Stunde lernte sie die C-Dur-Tonleiter; ein bisschen linkisch stellte sie sich an, als sie nach dem E den Daumen unterm Mittelfinger durchschieben musste, um weiterzuspielen, aber mit ein wenig Übung geht das ja. Dann wird alles schön gleichmäßig. Sie lernt auch ein paar kleine Stücke, aber eigentlich sitzt sie am liebsten am Instrument und lauscht den Tonleitern, später auch den Dreiklängen. Wenn sie übt, muss entweder Hanna oder der Vater den rechten Blasebalg treten. Dazu haben sie natürlich nicht immer Zeit, vor allem der Vater nicht. Er wirkt so merkwürdig abwesend, wenn sie spielt, der Klang des Harmoniums lässt seinen Blick unstet werden. So muss sie oft ohne Luft im Instrument üben, dann steht sie nur da, drückt die Tasten und hört die Töne in sich. Das ist eigentlich sogar am besten so, da stört sie niemanden, und niemand bekommt einen unsteten Blick.

DIE ZÜGE

Die Züge geben dem Tageslauf einen Rhythmus. Sie folgen der Uhr, sie haben Nummern. Sie wacht auf vom Morgenexpress – Zug Nr. 603 –, der um zehn nach sieben heranbraust, mit hellkreischenden Bremsen und frischem, feurigem Morgenatem aus dem Kessel. Dann folgen sie einander den ganzen Tag über, sie hört sie aus allen Räumen des Hauses, vor allem aber, wenn sie in ihrem Zimmer sitzt, denn das liegt zu den Gleisen hinaus: Der lange, bedächtige Passagierzug um 11.20 Uhr, der kurze, prustende Lokalzug um 10, 12 und 13 Uhr, der Güterzug um 13.10 Uhr, der leere Erztransportzug um 14.05 Uhr mit seinen krachenden, rumpelnden Wagen, wieder Lokalzüge um 14 und 15 Uhr, ebenso prustend, jetzt aber schon etwas müder, dann der Abendzug, etwas matt und satt tönt er, um 18.30, und der Expresszug, ein blaues Sausen zur Zeit des Nachtessens, um 21 Uhr; da steht schon der letzte Lokalzug in der Station und wartet, und später noch der jetzt vollbeladene, schwer hämmernde braune Erztransport auf seinem Rückweg gegen elf Uhr nachts, aber dann schläft Eva schon oder sollte es zumindest.

Elf nach eins der erste Nachtzug; mit ganz anderem, fast träumerischem Ton gleitet er, fast schleicht er in die Station ein, und der Gegenzug zwei Stunden darauf. Fast nie Passagiere auf dem Bahnsteig, nur wenige steigen aus und ein. Der ruhige, wiegende Stiefelschritt der Visiteure, das leise Klirren des Hammers an jedem Räderpaar, rasselnde Ketten und das Plätschern vom Wassertank, wenn sommers der Kessel nachgefüllt werden muss. Das Ticken und Sausen der Maschine. Rasche Schaffnerschritte, ein halblautes »Platz nehmen bitte«, für niemandes Ohren bestimmt, denn dieser Zug schläft, es ist der Nachtzug, er hat überall nur einen kurzen Aufenthalt, dann muss er weiter in die Dunkelheit.

Es kommt vor, dass sie um zwölf nach eins aufwacht, weil dem Tageslauf etwas fehlt, dann hat der Zug Verspätung. Wenn er dann endlich kommt, steht sie manchmal auf und schleicht barfüßig zum Fenster. Da steht er, eine große Traummaschine. Es ist nicht dieselbe Art Zug wie tagsüber. Steht da mit herabgelassenen Rollos in den Coupés und gedämpftem, rotgoldenem Licht in den Gängen. Ein Herr steht an einem Fenster und raucht; sie kann undeutlich erkennen, wie jemand bei Leselicht daliegt, ein Buch in der Hand, oder am Fenster steht und etwas leer auf diese fremde Station hinausblickt, wo er keinesfalls aussteigen wird. Sie selbst steht im Dunkeln hinter ihrem Fenster, hinter den Gardinen, niemand kann sie sehen. Niemand würde glauben, was er da sähe. Einmal sah sie eine nackte Frau hinter einem Fenster, und hinter ihr stand ein nackter Mann. Das war sehr interessant. Eva wusste nicht, dass Menschen so aussehen.

Tagsüber sitzt sie gern am Fenster, an ihrem kleinen Tisch, stundenlang hintereinander, und beobachtet die Leute auf dem Bahnsteig, Ankömmlinge, die aussteigen und sich etwas verwirrt umblicken, bevor sie entschlossen ihr Gepäck nehmen und zielbewusst dem Unbekannten zustreben; Einwohner des Städtchens, die erleichtert lächeln, nachdem sie vielleicht in einer großen Stadt weit entfernt betrogen worden sind; was weiß sie schon davon? Jetzt sind sie wieder zu Hause, und nichts Böses kann ihnen widerfahren, froh und entspannt gehen sie den Bahnsteig entlang, Jacke oder Mantel überm Arm, und verschwinden um die Ecke des Stationsgebäudes. Sie sieht sie, wenn sie fahren und wenn sie kommen.

Der Bankdirektor, sie glaubt, er heißt Wister, der reist viel. Er hat immer eine Zigarre im Mund. Die ragt aufwärts, wenn er abreist, und hängt nach unten, wenn er zurückkommt. Dasselbe gilt für Jahnn, diesen Redakteur da, wie der Vater ihn nennt, der ihn nicht grüßen mag, dessen Zigarre verhält sich ebenso, hoch bei der Abfahrt, bei der Rückkehr runter. Jahnn trägt immer einen etwas blankgewetzten braunen Anzug, der Bankdirektor einen schwarzen. Bei ihm sind nur die Schuhe blank, was wiederum beim Redakteur nicht der Fall ist. Oft nehmen sie denselben Zug, grüßen einander wortkarg und distanziert auf dem Bahnsteig, reden nicht miteinander, denn der eine ist ein Konservativer, der andere ein Liberaler. Wister steht an der gelben Bodenmarkierung, an der die erste Klasse hält, Jahnn ein Stück weiter den Bahnsteig hinunter. Wenn sie ihr Gepäck im jeweiligen Abteil verstaut haben, steuern sie zielstrebig über den Bahnsteig den Speisewagen in der Mitte des Zuges an, durch dessen gesamte Länge die Kellner in ihren weißen Jacken geschäftig hin- und hereilen. Da treffen sie einander. Wenn sie zurückkommen, steigen sie manchmal aus demselben Wagen aus, der eine vorn, der andere hinten, aber das ist dann meist nicht der Speisewagen.

Oder Doktor Levin, der einmal im Monat seine Schwester besuchen fährt; wenn er einsteigt, ist sein Gesicht fröhlich und erwartungsvoll, mit energischen, kurzen Doktorschritten geht er zum Zug; bei der Rückkehr, ein paar Tage darauf, geht er langsam; auf sein Gesicht scheint sich etwas Schweres gelegt zu haben; Eva kann fast erkennen, wie diese Schwester aussehen muss, und sie begreift, dass sie wohl krank ist. Abgesehen davon ist Doktor Levin einer der wenigen, die wissen, dass sie hier oben hinterm Fenster sitzt und in die Welt hinausschaut. Wenn er losfährt, sendet er ihr einen kurzen, freundlichen Blick und lächelt kurz. Er kann sie nicht sehen, denn sie sitzt hinter einer ordnungsgemäß verschlossenen Tür und nicht zu nah am Fenster; das hat der Vater so bestimmt. *Nicht den Passagieren nachglotzen.* Ihr selbst ist es auch lieber so. Bei der Rückkehr aber vergisst Doktor Levin meist seinen Gruß. Diese Schwester muss sehr krank sein.

Sonst wissen nur noch Birgersons davon, und wenn sie zur Station kommen, um eine Paketsendung für die Apotheke abzuholen, bedenken sie sie mit einem freundlichen Blick; reisen tun sie nicht so viel. Und der Vater weiß natürlich, dass sie hier sitzt, aber er schaut nie zu ihr. Er geht den Bahnsteig entlang und ist ganz Pflicht und Präzision. Und Hanna, aber die ist selten auf dieser Seite des Stationsgebäudes zu sehen. Eva denkt, die Männer wissen es wohl, jedenfalls die meisten, aber die Männer schauen nicht hoch; sie dürfen nicht. Außer dem Funken. Der darf. Der Funken grüßt sie immer, mit einem großen Lächeln, jedes einzelne Mal, wenn er vorbeikommt. Er vergisst es nie.

Der Funken hat ganz rotes Haar unter seiner Uniformmütze, flammend rot und kurz geschoren, und er ist ein bisschen verrückt, sagt Hanna und lacht. Sie lacht immer, wenn sie den Funken erwähnt.

Der Funken ist Evas Freund.

Wenn sie so dasitzt, zeichnet sie manchmal das, was sie sieht. Sie hat viele große Zeichenblöcke, die sie alle gefüllt hat, einen nach dem anderen. Den Güterzug um dreizehn Uhr zehn zum Beispiel, die große Güterzuglok, die hat sie oft gezeichnet. Erst jeden Tag ein wenig zwischen 13.10 Uhr und 13.25 Uhr. Hat vorn angefangen und sich allmählich immer weiter nach hinten gezeichnet. Als das Bild endlich fertig war, nach zwei Wochen, war es nicht gut. Also fing sie wieder von vorn an, noch einmal zwei Wochen lang. Seither hat sie ihn so oft gezeichnet, dass sie ihn fast auswendig kann, vom Kessel bis zum Fender. Die Rotationspflüge im Winter. Wartende Passagiere. Den Bahnsteig mit den hübsch beschneiten Laternen. Wartende Passagiere. Die kleine Rangierlok mit dem merkwürdigen Kessel. Und wieder den Bahnsteig. Manchmal zeichnet sie auch andere Dinge, etwa aus Büchern, die sie gelesen hat, oder von Orten, die sie sich ausdenkt, meist aber das, was sie sieht. Das mag sie. Es beruhigt sie, daran zu denken, was sie sieht. Sie hält den Bleistift, die Luft entfaltet sich vor ihren Fingern und wird zu Bildern auf dem Papier.

Die Männer haben ihre Pflichten, man darf sie nicht bei der Arbeit stören. Vormittags, wenn wenig Verkehr herrscht, darf Eva hinaus. Eigentlich nur zusammen mit Hanna, aber Hanna kann nicht immer. Manchmal darf Eva also allein los. In die Abfertigungshalle oder auf den Bahnsteig darf sie natürlich nicht, und auch nicht in die Wirtsstube, das ist *strengstens verboten*, wie der Vater bedeutsam sagt, aber in den Garten beim Haus darf sie, auf der Giebelseite, wo ein hoher Lattenzaun sie vor dem Bahnsteig und vor der Stadt verbirgt. Jenseits der Station liegt freies Gelände, hinterm Lokstall, da zu spielen ist besonders spannend, und dorthin geht sie, wenn Hanna dabei ist, denn allein darf sie nicht über die Gleise oder übers Gelände gehen, das ist nun wirklich *allerstrengstens verboten*.

Oder sie gehen zur Güterabfertigung, oder zum Lokstall, oder zur Kantine, und schauen bei den Männern vorbei. Sie sollen sich diese beiden Stunden über eigentlich an der frischen Luft aufhalten, aber Hanna kommt auch mal gern ein bisschen unter die Leute, wie sie sagt, wo sie sonst den ganzen Tag allein ist. Eva hat nichts dagegen, bei den Männern reinzuschauen, sie mag das auch. Oft sitzen hier auch fremde Eisenbahner bei Suppe oder Kaffee, und die glotzen dann, also gehen sie nicht so oft hin, obwohl Hanna es möchte.

Aber in der Güterabfertigung, da ist es schön. Das ist ein Blockhaus. Warm genug im Winter, und im Sommer angenehm kühl. Eva wird es leicht zu warm. Hier sind lange, mit Blech verkleidete Regale, in denen Sendungen und Reisegepäck stehen, und es passiert immer viel. Große Dinge müssen bewegt, Karren geschoben werden, Fahrräder und Skier werden verzurrt und mit großen, blassgelben Zetteln markiert, die mit dünnem Draht befestigt werden. Fast alle Männer hier sind lieb zu ihr, und sie darf oft am Kontortisch sitzen und mit Zetteln und Stempeln spielen. Sie kriegt Stempelfarbe ins Fell, das lässt sich nicht vermeiden, und die geht fast gar nicht mehr raus, aber das ist egal, es macht ihr so einen Spaß zu stempeln; die scharf umrissenen Buchstaben, die noch eine kurze Sekunde lang feucht glänzen, bevor sie trocknen, die blasslila Farbe, die geradezu schwarz wird, wenn sie ins Papier einzieht, der Spiritusduft des Stempelkissens. Die Männer haben hier einen ganzen Igel, wie sie das nennen, voller Stempel auf dem Tisch, alles Mögliche steht darauf. EILSENDUNG. OFFIZ. SCHRB. WIRD ABGEHOLT. BAHNSACHE. BESCHÄDIGT BEI ANKUNFT. BESCHÄDIGT BEI ABLIEFERUNG. GEFAHRGUT. An einem anderen Igel hängen alle möglichen Stempel mit Stationsnamen und Stationsnummern, sie lassen sich auf verschiedene Namen einstellen. Und dann gibt es da den einen großen Stempel mit Namen und Nummer ihrer eigenen Station, viel benutzt, mit blankgeschliffenem Griff, der steht immer mitten auf dem Tisch. Und schließlich den großen verstellbaren Drehstempel mit Datum, Stationsnamen und Sendungsnummer; den darf sie nur selten in die Hand nehmen, aber es ist so schön anzusehen, wenn er benutzt wird; stahlblank und turmhoch, mit rot lackiertem Holzgriff, und wie sich all die Rädchen und Scheiben in ihm drehen, wenn er runtergedrückt wird, und das Geräusch dabei, das mag sie so.

Leider benutzt Olsen diesen großen verstellbaren Stempel. Olsen ist nicht gerade der freundlichste der Männer, obwohl er aus der Ferne gesehen freundlich *wirkt*. Aber wenn sie sich an den großen Tisch setzt, setzt er einen misstrauischen und säuerlichen Blick auf, sie findet, er sieht aus wie ein Reißer. »Da kommt die Katz«, sagt er ohne ein Lächeln, dabei nennen alle anderen sie beim Namen. Oder er nennt sie Fuchsgesicht oder Filzsocke. Sie schluckt das runter, denn sie sitzt so gern an dem Tisch und stempelt. Mann, Olsen, lass gut sein, sagen dann die anderen Männer. Olsen ist ein bisschen dings im Kopf, hat Hanna gesagt, er war mal krank, und jetzt macht er nicht viel anderes, als zu stempeln und Zettel festzumachen, und er ist zwar der Älteste hier drinnen, aber nicht er ist der Chef, sondern Granlund, und Granlund ist lieb. Also sagt Olsen nichts mehr, schiebt ihr die Stempeligel hin, und sie darf gebrauchte Etikette und Frachtzettel bestempeln. Seinen Drehstempel bewacht Olsen aber wie ein Fürst seinen Silberturm. Sie muss aufpassen, dass sie alle Stempel immer an den richtigen Platz zurückhängt, sonst wird Olsen böse. Aber das schafft sie immer. Sie kann gut darauf achten, dass Dinge genau an ihrem Platz sind.

Im Lokstall stehen die kleine Rangierlok und die Schneepflüge, außerdem eine der Loks von den Lokalzügen. Hier drinnen hat Knudtzon das Regiment, hier schlafen die Maschinen. Es ist glutheiß im Sommer und schön warm im Winter, wegen der Restwärme der Kessel. Es ist ein guter Ort; hier werden die Loks gewaschen und überholt, es riecht nach Schmieröl und Metall, Kohlenstaub und Kautschuk. Die Männer putzen und polieren Kessel und Räder, Antriebsachsen und Rohre, bis man sich fast darin spiegeln kann. Sie benutzen dafür große Bündel weißer Putzwolle, reiben auf und ab, rundherum, rundherum, vor und zurück, lang und fest.

Knudtzon überwacht das Ganze. Er ist von allen am längsten hier auf der Station, der beste Mann des Vaters und der stellvertretende Stationsvorsteher. Ab und zu bekommt auch Eva eine große Hand voll Twist und kann sich in der Putzkunst erproben. Besonders gern an den Messingschildern. Sie wienert eifrig drauflos, mit beiden Händen, weiße Fussel bleiben an ihr hängen, sie beschmiert sich überall mit Putzmittel und Öl, bis sie aussieht wie ein Klumpen Putzwolle auf zwei Beinen, wie Knudtzon sagt – aber er sagt es so freundlich und lustig und lacht dazu, da macht es ihr nichts aus.

Wenn sie fertig sind, bringen sie die ganze Putzwolle hinaus ins Freie hinterm Lokstall, wo Eva sonst spielen darf. Dort wird sie sofort verbrannt. Eva hilft oft dabei, die Putzwolle einzusammeln und zum Feuer zu bringen. Dann wirft sie die schmutziggrauen Fetzen in die Flammen. Sie flackern kurz auf, kräuseln sich zusammen, und nur noch kleine schwarze Krümel bleiben übrig.

Einmal landet ein Funken am rechten Arm in ihrem Fell, und das ist der Beginn ihrer Freundschaft mit dem Funken. Es ist im Sommer, sie ist sieben Jahre alt. Es ist heiß unter der Sonne und beim Feuer, knallheiß, darum bemerkt sie es überhaupt nicht. Jedenfalls nicht gleich. Auch sonst niemand, die anderen sind ein Stück entfernt. Sie hat sich vom Feuer weggedreht, um noch mehr Wolle zu holen, spürt nur, dass es am rechten Oberarm so heiß ist, aber nur ein bisschen heißer als ohnehin, doch da kommt auf einmal einer angerannt, packt sie bei der Schulter und schlägt ihr etwas Großes, Schwarzes um die Ohren, hart und peitschend, wie einen kräftigen, flatternden Flügel. Sie schreit. Schreit wie sonst auch. Erst vor Schreck, dann, weil ihr der Arm auf einmal ganz fürchterlich wehtut.

Es ist der Funken, der den Schwelbrand an ihrem Arm mit seiner Jacke ausschlägt. Er ist recht häufig kurz draußen; er mag sich nicht drinnen den Hintern breitsitzen und am Ticker kratzen, wie er sagt. Sie haben sich ein paar Mal mit ihm unterhalten, vor allem Hanna. Jetzt ist er mit seiner Uniformjacke bei ihr und löscht.

Sie schreit, sie will sich loswinden und weglaufen, denn sie hat Angst, denn sie versteht nicht, was mit ihr passiert, denn es tut so weh, denn niemand darf sie anfassen. Sie schreit so, wie sie es immer tut, wenn sie will, dass man sie loslässt, ob es sich um Reißer handelt oder um Zerrer, damit erschreckt sie sie, mit diesem gellend hohen Geschrei, und meist wird sie dafür eingesperrt. Aber der Funken lässt sie nicht los, im Gegenteil, er hebt sie hoch, packt ihren fuchtelnden Arm, wischt darüber, dass es noch mehr wehtut. Sie schreit noch lauter, er kontrolliert, ob der Brand auch wirklich aus ist. Sein Gesicht ist ihr ganz nah, er hält sie mit beiden Armen, er hat rotes, fürchterlich rotes Haar und hellblaue Augen unter roten Brauen, und er hat kleine rote Punkte im Gesicht. Sie schreit, dass ihr fast der Atem vergeht; sie ist sicher noch ganz hinten zu hören, auf der anderen Seite der Gleise.

Jetzt sind auch die anderen da; Hanna hatte ein Stück entfernt gestanden und geplaudert, jetzt kommt sie angerannt. Besorgte Erwachsenenstimmen. Was ist passiert?

Er lässt sie los. Sie kann nichts erklären. Statt einer Erklärung schreit sie weiter. Sie streckt den Arm aus. Hanna versucht, sie zu beruhigen, tröstet sie, pustet auf die schmerzende Stelle. Dann ist der Funken wieder da, er bringt einen Eimer Wasser vom Hahn im Lokstall. Den gießt er ihr entschlossen über den Arm. Eva verstummt vor kaltem Schreck.

Dann trocknet er sie behutsam mit seiner Jacke ab, kniet sich vor sie, untersucht noch einmal aufmerksam den Arm.

»Ruhig, ruhig«, sagt er, »es ist gar nicht so schlimm.«

Das kalte Wasser lindert den Schmerz. Sie sieht ihn erstaunt an.

»Stell dir nur vor, wenn dein schönes Fell richtig gebrannt hätte«, sagt er nur. Ein Fleckchen feuerroter Haut ist zwischen den Haaren zu sehen.

»Das hätte furchtbar enden können«, sagt einer von den Männern. Hanna schaut schuldbewusst drein. Alle blicken zur Station, als käme Arctander schon zornig angebraust. Aber er hat offenbar nichts mitbekommen.

»O je«, sagt Hanna. »Armes Kleines.« Dann nimmt sie Eva auf den Arm und trägt sie nach Hause.

DAHS UND DITS

Aber am nächsten Tag machen sie einen Dankesbesuch im Telegraphenraum. Das ist einer der Orte, zu denen Eva sonst keinen Zutritt hat, denn die Telegraphisten brauchen ihre Ruhe, sagt der Vater, man darf sie nie, nie stören. Außerdem liegt ihr Kontor direkt neben der Abfertigungshalle, und da hinein darf sie schon gar nicht. So war sie bislang nur einige wenige Male im Telegraphenraum, gemeinsam mit dem Vater, wenn er das Zeitsignal abnahm, aber nur, wenn er besonders gut gelaunt war. Ein Zimmer ohne Fenster ist das, hier drinnen ist es immer Nacht und etwas feierlich, und es duftet stark nach Pfeifentabak im Licht der Lampe. Der Funken hat gerade Schicht, seine Miene hellt sich auf, als er sie in der Tür stehen sieht.

Hanna schiebt Eva einen Schritt vor, flüstert: »Jetzt kannst du es ihm geben.«

Ohne ein Wort geht Eva langsam zu dem Tisch, wo er an seinen Apparaten sitzt. Sie hält ihm einen Bogen Papier hin.

»Bitte schön«, sagt sie mit einem Knicks.

Sie hat gezeichnet, was gestern vorgefallen ist.

Der Funken bewundert ihr Bild.

»Wie schön!«, sagt er. »Vielen Dank, Eva.«

»Bitte schön«, flüstert sie noch einmal. Sie schämt sich ein bisschen, weil sie so geschrien hat.

»Aber Eva, *du* musst dich doch eigentlich bedanken«, sagt Hanna, etwas schuldbewusst. »Ich übrigens auch.«

»Das da, sind das du und ich?«, fragt der Funken nur, er überhört Hannas Bemerkung, schaut auf das Bild.

»Ja.«

»Und da ist die brennende Stelle, was?«

»Ja.«

»Genau so war es«, sagt der Funken. »Kein Wunder, dass du Angst hattest. Sieh mal, die Flammen.«

»Nein. Ja.«

»Und genau solche Haare habe ich. Ritzerot. Und genau so sieht dein Haar aus.« Er sieht sie an, mit glitzernd blauen Augen.

»Ja.«

»Mein Spitzname war nicht immer der Funken. Als Junge, weißt du, wie sie mich da genannt haben?«

»Nein?«

»Zündholz.«

Sie sieht ihn eine Weile an. Seine Augen glitzern immer noch, dann lacht sie.

»Da bin ich immer wütend geworden, kannst du dir ja denken. Aber jetzt macht mir das nix mehr aus.«

»Nein, jetzt nennen wir dich den Funken«, sagt Eva.

»Genau. Und ich arbeite mit Funken.«

Sie lächelt, aber das kann er nicht sehen.

»Und du löschst sie«, sagt sie.

»Und ich lösche sie, ja«, lacht er. Er sucht in einer Schublade, nimmt eine Reißzwecke und will das Bild aufhängen, da macht er auf einmal »Pscht!«.

Der Telegraphenapparat tickt, das Rad mit dem Papierstreifen fängt an sich zu drehen, der Streifen ringelt sich über die grüne Schreibunterlage auf dem Pult. Eva geht langsam rückwärts zur Tür, aber der Funken winkt sie lächelnd zurück. Offenbar möchte er ihr noch etwas zeigen.

Er blickt auf den Streifen.

»Ach was«, sagt er, »ist das der alte Karolius?«

»Karolius?«, fragt Eva.

»Der gute alte Karolius. Von dem hab ich lange nichts mehr gehört. Schau mal, hier …« Er zieht den Papierstreifen heraus und hält ihn ihr hin. Eva sieht nur Striche und Punkte. »Er hat so eine schöne Handschrift, der Karolius. Schau mal. Die erkenne ich auf den ersten Blick.«

Eva sieht immer noch nur Striche und Punkte.

»Schön gleichmäßig. Genau richtige Zwischenräume. Das ist wichtig beim Morsen. Du kannst einen guten Telegraphisten daran erkennen, dass er gleichmäßig schreibt. Dann hat er eine gute Handschrift. Und wie schnell er ist! Hör mal!«

Der Apparat tickt energisch, ein rascher Strom von langen und kurzen Klicks, und im selben Rhythmus wächst der Papierstreifen hervor.

Eva weiß nicht viel davon, wie ein Telegraph funktioniert, aber eins weiß sie, nämlich dass man mit ihm über große Entfernungen miteinander reden kann.

»Was sagt er?«, fragt sie.

»Was er sagt? Hm. Lustige Sachen. Er fragt, ob ein paar von uns alten Elefanten gerade Schicht haben, oder ob wir – äh – draußen an der Sonne sind.«

Hanna: »Komm, Eva, ich glaub, wir gehen jetzt.«

»Alte Elefanten«, der Funken lässt sich nicht stören, »das sind wir Kameraden aus der Ausbildung.« Er setzt sich an den Ticker und tippt rasend schnell eine Antwort. Er benutzt die Handfläche dabei, nicht die Finger. Es geht ganz erstaunlich schnell, die Tischplatte dröhnt im Rhythmus.

»Was hast du geantwortet?«, fragt Eva.

»Hehe«, sagt der Funken schelmisch, »dass ich Besuch von zwei sehr hübschen jungen Damen habe.«

»Also Funken«, kichert Hanna.

Eva spürt, dass ihre Wangen warm werden.

Jetzt ertönt ein beschwingtes Tickern aus dem Telegraphen.

»Hoppala, jetzt kommt aber Leben in die Bude!«, ruft der Funken begeistert und fährt sich durchs kurzgeschnittene Haar. Er lauscht. »Alle wollen wissen, wer die beiden hübschen Damen sind. Haha.«

Hanna lacht hingerissen, Eva etwas unsicher. Der Funken bewegt die Hand, tickert etwas, schaut sie dabei listig an.

»Was schreibst du jetzt?«, fragt Eva.

»Dass ich das nicht verrate.«

Erneutes Tickern.

»Karolius schreibt«, sagt der Funken, »mal schauen … du – alter – An. Stop. Alter Angeber. Das – sind – sicher – nur – paar – alte – Hühner – stop.«

Jetzt lachen sie alle drei.

Der Funken, wieder am Ticker, spricht mit, während er morst:

»Die – sind – so – hübsch – dass – stop!«

Sofort kommt die Antwort:

»Wo – sind – die – beiden – alten – Schachteln – jetzt – du – alter – also wirklich, Karolius, das kann ich nicht laut sagen – Fragezeichen.« Der Funken hüpft auf seinem Stuhl vor Vergnügen. »Na, der kriegt was zu hören!« Er beugt sich vor wie ein Kavallerist auf seinem Pferd, lacht schadenfroh, während er schreibt:

»Sie – stehen – hier – neben – mir – und – bewundern – deine – schöne – Handschrift – stop! Haha! Das hat gesessen.«

Anerkennendes leises Geticker von all denen, die entlang der Leitung mithören. Der Funken kichert zufrieden:

»Da, jetzt lachen sie«, sagt er und lehnt sich zurück. »Kannst du das hören, Eva?«

»Nein«, sagt sie.

»Doch, doch. Kannst du schon lesen?«

Sie sieht ihn einen Augenblick lang verächtlich an. Aber das kann er nicht sehen.

»Eva kann sehr gut lesen«, sagt Hanna rasch.

»Ja, aha. Hörst du das, Eva?«, fragt der Funken. »Dit – dah – dit – dit?«

Sie lauscht dem Telegraphen. Ja, tatsächlich, jetzt kann sie es hören. Genau dieser Rhythmus. Dit – dah – dit – dit. Und noch einmal: Dit – dah – dit – dit. Tick *tick* tick tick.

»Das ist ein L«, sagt der Funken.

»Ein L?«

»Ja. Der Buchstabe L. So klingt der. Und er bedeutet *Lachen.*«

»L«, sagt Eva. »Dit – dah – dit – dit.«

»Gut«, lacht der Funken. »Und so geht das mit jedem einzelnen Buchstaben, weißt du. Schau, hier.« Er reißt einen Streifen von der Rolle ab. »Ein Mann in Amerika hat das erfunden. Er war Bildhauer und hieß Morse. Großer Erfinder. Der hat sich ausgedacht, dass man Buchstaben aus Strichen und Punkten zusammensetzen kann.

So wie hier. Siehst du die Striche und Punkte? Die Striche nennen wir Dahs und die Punkte Dits.«

»Dahs und Dits?«

»Eigentlich sind es lange und kurze Stromstöße«, sagt der Funken. »Wenn ich die Morsetaste lange unten halte, schicke ich einen langen durch die Leitung, und alle können es hören. Einen Strich. Ein Dah. Und wenn ich nur kurz drücke, dann wird es ein kurzer. Ein Punkt. Dit.«

Er zeigt ihr, wie er es macht.

»Dit dah dit dit. L. So. Jetzt habe ich auch gelacht. Eigentlich sollte man nicht in der Leitung über die eigenen Witze lachen, das ist schlechter Ton.«

Eva sieht ihn nachdenklich an. Dit dah dit dit. L.

»Wie geht ein E?«, fragt sie, etwas unsicher, ob sie es richtig verstanden hat.

»Das E ist das Einfachste von allen«, sagt der Funken eifrig. »Ein Punkt. Ein einzelner kleiner Punkt. Dit.« Er schlägt einmal kurz mit dem Finger auf den Tisch.

»Dit?«

»Ja.«

»Und ein V?«

»Kinderleicht. Dit dit dit dah. Kurz, kurz, kurz, lang.«

»Punkt, Punkt, Punkt, Strich?«

»Jau. Aber sag lieber dit dit dit dah. Dann hörst du es irgendwie und kannst dich leichter dran erinnern.«

»Und ein A?«

»Dit dah.«

»Dit dah?«

»Genau, Eva.«

»Dit, dit-dit-dit-dah, dit-dah«, kommt es blitzschnell von Eva.

»Hoppla, nicht so schnell«, lacht der Funken, »du musst Zwischenräume lassen, sonst gibt das eine Suppe, in der sich keiner zurechtfindet.«

Jetzt steht Eva ganz dicht an seinem Tisch.

»Hör«, sagt der Funken. »Ein Dah, ein Strich, dauert so lang wie drei Punkte – dit dit dit. Und die Pause zwischen den Buchstaben muss auch so lang dauern wie drei Punkte.«

»– Oder wie ein Strich«, sagt Eva feierlich, jetzt hat sie es nämlich verstanden.

»Oder wie ein Strich, bravo, richtig«, sagt er anerkennend. »So: Dit – dit dit dit dah – dit dah.« Er schlägt den Rhythmus mit seinem Zeigefinger auf den Tisch.

»Dit – dit dit dit dah – dit dah?«

»Ja, genau! Genau! Wenn du richtig gut bist, dann hört es sich fast wie Wörter an. Du denkst gar nicht mehr darüber nach und brauchst kaum noch aufs Papier zu schauen. Wenn es tickert, höre ich die anderen reden. So wie Karolius vorhin. Ach, da bist du ja, Karolius, denke ich dann. Jetzt sitzt er da unten und schwatzt, und ich kann ihn hören.«

»Wo sitzt er denn?«, fragt Eva.

»Ganz am Ende der Leitung. An der Endstation. In der Hauptstadt.«

»In der Hauptstadt«, sagt Eva leise.

»Ganz da unten, ja. Zusammen mit vielen anderen Telegraphisten, die in alle Richtungen senden. Auch mit ein paar Telegraphistinnen übrigens.«

»Frauen auch?«

»Natürlich. Gar nicht so wenige. Vielleicht wirst du ja auch mal eine?«, sagt der Funken listig.

»Kann ich das denn?«

Er lacht.

»Wenn du fleißig übst, warum nicht.«

Sie sieht ihn verträumt an. Aber das sieht er nicht.

»Aber er – der Karolius«, sagt sie. »Weißt du denn, wie er aussieht? Ich meine: Kennst du ihn?«

»Ja klar, er ist ein alter Elefant, der Karolius, den kenne ich gut. Aber von vielen anderen kenne ich nur die Handschrift. Wenn ich denen auf der Straße begegnen würde, würde ich keinen erkennen. Weiß nur die Namen und so.«

»Dit – dit dit dit dah – dit dah.«

»Genau. Du weißt es immer noch. Du bist gut«, sagt er.

Sie kann sich Reihenfolgen eben gut merken.

»Eva hat ein gutes Gedächtnis«, sagt Hanna, ein bisschen stolz. Sie steht da und schaut den beiden vergnügt zu.

»Schau mal«, sagt der Funken und hebt sich Eva ohne weiteres auf den Schoß. Sie hat gar keine Zeit zu protestieren, sondern lässt ihn gewähren. »Wie geht es eigentlich deinem Arm?« Er blickt auf die rote, haarlose Stelle, die von Zinksalbe glänzt.

»Gut«, sagt Eva leise.

»Du hast ja ganz normale Haut darunter«, sagt der Funken.

»Ja, ganz normale«, sagt Eva, fast unhörbar.

»Hm. Hm. Also, das hier ist also die Morsetaste. Wenn ich die runterdrücke, schließe ich einen Stromkreis und schicke ein Signal durch die Leitung. Neben den Gleisen verlaufen die Telegraphendrähte, die hast du ja sicher schon gesehen. Und durch die geht dann der Strom, den ich hier erzeuge. So schnell wie der Blitz.«

»So schnell wie der Blitz?«

»Ja. Und wenn ich hier auf die Taste drücke, hört Karclius das in der Stadt genau in demselben Augenblick.«

»Im selben Augenblick? Genau im selben?«

»Genau im selben, egal, wie weit er weg ist. Ist das nicht großartig? So. Bist du bereit zum Funken, Eva?«

»Ich soll funken?«

»Klar doch.«

Hanna räuspert sich.

»Ich weiß nicht so recht«, sagt sie, »was Arctander dazu sagen würde. Wir wollten ja eigentlich nur danke sagen – und Arctander hat gesagt, ins Telegraphenkontor darf Eva nicht rein, und …«

»Ach, Unfug«, sagt der Funken souverän. »Arctander ist ja nicht hier. Außerdem war er seinerzeit auch mal Telegraphist, der Sekundenzeiger. Ja, Entschuldigung.«

»Der Vater?«, fragt Eva verwundert. Der Funken blickt sie an.

»Klar doch. Also, Eva. Bist du bereit?« Er rubbelt ihr über die Kopfhaare. Sie erstarrt. Er nimmt die Hand ruhig weg. »So. Jetzt stoßen wir dem Karolius da unten mal Bescheid.«

Er lehnt sich vornüber, sendet etwas, und bald schneit es nur so von Dits und Dahs.

»Da haben wir ihn ja«, sagt der Funken vergnügt. Er reibt sich mit der Linken die Nase und murmelt, während er schreibt:

»Das – hübsche – Mädchen – von – dem – ich – dir – erzählt – habe – stop. Sie – sitzt – jetzt – auf – meinem – Schoß – stop.«

Karolius antwortet rasend schnell. Der Funken liest vor:

»Was treibst du da du Glückspilz Fragezeichen. Haha. Wart nur. Also. Also. Ja. Willst – du – nicht – wissen – wie – sie – heißt – Fragezeichen. Wetten, er will das wissen. Da: Sag – schon. Bist du bereit, Eva?«

Eva nickt. Dann legt sie die Hand vorsichtig auf die Taste, genau so wie der Funken, aber er nimmt sie behutsam wieder weg.

»Nein, für den Anfang nimm besser die Finger«, sagt er. »Nicht die ganze Hand. Das ist leichter.«

Sie legt Zeige- und Mittelfinger auf den glänzenden schwarzen Bakelitkopf der Taste. Der Apparat duftet nach Messing und Maschinenöl.

»Jetzt kannst du senden«, sagt der Funken. »Schreib deinen Namen. Auf geht's.«

Eva drückt vorsichtig.

»Feste!«

Sie drückt fester. Die Taste wippt nach unten, überraschend kurz. Sie lässt ihn los.

»Hoppla«, sagt der Funken. »Das war mal ein laaanger Strich.«

»Entschuldigung«, flüstert Eva.

»Macht nichts. Der macht uns keinen Strich durch die Rechnung. So. Versuch's nochmal.« Eva drückt auf die Taste.

Da sitzt sie. Punkt. Punkt Punkt Punkt Strich. Punkt Strich. Sie schickt ihren Namen hinaus in die Welt, von der Station fort, er fliegt die Leitungen entlang, an glänzenden Schienen und Weichen vorbei, durch Wälder und über Berge, an Seen und Flüssen vorüber, sie sieht ihn vor sich, wie ein silberblanker Vogel zischt er von Telegraphenmast zu Telegraphenmast, ins Flachland hinunter, durch Dörfer und Städte, vorbei an weidenden Kühen und wartenden Zügen, bis ganz zur Endstation, wo Karolius ihn entgegennimmt, er tickert auf seinen schmalen weißen Papierstreifen, dit – dit dit dit dah – dit dah, er reißt den Streifen ab, sieht ihn an und flüstert: *Eva …*

Und die ganze Leitung entlang, an jeder Station Richtung Süden, sitzen die Telegraphisten und lesen, obwohl keiner von ihnen sie sehen kann, Frauen und Männer, überall steht ihr Name, und sie sagen es im Chor:

Eva. Dit. Dit dit dit dah. Dit dah.

Eva kann sich Reihenfolgen gut merken. Sie liebt Reihenfolgen. Es beruhigt sie, daran zu denken. Zwei Tage nach dem Besuch beim Funken kommt Hanna zu ihr hinein, als sie nach dem Abendessen mit den Spielkarten am Tisch sitzt.

»Heute ist ein Brief für dich gekommen«, sagt Hanna feierlich.

»Ein Brief? Für mich?«

Eva hat noch nie einen Brief bekommen.

»Ja, sieht ganz so aus«, sagt Hanna durchtrieben und hält ihr einen großen braunen Umschlag hin, einen, wie er bei der Bahn für die Dienstpost verwendet wird. »Hier steht dein Name. Eva Arctander, das steht da. Und noch so ein paar Punkte und Striche. Der ist sicher für dich.«

Mit einem Satz ist Eva vom Stuhl gehüpft und bei Hanna. Sie greift nach dem Brief.

»Für mich«, sagt sie nur. Sie schaut auf den Umschlag.

· ···– ·–

·– ·–· –·–· – ·– –· –·· · ·–·

Das steht da. Und *Dienstpost*, und ein Aufdruck mit dem geflügelten Bahnrad unter einer Krone, dem Symbol der Reichsbahn, das für Eva immer aussieht wie ein erschrockener Hahn. Aber heute Abend hat sie nur Augen für ihren Namen, der da in hübscher, steiler Handschrift steht. Und in Morsezeichen.

»Der ist vom Funken, was, Hanna?«

Hanna lächelt fröhlich.

Ja. Das war einer von den guten Abenden, Hanna. Einer von den seltenen. An denen etwas Neues passierte. Sonst waren die Abende meist still. Glichen einander wie Züge, die kommen und gehen.

Eva geht zum Schreibtisch des Vaters, holt das schöne, lange elfenbeinerne Papiermesser heraus. Feierlich öffnet sie den Umschlag; sie hat das den Vater oft tun sehen, sie selbst hat es noch nie gemacht.

Ihr Brief. Im Umschlag befindet sich ein großes Blatt Papier, sie zieht es heraus, ihre Finger zittern ein wenig.

Liebe Eva, beginnt der Brief, in derselben steilen, deutlichen Handschrift:

Liebe Eva,

Du hast so schnell gelernt bei mir vorgestern, da habe ich gedacht, das hier macht dir vielleicht Freude.

Mit hochachtungsvollen Grüßen,
Dein Freund,
der Funken.

Mehr steht da gar nicht. Doch nein, da, ganz unten auf dem Blatt steht noch etwas.

PS. Bitte umdrehen. Ders.

Sie dreht den Brief um.

A	·–	M	– –	Y	–·– –
B	–···	N	–·	Z	– –··
C	–·–·	O	– —	0	– — —
D	–··	P	·– –·	1	·– — –
E	·	Q	– –·–	2	··– – –
F	··–·	R	·–·	3	···– –
G	– –·	S	···	4	····–
H	····	T	–	5	·····
I	··	U	··–	6	–····
J	·– – –	V	···–	7	– –···
K	–·–	W	·– –	8	– – –··
L	·–··	X	–··–	9	– – – –·

Stop (Punkt) ·–·–·–
Komma – –··–
Fragezeichen ··– –··

Das ist das ganze Morsealphabet. Der Funken hat ihr einen Schatz geschickt.

Sie kann sich Reihenfolgen gut merken. Sie mag sie, sie geben ihr Gedankenfutter. Den Brief mit dem Morsealphabet legt sie in ihre Nachttischschublade. Wenn sie ins Bett gegangen ist und der Vater oder Hanna gute Nacht gesagt und das Licht gelöscht haben, macht sie es etwas später heimlich wieder an.

Dann liest sie. Erst den Brief auf der Vorderseite. Den liest sie zuerst. Danach das Morsealphabet auf der anderen Seite. Sie übt Buchstabe für Buchstabe, den Finger auf der Bettdecke. Die Zeichen für die Zahlen lernt sie sofort, die sind klug ausgedacht.

Das L und das J sind schwer zu behalten, und aus irgendeinem Grund vergisst sie immer wieder das U.

Buchstabe um Buchstabe wiederholt sie, tippt ihn mit dem Finger auf die Decke. Das tut sie jeden Abend. Nach sieben Tagen kann sie Wörter bilden. Wenn sie den Brief weggelegt und das Licht wieder gelöscht hat, liegt sie im Dunkeln, umgeben von Punkten und Strichen. Es ist fast wie mit den Zahlen und Noten: Sie leuchten im Dunkeln.

Bald braucht sie den Brief nicht mehr. Sie kann sich Reihenfolgen gut merken. Aber sie nimmt ihn trotzdem hervor, jeden Abend, um die eine Seite zu lesen, die Vorderseite, auf der steht:

Dein Freund,
der Funken.

Sie darf es zwar nicht, es ist *strengstens verboten*, aber sie geht trotzdem hin. In die Telegraphenstation. Zehn Tage sind vergangen. Sie weiß, dass der Funken Schicht hat, von ihrem Ausguck hinterm Fenster aus hat sie ihn kommen sehen.

Sie schleicht die Treppe hinunter, schaut durch den Türspalt in den Korridor zur Abfertigungshalle; das ist verbotenes Gelände. Die Tür zum Kontor des Vaters ist ordnungsgemäß verschlossen. Es ist fast, als würden die Türfüllungen erzählen, dass der Vater selbst sie zugezogen hat.

Dann huscht sie rasch und leise zum Telegraphistenkontor. Sie öffnet die Tür vorsichtig einen Spalt weit. Er sitzt an seinem Pult, in Hemdsärmeln, den Rücken zur Tür, und sendet, genau wie letztes Mal. Ein Gummiband am rechten Oberarm hält seinen Ärmel oben.

Der Apparat tickert.

Und da passiert es. Es passiert. Es ist seltsam, sie hätte es eigentlich nicht für möglich gehalten. Aber sie kann hören, was gesagt wird, sie versteht, fast alles jedenfalls, die knatternden Dits und Dahs werden zu Wörtern.

Sie steht kurz da, ihr ist ganz schwindlig.

»... abgefahren hier fahrplanmäßig um 15.10 Uhr«, sagt sie laut.

Der Funken zuckt zusammen, fährt blitzschnell herum. Er blickt sie lange an.

»Donnerwetter«, sagt er nur. Er fährt sich mehrmals mit der Hand durch das kurzgeschnittene Haar. Dann haut er sich auf die Schenkel, reckt den Rücken. Sie sieht ihn etwas unsicher an, fürchtet kurz, es könnte ein Fehler gewesen sein, dass sie hergekommen ist. Aber dann lächelt er bewundernd.

»Das war nicht übel. Absolut nicht übel, muss schon sagen.« Wieder fährt er sich durchs Haar. »Das hast du so schnell gelernt?«

»Ja«, sagt sie leise.

»Hast du mit deinem Vater geübt?«

»Nein!«, sagt sie verwundert.

»Nicht übel.«

Der Telegraph tickert. Sie lauschen beide. Er sieht sie fragend an.

»Bt – Wasser – wechseln – nach – Pferd – schauen – WG 12 – ZG 1906 – Punkt?«

Der Funken sieht sie ungläubig an.

»Fabelhaft«, sagt er.

»War es richtig?«

»Richtig? Klar war das richtig.«

»Was bedeutet ›bt‹?«

»›bt‹ bedeutet ›bitte‹. Und ›Zg‹ bedeutet ›Zug‹ und ›Wg‹ ›Wagen‹. Wörter, die wir oft brauchen, kürzen wir ab, das spart Zeit und Kraft.«

»Wie L für Lachen?«

»Genau. Nein du, also wirklich. Da fällt man ja vom Glauben ab.« Er lacht, schüttelt den Kopf, sieht sie an.

»Ein Pferd fährt Zug?«

»Was? Ja, tut es wohl. Mit dem 1906er, sagen sie.« Er schaut kurz zur Tür, die immer noch einen Spalt geöffnet ist.

»Mach die mal zu, Eva, und dann komm her.«

Folgsam schließt sie die Tür. Zieht sie ordentlich ins Schloss.

»Fährt es ganz allein?«, fragt sie, während sie zu ihm hingeht.

»Allein? Wie? Nein, weiß nicht. Das können wir rausfinden. Komm her, setz dich.« Er klopft auf seine Knie. Sie klettert hinauf. Dann morst er:

»Wie – viele – Tiere – in 1906 – Fragezeichen.«

Prompt kommt die Antwort zurück:

1 Tier. Preispferd.

»So, Eva, jetzt kannst du antworten.« Er blickt kurz zur Tür.

»Kann ich?«

»Ja. Schreib einfach, was ich dir sage.«

Sie legt die Finger auf den Ticker.

»Empfang bestätigt«, sagt der Funken.

»Em-pfang – be-stä-tigt«, morst sie und sieht ihn unsicher an.

»Gut gemacht. Und sogar richtig buchstabiert.«

Eva schaut etwas beleidigt. Diese beiden Wörter sind ja wohl keine Kunst.

»Ich lese viel«, sagt sie nur.

»Ach – aha, ja, tust du wohl.«

»Ja«, sagt sie.

»Tun ja nicht alle Kinder«, sagt er.

Eva zuckt mit den Schultern, sie weiß nicht, was andere Kinder tun.

»Da wird dein Vater aber stolz sein.«

»Glaubst du?«

»Na klar«, sagt der Funken. »Platzen wird er vor Stolz.«

Aber sie erzählt dem Vater nichts. Abends im Bett übt sie weiter, die Hand auf der Bettdecke, morst Meldungen in die Dunkelheit hinaus, solche, wie sie sie hört, wenn sie heimlich unten ist und den Funken besucht.

Kranker Pass in Zg 129 braucht Hilfe bei Ank.

Vier Minuten Versp bei Abf.

Einsames Pferd Angst in Wg im Gebirge heute Nacht.

Und die Dunkelheit antwortet. Diese Antworten braucht sie nicht selbst zu morsen. *Empfang bestätigt. Lasse 189 warten bis 169 durchgefahren.*

Bestätigt.

Ich bin ein Kind und ganz allein in einer Station.

Wie heißt du?

Ihr Zimmer liegt schräg überm Telegraphenraum. Wenn sie tagsüber das Ohr an die eine Querwand legt, ganz unten, dicht überm Boden, unter dem Tisch mit der Waschschüssel, dann kann sie das Geräusch der Morsetaste hören. Sie versteht sogar zumindest Teile dessen, was gefunkt wird. Die Antworten freilich kann sie nicht hören. Und es ist mühsam, so zu liegen. Trotzdem lauscht sie direkt über der Scheuerleiste, unter den Tisch gekauert, stundenlang, denn so hat sie wenigstens eine Beschäftigung, da wird sie nicht so leicht böse und muss nicht schreien.

Sie zeichnet den Telegraphenapparat aus der Erinnerung. Generatoren, Zeiger und Spulen, die Morsetaste, das Rad mit dem Papierstreifen und die Batterie. Die Tafel an der Wand. Schließlich auch den Funken, wie er am Tisch sitzt und funkt.

Wenn der Funken Schicht hat, schleicht sie zu ihm hinunter, sooft sie kann. Er ist ihr Freund. Er freut sich jedes Mal wieder, wenn sie kommt. Sie schließt einfach die Tür hinter sich und geht rasch zu ihm, setzt sich ihm auf den Schoß. Wenn er gerade damit beschäftigt ist, etwas zu senden oder zu empfangen, kauert sie sich auf den Hocker an der Wand, sitzt dort und lauscht den Meldungen, die kommen und gehen. Ab und zu lächelt er ihr unter seinem roten Schopf zu.

Sie geht immer noch mit Hanna raus, übers Freigelände zum Lokstall, oder sie spielt draußen, am liebsten aber stiehlt sie sich ins Telegraphenkontor. Hanna lässt sie stillschweigend gewähren, obgleich es *strengstens verboten* ist. Sie muss nur darauf achten, die Zeiten zu umgehen, da der Vater Telegramme aufzugeben hat. Er ist pünktlich und daher leicht einschätzbar. Allermeist hat er bis um zwölf, wenn er das Zeitsignal abnimmt, alles erledigt. Danach taucht er frühestens um vier Uhr nachmittags wieder hier auf.

Nur einmal geschieht es, dass sie, während sie beim Funken sitzt, die langsamen, schweren Stationsmeisterschritte durch den Korridor näher kommen hört. Doch noch bevor er die Hand auf der Klinke hat, ist sie unter den Tisch gehuscht und ganz nach hinten gekrochen, hinter die Beine des Funkens. Da sitzt sie, während sich die Füße des Vaters über die Bodenfliesen nähern. Sie kann seine blankgeputzten Stiefel sehen, die Beine der Uniformhose mit den Streifen an der Seite, sie stehen drüben beim Geldschrank, in dem die Barmittel und die Bücher der Station verwahrt werden, sie macht sich so klein, wie sie kann, zu Füßen ihres Freundes; der Vater entdeckt sie nicht. Er öffnet den Schrank mittels des Zahlenschlosses, *8-9-18-21*, legt eine Mappe hinein. Dann sagt er kurz etwas zum Funken, es habe Eile mit irgendetwas, er nennt Zielort und Adressat. Legt einen Zettel auf den Tisch. Der Funken sagt jawoll und fängt sofort an zu senden. Der Vater macht auf dem Absatz kehrt und geht, zieht die Tür ordentlich hinter sich ins Schloss.

Der Funken trägt abgetretene Schuhe, links unterm großen Zeh hat die Sohle ein Loch. Es riecht streng nach Schuhcreme und nach Telegraphist. Wenn er tickert, verschränkt er die Füße, sein rechter Fuß bewegt sich hinterm linken Bein langsam auf und ab. Seine Morsezeichen hallen dröhnend unterm Tisch.

Sie kriecht aus ihrem Versteck hinaus. Der Funken sieht sie an, forschend. Er sagt nichts.

»Danke«, sagt sie schuldbewusst.

Er antwortet nicht, lächelt leicht, schüttelt kurz den Kopf.

Der Elefant, so liest sie in Radelbergers großer dreibändiger Tiergeschichte, *Gattung* Elephantidae, *ist ein Familientier. Er lebt in durch Verwandtschafts- und Freundschaftsbande eng verknüpften Herden. Wenn eines der schwächeren Tiere, z. Bsp. ein Junges, von einem oder mehreren Raubtieren angegriffen wird, das versucht, es aus der schützenden Umringung der Herde zu lösen, machen die anderen Elefanten Front gegen den oder die Angreifer und tun alles, um ihren Anverwandten zu schützen; häufig setzen die erwachsenen Tiere ihr eigenes Leben aufs Spiel, um ein Junges zu retten. Die Herde ist eine Art Großfamilie, bestehend aus Eltern und Großeltern, Tanten und Onkeln, Vettern und Cousinen, die alle große Fürsorge füreinander hegen. Zeiten, in denen die Bullen allein umherziehen, wechseln mit Monaten von ausgeprägter Herden- und Familiennähe. Die Trächtigkeit der Elefantenkuh dauert länger als bei jedem anderen Landsäugetier – bis zu 22 Monaten –, und man hat versucht, die Fürsorglichkeit des Elefanten mit der Länge der Tragezeit zu erklären, da die Schwangerschaft sowohl die Mutter als auch die Herde insgesamt viel Kraft kostet. Hinzu kommt die relativ lange Zeit, bis die Nachkommenschaft ihrerseits zeugungsfähig ist. Derlei reduktionistische Erklärungen indes geben nur ein unvollständiges Bild; jeder, der dieses stolze und starke Tier studiert, wird von der rührenden Hingabe beeindruckt sein, von der fast menschlich wirkenden Zärtlichkeit, mit der es die Mitglieder seiner Familie behandelt und beschützt …*

Sie liest, wie sie immer liest, mit dem ganzen Gesicht. Steckt sich einen Keks in den Mund. Lässt den Blick über die Zeilen gleiten. Es schmeckt nach Zimt und Nelken, das Papier duftet nach Staub.

Die Mitglieder der Gattung Elephantidae *sind die einzigen heute lebenden Elefanten- oder Rüsseltiere, die früher in zahlreicheren Varianten vorkamen, doch auch die ausgestorbenen Arten, darunter Mastodon und Mammut, haben, so nimmt man an, in ähnlich fami-*

liären Herdenstrukturen gelebt, nur nördlicher, denn bisweilen wurden Skelettreste ganzer Gruppen gefunden, als habe die Herde bis zuallerletzt zusammengehalten. In Sibirien und Alaska wurden sogar ganze gefrorene Kadaver gefunden, teils mit dem intakten rotbraunen Pelz, der für die Gattung typisch ist.

Diese Tiere haben sich wahrscheinlich von ihren heutigen Verwandten, dem afrikanischen und dem indischen Elefanten, wenig unterschieden, abgesehen von einem etwas höheren Körperbau, Buckeln auf Kopf und Rücken, gedrehten Stoßzähnen und der Behaarung des gesamten Körpers, die ihnen erlaubte, in gemäßigten und arktischen Breiten zu leben, während die tropischen Elfanten fast haarlos sind, hierin dem Menschen ähnlich. Bei ihrer großen Körperoberfläche würden diese die Hitze nicht überleben, wenn sie Pelz trügen. Nur am Schwanz findet sich ein Rest von wirklichem Pelz, ansonsten nur vereinzelte dünne Haare. Es sei angemerkt, dass die entsprechende Haarlosigkeit des Menschen einzelne Anhänger der Evolutionslehre zu der Annahme gebracht hat, auch unsere Art sei in warmen Gefilden entstanden, wo sie folglich im Laufe der Entwicklung den Pelz abgeworfen habe. Gegen diese Hypothese lässt sich ins Feld führen, dass auch in warmen Gebieten zahlreiche Tierarten mit Pelz leben. Ob die Mammuts die Stammväter der heutigen Elefanten sind oder als Nebenlinie angesehen werden müssen, ist gegenwärtig noch umstritten …

Sie ist bei Birgersons, und sie liest in Radelbergers Tierleben, um sich nicht zu langweilen. Die anderen sitzen am Kaffeetisch, Doktor Levin ist auch da. Die Erwachsenen reden über allerlei Wichtiges und Unwichtiges. Vor allem Unwichtiges, findet Eva. Birgersons haben viele solcher Bücher im Schrank, über Pflanzen und Vögel, den menschlichen Körper und die Erdgeschichte, und darin liest sie immer, wenn sie hier ist. Sie darf die Bücher sogar ausleihen und mit nach Hause nehmen, das finden Birgersons nur gut. Wenn sie hier sitzt, trinkt sie roten Johannisbeersaft und isst Frau Birgersons Kekse. Manchmal fragt sie den Apotheker oder Elsa Birgerson, wenn sie etwas in den Büchern nicht versteht; sie antworten ihr gern.

Sie liest. Sie hört nicht zu, was die Erwachsenen reden, sie liest und trommelt dabei mit dem Finger auf den Tisch.

Wenn die jüngeren Rivalen den alten Elefantenbullen nach blutigem Kampfe vom Thron gestoßen haben, verlässt dieser den Schutz der Herde und begibt sich für den Rest seines Lebens auf einsame Wanderung.

Sie merkt es erst nach einer ganzen Weile. Der Vater sitzt da und starrt sie an. Seine Wangen sind rot über dem weißen Backenbart. Die Erwachsenen sind verstummt, das Gespräch ist versiegt. Sie blicken auf den Stationsmeister, der starrt seine Tochter an.

Er starrt auf ihre Hand auf dem weißen Häkeldeckchen, golden glänzend ihr Haar, immer noch trommelt der Finger. Sobald sie seinen Blick bemerkt, hält sie inne. Schuldbewusst blickt sie auf.

Hat sie gemorst? Sie hat gemorst. Aber was?

»Ich muss doch sagen«, sagt der Vater und schaut streng auf ihre Hand. »Ich muss doch wirklich sagen.«

Unglücklich schlägt sie die Augen nieder.

Was hat sie gemorst? Sie weiß es nicht. Leise sagt sie, um etwas zu sagen: »Ich will Telegraphistin werden.«

»Aha«, sagt der Vater.

»Viele Frauen sind Telegraphistin.«

»Aha.«

»Das stimmt nämlich. Das hat der Funken gesagt«, sagt sie, fast unhörbar. Sie verstummt, blickt scheu auf.

»Ich muss schon sagen. Ich muss schon sagen.«

Birgersons und Levin sehen sie unsicher an. Dem Vater ist das peinlich. Er wird noch röter.

»Willst du sagen, du hast gelernt zu morsen, Eva?«, fragt Elsa Birgerson laut, etwas zu laut, und schlägt die Hände zusammen.

Eva nickt finster.

»Das ist ja ganz und gar unglaublich«, sagt Elsa Birgerson. »Was dieses Kind alles schafft!« Ihr Mann nickt, lächelt Eva aufmunternd zu, Doktor Levin desgleichen:

»Absolut nicht schlecht! Findest du nicht auch, Gustav?«

»Schon«, sagt der Vater. »Fabelhaft.« Er sieht Eva an. »Fabelhaft.« Er sieht sie an, dann leert er seine Kaffeetasse.

Den Funken besuchen darf sie nicht mehr. Sie war ungehorsam. Sämtliche Räume in der Nähe der Abfertigungshalle sind *strengstens verboten*, das weiß sie ja, der Telegraphenraum *allerstrengstens*. Oben im Verschlag unterm Giebel weint sie. Sie war schon eine ganze Zeit lang nicht mehr dort, und jetzt hat sie reichlich Gelegenheit, darüber nachzudenken, dass sie ungehorsam war.

Sie denkt darüber nach, und sie morst ihre Gedanken in die große Dunkelheit hinein, die ihre Augen ausfüllt.

Ich war ungehorsam. Ich war ungehorsam. Ich hasse …

Punkte und Striche leuchten vor ihren Augen. Sie sind gelbgrün im Dunkel. Etwas hämmert fast genauso hart wie eine Morsetaste, aber das ist nur ihr Herz. Sie hat ein Herz aus Zink und Messing, wahrscheinlich ist sie darum so ungehorsam.

Auch Hanna wird ausgeschimpft, das kann sie hören, sogar durch ordnungsgemäß verschlossene Türen. Es ist fast eine Erleichterung, denn normalerweise sitzt sie hier drin in tiefster Stille. Aber Hanna gegenüber ist der Vater vorsichtiger, denn Hanna könnte ja ihres Weges gehen, das hat sie früher schon einige Male gesagt, leise, aber bestimmt, wenn sie fand, der Vater sei allzu ungerecht. Eva kann das gar nicht glauben, denn wer sollte sich denn dann um sie kümmern? Genau das sagt auch Hanna: »Und wer soll sich dann um sie kümmern, Herr Arctander?«

Wahrscheinlich mag sich niemand um sie kümmern. Darum ist der Vater eher vorsichtig, wenn er Hanna ausschimpft. Aber jetzt schimpft er trotzdem, das kann Eva hören. Und diesmal – diesmal passiert etwas, das es noch nie gegeben hat, Hanna gibt ihm Widerworte, und zwar laut. Eva kann nicht hören, was sie sagt, dann erklingt wieder die Stimme des Vaters, lauter, offenbar äußerst verärgert. Hanna sagt etwas, noch lauter. Dann knallt eine Tür, und es herrscht Stille.

Danach, als er sie wieder herausgelassen hat, richtet der Vater das Abendessen und macht sie für die Nacht bereit. Sein Blick ist abwesend, er sagt nichts, und als er sie bürstet, ist er unaufmerksam, die langen Haare auf dem Rücken ziepen.

Aber immerhin, er tut es. Sie sagt nichts. Sie war ungehorsam. Sie freut sich, dass er es tut.

Er ist es, der sie kämmt, und er bringt sie ins Bett. Sie ist jetzt ganz folgsam, sagt nichts, nicht einmal, als es ziept, und dann, Wunder über Wunder, als sie im Bett liegt, nimmt er das *Dschungelbuch* zur Hand, einfach so, und liest ihr ein Kapitel daraus vor. Abwesend, das zwar schon, aber er liest. Sein Blick ist seltsam desorientiert, während er über die Zeilen gleitet. Danach deckt er sie sorgsam zu, wünscht ihr eine gute Nacht und geht.

Am nächsten Tag ist Eva allein im Zimmer, während der Vater seiner Arbeit nachgeht. Er hat ihr etwas zu essen hingestellt und kommt im Laufe des Tages ein paar Mal hoch, um nach ihr zu sehen. Um fünf macht er das Essen, um neun noch einmal. Er macht sie bereit, bringt sie ins Bett, liest ihr vor. Und sagt ihr gute Nacht.

So vergehen drei Tage. Als er sie am dritten Abend zudeckt und ihr eine gute Nacht wünscht, fragt sie vorsichtig und rasch:

»Wo ist Hanna?«

Er sieht sie an. Dann tätschelt er ihr die Wange.

»Hanna kommt morgen zurück«, sagt er kurz. »Schlaf jetzt. Gute Nacht.«

Und anderntags ist Hanna wieder da, und alles ist wie zuvor. Vielleicht ist aber auch alles anders. Hanna drückt sie, ist sichtlich froh, ein wenig nervös, aber erwähnt das Geschehene mit keinem Wort.

»Du warst so lang weg«, sagt Eva und küsst sie.

»Ich musste nur mal ein bisschen mit meiner eigenen Familie zusammen sein«, sagt Hanna. »Das verstehst du sicher.« Eva nickt, ohne zu verstehen.

Es vergehen noch einige Tage, an denen sie nichts lieber täte, als durch den Flur neben der Abfertigungshalle in den Telegraphenraum zu schleichen, aber sie hütet sich.

Stattdessen lauscht sie an der Wand, ganz unten über der Scheuerleiste. Nachts liegt sie im Bett und morst, ganz schwach vor Sehnsucht. Sie sieht die Welt aus ihrem Fenster. Die Züge fahren vorüber.

Und sie spürt, dass sie dabei ist, wieder ungehorsam zu werden.

Doch nach fast einer Woche klopft es an ihrer Tür. Nicht Hannas kurzes Signal, das immer nur eine halbe Sekunde kommt, bevor sie die Tür aufreißt, ohne zu warten, mit neuem Bettzeug oder anderen Dingen im Arm, und es sind auch nicht die drei schweren Schläge des Vaters. Sondern ein langes, energisches Klopfen, das sie vom

Stuhl aufspringen lässt – sie sitzt an einem Puzzlespiel –, denn sie weiß, wer das ist, sie weiß es, bevor sie mehr gehört hat als zwei Striche und einen Punkt.

Sie öffnet die Tür. Da steht der Funken. Er lächelt, die Uniformmütze unterm Arm, sie kann sein rotes Haar sehen.

Sie macht zwei Schritte zurück.

»Hallo«, sagt er.

»Guten Tag«, sagt sie feierlich. Dann weiß sie nicht mehr weiter. Steht da und sieht ihn an.

»Willst du mich nicht hereinbitten?«, fragt der Funken.

»Doch«, sagt sie ernst, sie weiß ja nicht, wie man Besuch empfängt. Das ist das allererste Mal, dass jemand Außenstehendes sie besucht.

Er steht mitten im Zimmer, schaut sich ihre Regale an mit all den Büchern und Puzzles, Bausteinen und Zeichensachen.

»Viele Puppen hast du ja nicht«, sagt er nur. Er wirft die Mütze hin, zieht den Stuhl von der Wand an den Tisch, setzt sich.

Nein. Sie hat einen kleinen Teddybär. Aber den darf er nicht sehen. Etwas ratlos steht sie da, denkt nach. Eigentlich würde sie ihm gern all ihre schönen Dinge zeigen, eines nach dem anderen, aber sie denkt, dass ein Telegraphist sich vielleicht nicht so für Puzzles und Spieldosen interessiert. Doch dann fällt ihr etwas ein, sie zeigt ihm ihren Zeichenblock, den dicken Block mit all ihren Bildern.

Sie setzt sich auf ihren Stuhl, wo sie auch sonst immer sitzt. Sie zeigt ihm die am besten gelungenen Zeichnungen von der Station und dem Gelände, die große Güterlok, die Rotationspflüge. Die Güterlok beeindruckt ihn besonders. Er betrachtet ihre Aussicht, Winter, Sommer, Frühling, Herbst. Dann zeigt sie ihm ihre Zeichnungen des Telegraphenapparats, Kondensator, Batterie, Zeiger und Morsetaste. Er pfeift bewundernd. Rasch überblättert sie die nächste Seite, aber er unterbricht sie.

»Bin das etwa ich?«, fragt er. Sie blickt nieder, es ist ihr etwas peinlich. Aber das kann er nicht sehen.

»Es ist nicht so gut gelungen«, sagt sie.

»Ich finde es sehr gut. Vor allem die Haare. Und die Nase.« Er lacht. »Ich hab ja wirklich so eine Kartoffelnase.«

»Das hier ist besser«, sagt sie und blättert etwas zurück bis zu einer Zeichnung des Vaters im Profil.

Der Funken betrachtet sie eingehend.

»Die ist wirklich gelungen«, sagt er mit Kennermiene. »Trotzdem, mein Bild gefällt mir besser.«

Ihre Wangen werden heiß. Dann sieht er sich die Loks wieder an, und danach nochmals die Zeichnungen des Morseapparats.

»Du malst anders als andere Kinder«, sagt er. Sie zuckt mit den Schultern. Sie weiß nicht, wie andere Kinder malen.

Eine Zeit lang sitzen sie still am Tisch. Es ist angenehm, einen Gast zu haben.

»Hier sitzt du also«, sagt er und schaut aus dem Fenster.

Sie nickt.

»Glückspilz, du hast ein Fenster. Ich nicht. Ist dunkel und stickig da unten im Telegraphistenraum.«

Sie lacht kurz.

»Und hier sitzt du den ganzen Tag«, sagt er nachdenklich.

»Nein«, entgegnet sie lebhaft, »ich geh ja auch mit Hanna raus, weißt du. Und ich bin viel im Wohnzimmer, und in der Küche auch. Und dann bin ich ja auch manchmal unten in den …«

Sie hält inne.

Der Funken antwortet nicht. Er steht auf, sieht sich noch einmal gründlich im Zimmer um, schaut sich die Wände genau an, auch den Boden. Jetzt holt er etwas aus der Jackentasche, einen Zollstock, klappt ihn auseinander und fängt an, die Wände zu vermessen, als Erstes die kurze Wand mit der Tür.

Sie schaut ihm mit großen Augen zu, ohne irgendetwas zu begreifen.

»210«, murmelt er in der Ecke, »durch zwei ist 105 … plus …«, er vermisst die Längswand, »… 350, durch zwei ist 175. 105 plus 175, das macht 280 …« – jetzt misst er die Strecke von der Wand zu ihrem Tisch – »… plus 155, das macht, Moment …«

»Vierhundertfünfunddreißig«, sagt Eva. Er schaut sie lange an.

»Danke«, sagt er.

»Nichts zu danken.«

Er notiert sich die Zahlen mit einem Bleistiftstummel auf einen Zettel. Dann geht er auf die Knie, misst die Höhe der Scheuerleiste, notiert auch die. Er steht auf, sieht sich nochmals um, nickt, klappt den Zollstock zusammen.

»Jetzt muss ich leider gehen, Eva«, sagt er.

»O …«, sagt Eva nur.

»Aber ich komme bald wieder.«

Sie steht von ihrem Stuhl auf. Jetzt steht er in der Tür, den Zollstock in der Hand. Die Mütze hat er auf dem Kopf und deutet einen Gruß an, indem er mit dem Zollstock daran tippt.

»Mach's gut und bis bald, Eva«, sagt er.

»Danke für den Besuch«, sagt sie.

Trotzdem vergehen die Tage, ohne dass er wiederkäme. Aber von jetzt an grüßt er fröhlich zu ihrem Fenster hinauf, kurz und verschmitzt, wenn er auf den Bahnsteig tritt. Jetzt weiß er, dass sie hier sitzt. Er kann sie nicht sehen. Aber er grüßt trotzdem.

Eines Morgens, als sie gerade an ihrem Tisch sitzt und zeichnet, hört sie auf einmal ein merkwürdig surrendes und nagendes Geräusch. Sie legt den Bleistift hin, schaut aus dem Fenster, doch es ist, als wäre das Geräusch direkt in ihrem Zimmer. Sie sieht sich um, begreift nicht, wo es herkommen könnte. Als säße es direkt in der Wand. Sie steht auf, geht lauschend durch das Zimmer, dann auf einmal verschwindet der Ton unvermittelt. Eva steht noch kurz da, lauscht weiter, aber es kommt nicht wieder.

Sie geht wieder zu ihrem Stuhl und setzt sich hin. Nimmt den Bleistift zur Hand. Blickt auf ihre Zeichnung, sucht die Linie, die sie unterbrach, als sie das Geräusch hörte. Sie malt gerade einen See und einen Mond und eine fremde Eisenbahnstation, in der ein anderes Kind lebt. Diese Station liegt weit weg, sogar auf der Zeichnung tut sie das, sie ist ein kleiner Fleck ganz hinten, drüben auf der anderen Seite des Sees.

Schritte vor der Tür. Man klopft. Bevor sie »Herein!« sagen kann, geht die Tür auf, und da sind der Vater und der Funken, zusammen. Erschrocken steht Eva auf. Der Bleistift kullert über die Dielen.

Der Funken grüßt sie fröhlich, der Vater wirkt etwas verlegen.

Sie steht bei ihrem Stuhl und macht große Augen, fast hat sie Angst, aber sie freut sich auch, denn das hier, das ist etwas Außergewöhnliches, so viel begreift sie dann doch. Das heißt, sie weiß nicht, was sie begriffen hat, aber sie hat begriffen, dass jetzt etwas passiert, was sonst nicht passieren würde, etwas, das gar nicht passieren kann.

Der Funken hat eine große Werkzeugkiste dabei. Die lässt er auf den Boden fallen, dass es nur so scheppert. Und jetzt, jetzt fangen die beiden Männer tatsächlich an, die Möbel zu verschieben. Sie ziehen den Schrank von der Längswand ab, schieben den Waschtisch zur Seite.

Der Funken holt einen langen Bohrer aus der Kiste, klappt einen Zollstock auseinander, nimmt an der Scheuerleiste Maß, dann setzt er den Bohrer an und dreht los. Das war also das Geräusch. Sie sieht den Vater an. Er verfolgt die Bohrung.

»Da!«, sagt der Funken. »Volltreffer, beim ersten Versuch!« Er beugt sich über das Loch, pustet Späne und Sägemehl weg. »Geben Sie mir bitte die Leitung, Meister?«, sagt er. Folgsam holt der Vater eine große Spule aus der Kiste.

»Na, ich hoffe, Sie wissen, was Sie tun«, brummelt er gutmütig.

»Keine Sorge, Meister.« Der Funken rollt ein Stück Leitung von der Spule und fädelt sie vorsichtig in das frischgebohrte Loch im Boden ein. Dann befestigt er sie mit kleinen Krallen an der Längswand entlang, führt sie über den Boden zu ihrem Tisch, schaut, bevor er sie auch auf den Dielen befestigt, noch einmal seinen Vorgesetzten an, der mit einem Nicken grünes Licht gibt. Schließlich zwirbelt er die Leitung an einem Tischbein hinauf und bis auf die Tischplatte, wo er sie mit einer Kneifzange durchtrennt. Erst jetzt, als er zwei schuhkartongroße, schwere braune Schachteln aus der Kiste holt, erlaubt Eva sich zu begreifen. Und tatsächlich, heraus kommen eine Morsetaste, fast so eine, wie sie sie unten gesehen hat, nur etwas kleiner, dazu eine große Batterie und ein Empfangsgerät.

Umstandslos schraubt der Funken Taste und Empfänger rechts auf der Tischplatte fest. Die Batterie montiert er unterm Tisch. Das bedeutet ein wenig Fummelei, er liegt da und schnauft und murmelt. Schüchtern sieht sie zu ihrem Vater hinüber. Der verfolgt die Arbeit.

Dann splittet der Funken die Enden der Leitung und verkoppelt die Pole der Apparate, die er danach an die Leitung anschließt.

»So«, sagt er, »das wäre geschafft!«

Er lächelt Eva zu.

»Jaja, ich hoffe, Sie wissen, was Sie tun«, sagt der Vater nochmals. Jetzt sieht er sie an:

»Du darfst nur senden, wenn der Funken Schicht hat. Verstanden? Und stör ihn nicht zu viel, ja?«

»Ist das für mich?«, flüstert sie atemlos.

»Wenn man übt, um Telegraphist zu werden«, erklärt der Funken, »dann bekommt man so einen Unterrichtstelegraphen. Den baut man dann zum Beispiel in seinem möblierten Zimmer auf und morst mit anderen Schülern hin und her. Der hier ist mit dem Telegraphistenkontor unten verbunden. Ich hab genau an so einem gelernt, und dein Vater sicher auch. Was, Meister?«

»Mit genau so einem, ja«, sagt der Vater. »Melvig und ich – ja, also Melvig, das ist der Funken –, wir haben darüber geredet und gedacht, wenn du so gern morst, dann kannst du so einen Apparat gebrauchen. Er gehört der Bahn, aber du kannst ihn borgen, solange du willst.« Er räuspert sich. »Es war wohl vor allem Melvigs Idee.«

»Ach«, sagt der Funken, »eigentlich ist dein Vater gekommen und hat gemeint, er könnte so einen Apparat abzweigen ...«

»Wie auch immer«, unterbricht ihn der Vater, »jetzt kannst du üben, ohne jemanden zu stören.«

Ohne von der Schalterhalle aus gesehen zu werden.

»Na? Freust du dich?«

»Ja«, flüstert Eva überwältigt.

»Willst du nicht ausprobieren, ob es funktioniert?«

»Ja«, flüstert sie.

Der Vater will sich auf ihren niedrigen Kinderstuhl setzen, aber das gibt er gleich wieder auf und hockt sich neben den Tisch.

»Ist schon Spannung drauf, Melvig?«

»Müsste eigentlich.«

»Dann gehen Sie mal runter und koppeln sich an, damit Sie antworten können.«

»Wird gemacht.« Der Funken zwinkert Eva zu, verschwindet durch die Tür.

Der Vater sieht sie ernst an.

»Ja – Hanna hat es auch gesagt«, meint er leise, »dass du zu viel allein hier oben sitzt.« Er seufzt. Sie sagt nichts. »Du weißt, wie die Leute sind, Eva«, sagt er. »Es ist nicht so leicht.«

»Nein.« Sie nickt nur.

»Da kann dir das hier ein bisschen Gesellschaft leisten.«

Sie nickt wieder.

»Vergiss nicht, dem Funken zu danken«, sagt er. »Und Hanna. Ja, und auch Frau Birgerson, die haben sie auch auf ihre Seite gebracht. Ja, ja, Eva, es stimmt schon, ich bin sicher manchmal zu … na ja.«

»Papa«, sagt sie.

»Ja?«

»Danke.« Sie fällt ihm um den Hals. Das geschieht selten, dies ist ein Haus mit verschlossenen Türen.

Überwältigt streichelt er ihr den Kopf.

»Sch«, sagt er. »Sch, sch. Komm, wir schauen mal, ob wir Leben in deinen Telegraphen bringen.« Er löst sich vorsichtig aus ihrem Griff, lehnt sich vor, morst acht Striche.

Und sofort kommen acht Striche zurück. Blitzschnell morst der Vater, verhalten lächelnd:

Bist du das, Melvig?

Aber die Antwort vom Funken geht in Evas Ausruf unter:

»Vater! Du kannst das ja wirklich!«

Er sieht sie an, lächelt etwas stolz:

»Klar kann ich das. War der Schnellste in meiner Gruppe. Hab auch ein gutes Ohr, mir ist nie eine Meldung entgangen. Wetten, du hast das von mir.«

Jetzt lacht sie.

»Was denkst du denn, wie hätte ich sonst mitbekommen, dass du ›Papa ist ein Elefant‹ gemorst hast, da bei Birgersons?«

Sie sieht ihn an. Und wird rot. Aber das kann er nicht sehen.

»Entschuldige«, flüstert sie.

»Nein, woher«, sagt er. »Wir haben uns in meiner Gruppe auch gegenseitig Elefanten genannt. So. Jetzt sende du etwas.«

Sie legt den Finger auf die Taste.

Hallo Funken danke, sendet sie.

»Gut«, sagt der Vater anerkennend. »Das muss ich sagen.«

Alles in Ordnung Eva. Dein Freund der Funken.

Die Züge geben dem Tag einen Rhythmus. Sie brausen mit ihrem lauten Schnaufen in die Station hinein. Wenn der Funken vorbeigeht, grüßt er zu meinem Fenster hoch. Er antwortet auf meine Meldungen, und er grüßt, die Hand an der Mütze, wenn er mich sieht. Ich mag ihn, denn er ist mein Freund. Manchmal gehe ich immer noch heimlich zu ihm runter, um all die Meldungen zu hören, die hereinkommen und hinausgehen. Manchmal, wenn er Schicht hat, schickt er mir welche weiter, so bekomme ich mit, was unten passiert.

Jetzt musst du aufpassen, Eva, mit dem 128er kommt ein echter Neger. Erkrankter Passagier im 153er. Der 1545er transportiert ein Karussell.

Was sollte das mit meiner eigenen kleinen Telegraphenstation? Nur mir zum Gefallen? Oder zur Beruhigung des einen oder anderen Gewissens? Damit ich bloß nicht in der Schalterhalle auftauchte? In Wahrheit hätten sie Eintrittsgeld nehmen können, Vater und der Funken, und Hanna auch. Sie hätten eine Aktiengesellschaft gründen und reich werden können. Die Leute hätten Schlange gestanden. Glaubt mir.

EINE REIHE DINGE

Eine Reihe Dinge sind nicht für sie, sie kennt sie nur aus Berichten. Hannas Berichten. So wie das Weihnachtsbaumfest. Oder Geburtstagsfeiern. Bei ihnen zu Hause wird kein Geburststag begangen, weder der des Vaters noch ihrer. Das hat der Vater so bestimmt. Gewiss, sie bekommt ein Geschenk, und immer etwas, das sie sich gewünscht hat, aber es gibt keine Geburtstagslieder, keine Gratulanten stehen morgens an ihrem Bett, um sie zu wecken, es gibt keinen Kuchen, keine Kerzen oder Blumen. Nein, sie tragen Schwarz. Blumen sind dem Grab der Mutter vorbehalten, das sie am Nachmittag besuchen, nur sie und der Vater allein. Es ist immer kalt. Wortlos, mit gesenkten Köpfen, stehen sie vorm Grabstein, nie sagt der Vater etwas. Sein Gesicht ist ausdruckslos. Dann legen sie gemeinsam die Blumen in den Schnee vorm Stein. Und gehen wieder nach Hause. Abends bekommt sie dann ihr Geschenk.

SO FUNKTIONIERT EINE ENTSCHEIDUNGSFRAGE

So funktioniert eine Entscheidungsfrage. Eine Entscheidungsfrage funktioniert so, dass jemand, zum Beispiel jemandes Vater, lange und gründlich über etwas nachdenkt und danach entscheidet, dass nichts daraus wird. Zum Beispiel, ob man zur Schule gehen soll oder nicht. Sie ist mit seinen Entscheidungen nicht immer einverstanden, aber diesmal glaubt sie fast, dass sie es sein wird. Abgesehen davon spielt ihr Einverständnis keine Rolle, es wird sowieso nichts damit, und so ist es auch am besten. Er selbst, der Vater, hat ihr das erklärt.

Allerdings hat er sich zuletzt auch manchmal Dinge zur erneuten Entscheidung vorgenommen, zum Beispiel die Weihnachtsbaumfeier, und dann das mit dem Morseapparat. Das ist sehr interessant, denn es bedeutet, dass Entscheidungen umgestoßen werden können. Ein fast unheimlicher Gedanke. Eine solche Entscheidung müsste eigentlich feststehen, und wer dagegen verstößt, wird bestraft. Es zeigt sich aber, dass auch die Wirklichkeit selbst eigene Bestrafungen bereithalten kann, wenn eine Sache erneut und anders entschieden wird, siehe wiederum die Weihnachtsbaumfeier. Das mit dem Morseapparat dürfte sich auch noch rächen, es ist nur noch nicht passiert. Es kommt immer, unweigerlich, wenn es um eine Sache geht, die man sich sehr gewünscht hat. Darum ist sie nicht nur frohgemut, sondern auch bekümmert, als Doktor Levin, der ihr per Attest die schulische Eignung bestätigt hat, eines helllichten Vormittags, als sie und Hanna gerade ihren Spaziergang machen, unangemeldet auf dem Gelände auftaucht. Sie grüßen ihn verblüfft, denn hier hat er ja wirklich nichts zu schaffen. Einen Moment plaudern sie über das sommerlich schöne Wetter. Doch als dieses Thema erschöpft ist, wird Eva in den Lokstall geschickt, zum Putzen. Der Arzt und Hanna setzen sich draußen vor die Wand in die Sonne; er zündet sich eine Zigarette an.

Die Männer begrüßen Eva, werfen ihr einen Klumpen Putzwolle zu, heute ist die Rangierlokomotive dran.

Sie putzt eifrig und arbeitet sich dabei rasch zu den beiden Puffern vorn an der Lok vor. Dort kann niemand sie sehen, und sie schleicht hinaus. Zusammengekauert wie ein Luchs lauscht sie hinter der Hausecke. Sie hört nur noch den Schluss des Gesprächs.

»… findest du nicht auch, Hanna?«

»Schon. Es wäre gut für sie, mit anderen Kindern zusammen zu sein. Manchmal weiß ich gar nicht mehr, wie ich sie lenken soll. Sie wird groß. Sie langweilt sich.«

Sie macht sich hinter ihrer Ecke so klein, wie sie nur kann.

»Außerdem bekomme ich allmählich Probleme mit der Schulaufsicht, aber das ist nicht das Schlimmste, das lässt sich immer irgendwie regeln. Das Wort eines Arztes ist ja doch so gut wie Gesetz, weißt du.«

Hanna lacht leise.

»Muss schön sein, wenn man das sagen kann.«

»Na ja. Aber Eva muss anfangen, im selben Rhythmus wie andere Kinder zu lernen. Und zusammen mit anderen Kindern. Ich mache mir Sorgen.«

»Ja«, sagt Hanna.

»Wir müssen uns jetzt alle zusammen bemühen, Hanna«, sagt der Arzt, doch da hört Eva Schritte auf dem Schotter innen in der Halle, einer der Männer kommt gleich heraus, rasch schlüpft sie wieder zurück ins dunkle Innere.

Ach, du bist das, sagt der, mit dem sie zusammenstößt.

Ja, sagt sie, ich hab nur mal kurz rausgemusst. Ihre Wangen werden heiß. Aber das kann er nicht sehen, außerdem wäre es sowieso zu dunkel. Sie macht sich große Sorgen, wohin das jetzt führen mag, das mit der Entscheidungsfrage des Vaters. Sie freut sich ganz furchtbar.

SO FUNKTIONIEREN ANDERE KINDER

So funktionieren andere Kinder. Sie riechen. Man macht sich kaum einen Begriff davon, wie sie riechen. Und jedes hat seinen eigenen, typischen Geruch, anders als der aller anderer und anders als der, den man von sich selbst kennt. Sie hat das schon früher bemerkt, wenn sie selten einmal in die Nähe dieser merkwürdigen Wesen kam, manche riechen bitter wie Salbei, andere essigsauer. Vereinzelte Mädchen riechen wie matschige Himbeerbonbons. Jungen riechen nach Erde. Einer ganzen Palette von verschiedenen Erdsorten. Ein ganzes Klassenzimmer voll davon, das ist eine Geruchsmischung, so stark, dass sie fast die stechenden, schmalen Blicke übertönt. Der Geruch ist eine Wand, gegen die sie in der Tür prallt. Das Klassenzimmer ist wie ein Schiff, eine Galeere, so eine, von der sie in *Ben Hur* gelesen hat, stickig auf noch eine ganz andere Art, als sie es gewohnt ist. Sofort sehnt sie sich zurück nach ihrem eigenen, sicheren, einsamen Eingesperrtsein. Und dieses Schiff hier ist schon seit über einem Jahr auf großer Fahrt, die Ruderskiaven haben einander kennenlernen können, Paar um Paar an den Pulten, sie blicken sie lauernd, abwartend an. Einige kichern. Es gibt ein paar linkische Begrüßungsworte durch Fräulein Hadeland, sie duftet nach Kreide und Knäckebrot. Dann wenden der Vater und Hanna sich zum Gehen, sie wird zu ihrem Platz geleitet; »du kriegst ein Pult ganz für dich allein, Eva«. Da steht es, abseits, und sie begreift, dass sie allein zu rudern hat.

Die Tür des Klassenzimmers wird hinter des Vaters und Hannas sicheren Rücken ordnungsgemäß verschlossen, und da sitzt sie nun.

So funktionieren andere Kinder. Hanna hat sich viel Mühe mit Evas Kleidung gegeben, einem langärmeligen beigen Kleid mit hohem Kragen. Ihr Kopfhaar hat sie mit Haarnadeln aufgesteckt und unter einem kleinen Älplerhut untergebracht, das Gesichtshaar ist gebürstet und gekämmt und liegt fein an den Wangen an, aber nichts von alledem kann die Kinder beeindrucken. Eva hat die drei letzten Nächte so gut wie gar nicht geschlafen, vor Angst und Hoffnung, sie hat sich gefreut und sich gefürchtet; sie weiß selbst nicht recht, was davon am meisten.

Aber schon in der ersten Pause ist das Kleid verdorben, und Eva ist beinahe erleichtert, dass es genau so zugeht, wie sie es befürchtet hat, der Vater hatte recht, Doktor Levin und die anderen Erwachsenen haben sich geirrt. Jedes Mal, wenn die Kinder an ihr vorbeikommen, ziehen oder zerren sie an ihr, sie stoßen sie, nicht fest, nur ein wenig, gerade genug, dass sie hinfällt. So funktionieren sie, und sie weiß, sie wird sich darein fügen müssen.

SO FUNKTIONIERT UNTERRICHT

So funktioniert Unterricht. Unterricht funktioniert zum Beispiel so, dass man in der zweiten Stunde Zeichnen bei Fräulein Hadeland hat. Man holt seine Buntstifte heraus und freut sich ein klein wenig darauf, etwas zu tun, was man gut kann. Man könnte ja zum Beispiel Fräulein Hadeland zeichnen, oder etwas anderes Typisches im Klassenzimmer, den Globus vielleicht. Doch nein. Fräulein Hadeland will, dass man eine Katze zeichnet, obwohl hier keine Katzen sind (klar lachen die anderen ein bisschen), schon gar keine Katze, die sich auf dem Stationsgelände räkelt oder auf dem Gartenzaun liegt, einen weichen, geschmeidigen, welligen Strich von Tier, der ganz rasch, von einer Sekunde zur anderen, zu einem Ball werden kann oder zu einem gestreckten fliegenden Blitz aus Pelz und Krallen und Zähnen, nein. Fräulein Hadeland hat ein Rezept, wie man Katzen zu zeichnen hat, eine vorschriftsmäßige Katze sozusagen, also korrigiert sie freundlich, aber bestimmt die langen, luftigen Striche, zu denen man ansetzt, um sich daran zu erinnern, wie eine Katze aussieht, und zeigt einem stattdessen die Vorschriftskatze, und die geht so, und man zeichnet sie mit bestimmten, deutlichen, eindeutigen Strichen: einen Kreis. Daran einen Strich. Daran einen kleineren Kreis. Daran ein paar Dreiecke, Ohr Ohr Nase Mund, drei Schnurrhaare links, drei rechts, wieder runter zu dem großen Kreis, drei kleine Ovale dazu, Pfote Pfote Pfote, dann noch einen langen Schwanz. Katze.

Sie bekommt es nicht hin. Sie versucht es erneut und bekommt es nicht hin. Es werden nichts als ein paar Striche und Kreise, keine Katze. Übrigens wird sich noch herausstellen, dass Fräulein Hadeland, die als begabte Zeichnerin und Handarbeitslehrerin gilt, über ein umfängliches Repertoire solcher vorgeschriebener Gegenstände und Lebewesen verfügt; Züge nur zum Beispiel: Rundungen und Rechtecke hintereinander, das ganze Blatt voll. Die wird Eva auch nicht hinbekommen. Und bereits jetzt, in ihrer ersten Zeichenstunde, weiß sie, dass sie das Zeichnen hassen wird. Einer von den Jungen hat eine große, schöne Katze gezeichnet, streng nach Vorschrift, sie wird mit Reißzwecken an die Wand gehängt, sie trägt den vielsagenden Titel KATSE EVA, und gezeichnet hat sie ein Junge, der nach Erde riecht, nach fauliger Erde, Arvid; er hat helles, etwas dreckiges Haar und an den Händen Warzen. Sie ekelt sich vor ihm. Wenn sie nach Hause kommt, wird sie ihn zeichnen und darauf schreiben HUNT ARV.

»Na«, fragt der Vater gespannt, als sie zum Abendessen nach Hause kommt, »wie war dein erster Schultag, Eva?«

Sie zögert ein wenig.

»Du hattest dich doch so gefreut. Dass du endlich gedurft hast.«

»Schön war er«, sagt sie. »Schön.«

3

AUS MEINEM TAGEBUCH 1

Berühmte Personen mit Bart oder Haaren (vielen)

1. Esau
2. Samson
3. Absalom
4. Die Pharaonin Hatschepsut
5. Harald Schönhaar, der erste norwegische König
6. usw. ??

Ich werde in dieser Liste berühmte Figuren mit Bart oder starkem Haarwuchs sammeln. Es müssen aber welche sein, deren Bart oder Haarwuchs eine wichtige Rolle spielen. Die, bei denen das nicht der Fall ist, zum Beispiel Jesus, kommen nicht mit rein. Ich schreibe sie in der Reihenfolge auf, wie sie mir einfallen.

Übrigens freue ich mich sehr, dass ich eine Pharaonin gefunden habe. Ich wusste gar nicht, dass es so etwas gibt. Eigentlich hat Swammerdamm sie für mich gefunden, in einem Buch. Ich wusste bislang nur von Ramses und Amenhotep. Und von Kleopatra natürlich, aber die hatte keinen Bart, dafür war sie die schönste Frau der Welt. Abgesehen davon ist es nicht sicher, dass Hatschepsut tatsächlich einen Bart hatte. Vielleicht war das nur ein künstlicher Bart, den sie trug, um Pharaonin und Beherrscherin der Welt werden zu können. Aber ich glaube, der Bart war nicht künstlich und sie war zu Recht Herrscherin der Welt.

…

Ach ja, *quod scripsi, scripsi.* Was ich geschrieben habe, das habe ich geschrieben. *Quod dixi, dixi,* was ich gesaget habe, das habe ich gesaget, aber hierüber kann immer Zweifel herrschen, sofern man keinen raschen, gerichtlich vereidigten Stenographen zur Hand hat oder aufmerksame, glaubwürdige Zeugen, am besten gleich zwei oder noch mehr, die über ein wohltrainiertes akustisches Gedächtnis verfügen. Mein Gedächtnis ist gut, besonders Reihenfolgen kann ich mir gut merken, aber es ist nicht so gut, dass es mir nicht auch mal ein Schnippchen schlagen würde. Ist es nicht merkwürdig, wie man stets, auch wenn man sprachlich, genauer gesagt rhetorisch, zu den gewandten und eher pointensicheren Menschen gehört, dennoch, wenn man Gespräche wiedergibt, an denen man teilgenommen hat, seine eigenen Redebeiträge oder Aussagen, die man dabei traf, noch schönt und verbessert? Unweigerlich schmückt man den Bericht aus, schreibt sich selbst die trefflichsten Bemerkungen zu, verleiht dem, was man in der geschilderten Situation beigesteuert hat, besonders viel Tiefe. Das geschieht unausweichlich, egal, wie streng man mit sich selbst zu sein, wie streng man sich zu richten versucht: Dennoch prahlt man wie ein Sportler aus Rhodos, wie ein Fischer, wie ein Zirkusdirektor, wie ein junger Mann mit spärlichen Erfahrungen, kurz: wie ein Esel. Man versucht auszuschmücken, aber es klingt nicht gut. Hinzu kommt noch eins, nämlich dass eine schriftliche Darstellung immer eine Verdichtung, eine Verkürzung und Kondensierung von Gesprächen verlangt, schließlich kann man schriftlich nicht gut jeden Versprecher, alles Unwesentliche, jedes Räuspern und alle anderen unfreiwilligen Geräusche wiedergeben; die Schrift ist eine Fremdsprache, sie verhält sich nach deutlich anderen Regeln als das gesprochene Wort. Und dennoch halten wir sie für vertrauenswürdig, wir meinen, wie jener römische Statthalter weiland in Galiläa, sie sei endgültig und unwiderruflich. *Quod scripsi.* Armer Pilatus, habe ich schon oft gedacht. Er stand vor einem ganz und gar unlösbaren juristischen Dilemma. Ich möchte annehmen, dass er als ordentlicher römischer Amtsträger nicht in erster Linie Kriegsherr war, sondern ausgebildeter Rechtsgelehrter und Rhetoriker. Er war daran gewöhnt, dass eine gewisse Ordnung in den Dingen herrscht. Und da steht er auf einmal in der Hitze, mitten in dieser Parodie einer Verhandlung, in die sich nicht nur kreischende, sich wie toll gebärdende Leute mit messianischen Erwartungen einmischen, nein, Gott selbst droht in die Verhandlung einzugreifen, durch die Worte des Angeklagten. Auch weitere Faktoren, prosaischere als die Anwesenheit des Messias, mochten zu dem zivilrechtlichen Desaster beigetragen haben. Insekten. Frühjahrsdiarrhö und Unwohlsein. Schlechte Moral unter den Soldaten. Das Verhör, oder das Gespräch, wenn man es denn als ein solches bezeichnen kann, nahm eine absurde Wendung. Es liegt schon eine feine Ironie in seinem »Was ich geschrieben habe, das habe ich geschrieben« – als Kommentar zu einer Unterredung, einer Verhandlung, die so merkwürdig und unmöglich verlaufen war, dass die Berichterstatter hinterher alles Mögliche daraus machen konnten. Diese Resignation deutet auf das völlige Fehlen eines normalen Protokolls und ordnungsgemäßer Personalpapiere hin. Was aber hätte der arme Teufel tun sollen? Der Angeklagte hingegen schrieb nie etwas, jedenfalls soweit man weiß, außer einem einzigen Mal, und da schrieb er in den Sand, sogleich vom Winde verweht. Inhalt unbekannt. Er, der sonst immer unablässig reden musste. Und dann all diese Augenzeugen und Berichterstatter, die sich so hastig einig darin waren, was der Angeklagte gesagt habe. Ein Gipsabdruck des beschriebenen Sandstücks, unmittelbar von einem forensisch kundigen Beamten vorgenommen, ja, das wäre ein kriminalistischer Leckerbissen gewesen und hätte vielleicht sogar eine Wiederaufnahme des Prozesses erlaubt.

Daher und dennoch: Was man für sich selbst schreibt, ohne dass es für einen Leser bestimmt ist, was man schreibt, weil das Herz des voll ist, wie es so schön heißt, weil es an die Oberfläche drängt wie ein Körper voller Luft, und sichtbar wird, das steht jetzt da, und man muss sich eingestehen, dass man es geschrieben hat. Aber man mag sich einen Wind wünschen, der es verwischen könnte. Wenn ich also meine Schrift einer ungefähr Zwölf-, Dreizehnjährigen auf dem Papier im Tagebuch sehe, unfertig, doch mit gewissen Andeutungen von Persönlichkeit, da muss ich eingestehen: So schrieb ich. So dachte ich. Das war ich. Ich, mehr ich denn später, als ich eine so genannte Persönlichkeit entwickelte. Das ist es ja, was so peinlich ist.

EINE RECHTFERTIGUNG MEINER SITUATION

Es dürfte offenbar geworden sein, dass ich viel Zeit allein verbrachte. Freilich, ich hatte die Schule, doch der Wahrheit die Ehre: Auch dort war ich meist mit mir allein. *Si vis amari, ama*, wenn du geliebt werden willst, so liebe, sagt ein altes Wort, doch ich bin zu der Einsicht gelangt, dass das eher eine Art Trost sein und die Leute dazu bringen soll, sich anständig zu benehmen, denn helfen tut es nicht. Überdies war meine eigene Gesellschaft dem Umgang mit den anderen Kindern bei weitem vorzuziehen. Zu jenem Zeitpunkt hatte ich bereits den Traum aufgegeben, es könne sich für mich Platz in einer Gruppe Gleichaltriger finden, derlei kindische Illusionen von Freundschaft oder Kameradschaft hegte ich nicht mehr. Nein, ich wünschte sie mir auch gar nicht. Im Gegenteil, ich wünschte die anderen samt und sonders dahin, wo der Pfeffer wächst, mit anderen Worten an die Malabarküste, also ordentlich weit weg. Dort sollten sie eine Kolonie aufbauen, mit weißen, schmucken Häusern, ihre Freundschaften und Intrigen pflegen und über sich und übereinander reden. Dort mochte dann das Glück vom Himmel fallen wie göttliche Gewänder und sie umkleiden. Freundschaft und Intrige sind die beiden klebrigen Seiten ein und derselben unhandlichen Medaille. Es fiel mir durchaus nicht schwer, mir ein von Kindern chemisch gereinigtes Dasein vorzustellen.

Auch die Konversation mit ihnen erschien mir nicht gerade geistreich, noch fand ich ihre Meinungen weiter interessant oder informativ, doch das mag auch an übermäßiger Lektüre meinerseits liegen. Meist sprachen sie darüber, was der eine gesagt und der andere darauf erwidert hatte, was in der Zeitung zu lesen oder im Radio zu hören war. Wer einen Kristalldetektorapparat zu Hause stehen hatte, sprach immer ausführlich über diese Kinderstunde, was der und der da gesagt und dieser und jener gesungen hatte. Nun war ich ja dank meiner Unterhaltungen mit dem Funken radiophonisch orientiert und bettelte schon seit geraumer Zeit darum, auch ein solches Radio zu bekommen. Mein Vater hatte die gute und nützliche Eigenschaft, dass er mir kaufte, was ich haben wollte. So erkaufte er sich Ruhe, in diesem Fall allerdings das Gegenteil, also ein Radio. Es erinnerte an den Telegraphen; dank seiner konnte man fremde Stimmen empfangen, wenngleich jedoch nicht antworten. Oft lauschte ich den Sendungen, vorzugsweise Vorträgen und Konzerten. Häufig hörten Vater und ich gemeinsam, dann meist jeder mit eigenem Kopfhörer. Die Kinderstunde aber interessierte weder ihn noch mich; er fragte einige Male, ob ich das nicht hören wolle, insistierte glücklicherweise jedoch nicht. Ich war froh, dass ich die Kinderstunde nicht zu hören brauchte, nur um ein Gesprächsthema mit Leuten zu haben, zu denen ich gar kein näheres Verhältnis entwickeln wollte, eine Haltung, die gottlob auf Gegenseitigkeit beruhte.

Meine Umgebung bestand aus Erwachsenen. Die waren wenigstens vorhersehbar. Die Apothekers und der Doktor waren freundlich zu mir, sie liehen mir Bücher, doch eine sonderlich anregende Gesellschaft fand ich sie nicht mehr. Zudem stritten sie sich zu viel und zu lange, über große und kleine politische Ereignisse. Frau Birgerson sympathisierte seit einigen Jahren stark mit dem Kommunismus, nach umfassender, wenn freilich nicht restlos verdauter Lektüre ereiferte sie sich für das neue Russland. Das aber widersprach den grundlegendsten Apothekerinstinkten ihres Mannes. Er distanzierte sich entschieden von ihren Ansichten und äußerte sich strikt entgegengesetzt; das Ganze hatte etwas fast Automatisches. Der eher pragmatisch eingestellte Doktor Levin versuchte sich in der heiklen Kunst der Diplomatie und blieb dabei zwischen Baum und Borke stecken. Wenn derlei Situationen entbrannten, zogen sich die Sonntagsbesuche bei den Apothekers noch länger hin als sonst; um der Höflichkeit Genüge zu tun, warf mein Vater dann und wann ein »Ach« oder »Aha« ein, so im Halbschlaf, während

Hanna – wenn sie keinen Vorwand gefunden hatte, wegzubleiben – am Fenster saß und mit glasigem Blick hinausstarrte. Unterdessen wallte der ideologische Krieg überm Wohnzimmertisch hin und her. Hinzu kam, dass keiner von ihnen besonders informiert war, sondern sämtliche Argumente mehr oder minder auf gefühlsmäßigen Einschätzungen beruhten, etwas, das mir angesichts meiner Jugend zwar durchaus nicht fremd war, dennoch steckte ich die Nase meist in ein Buch, die Gedanken weit von ihnen entfernt, oder ich spielte etwas mit Hanna. Wenn sie allzu schicksalsergeben wirkte, fühlte ich mich verpflichtet, sie abzulenken, damit sie sich nicht so langweilte. Freundlich waren sie aber alle, da gab es keinen Grund zur Klage, und wir pflegten ansonsten so gut wie keinerlei Umgang außerhalb der Station, sodass allein schon die Abwechslung, die diese Besuche uns bescherten, Antrieb genug war, obgleich keiner von uns sich über die Maßen darauf freute. Immerhin, es war etwas anderes.

Zwei Mal jährlich trat ich, von Hanna begleitet, zur Untersuchung in Doktor Levins Praxis an. Nach der normalen Sprechstunde. Das war – so hatte ich vernommen – ein Teil der Übereinkunft, die mein Vater und Levin auf der einen Seite und die Wissenschaft auf der anderen nach meiner Geburt getroffen hatten. Doktor Levin musste mich halbjährlich untersuchen, meinen allgemeinen Gesundheitszustand festhalten und gemäß Professor Strøms Anweisungen die Entwicklung meines Felles bekunden. So maß er die Haarlänge, beobachtete, ob es Veränderungen in der Pigmentierung der Haare gab oder Follikel mit eingewachsenen Haaren. Alle zwei Jahre kam dann Professor Strøm höchstselbst aus der Hauptstadt, um mich in Augenschein zu nehmen; eine merkwürdige, distanzierte Gestalt. Diese Regelung sollte bestehen, bis ich groß genug wäre, einem größeren wissenschaftlichen Kreis vorgeführt zu werden, ein Ereignis, das der Professor mit spürbarer Ungeduld erwartete. Wie ich erfuhr, hätte er mich am liebsten schon bei seinem ersten Besuch, als ich knapp ein halbes Jahr alt war, in den Koffer gepackt und mitgenommen; mein Vater und der Doktor hatten seine Begeisterung gezügelt. Das jetzige Arrangement war ein Kompromiss, der auch beinhaltete, dass kein anderer Mediziner in meine Nähe kommen durfte; im Gegenzug trug der Professor die Kosten sämtlicher ärztlicher Untersuchungen, übrigens auch derer von Hanna und meinem Vater.

Der Professor stellte sich mir nie vor, grüßte nie, wie es sich gehörte, sah mir nie in die Augen, sondern machte sich stets unverzüglich an die Arbeit. Einmal, als ich noch ziemlich klein war und er die wenigen Haare besehen wollte, die mir auf der Zunge wuchsen, biss ich ihm in die Hand. Alle waren sehr betroffen, vor allem mein Vater, am erstauntesten jedoch schien der Professor. Er blickte auf seine Hand. Dann tätschelte er mich geistesabwesend und fuhr in seiner Untersuchung fort. Als ich größer war, begnügte ich mich damit, zu gähnen oder vor mich hinzusummen, um kundzutun, dass er mir meine Zeit stahl. Vaters Ermahnungen, dem Professor höflicher zu begegnen, beeindruckten mich wenig, schließlich war er selbst auch nicht höflich zu mir. Ich ließ mich jedenfalls nicht dazu herab, an den hilflos-gezwungenen Versuchen teilzunehmen, ihn abends zu unterhalten, wenn die Untersuchungen für dieses Mal überstanden waren.

Aber Doktor Levin war in Ordnung. »Na, da wären wir zwei mal wieder so weit, meine Kleine«, sagte er munter, wenn ich in seinem Sprechzimmer stand. Er scherzte, ich sei wohl das am gründlichsten untersuchte Kind im ganzen Lande, und wenigstens brauche er, um mich abzuhören, nicht vorher das Stethoskop anzuwärmen. Er wog und maß mich, schwang seinen kleinen Hammer, sah mir in Augen und Hals. Er beglückwünschte mich zu meinem Wachstum seit der letzten Untersuchung, befand jedes Mal, ich sei etwas zu dünn, maß meinen Blutdruck und nahm mir etwas Blut ab, für eine Senkung. Alles in schönster Ordnung, sagte er immer nur. Seufzte fröhlich resigniert und notierte seine Entdeckungen (beziehungsweise deren Ausbleiben) in einem blauen Buch, das er zu diesem Zweck angelegt hatte. Es war auch kein großes Problem, vor Doktor Levin nackt zu sein – nicht nur, weil er unser Hausarzt war und mir immerhin auf die Welt geholfen hatte, sondern auch, weil er genügend Feingefühl besaß zu begreifen, dass ich nackt war, trotz meines Fells. Der Professor begriff das mitnichten, aber Levin begriff es, das war an seinem Blick zu spüren und an seiner raschen und zugleich ruhigen Hand. Wenn alles überstanden war, pflegte er mich mit einem Stück Schokolade zu belohnen – »Aber nicht deinem Vater verraten!« – und mich dann zu entlassen. Drehte ich mich in der Tür um, so saß er bereits wieder in seine Krankenakten versunken, nie blickte er auf, er wirkte ein wenig bekümmert. Es gab ja genügend wirklich Kranke, und hier hatte er schon wieder eine ganze Stunde mit einem Mädchen vertan, das, wie er selbst sagte, nur ein Haarbreit davon entfernt war, kerngesund zu sein.

Zu den endlosen Sonntagsgesellschaften brachte er mir in regelmäßigen Abständen Bücher mit; er wusste, dass ich davon nie genug bekommen konnte. Ich glaube, er wusste auch, dass Fräulein Hadeland eine dumme Pute war.

Ein *Freund* jedoch war er wohl nicht, eher ein Bundesgenosse oder Beschützer, einer, der ein Auge auf mich hatte. Manchmal fragte ich mich, ob das daran liege, dass meine Mutter unter seinen Händen gestorben war, bei meiner Geburt. Ich fragte aber nie.

Und dann war da noch Swammerdamm, der Kantor. Zwei Mal wöchentlich ging ich nach der Schule zu ihm nach Hause zum Unterricht. Zwar hatte mir mein Vater längst ein Klavier gekauft, sodass ich neben dem Harmonium auch ein ordentliches Instrument zur Verfügung hatte, dennoch hatte man beschlossen, dass dieser Unterricht sinnvoll sei. Möglicherweise tat es Hanna und meinem Vater auch mal gut, wenn ich nicht im Haus war. Das Stationsgebäude war hellhörig, zudem war es im Warteraum zu hören, wenn ich übte. Das bekümmerte meinen Vater. Immer diese Bekümmerung, diese Bekümmerung allenthalben. Als täte den Reisenden ein wenig Musik nicht gut.

Swammerdamm war der Auffassung, dass ein wenig Musik der gesamten Menschheit guttäte, ja, dass es der Welt verdammt guttäte, mehr Harmonie zu finden, und zwar in Form von Harmonien. Ich glaube, er dachte, dass allein angesichts der Begegnung mit Mozart Unterdrückung, Hungersnöte und Revolutionen, dass alle Kriegstreiberei von selbst wegschmelzen würde wie ein Haufen grimmiger Schneemänner in der Frühlingssonne. Vielleicht hatte er ja recht, nur hätten dann viele Kriegstreiber sein müssen wie Swammerdamm. Swammerdamm war eine schlichte Seele, die sich für komplex hielt, nur weil sie relativ komplexe Dinge beherrschte.

Und diese Dinge brachte er mir also in seinem Unterricht bei, von Stimmbildung bis zu gebrochenen Akkorden, Fingerübungen und Tonleitern, samt Harmonielehre und Grundlagen des Kontrapunkts. Jedes Mal, so erinnere ich mich, wenn ich einen entscheidenden Schritt weiterkam, schimmerte sein Gesicht vor harmonischem Glück. Nicht nur, weil ich eine recht gelehrige Schülerin war, sondern auch, weil er in aller Unschuld so gern vorzeigte, was er konnte, um es weiterzugeben. Ein musikalischer Weltverbesserer. Ich hatte einen klaren, tragfähigen Mezzosopran, nicht so ein dünnes Stimmchen wie Mädchen sonst oft in diesen Jahren, und ein gutes Gehör. Das entsprang, so denke ich, eher meinem Talent für Zahlen und Reihenfolgen als regelrechter musikalischer Leidenschaft; aber das begriff Swammerdamm wohl nie. Er nahm an, was ja so weit ganz plausibel ist, dass ich neben meiner Begabung für diese Dinge auch eine entsprechende innere Bewegung erleben müsste, und diese Erwartung empfand ich auf die Dauer als ein wenig anstrengend. Er wirkte unermüdlich auf mich ein, ich möge mich doch seinem Chor anschließen, diesem ewigen, schräg singenden Kirchenchor, für den er sich von früh bis spät abrackerte, als wäre es so eine großartige Sache, einen Chor zu »haben« und als großer Dirigent vor den musikalisch interessierten und bewegten Damen und Herren zu stehen; ich selbst konnte mir nichts weniger Bewegendes denken. Nicht nur, weil das Ergebnis die Ohren beleidigte, nicht nur, weil mein Vater es ohnedies nie erlaubt hätte, als furchtsamer Widersacher jedweder Sichtbarkeit meiner Person, sondern schlicht und einfach, weil ich es mir nicht vorstellen konnte. Es hätte ja bedeutet, mich selbst preiszugeben, denn meine Freude an der regelmäßigen, durch gegenseitige Beziehungen gebundenen Klangwelt der Musik gehörte mir, mir ganz allein. Es versteht sich von selbst, dass ich in der Schule, wenn es ans Singen ging, nie auch nur den Mund aufmachte, sondern meine Stimme brummen und piepsen ließ, wie es ihnen passend schien. Wahrscheinlich dachten sie, ich hätte überhaupt keine Stimme, und das fand ich nur gut. Es war meine felsenfeste Überzeugung, dass Genuss und Vergnügen eines Menschen seine Privatsache sind; und der Kontrapunkt ist ein in Klang umgesetztes mathematisches Genussmittel, das ich allein zu genießen vorzog, nicht in geselligem Beisammensein mit anderen, sondern am Instrument oder über einem Blatt Notenpapier, wenn sich alles unterm Stift voller Wohlgefallen fügte. Die Stunden bei Swammerdamm nahm ich, weil ich das Gelernte zum eigenen Gebrauch benötigte, also ertrug ich seine Begeisterung. Er war nett und freundlich, der gute Swammerdamm, das schon, aber ich konnte es nicht ausstehen, wenn er sentimental wurde, und das wurde er unweigerlich. Bei einigen wenigen Gelegenheiten, *o sancta simplicitas*, nahm er sich die Freiheit heraus, von meiner Mutter anzufangen und zu schildern, wie er sich an sie erinnerte, an ihr Wesen und Aussehen, an Episoden aus ihrer Zeit in seinem ewigen Chor. Beim ersten Mal hörte ich ihm ohne jeden Kommentar zu. Beim zweiten Mal begann ich die Noten einzupacken, sobald er das Thema berührte. Ich war schon halb aus der Tür, bevor er begriff, was Sache war. *Sibi quisque proximus*, ein jeder ist sich selbst der Nächste, das gilt nicht nur für die täglichen Nöte oder die persönlichen Freuden und Genüsse, sondern auch für den ganz unbegreiflichen Drang mancher Menschen, polternd in die Kreise anderer einzudringen, wo sie nicht das Geringste zu suchen haben. Immerhin, diesen Wink mit dem Zaunpfahl verstand selbst der gute Swammerdamm. Er beäugte mich nur ein wenig enttäuscht, fast erstaunt, mit seinen großen, blanken, gefühlvollen Kantorenaugen, und ließ das Thema für immer ruhen.

Amicus verus rara avis. Ein wahrer Freund ist ein seltener Vogel.

Jetzt sehe ich sie, sie, die ich war, wütend aus Swammerdamms Unterricht gehen.

Eva. Ich sehe, wie sie vorm Badezimmerspiegel steht und die lästigsten Haare um den Mund eines nach dem anderen mit der Pinzette auszupft. Ich sehe, wie sie versucht, die Haare abzurasieren, versuchsweise, am Oberarm, wo niemand es sehen kann. Schon am nächsten Tag ist die Haut irgendwie grau, drei Tage später ein juckendes Stoppelfeld. Im Gesicht wagt sie nie einen Versuch.

Ich sehe, wie sie am Fenster steht und auf einen leeren Bahnsteig hinausblickt.

Ich sehe, wie sie abends geistesabwesend dasitzt und mit dem Funken morst, hinter ordnungsgemäß verschlossener Tür, oder ich sehe, wie sie vorm Radio sitzt und heimlich doch die Kinderstunde hört.

AUS MEINEM TAGEBUCH 2

ABSALOM; oder ABSALON. Sohn von König DAVID, berühmt für die Schönheit seines Haupthaars. David begründete Reiche und trauerte um diejenigen, die er getötet hatte. Absaloms Bruder SALOMON war der Nachfolger seines Vaters auf dem Thron. Er erließ zahlreiche Gesetze und schrieb diejenigen Teile der Bibel, die das Unterrichtsministerium nicht genehmigt hat.

(…)

Ich benutzte diese Ausführungen einmal in einem Aufsatz, eine ganze Zeit lang später, und das brachte mir Nachsitzen ein. Wenn Angestelltenmentalität richtig zum Zuge kommt, wie hier, innerhalb der Poesie, dann können die fürchterlichsten Dinge geschehen.

Absaloms Haar soll sehr lang und rot gewesen sein (vgl. Mutters!!). Nichts wird über Gesichtsbehaarung berichtet, aber die kann es ja gegeben haben, wenn alles so lang war, wie die Überlieferung sagt. Sein Verhängnis war, dass er an einer Terebinthe hängen blieb, das ist ein Baum. Während er vor Joab floh. Dies geschah beim Reiten, sein Haar verfing sich an einem Ast. Das muss furchtbar wehgetan haben. Dort wurde er von seinem Feind getötet. Absalom war böse, er hatte einen Aufruhr gegen seinen Vater, den König, begonnen, aber er hatte schönes Haar. So schönes, dass das Volk ihn allein deshalb liebte. Als er tot war, trauerte David um ihn, obgleich er wusste, dass er böse war. Oder jedenfalls ein falscher Fuffziger, wie Hanna sagen würde. Davids

Trauer um ihn war so groß, dass ich fast weinen muss. Er erinnert an Arima …

Ach ja, so was schrieb ich. Ich schrieb vom wenig vertrauenswürdigen Absalom, der durch den Wald gejagt wurde wie ein Fuchs, und ich war bekümmert ob der Schmerzen, die diese Treibjagd ihm zufügen musste. Nichts hingegen steht auf diesen Seiten über die Treibjagden, denen ich selbst ausgesetzt war, in regelmäßigen Abständen. Wahrscheinlich hatte ich mich so daran gewöhnt, dass ich fand, es aufzuschreiben sei nicht der Mühe wert. *Usus est tyrannus.*

EINE TREIBJAGD

Da war zum Beispiel jener Wintertag, an dem sie ihren Spaß mit mir hatten. *Si vis pacem, para bellum*, sagt ein altes Wort, und es bedeutet: Wenn du Frieden willst, so wappne dich für den Krieg. Als guter Römer hätte ich mir Strategien zur Verteidigung zurechtlegen müssen, ja, hätte schlicht und einfach planen müssen, wie ich meine Plagegeister auf dem Schulhof oder auf dem Heimweg angreifen könnte, geradezu prophylaktisch, als vorbeugende Maßnahme. Doch zum einen war ich erst elf oder zwölf und hatte noch keinen Begriff von den Römern und ihren vielen schönen Sentenzen und Sprichwörtern, und zum anderen war ich zahlenmäßig unterlegen. Näher bestimmt: Ich verfügte über keine Legionen, und die Gallier waren zahllos wie – na ja, zahllos wie die Gallier eben, wie Maismotten in einem Hirsefeld, da kann man sich ja denken, wie es lief. Kurz gesagt bestand meine Strategie darin, an diesem Tag, wie an allen anderen, mich beim letzten Ton der Schulglocke augenblicklich unsichtbar zu machen, den Ranzen bereitzuhalten, wissend, wo mein Mantel hing, und mich rascher und effektiver als alle anderen zu bewegen, sodass ich hinweggleiten konnte wie ein rascher Schatten, fast wie der Schatten eines regsamen Fisches über sonnenbeschienenem Meeresgrund, aus der Schule hinaus, vom Schulhof hinunter, stets dem Prinzip der Geraden als der kürzesten Strecke zwischen zwei Punkten folgend, um dann meinen Heimweg zu variieren, nie denselben, jeden Tag einen anderen, oft durch Gräben oder dicht an Hauswänden, hinter Gebüschen oder Schneewehen entlang oder durch Hinterhöfe und über Brachen. Ich hatte um die fünf, sechs Hauptrouten erarbeitet, zwischen denen ich abwechseln oder die ich kombinieren konnte; einige ganz sichere Abschnitte waren dabei. Über den Hof zum Schultor, unter den wachsamen Augen der Aufsichtslehrer, das war noch verhältnismäßig gefahrloses Gelände. Auch der Weg durch die Hauptstraße war günstig, denn hier lag die Apotheke, in die ich mich bei Bedarf retten konnte. Ebenso war die Straße zum Fluss hinunter relativ sicher, dort hatte Doktor Levin seine Praxis, war allerdings nicht immer da. Oft gelang es mir, den ganzen Heimweg pfeilschnell zurückzulegen, ohne dass die Verfolger meine Fährte aufnehmen konnten, andere Male schienen sie einen siebten Sinn zu besitzen und passten mich an genau der richtigen Stelle, genau an der richtigen Kreuzung meines Fluchtwegs ab. Oft kam es mir vor, als würden sie, ganz wie eine wohlerzogene britische Jagdgesellschaft, dem Fuchs zunächst einen angemessenen Vorsprung gewähren, ohne jede Eile, nein, sie verzehrten in aller Ruhe zunächst ihre Gurkensandwiches, um dann loszustürzen und auf diese Weise die Jagd einen ganzen Nachmittag am Laufen zu halten, um so den Vergnügungswert zu steigern und die Qualität des Gesprächsthemas bis zur nächsten Jagd sicherzustellen.

Vulpem pilum mutare, non mores, der Fuchs wechselt den Pelz, doch nicht seine Sitten, doch mit mir war es umgekehrt, ich änderte meine Gewohnheiten fortwährend, behielt aber den Pelz, und doch kamen sie mir auf die Spur und fanden mich, so auch an jenem Nachmittag. Es war sonnig und kalt, Pulverschnee lag, so kalt, dass feine, glitzernde Eiskristalle im Sonnenlicht schwebten; ich hatte mir mit meiner Fluchtroute besondere Mühe gegeben, und dennoch, als ich von Fuhrmann Gundersens Hof durchs Tor in die Flussstraße schlüpfen wollte, standen sie auf einmal in der Durchfahrt: Ich machte kehrt und rannte los, aber das war natürlich zwecklos, und das Letzte, was ich sah, eine Sekunde, bevor ich der Länge nach im Schnee lag, waren die feinen, schwebenden Kristalle in der klaren Frostluft, dann wurde alles dunkel, die Hände kamen, der Schnee kam, es biss und brannte in den Augen und im Gesicht und am Hals und am Oberkörper und überall, biss und brannte von Kälte und Wörtern, und ich dachte stoisch, jetzt passiert es wieder, ich überließ mich meinem Schicksal und verschloss die Ohren vor allem, was sie sagten, während sie sich verlustierten, ich bedachte den Ranzen mit einer kleinen Hoffnung, dass er nicht wieder mitsamt den Büchern und Heften voll Schnee sein würde; ich selbst hatte weit den Rücken hinunter alles voll Schnee, ich spürte, wie sie an meinen Haaren zerrten, unter der Jacke, dem Pullover, der Bluse, während ich versuchte, an die Primzahlen zu denken, meine faszinierenden, merkwürdigen Zahlenfreunde, die nur durch eins und durch sich selbst teilbar sind, was aufs selbe hinausläuft, die mit keiner Formel berechenbar sind und keinem erkennbaren Muster folgen, die restlos unnütz sind, keinem Zweck dienen und zwischen denen der Abstand immer größer wird, je mehr die Zahl der gewöhnlichen Alltagszahlen anwächst, und die man auf keine andere Weise erkennen kann, als indem man sie betrachtet und immer wieder zu teilen versucht, bis man endlich feststellt, dass die Zahl, die man da in Händen hält, unteilbar ist und schimmert, gediegen wie ein Stück Platin, denn was tut man nicht alles, um nicht zu weinen; jetzt zogen sie mich an den Kopfhaaren, ein Knie presste meinen Rücken zu Boden, meine hübsche rote Mütze lag längst im Schnee vergraben, eigentlich wartete ich nur, dass sie mich umdrehten und die heutige Hetzjagd mit der letzten Demütigung abschlossen, doch da hörte ich, inmitten von alldem:

»Hört auf! Lasst sie in Ruhe!«

Vox et praetera nihil, eine Stimme und sonst nichts. Und diese Stimme, das hörte ich sofort, tief in der blauen, kalten Dunkelheit des Schnees, war edel und golden und warm, fast wie flüssiges Gold, obgleich sie in diesem Moment in eine starke, strenge Form gegossen war, wie ein Schwert; eine Stimme und sonst nichts, und ich weiß nicht, warum, aber ein stoßartiges Glücksgefühl durchzuckte mich, als ich diese Stimme hörte, die harten, dunklen Hände ließen augenblicklich von mir ab, und in der nächsten Sekunde hörte ich, wie die Winterstiefel durch den Pulverschnee davonstoben.

Eine Hand half mir auf, sie steckte in einem Fäustling aus Seehundsfell. Einen Moment lang stand ich blinzelnd da und wischte mir den Schnee aus dem Gesicht und vom Hals; im Gegenlicht war die Gestalt nur ein blauer Schatten, die ganze Welt hatte einen merkwürdig funkelnden Grünstich nach der Dunkelheit, doch dann trat das Gesicht hervor, und ich sah, dass es Arvid war, mein Mitschüler.

Eigentlich mochte ich ihn nicht, aber jetzt mochte ich ihn. Auch er hatte an der Jagd auf mich teilgenommen, etliche Male. Recht bedacht, hatte ich ihn allerdings schon länger nicht mehr unter den Mitgliedern der Jagdgesellschaft gesehen. Er musterte mich aus ruhigen, blauen Augen, ernst, eingehend, aber nicht auf diese übliche gierige Weise, mit der die Augen der anderen Menschen sonst nach mir griffen. Und auch nicht so höhnisch wie meine Klassenkameraden. Dann bürstete er mir mit derselben Hand, die mir aufgeholfen hatte, den Schnee von der Jacke.

»Sie treiben es zu weit, finde ich«, sagte er nur.

Ich sagte nichts, suchte nach meiner Mütze im Schnee. Aber die war schon in seiner Hand. Er reichte sie mir, doch ich setzte sie nicht auf. Ich nickte nur, stumm, und versuchte, mir das Haar mit den Fingern auszukämmen.

»Du bist eine von denen, die sich unsichtbar machen können.« Er lächelte verhalten.

Ich nickte, stumm. Er sah mich besorgt an.

»Du bist ganz nass. Und es ist eiskalt. Ich bringe dich nach Hause.«

Ich schüttelte den Kopf: »Nein, geht schon.«

»Du musst bis runter zur Bahnstation. Und du weinst ja.«

»Ich weine nicht.«

»Dann ist es wohl nur der Schnee«, sagte er. »Aber heute herrschen minus fünfzehn Grad. Komm, wir beeilen uns.«

Ohne weiteres hob er meinen Ranzen auf, hakte mich unter und ging los, zog mich fast mit sich. Und zum ersten Mal spürte ich das so richtig, diese merkwürdige Mischung von Widerwillen und Angezogensein, von Furcht und Lust, von Unlust und Verlockung, die einen überkommen kann, wenn jemand einen plötzlich anfasst, einem geradezu in die Eingeweide greift und einen untergehakt mit sich nimmt. Arvid war kein großgewachsener Junge, er war leicht und schlank, aber er hatte schöne breite Schultern, und der Arm, mit dem er mich hielt, war kräftig und entschlossen.

Vor der Eingangstür ließ er mich los. Sah mich einen Moment lang an.

»Schau, dass du ins Warme kommst«, sagte er, »sonst kriegst du noch eine Lungenentzündung.«

Ich nickte, drehte mich um. Ich glaube, ich dachte nicht einmal daran, mich zu bedanken. Hatte schon die Hand auf der Klinke, als er sagte, hinter mir:

»Ich finde dich hübsch.«

Ich drehte mich nicht um, sondern ging ruhig hinein und zog die Tür ordnungsgemäß hinter mir zu.

MEINE SELBSTSTÄNDIGKEIT

Mit der Zeit, während ich heranwuchs, entwickelte ich, was ich eine Art Selbstständigkeit nennen möchte, in Bezug auf einfache Dinge, zum Beispiel, wenn es darum ging, mir selbst Unglück zuzufügen. Nach und nach kam ich darauf, dass ich, wenn zu nichts anderem, dann doch darauf ein Anrecht hatte, die verborgene Beziehung zwischen dem Ungemach, dem ich ausgesetzt war, also sozusagen dessen Dosierung, selbst zu bestimmen, wie beispielsweise das Verhältnis zwischen Schulbesuch und den täglichen Peinigungen auf der einen und Schimpfe und Strafe auf der anderen Seite. Das sah ich als mein Vorrecht an, denn schließlich war ja ich es, die das alles ertragen musste. Zu dieser Zeit war ich unbeugsam und ließ nicht mit mir reden, womit ich Hanna und meinen Vater zur Verzweiflung trieb und die Lehrerin zu rotgesichtigen, fauchenden Wutanfällen.

Kurz gesagt, das war genau die passende – oder unpassende – Zeit, um zu verschwinden. So nannten sie es doch, so hatte Arvid es gesagt: dass ich mich unsichtbar machte.

Unsichtbar zu werden, genau das beherrschte ich ja gut, unsichtbar, oder sagen wir: beinahe unsichtbar. Diese Fähigkeit kam mir jetzt zugute. Ich konnte schlicht und einfach in einer Schulpause beschließen, unsichtbar zu werden, und ruck, zuck war ich es. Sogleich befand ich mich an einem anderen Ort, hinter einem Schuppen, um die Ecke, von einem Gebüsch verborgen. Und dort war ich bereits dabei, *weg* zu sein. Oder ich bat darum, wegen eines dringenden

Bedürfnisses die Klasse verlassen zu dürfen, möglichst gegen Ende einer Schulstunde, und bereits im Korridor wurde ich unsichtbar. Den Ranzen und alles ließ ich immer stehen. Am besten war es, derartige Unsichtbarkeitsmanöver anzusetzen, wenn wir in der nächsten Stunde einen anderen Lehrer hatten, der nicht gleich Verdacht schöpfen würde. In der Zeit, die er brauchte, um den Trick zu begreifen, war ich schon ganz und gar weg und verschwunden. Manchmal war es schier unglaublich, wie sie sich an der Nase herumführen ließen. Ist Eva weg? Ja, Eva ist weg. Sie ist verschwunden.

Oder ich war schon unsichtbar, bevor ich überhaupt die Schule erreichte, wurde draußen auf der Straße durchsichtig wie fließendes Wasser und floss einen anderen Weg, von der Schule fort, den Hügel hinab, zum Fluss, ich sickerte die unmöglichsten Umwege entlang und verschwand. Es half auch nichts, wenn Hanna mich bis auf den Schulhof begleitete, denn eben dort konnte der Unsichtbarkeitsprozess beginnen, sogar, nachdem wir Schüler uns hintereinander aufgestellt hatten, eine Armlänge voneinander entfernt – auf einmal war ein Loch in der Kette an der Stelle, wo Eva hätte stehen sollen, und fort war ich. Es half mir dabei natürlich, dass niemand mir freiwillig die Hand auf die Schulter legen mochte.

Weg. Dieses »Wegsein« war vor allem ein bestimmter Ort. Eine Stelle draußen im Wald, mit dem großen Stein, auf den ich hinaufkletterte, hoch und uneinnehmbar wie eine Felsenburg. Flach auf der Oberseite, mit einer kleinen Mulde. Bereits als ich zum ersten Mal wirklich ernsthaft verschwand, ich mag da zehn, elf Jahre alt gewesen sein, zog ich mich dorthin zurück. Ich weiß nicht recht, wie ich den Weg fand, meine Füße leiteten mich dorthin, nachdem ich die letzten Häuser hinter mir gelassen hatte, ein gutes Stück weit den Fluss entlang, einen Pfad zwischen den Feldern empor, zwischen Sträuchern und Hecken, gut verborgen, wieder in die Höhe, wo ich allenfalls von einem der wenigen Kleinbauernhöfe aus gesehen werden konnte. Mein Herz hämmerte vor unsichtbarem Grimm und vor Selbstständigkeitsgefühl. Und dort, dort waren die ersten hohen Kiefern, rötlich und schlank, der Weg war jetzt von Heidekraut gesäumt, der Wald begann. Immer tiefer hinein, den kleinen Hügel hinauf, bis der Weg nur noch eine mit Nadeln gepolsterte Spur durchs Gebüsch war. Und dann durch den jungen Tannenwald, vom

Pfad weg, über einen Bach, und da, da waren dann der Teich und der große, hohe Stein. Ein Riese hatte ihn hierher geschafft, das Eis, das einst das Land beherrscht hatte. Ich fand ihn ganz von selbst. Ohne zu zögern, kletterte ich hinauf, er war mehrere Meter hoch. Ich war bislang nie geklettert, aber es ging leicht. Und ganz oben auf dem Stein war eine weiche, flache, ziemlich umfangreiche Mulde, in der ich geschützt sitzen konnte, für alle Augen unsichtbar, und hier konnte ich *weg* sein.

Oben auf dem Stein war ein Land. Das stellte ich sogleich fest. Hier lag Lhase, das echte Lhase, das ich als Kind mit den Karten gespielt hatte. Hier lag es, in der Senke oben auf meinem Stein, mit seinen Gebirgen und Ebenen und kleinen Gewässern, mit Straßen und Höfen und Städten. Und hier waren sie, alle Wesen von einst, die Völker der Kartenspiele aus der Wohnzimmerschublade. Könige und Königinnen, Prinzessinnen und Prinzen, Heerscharen und Generäle, Bauern, Arima, Arima mein. Ich sah sie sofort, als ich hier ankam und das Land zum ersten Mal entdeckte. Ich legte mich der Länge nach hin, bettete die Wange auf den sonnenwarmen Stein, und da konnte ich sie sehen, wie sie in ihrem Land Lhase umherreisten und ihr kleines Leben führten. Hier oben waren sie, hier oben war ich, weg und beschützt und unsichtbar und niemand.

Dass ich diesen Stein gefunden hatte, war für mich eine Erlösung, und ich suchte ihn bei jedem Wetter auf, sogar im Winter kam es vor, dass ich zitternd ein paar Stunden auf ihm verbrachte; besser hier, als in der Schule zu sein. Ich achtete peinlichst darauf, dass mein Versteck nicht bekannt wurde, und ich bin stolz, dass mir das auch immer glückte. Mit der Zeit erdachte ich mehrere Wege zu ihm, manche davon ausgesprochen verschlungen, und wenn ich auch nur im entferntesten vermutete, dass mich jemand gesehen hatte, trotz meiner Unsichtbarkeit, oder wenn ich die Anwesenheit von Menschen im Wald ahnte, dann machte ich – wenn auch schweren Herzens – einen weiten Bogen um meinen Stein, ging nicht zu ihm, ging vorüber, kletterte nicht hinauf, verschwand auf eine andere Art. Ich wanderte einfach stundenlang vor mich hin, bis ich müde war, und kehrte dann nach Hause zurück.

Dort erwarteten mich verschiedene Strafmaßnahmen, allerlei Ausbrüche und Predigten und Einsperrungen, doch wie gesagt, ich erkannte es als mein sonnenklares Recht, die Qualen in meinem Leben selbst zu verteilen, die Bitterkeit der Strafen abzuwägen gegen das, was ich als mein Bedürfnis fühlte, und das war vor allem: weg zu sein.

Hatte ich binnen kurzer Zeit mehrere solcher Unsichtbarkeitsnummern hingelegt, nahm die Bewachung an Intensität zu, sowohl auf dem Schulweg als auch seitens der Lehrer; auch die Strafen wurden strenger. Ich fand mich darein, in tiefer Stille, fast glücklich in meinen Schmerzen, denn ich wusste, dass ich sie wenigstens selbst gewählt hatte.

Zugleich durfte ich natürlich nicht übertreiben, ich wusste, dass ich diese Eskapaden jetzt für einige Zeit einstellen musste, für ein paar Wochen vielleicht, bis sich alles beruhigt hatte, bis die Dinge etwas Abstand gewannen, die Sorgenanfälle meines Vaters abflauten und die Bewachung erneut lässiger wurde. Dann verschwand ich wieder, eines Tages war ich auf einmal weg, und niemand wusste, wo ich lebte.

Manchmal nahm ich auch etwas zu lesen mit auf den Stein, wenn das Wetter gut genug war, um mit Büchern im Freien zu sitzen. Zu diesem Zweck deponierte ich einen kleinen Rucksack mit Büchern in einem Holzschuppen unten am Fluss.

So wuchs meine Selbstständigkeit.

AUS MEINEM TAGEBUCH 3

Ob Harald, genannt Hårfagre, »Schönhaar«, wirklich mit auf die Liste gehört? Ich bin mir nicht so sicher. Aber er ist der einzige Norweger, den ich bisher gefunden habe. Natürlich hatten auch die anderen Wikingerkönige lange Haare und Bart, aber er war derjenige, der Norwegen mit Hilfe seiner Haare einte. In dieser Zeit wurde er »Luva« genannt, »Strubbelkopf«, denn sein Schopf war so groß und unförmig. Er soll rot gewesen sein (NB: schon wieder!!). Er hatte viele Läuse. Das muss fürchterlich gejuckt haben. Wenn es in den Haaren juckt, wird man reizbar. Offenbar kämpft man dann besser, er jedenfalls gewann die meisten Schlachten. Später, als er Norwegen geeint hatte, ließ er es wieder schön schneiden, daher der Beiname Hårfagre, »Schönhaar«.

Die Vorgeschichte: Harald freite Gyda, die ihn nicht erhören wollte, bevor er Norwegen geeint hatte, so schön er auch aussah mit seinem roten Haar, und obwohl er ein Königssohn war und alles. Da schwor er, sich das Haar nicht mehr schneiden zu lassen. Und als es endlich so weit war und er sich als König von ganz Norwegen die Haare wieder schneiden ließ, sandte er ihr einen Boten, dass er sie jetzt nicht mehr wollte. Er hatte Stil. Ich hoffe, sie hat sich geärgert. Auf den Bildern sieht sie hochmütig aus mit ihrem dicken, langen Zopf.

Dass ich Snorri Sturlusons Sagas las, lag an Doktor Levin, er begeisterte sich nicht nur für die Sagas, sondern auch (und vielleicht besonders) für die ältere und jüngere Edda. *Wälsungenblut*, sage ich nur. Doch der gute Doktor lieh mir Snorris Sagas (er besaß mehrere Exemplare), und weit über ein Jahr, fast zwei Jahre lang, beherrschte mich dieses Buch, seine Gestalten und Illustrationen. Fast überlagerte es meine eigenen Länder und Reiche.

DAS WEICHE

Litterae non erubescunt, Buchstaben erröten nicht. Und die Wahrheit, die, einem alten angelsächsischen Sprichwort zufolge, fein, aber für jedes Wetter tauglich gekleidet ist und daher stets vor die Tür treten kann – ohne dass damit gesagt ist, dass sie sonderlich schick angezogen wäre (man muss sie sich wohl eher als das Abziehbild einer jungen britischen oder amerikanischen Sportlerin vorstellen) –, die Wahrheit erträgt alles, auch das, was man aufschreibt: Die Wahrheit ist, dass ich in jener Zeit etwas entdeckte, jene Stelle an meinem Körper, die so zart und nachgiebig ist unter meinen Fingern, dieses Weiche zwischen meinen Beinen, ein Ort, auf den alles zuzufließen scheint, einer, der Innen und Außen vereint. Es geschah in den frühen Morgenstunden, und typischerweise war es die Schuld der Literatur. Ich hatte zu lange gelesen, hatte mich hellwach gelesen, wie immer, denn ich bin wohl auch in dieser Hinsicht anders als andere Menschen, was sie in den Schlaf wiegt, lässt mich einfach immer wacher werden, ob es nun Worte sind oder Musik. Was ich da gelesen hatte, das weiß ich nicht mehr, doch hellwach sah ich ein, dass es allmählich Zeit war, das Licht auszumachen, wenn ich anderentags irgendwie aus dem Bett kommen wollte. Da lag ich, ein hellwaches Augenpaar im Dunkeln, wie so oft.

Ich war unruhig. Wenn ich die Augen schloss, kamen Bilder zu mir, und ich versuchte, kleine Geschichten aus ihnen zu spinnen, sodass sie mich vielleicht ganz insgeheim von den Gestaden des Wachseins entführen und in die Tiefe ziehen würden, damit ich in weichen, warmen Fluten untergehen und schlafen würde. Doch an jenem Abend waren es andere Bilder, keine so beruhigenden; eines vor allem tauchte immer wieder auf, nämlich der junge König Magnus Erlingsson aus den Sagas, der Erste, der gekrönt worden war, jung und hübsch und schlank und weiß. Er war so einsam, wie er da auf dem Thron saß und all die großen Männer betrachtete, die vor ihm niederknieten.

Litterae non erubescunt! Und doch freue ich mich über mein Fell, denn hätte ich es nicht, würde ich jetzt wohl erröten, obgleich ich natürlich nicht weiß, wie das aussieht.

Ich öffnete die Augen, als ich bemerkte, dass ich die Hand auf die weiche Stelle zwischen den Beinen gelegt und dass meine Finger wie von selbst den Weg in das Allerweicheste hinein gefunden hatten, und von dort, wo sie sich bewegten, funkten kleine, nasse Blitze. Die Finger wussten offenbar, was sie zu tun hatten, ohne es zu wissen, ich wurde zugleich wacher und benommener im Leib, und mit einem Mal wusste ich, dass ich einen Jungen wollte. Er dürfte auch gern aussehen wie Magnus Erlingsson. Und während Innen und Außen sich vermischten, drückte ich und presste ich, öffnete und schloss die Augen abwechselnd, bis alles auf die eine weiche Stelle zuströmte und das Dunkel sich verwandelte, bis ich einschlief.

Später habe ich viel darüber nachgedacht und unterdessen – ich schreibe das, ohne zu erröten, denn ich kann ja gar nicht erröten – meine nächtlichen Erkundungen mit der Hand fortgesetzt. Ich hatte einige Kenntnisse über die menschliche Biologie, und einerseits verstand ich wohl schon, wozu das alles gut war und wonach ich mich sehnte, gleichzeitig weigerte ich mich, den Gedanken zu Ende zu denken. Das lag gewiss an meinem jungen Alter sowie dem Umstand, dass ich irgendwo in meinem Bewusstsein unablässig mein Spiegelbild vor Augen sah und fortwährend den Spott und das Gejohle der anderen Kinder im Ohr hatte, Erwachsene, die mit dem Finger auf mich zeigten, glotzende, verwunderte Gesichter – und an meinem Leben hinter ordnungsgemäß verschlossenen Türen. Zugleich ereigneten sich Veränderungen mit meinem Körper, die mich zur Frau werden ließen, das war unangenehm und verwirrend und erforderte eine Reihe hygienischer Maßnahmen und halblaut geflüsterter Ratschläge und Ermahnungen seitens Hannas. Ich schob das alles beiseite und wollte nicht darüber nachdenken, inwieweit das, was ich mit meiner Hand tun konnte, mit diesen biologischen Dingen zu tun hatte. Im Gegenteil, viel eher richteten sich meine Gedanken auf meine alten Spiele und Welten, meine heimlichen Länder und die Wesen, die dort lebten, und meine Phantasien veränderten sich und wurden fleischlicher, verlockender. Es waren immer noch mein vertrautes Spiel und meine heimlichen Freunde, immer öfter aber drehte sich alles darum, ob und wie er sie kriegte, wie und wo es geschah, das Unaussprechliche, das, wofür ich kein Bild hatte, denn die Abbildungen in den Anatomiebüchern waren natürlich so gehalten, dass Kinder wie ich keine wirkliche Vorstellung von den Dingen bekamen. Aber ich machte mir meine eigenen Bilder, und meine Figuren trafen sich in hohen Turmzimmern und an blanken, tiefen Seen in verwunschenen Wäldern.

Im Laufe jenes Winters wurde ich, wenn ich das verraten soll, ziemlich geschickt darin, mir auf eigene Faust, das heißt: von eigener Hand, großen Genuss zu verschaffen, und der Drang, das zu tun, überkam mich immer öfter, so erschien es mir. Manchmal genügte es, in der Schule von hinten den Nacken eines Jungen zu sehen, und schon wurde es da unten ganz warm und schmelzend, und allein, indem ich die Beine übereinanderschlug, konnte ich mich in einen Zustand höchster Erregung versetzen, wovor ich mich hüten musste, da ich sonst den Rest des Tages über keine Ruhe mehr fand. Es war wunderbar und verwirrend zugleich.

Mag sein, dass die Wörter auf dem Papier nicht erröten, dennoch versuchen sie, sich dem Stift zu entziehen, das spüre ich jetzt, und wenn ich mich an jene Zeit erinnere, denke ich, wegen meiner Abgesondertheit und weil ich so viel meinem eigenen Innenleben überlassen war, entwickelte sich meine Anlage zur Leidenschaft früher als bei anderen, und diese Leidenschaft war schon damals ein Trost für mich, mehr als eine Antwort auf eine Liebe, und so ist es geblieben, bis zum heutigen Tag.

DIE REISE ZUR WISSENSCHAFT

Diese Reise begann schon lange vor ihrem Anfang. Ich sehe mich selbst, diese Eva, dieses merkwürdige Mädchen mit dem ungewöhnlichen Äußeren. Sie ist ein Kasus, ein Fall. Man denke nicht, dass ich nicht versucht hätte zu entfernen, was mich zu einem Fall machte, am ganzen linken Arm mit Vaters Rasiermesser. Doch die Haut darunter war empfindlich, sie wurde rau und wund. Und die Haare sprossen sofort wieder. Man denke nicht, ich hätte mir keine Fragen gestellt, natürlich wollte ich es genauer wissen, als Doktor Levin es erklären konnte. Bei jeder Gelegenheit las ich Biologiebücher. *Menschen mit ererbten Atavismen besonders schwerwiegender Art,* so las ich, *können keine eigenen Nachkommen haben, sie sind unfruchtbar.* Als ich das las, wurde mir abwechselnd kalt und heiß. Man denke nicht, dass ich frei von Angst und Hoffnung war. Und als diese Reise zur Wissenschaft nun endlich stattfinden sollte, freute ich mich auch irgendwie darauf. Und ich sehe mich selbst, diese Eva, diesen Kasus, der sich selbst als Kasus sieht, als Fall, die bereit ist zu einer Reise zum Zweck einer Inaugenscheinnahme ihrer selbst. Sie, Eva, freut sich regelrecht darauf, in Augenschein genommen zu werden. Und die Reise beginnt, bevor sie anfängt. Mit Hannas sorgfältigen Einkäufen und Näharbeiten für die Kleidung des Falles. Dies dauerte mehrere Wochen. Der Fall brauchte Reisekleidung und Mantel, ein Gesellschaftskleid und ein Vormittagskleid, und alles musste so geartet sein, dass er darin möglichst unauffällig erschien, und möglichst nicht auffällig unauffällig.

Hanna hatte ein geschultes Auge für diese Dinge, sie vollbrachte wahre Kunststücke mit hohen Kragen und langen Ärmeln, Pelzbesätzen, Kapuzen und Schals, sodass Eva fast nur dann wie Eva aussah, wenn man sie direkt von vorn betrachtete.

Und die Reise begann mit den Vorbereitungen des Stationsmeisters; er ließ seine Uniform tadellos aufarbeiten und bestellte einen neuen Anzug – der alte war nun wirklich zu eng geworden – samt neuem Mantel, Schuhwerk und Handschuhen. Und wechselte zahllose Briefe mit den Professoren und Ärzten im Sekretariat des Medizinerkongresses. Die Argumente des Stationsmeisters fußten auf einer Art Ehrenprinzip; da er für die Reise erster Klasse nach Kopenhagen selbst aufkam, fand er es nicht weniger als angemessen, wenn der Kongress den Aufenthalt in einem standesgemäßen Hotel samt Verpflegung trüge – nicht zuletzt, darauf beharrte er, aus Gründen der Sensibilität. Nach einiger Überlegung fand dann auch das Sekretariat angemessen, diese Bitte zu erfüllen, schlug jedoch den Wunsch des Stationsmeisters aus, die in dieser Korrespondenz als »Kindermädchen« titulierte Hanna ebenfalls mitreisen zu lassen. Der Stationsmeister gab nicht so schnell nach und verfasste mehrere wohlformulierte Schreiben in der Sache, aber es nutzte nichts; die meiste Zeit, so erklärte das Sekretariat, werde eine kompetente und freundliche Krankenschwester sich um Eva kümmern, was man als genügend ansah. Hanna war natürlich enttäuscht. Doch das verbarg sie in ihrer intensiven Arbeit mit den Kleidungsstücken; wenn sie schon nicht selbst mitdurfte, sollte Eva zumindest etwas von ihr mitnehmen. So heftete Hanna an die einzelnen Teile etwas von ihrem eigenen Blick, als ob dieser dank der Stiche und Besätze ebenfalls über Avenuen und Paläste und zahllose blanke, hohe Fenster streifen würde.

Die Reise fing an, bevor sie begann, mit dem sorgsamen Packen von Koffern und Taschen, Toilettenartikeln, Kleiderbürsten, Schuhspannern und anderen Teilen. Sie begann auch mit des Vaters Abendkursen in Restaurant-Etikette. Eva war die Schülerin, Hanna wirkte als Statistin mit, und der Vater war der mal servierende, mal mit am Tisch sitzende Lehrmeister.

Die Serviette auf den Schoß, sagte der Vater; einen Zipfel unters Bein, das habe ich in jungen Jahren gelernt, dann kann sie nicht auf den Boden fallen. Ja, sagte Eva. Halte das Glas am Stiel, sagte der Vater. Ja, sagte Eva. Kleine Schlucke, sagte der Vater. Ja, sagte Eva und trank kleine Schlucke, das Glas am Stiel haltend. Jetzt bin ich der Kellner, sagte der Vater, ich bediene dich von der linken Seite. So. Dürfen es noch ein paar Kartoffeln sein, gnädiges Fräulein? Eva kicherte. Nein danke, sagt man, sagte der Vater verärgert. Diese Dinge sind *wichtig*, Eva. Dürfen es noch ein paar Kartoffeln sein, gnädiges Fräulein? Jetzt lachte auch Hanna. Der Vater seufzte. Wenn wir den Tisch verlassen, wartest du, bis der Kellner oder ich deinen Stuhl zurückziehen. Und bedanke dich hübsch. Ja, sagte Eva.

Es gab ein Abschiedsabendessen mit Braten und den erwartungsvollen Birgersons, dazu Doktor Levin, der gewiss stolz, insgeheim aber auch gekränkt war, dass man ihn nicht eingeladen hatte und er auch im Kongressprogramm nicht erwähnt wurde, obwohl trotz der akademisch nüchternen Sprache der Papiere ganz deutlich wurde, dass Eva der Höhepunkt der Tagungswoche war.

Die Reise fing an, lange bevor sie begann. Eva sah das Ganze irgendwie von außen, die Vorbereitungen, die häuslichen Schneiderarbeiten, die väterlichen Bemühungen um Etikette. Sie hatte das Programm des *XVI. Internationalen Weltkongresses der Dermatologischen Wissenschaften* gelesen, das auf dem Sekretär lag; Punkt 3 galt ihr: *9 Uhr, Auditorium maximum: Präsentation und Untersuchung eines Casus der seltenen* Hypertrichosis lanuginosa congenita, gen. Gonsalvus' Syndrom *(Mädchen, Herkunft Skandinavien, 13 Jahre, mit begleitendem Vortrag des Herrn Prof. Dr. J. Q. Strøm. Anschließend Diskussion. Einziger bekannter europäischer Fall aus diesem Jahrhundert).*

Die Reise fing an, lange bevor sie begann. Eva sah das Ganze irgendwie von außen, als wäre sie eine ferne Augenzeugin all dieser Vorbereitungen, der häuslichen Schneiderarbeiten, der väterlichen Bemühungen um Etikette. Sie war, wie gesagt, in diesem Fall ein Fall. Nur nachts spürte sie, dass die Reise schon begonnen hatte. Wie einen leisen inneren Kitzel spürte sie es, fast ebenso sacht wie das Ticken in den Schienen nach der Durchfahrt eines Zuges. Kopenhagen. Hotel. Kellner. Weltkongress.

Nachts ist sie ein Augenpaar im Dunkeln. Es fällt ihr schwer zu schlafen. Kopenhagen. Weltkongress. Tagsüber in der Schule ist sie natürlich umso müder und wird getadelt. Die anderen lachen. Sollen sie doch. Kopenhagen, denkt sie in der dumpfen Wärme des Klassenzimmers. Kellner. Zu Hause hört sie bei den Hausaufgaben das einschläfernde Surren von Hannas Nähmaschine und schlummert über den Flüssen Sibiriens ein.

Eines Nachmittags wird sie dann in die Reisekleidung gesteckt, und es geht los, sie stehen im Vorraum des Stationsgebäudes parat, mitsamt allen ihren Koffern; Knudtzon und Hanna werden mit anpacken. Das Stellwerk tickt, sie wissen, der Zug kommt gleich, trotzdem wartet der Vater noch zwei Minuten, bis sie auf den Bahnsteig hinaustreten.

Evas Reisekleidung ist beige, umfasst auch Muff und Kapuze, um den Hals hat sie einen roten Schal. Der beigefarbene Stoff trägt burgunderfarbene Besätze, die Kapuze einen schmalen Pelzrand. Die Leute, so ist die Absicht, sollen die Kleidung sehen, bevor sie das Gesicht sehen, also braucht sie sich nur rasch und zielbewusst genug zu bewegen.

Rasch und zielbewusst gehen sie auf den Bahnsteig hinaus, in demselben Moment, als der Zug mit kreischenden Bremsen einfährt, und der Plan geht auf, so gut wie niemand achtet weiter darauf, wie sie sich an der Erste-Klasse-Markierung aufstellen, wo Doktor Levin, Kantor Swammerdamm und Birgersons bereits als Abschiedskomitee Aufstellung bezogen haben. Es ist rasch getan, ein paar ermunternde, ein paar ermahnende Bemerkungen – sei höflich zu den Professoren, Eva, sagt der Arzt und blickt sehnsüchtig zur Waggontür; eine Umarmung von Hanna, ein stummer Händedruck seitens Swammerdamms, Birgersons haben ihnen zwei große Proviantpakete mitgebracht. Knudtzon salutiert vor seinem Vorgesetzten, die Stationsmeisterflöte glitzert auf seiner Brust wie ein Ordensstern.

Der Vater will rasch hinein, er treibt einen Schaffner an, dass der das Gepäck in den Zug hievt, vier Packstücke in den Gepäckwagen, zwei Reisetaschen ins Abteil.

Zehn Minuten Aufenthalt!

Sie steigen ein und suchen ihr Abteil auf. Der Vater hat eines ganz für sie allein reserviert. Er fährt in voller Uniform, und der Oberschaffner, der ihnen die Abteiltür aufhält, salutiert dermaßen, dass er fast hintüberkippt. Eva sieht er gar nicht. Sie richten sich im Abteil ein, der Vater hängt seinen Mantel auf, Eva behält ihren an, schlüpft in den Gang hinaus, zum Fenster, winkt den draußen Wartenden zu. Knudtzon, die Flöte bereits zwischen den Zähnen, wechselt ein paar Worte mit dem Oberschaffner, genau so, wie sie es ihren Vater unzählige Male vor Abfahrt eines Zuges hat tun sehen.

Platz nehmen!

Eva legt die linke Handfläche an die kühle Fensterscheibe. Jetzt hat die Reise begonnen. Es tickt in ihr. Die Türen knallen. Sie wirft einen Blick zu ihrem Fenster im ersten Stock des Stationsgebäudes, die Gardinen sind zugezogen, die Fenster wirken grau, wie vernebelt, blind.

Dann steht der Vater an ihrer Seite, pünktlich wie stets, im selben Moment, in dem Knudtzon das Signal zur Abfahrt gibt; der Zug ruckt an, die Lokomotive pfeift, die kleine Abordnung draußen winkt heftig. Hat Hanna Tränen in den Augen, oder ist nur die Fensterscheibe ein wenig verschwommen? Hält sich Frau Birgerson die Hand nervös vor den Mund? Doktor Levin ist blass, er hat den Hut abgenommen, fast andächtig. Denkt er vielleicht an seine kranke Schwester? Nur Kantor Swammerdamm formt unablässig ein Wort mit den Lippen, übertrieben und stumm, wie wenn er vor seinem Chor steht und die Artikulation verbessern will, was sagt er nur? Sie versteht es nicht, sie muss lachen, sie nickt ihm zu, der Zug rollt an. Der Vater begnügt sich mit ein paar langsamen, hohen, würdig winkenden Bewegungen, lässt die Hand sofort sinken, als die anderen außer Sicht sind, und wendet sich vom Fenster ab.

»Komm jetzt«, sagt er und öffnet die Abteiltür. Für ihn ist das Zugfahren ja so gewöhnlich. Außerdem stehen noch andere Passagiere im Gang.

Folgsam betritt sie hinter ihm das Abteil, obwohl sie lieber noch zugesehen hätte, wie die Station in der Ferne entschwindet. Der Vater zieht die Gardinen zum Gang zu, achtet darauf, dass kein Spalt offen bleibt. Eva setzt sich ans Fenster, der Vater zieht eine Zeitung hervor.

»So«, sagt er. »Jetzt geht es los.« Er lächelt.

»Ja.«

»Gespannt?«

»Schon, bisschen.«

Er antwortet nicht, lächelt nur verständnisvoll. Dann setzt er sich die Brille auf und entfaltet die Zeitung.

Eva lehnt die Wange ans Fenster. Noch kennt sie die Strecke und die Kurven von verschiedenen Fahrten mit dem Lokalzug, trotzdem ist es heute anders. Der Zug beschleunigt stärker, dieser Zug hat ganz andere Manieren als die Lokalbahn, er ist schneller, nonchalanter, bremst vor gar nichts. Die wenigen Stationen, die sie kennt, rauschen jäh vorbei; die Menschen, die dort auf ihren Zug warten, werden bei der Geschwindigkeit zu reglosen Pfosten; das Einzige, was sich bewegt, ist ein Hut, den der Fahrtwind des Expresszugs seinem Herren vom Kopf gefegt hat.

Bald sind sie so weit gekommen, wie sie mit der Strecke vertraut ist, haben die letzte bekannte Station hinter sich gelassen. Aber die Gleise führen weiter. Jetzt kommen neue Landschaften, fremde Kurven und unbekannte Strecken. Seen und Hügel, die sie nie zuvor gesehen hat. Unbeeindruckt liest der Vater seine Zeitung. Sie schaut aus dem Fenster, ohne ein Wort.

Abend, umsteigen. Der Zug hat sich ein langes Gefälle hinabgeschlängelt, umgeben von vorbeizuckenden Lichtern und hohen Häusern, so hohen und so vielen Häusern, wie sie es noch nie gesehen hat, dicht zu beiden Seiten der Gleise. Dann eine unendliche Menge von Weichen und Nebengleisen, die unter großen Bogenlampen schimmern. Großäugig blickt sie hinaus, der Vater sieht verstohlen zu ihr hinüber, mit wissendem, fast ein wenig schelmischem Blick.

Bald steht der Zug in der Bahnhofshalle, hier wollen sie zum Nachtzug nach Kopenhagen umsteigen. Die Bahnsteige wimmeln von Menschen, doch der Vater nimmt entschlossen ihren Arm und zieht sie mit sich. Den Bahnsteig entlang und hinaus ins Getümmel in der Bahnhofshalle, als hätten sie es eilig, nicht einen Augenblick bleibt er stehen, um sich die vielen Dinge um sie herum anzusehen, die großen beleuchteten Reklameschilder, die Eisensäulen, die großen, turmhoch beladenen Gepäckkarren und das gewaltige gewölbte Dach, das weit über ihnen in einem Dunstschleier aus Halbdunkel zu schweben scheint. Und all die Menschen. All diese Menschen. Herren und Damen in Mänteln und Capes. Ein Fluss wogender Hüte. Soldaten, Kinder, Schaffner, Zeitungsjungen, Gepäckträger. Es riecht nach Tabak und Parfüm, Kohlenqualm, Maschinenöl und Eisen. Und es riecht nach warmen, eingemummelten Menschen. Eva hat so einen Fluss noch nie gesehen, hat noch nie in einer solchen Flut aus Gerüchen gebadet.

Einen Augenblick bleiben sie inmitten von alldem stehen. Zwar gibt es diverse Blicke von hier und dort, aber sie bemerkt sie fast nicht, sie schaut nur einfach nach oben. Die gläserne Wölbung über ihr scheint sich langsam zu drehen, und sie ist der Angelpunkt. Sie wusste nicht, dass einem vom Hochschauen schwindlig werden kann.

»Gleis acht«, sagt der Vater, der sich jetzt orientiert hat, er zieht wieder an ihr, sie bahnen sich einen Weg, der Vater zeigt die Billetts an der Sperre vor, dann geht es auf einen neuen Bahnsteig. Er ist ziemlich leer, doch der Zug steht schon bereit.

»Du rennst so, Vater.«

»Damit wir ihn nicht verpassen«, brummt er, verlangsamt aber doch ein wenig seinen Schritt.

Sie blickt auf die große Bahnhofsuhr.

»Er geht erst in dreiunddreißig Minuten«, murmelt sie ihrerseits, weiß aber nicht, ob er sie hören kann. Gehorsam folgt sie ihm zur richtigen Waggontür, der Schlafwagenschaffner Erster Klasse salutiert, sieht ihr auf einmal ins Gesicht und greift sich an die Wange, sagt aber nichts. Fasst sich wieder, weist ihnen den Weg. Und bald sind sie in ihrem Schlafwagenabteil verschanzt, es ist fast wie ein kleines Wohnzimmer, findet Eva, Kojen aus Edelholz und ein Sessel mit breiten Armlehnen und besticktem, gestärktem Lehnenschoner, ein winziges Salontischchen und eine gemütliche Wandlampe. Der Vater entspannt sich spürbar, nachdem er dem Schaffner gedankt und die Tür hinter ihm verschlossen hat.

Der Vater lässt sich etwas schwer auf dem Sessel nieder. Sie selbst steht am Fenster und blickt auf diesen fremden, großen, übergroßen Bahnhof hinaus, genau zweiunddreißig Minuten und dreißig Sekunden lang.

Die Stadt glüht hinter ihnen wie ein heruntergebranntes Feuer, schwarzer Wald schließt sich um den Zug. Ab und zu offenes Gelände. Licht fällt aus den Abteilfenstern auf Felder und Wiesen, sie sieht ihren eigenen Schatten, bald kurz und nah, bald lang und schmal, wie er über Gräben, Böschungen und Ackerfurchen flirrt, dann wird der Zug erneut vom Wald verschluckt.

Der Vater tippt ihr auf den Rücken.

»Ich geh mal kurz hinaus, dann kannst du dich ein wenig fertig machen«, sagt er. Kurz sieht sie ihn begriffsstutzig an, dann weiß sie: Jetzt kommt die Generalprobe – oder ist es schon die Premiere? Sie gehen ins Restaurant.

Sie zieht ein Kleid mit hohem Kragen an, setzt dazu einen kleinen Hut auf. Sie kämmt sich vor dem Spiegel gründlich das Haar auf dem Kopf, im Gesicht und am Hals. Der Zug schlingert. Sie sieht sich selbst an, zwei dunkle Augen blicken zurück. Sie lächelt schwach, kann es aber nicht sehen. Jetzt kitzelt es im Bauch. Jetzt, und jetzt. Jetzt.

Der Zug legt sich in eine Kurve, die Lok pfeift, sie muss sich am Waschtisch festhalten, jetzt spürt sie die Reise wie einen weichen, bebenden Kloß im Bauch, auf einmal werden ihr Knie und Beine schwach.

Sie soll gleich in den Speisewagen. Sobald der Zug sich wieder aufrichtet, kämmt sie fieberhaft ihre Wangen, damit das Haar so dicht anliegt wie möglich. Sie sucht in der Toilettentasche, findet eine Klammer mit einer blauen Schleife, die sie sich an das Schläfenhaar klemmt. Dann richtet sie noch einmal den Kragen, knotet den Hut gut unterm Kinn fest, streicht sich nochmals über die Wangenhaare, blickt unsicher auf ihr Spiegelbild. Doch, das ist sie, und jetzt ist sie auf Reisen. Der Kloß in ihrem Bauch zittert. Sie sieht hübsch aus. Doch, das tut sie. Wie kann man nur so aussehen.

Sie streift sich die Handschuhe über, schiebt die Abteiltür auf und tritt hinaus auf den Gang zu ihrem wartenden Vater.

Der Speisewagen ist gleich der nächste Waggon.

»Halt deinen Hut gut fest«, sagt der Vater und öffnet die Tür am Ende des Ganges. Sie hat keine Zeit, sich zu sträuben, als die Tür aufgleitet, denn er zieht sie hinter sich hinaus.

Ein großes Loch aus Lärm und Wind und Dunkelheit verschluckt sie. Die kalte Luft nimmt ihr kurz den Atem, sie blickt nach oben. Aufblitzend sieht sie die Sterne, reglos und weiß stehen sie inmitten all dieser Bewegung, dem schlingernden Zug, den Rauchwirbeln von der Lokomotive, und den Bäumen, die zu beiden Seiten der kleinen Plattform, auf der sie stehen, vorbeiwischen. In rasendem Tempo verschwinden unter ihr die Schwellen, dicht unter ihren Füßen, zwischen ihrem Wagen und dem nächsten, die nur durch eine klapprige, schmale Brücke miteinander verbunden sind, einfach zwei übereinandergelegte Bretter, die klappern und rutschen, und durch eine Vorrichtung aus scheppernden, mit Leder überzogenen Ketten, die eine Art Zaun bilden. Sie erstarrt vor Schreck.

Der Vater ist vor ihr, dreht sich jetzt halb um, lächelt. Einen Augenblick wirkt er ganz jung, sein Lächeln hat etwas Draufgängerisches, er zwinkert beruhigend. Dann dreht er sich zurück, öffnet das dünne schmiedeeiserne Gitter im Durchgang zu dieser unsicheren Brücke zwischen den Waggons, und mit raschem, sicherem Schritt überquert er den brüllenden Abgrund, dreht sich auf der anderen Seite behände um, hält sich mit der Linken fest, streckt die Rechte nach ihr aus, die immer noch drüben steht, winkt mit den Fingern, sie solle seine Hand ergreifen, hält ihren Blick mit seinem fest. Sein Mund formt in dem ohrenbetäubenden Lärm ein paar Wörter; es ist nicht gefährlich.

Genau.

Sie tritt an die Kante vor, doch da fällt ihr Blick wieder auf die wild vorbeirasenden Schwellen, die klappernden Bretter tanzen und schwingen, sie bleibt stehen, zögert, erstarrt. Packt hart das Geländer, weicht einen halben Schritt zurück. Der Vater winkt ihr zu, deutet mit zwei Fingern auf seine Augen, streckt die Hand erneut aus. Da schluckt sie, bewegt sich auf seine Hand zu. Sekundenlang sieht sie zu den merkwürdig unbewegten Sternen hinaus, unter ihr schlingert und klappert es, Schotter und Schwellen rasen vorbei, dann hat sie seine Hand in ihrer, fest, dann zieht er sie weg von Sternen und Luft und Lärm, tätschelt ihr die Wange, öffnet die Tür, sie sind drinnen.

»So«, sagt er, »das war doch gar nicht so schlimm.«

»Nein«, sagt sie.

»Man darf nur nicht zögern.«

»Ja«, sagt sie.

»Manche Dinge werden nur noch schwieriger, wenn man stehenbleibt und nachdenkt. Die Leute denken zu viel.«

»Ja«, sagt sie.

Er öffnet wieder eine Tür, und vor ihnen liegt das Restaurant. Die Leute heben den Blick, als sie eintreten, stutzen, aber sie hat noch ganz weiche Knie und beachtet es nicht.

Beim Anblick der Uniform kommt der Oberkellner herbeigeeilt, will sich verbeugen, erstarrt aber auf halbem Wege, glotzt Eva an.

Der Vater tippt ihm auf die Schulter. Er blickt verwirrt hoch. Sein Haar ist schwarz und glatt, dicht auf die Kopfhaut gekleistert.

»Bitte«, sagt der Vater. »Wir haben reserviert. Auf den Namen Arctander.«

Der Oberkellner versucht sich zu sammeln, lächelt höflich.

»Natürlich«, sagt er, »natürlich, natürlich. Sofort. Stationsmeister Arctander, natürlich. Hier entlang.« Und ohne einen weiteren Seitenblick auf Eva geleitet er sie an ihren Tisch, zieht den Stuhl für sie zurecht (genau so, wie der Vater und sie es geübt haben), entfaltet ihre Serviette, nimmt des Vaters Mütze und Handschuhe entgegen. Sofort sind die Speisekarten da, samt zwei Glas Selters und einem Brotkorb.

Aber die anderen ringsum glotzen. Der Vater äugt kurz betreten in die Runde, doch dann beugt er sich über die Karte. Sie tut es ihm gleich.

»Ein bisschen unheimlich war es schon«, sagt sie leise.

»Unheimlich? Der Übergang?«

Sie nickt.

»Ich schlage Suppe und Kalbsbraten vor«, sagt er. »Es ist ja nur ein kleiner Schritt. Kellner! Zwei Mal Tagessuppe, dann den Braten. Ja, danke. Apfelbrause für meine Tochter. Und für mich eine halbe Flasche Bordeaux.«

Später wird sie es wissen: Jetzt liebt sie ihn, genau in diesem Moment, da er so galant und jung und weltgewandt wirkt.

Der Oberkellner selbst bedient sie, und zwar absolut formvollendet und freundlich. Einzelne lange Blicke von vorbeieilenden Kellnern sind nicht zu vermeiden, und immer wieder reckt ein neu hereingekommener Gast den Hals, meist Damen. Das irritiert den

Vater, sie kann es sehen, sie kennt ihn, aber sie legt ihm beruhigend die Hand auf den Arm, denn jetzt liebt sie ihn.

»Lass sie nur«, sagt sie leise, vertraulich. Er sieht sie verblüfft an. So etwas hat sie noch nie zuvor gesagt.

»Hm«, brummelt er resigniert. »Du hast recht.« Er sieht sie an. Dann lächelt er in seinen Bart.

»Stell dir vor, jetzt sind wir zwei beiden auf großer Fahrt, du und ich.« Er lacht, legt die Irritiertheit ab. »Ins ferne Ausland. Herr Stationsmeister Arctander und sein Fräulein Tochter.«

Sie kichert.

»Du bist ja eine richtige Dame geworden.« Er blickt sie anerkennend an, das Kleid, die Handschuhe. Er ist heute Abend anders als sonst. »Mein Gott, wie schnell die Zeit vergeht. Und bald sollst du konfirmiert werden.«

»Ja«, nickt sie, voller Zweifel. Sie freut sich nicht gerade darauf, in der Prozession mitzugehen. Vielleicht können sie ja eine Hauskonfirmation arrangieren. Sie sind ja sowieso meistens zu Hause. Hinter verschlossenen Türen, wie in einem reservierten Bahnabteil. Aber heute Abend ist der Vater anders, es ist, als hätte der Schritt über den Abgrund etwas in ihm geweckt, er löffelt seine Suppe und macht lebhaft Konversation, erzählt von seiner eigenen Konfirmation und einer verrückten Tante, die ihrem Mann Kaffee über den Kopf schüttete, und dann redet er darüber, was sie alles in Kopenhagen unternehmen können, falls genug Zeit ist und dieser Weltkongress, haha, nicht allzu über*welt*igend ist. So hat sie ihn noch nie erlebt, so munter und sorglos, oder auch so redselig, er berichtet von der Eisenbahnerschule, auf einmal spricht er über seinen eigenen Vater, und als der Braten kommt, sagt er zu des Oberkellners freundlichem Angebot einer weiteren halben Flasche Bordeaux nicht nein.

Sie schaut ihn erstaunt an, ahnt vielleicht etwas, das sie noch nicht wissen kann, dass nämlich lange Reisen oft so eine Wirkung auf die Menschen haben; sobald der Zug oder das Schiff sich in Bewegung versetzt, ist es, als würde das Leben, wie es *ist*, von ihnen abfallen, und das Leben, wie es *sein sollte*, sie erfüllen, für eine Weile sind sie diejenigen, die sie hätten werden können, sie sind frei und erinnern sich an manches, an das sie jetzt nicht mehr gebunden sind, das von hier aus ganz entfernt wirkt, und bestellen gern abermals eine weitere halbe Flasche Bordeaux und einen traumhaften Eisbecher für ihre Tochter, mit heißer Schokoladensauce, also so was.

Sie liebt ihn jetzt und lässt sich von seinem animierten Monolog mitreißen, sie lacht und ist vergnügt, ihre Stimmen werden so weich wie Vanille und Schokolade, der Oberkellner wuselt unaufhörlich um sie herum, schenkt Wein und Apfelbrause nach, bringt Arctander Kaffee. Falls noch jemand glotzt, sehen sie es nicht mehr. Er ist wieder bei seiner Zeit auf der Eisenbahnerschule, berichtet von ein paar Reisen nach Stockholm und einer nach Berlin, fern und verzaubernd – und von damals, als er in Kopenhagen war. Das ist jetzt lange her, und seitdem war er nicht wieder dort. Er berichtet von einem Spaziergang mit einer jungen Dame an einem Ort, den er »die Seen« nennt. Eva will ihn nicht durch die Frage unterbrechen, was für Seen, aus Angst, das könnte diesen verwunderlichen und wunderbaren Redestrom zum Versiegen bringen.

Der Rückweg zu ihrem Waggon ist nichts als ein stummer, sternenklarer Sprung.

Der Rezeptionist in dem Hotel erster Klasse war von einem funkelnden Schein umgeben. Noch lange, nachdem er sich von dem hohen Fenster ab- und ihnen zugewandt hatte, hing das Licht, das auf ihn geschienen hatte, in seinen Haaren. Er musterte sie mit einem kühlen Blick erster Klasse, ließ ihn von Eva zum Vater gleiten und zurück, während der Vater ihre Namen in ein großes Buch eintrug. Die Empfangshalle war der reinste Thronsaal, voller Säulen und Kronleuchter, Glastüren und Aufzüge, der Boden war von weißem Stein, und alles glitzerte und glänzte nur so.

Eva ließ ihren Blick umherwandern; all das war so groß, so hoch, kurz dachte sie an den Weihnachtsbaum in Fredheim, dies hier aber war wie eine Halle, deren Decke aus Wolken bestand.

Aus dem Rezeptionisten kamen ein paar merkwürdig gutturale Laute, und Eva begriff, dass das Dänisch sein musste. Sodann lächelte er freudlos und breit, ein weit hinten liegender Backenzahn glitzerte golden, und wählte aus einem ganzen Glockenspiel von Schlüsseln, die an einem Schild hinter ihm hingen, einen von ganz unten links. Elegant wandte er sich ihnen wieder zu und tippte leicht und routiniert mit der flachen Hand auf die Glocke auf seinem Tresen. Augenblicklich erschienen zwei junge Männer in roten Uniformen mit ebenholzblanken Schirmen an den Mützen.

»Hunnätsiemnunddreißch«, gurgelte der Rezeptionist, was Eva nur deswegen mehr oder weniger verstand, weil der eine Pikkolo fragend das Gesicht hob und das Wort wiederholte, einhundertsiebenunddreißig? Der Rezeptionist nickte fern. Der Rotuniformierte zuckte mit den Schultern und griff die Koffer.

Es ging von dannen durch lange Korridore, immer den beiden Pikkolos hinterher, immer tiefer in die Eingeweide des Hotels hinein, hier zwei Stufen hoch, da zwei Stufen hinunter, um Ecken herum, immer über unendlich lange, gemusterte Läufer, der Vater summte vergnügt vor sich hin, auch hier hingen Kronleuchter, dazu an den Wänden verzierte Wandlampen, stattliche, glänzende Eichenholztüren, die Zimmernummern auf schimmernden Messingschildern, Nippesfiguren auf polierten Kommoden, an den Wänden Gemälde von röhrenden Hirschen. Dann um noch eine weitere Ecke, der vordere Träger öffnete eine weißgestrichene, leichte Tür, eine halbe Stufe hinab, und sie gelangten in einen weiteren Korridor, der ein wenig anders aussah, er war kürzer und schmaler, hier war der Läufer einheitlich dunkelrot, an der Decke hing ein Rundleuchter aus Buntglas, und der Vater hörte auf zu summen. Auch hier befand sich eine Reihe Türen, allerdings nur drei an der Zahl, sie waren dunkelgrün, die Zimmerschilder emailliert.

Der eine Pikkolo schloss auf und schob die Tür auf.

»Einhundertundsiebenunddreißig!«, verkündete er, betrat das Zimmer, zog die Gardinen beseite, öffnete die Tür zum Bad, machte Licht an. Eva und der Vater folgten ihm hinein, sahen sich um, es sah ganz hübsch aus, fand Eva, auch hier hing ein großer röhrender Hirsch an der Wand, gegenüber eine Frau mit Weintrauben. Die Pikkolos stellten das Gepäck ab, empfingen ein paar Münzen, die der Vater hervorsuchte, wünschten einen angenehmen Aufenthalt und zogen die Tür hinter sich zu.

Eva inspizierte das Zimmer ein wenig, ein großes Doppelbett stand hier, ein weiteres, schmaleres hinter einer Abtrennung in der Ecke; sie nahm an, dass es ihr zugedacht war, und stellte ihre Reisetasche daneben. Der Vater aber saß auf der Bettkante und sah aus dem Fenster. Es befand sich recht weit oben an der Wand, draußen war ein Karren mit Milchflaschen zu sehen.

»Schau mal«, sagt Eva, »was für eine hübsche Uhr!« Die Uhr auf der Kommode war tatsächlich recht hübsch mit ihrem vergoldeten Gehäuse und den verzierten Akanthusschnitzereien. Sie zeigte halb vier. Der Vater nickte abwesend.

»Hier haben wir es sicher gemütlich«, sagte Eva.

»Hmhm«, machte der Vater.

Dann stand er auf, warf einen weiteren Blick aus dem Fenster, der Milchwagen war nun fort, stattdessen hüpften ein paar Spatzen herum.

»Komm«, sagte er und nahm Eva bei der Hand.

Er schloss nicht einmal hinter ihnen ab, sondern zog Eva hinter sich her durch den dunklen Korridor, zurück durch alle Korridore des Herweges, über Läufer und an Hirschen vorbei, bis sie wieder zwischen die Marmorsäulen der großen, hohen Empfangshalle traten; entschlossen schritt er die drei flachen, breiten Stufen hinab, führte Eva quer durch die Halle, direkt auf den Rezeptionisten zu, der sie bereits aus der Ferne kommen sah, jedoch keine Miene verzog.

Der Vater legte den Schlüssel auf den Tresen.

»Womit kann ich dienen?«, fragte der Rezeptionist. Das Licht hing immer noch in seinem Haar.

»Was soll das sein?«, fragte der Vater.

»Wie meinen, bitte?«

»Das ist nicht das bestellte Zimmer.«

Der Rezeptionist blätterte kurz in seinen Papieren, legte den Kopf etwas schräg, bedachte den Vater erneut mit einem leeren Blick.

»Ich verstehe nicht?«

Der Vater hob den Schlüssel noch einmal hoch, legte ihn wieder hin, diesmal mit einem kleinen Knall.

»Ich dachte, hier handele es sich um ein erstklassiges Hotel«, sagte er, und zwar laut. Er schnaufte vernehmlich. Die Umstehenden drehten sich zu ihnen um.

Ein weiterer Rezeptionist offenbarte sich neben dem Glänzenden.

»Gibt es ein Problem?«, fragte er seinen Kollegen.

»Der Herr hier scheint mit seinem Zimmer nicht zufrieden zu sein.«

»So ist es«, sagte der Vater schwer.

»Und welches Zimmer haben Sie ihm gegeben, Sørensen?«

»Einhundertsiebenunddreißig«, sagte Sørensen.

Der neu Hinzugetretene blickte Sørensen lang an, jedoch ohne ein Wort.

Sørensen hob die Hand ein ganz klein wenig und deutete würdevoll auf die beiden Gäste. Der Neue sah sie an, zuerst den Vater in dessen Uniform, dann Eva. Sein Blick hielt inne, und er sah sie ein paar Sekunden lang ernst an. Eva hielt dem Blick stand. Dann lächelte er schwach und nickte ihr freundlich zu.

Nun drehte er sich wieder zu Sørensen um, sagte aber immer noch nichts.

Etwas von dem Tageslicht rieselte aus Sørensens Haar hinaus. Kurz und gleichgültig zuckte er mit den Schultern, wandte sich zu seiner Schlüsselsammlung an der Wand um und fischte einen neuen Schlüssel heraus, diesmal von der Mitte der Tafel.

»Zweihundertundsiebzehn, bitte sehr«, sagte er höflich und lächelte Herrn Stationsmeister Arctander und dessen Fräulein Tochter an. Den Fall und dessen Vater.

Zweihundertundsiebzehn. Da ist sie jetzt. Da sind wir. Da bin ich. Ich erinnere mich daran, Vater. Das Frühlingslicht, das durch die hohen Bogenfenster mit den weißen Sprossen hereinströmte, die beiden Schlafzimmer, der Salon, die Geräusche der Stadt und des Verkehrs von draußen, der kleine Balkon mit den Blumenvasen, die gediegene Standuhr auf der Kommode, die halb zehn zeigte, der Salontisch mit Intarsien und ein Blumenaufsatz mit Tulpen und Narzissen, das Badezimmer, die Badewanne auf vergoldeten Greifenklauen stolz auf dem Mosaikboden; Vater, ich erinnere mich an dein kleines Lächeln, als du im Lehnstuhl saßest und unsere Koffer hereingetragen wurden. Du sahst mich nicht an und nicht die Pikkolos, lächeltest nur so ins Leere. Ich ging durchs Zimmer und ließ meine Hände, meine

Pfoten, über all die Kostbarkeiten und Herrlichkeiten gleiten, schaute aus dem Fenster, hinaus in die große Stadt, in die wir gekommen waren, mit all den Fahrzeugen und schickgekleideten Menschen da unten auf der langen, schnurgeraden Straße, und die Pikkolos blickten dich anerkennend an, sie sahen fast aus, als wollten sie diesmal dir ein Trinkgeld geben.

Jedes Mal später im Leben, wenn mich etwas oder jemand aus der Finsternis der Niedergeschlagenheit heraushob, hoch und in etwas anderes hinein, in etwas Helleres und Schöneres, ja, jedes Mal, wenn ich einen Raum mit schimmernden Tapeten und goldenen Bettüberwürfen betrat, Räume, die schöner und höher waren als unser Zimmer 217, da wusste ich trotzdem, dass 217 die höchste Zahl in der Zahlenreihe ist, und wenn nicht die höchste, so doch die leuchtendste, die glänzendste, die reinste. Sie glitzert in der Zahlentreppe mit der Klarheit der Frühlingssonne. In dieser Zahl zitterst du, königsgleich. Und dann denke ich, ja, an dem Tag war ich trotz allem doch eine Prinzessin.

Ja.

Diese Stunden. Diese ersten Stunden, als ich den Mantel wieder anzog und an deinem Arm in all dies hinausging. In die Aprilsonne und den Verkehr, und dort spazierten wir über Boulevards und Straßen, über Plätze, auf denen kleine Städte hätten stehen können. Gebäude mit Säulen und Kuppeln, mit Türmen und Spitzen, und Kirchen, Theater, Ministerien, Schlösser, Paläste, elegante Gesimse und Stuckaturen, Wagen und Autos, so viele, dass ich zwinkern musste. Und dein Arm um meine Schultern.

Das waren die Stunden, Vater, und nur diese, während die Sonne über Kopenhagen ihren Bogen schlug, über diese Weltstadt im Westentaschenformat, über Wohlgekleidete und Arme, Kutscher und Chauffeure, Laufburschen und Spediteure, und über einen besorgten Mann mit seiner Tochter, Arm in Arm.

Danach kamen dann andere Stunden.

Um zwei Uhr gingen sie in den Zoologischen Garten. Der Vater wollte dorthin. Der Fall trug einen Hut mit dunklem Schleier tief im Gesicht und zog nicht allzu viele Blicke auf sich, während sie von Käfig zu Käfig, von Gehege zu Gehege, von Tierhaus zu Tierhaus gingen.

Der Vater dozierte und erläuterte, und was er nicht wusste, das improvisierte er galant, las ihr die kleinen Schilder vor den Käfigen vor, die lateinischen Namen. *Phoenicopterus ruber.* Die rosa Flamingos ruhten unnatürlich groß auf ihren strohdünnen Beinen, hoben alle zugleich die Köpfe, in derselben Sekunde, miteinander, wie ein wogendes Meer von Köpfen auf schlanken Hälsen.

»Warum tun sie das?«

»Was? Den Kopf heben? Sie sind wahrscheinlich neugierig, oder auch ein bisschen ängstlich, wer weiß.«

»Dass sie sich alle zusammen bewegen, meine ich.«

Der Vater dachte nach.

»Das weiß ich wirklich nicht«, sagte er. »Sie tun es einfach.«

»Sie tun es einfach?«

»Sie sind eine Schar«, sagte er.

In der feuchten Wärme des Reptilienhauses wurde es Eva ganz klamm unter dem Schleier und in den Handschuhen, während der geballte Anblick von *Boidae* und *Pythoninae,* die sich lang und mattglänzend ringelten, sie schaudern machte. Evas Haare richteten sich auf, am ganzen Körper, buchstäblich; so etwas hatte sie noch nie erlebt. Sie hatte keine Angst vor den Schlangen hinter den Sicherheitsnetzen, absolut nicht, allein der Anblick hatte diese Wirkung.

Der Vater schien nicht zu bemerken, dass etwas mit ihr vorging.

»*Boa constrictor*«, las er ehrfürchtig vor, »ich glaube, das ist sie. Die Königin der Schlangen.« Er deutete mit dem Kinn auf eine rot gefleckte Taurolle, die vollkommen reglos zwischen Blättern und Steinen hinter einem grünen Netz lag. »Sie ist nicht giftig«, belehrte er sie. »Sie tötet ihre Beute, indem sie sie erwürgt.«

Eva nickte fern.

»Und dann frisst sie sie.«

Eva nickte fern.

»Sie frisst immer nur so alle Jubeljahre oder so. Jedenfalls sehr selten. Sonst liegt sie meistens da. Ich war ein Mal in meiner Jugend hier. Ich glaube, da hat sie auch schon so dagelegen. Genau so. Hat sich nicht bewegt seit damals. Ist ja vielleicht dieselbe Schlange.« Er schmunzelte.

»Vielleicht ist sie tot«, sagte Eva. Doch ihre Haare, die sich unter der Kleidung sträubten, sagten, dass sie lebte. Sie schauderte wieder, spürte, wie ihr Haar sich immer wieder aufrichtete, immer noch, ohne dass sie eigentlich Angst hatte.

»Sie verdaut«, sagte der Vater. »Das macht sie wohl die allermeiste Zeit. Nein, weißt du was, Eva, jetzt weiß ich, was für ein Tier du wirklich mal wahrhaftig sehen willst.« Er zwinkerte schelmisch.

Sobald sie draußen im kühlen Frühlingslicht waren, legte sich Evas Haar wieder. Sie spazierten über die Kieswege zwischen Zebras und Wasserbüffeln hindurch. Zwei Antilopen blickten sie an, mit großen, glasklaren Augen und bebenden, etwas ängstlichen Mäulern. In einem Käfig gegenüber schritt etwas Schwarzes, Schlankes, Glattes auf und ab, auf und ab.

»Wozu gibt es eigentlich zoologische Gärten?«, fragte Eva nachdenklich.

»Wozu? Hm. Eva, also, du fragst ja Sachen.« Er betrachtete sie etwas verwirrt. »Muss ich ja wirklich sagen.« Er überlegte.

Sie schaute fragend zu ihm auf. Ein Paar, das eben vorüberging, konnte den Blick gar nicht von ihr wenden, mit gereckten Hälsen, aber sie sah ihren Vater unverwandt an.

»Wahrscheinlich, damit die Menschen Tiere sehen können, die sie noch nie gesehen haben und die sie anders nie zu Gesicht bekämen. Und damit sie lernen. Wie in einem Museum, wo man alte und seltene Dinge betrachten kann, und Kunst. Ja, denn nachher gehen wir ins Museum, wir müssen … äh … oder morgen … denn …« Er zog die Uhr hervor und konsultierte sie mit Stationsmeistermiene.

»Ich meine, wer hat sich das ausgedacht, Vater? Oder auch Museen?«

Er blickte sie merkwürdig an.

»Tja. Tja.« Noch einmal dachte er nach. »Ich bin nicht so ganz sicher«, sagte er zögernd. »Aber ich glaube, ganz früher, also vor Hunderten Jahren, da haben Fürsten und Könige und Kaiser kostbare Dinge gesammelt. In ihren Schlössern. Die besitzen sie ja auch heute noch. Manche hatten in den Gärten und Parks um die Schlösser herum auch wilde und seltene Tiere und andere Raritäten. Wahrscheinlich, um die Nachbarkönige neidisch zu machen. Wie wenn Frau Olsen neue Gardinen hat. Dann muss Frau Petersen sich unbedingt auch gleich welche anschaffen.«

Eva lächelte.

»Wenn also König Olsen von einer Entdeckungsreise einen Orang-Utan mitgebracht bekam, schaffte sich Fürst Petersen sofort zwei Bären an.«

»Aber wozu denn?«

»Vielleicht weil sie lustig anzusehen waren?«

Eva blickte ihn forschend an.

»Sie hatten auch andere Sammlungen von … äh … interessanten Dingen«, sagte er leise. Er schaute zu Boden. »Damals durften nur die Fürsten und ihre Freunde solche Sammlungen und Raritäten anschauen«, fuhr er fort, lebhafter jetzt. »Und als es dann irgendwann weniger Fürsten gab und die Welt gerechter geführt wurde, da wurden, glaube ich, viele dieser Sammlungen auch für gewöhnliche Menschen geöffnet. So wie in Russland mit dieser Revolution, weißt du, von der Frau Birgerson so begeistert ist. Dort wurden die Kunstsammlungen des Zaren zu öffentlichen Museen umgewandelt. Das ist gut. Der Bolschewismus ist eine Sünde, aber das ist trotzdem gut. Und die Wissenschaft hat auch gesiegt, weißt du, Eva. Es war die Wissenschaft, die dafür gesorgt hat, dass es heute zoologische Gärten und Kunstsammlungen gibt.«

»Hm.«

»Die Wissenschaft ist das Licht, weißt du, Eva. Sie bringt den Menschen, die früher im Dunkel der Unwissenheit gelebt haben, Erleuchtung und Kenntnisse. Und so konnten die Kunstsammlungen und Raritätenkabinette und Menagerien der Fürsten zu etwas Nützlichem gemacht werden, sie dienen nicht mehr nur zur Belustigung. Ach schau, da sind wir ja.«

Er lächelte listig.

Elephantidae. Sie hätte nicht gedacht, dass sie so groß sind, aber sie mochte sie sofort. Gutmütig und langsam waren sie. Sie lachte. Ihre Haut war wie graues Sohlenleder, ihre Schwänze waren wie Quasten an einer Uhrenstrippe, ihre Füße dick wie Tonnen, sie wirkten zugleich schwer und samtweich, wenn sie langsam und schlurfend in ihren Abteilen im Elefantenhaus die Stellung wechselten, mit schweren Ketten an den Knöcheln. Ab und zu stießen sie schwer den Atem aus, oder sie trompeteten schallend laut mit dem Rüssel. Eva musste sich die Ohren zuhalten. Aber sie hatten Menschenaugen. Das war ihr nicht so ganz angenehm, denn sie wirkten sehr traurig, als hätten sie gerade geweint.

»Na?«, fragte der Vater. »Findest du immer noch, ich bin ein Elefant?«

»Ja«, sagte sie.

Er lachte. Eine Zeit lang standen sie noch da und sahen den Elefanten beim Fressen zu. Dann verließen sie das Elefantenhaus und gingen zur nächsten Art.

Anthropoidea.

Auf Gottes schöner Welt gibt es nichts Fürchterlicheres als ein Affenhaus. *Anthropoidea.* Wie ein Irrenhaus aus dem innersten Kreis der Evolutionshölle. Auf den Schildern standen die Namen, und du lasest. Schmalnasenaffen und Breitnasenaffen und Menschenaffen. Jede Menge. Viele andere Menschen waren auch hier. Auf unserer Seite des Gitters. Man warf ihnen Nüsse zu, trotz des Verbotsschilds. Vor allem *bewarf* man sie mit Nüssen. Offenbar ist das Affenhaus die größte Attraktion eines jeden zoologischen Gartens; seither habe ich manch andere Affen gesehen, in anderen Städten und Ländern, und auch in, sagen wir mal, weit weniger wissenschaftlich orientierten Vorführungsinstitutionen als einem zoologischen Garten. Jedes Mal dasselbe Bild. Neunzig Prozent der Besucher betrachten das als den Höhepunkt; ich weiß nicht einmal, ob ihnen klar wird, *wie* lustig sie es finden. Nur einer von zehn wendet das Gesicht ab, als würde er trauern.

Affen? Die äffen ja gar nicht. Diese ledrigen Finger und schaukelnden Bewegungen erinnern uns an etwas, aber das Schreckliche sind die Gesichter. So zutiefst unwissend und begriffsstutzig, oder tumb, wie bei Geistesschwachen, oder bei Tieren. Und dennoch so stolz, so verachtungsvoll und traurig in ihrer blöden Traurigkeit, wie ein beleidigtes Kind.

Und ab und zu dieses verzweifelte Toben, das sich in grauenhaften kurzen Schreien Luft macht, mit gefletschten Zähnen und Schlägen gegen Eisenstangen oder künstliche Baumstämme. Diese Augen, die nach einem greifen.

Wie als jener dumme kleine Junge den gutmütigen, mild gesonnenen Orang-Utan Pavel – den Stolz und alten Liebling des Zoologischen Gartens – mit etwas am Ohr traf, nicht einmal einer Nuss, sondern einem Steinchen vom Kiesweg draußen. Da verwandelte sich Pavel im Bruchteil einer Sekunde von einem braunhaarigen, struppigen Dämmertier, fast einem alten Mann, in einen Mörder ohne Opfer.

Der kleine Junge lachte herzlich. So auch sein Vater, ein schalkhafter Herr mit Handschuhen und breitgestreifter Hose. Ein Wächter kam und rügte sie streng, andächtig und reuevoll lauschten sie den Worten der Autoritätsperson, um dann, sobald diese ihnen wieder den Rücken zukehrte, weiter zu grinsen und halblaut zu kichern.

Unterdessen tobte Pavel weiter, konsequent rasend.

Der kleine Junge aß eine Nuss aus seiner Tüte und betrachtete das wütende Tier nachdenklich, um seinen Vater zu fragen, ob er noch einen Stein werfen sollte, doch der kluge Vater schüttelte den Kopf. Ich konnte erkennen, dass er lieber genickt hätte.

Affen? *Anthropoidea.* Mein Schleier löste sich, direkt vorm Käfig des Schimpansenpaars, das da in ehelicher Lustlosigkeit herumsaß, einander das Fell flöhend, und von seinem Ast rutschte, als es plötzlich mein Gesicht sah. Jäh riss es sie aus ihrem Dösen, ihr Augen wurden groß wie bei allen, die mich erblicken, derselbe ungläubige, erstarrte Ausdruck. Dann sprangen sie auf, hüpften auf der Stelle, reckten die Arme in meiner Richtung, stießen kurze, heisere Schreie aus, schrien über mich, gegen mich, mir entgegen. Das Männchen fletschte die Zähne, hängte sich mit einem Arm an einen der künstlichen Äste und schlug sich mit der anderen hart an seine merkwürdige, ledrige Altmännerbrust, während es jaulend hin- und herpendelte. Seine Gattin hüpfte weiter indigniert auf der Stelle und warf mir Schimpfworte an den Kopf.

Mit einmal verstand ich die Affensprache.

Auch die anderen riefen und deuteten mit den Fingern. Die Menschen da drinnen. Draußen. Der kleine Junge machte seinen Vater auf mich aufmerksam, Vater, Vater, rief er, ein Affe in Frauenkleidern. Mit einem Mal verstand ich auch Dänisch. Schau mal, schau bloß mal! Große Neugier und Aufruhr unter den übrigen Umstehenden. Ungläubige Blicke, gereckte Finger. Schaut. Schaut.

Fummelnd versuchte ich, hilflos, den Schleier wieder anzubringen. All diese Blicke und Rufe, die gereckten Finger, alles das ging weiter, vielleicht noch schlimmer, als der Schleier wieder an Ort und Stelle saß und das, was sie sehen wollten, verbarg. Leiber und Gesichter drängten sich um uns.

Du brachtest mich da raus. Legtest mir den Arm um die Schultern und führtest mich, ich beugte den Kopf und schlug die Hände vors Gesicht.

Draußen war der Himmel grauer geworden, es war kühl. Der Vater fasste sie, den Kasus, unter den Arm und schritt rasch vom Affenhaus weg. Tat so, als ob nichts wäre. Sah sie nicht an, sagte auch nichts, schaute in die Luft, erwähnte das Vorgefallene mit keinem Wort. Der Kasus konnte sich wie immer nicht genug über des Vaters Fähigkeit wundern, so zu tun, als ob nichts wäre. Nur seine überhasteten Schritte verrieten ihn.

»So«, sagte er. »Jetzt gehen wir weiter.«

Er zog sie mit, bog um eine Kurve auf einen weiteren Kiesweg ein.

»Nein«, sagte sie leise, »jetzt reicht es.«

Aber er sah und hörte nichts.

»Hier sind sie.«

Panthera leo.

Die Löwen lagen auf einem Felsen, wie auf einer Insel, umgeben von tiefen Gräben und hohen Zäunen. Zwei Stück. Mattgelb und bleich wirkten sie unter dem Wolkenhimmel. Mager und sehnig. Das Männchen hatte eine große, fast schwarze Mähne. Die Linien von Pelz und Körperbau waren fein gezeichnet. Mit halb geschlossenen, schläfrigen Augen blickten sie in ein fernes Nichts, reglos, unbeeindruckbar. Nichts von dem, was jenseits der Gräben geschah, schien für sie wahrnehmbar oder irgend gültig zu sein.

Jetzt stand das Männchen auf, tapste langsam im Kreis, legte sich wieder hin. Starrte weit hinaus oder tief in sich hinein zu einem fernen Horizont.

Blassgelb und elegant ruhten die Löwen in der kalten Luft. Die Hand des Vaters zeichnete ihre Umrisse vorsichtig auf Evas Schultern.

Die Uniform des Vater half ihnen nicht, im Gegenteil, sie half ihnen absolut nicht, man wies ihnen einen Tisch ganz hinten neben der Toilettentür zu. Alles, was im Speisewagen so gut gegangen war, fiel hier, in dem legendären Restaurant, in sich zusammen. Der Oberkellner war herablassend, die Keller desinteressiert. Jeder einzelne Gast, der an ihnen vorbeikam, um seine Notdurft zu verrichten, starrte sie auf dem Hin- und Rückweg an, die Damen an den Tischen starrten sie kopfschüttelnd an und legten sich entweder die Hand an die Wange oder fächelten sich mit behandschuhten Händen Luft zu.

Evas Soufflé war kalt und eingefallen, das Entrecôte des Vaters lauwarm und zäh.

Anfangs tat der Vater so, als ob nichts wäre, er lächelte sie an und lachte, aber schon hatten das Lächeln und die Witze etwas Gezwungenes, er erzählte dieselben Anekdoten mehrmals, war abgelenkt, übersprang Pointen, während seine Blicke die ganze Zeit nach Kellnern suchten, nach dem Oberkellner, oder sie äugten halb mürrisch, halb verunsichert nach vorbeigehenden Gästen.

Er hatte einen teuren Wein bestellt, um den Kellner zu beeindrucken, nachdem sie einen so schlechten Tisch bekommen hatten, aber die Wirkung war ganz offensichtlich die entgegengesetzte, denn sobald der Kellner ihm ein Glas Wein eingeschenkt hatte, wurde er so glatt und blank wie ein übermäßig geputzter Lackschuh, verschwand aus ihrer Gegend und schien, solange sie dort saßen, jedem Blick des Vaters, jedem Kontaktversuch gezielt auszuweichen.

»Das ist ungenießbar.« Der Vater nickte zu dem Entrecôte auf seinem Teller hinunter, als er endlich, nach etwas zu vielen und etwas zu großen Handbewegungen, die Aufmerksamkeit des Oberkellners hatte auf sich ziehen können.

»Das ist ungenießbar.«

»Der Herr meinen, das ist ungenießbar?«

»Jawohl.«

»Aaaaha …« Der Oberkellner bedachte den Teller, auf dem das Fleischstück mit dem feinen Namen zerfranst und halb aufgegessen lag, mit einem langen Blick, als wäre es etwas, das die Katze von draußen reingebracht hätte. Seine feingeschnittenen Nasenlöcher weiteten sich ein paar Mal und zogen sich wieder zusammen, als wäre darin ein zweites Augenpaar verborgen.

Ohne ein Wort verschwand er mit dem Teller.

In diesem Moment hätten sie gehen sollen. Der Vater hätte mit gebieterischer, nüchterner Stationsmeisterstimme die Rechnung verlangen, zahlen und ein kleines, auffallend kleines Trinkgeld hinterlassen sollen, hätte seine Uniformjacke und den Mantel bringen lassen, den Nachtisch abbestellen, das Lokal verlassen sollen. Aber es war ein teurer Wein, und die Flasche war noch nicht einmal halb leer.

Es war ein äußerst feines und kostspieliges Restaurant. So fein, dass eine Dame, als sie Eva bei deren Hereinkommen erblickte, fast in Ohnmacht gefallen wäre. So hatte es schon angefangen. Ihr Mann hatte ihr ein kleines Fläschchen unter die Nase halten müssen, so sehr war sie durch den Anblick außer sich geraten, und er schüttelte verärgert den Kopf: Seiner Tischdame hatte es schier den Appetit verschlagen. Jetzt saß Evas Vater vor dieser großen Flasche und hatte tatsächlich die Orientierung verloren. Von seinen Anekdoten und Scherzen waren nur noch einsilbige Bemerkungen übrig, nur noch Reste des Gebälks seiner sonstigen vergnüglichen Erzählungen.

Der Oberkellner ließ gründlich auf sich warten. Erst als die Flasche so gut wie leer war, landete dasselbe Gericht abermals auf dem Tischtuch vor Stationsmeister Arctander, mit einem Bedaure-sehr-hoffe-diesmal-ist-es-zu-Ihrer-Zufriedenheit, ebenso lau dahergesagt, wie das vorherige Stück Fleisch es gewesen war. Diesmal jedoch war es genießbar, und Evas hungriger Vater bestellte noch ein Glas Wein, damit er es nicht trocken essen musste.

Auch bis das Dessert kam, mussten sie warten, und der Vater wurde ungeduldig, trank noch ein Glas, schnaufte schwer zwischen den Schlucken, und Eva sah ihn verwundert an. Sonst trank er so wenig. Jetzt war er verändert. Die Augen rot unterlaufen, der Blick ein wenig unstet.

Als das Dessert endlich da war, kam es zum Eklat. Eva begriff nicht ganz, was los war, ob tatsächlich etwas mit dem Karamellpudding nicht stimmte, oder ob der Vater inzwischen so weit war, dass man es ihm gar nicht mehr recht machen *konnte*, wie auch immer, er brauste auf, erhob sich von seinem Stuhl und beorderte mit lauter Stimme den Oberkellner her. Hielt eine Ansprache bezüglich seiner Ansichten über dieses Restaurant und weigerte sich zu zahlen. Der Oberkellner lauschte seinen Ausführungen aufmerksam.

Schließlich musste er dann doch zahlen. Als sie gingen, war er rot im Gesicht, man weigerte sich, ihnen ein Taxi zu bestellen, sie musste ihn auf dem Weg zurück ins Hotel unterfassen und stützen.

Ihr erster Tag im Ausland war vorüber. Am Morgen danach wartete gespannt in der Hotelrezeption die Wissenschaft.

DAS LEBEN ALS KONGRESSGAST

»… und nicht zuletzt eine Freude, ja, offen gesagt eine Ehre, Sie und ihr Fräulein Tochter hier willkommen zu heißen. Ja, der Kongress läuft natürlich schon seit ein paar Tagen, wir haben eine Reihe interessanter Beiträge gehört, nicht zuletzt will ich Professor Grobschatz aus Heidelberg erwähnen mit seinem ganz außergewöhnlich gut gelungenen Auftritt, er hat kolorierte Panoptikumsbilder gezeigt, mit denen er seine Podagrabehandlung demonstrierte … und nicht zu vergessen die Professoren Bosch und van den Broeck aus Leyden, die einen Patienten mit Fischschuppen am ganzen Leib präsentieren konnten … nun ja, aber es ist nicht zu leugnen, der ganze Kongress mit all seinen illustren Teilnehmern ist äußerst begierig darauf, das junge Fräulein Eva kennenzulernen. Ich habe meinen Vortrag gut erarbeitet und auch die These, die ich darin entwickele, sodass ich wohlvorbereitet darauf bin, alle Fragen zu beantworten und jede Kritik an meiner These zu widerlegen.« Siegesgewiss tätschelte er seine Brusttasche. »Ja nun«, sagte er, »fahren wir?«

Der Stationsmeister blickte ihn fast bittend an.

»Aber ich dachte … ich hatte es so verstanden, dass sie … dass wir … dass es uns möglich wäre …«

»Aber mein *Bester*«, sagte Professor Strøm jovial. »Sie müssen doch verstehen, dass das der absolute wissenschaftliche Höhepunkt des Kongresses wird, und … ja, ich dachte, ich hätte in meinen Schreiben deutlich gemacht, welche Erwartungen an die kleine Eva geknüpft sind … also natürlich, mit welchem Interesse sie erwartet wird, das wissenschaftliche Interesse ist ganz *außerordentlich groß*, man wird eine Reihe von Beobachtungen und Untersuchungen durchführen wollen, sodass es schon aus rein praktischen Gesichtspunkten, also um Eva nicht durch das ständige Hin und Her vom Hotel und zurück zu ermüden und um sie nicht den neugierigen Blicken beispielsweise der immer wachen Presse auszusetzen, also dass es nur zu ihrem Besten wäre, gleich im Krankenhaus in der Nähe des Hörsaals zu übernachten, in dem der Kongress tagt.«

Stationsmeister Arctander sah ihn betrübt an, doch der unglückselige Abend zuvor hatte seine Widerstandskraft gebrochen.

»Also, mein *Bester*«, wiederholte Professor Strøm, unverändert jovial, »schauen Sie mal nicht so traurig drein, ich versichere Ihnen, man wird sich sehr gut um sie kümmern; sie bekommt ein eigenes kleines Zimmer, abseits der anderen Patienten, und gesonderte Verpflegung, nicht die gewöhnliche Krankenhauskost, und Oberschwester Holmboe, eine zuverlässige Kraft, ich habe sie selbst kennengelernt, wird persönlich für sie sorgen und darauf achten, dass es ihr an nichts mangelt und sie nicht überfordert wird; das ist alles schon mit dem Oberarzt der Dermatologie persönlich besprochen, Herrn Professor Doktor Lerchenfeld. Und die kleine Eva – ja, Fräulein Arctander, Sie gestatten gewiss, dass ich Sie immer noch ›die kleine Eva‹ nenne –, also Fräulein Eva wird gewiss nach den ereignisreichen Tagen müde sein und bald nach dem Abendessen schlafen wollen, außerdem beginnt der Kongress am Morgen danach pünktlich um acht, ja, die Männer der Wissenschaft sind wie die Eisenbahner, pünktlich und Frühaufsteher, haha, wenn Sie mir den kleinen Vergleich erlauben, da ist es ganz ohne Zweifel am einfachsten und praktischsten so. Und so haben Sie selbst abends auch frei. Das könnte doch eine willkommene Abwechslung sein, wo Sie schon mal in der großen …«

Doch der Vater des Falles schaute immer noch skeptisch drein.

»Es ist doch nur für zwei Nächte«, beruhigte ihn Professor Strøm, »und nach Ende des Kongresses haben Sie noch eineinhalb Tage, um miteinander die Stadt zu besichtigen. Na, was sagen Sie?«

»Tja.« Der Stationsmeister strich sich über die Stirn. Er sah, müde fragend, seine Tochter an, den Fall.

Sie schaute ihn an und kam sich auf einmal sehr erwachsen vor.

»Es geht sicher gut«, sagte der Fall beruhigend. »Jetzt holen wir meine Reisetasche.«

Es geht sicher gut. Es geht sicher gut. Im Auto rauchte der Professor Zigarre. Das war ein starker Geruch, und das Ende der Zigarre schillerte feucht, wie ein Salzleckstein unter einem Ziegenmaul. Er redete auf meinen Vater ein, dem ganz offensichtlich nicht wohl war. Draußen nieselte es. Ich war ganz ruhig. Es geht sicher gut. Vor dem Krankenhaus waren bei unserer Ankunft tatsächlich ziemliche viele Menschen versammelt. Ich weiß noch, das überraschte mich. Ich hatte keine Ahnung, was man in den Kreisen der städtischen Gesellschaft schon über mich redete, hatte keine Ahnung, was in den Zeitungen stehen mochte oder welches Aufsehen unser Aufenthalt in jenem erstklassigen Hotel oder mein unfreiwilliger Auftritt im Affenhaus bewirkt hatte; so etwas bemerkte ich damals nicht, ich verstand und wusste nichts davon. Ich weiß noch, wie der Anblick der wartenden Menge aus Journalisten und Schaulustigen mich verwunderte, aber auch mit großer Zuversicht erfüllte. Es geht gewiss gut. Mein Vater fasste mich unter, ich trug den Schleier vorm Gesicht, Professor Strøm legte sozusagen beschützend den Arm um meine Schultern. Es geht sicher gut, dachte ich, als ich das Krankenhausgelände betrat und die wenigen Stufen zum Auditorium maximum hinaufging, an Säulen und Sandsteinranken vorbei, durch Glastüren hindurch in die Vorhalle, und dort war ich vor allen neugierigen Blicken geschützt oder glaubte das zumindest.

Der Esstisch ist der einzige Ort, an dem die erste Stunde nicht langweilig ist, sagt der glänzende Physiologe des Geschmacks im achten Aphorismus in der Einleitung zu seinem berühmten Werk, und dennoch kann ich versichern, dass die erste Stunde bei der Präsentation eines Falls bei einem dermatologischen Kongress auch von einigem Unterhaltungswert ist, eine wirksame Erquickung der Kongressgäste. Das Leben des Kongressgastes ist anstrengend, aber befriedigend. Kurz nachdem wir im Gebäude waren, wurde ich von meinem Vater getrennt, der in einen anderen Raum geleitet und dort bewirtet wurde – und Professor Strøm samt einem hageren, großen, grauhaarigen, äußerst freundlichen, jedoch auch äußerst förmlichen dänischen Arzt, dessen Akzent ich kaum verstand und dessen Name mir entging, eskortierte mich treppauf und durch steinerne Flure hindurch bis zu einem kleinen Zimmerchen, wo ich von dieser Oberschwester erwartet wurde, Fräulein Holmboe, diesen Namen verstand ich, und da ging mir auch auf, dass der magere Grauhaarige niemand anderes war als der Oberarzt, Professor Lerchenfeld. Die beiden Professores verließen mit einem Nicken das Zimmer, und Fräulein, vielleicht auch Frau Holmboe, unbestimmten Alters, ewig Mitte vierzig, begrüßte mich freundlich, aber bestimmt, und ebenso freundlich und bestimmt entkleidete sie mich, zog mir alles aus, was ich anhatte, den Schleier, den Hut, das schöne Reisekleid mit dem hohen Kragen, diese ganze Identität, die Hanna so mühevoll zusammengestellt hatte, damit ich aussah wie alle anderen, Stück für Stück, bis ich im Unterrock dastand, »Arme hoch«, bis ich in nichts mehr dastand als dem Schlüpfer.

Ich glaube, ich sträubte mich ein wenig, doch Oberschwester Holmboe war so würdevoll, freundlich und bestimmt, und das Ganze kam so überraschend und für mich unerwartet, dass ich nicht mehr über die Lippen brachte als kleine, vereinzelte Worte, kaum größer als das winzige Kleidungsstück, das ich am Ende noch trug, und schon steckte ich in einem weißen, hinten verschnürten Krankenhauskittel, hatte einen blau gestreiften Bademantel um die Schultern gelegt, trug weiße Pantoffeln, die mindestens zwei Nummern zu groß waren, an den Füßen.

»Da schau«, sagte sie befriedigt und blickte mit genau jenem erleichterten Blick auf meine Erscheinung, den Angehörige der Wissenschaftsbranche in der ganzen Welt immer aufsetzen, sobald sie den zu untersuchenden Fall seiner Zivilkleidung beraubt und ihn in einen Pyjama gesteckt haben; diesen Blick hat das Leben mich kennen gelehrt. Schlurfend, mit einem leicht verzweifelten Blick auf den Kleiderhaufen, der auf dem Stuhl neben dem Krankenhausbett lag, wurde ich halb in den Flur hinausgebeten, halb geschoben, wo in den Gesichtern der beiden Herren Professoren, als sie mich sahen, der nämliche Blick aufleuchtete. Und ebenso schlurfend, an Füßen und Beinen etwas frierend, wurde ich auf kaltem Steinboden durch andere Flure geschoben, treppauf, treppab, geführt von den beiden Herren plus Oberschwester Holmboe, während Professor Strøm auf mich einredete, er sprach ohne Unterlass; ich nehme an, es ging darum, was nun geschehen sollte, was bevorstand, worauf ich mich einzustellen hätte; das möchte ich im Zweifel zu seinen Gunsten annehmen, statt zu denken, dass er Konversation betrieb über das Wetter in Kopenhagen oder ob wir schon den Botanischen Garten oder das Tivoli besucht hätten (das in der Jahreszeit geschlossen war), aber seine Stimme verlor sich im Hall der hohen Steinkorridore, in denen sich die Schritte der Professorenschuhe und der Oberschwestermokassins und mein eigenes Geschlurfe zu einem kühlen Geräuschnebel mischten, der sich wie eine weiße, dämpfende Hülle um meine Verwirrung schmiegte.

Kurz, mit einmal befand ich mich in einem großen Raum auf einem Podium, saß hinter einem Wandschirm auf einem Schemel, hörte, wie das Auditorium sich mit Stimmen füllte, mit noch mehr Zigarrenrauch und akademischem Gemurmel. Professor Strøm hatte mich verlassen, er fingerte nervös an seinem Manuskript in der Innentasche seines Jackets herum, und auch Professor Lerchenfeld war weg, nach ein paar beruhigenden Worten, die leider jedoch unverständlich waren in ihrem dänischen Gegurgel, und einem freundlichen Tätscheln meiner Wange, während Oberschwester Holmboe nach wie vor neben meinem Schemel stand, unerschütterlich, wie ein Falkner am Aufsitz seines Vogels. Der Raum war teilweise verdunkelt, das Podium jedoch elektrisch beleuchtet.

Ich weiß nicht, ob ich Angst hatte, eigentlich saß ich eher da und vertiefte mich in die senkrechten, weißen Falten des Stoffes, mit dem der Wandschirm bespannt war, und versuchte, mich zu sammeln, eine Art Ordnung in den Dingen zu schaffen. Ich zählte die Falten. Auf der rechten Seite waren es 38 Falten, horizontal ab der Mitte am oberen Rand entlang gezählt, auf der linken nur 23. Da ich annahm, dass an beiden Flügeln der Stoff gleich breit war, wanderte ich mit dem Blick auf und ab, versuchte, an den beiden Messingstangen, zwischen denen der Stoff gespannt war, die Raffungen zu zählen, und stellte fest, dass auf der Seite mit weniger Falten der Stoff stärker gerafft war, was ich als äußerst merkwürdig empfand, außerdem waren es mehr Falten in der oberen Hälfte dieses Rechtecks als in der unteren, was mir noch merkwürdiger vorkam, und ich versuchte, ihrem Verlauf zu folgen, auszurechnen, wo und wann die Wellen des Stoffs aufhörten, eigene Wellen zu sein, wo sie ausliefen oder ineinander übergingen, all dies, während eine Stimme auf Deutsch die Versammlung zur Ruhe rief, einiges sagte, das ich nicht verstand, und Professor Strøm mit einer Menge Titel vorstellte. Höflicher, gespannter Applaus hinterm Wandschirm.

Professor Strøm sprach mit einem derart starken Akzent Deutsch, dass ich von Anfang an fast alles verstand, was er sagte. Jedenfalls verstand ich immerhin die Umrisse meines Lebens als Kasus, *»bei der Geburt dieses seltenen Falles waren schon die Körperhaare des Mädchens ganz so entwickelt, wie wir sie später werden beobachten können«*, ganz so, das war ja ganz leicht, *»wobei ein so ausgeprägter Hirsutismus nur im allerseltensten Fall zum Vorschein kommt und meist nur, wo eine Zweideutigkeit des Geschlechts oder andere verzerrende oder krankhafte körperliche Merkmale gleichzeitig zu sehen sind«*, worauf er, glaube ich, auf die speziellen Eigenschaften des Lanugohaares einging, *»sonst nur bei sehr extremen Frühgeburten oder im Mutterleibe gestorbenen Föten zu sehen«*, während meine Blicke am Weiß des Wandschirms auf- und abglitten, ich fror ein wenig, ich hörte nicht mehr so genau zu, und Professor Strøm näherte sich langsam, aber sicher seiner These, seiner eigenen Forschungsarbeit, nämlich dass *»das Mädchen trotz seiner dichten Behaarung«*, und ich nehme an, das war jetzt der Höhepunkt von Professor Strøms akademischer Karriere, denn seine Stimme bebte ein wenig, als er an diesen Punkt kam, *»niemals, nicht ein einziges Mal in dreizehn Jahren«* auch nur ein einziges eingewachsenes Haar hatte, was zutraf, dennoch verstand ich erst jetzt, hinter dem Wandschirm, dass die Erforschung eingewachsener Haare und deren Ursachen Professor Dr. Johan Q. Strøms Aufgabe und Lebenszweck war.

Nunmehr beschrieb der Professor detailliert – und zeigte dazu offenbar Dias – eingewachsene Haare, denen er persönlich begegnet war, sozusagen von Angesicht zu Angesicht, oder auch an weniger einladenden Stellen, schilderte Abszesse, Geschwüre, Lipome, Infektionen, Wunden und Narben als Folgen dieser äußerst verbreiteten, doch allzu wenig beachteten Form menschlichen Leidens, und das tat er so lange, dass ein gewisses ungeduldiges Gemurmel laut wurde, doch Professor Strøm ließ nicht locker, ging auf mögliche Ursachen und auslösende Faktoren ein, von stumpfen, unreinen Rasiermessern bis zu allgemein schlechter Körperhygiene, stets weiter von Dias illustriert, um schließlich zu seinen Folgerungen überzugehen und zu betonen, dass schlechte Hygiene allein nicht erklären konnte, warum manche Individuen eher zu eingewachsenen Haaren neigten als andere, sondern dass offenbar eine angeborene Komponente und etwas am Wuchs des jeweiligen Haares stark mitentscheidend sei. Sodann vertiefte er diese Gesichtspunkte, sehr lang und eingehend, während die Unruhe im Saale anschwoll und ich aufhörte, Falten zu zählen, doch an Professor Strøms feierlich bebender, energischer Stimme war erkennbar, dass das Phänomen des eingewachsenen Haares nun endlich ins Scheinwerferlicht der internationalen dermatologischen Forschung gelangt war, ein für alle Mal, denn niemand – das konnte ich hinter meinem Wandschirm mit seinen ungleich verteilten Falten hören –, niemand stand auf und ging, alle blieben sie sitzen, und während er nun zur Schilderung des ganz charakteristischen Wuchsmusters meiner eigenen, speziellen Behaarung überging und zur eigenartigen Pigmentierung und Fettung der Lanugohaare durch meine Follikel, legte die Unruhe sich sukzessive, wurde abgelöst von wachsender Stille und immer gespannterer Erwartung; Professor Strøm zeigte sein letztes Dia, der Projektor wurde abgeschaltet, er sprach noch einige abschließende Worte, »*indem ich Ihnen, meinen sehr geehrten Herren, herzlichst und ehrerbietigst danke*«, und dann durfte er endlich *vorführen*, was zu sehen alle hergekommen waren, Oberschwester Holmboe reckte den Rücken, und der Wandschirm wurde entfernt.

Dieses erstaunte Seufzen, das sich im Raum verbreitete, das hatte ich schon so oft gehört, in verschiedenen Varianten, von dem leisen Erschrecken, das denjenigen unweigerlich befällt, der mich zum ersten Mal sieht, der jedoch noch über Höflichkeit und Anstand verfügt, bis zu diesem lauten, fast glücklichen *Ooooh* derer, die ihre Impulse weniger unter Kontrolle haben. Doch nie zuvor hatte ich so vielen Menschen gegenübergestanden, dies Seufzen ging wie ein Ruck durch das große, dunkle Auditorium; ich hörte es zum ersten Mal, ich zwinkerte mit den Augen und ahnte professorale Anzüge,

Glitzern von Krawattennadeln und Uhrenketten, Schnurrbärte, blank von Bartwachs, »wären Sie so freundlich aufzustehen, kleines Fräulein«, sagte Professor Strøm freundlich auf Norwegisch, automatisch stand ich auf, zugleich befreite Fräulein oder Frau Holmboe mich von dem Bademantel, löste geschickt den Kittel, und so stand ich da, allein, im Licht, nur noch mit einem winzigen Stück Stoff bekleidet.

Erneutes Luftschnappen im Raume. Gemurmel.

Ich war geblendet von Scheinwerferlicht und Schwindel. Allein. Jäh fühlte ich mich, als stünde ich am Rand eines Abgrunds, schwankend, mein Magen verknotete sich, meine Gliedmaßen wurden weich, und ich konnte nur noch dastehen, ganz still dastehen, während Professor Strøm um mich herumstolzierte, einen langen Zeigestock in der Hand, und bald oben, bald unten auf Stellen an meinem höchst faszinierenden pubertierenden Katzenkörper deutete.

Was er sagte, hörte ich nicht, ich spähte mit flackerndem Blick ins Dunkle, ob ich meinen Vater sah, ja, nein, doch, doch ja, da hinten saß er, fast in der allerletzten Reihe, ich erkannte seine Mähne, seinen Backenbart, und war sofort beruhigt; wenn er da saß und nicht einschritt, dachte ich, dann war gewiss alles in Ordnung. Also blieb ich stehen und ließ an mir herumzeigen und mich beäugen, einhundertundzwölf versammelte professorale Augenpaare glitten mit oder ohne Lorgnons erkenntnisdurstig an mir auf und ab, manche, so spürte ich, vorzüglich an ganz bestimmten Stellen, ihren eigenen Impulsen folgend, die ja vielleicht auch wissenschaftlich waren, auf ihre Art, was weiß ich.

Ich wurde langsam herumgedreht, von der Seite begutachtet, von hinten, musste einen Arm heben, mich vornüberbeugen, ich vollführte all diese Bewegungen, zu denen man mich aufforderte, vorsichtig, als stünde ich die ganze Zeit von Schwindel gepackt am Rand eines Schlundes, ich weiß nicht, wie lange ich so stand, aber ich wusste, mein Vater saß da und sah zu, also war mir schwindlig, aber ich war beruhigt. Dann kam der Moment, wo die Gelehrten Gelegenheit erhalten sollten, mich in näheren Augenschein zu nehmen; sie bauten sich eifrig, rempelnd, fast wie Schuljungs, in einer langen Schlange auf, die zum Podium heraufführte, und dann defilierten sie an mir vorbei, blieben einzeln oder in kleinen Gruppen stehen, deuteten, diskutierten mit schön klingenden, fremden Worten und Ausrufen, by Jove, c'est curieux, ça, wie einzigartig, mycket anmärkningsvärd, che veramente straordinario, gack, gack, du store kineser, und berührten mich forschend mit ihren Forscherhänden, befühlten mein Fell, rieben die Haare zwischen den Fingern, wie ein Geizkragen Münzen reibt; ich spähte nach meinem Vater, sah ihn aber nicht mehr da oben in seiner Bank, denn die Aussicht war von lauter Professoren verstellt, besonders durch den hohen, mageren, grauhaarigen Professor Doktor Lerchenfeld, den Oberarzt des Instituts und Leiter des Kongresses, der die ganze Zeit an meiner Seite stand, halb vor mir, und mich eingehend betrachtete, während die anderen passierten; jetzt waren sie fertig, umstanden mich im Halbkreis, *pueri pueri sunt, boys will be boys*; Professor Strøm stand da, ein Rasiermesser in der Hand, zog freundlich, aber bestimmt meinen Arm zu sich, entfernte rasch an meinem Oberarm das Haar auf einer rechteckigen Stelle, so groß wie eine Streichholzschachtel, und lud die Wissenschaft ein, näher zu treten, um meine aschgraue, zarte Haut zu betrachten, und ich protestierte nicht, schaffte es nicht, vermochte es nicht, stand nur da, dumm und benommen, als wäre ich nicht mehr als ein Anhängsel meines eigenen Arms, denn gerade hatte ich meinen Vater in der Menge erblickt, aber es war gar nicht mein Vater, es war einer, den ich für meinen Vater gehalten hatte, das sah ich jetzt, im Dunkeln hatte ich seinen Knebelbart, sein Haar mit dem meines Vaters verwechselt, in Wahrheit war es ein ziemlich gewöhnlicher, etwas dicklicher Professor, möglicherweise aus Dortmund.

Und jetzt stürzte ich über den Rand des Abgrunds, fiel, fiel unaufhörlich, der Kloß in meinem Bauch schwoll zu einem Klumpen aus kitzelndem, ziehendem Schmerz an, ich fiel weiter, minuten-, jahrelang, sodass ich, als Fräulein oder Frau Holmboe mir eine Weile darauf freundlich Kittel und Bademantel wieder anlegte, wie betäubt war, an Armen und Beinen zitterte; man führte mich hinaus, führte mich durch mancherlei Gänge, und auf einmal stand ich Auge in Auge mit meinem Vater, meinem wirklichen Vater diesmal, mit demselben Bart und derselben Frisur, die ich vorhin zu sehen gemeint hatte. Und jetzt glaubte ich beinahe, er sei auch einer von den

Professoren, auch er; er fragte mich freundlich, wie ist es gegangen, Kleines, etwas ängstlich, fast etwas stolz, und ich brachte es nicht über mich, etwas anderes zu sagen als, gut ist es gegangen, Vater, gut ist es gegangen, kein Grund zur Sorge; wir wurden in eine Art kleinen Salon geleitet, wo man Vater und mir Tee und Scones servierte, mein Vater blickte mich ermunternd und etwas bekümmert an, ich erwiderte seinen Blick abwesend, lächelnd, immer noch im freien Fall. Dann geleitete man ihn wiederum zur Tür, schickte ihn weg, er versuchte noch ein kleines Lächeln und ein heiseres Lachen, bevor er ging, sagte, er werde versuchen, seinen freien Abend zu genießen, einen Abend ganz für sich in der Stadt des Königs, haha, dann verschwand er, und ich durfte mich ein Stündchen in meinem eigenen kleinen Zimmer ausruhen.

Ich saß auf dem Bett und schlotterte am ganzen Leib. Irgendwann schaffte ich es unter die Decke, da schlotterte ich weiter, schließlich dachte ich, das ganze Zimmer bebe, die Wände, der Boden, die Matratze unter mir schaukelten, und ich liege still. Ganz allmählich ließ es nach, mir wurde wieder warm, ich schlief ein, schlief tief, einen seltsam rotschwarzen Schlaf – ich weiß nicht, wie lange –, bis ich von der Oberschwester geweckt wurde, die mir eine Suppe brachte. Sie strich mir beruhigend über den Kopf, sagte ein paar freundliche dänische Wörter, die ich nicht ganz verstand, doch spürte ich an ihren Händen, an der Art, wie sie an meinen Schläfen verharrten, dass die Berührung ihr fremd und interessant war, und dann aß ich Suppe.

Danach kam wieder Professor Dr. Lerchenfeld, gemeinsam mit Professor Strøm; sie erklärten mir, was nun geschehen sollte, und so geschah es dann auch; ich wurde in einen kleineren, für Untersuchungen geeigneten Hörsaal gebracht, wo die erste Schicht Professoren, rund ein Drittel des Haufens, mich einer nach dem anderen, höchstens je paarweise untersuchten; wieder war ich mehr oder weniger unbekleidet, sie befragten Strøm und mich, ich antwortete kaum oder gar nicht – die Ärmste geniert sich –, sie befühlten mich und schoren an mir herum, teils ganze Haarbüschel, die sie in kleine, mit Watte ausgelegte Schachteln betteten, fast wie wenn man einen toten Vogel beerdigt. All dies unter Professor Doktor Lerchenfelds beruhigendem Arztblick im hageren Gesicht unter dem Grauschopf, er lächelte mich verhalten und ermutigend an; er passt darauf auf, dass mir nichts Böses widerfährt, dachte ich, es ist ja vielleicht doch nicht so schlimm.

Draußen war es auf einmal dunkel geworden, der Tag hatte geendet, ohne dass ich es bemerkte, ich dachte nicht, dass er je enden würde, Strøm und Lerchenfeld dankten mir, dankten mir vielmals und wünschten mir eine gute Nacht, Oberschwester Holmboe führte mich zurück auf mein Zimmerchen, wo ein üppiges Abendessen samt einem Krug Milch wartete; sie ließ mich allein, ich stocherte im Essen herum, dann erbrach ich mich ins Waschbecken und ging zu Bett. Schlief sofort ein.

… Und ich weiß nicht, wie lange ich geschlafen habe, denselben traumlosen, rotschwarzen Schlaf, als ich davon aufwache, dass Schwester Holmboe – immer noch dieselbe Schwester Fräulein Frau Holmboe, die wahrscheinlich nie schläft, sondern rund um die Uhr bereitsteht, um Kranke zu pflegen und Leidende zu versorgen, eine Kopenhagener Florence Nightingale – mich schüttelt, mich weckt, vorsichtig, aber bestimmt, die Lampe anmacht, etwas Beruhigendes sagt, immer noch verstehe ich nicht recht, was, doch, dann verstehe ich es, sie sagt, Professor Lerchenfeld möchte mich gern sehen und mich allein untersuchen. Daraufhin verschwindet sie, und Doktor Lerchenfeld steht in der Tür, beruhigend lächelnd, schreitet ruhig herüber an mein Bett, ich liege da, ich mache mir keine Sorgen, er zieht sich einen Stuhl ans Bett und fragt freundlich und fürsorglich, wie es mir denn gehe.

Danke, gut, sage ich, und er streckt die Hand aus und streicht mir lang, lang übers Haar, wobei er mich aus forschenden, warmen Augen anblickt.

Dieselbe Nacht im Krankenhaus, ich wachte auf und hatte ein dringendes Bedürfnis, kein kleines, sondern auch ein großes, und es widerstand mir, so wie immer, das Nachtgeschirr unterm Bett zu benutzen. Also stand ich auf, zog mir den hässlichen Bademantel über, schlüpfte in die schlappenden Krankenhauspantoffeln und begab mich in den Flur, um eine Toilette zu suchen.

Draußen vor der Tür stand ein Stuhl, auf dem Frau oder Fräulein Holmboe oder ihresgleichen hätte sitzen sollen; neben dem Stuhl ein kleiner Tisch, darauf eine Tasse Kaffee, noch halb warm, daneben eine zerlesene Familienzeitschrift und auch Strickzeug, ein Paar Socken von auserlesen hässlicher Farbkombination. Die Zulu-Mission, dachte ich, hallo, sagte ich. Erst zaghaft, dann lauter, sodass es zwischen den krankenschwestergrünen Steinwänden hallte, die in der gedämpften Nachtbeleuchtung fast grau wirkten.

»Hallo?«

Doch niemand hörte mich. Wahrscheinlich war meine Wächterin zu höheren Aufgaben abberufen worden, denn keine Stimme antwortete mir, kein Laut war zu hören. Vielleicht assistierte sie in diesem Augenblick bei einer schwierigen Operation, hielt vielleicht einem Sterbenden die Hand, vielleicht auch einem Arzt, was wusste ich? Es war ganz still im Korridor.

Und doch auch nicht. Als ich weiter hinunterging, Richtung Bad, konnte ich hören, wie das Haus selbst, das ganze Krankenhaus atmete. Wie ein großes, schlafendes Tier lag es in der Kopenhagener Nacht und fauchte leise, durch seine vielen Adern rauschte das Zwielicht wie altes Blut, und mitten in alldem schwebte ich.

Ich fand das Bad, machte das Licht an. Die Helligkeit und die weißen Wände taten mir wohl, und ich hörte den Drachenatem des Krankenhauses nicht mehr. Ich fror, während ich da saß. Danach wusch ich mir die Hände und trank einen Schluck Wasser, und sofort war ich hellwach, wie es nachts oft vorkommt; das ist meine alte Nachtwachheit, die mich von klein auf quält, eine Überwachheit, die nach Worten verlangt, nach Musik oder Worten, nach Büchern, nach einem Lied, nach einem Gespräch; eine hungrige Wachheit, die sich eigentlich nach Schlaf sehnen sollte, die aber Angst davor hat, sich hinzulegen und nur noch in der Dunkelheit hinter den Augenlidern zu existieren, denn wer weiß, was da passieren kann. Stattdessen sehnt sie sich nach Unterhaltung, will in den Schlaf geredet werden, in den Schlaf gelesen werden, in den Schlaf geschrieben werden, in den Schlaf gelauscht werden, egal was, Hauptsache, sie wird mit etwas anderem erfüllt als sich selbst.

Ich schritt durch den Flur zurück in der Hoffnung, die Nachtschwester möge jetzt dort sitzen, sie würde mir doch sicher wenigstens ein halbes Stündchen Gesellschaft leisten, und vielleicht konnte ich so wieder müde werden, doch der Stuhl war nach wie vor leer, wahrscheinlich vollführte sie edle Dinge irgendwo tief in der großen Nacht dieses großen Hauses, keine einzige Masche war zu Nutzen und Frommen der Zulus weitergestrickt. Dafür ribbelte ich drei Reihen ab, zur Strafe, und ging weiter den Flur hinunter, an meiner Tür vorbei; ängstlich, leicht frierend ging ich um eine Ecke, und vor mir lag ein neuer, langer, halbdunkler Flur, ganz wie meiner.

Hallo, rief ich wieder leise und lauschte dem Echo.

Das Haus atmete. Auch hinter den Türen wurde geatmet. Schlafende Kranke oder leere Zimmer. Von irgendwoher schien eine leise Klage zu kommen, fern, sehr fern, wie eine Frau, die ihr totes Kind beweint. Aber das mochte Einbildung sein. Ich kam in einen dritten, ebenso tristen Flur, und dort hielt ich inne. Kam da jemand? Einen Augenblick lang hörte ich nur noch meine eigenen Atemzüge, die sich mit der Dunkelheit mischten und mit dem Widerhall meiner eigenen Schritte, doch dann legte sich das Echo, und da hörte ich es. Ja, es waren Schritte, entschlossene, ruhige, leichte Schritte, irgendwo voraus, und ich bewegte mich weiter; das war sicher die Nachtschwester oder eine andere Krankenschwester, vielleicht ja sogar Professor Doktor Lerchenfeld mit den grauen Schläfenlocken und dem hageren Gesicht; mir wäre jeder recht gewesen, er hätte sogar noch einmal mein Weiches untersuchen dürfen, wenn er nur ein paar Minuten mit mir redete; ich muss ihn finden, dachte ich. *Dictum ac factum*, gesagt, getan, ich beeilte mich, umrundete die Ecke und rannte direkt in den Urheber der Schritte.

Ich schrie laut vor Schreck. Es ist keine Übertreibung zu sagen, dass ich mich mein Lebtag nicht so erschrocken hatte. Der Schrei hallte lange laut nach, gewiss weckte er etliche Schwerkranke, die ihren Schlaf bitter nötig hatten; vielleicht verkürzte er ihr Leben. Erst nach einem Moment wurde ich gewahr, dass die Gestalt, mit der ich zusammengerappelt war, ebenso geschrien hatte. So trug ich nicht allein die Verantwortung für dieses wenig genesungsfördernde Geräusch.

Vor mir stand ein Wesen, dessen Äußeres – so dachte ich später – an ein mittelalterliches Bild von einem der noch wohnlicheren Höllenkreise erinnern mochte, so auf halber Strecke hinab in den

Höllenschlund. Ein dünner, schlaksiger Leib, ebenso groß wie ich, männlichen Geschlechts, so nahm ich an, ebenfalls im Bademantel, und, so nahm ich an, in meinem Alter. Er hatte fast keine Haare auf dem Kopf, abgesehen von ein paar spärlichen braunen Büscheln an Ohren und Schläfen. Kleine blaue, erschrocken blinzelnde Augen. Aber er hatte keine Haut. Statt Haut hatte er Schuppen, Schuppen wie eine Echse oder ein noch nie gesehenes Seetier, steife, harte, blanke Schuppen übers ganze Gesicht und überall sonst, soweit ich sehen konnte, Schuppen von einer gelbgrünen, kränklichen, widerwärtigen Farbe, und zwischen den Schuppen waren irgendwie Schründe, in denen Feuchtigkeit schimmerte, Blut oder Eiter. Seine Lippen waren ganz menschlich, doch fast lila, die Wimpern sehr lang, wie bei einem Mädchen. Doch es saß Schorf auf ihnen und auch auf den Lidern, das sah ich, wenn er zwinkerte.

Wir waren beide sicher eine halbe Lindwurmlänge zurückgesprungen, und als der Nachhall unserer Schreie dahinstarb und unser Herzschlag langsam wieder den Weg aus dem Hals in die Brust gefunden hatte, standen wir da und musterten einander. Einen kurzen, erschrockenen Moment lang war ich mir ziemlich normal vorgekommen, hübsch, das war ein merkwürdiges Gefühl, wenngleich auch ein ziemlich deprimierendes, denn jetzt sah ich, dass er mich erst ebenso erschrocken, dann ebenso interessiert ansah wie ich ihn.

Dann zersprang sein schuppiges Gesicht zu etwas, das ich als schwaches Lächeln deutete, und mit heller, luftiger Stimme und starkem fremdartigem Akzent sagte er:

»Guten Abend, kleine Freilein. Nämme ich an, sind wir beide Teilnehmer an selbe Kongress.«

Seine lila Lippen kräuselten sich zu einem ironischen Lächeln, und da er mein Lächeln nicht sehen konnte, streckte ich etwas unsicher die Pfote aus, und er drückte sie mit seiner Echsenhand. Ich erschauderte. Er deutete eine kleine Verbeugung an und lächelte erneut.

»Andrej Bòr, zu Diensten«, sagte er höflich. »Aber kennen Sie mich nennen Andreas, wenn wollen.«

Ich sagte meinen Namen.

»Ah. Erfreut. Sehr erfreut, Freilein. Und nun, da wir uns kennen, wollen Sie nicht kommen mit mir, Freilein Ewwa, dass wir kennen etwas plaudern?«

Seine helle Stimme war leise, aber wohlklingend und klar, er streckte den Arm chevaleresk aus und deutete in die Richtung, aus der er gekommen war. Ich folgte ihm, fast benommen. Wir müssen einen wunderlichen Anblick geboten haben, beide in diesen gestreiften Bademänteln.

Er öffnete eine Tür, und wir betraten ein kleines Zimmer, das meinem sehr ähnlich war, aber etwas bewohnter schien; ein dunkler Anzug hing über einem Stuhl, ein Paar Herrenschuhe stand neben der Tür, persönliche Gegenstände lagen auf Nachttisch und Wandborden, und ein solider Koffer in der Ecke bezeugte, dass Andrej, oder Andreas Bòr hier für die gesamte Dauer des Kongresses wohnte und nicht nur für ein paar Tage aus dem Hotelzimmer seines Vaters ausgeliehen war.

Mit ausgesucht höflicher Geste lud er mich ein, auf einem der beiden Holzstühle Platz zu nehmen, er schob ihn mir in die Kniekehlen, setzte sich selbst auf den anderen.

»Sind Sie ja wirklich absolutes Hehepunkt von ganzem Kongress, Ewwa. Bin ich sehr – wie sagt man – geehrt, dass ich begegne Sie. Das ist sehr interessant. Sehr, sehr interessant.«

Ich kommentierte das nicht, blickte ihn nur groß an.

»Missen Sie entschuldigen, dass ich habe Ihnen erschrocken. Bin ich oft wach in Nacht, weil tut mir weh die Haut. Oder das Schlimme, was um meinen Kerper liegt, nennen es die Erzte Haut, nenne ich es lieber meine Geißel.«

Er warf einen Blick auf seine Hand, dann sah er wieder mich an, langsam und nachdenklich.

»Meine Geißel. Meine *metla*. Sonst bin immer ich Hehepunkt auf solche Kongresse. Ja. Aber nicht diesmal. Nicht diesmal. Haben Sie sehr viele Schmerzen, Freilein Ewwa?«

»Schmerzen«, sagte ich, »was meinen Sie?«

Er nickte zu meiner Hand.

»Ihr bedauerliches … Zustand. Verursacht Leid?«

»Leid?«

»Sagen Sie«, sagte er ausgesucht höflich, »ist es Ihre Gewohnheit, jede Frage immer zu beantworten mit eine neue Frage?«

»Es tut nicht weh«, sagte ich. »Überhaupt nicht.«

»Schehn fier Sie. Sind Sie sicher sehr selten. Ungeheier selten. Bin ich selbst auch sehr selten. Selten, aber nicht selten wie Sie. Bin ich so geboren, hat sich Zustand aber verschlimmert mit den Jahren. Erst haben meine Eltern in elendem kleinen Dorf Dolni Vranov, in Behmen, mich immer nur eingeschmiert mit Melkfett, habe ich in Kindheit gerochen wie Euter von Kuh, hat aber gestert niemanden, weil haben meine Eltern mich meiste Zeit eingesperrt, wegen Scham und Angst. Bin ich also immer durch Haus gerutscht, gut gefettet. Sind Sie viel gewesen drinnen eingesperrt, Freilein Ewwa?«

»Eingesperrt nicht. Aber drinnen.«

»Verstehe. Verstehe. Ist oft so – mit unsere Art.«

Ich blickte ihn an. Die Haare an meinen Armen stellten sich auf.

»Ist sehr interessant zu treffen Sie«, fuhr Andreas Bòr lebhaft fort. »Nun, und als ich wurde älter, so acht, nein, zehn Jahr, wurde immer schwieriger, fing Geißel an aufspringen und blutten, und bekam ich immer mehr Form von Reptil, fing es auch an wehtun, und half nicht mehr alles Melkfett von ganze fruchtbare Landstriche Behmens, so wehtat, und wäre ich ganz sicher verreckt, meine Eltern, arme Leite, Analphabeten, hetten mich lassen verhungern, were nicht gewesen mein Mentor, Professor Joachim, der hat entdeckt mich und gesorgt für mich.«

»Ich verstehe«, log ich.

»Und so war gemacht mein Glick! Nein, Freilein Ewwa, wo habe ich Gedanken, sitzen wir hier mitten in Nacht und verplaudern uns, ohne dass ich anbiete was zu beißen oder trinken!« Er stand auf, ging zu seinem Koffer, aus dem er eine Keksdose und eine Reiseflasche angelte. Die Dose enthielt braune Kekse, die Flasche eine klare Flüssigkeit, die er uns in zwei Zahnputzgläser goss.

»Prosit!«, sagte er. »Spekulatius und Becherovka. Ist kestliches Getrenk. Ja, so war gemacht mein Glick. Ist Ihnen nicht bekannt Professor Joachim, Freilein Ewwa?«

»Nein«, sagte ich, »ist das vielleicht ein Arzt? Ein Hautspezialist?«

Andrej Bòr lachte.

»Der war gut, sehr gut! Nein, nein, ist nicht Arzt, ist Direktor von herumreisende Truppe. Sie verstehen?«

»Ja«, log ich, verärgert über die neue Verhaltensweise, die ich gerade gelernt hatte, nämlich Fragen nicht mit anderen Fragen zu beantworten.

»Hat er ganze Menagerie mit Menschen unserer Art. Liliputaner und Siamesen, fette Damen und starke Menner, ein Mann mit zwei Kepfe und ein Echsenmensch, bin ich das, und noch viele andere, und tatsächlich auch bärtige Dame.« Er zögerte. »Ist sie aber sehr anders von Ihnen, mehr, wie soll sagen, *mannhaft*. Skål.«

Er hob das Zahnputzglas vor mir.

Ich erhob meines, unsicher. Wir tranken. Es war so stark, dass es mir im Hals brannte, mir blieb die Luft weg, und ich begriff, das war, was man Branntwein nannte, etwas, das ich in meiner Unschuld natürlich noch nie getrunken hatte, doch ich tat, als ob nichts wäre, unterdrückte mein Keuchen und Husten, und da er meinen Gesichtsausdruck nicht sehen konnte, bemerkte er tatsächlich nichts, sondern fuhr fröhlich mit seinem Monolog fort, der keine Rückfragen duldete.

»Ist eine sehr erfolgreiche Truppe, und berihmt in ganze Europa. Hat iberall gemacht Tournee. Iberall. Letzte Jahre iber war so erfolgreich und groß, dass er hat kennen teilen in zwei. Hat Professor Joachim seine Ohren iberall, und sobald er bekommt Nachricht von einen unserer Art, reist er gleich an Ort, wo dieser sich aufhält, und bietet an Dienst und Hilfe. Skål. Nehmen Sie noch Keks. So er hat gehert von mir und mich ibernommen von meine analphabetische Eltern für hibsches Simmchen Geld, weiß ich nicht, wie viel genau, kann man aber wahrscheinlich sagen, dass er hat gemacht ein gute Handel. Und ich, hatte ich nie gesehen anderes als Herd von Mutter und Rickseite von Hand veterlich, bin gekommen hinaus in Welt, bin geworden berihmt, gefeiert, habe gesehen viele Lender. Hat er gesorgt für regelmessig und kundige Arztbehandlung, denn er kennt die besten Erzte, habe ich bekommen andere Salben und Einreibungen als nur Melkfett; bin gekommen in Badekuren und in sonnige Lender, welches ist sehr wichtig für meine Geißel, und hat er gesorgt für Ausbildung, denn er hat Lehrer mit in Truppe, weil hat immer auch viele Kinder mit in Menagerie, und sind auch unter Menschen von unsere Art viele Kluge und Gelehrte, so es ist sehr lehrreich zu reisen umher mit eine solche Gesellschaft.«

»Waren Sie denn nicht traurig, Ihre Eltern zu verlassen?«

Er lachte, laut und schrill.

»Keineswegs, keineswegs. Sehen mich an. Spreche ich acht Sprachen fließend. Bin ich sehr reich, denn Professor Joachim ist Ehrenmann, verlangt ausschließlich bestimmte Prozentsumme als Provision. Allein, was hat bezahlt Kongress, für dass ich komme, beleift sich auf hibsches Simmchen, kann ich sagen. Were ich geblieben bei meine Eltern, were ich arm und unwissend und hette nie gelernt, Welt zu kennen, wenn ich iberhaupt hette iberlebt. Aber jetzt bin ich weltberihmter Echsenmensch Andrej Bòr, oder Andreas Bauer, wie man wirde sagen in deitsche Sprache. Skål.«

Wir tranken wieder.

»Und Sie, Freilein Ewwa, welche Truppe oder Menagerie zugehören Sie?« Er blickte mich schelmisch an.

»Ich bin mit meinem Vater hier«, sagte ich.

»Dachte ich mir. Dachte ich mir.« Demonstrativ resigniert schüttelte er seinen merkwürdigen gepanzerten Kopf.

»Aha.«

»Missen Sie bald anfangen zu denken an Zukunft. An Gescheft. Denken Sie vielleicht, dass Sie sind einsam?«

Ich sah ihn eine Weile an, dann wagte ich, die Wahrheit zu sagen: »Ja.«

»Sehr einsam? Weil ist niemand sonst wie Sie?«

»Ja«, sagte ich.

»Aber ist das Irrtum! In eine Truppe wie von Professor Joachim weren Sie nie einsam, weil sind da immer so viele andere, die ehnlich wie Sie, wenn auch jeder auf eigene Weise, aber ehnelt keiner normale Menschen. Da wirden Sie sich fihlen ziemlich normal. Und wirden Sie, mit Ihre so große Seltenheit von Zustand, werden sehr reich. Sehr, sehr reich.«

Er schaute mich intensiv an, mit Augen, die jetzt ebenso glänzten wie seine Haut.

»Und kennten Sie finden das Glick. Denn werde ich Ihnen sagen, *kočička moje*, Freilein Ewwa – skål –, dass unter uns Seltsamkeiten gibt es viele glickliche Ehen. Und Verheltnisse. O ja, Verheltnisse. Herrscht sehr große Freiheit unter uns Seltsamkeiten. Denken Sie nicht, dass Schehnheit kommt von innen?«

Ich spürte, wie das Zimmer ganz leise zu schwanken begann.

»Ich weiß nicht«, sagte ich verwirrt.

»Schehnheit kommt von innen«, sagte er nachdenklich, »und zu gleiche Zeit auch nicht. Das ist das Merkwirdige ja. Gibt es bei Professor Joachim zum Beispiel Zwergin, die ist verheiratet mit einem von weltgresste Männer, und hässlichste Frau von Welt, mit große Hautfalten und Warzen, so groß wie Kinderkopf, und ist verheiratet, sehr glicklich verheiratet, mit Hummermann, wo hat statt Hände so was wie große Hummerzangen; haben sie drei Kinder, und zu große Freide sind zwei geboren mit selbe Zangen wie Vater, so ist Familienzukunft gesichert. O nein, Freilein Ewwa, kennen Sie sich kaum vorstellen glicklichere Ehe. Und sind sie sehr reich. Sehr, sehr reich. Und ich selbst zum Beispiel…«

Er setzte sich etwas selbstgefällig auf seinem Stuhl zurecht, schob ein klein wenig den Unterleib vor.

»… ich selbst zum Beispiel. Habe ich Schmerzen und schlafe schlecht in Nacht, und mein Zustand kann werden behandelt, wird aber mit Jahren doch schlimmer. Werde ich mit meine Geißel wohl kein alter Mann.«

Er hielt einen Augenblick lang inne und blickte mich lang an.

»Aber kann ich Ihnen versichern, Freilein Ewwa«, fuhr er leiser, fast frivol fort, »dass ich habe gemacht glicklich viele Frauen. Viele. Ist mein Zustand nämlich begrenzt auf Teile von Kerper, und sind Fortpflanzungsorgane nicht betroffen. In Gegenteil, sind hervorragend in Ordnung, darf ich sagen, und von hervorragender Gresse. Ist mein *ptak* nicht nur Vogel, wie Wort sagt, ist ein Adler. Kenigsadler.«

Ich griff nach meinem Glas, ganz ohne weitere Aufforderung.

»Ist das einzige wirkliche Linderung, wo gibt«, sagte er. »Wenn Geißel plagt mich schlimm.«

»Ich weiß nicht, worüber Sie reden«, murmelte ich, und das stimmte zumindest teilweise.

»*Kdepak*! Gerede«, sagte er lachend. »Wenn man hat solche Geißel und kann kosten Leben, dann muss man machen Bestes daraus, so lange wie geht, und es *genießen*. Darum bin ich sehr, sehr direktes Mensch. Ist Ihnen peinlich?«

Ich sah ihn an, versuchte, sein Gesicht zu erkennen, sein wirkliches Gesicht hinter all den Schuppen. Und vielleicht forschte er zugleich nach meinem.

»Absolut nicht«, log ich.

»Prosit. Dann wir verstehen uns ja. – Sie«, so fuhr er fort, »sind ja sehr, sehr hässlich. Sehr hässlich. Werden Sie nie bekommen Mann. Kein gewehnlichen Mann. Kein, der kann Ihnen gebben, was Sie ertreimen.«

Jetzt schaukelte das Zimmer noch etwas stärker.

»Nicht dort draußen in gewehnliche Welt. Aber in unsere Welt«, sagte er, »da werden Sie kennen erlebben Glick. Da kennten Sie werden begehrt und geliebt, und dirfen selbst begehren und lieben, wenn Sie nie vergessen, dass Schehnheit kommt von innen.«

»Aha«, sagte ich und trank noch einen Schluck, ganz von selbst.

»Aber dirfen Sie nie vergessen diese Gedanken. Nie. Dann geht Rest wie von selbst. Werden Sie erleben Freide und Genuss, und kennen Sie zugleich werden sehr, sehr reich. Missen Sie lernen, Bestes daraus zu machen. So wie ich. Wenn Dinge nun mal sind wie sind.« Und dann fügte er noch hinzu: »Man lebt nur einmal, und ist so lange tot.«

Er richtete sich auf, vielleicht plagten ihn die schmerzenden Risse in seiner Echsenhaut, er fingerte ein wenig am Knoten seines Bademantels und redete weiter:

»Begehren nimmt seltsame Wege in unsere Welt, Freilein Ewwa. Sind Sie vielleicht Nummer eins hier in diese Programm, aber sind Sie sehr, sehr hässlich. Wie ich. Der ich sonst bin Nummer eins in Programm. Aber jetzt sind Sie. Und sehr hässlich. Kennen Sie nie bekommen gewehnliche Mann. Kennen Sie also nicht mehr verlangen von Leben, als was Grundvoraussetzungen erlauben. Ist eine Lehre, wo meiste Menschen erst spät erkennen, aber wir frih lernen missen. Und prost.«

Ich stand auf und ging über den schwankenden Boden zum Waschbecken. Dort erbrach ich mich. Der saure Geschmack von halb verdautem Gewürzkeks und Magenbitter erfüllte meinen Mund.

Nach einer Weile bemerkte ich, dass er neben mir stand. Er strich mir über die Stirn. Dann reichte er mir ein feuchtes Handtuch.

»Tut mir leid«, sagte Andrej Bòr, leise, flötend. »Sie sind vielleicht Branntwein nicht gewohnt?«

»Nein«, sagte ich beschämt.

»Wie alt sind Sie eigentlich, Freilein Ewwa?«

Ich sagte ihm mein Alter. Er blickte mich erschrocken an. Dann sagte er leise, bedauernd:

»Tut mir das wirklich sehr, sehr leid, kleines Freilein Ewwa. Dachte ich, dass Sie sind viel elter. Ist das, soll ich sagen Wahrheit, nicht leicht zu erkennen.«

Das wusste ich nicht, aber in meinem Elend nickte ich nur.

»Bin ich selbst sechsundzwanzig Jahre alt«, sagte er unglücklich.

»Ich dachte, Sie wären jünger«, sagte ich und trocknete mich ab.

»Bedaure, kleines Freilein. Kann man vielleicht auch nicht so gut erkennen. Oder heren. Mit meine Stimme und so.«

Wieder nickte ich. Mit aufrichtig bedauerndem Blick goss er mir ein Glas Wasser ein und sah aufmerksam zu, während ich es trank.

»Spielen Sie Mund gut aus«, sagte er klug.

Ich spülte den scheußlichen Geschmack von Spekulatius und Becherovka weg.

»So«, sagte er nachdenklich. »Geht jetzt bisschen besser, kleine Ewwa?«

Ich nickte.

»Dann werde ich Sie begleiten zurick zu Ihre Zimmer«, sagte er.

Die Nachtschwester saß mittlerweile wieder an ihrem Platz, doch Andrej Bòr und ich schieden vor der letzten Ecke voneinander, stumm, ohne ein Wort, und er verschwand mit einem steifen, um Entschuldigung heischenden Lächeln im schuppigen Gesicht in die Richtung, aus der wir gekommen waren. Die Schwester blickte verblüfft auf, als ich ankam, ich murmelte, ich sei im Bad gewesen, schlüpfte in mein Zimmer, und sie konnte nicht sehen, wie blass ich war, denn schließlich kann von jemandem, der nicht blass werden kann, nicht gesagt werden, er sei blass.

Ich schlief auf der Stelle ein.

Anderntags kam die nächste Schicht von Forschern, das zweite Drittel, wieder stand ich ohne Kleidung vor ihnen, während sie, einer nach dem anderen oder paarweise, mich untersuchten und betrachteten; mich und die Teile meiner Anatomie, die sie für interessant befanden, auch mein Weiches, um mal zu sehen, ob ich wohl auch Haare in der Scheide hätte. Professor Doktor Lerchenfeld stand nach wie vor bei mir, mit demselben beruhigenden, Sicherheit einflößenden Lächeln unter dem grauen Schopf, doch wissend jetzt, fast heimlichtuerisch. Wieder kam mein Vater zum Mittagessen, ich war bekleidet und frisch zivilisiert, wieder saß ich benommen da, aber lächelnd, als wäre nichts geschehen, und nichts geschah, wieder gelang es mir nicht, diese beiden Wirklichkeiten zusammenzubringen; diesmal ging ich nach dem Essen ein paar Stunden mit ihm spazieren, wir besuchten das Thorvaldsen-Museum, und er fragte mich, etwas besorgt, wie es denn gehe, ob ich mich wohlfühlte, ob ich nicht zu müde sei, und ich nickte abwesend und lächelte ihm zu und sagte, alles sei in Ordnung, und er brachte mich wieder zum Krankenhaus, und beruhigt ging er wieder in die Stadt und genoss seinen kleinen Urlaub auf Kosten des Kongresses, und als der Abend kam und ich gegessen hatte, kam auch wieder Professor Doktor Lerchenfeld, ebenso wie gestern, nachdem das Krankenhaus zur Ruhe gekommen war, er streichelte mir lange den Kopf und die Schultern und versuchte nochmals eine gynäkologische Privatuntersuchung. Diesmal entzog ich mich nicht, versuchte nicht, ihm den Zugang zu meinem Weichen zu verweigern wie am Abend davor, denn Andrej Bòrs Worte über meine Hässlichkeit und dass ich nie einen Mann bekommen würde, klangen mir noch in den Ohren, pflichtschuldigst machte ich die Beine breit, hörte auf seine Worte, beruhigende, sanfte, seltsame Worte für einen Professorenmund, und schloss die Augen, während meine Hand auf seiner Schulter lag.

Der dritte Tag und die dritte Schicht Professoren in demselben Hörsaal, sie fingerten und schnitten und beerdigten weitere Vögel aus meinem Fell, aber jetzt weiß ich nicht mehr genau, was geschah, nur eins, nämlich dass ich, als ich meinen Vater abermals zu Tee und Scones traf, mich unvermittelt an ihn klammerte und ihn nicht mehr loslassen wollte. So musste er mich mitnehmen, ins Hotel, trotz der lauten, indignierten Proteste der ärztlichen Wissenschaft. Aber er tat es, das muss ich ihm lassen, er nahm mich mit ins Hotel und sagte unaufgefordert den Rest des Programmes ab; hören Sie nicht, Herr Professor, sie sagt, sie ist müde, sie ist noch ein Kind, und ich hing ihm am Hals und jammerte, ich bin so müde, ich bin so müde. Und er bot ihnen die Stirn, und er brachte mich wieder in unser schönes Zimmer, das jetzt grau war wie Asche, durch einen Tag, so grau und kalt wie Wolfsblicke, und am Abend gingen wir in ein Konzert, an das ich mich nicht mehr erinnere, abgesehen davon, dass der Dirigent graues Haar hatte und im Takt seines Stocks tanzte, und eins und zwei und eins und zwei, auf und ab tanzte er, möglicherweise war es Gounod, und dann, am nächsten Morgen, verließen wir Kopenhagen. Wir reisten heimwärts, denselben Weg, den wir gekommen waren, ich sagte kein einziges Wort, mein Vater machte fieberhaft Konversation, aber ich sprach nicht mit ihm, sagte nur, ich sei sehr müde, und als wir wieder zu Hause waren, endlich zu Hause in unserer kleinen Stadt, und ich sicher hinter meiner Gardine saß, hinter allen ordnungsgemäß verschlossenen Türen des Hauses, da gab ich einen Ton von mir, so laut, dass er ihn gehört haben mag, gehört in seiner Wohnstube, wo er saß. Er kann ihn gehört haben. Denn schon tags darauf stand ein Fahrrad, ein nagelneues, glänzend rotes, schönes Damenfahrrad vor dem Haus und wartete auf mich.

AUS MEINEM TAGEBUCH 4

O Esau, edler Wilder, der von seinem falschen, glatten, unbehaarten Bruder Jakob überlistet wurde, im Lande Kanaan. Söhne wart ihr beide von Isaak und Rebekka, seiner Frau

Zwei Völker sind in deinem Leibe,
und zweierlei Stämme trennen sich schon in deinem Schoß;
und ein Stamm wird dem anderen überlegen sein,
und der Ältere wird dem Jüngeren dienen.

Das sagte der Herr zu Rebekka, als sie spürte, dass die beiden Kinder sich in ihrem Leibe stießen. Es steht jedenfalls im Ersten Buche Mose, dass der Herr dies sagte, als Rebekka »ging, um den Herrn zu befragen«. Das soll eine Prophezeiung sein, für mich klingt es aber wie eine später hinzugefügte Entschuldigung. Ich werde darauf noch zurückkommen.

Der erste Zwilling, der geboren wurde, war am ganzen Leib »wie ein haariger Mantel«, und sie nannten ihn Esau, was wohl der Behaarte heißt. Sein Haar soll rötlich gewesen sein, wie bei vielen meiner Art. Danach folgte sein Bruder, der glatt war, und seine Hand hielt die Ferse des Erstgeborenen fest, und so nannten sie ihn Jakob, das bedeutet »Fersenhalter«, aber es kann auch ganz einfach »Betrüger« bedeuten.

Esau wuchs draußen in der Wildnis auf, ein Mann des freien Feldes, wo er ein tüchtiger Jäger wurde, Jakob hingegen war ein »gesitteter Mann und blieb bei den Zelten«. Er hing an Rebekkas Schürzenzipfel, klapperte mit Topfdeckeln und war überhaupt Mutters kleiner Goldjunge in der Küche. Es steht geschrieben, dass Rebekka Jakob lieber hatte, während Isaak Esau vorzog, denn Isaak aß gern Wildbret. Na, ich weiß ja nicht.

Eines Tages kommt dann Esau von der Jagd, ausgehungert und durstig und erschöpft. Und da steht auch gerade dieser falsche Suppenkoch Jakob im Küchenzelt und macht eine Linsensuppe.

Esau (müde): Gib mir zu essen, ich bin hungrig. Deine rote Suppe da, die sieht gut aus.

Jakob (listig): Du bekommst erst zu essen, wenn du mir dein Erstgeborenenrecht abtrittst …

Esau ist ein Junge, er denkt nicht groß nach und geht dieser List auf den Leim; er ist ein Mann der Berge, er denkt von der Hand in den Mund. Er sagt: Was soll mir das Erstgeborenenrecht, wenn ich verhungere? So gibt er sein Erstgeborenenrecht für ein Linsengericht hin. Hoffentlich hat es wenigstens geschmeckt. Danach geht er wieder auf die Jagd. Erst später, sehr viel später, geht ihm auf, wozu er sich hat überlisten lassen, was dieser Schlaffi von Zwillingsbruder ihm angetan hat – als nämlich ihr Vater Isaak auf den Tod wartet (jedenfalls denkt er das), blind und hinfällig und uralt. Da will der Alte seinen Erstgeborenen »segnen« (das muss unglaublich wichtig gewesen sein) und ruft Esau zu sich. Er bittet ihn wie schon so oft, dass er auf die Jagd geht und ihm ein richtig gutes Wildgulasch macht. Dann wolle er ihn als seinen Erstgeborenen segnen. Und jetzt schlägt das Muttersöhnchen wieder zu, diesmal mit Mama als Komplizin. Sie nimmt das Fleisch von zwei Ziegenböckchen und bereitet es zu wie ein Wildgericht, dann schickt sie den Küchenhocker mit dem Essen zu seinem alten blinden Vater hinein, doch vorher zieht sie ihm noch das Fell der Böckchen über Arme, Hände und Hals.

Isaak (streckt die Hände nach dem Sohn aus): Bist du es, Esau?

Jakob (mit der Schüssel): Ja, ich bin es, Esau.

Isaak: Ist das auch sicher?

Jakob: Ja, ja, ich bin’s.

Isaak: Das ging ja ganz unglaublich schnell.

Jakob: Gott hat mir ein Stück Wild geschickt, gleich draußen vorm Zelt.

Isaak: Bist du wirklich sicher, dass du es bist, Esau?

So geht es eine Weile hin und her. Schließlich fordert Isaak seinen Sohn auf, ihm die Hände hinzuhalten, damit er nachfühlen kann, ob es wirklich Esau ist, sein Erstgeborener.

Jakob (streckt die Hände aus): Hier bitte, Vater, ich bin es, Esau.

Issak (tastet): Die Stimme gehört Jakob, die Hände gehören Esau.

Und dann (beziehungsweise erst, nachdem er gegessen hat) legt der Alte los und erteilt Jakob den Segen, der rechtmäßigerweise dem älteren Bruder, dem Erstgeborenen, zugestanden hätte. Sein Geschlecht soll herrschen und zahlreich werden, und er soll Herr sein über viele Völker und über seine Brüder, und so weiter mit derselben Leier.

Und dann kommt Esau, der Haarige, nach Hause und taucht am Lager des Vaters mit dem von ihm selbst gekochten Wildgericht auf. Da geht das Durcheinander los. Bald ist Esau die Situation in ihrer vollen Grausamkeit klar – sein kleiner Bruder hat ihn abermals genarrt, wieder mit Hilfe von Essen, und der Vater (der das Geschehene bitter bedauert) hat keinen weiteren Segen auf Lager (offenbar gibt es nur einen, und den kann man wohl nicht zurücknehmen, selbst dann nicht, wenn der Empfänger ihn sich erschlichen hat). Jetzt sinnt Esau aber auf Rache, das Unrecht ist einfach zu groß, seine Augen funkeln, er murmelt Drohungen; wenn der Vater unter der Erde und der Totenschmaus beendet sei, dann werde Jakob am eigenen Leibe erleben, wie ein Jäger das Wild erlegt. Jakob, der Feigling, fürchtet um sein Leben. Nach einer Beratung mit der Mutter sucht er Zuflucht bei Laban, einem Verwandten mütterlicherseits.

Und dennoch ist überraschenderweise er, der Schwindler und Feigling, der Held der restlichen Erzählung, derjenige, der Isaaks Geschlecht in die Zukunft führt. Übrigens ist es für Jakob typisch, dass er irgendwann später einmal in der Wüste einem Engel begegnet, mitten in der Nacht, und mit ihm zu ringen beginnt. So geht es, bis der Tag naht. Da sagt der Engel wie eine Spukgestalt »Lass mich gehen, denn die Morgenröte ist aufgegangen!«. Doch Jakob entgegnet: »Ich lasse dich nicht, du segnest mich denn.« Wieder geht es um einen Segen, wieder verschafft Jakob sich etwas, das ihm nicht zukommt, erschleicht es sich. Genauso geht es dann im Haus des

Laban, er klammert sich an das, was ihm nicht gehört, und am Ende bekommt er es.

Die ganze Geschichte ist schon etwas merkwürdig. Diese Mutter zum Beispiel. Was war das denn für eine Mutter? Immerhin war sie die Mutter beider Söhne, nicht nur des einen, dieses Küchen-Rumpelstilzchens. Ich glaube, sie konnte nicht mit dem Aussehen Esaus, ihres Erstgeborenen, leben, also zog sie ihm Jakob vor. Ganz eindeutig. Sie wollte ein normales Kind. Das normale behielt sie bei sich, an den Töpfen, verwöhnte und verhätschelte es, während Esau bei Wind und Wetter durch Wald und Flur zog, fern der Menschen, draußen *bei den Tieren*, wie passend – wo keine besuchenden Verwandten oder andere einflussreiche Verbindungen ihn sehen konnten. Den Erben. Esau wird als etwas einfältig dargestellt, doch daran habe ich heute meine Zweifel. Er ist wahrscheinlich auch nicht weiter gefördert worden, sondern musste sich damit begnügen zu lernen, wie man schießt und Fallen stellt, damit er sich draußen in der Natur durchschlagen konnte, so gut es ging. Aber er ist freundlich und mutig und ehrlich, und er hat einen ausgeprägten Gerechtigkeitssinn. Er tut, was der Vater ihm aufträgt, immer und sofort. Er vergöttert den Vater. Also sehen wir uns mal diesen Vater an, Isaak. Tat er etwas, um Jakobs schamlose Erschleichung des Erstgeborenenrechts rückgängig zu machen? Knöpfte er sich die Jungs vor und schimpfte sie aus und belehrte sie, dass das Erstgeborenenrecht nichts ist, das man für einen Teller Pampe ver- oder erkaufen kann, und hier im Haus bin *ich* der Patriarch? Nein. Er ließ dem Unrecht seinen Lauf, ohne ein Wort. Ohne einzugreifen. Ich glaube, er war letztlich nicht viel besser als seine Frau. Man nehme nur diese letzte rührende Szene auf dem Sterbebett. Zwar war Isaak blind, taub jedoch war er nicht, wie in aller Deutlichkeit aus dem Text hervorgeht. Er hört Jakob, aber er fühlt Esau, ach schau an. So traut er mehr seinen welken Altmännerhänden als der Stimme seines eigenen Kindes. Merkwürdig auch, dass er auf einmal keinen Unterschied mehr zwischen warmer Haut mit Haaren darauf und einem toten Stück Fell spüren kann, das da notdürftig um Jakobs Hände gewickelt ist, das doch auch Kanten und Säume gehabt haben muss. Sehr verdächtig. Und dann dieser nicht zurücknehmbare Segen, den man nur einmal austeilen kann. Was für ein Unsinn soll das sein? Es ist doch ganz offenbar, dass auch Isaak, der da im Dunkel seiner Blindheit liegt, mit Esau sein Spielchen treibt. Dass er so tut, als wäre er überlistet worden, aber eigentlich versteht, was da vorgeht, insgeheim sogar mit dem Ergebnis hochzufrieden ist. Dass auch er lieber den glatten, menschlich aussehenden Sohn als Erben und Stammvater der kommenden Geschlechter haben will, nicht den behaarten, tierhaften Esau. Es ist eindeutig; beide Eltern müssen schon seit früher Kindheit der beiden Jungen eines Sinnes gewesen sein, welchen sie lieber bei sich haben wollten und welcher hinaus in die Wildnis ziehen musste. Nirgends steht geschrieben, dass Isaak auch nur ein einziges Mal mit dem Jungen auf die Jagd gegangen wäre wie ein ordentlicher Vater. Nein, soll er schön allein gehen! Und die Wildnis ist gefährlich, und ein junger Bursche kann leicht in Lebensgefahr kommen. Isaak achtet ordentlich darauf, dass er Esau hin und wieder Zucker gibt, von wegen was für ein tüchtiger Jäger er doch ist und dass er am liebsten das Wild isst, das Esau erjagt hat; so hält er den halb Verstoßenen bei guter Laune und in einer gewissen Hoffnung. Ich sehe Esau vor mir, wie er von der Jagd heimkommt, um die Gunst und Anerkennung seines Vater fast bettelnd. Er muss die paar wenigen Lobesworte des Vaters aufgesogen haben wie ein folgsames – ja, genau – irgendwas mit einem Fell. Vielleicht hat der Vater ja, anders als die Mutter, noch ein Fünkchen Gewissen bewahrt; schließlich wäre er als Junge am Berge Nebo um ein Haar von seinem Vater Abraham geopfert worden, er *weiß*, dass der Herr ein genauer und strafender Gott ist, der *alles* sieht. Dennoch versucht er, sowohl Gott als auch seinen Erstgeborenen zu überlisten; sein Schwindelversuch, wie er da in der Nacht der Blindheit liegt, hat ja auch etwas Rührendes. Als würde er denken, was ich nicht sehe, das kann auch Gott nicht sehen! Und so schlägt er zu, wie ein Krämer, der an seiner Waage herumgepfuscht hat – »die Stimme gehört Jakob, die Hände gehören Esau«. Um Esaus Seelenfrieden willen hoffe ich fast, dass er auf diesen billigen Jahrmarktstrick hereingefallen ist.

Denn so wird der arme, ehrliche Esau betrogen, nicht nur von seinem Bruder, sondern auch von seinen Eltern.

Wenn man in unserer Situation ist, sollte man vielleicht froh sein, wenn man möglichst keine Geschwister und Eltern hat. Ich hoffe, meine Mutter wäre nicht so. Wundern würde es mich aber nicht.

Wäre es Jakob noch wenigstens übel ergangen, als er nach vielen Jahren zurückkehrt, aber nein, von wegen, alles fügt sich aufs Schönste für ihn, Esau ist ganz hin und weg vor Rührung, als er seinen Bruder endlich wiedersieht. Und was ist mit Vater Isaak? *Er ist nicht tot, denkste!*, er lebt und erfreut sich bester Gesundheit. Offenbar hat er sich auf dem Sterbebett wieder erholt, und die ganze Geschichte endet mit Versöhnung und einem Gastmahl. Keinerlei Sühne wird dem Schurken auferlegt, die Anwandlungen von Reue, die Jakob gezeigt hat, haben keine Folgen in Form von Rückerstattung des Erstgeborenenrechts oder des Segens. Ach, Esau, Esau. Du musst dein Los sanftmütig, demütig getragen haben, deine Geißel, deine *metla*, deine verfluchte Hypertrichosis. So demütig, wie man nach so vielen Jahren vielleicht wird. So demütig, wie ich nie wieder sein werde. Das habe ich in Kopenhagen gelernt. Das und manches andere.

DER TEICH

In dieser Zeit verschwand sie öfter. Allmählich wurde es wärmer, die Wachtelkönige flogen tief über die frischeingesäten Äcker, der ganze Landkreis duftete nach feuchter Erde, die Wiesen dampften, und die ersten Schwalben zischten durch die Luft. Es ging dem Sommer entgegen. Mit dem Fahrrad sauste sie durch all das hindurch, an den überwucherten Gärten vorbei und in den Wald zu der Stelle mit den Ebereschen, dem Teich und dem Stein. Der Teich war jetzt tiefblau, und der Stein wurde warm und trocken. Sie legte sich auf ihm in die Sonne oder saß einfach stundenlang still, bei schlechtem Wetter unter einer Regenhaut. Immer noch lebten kleine Menschen in der geheimen Landschaft auf dem Stein, sie hatten ihre Städte und Schlösser, aber sie waren jetzt anders. Es waren insgesamt weniger, und sie ließen sich nicht mehr so viele lustige Dinge einfallen. Es gab auch nicht mehr so viele Kriege. Dafür waren sie jetzt schöner, diese kleinen Menschen, und taten schönere Dinge. Die Geschichten zwischen ihnen waren wortloser, die Prinzessinnen und Ritter durchlebten oft lange Einsamkeiten und Wanderungen. Ilma-Il sehnte sich nach dem Ritter Arima, der auf einem gefährlichen Kreuzzug in fernen Landen war. Arima sehnte sich durchaus auch, aber er war ja unterwegs vielen Gefahren und Versuchungen ausgesetzt. Zudem wurde er verhältnismäßig oft gefoltert. Ilma-Ils Einsamkeit war groß, manchmal blieb die Geschichte ganz und gar stehen, und Eva spürte nur noch Ilma-Ils Einsamkeit, mit Leib und Seele, viele Stunden lang, wie ein süßes, wundersames Ziehen tief in ihr drin.

Der Vater seufzte resigniert, wenn sie nach Hause kam, hielt ihr die neuesten Briefe von Fräulein Hadeland und sogar vom Direktor hin, bestrafte sie aber nicht mehr. Stattdessen versuchte er, an ihre bessere Einsicht zu appellieren, was Eva fast noch schlimmer fand, denn ihr gefiel der Gedanke nicht, dass sie über eine bessere Einsicht verfügen mochte. Aber dann riss sie sich trotzdem zusammen und verschwand eine Woche oder so nicht mehr.

Eines Tages steht er vor ihr, in ihrer Ecke des Schulhofs. Es ist das Ende der großen Pause, die anderen haben sich schon paarweise aufgestellt, um hineinzugehen, sie können sie von dort aus nicht sehen.

»Hallo«, sagt er vorsichtig.

»Hallo.«

Lange Stille.

»Willst du heute wieder verschwinden?«, fragt Arvid, immer noch vorsichtig.

Sie sieht ihn nicht an. Würdigt ihn keiner Antwort.

Er ist nur noch böser als die anderen, und auf eine ganz besonders böse Weise. Er tut so, als ob er nett wäre.

Aber er lässt nicht locker, versucht eine neue Taktik:

»Wo gehst du denn hin, wenn du verschwindest?«

»Nirgendwohin!«, sagt sie und blickt ihn hart an.

»Klar.« Er lächelt. Und dieses Lächeln ist so schief und so weiß, als hätte sie wirklich etwas ziemlich Komisches gesagt. »Nirgendwohin«, wiederholt er nachdenklich. »Kannst du mich da mit hinnehmen?«

Sie sieht ihn empört an. *Sieh ihn nicht an, wenn er dich ansieht. Er ist nur noch böser als die anderen, und auf eine ganz ausgesucht böse Weise.*

»Nein?«, fragt er noch einmal. Noch kurz steht er vor ihr, erwartungsvoll. Dann gleitet ein erneutes weißes Lächeln durch die Luft, sie fängt es zuerst nur mit den Augen ein, dann gleitet es durch ihren Mund, die Speiseröhre hinunter, in den Bauch und weiter bis zu Fingern und Zehen, aber bevor die taub werden, hat er auf dem Absatz kehrtgemacht und ist weggegangen.

Sie lässt einen Augenblick verstreichen, dann geht sie hinterher, um sich aufzustellen, als Allerletzte. Dann necken die anderen sie zwar, aber sie zerren nicht an ihr.

Am nächsten Tag kommt Arvid nicht zur Schule.

»Wo ist Arvid?«, fragt Fräulein Hadeland erstaunt, denn Arvid fehlt nie. »Weiß einer von euch, wo er ist?« Niemand weiß es. Doch das Fräulein scheint nicht weiter besorgt. Auch am nächsten Tag ist er nicht da.

An dem Tag piesacken sie sie wieder schlimm in der großen Pause, sie sagen nicht nur Sachen, sondern laufen ihr auch nach und reißen an ihr herum. Sie ertappt sich dabei, dass sie erleichtert ist, denn er ist nicht in der Schule und kann an dem Vergnügen nicht teilnehmen.

»Geißbart!«, rufen die anderen, »Läusepelz!« Sie läuft weg, antwortet nicht, beißt die Kiefer hart zusammen. Wie gewohnt weint sie nie. Einer von den Jungen zieht sie so heftig an der Mähne, dass er ihr eine ganze Faust voller Haare ausreißt. Die Hand hoch erhoben, geht er im Triumph umher. Allgemeiner Jubel.

Danach haben sie Handarbeit. Die Stunde kriecht dahin. Wie immer ist es im Handarbeitsraum zu warm, der blaue Faltenrock, den sie nähen soll, verwandelt sich allmählich von einem Unglück in ein Schlachtfeld. Ihre langen Fingerhaare sträuben sich heute, sie scheinen sich in allen Stichen verfangen zu wollen. Sie verfitzen sich, es ziept, sie muss die Naht wieder auftrennen. Weint sie? Sie weint nie, es kommt nur ein bisschen Wasser aus den Augen, aber das ist kein Weinen, sie hütet sich davor, auch nur das kleinste Geräusch von sich zu geben. Als sie an der Reihe ist, sich an eine der fünf Nähmaschinen zu setzen, zieht sich der Stoff erstaunlich rasch zu einem verkrumpelten Ball zusammen. Und sie selbst sitzt auch darin fest. Der Stoff seinerseits hängt mit einem verwickelten Fadenwirrwarr an der Maschine fest, hat sich an der Nadelschraube und in der Fadenführung verhakt. Sie müht sich eine Weile damit, ihn möglichst unbemerkt loszubekommen.

»Mistrock!«, sagt sie innerlich. Es ist still geworden in der Klasse, auch das Pedalsurren der anderen Maschinen ist verstummt. Noch einmal versucht sie, die Falte, an der sie gerade arbeitet, unterm Nähfuß hervorzubekommen, wo sie festsitzt, aber ihre Hände wollen nicht, diese Finger, die sonst so behände und geschickt sind, die gelernt haben, fast alles zu tun, ohne hängenzubleiben – jetzt wollen sie nicht. Nur weil es in der Handarbeitsstunde ist. So ist es immer. Beim Versuch, die Rechte zu befreien, verfängt sich stattdessen jetzt auch die Linke, diesmal an den Zähnen des Transporteurs, oder wie das scheußliche kleine Gebiss auch immer heißt; sie macht unwillkürlich eine ärgerliche Bewegung mit dem Fuß auf dem Pedal, die Nadel macht ein paar Stiche aufs Geratewohl, und da sitzt sie nun.

Es ist um Eva herum jetzt womöglich noch stiller geworden. Sie zieht und zerrt am Stoff.

»Mistrock«, murmelt sie, diesmal schon leise hörbar, »Mistmaschine.« Da kommt das erste erwartungsvolle Kichern, wie überreife Pflaumen fällt es zu Boden und zerplatzt, sie zerrt fester am Stoff, reißt daran, aber sie weint ja nicht.

»*Ruhe!*«, mahnt Fräulein Hadeland, so streng sie kann, aber der Klassenraum ist schon dicht voller Mädchenlachen, wie süßliches, reifes Pflaumenfleisch. »Was machst du denn bloß?«, fragt das Fräulein resigniert, schier verzweifelt, schon ist sie unterwegs, um Hilfestellung zu leisten, sie seufzt, »O weh, o weh«, als sie den Zustand in der kleinen mechanischen Hölle der Nähmaschine sieht, aber Eva kommt ihr zuvor – bloß das nicht, denkt sie, ich werde hier nicht minutenlang auf dem Präsentierteller sitzen, während die mich losbastelt oder, schlimmer noch, losschneidet, wie damals, als wir Mützenbommel gemacht haben – also kommt sie dem Fräulein zuvor, vergisst, dass es ziept, reißt Hände und Arme mit einem verzweifelten Ruck zu sich heran, in der Hoffnung, dass etwas endlich nachgibt, und das tut es auch, nämlich der Faden unterm Nähfuß; Eva fährt nach hinten und nach oben, fast verliert sie das Gleichgewicht, sie wirft den Hocker um. Kurz steht sie da, die Hände ausgestreckt vor sich, der Stoff baumelt dazwischen wie eine Klette, die sich nicht abschütteln lässt, dann reißt sie sich endlich ganz los, erst die rechte, dann die linke Hand. Gelächter prasselt jetzt um sie – »Aber liebes Kind«, hört sie Fräulein Hadeland sagen –, dann schleudert sie den zusammengeknüllten Stoff in die nächste Ecke.

»Mistrock!«, ruft sie. Aber sie weint ja nicht. »Verfluchter Scheißmistrock!«

Bevor das Fräulein den Mund aufbekommt, ist sie schon zur Tür hinausgefegt und verschwunden. Jetzt macht sie sich unsichtbar.

An diesem Nachmittag sitzt sie nur auf dem Stein; es ist bewölkt, Wind geht. Sie sucht nicht nach ihren heimlichen Menschlein, sie sitzt nur da. Schaut auch nicht zum Teich, schaut nichts an. Ach, doch. Ihre Hände liegen vor ihr, im Schoß, auf den Knien, wie zwei kleine Tiere. Der Wind weht in den hellen, langen Haaren, es ist, als würden ihre Hände sich von allein bewegen, ohne ihr Zutun. Sie wünscht sich, sie könnte sie hier zurücklassen wie zwei Tiere im Wald, sie einfach zurücklassen.

»Verfluchte Scheißhände«, flüstert sie ihnen zu, weich.

Am nächsten Tag macht sie sich schon gleich morgens unsichtbar, ja, bevor noch irgendjemand sonst aufgestanden ist. Es treibt ein wenig Regen in der Luft, rasche Wolkenbänke am Himmel, dazwischen Sonneninseln. Sie hat die Regenjacke an, und es macht ihr nichts aus, nass zu werden. Das Fahrrad zischt pfeilschnell wie ein Fisch durch Wellen von Sonne und Wind und Nieselregen Bald sieht sie Ebereschen und Stein und Teich. Jetzt ist sie weit weg von allem anderen. Die Oberfläche des Teichs kräuselt sich nervös im Wind. Sie hat Adamsens Weltgeschichte aus Vaters Bücherregal stibitzt und in den Ranzen gesteckt, den ersten Band, über die Antike, darin will sie lesen, und auch ihr Tagebuch. Vielleicht findet sie ja bei Adamsen einen neuen Fall für ihr Tagebuch.

Wie sonst auch versteckt sie das Fahrrad im Gebüsch, schaut sich wachsam um, wirft sich den Ranzen über die Schultern und klettert den Stein hinauf zu ihrem Platz. Jetzt ist sie endlich in Sicherheit. Erst sitzt sie eine Weile da und lässt es nieseln. Sie hat einen Südwester auf dem Kopf, der ist wie ein Dach. Schlechtes Lesewetter. Doch dann klart es ein wenig auf, die Sonne kommt durch, die Vögel zwitschern. Sie setzt den Südwester ab und knöpft die Regenjacke auf, lässt sich rücklings sinken, bis sie flach auf dem Stein liegt. Später, denkt sie, kann ich dann ja lesen. Die Wolken dort oben segeln in hohen, anmutigen Formationen vorüber, aber die Sonne setzt sich immer mehr durch.

Bald, denkt sie, ist es Sommer. Dann kann ich jeden Tag verschwinden, ohne bessere Einsicht. Sie schließt die Augen und hält das Gesicht der Sonne und den glänzenden, blauweißen Wolken entgegen.

Und da ist von irgendwoher eine Art Scharren zu vernehmen,

rechts unterhalb von ihr, etwas Hartes klickert mehrmals, und dann das fast unhörbare Geräusch von Händen an Stein. Sie öffnet die Augen, stützt sich auf die Unterarme, und da, vor den Wolken, steht jemand und sieht sie an.

Jaja, denkt sie resigniert, das musste ja irgendwann passieren, dass sie mich hier auftreiben, doch dann kommt die Sonne durch, und die Silhouette bekommt ein Gesicht.

»Tach auch«, sagt Arvid. Sie antwortet nicht, bleibt nur liegen und sieht ihn an.

»Das ist also dein Nirgendwo«, lächelt er. Diesmal ist sein Lächeln blau, milchblau, wie die Wolken.

Sie antwortet immer noch nicht. Er hockt sich hin, dicht neben sie. Wenn sie will, kann sie an seinem Hemdsärmel zupfen. Direkt überm Handgelenk. Das Hemd ist rot kariert, die Hand braun und schmal.

Etwas rasselt, sie sieht, dass auch er den Schulranzen dabeihat.

»So, jetzt bin ich auch verschwunden.«

Sie sagt nichts.

»Ich bin dir gestern nachgelaufen«, erklärt er. »Als du weggefahren bist. Warst schwer sauer, was, und hast mich nicht gesehen.« Sie sieht ihn erstaunt an. Er sagt: »Ich bin ein verdammt schneller Läufer, weißt du. Und Pfadfinder. Ein Mohikaner. Weißt du, was ein Mohikaner ist?«

Sie schüttelt misstrauisch den Kopf.

»Einer, der sich gut anschleichen kann«, sagt er.

Dann setzt er sich hin, die Beine ausgestreckt. Sie liegt immer noch so da wie vorher, auf die Unterarme gestützt. Er blinzelt auf sie hinab, fragt etwas besorgt:

»Hätte ich nicht kommen sollen?«

»Doch«, sagt sie.

»Gut«, sagte er und lehnt sich ebenfalls zurück. Dann sind sie still. *Er ist böse, genau wie die anderen, nur noch mehr …*

»Hier ist das also«, sagt er, fast wie zu sich selbst. Aus seinem Ranzen holt er einen Pullover, den er zusammenrollt und sich unter den Nacken legt. Der Pullover ist rot. Eine Weile liegen sie da und schauen den Wolken nach. Mal nieselt es ein wenig auf sie, mal liegen sie in der Sonne. Er sagt nichts mehr, bewegt sich nicht, sie sieht ihn nicht an. Nach einer Weile ist es fast so, als ob er nicht da wäre. Trotzdem kann sie ihn spüren da neben sich, wie er Nieselregen ins Gesicht bekommt, es kommt und geht, in feinen, schleierartigen Wellen.

Und dann ist alles auf einmal ganz warm und voller Sonnenschein, und ihr wird klar, dass sie eingeschlafen ist. Sie richtet sich halb auf, er ist nicht mehr da. Aber dann sieht sie seinen Ranzen und den roten Pullover und begreift, dass er nicht weit weg sein kann.

Da kommt Arvid aus dem Wald, klettert wieder den Stein herauf, hat ein Armvoll Reisig dabei.

»Hast du keinen Hunger?«, fragt er.

Sie schüttelt den Kopf.

»Was ist mit deinem Pausenbrot?«

»Hab ich weggeworfen«, lügt sie. Allerdings tut sie meistens genau das, wenn sie eins dabeihat. Er sieht sie mit großen Augen an:

»Kannst doch kein Essen wegwerfen, macht man nicht.«

»Kann ich schon.«

Er sieht sie forschend an.

»Kriegst du hier draußen nie Hunger?«

»Nein«, sagt sie hart und spürt in demselben Moment, dass sie ein wenig hungrig ist.

»Na, dann nicht«, sagt er und seufzt. Schaut auf den Stein, das Reisig noch im Arm.

»Bisschen vielleicht«, sagt sie zaghaft.

Er schaut sie an, dann lächelt er wieder:

»Dann teilen wir. Ich hab jedenfalls Hunger. Ist doch schon Vormittag.« Er lässt das Reisig auf den Stein purzeln und will es zu einem kleinen Feuer anordnen.

»Nein, nein!«, flüstert sie und schüttelt energisch den Kopf: »Nicht dort!« Nicht mitten in Arimas Sälen. Er sieht sie erstaunt an, fragt aber nur:

»Wo dann?«

Sie sieht sich auf dem Stein um, auf ihrem Stein, das ist ihr Stein.

»Wie wäre es dort?«, fragt sie und deutet auf eine Stelle; dort liegt das Untere Geistergebirge, aber es hilft nichts, jetzt ist er hier, auf ihrem Stein, und er verschiebt das Reisig, ohne zu fragen, warum, schichtet es rasch und sicher zu einem kleinen Scheiterhaufen auf, langt in seinen Ranzen, holt etwas Zunder heraus und macht mit einem einzigen Streichholz Feuer. Falls er stolz ist, lässt er es nicht erkennen. Bald flackert das Feuer munter, obwohl das Holz noch feucht ist und qualmt. Er macht das nicht zum ersten Mal, dieser Arvid, er tut alles so rasch und kundig; auf einmal ist er weg, läuft zum Teich hinunter, als er wiederkommt, sieht sie, dass er einen kleinen Kaffeekessel trägt, den er mit Wasser gefüllt hat.

»Tässchen Kaffee wird jetzt guttun«, sagt er kernig und schüttet Kaffeepulver in den Kessel und hängt ihn an einem rasch aus drei Ästen gebauten Gestell übers Feuer. Sie zieht die Regenjacke aus, unter der es ihr zu warm wird. Bald kocht das Wasser, es duftet nach Kaffee und dem scharfen Qualm.

Aus dem Ranzen holt er noch zwei emaillierte Becher, hält ihr den einen hin.

»Ich trinke keinen Kaffee«, sagt sie verunsichert. Er sieht sie an, als hätte sie etwas ganz ungewöhnlich Dummes gesagt.

»Ich trinke schon mein Leben lang Kaffee«, sagt er etwas angeberisch.

»Vater sagt, das ist für Kinder nicht gut.«

»Du bist doch kein Kind mehr«, sagt er. »Willst du sagen, du hast noch nie Kaffee getrunken?«

Sie schüttelt den Kopf.

Da muss er auch den Kopf schütteln, ein bisschen ratlos, er zaubert ein paar Stückchen Zucker hervor, nimmt ihren Becher wieder und wirft sie hinein, dann gießt er ihn randvoll mit brühheißer, schwarzbrauner Flüssigkeit. Einen Löffel hat er nicht, aber er rührt mit einem Zweiglein um.

»Wenn du noch nie welchen getrunken hast«, sagt er, »ist er am besten mit viel Kandis.« Er gibt ihr den Becher. Dann gießt er sich selbst ein. »Wohl bekomm's«, sagt er, pustet auf seinen Kaffee und trinkt. Sie sieht ihn an, immer noch unsicher, dann hebt sie ihren Becher zum Mund, pustet ebenfalls. Dann nimmt sie einen Schluck. Erst ist es nur brühheiß. Dann schmeckt es zugleich bitter und merkwürdig und süß. Der leichte Moorgeschmack des Teichwassers, das scharfe Aroma des Kaffees und die Süße des Zuckers mischen sich in ihrem Mund mit der Hitze, es ist gut und eklig zugleich, es steigt ihr sofort in den Kopf, und ihr wird klar, das ist kein Getränk, das ist ein Göttertrank, so etwas Wunderbares hat sie noch nie gekostet.

»Gut?«, fragt er und lächelt sie fröhlich an. Schmunzelt er ein wenig? *Ist er genauso böse, nur auf eine …*

»Ja«, flüstert sie, kaum hörbar, und nimmt einen zweiten Schluck, diesmal einen größeren.

Wieder holt er etwas aus seinem unerschöpflichen Ranzen, eine Brotdose, darin sechs Scheiben Brot, halbiert, zwei mit braunem Käse, zwei mit Sirup und zwei mit Wurst. Erst will er ihr einfach die Dose hinhalten, dann fällt ihm etwas ein, er nimmt die Brote wieder weg, breitet stattdessen den Pullover aus, auf dem er gelegen hatte, und richtet sie darauf an.

»Bitte schön, greif zu«, sagt er. Sie nimmt eine Scheibe mit Sirup, unsicher, weil sie Sirup nicht mag, der ist so klebrig und zu süß und schwer zu schlucken und setzt sich um den Mund herum fest, sie zögert kurz, dann beißt sie hinein.

Etwas vom Duft des rauen roten Pullovers scheint sich dem Brot mitgeteilt zu haben, ganz schwach, wie der kaum wahrnehmbare Geruch von Salz; sie isst rasch, es schmeckt gut, seltsam eigentlich, dass sie noch nie auf die Idee gekommen ist, hier draußen etwas zu essen, dass sie nie Hunger gespürt hat, dass Sirup eigentlich so gut ist, dass sie heute schon Kaffee getrunken und Sirup gegessen hat, einfach so. Vielleicht war sie die ganze Zeit hungrig gewesen. Dann trinkt sie noch etwas Kaffee; jetzt, wo er nicht mehr so heiß ist, schmeckt er anders, aber nach noch mehr und noch wunderbarer, jetzt schmeckt sie deutlich die Aromen von Heidekraut und Rinde und auch Erde. Das ist ganz sicher das Beste, was sie jemals gekostet hat.

Das Feuer ist zu Glut heruntergebrannt. Jetzt scheint die Sonne kräftig, ein wenig unbeständig ist das Wetter noch. Über den Hügel sehen sie Wolken wandern, unter einigen davon wehen graue Regenschwaden. Er nimmt ihr den leeren Becher ab, seine Hand streift die Haare auf ihrem Handrücken. Er blickt auf ihre Hand, dann lächelt er wieder. Und diesmal ist das Lächeln fast grün, wie Heide und Moos, ein Lächeln, das irgendwie nach innen geht, geheimnisvoll, er lächelt für sich und nimmt ihren Becher, geht zum Wasser hinunter, um ihn auszuspülen. Dann klettert er wieder auf den Stein, verstaut die Becher im Ranzen.

»Gehst du im Teich schwimmen, wenn du hier bist?«

Sie wird rot, aber das kann er nicht sehen. *Er kann mich nicht sehen.* Und so ist es leicht zu lügen.

»Es ist mir zu kalt«, sagt sie wegwerfend. So braucht sie das Peinliche nicht zu beichten. Das ihn natürlich auch gar nichts angeht.

»Glaub ich dir nicht«, sagt er, und sie zuckt zusammen. Aber er zerrt sich schon das Hemd vom Leib, beugt sich hinunter, schnürt sich die Schuhe auf. Sie sieht seine bloßen Füße, braun sind sie und ein wenig schmutzig, dann blickt sie zu Boden, sieht weg, während er sich ganz auszieht.

»Wer als Erster im Wasser ist!«, ruft er, aber da ist er schon fast am Ufer, sie schaut kurz hin, sieht ihn laufen, dann nur noch im Sonnenlicht himmelwärts stiebendes Wasser, und sie hört einen lauten Platscher.

Sein Kopf taucht auf, ein dunkler, wippender Klumpen im Gegenlicht. Er schüttelt sich, das Wasser fliegt von seinen Haaren, reckt einen Arm in die Luft, winkt.

Arvid, denkt sie.

Er ruft:

»Es ist fast überhaupt nicht kalt!«

Sie sieht seinen Kopf wieder untertauchen, schaut weg, blickt zu Boden.

»Komm schon!«

Sie hört ihn nicht. Eine Zeit lang planscht und gurgelt er da draußen wie ein verspielter Seehund. Auf dem Stein ist es so merkwürdig einsam und still geworden. Da steht sie auf, kickt die Schuhe von den Füßen, zieht die scheußliche ausgebeulte Wollstrumpfhose aus, zieht sich das Kleid über den Kopf, knöpft die langärmelige Bluse auf, zögert noch kurz, dann zieht sie sich rasch ganz aus. Da steht sie auf dem Stein, blickt an ihrem Körper hinab, sieht, wie die Luft in die langen, goldenen Haare fasst und sie wogen lässt wie ein Kornfeld. *Was mache ich hier.* Doch dann klettert sie hinunter, läuft entschlossen zum Teich, lässt sich nicht anmerken, dass es unter den Füßen piekst, tritt auf den wippenden Torfboden am Ufer, und da ist er, jetzt sieht sie sein Gesicht da unter ihr im Wasser, er schaut erstaunt zu ihr hoch, fast entrüstet; das Gesicht ist ganz klein in all dem grauen Wasser; sie zögert überhaupt nicht mehr, sondern lässt sich nach vorn fallen und nach unten und ins Wasser.

Unter Wasser ist es ganz anders, als sie gedacht hätte. *Was hatte ich eigentlich gedacht?* Das Wasser ist dunkel und eiskalt und schreckensvoll. Es tut in Augen und Nase weh, sie schluckt Wasser und atmet Wasser ein und merkt, dass sie untergeht wie ein Stein. *Nein, was hatte ich eigentlich gedacht.* Trotzdem ist sie mitten in dem Erschrecken ganz ruhig, sie ist ruhig, obwohl sie zappelt und strampelt. *So, so also, in der Dunkelheit eines Waldsees.* Hat sie die Augen auf oder geschlossen, sie weiß es nicht, das kalte Wasser beißt sie überall, wie ein rasendes dunkles Tier. So, denkt sie ergeben, jetzt ertrinke ich, so fühlt sich das also an. *Samson. Kleopatra. Hatschepsut.* Kurz taucht das Gesicht des Vaters vor ihr auf, vorwurfsvoll wie stets; sorgenschwer. Dann aber sieht sie etwas Helles, vielleicht hat sie die Augen ja doch geöffnet; sie fuchtelt und strampelt in dem zähen, kalten Wasser. Kurz hat sie einen Arm über der Oberfläche, in der Luft, am Licht, dann geht es wieder hinab, doch jetzt spürt sie, dass da jemand ist, bei ihr im Dunkeln, jemand ist um sie und bei ihr. Er versucht, sie zu greifen, aber sie zappelt und strampelt die ganze Zeit. Da zwingt sie sich, ganz ruhig zu sein. Kurz sinkt sie wieder wie ein Stein und bekommt noch viel mehr Angst, mehr Angst als jemals, doch dann kriegt er sie fest um den Leib zu fassen und zieht sie rücklings nach oben, sie durchbrechen die Oberfläche, sie hustet und spuckt Wasser, während er sie zum Ufer zieht. An seinem Keuchen hört sie, dass er erschöpft ist, er hustet ebenfalls Wasser, atmet schnell und tief. Sie gelangen ins Flache, bleiben dort liegen, aber er lässt sie nicht los. Unablässig hört sie hinter sich seine Atemzüge, schwer und tief gehen sie. Sie erbricht sich ein wenig, hustet noch etwas.

Endlich ist er wieder bei Puste.

»Du hättest ruhig sagen können, dass du nicht schwimmen kannst«, sagt er nur. Seine Stimme hinter ihrem Kopf, ganz dicht, ernst. *Aber er ist mir nicht böse.*

»Ja«, sagt sie schuldbewusst. »Aber … ich …«

»Ja?«, atmet er.

»Ich dachte, ich kann es jetzt«, sagt sie leise.

Sie spürt, wie er sie ernst anblickt. Dann schaut er ihr über die Schulter, lächelt, dass das dunkle Wasser glitzert. Außerdem hat er ein bisschen Schlamm im Haar.

»Du bist mir mal eine Verrückte«, sagt er nur, und er lacht.

Sie stützt sich mit der Linken ab. Streckt die Rechte aus und zieht ihm mit dem Zeigefinger einen Streifen Schlamm die Stirn hinunter. Er taucht das Gesicht kurz ins Wasser, aber ohne sie loszulassen.

»So«, sagt er und spuckt wieder Wasser. »Übrigens ist es wahrscheinlich doch ziemlich kalt.«

»Ja.« Sie muss kurz lachen. Jetzt merkt sie, dass sie beide mit den Zähnen klappern.

»Ich helfe dir auf.«

Sie laufen zum Stein hoch. Auch die Luft ist kalt. Endlich oben, nimmt er den roten Pullover, schaut sie kurz an, fängt ihren Blick ein, blickt zu Boden.

»Hier.« Er hält ihr den Pullover hin. »Zum Abtrocknen.«

Er wendet sich halb ab. Aber kurz steht sie noch da und schaut ihn an, so kalt ihr auch sein mag. Er ist dünn und braun, fast ganz glatt. Nur an ein paar Stellen ein dünner, weicher Haarflaum. Er zittert. Sie spürt, dass er spürt, dass sie ihn ansieht, zittert er nicht etwas weniger? Aber er wendet sich nicht ganz ab, bleibt stehen, lässt sie schauen. Dann wird es ihr peinlich, sie trocknet sich ab, dreht ihm den Rücken zu.

Der Pullover ist natürlich vollkommen ungeeignet. Im Handumdrehen ist er nass wie ein Putzlappen, und ihr Fell trieft immer noch. Aber sie versucht es, so gut es geht. Nach einer Weile ist es ein wenig besser. Aber sie ist jetzt fürchterlich verstrubbelt, die Haare stehen zu allen Seiten ab. Hinter sich hört sie ein kurzes Lachen, kältebibbernd. Aber es macht sie nicht böse oder traurig, jetzt nicht.

»Mensch«, sagt sie nur, versucht, ihre Achselhaare mit den Fingern glatt zu kämmen.

»Entschuldige«, sagt er, »aber du siehst aus wie unsere rote Katze zu Hause, wenn sie in den Eimer gefallen ist.«

»Das ist überhaupt nicht komisch«, murmelt sie, aber sie muss selbst ein bisschen lachen. Ein bisschen.

»Nein, nein«, sagt er und unterdrückt sein Lachen. Dann kommt es, leise: »Ich mag das.«

Sie antwortet nicht. Versucht noch etwas, sich mit den Fingern zu glätten, aber die Finger gehorchen ihr nicht recht, sie sind kalt und warm und taub. Da dreht sie sich zu ihm hin:

»Da, dein Pullover.« Hält ihn ihm hin. Kurz stehen sie da, Auge in Auge.

»Danke.« Er nimmt den Pullover. Aber dann sieht er ihn an und muss doch lachen beim Anblick des jämmerlichen nassen Lappens, den er da hält. Sie lacht, sie lacht jetzt auch.

Sie legen sich an eine windgeschützte Stelle, etwas voneinander entfernt, lassen sich in der Sonne trocknen. Die Sonne kommt und geht, nach einer Weile hören sie auf zu zittern. Sie spürt, wie erschöpft sie ist, schließt die Augen.

Er ist stumm, ebenfalls erschossen.

Jetzt sieht er sie wieder an. Das kann sie spüren, sogar mit geschlossenen Augen. Aber sie sagt nichts, streckt sich nur ein wenig länger aus, dreht sich etwas zur Seite. Erst ist es merkwürdig, so zu liegen, unter seinem Blick, dann gleitet das Gefühl schläfrig zu etwas Sicherem hinüber. Sie ruht sich darin aus.

Dann sitzt er auf einmal neben ihr, hinter ihrem Rücken. Sie macht die Augen nicht sofort auf, spürt ihn nur. Was will er?

Er streckt eine Hand aus. Streichelt ihr vorsichtig über den Kopf, über die Haare, den Hals, die Schultern hinab. Ganz vorsichtig.

Jetzt öffnet sie die Augen, wendet ihm den Kopf zu. Sieht ihm ins Gesicht, in die großen Augen; er ist jetzt ganz ernst, er sieht nicht aus wie einer, der an eine Katze denkt. Er streichelt sie immer weiter, ganz vorsichtig. Und etwas löst sich in ihr, sie streckt ebenfalls eine Hand aus, berührt seine Brust, seinen Bauch. Sie sagt:

»Wie glatt du bist.«

»Du nicht«, antwortet er. Streichelt weiter. Jäh steht sie auf, nimmt ihre Kleidung, zieht sich an.

»Ich muss jetzt nach Hause«, sagt sie.

Er antwortet nicht. Sitzt weiter dort, wo sie ihn hat sitzenlassen.

Sie zieht sich ihre Sachen über, bindet ihre Schuhe zu. Er sitzt immer noch da.

»Kann ich irgendwann mal wieder mit dir verschwinden?«, fragt er. Sie antwortet nicht, schlüpft in die Regenjacke, klettert den Stein hinunter, geht zu dem Gebüsch, in dem sie das Fahrrad versteckt hat. Jetzt ist er aufgestanden, er schaut ihr nach.

»Kann ich?«, ruft er.

Sie sieht ihn kurz an, da steht er, braun und glatt. Sie antwortet nicht. Stattdessen ruft sie.

»Arvid?«

»Ja?« Seine Stimme ist dunkel und weich wie Wasser.

»Mach's gut! Mach's gut!«

Sie springt aufs Fahrrad, verschwindet über den buckligen Pfad.

Sie reitet durch Sonne und Nieselregen.

BEI DEN SCHLAMMFRESSERN

Mirabile dictu – unglaublich, aber wahr: Er kam wieder, der Junge Arvid, nicht beim ersten Mal, als ich danach wieder die Schule schwänzte, auch nicht beim zweiten, aber eines Mittwochs war er plötzlich wieder da, und diesmal schon, bevor ich selbst auf dem Stein saß. Ich wusste es, weil mir der deutliche Duft von Kaffee und Feuer entgegenzog. Es war, als würde ich auf meinem glänzenden roten Fahrrad durch Duftwolken reiten, durch Schleier, die sanft über mein Gesicht zogen und beiseitewichen, und freudig holperte ich über Wurzeln und Grasbüschel, zugleich etwas ängstlich, denn ich wusste ja nicht, ob ich nicht vielleicht wieder in das dunkle, kalte Wasser musste, gleich, wenn der Kaffee ausgetrunken war. Eine schwankende Sekunde lang hielt ich das Fahrrad an, erwog umzukehren, aber bekanntlich *venter non habet aures*, der Bauch hat keine Ohren, ich hatte so Lust auf Kaffee.

Hatte ich auf Kaffee Lust? Er saß da mit seinem schiefen weißen Lächeln, blickte auf, als ich kam, nahm eben in diesem Moment den Kessel vom Feuer, um einzugießen, er saß an derselben Stelle wie letztes Mal, störte die Ordnung auf meinem Stein nicht; ich habe auf dich gewartet, sagte er. Er hatte nur einen Becher mit, aus dem wir beide tranken. Und bald stand er glatt und braun vor mir, genauso glatt und braun wie neulich, und er führte mich zum Wasser hinunter, zu dem grausigen Teich, und ich ließ mich führen. Und dort hielt er mir die Hand unter Bauch und Beine, mühsam Wasser tretend, klammerte sich (wohl mit einer dritten Hand) an einem Torfrand fest, während er versuchte, mich schwimmen zu lehren. Eine besonders gelehrige Schülerin war ich nicht. Aber ich war glücklich, denn ich hatte einen Freund, einen Bruder, einen, der auf mich aufpasste, ich war nicht mehr allein.

An dem Tag war das Wetter besser, hinterher lagen wir in der Sonne und wärmten uns, mir wurde so heiß, dass mein Fell zu allen Seiten abstand, und wieder streichelte er mich, behutsam, immer wieder, bis ich einschlummerte, den Geschmack von Teichwasser und Kaffee im Mund. Danach gingen wir nach Hause.

Dann kam der Sommer immer näher, immer größere Räume von Wärme und gutem Wetter öffneten sich, und wir trafen uns, wie auf einen heimlichen Befehl hin, wir redeten nie darüber; mal an einem Wochentag, wenn ich verschwand, öfter an Sonntagen oder samstagnachmittags; wir sprachen nie darüber. Er war da, oder er war nicht da.

Ich kann mich nicht erinnern, worüber wir sprachen. Ehrlich gesagt, weiß ich nicht mal, ob wir so viel sprachen. Ich hatte einen Freund.

Der Feind der Freiheit ist das Gespräch. Ich versuchte manchmal, das weiß ich noch, ihm etwas vorzulesen, aus Büchern, die ich dabeihatte, über die Geschichte des Zweistromlandes oder die Fibonacci-Zahlenfolge, oder womit ich mich nun gerade beschäftigte; solche Sachen langweilten ihn, und er schaltete bald ab, obwohl er höflich weiter zuhörte. Aber sein Blick wanderte in die Baumkronen oder an meinem Hals entlang. Besser, ich las etwas von Kipling oder Conrad, etwas Spannendes, wo es hoch herging, am liebsten etwas mit Schiffen und See; offenbar mögen Jungs Bücher mit Salzwasser, und dass dieser Junge Wasser mochte, das war mir schon klar. Er brachte mir ein paar Schwimmzüge bei, er holte mich raus, wenn ich unterging. Meistens aber lagen wir auf dem Stein und wärmten uns, und ich las nicht, und er redete nicht viel, sondern sah mich an, wenn ich dachte, er täte es nicht, oder ich sah ihn an und tat so, als würde ich denken, er wisse es nicht. Er berührte behutsam meinen Rücken.

Eines Tages aber, nach ein paar Wochen, nahm ich meinen Mut zusammen und sah ihn an, während er das tat, da hörte er sofort auf, schlug die Augen nieder, legte sich auf den Bauch, schloss die Augen und verbarg das Gesicht in Stein und Händen. Aber ich konnte sehen, dass er rot wurde. Er wand sich, als hätte er Schmerzen. Da rückte ich dicht an ihn heran, drehte ihn um, bis er auf der Seite lag, immer noch mit geschlossenen Augen, ich legte meine Lippen auf die seinen und fing systematisch an, dieses Lächeln aufzuessen. Es dauerte eine Weile, bis er begriff, was er zu tun hatte, dann öffnete er die Lippen.

Dieser Kuss währte einen ganzen Frühsommer, während das Schuljahr seinem Ende zuging, mit Liedern und Kirchengesängen und Zeugnisverteilung, und das war mir jetzt alles herzlich egal, und immer noch küssten wir uns, nur noch öfter als zuvor, und am Ende konnte ich recht gut schwimmen, und bald spritzte er mir weißen Samen in die Hand. Das war ein interessanter Anblick, er wurde ganz seltsam und zuckte und atmete mir schwer ins Nackenfell. Aber solange er die Augen nicht aufmachte und keiner von uns beiden ein Wort sagte, war es, als ob nichts vorgefallen wäre, es galt irgendwie nicht, und ich konnte mit meinen Untersuchungen fortfahren.

Papier errötet nicht, der Fuchs ist immer rot aus Scham über seine vielen Missetaten, ich selbst bin von unbestimmbarer Farbe, doch wie ich es auch drehe und wende, der Gedanke an diese Wochen bebt wie ein junger Fuchs in mir, und ich glaube, es gibt keine Liebe außer der ersten. Aber das wusste ich damals nicht, das weiß ich erst jetzt, denn was dachten wir damals schon? Er mag mich, dachte ich, er findet mich hübsch, dabei ist er selbst so hübsch; viel mehr dachte ich wohl nicht, sondern öffnete den Mund, zog seine Hand zu mir, damit er mein Weiches und meine Lust erfühlen konnte. Wenn ich die Augen schließe, sind da nur diese ganz einfachen, schlichten Bilder, und der Rotfuchs zappelt in mir, ein Junge und ein Mädchen an einem Teich, nass vom Baden, sie tun, was die Natur ihnen sagt, das sie tun sollen, sie tun, was das Jucken an verschiedenen Stellen ihnen sagt, und abgesehen davon, dass sie ein Fell hat, sind sie wie zwei Tiere, oder vielleicht eher wie eineinhalb Tiere, und wäre alles anders gewesen, dann wäre alles ganz normal gewesen. Vielleicht hätte sie sich irgendwann mit ihm verlobt, was weiß ich.

Denn abgesehen davon, dass er nicht gerade ein Bücherwurm war, sehe ich, wenn ich ihn ansehe, einen selbstsicheren, hübschen, vielleicht etwas langweiligen, aber zuverlässigen und freundlichen Bauernjungen. Damals sah ich nur seine Schönheit, den glatten, sehnigen Körper, das blaue Lächeln, die raue, saubere Zunge, sein schlankes Glied, das zitterte wie in einem Schmerz, von dem er sich nicht befreien konnte, aber den ich von ihm nahm, wann immer ich wollte. Ich trank diesen Sommer, schwindlig und trunken und verträumt, als würde ich nicht ganz glauben, dass das alles wirklich war. Ich hätte auch keine Worte dafür gehabt. Da sind nur diese Momente, diese Bilder, diese stummen Stunden voll Lippen und Lust. Und *er* hätte schon gar keine Worte dafür gehabt. Arvid war überhaupt kein Mann vieler Worte, was er sagte, war direkt und aufrichtig, ich aber war voller Worte, damals wie heute, stummer Worte und lauter Worte, voll schwieriger und fremder Worte. Denen konnte er nicht zuhören, also behielt ich sie für mich. Aber sie durchströmten mich, damals wie heute. Wäre alles anders gewesen, dann wäre alles ganz normal gewesen. Wäre alles anders gewesen, dann wäre alles ganz richtig gewesen.

Freilich, einmal, da fragte er mich, ganz direkt und frei heraus, warum ich so sei. Er saß auf dem Stein, einen Grashalm im Mund, angezogen, denn es war wolkig, wir überlegten, ob es zum Baden zu kalt sei. Ich vergesse nicht die grauen Sommerwolken über dem grauen Stein, vergesse nicht diesen Tag.

»Warum?«, wiederholte ich. »Ich weiß nicht. Das gibt es eben. Wenn auch selten. Ich bin so geboren worden.«

Er nickte.

»Sie sagen«, sagte er, »dass deine Mutter das Bild von einem Wolf gesehen hat, als du gemacht wurdest.«

Ich antwortete nicht. Blickte auf den ewigen Stein. Grau und still.

»Sagen sie das«, sagte ich kurz.

»Aber ich glaub das nicht«, fügte er hinzu, im selben Moment.

»Es stimmt auch nicht«, sagte ich. »Wir hatten nie ein Bild von einem Wolf an der Wand. Außerdem werd ich dir mal was sagen, was du nicht weißt, und zwar haben alle Kinder im Mutterleib so ein Fell, eine Zeit lang, nur dass es mir nicht ausgefallen ist wie allen anderen. Das ist«, so sagte ich feierlich, »ein angeborenes Syndrom. Ein sehr, sehr seltenes.«

»Ahaaa?«, sagte er langgezogen. Dachte nach. »So ist das also«, sagte er. Und nichts mehr. Mir gefiel, dass er nichts sagte, sondern nachdachte. Streckte die Hand aus und berührte mich. Lächelte. Der Feind der Freiheit ist das Reden. Mich durchzuckte ein Schauer, ein Schauer von Zärtlichkeit. Zärtlichkeit und etwas Größeres. Natürlich badeten wir trotzdem, obwohl es kalt war. Hinterher, als wir einander wärmten, als er auf mir lag und mich küsste, fand ich auf einmal, warum sollten wir den Dingen nicht ins Auge sehen, warum sollte er mich nicht ganz spüren, ich spreizte die Beine, rückte ihn ein wenig zurecht, etwas hinunter und hinauf, und schon, in einem einzigen, langen, ewigen, kurzen, gleitenden Augenblick war er tief in mir, an dem Ort, das spürte ich ganz deutlich, wo sein Schmerz hingehörte.

Natura abhorret vacuum, die Natur scheut die Leere, das ist nun wirklich wahr, und um den Rest kümmerte die Natur sich dann auch, auf natürliche Weise, natürlicherweise, und bald verschaffte er mir meinen Genuss, und dann gleich noch einmal, einfach, indem er die Leere in mir füllte, die ich in Wahrheit verabscheute, ohne es zu wissen, und dann war er mein Fohlen und mein Bube, ich weiß noch genau, dass ich das dachte. Er war mein Prinz, der endlich lebendig geworden und aus der Traumwelt des Steins herausgetreten war. Aber als er sich aufbäumte, sodass ich spürte, wie sein Schmerz mich fast bis zum *Hippocampus* aufspießte, da murmelte er etwas, ein paar seltsame Wörter, ich dachte damals nicht darüber nach, sondern umklammerte ihn mit Armen und Beinen, während er wieder und wieder kam. Er hätte flüstern können, was er wollte. Denn ich flüsterte, dass ich ihn liebte.

Wenn ich diese Bilder sehe und etwas in mir zittert wie ein kleines Tier, dann sehe ich ihn und sie, hinterher, ob nun zwölf Monate vergangen sind oder zwölf Minuten, aber ihm ist inzwischen kalt geworden, er zittert ein wenig, er hat Angst, hockt da, die Arme um die Knie geschlungen, nackt und dünn und auf einmal fast weiß, und sie sitzt da und muss ihn beinahe trösten. Sieht ihn an aus Augen, die sich wundern und lauschen. Das ist seltsam. Sie streichelt ihm über den Rücken, er bibbert. Er sieht aus, als wollte er gleich losweinen. Er ist überwältigt, das versteht sie gut. Aber da ist auch noch etwas mehr. Erst nach einer Weile rückt er damit heraus, flüsternd, ängstlich, besorgt, auf einmal so jung, kann das jetzt ein Kind geben, fragt er, und sie sieht ihn lange an; es ist nicht recht zu erkennen, was sie denkt, denn von ihrem Gesicht kann man derlei Dinge nicht ablesen, aber ich glaube, ihr Blick verändert sich. Es muss ausgesehen haben, als träte ein Strom von Schatten hinein. Sie beißt sich auf die Unterlippe, dann flüstert sie, was sie weiß, nämlich, so welche wie ich können keine Kinder bekommen, so will es die Natur, und nach einer Weile beruhigt er sich, ihm wird wieder warm, er wird wieder er selbst, bekommt die Arvidfarbe wieder, und bald ist alles wie davor, jedenfalls beinahe, und sie küssen sich. Und bald will er wieder, so will es die Natur, und diesmal sind sie ruhiger und gründlicher, und sie haben die Augen geöffnet dabei, und sie lachen, während sie es tun, denn es tut gut, die Leere zu füllen. Und alles ist wie zuvor, aber sie denkt daran, was er beim ersten Mal geflüstert hat, und sie flüstert nicht mehr, dass sie ihn liebt.

Aber du darfst es nie, niemals irgendwem erzählen. Vater darf das nie erfahren.

Hat er es erfahren?

Da steht sie. Ich kann sie sehen. Auf dem Bahnsteig.

Der Vater ist erschöpft. Überarbeitet, heißt es. Es kam ganz plötzlich. In letzter Zeit ist er etwas schlapp gewesen. Er schläft schlecht. Er hat viele Kümmernisse. Doktor Levin verschreibt ihm eine Reihe stärkender Tinkturen und Mittel, und, das ist das Wichtigste, er erklärt gebieterisch, dass der Stationsmeister Urlaub braucht, und gleich schreibt er einen Antrag auf eine Kur an einem möglichst langweiligen Fjordarm. Augenblicklich. Und im selben Schwung schreibt er einen Antrag auf eine Kur auch für Eva. Um sich zu erholen und Kräfte zu sammeln, so schreibt er.

Da steht sie, abermals in Reisegarderobe und mit allerlei schönen Dingen im Gepäck, und wartet auf den Zug. Der Vater neben ihr, ganz gut gelaunt angesichts der bevorstehenden Reise, aber etwas blässlich. Dasselbe Abschiedskomitee wie letztes Mal, minus Kantor Swammerdamm. Knudtzon hat eine extra tiefe Furche auf der Stirn wegen der besonderen und langen, unerwarteten Verantwortung, die er zu tragen hat.

Da steht sie. Sonst sind sie nie länger in Urlaub gefahren als für ein paar Tage in die Berge, auf eine Berghütte, die der Vater durch Birgersons Vermittlung gemietet hatte; jetzt kommt schon die zweite lange Reise innerhalb kürzerer Zeit. Sie schaut abwesend auf die anderen, ist nicht ganz da. Sie begreift nicht, was das jetzt soll, Ferien, der Vater hat doch seit vielen Jahren keine Ferien gemacht, er nimmt nie Urlaub. Sie müsste jetzt draußen im Wald sein, auf ihrem Stein, am Teich, mit Arvid. Sonst wäre sie jetzt freudig erregt, stattdessen ist sie nur abwesend. Und sie kann sich nicht ganz von dem Gedanken lösen, dass dieser unerwartete Kuraufenthalt weit von zu Hause entfernt irgendwie mit ihren und Arvids Übungen auf dem Stein zusammenhängt. Dass sie durchschaut, überlistet worden ist. Warum sonst sollte *sie* mit? Auf Kur? Sie sieht nicht, wie blass der Vater ist, sie sieht nicht Knudtzons Sorgenfalte oder Doktor Levins nachdenklichen, mit schlechtem Gewissen durchsetzten Blick.

Denn so ein Mensch ist sie jetzt geworden, ohne es zu wissen. Dass sie nicht gesehen wird, daran ist sie gewöhnt. Doch jetzt sieht sie selbst auch nicht mehr.

Ich sah es selbst nicht.

Den Kurort sehe ich in meiner Erinnerung als eine Reihe gleichförmiger kleiner Häuser und gleichförmiger, langer Tage, alle miteinander versammelt um das große, weiße Kurhaus, das einsam dalag. Aus irgendeinem Grund sind derlei Kurgebäude stets kreideweiß. Vielleicht ja, damit die Gesichtsfarbe der bleichsüchtigen Kurgäste dunkler, gesünder wirkt als in Wahrheit. Sobald sie sich vor dieser Wand sehen, fühlen sie sich stracks gesünder. Oder es hat mit der Vorbereitung auf das Große Weiß zu tun, was weiß ich.

Und falls ich nun angenommen hatte, der Kurort würde eine interessante Auswahl junger, lungenkranker, bleicher Männer bergen, die romantische Gedichte über den Thanatos und edle Todessehnsucht schrieben, *Ach, ich bin des Lebens müde* usw. und über weiße Lilien, so irrte ich mich gründlich. Dieser Ort war einer älteren und bodenständigeren Klientel vorbehalten. Oder sollte ich sagen, den Wassersüchtigen. Denn woran auch immer man hier litt, sei es an juckenden Beinen oder Migräne, an nässenden Ekzemen oder an mangelnder Vitalität, so gab es offenbar keine andere oder bessere Kur, als in verschiedene Arten von Wasser gelegt zu werden. Salz- und Süßwasser, kaltes und warmes Wasser, Wasser mit Sauerstoff- oder Algenzusatz, Wasser mit Schlamm oder Wasser mit Radium, Wasser mit Bier oder Wasser mit Soda. In diesem Wasser sollten sie dann, je nachdem, ganz still liegen und es seine wohltätige Wirkung entfalten lassen, oder ganz fürchterlich herumzappeln. Außerdem musste man in einem fort trinken, aus kleinen, blanken Tassen. Emserwasser und Bittersalz. Das einzige Wasser, das zu gar nichts verwendet wurde, war das blaue, klare, kühle Meereswasser am verlassenen Strand und den glatten Uferfelsen, wenige hundert Meter unterhalb des großen weißen Hauses. Dort badete niemand, außer mir.

Als Kurarzt und Kurpersonal meinen Vater und mich anrücken sahen, stimmten sie nachgerade ein Freudengeheul an, vor allem beim Anblick meiner bepelzten Person. Ebenso die Kurgäste, ein, wie gesagt, lebenstüchtiges Kontingent älterer Herrschaften, zumeist Damen, und ein paar schwächelnde Herren. Wir, also ich, waren die Attraktion des Sommers. Es dauerte etliche Tage, bis man sich hatte überzeugen lassen, dass tatsächlich mein Vater der Kurgast war, der tagaus, tagein eingeweicht werden sollte, während mir nicht mal ein Fläschchen Selters verschrieben war. Nur Ruhe. Ich erinnere mich an die sehnsüchtigen, tief enttäuschten Blicke des Kurarztes und der weißen Herde seiner Mitarbeiter, die alle, ob Männlein, ob Weiblein, dieselben starken, braunen, muskulösen Oberarme unter kurzärmeligen Kitteln zur Schau trugen. Ach, so sagten diese Blicke, was könnten wir nicht alles ausrichten mit ein wenig Bicarbonat in Quellwasser, einer ordentlichen Abreibung mit Bimsstein, mit elektrischen Bädern oder Massage; man bot mir sogar eine Gratisbehandlung an, wollen Sie nicht hereinkommen und unser Schlammbad probieren, Fräulein Eva, sagte man und spannte rein aus Reflex die Oberarmmuskeln an, aber ich lehnte stets freundlich dankend ab und nahm nichts entgegen als ein entschuldigendes Lächeln, um dann wie der Wind zu verschwinden, ich flatterte zum Strand, der verlockend und einsam und karg dort unten lag, zwischen herrlichen glatten Uferfelsen. Dort badete ich erstmals im Meer. Ich hatte ja so Angst. Ich fürchte mich immer noch, wenn ich im Meer bade. Es war so anders als der kleine Teich, es war salzig und wild und seltsam. Es war bewegt. Es war nackt. Ich kann es nicht anders nennen. Das Meer ist nackt. Wenn ich mich hinterher von Wind und Sonne trocknen ließ, dachte ich an Arvid. Ich hatte mich kaum von ihm verabschieden können. Er hatte mir den Hals gestreichelt, als ich auf Wiedersehen sagte.

Ich denke an Arvid, an seinen Körper, seinen Mund, seine Haut, seine Hände und an sein Geschlecht.

Ich beschließe, nicht daran zu denken, was er sagte. Er hat es jetzt mehrmals gesagt. Auch, als wir uns verabschiedeten, sagte er es, und ich beschließe, nicht daran zu denken. Stattdessen denke ich also an seinen Körper, seinen Mund, seine Haut usw. usw. Ich denke daran, während Wind und Sonne mich trocknen. Jetzt müsste er hier sein, denke ich. Er hat noch nie das Meer gesehen.

Eine der Damen, die sich im Kurbad aufhielten, hieß Frau Grjothornet, aber sie war eine geborene Heiberg, also von guter Familie. Grjothornet war der Name ihres Mannes. Er war eigentlich der Kurgast. Er litt an verschiedenen Schwächezuständen. Ich erinnere mich an einen sanftmütigen, freundlichen, stillen Mann, der mit anderen, ähnlich geschwächten Männern im Salon Whist spielte. Sie verschwammen irgendwie miteinander, eine Art Plasma aus mehr oder minder wohlhabender Geschwächtheit. Mein Vater und ich vermieden in diesen Wochen meist jedwede Form der Konversation und des sozialen Umgangs. Beim Abendessen, wenn man an größerer Tafel zur Begegnung gezwungen war, hielten wir uns an die gängigen Phrasen, nach dem Essen spielten wir beide Schach oder Karten, oder wir lasen. Die verschiedenen älteren Damen waren dem Tode nah vor Neugier, oder, wie sie selbst es genannt hätten, vor Interesse, ganz feucht waren sie im Gesicht vor Wissbegier, und boten uns mit allergnädigsten Eigentümerinnenmienen Plätze an ihren Tischen an, auf dass wir bei ihren Kreuzworträtseln, Puzzlen oder Fragespielen teilnähmen, doch wir verhielten uns wie vor einer mit Leim bestrichenen Rute; gar nicht erst anfassen, dann gibt es keine Probleme. So dankten wir höflich und setzten uns abseits. Ich zog mich stets früh zurück, wenn die Blicke brennend genug waren, aber ich glaube mich zu erinnern, dass mein Vater doch ein paar Mal sitzen blieb, wenn ich auf mein Zimmer gegangen war, und sich vielleicht zu einer Partie Canasta überreden ließ; es sei ihm von Herzen gegönnt. Auch er mochte diese Damen nicht besonders, und wenn ich ihn recht einschätze, so blieb er kurz angebunden und förmlich, auch unter einem Bombardement subtiler Fragen. Kein Wunder vielleicht, dass das aus Neugier geborene Wohlwollen nach ein paar Wochen in ein unter der Hand geflüstertes »Für wen halten die sich eigentlich« überging.

Frau Grjothornet aber war anders. Frau Grjothornet war reserviert und suchte mit niemandem Kontakt. Ihre ganze Haltung strahlte Würde und Distanz aus; ja sogar ihre Garderobe war ein Ausdruck der Sonder- und Höherstellung ihrer Eigentümerin. Ihre Kleider waren von schlichtem Schnitt und ohne viele Accessoires, doch die Qualität der Stoffe, ein erstklassiger Schimmer, machte deutlich, dass sie sowohl mental als auch pekuniär in einer ganz und gar anderen Klasse spielte als die übrigen Damen hier. Wenn sie Schmuck trug, dann war dieser ebenso edel wie zurückhaltend, nicht prunkend. Nur die Größe der ab und zu verwendeten Steine war ein deutlicher Hinweis auf die Provenienz der Trägerin. Die außerdem sehr schön war. Das Haar braun, schimmernd gesund, an den Schläfen gelockt; meist trug sie es zu einer jugendlichen Frisur aufgesteckt, manchmal auch sportlich als Pferdeschwanz. Das Gesicht glatt und faltenfrei, die Lippen füllig und rot, die Figur die eines jungen Mädchens, die Leibesmitte so schmal wie bei einem weiblichen Mitglied des britischen Königshauses. Nur einzelne Züge deuteten auf ein höheres Alter, als man es auf den ersten Blick vermutete; die Oberseite der Hände, eine scharfe Linie im Augenwinkel, die jedoch nur für ein paar Sekunden sichtbar war. Dann war alles wieder glatt.

Ihr Mann hingegen, Herr Grjothornet, verfügte über eine Mitte, die für zwei Monarchen genügt hätte, und musste auf die siebzig zugehen. Es herrschte unter den Gästen allgemein die Annahme, dass er es war, der für Kleidung und Schmuck seiner Gattin aufkam, er machte irgendwas mit Aktien oder so. Während des Krieges hatte er Geschäfte gemacht und viel Glück mit Torpedos gehabt, dann rechtzeitig verkauft, und seitdem betrieb er irgendeine Handelsagentur. Er trug eine Perle an der Krawattennadel und war auf freundlich-ironische, typisch westnorwegische Art verbindlich, doch wie gesagt geschwächt. Seine Frau saß gern für sich im Salon und las, oft Heine oder etwas anderes Erhabenes, und zog sich abends früh zurück.

Ich lernte sie am Strand kennen, am fünften, sechsten Tag. Unvermittelt saß sie mit einem Aquarellblock auf den Uferfelsen, als ich den Wellen entstieg wie eine haarige Venus. Sie trug etwas Weißblaues und war sehr schön. Der weiße Sommerhut war mit einem dünnen Schal unterm Kinn festgebunden. Sie warf einen raschen Blick auf mich, nickte distanziert, malte weiter. Mir war die Begegnung peinlich, ich hatte nicht damit gerechnet, hier jemanden anzutreffen, und trocknete mich rasch ab. Während ich in meine Kleider schlüpfte, warf ich verstohlene Blicke auf sie, doch sie konzentrierte sich auf ihre Wasserfarben und die Betrachtung einer kleinen weißblauen Blume, die in einer Spalte spross. Als ich fertig angezogen war – sie schien genau zu wissen, in welchem Moment ich die Bluse geschlossen hatte –, wandte sie mir das Gesicht zu, langsam, fast träge, und sagte mit dunkler, leiser, doch deutlicher Stimme:

»Nun, dann sind Sie tatsächlich ein *menschliches* Wesen?«

Ich nickte. Einzig die schwache Ironie im Schatten des Lächelns, das sie sich verkniff, hinderte mich daran, wortlos meines Weges zu gehen.

»Ich wollte Sie nicht stören«, sagte Frau Grjothornet. »Ich habe nur tagsüber nichts zu tun, während mein Mann eingeweicht wird, darum komme ich hierher und male autogame Blumen.«

»Ich bade«, sagte ich dämlich.

»Das sehe ich«, bemerkte Frau Grjothornet. »Manchmal bade ich auch hier.«

»Aha«, sagte ich.

»Allerdings *mit* Badeanzug. Es gehört sich nicht für eine erwachsene Frau« – sie ließ ihren Blick über meine Bluse gleiten –, »*in puris naturalia* zu baden.«

Fast hätte ich gesagt, *in naturalibus*, aber ich beherrschte mich und sagte entschuldigend:

»Ich dachte, ich bin allein.«

»Sie sind nun auch in puncto Nacktheit ein Zweifelsfall«, sagte Frau Grjothornet. »Übrigens gehört es sich, dass die Jüngere sich zuerst vorstellt.«

Ich reichte ihr die Hand und stellte mich vor. Ich machte sogar einen Knicks.

»Eva«, sagte Frau Grjothornet, »wie lustig! Ich heiße auch Eva. Eva Grjothornet.«

»Freut mich«, sagte ich.

»Mich nicht.« Sie lachte leise, fast unhörbar. »Das ist doch ein fürchterlicher Name, finden Sie nicht? Also Grjothornet, nicht etwa Eva. Es klingt wie etwas Schroffes, Unförmiges. Früher, da hieß er Olsen, soweit ich weiß. Aber, Eva. Wollen Sie nicht schauen«, sagte sie und klopfte mit der flachen Hand auf den Felsen, damit ich mich neben sie setzte. »Ich versuche, mich einmal quer durch die Botanik zu malen.« Sie lächelte, und es war ein blendendes Lächeln. Weiß und schön. Einen kurzen Moment lang erinnerte es mich an Arvids.

Ich setzte mich. Sie klappte den Aquarellblock auf, und ich blätterte lange darin, während sie erklärte. Sie war eine sehr gute Malerin, ihre Blumenbilder waren präzise und gut komponiert. So machten wir Bekanntschaft. Tags darauf lieh sie mir einen Aquarellblock und einen Malkasten und versuchte, mir die Blumenmalerei beizubringen. Sie interessierte sich besonders für die nichtentomophilen, also autogamen, nämlich selbstbefruchtenden Strandblumen, was recht passend sein mochte, denn sie befand sich nunmehr tief in ihrer vierten Ehe, wie sie es später ausdrückte, also mit Herrn Grjothornet, früher Olsen. Für mich, die ich jung und unwissend war, ungefestigt, wenn auch nicht mehr unschuldig, war das unbekanntes Terrain. So trafen wir uns regelmäßig vormittags, meist nach meinem Bad. Sie zeigte mir, wie man die Blumen skizzierte, zunächst sehr zart, mit schwachen Bleistiftstrichen, bis man die Form erfasst hatte, um sie danach farbig auszumalen. Und ich, die ich in der Schule Zeichnen und Handarbeiten verabscheute, entdeckte zu meiner großen Überraschung, dass ich das hier nicht nur mochte, sondern mich auch ziemlich geschickt anstellte, nicht zuletzt dank des behutsamen, ruhig-distanzierten Wesens meiner Lehrerin. Ich entdeckte meine Freude am Zeichnen wieder, so, wie ich sie damals empfunden hatte, als ich detailgetreu die Lokomotiven abgemalt hatte. Also bevor Fräulein Hadeland die Klasse ihren Zeichenregeln unterwarf und mir alle Freude daran nahm. Eva Grjothornet lobte meine Versuche und spornte mich an, doch ohne viele Regeln, nur mit knappem Rat und Hinweisen. So malten wir gemeinsam Strandblumen. Mir gefiel die präzise Ruhe, die es brauchte, damit die Bilder gelangen, ob sie nun Lokomotiven zeigten oder Blumen.

Ansonsten redeten wir nicht viel; sie verriet kaum Einzelheiten aus ihrem Leben und fragte mich nicht aus. Was mich besonders freute. Und wir blieben beim Sie. Das fühlte sich freier an.

Manchmal badeten wir auch. Beim Umziehen konnte ich den einen oder anderen Blick auf Eva Grjothornets Schönheit erhaschen; sie war unvergleichlich, blendend, einzigartig weiblich und von jugendlicher Weichheit, Glattheit und Anmut. Für mich mit meiner Behaarung war der Kontrast natürlich besonders groß, als wäre sie das weiße Hauptgebäude der Weiblichkeit und ich selbst ein sehr viel bescheideneres Gebäude in der Nachbarschaft.

Schöne Frauen legen sich oft hässliche Freundinnen zu, und umgekehrt, und wir müssen einen äußerst ungleichen Anblick geboten haben. Sie bemerkte wohl meine verstohlenen Blicke, denn sie bedachte mich mit ihrem angedeuteten trägen Lächeln, sagte aber nichts. Außerdem war sie eine glänzende Schwimmerin, sie traute sich weit hinaus, viel weiter als ich, winkte mir von dort zu, wo die Wellen weiße Schaumkronen trugen, um dann mit kraftvollen, langen Zügen durch die starke Strömung wieder zurückzuschwimmen. Ich äußerte meine Bewunderung für ihr Können, erklärte, dass ich erst jetzt im Frühsommer schwimmen gelernt hatte, und auf dieselbe ruhige, stille Art, mit der sie mir beibrachte, wie man Strandblumen sah und malte, begann sie im flachen Wasser einen Schwimmkurs für Fortgeschrittene. Sie hielt mir die Hände unter den Bauch, erklärte sachlich und mit einfachen Worten, was ich tun sollte. Ihr Griff war leicht und sanft, aber ich war wohl eine ängstliche Schülerin. Eines Tages fragte sie mich dort im Wasser, wer mich denn so schlecht schwimmen gelehrt hätte; nur ein Junge, sagte ich wegwerfend, und da schaute sie mich an, eine Mischung von Spott und Anerkennung im Blick.

»Ein Junge«, sagte sie. »Sieh mal an. Jetzt im Frühsommer?«

»Ja«, sagte ich kurz und schwamm ein paar Züge weiter.

Sie folgte mir. Jetzt traten wir auf der Stelle Wasser.

Sie lächelte leicht, und ihr Gesicht kam ganz nah.

»Hast du es mit ihm gemacht?«, fragte sie leise. Das »du« wirkte merkwürdig, fast schockierend intim.

»Was meinen Sie – meinst du?«, fragte ich, aber sie streichelte mir nur die Schulter.

»Ich irre mich nie bei so was«, sagte sie anerkennend. »Ich kann es sehen. Ich hab es sofort gesehen. Du Armes. So jung noch.«

Ich antwortete nicht, wäre am liebsten zu den Krabben versunken, war aber nicht sicher, ob ich es dann wieder hinauf schaffen würde. Stattdessen senkte ich den Blick aufs Wasser.

»Du solltest es eher mit einem erwachsenen Mann versuchen«, sagte sie.

Auch darauf antwortete ich nicht, sondern blickte auf, sah sie an, so fest ich konnte.

»Aha. Hoppla«, sagte sie. »Kleines.«

Sie lachte laut und blendend, fast schallend, streichelte mir noch einmal über die Schulter, tauchte unter, wendete und schwamm an Land.

Beim Anziehen sagte sie nichts. Ich schaute sie an, und dann konnte ich mich nicht mehr beherrschen. Leise sagte ich:

»Ich finde Sie schön.«

Sie lächelte mich an.

»Ach, findest du.«

»Ja«, nickte ich. Ich hatte wirklich noch nie etwas Schöneres gesehen, noch nie eine Frau, die in dieser Weise weibliche Schönheit mit Würde und Eleganz vereinte.

»Kleine Freundin«, sagte sie, »das ist ja hübsch gesagt. Na, für wie alt hältst du mich wohl?«

Ich blickte sie an, überlegte.

»Fünfunddreißig«, sagte ich ernst.

Sie lachte wieder. Lange diesmal.

»Du bist reizend«, sagte sie, als sie wieder bei Puste war. »Wirklich reizend!«

Selbst hinter meiner Fellmaske muss sie mein verblüfftes Gesicht gesehen haben, denn sie wurde wieder ernst:

»Ich bin ein gutes Stück älter. Weißt du, Herr Grjothornet ist nicht der Einzige, der Kuren macht!«

»Ich verstehe nicht?«

»Diese Sommerkur hier hat sein Arzt, dessen Rat er glücklicherweise manchmal folgt, für seinen Schwächezustand wärmstens empfohlen. Ich begleite ihn, weil ich den Sommer gern im Norden verbringe. Aber wenn der Herbst kommt … findest du mich wirklich hübsch?«

»Ja«, sagte ich und schluckte, denn es stimmte. »Schöner als sonst irgendwen.«

»Aber das *kostet*, verstehst du, Kleines. Mein Gott, was hat das schon *gekostet*.« Sie seufzte, kämmte sich das Haar. Ich hatte meinen langen, breiten Kamm hervorgenommen und kämmte mich jetzt auch.

»Wenn es Herbst wird, verstehst du, da fahre ich zur Kur, aber ohne Grjothornet. Und zwar an sehr viel interessantere Orte als diesen hier, an Orte, wo man die allerneuesten wissenschaftlichen Erkenntnisse einsetzt. Das tue ich seit vielen Jahren, und gegenwärtig bezahlt mir das also Grjothornet. Vor ihm waren es andere. Seit vielen Jahren, jeden Herbst und jeden Frühling, um meine Schönheit zu pflegen und zu bewahren, und glaube mir, das hat mich schon viel Blut, Mühe, Schweiß und Geld gekostet. Es ist kein Tanz auf Rosen, sich schön zu halten. Zurzeit ist es Doktor Lebedew-Kumatsch in St. Charlot und seine Feigenblattschneckenkur. Doktor Machmed Lebedew-Kumatsch aus Bulgarien. Ein fabelhafter Mann. Er macht natürlich Wasserkuren und Schlammkuren und Massagen und Elektrizität und all das, aber außerdem bietet er eben sein berühmtes, begehrtes Schneckenbad.«

»Schneckenbad?«

»Bäh, ja, es klingt nicht gerade verlockend, was? Aber ich kann dir versichern, es ist durchaus nicht unangenehm.«

»Und wie geht das? So ein Schneckenbad?«

»Ganz einfach. Dr. Lebedew-Kumatsch hat festgestellt, dass das Sekret der anatolischen Feigenblattschnecke äußerst vitalisierend auf Haut und Unterhaut wirkt. Außerdem fressen Schnecken mit einer Zunge unter ihrem Kriechfuß, die aus lauter kleinen Raspelzähnen besteht. Zur Anwendung wird die Patientin entkleidet und mit einer gleichmäßigen, dünnen Schicht aus gemahlenen Feigenblättern und Feigenrinde bestrichen. Dann legt sie sich in eine Badewanne voller anatolischer Feigenblattschnecken, die ihr Lieblingsfutter seit geraumer Zeit nicht mehr bekommen haben. Sie sind ungefähr zwei Zoll lang und ganz weiß. Dann liegt man da ein paar Stunden und lässt die Schnecken fressen. Der Prozess hat zwei Phasen, erst fressen sie und reinigen dabei die Haut mit ihren Raspelzungen, entfernen abgestorbene Zellen, Verunreinigungen und Fett, ja, sogar das Unterhautfett wird reduziert, und dann, nach einer Weile, sondern sie ihr vitalisierendes Sekret ab, immer wieder, das dann rund sechs Stunden lang einwirkt, bis die Schnecken froh und zufrieden einschlafen und die Patientin der Wanne entsteigt, um das Ganze abzuspülen und hinterher mit gewöhnlichem Nardenöl eingerieben zu werden. Ich kann dir versichern, nach vier Wochen mit dieser Behandlung ist man zehn Jahre jünger. Buchstäblich. Eine Haut wie bei einem Neugeborenen. Natürlich wird diese Kur mit anderen Maßnahmen kombiniert, darunter eine Diät, die Doktor Lebedew-Kumatsch zusammengestellt hat – lauter wohlbekannte gesunde Lebensmittel wie Stutenmilch und Honig, Salate, Bircher-Müsli und rohes Rinderhack, mit Eiweiß verquirlt. Aber« – sie seufzte –, »es dauert seine Zeit. Es ist langweilig, wochenlang in der Schneckenwanne zu liegen. Man kann auch nicht lesen, denn die Hände sind ja auch voller Sekret. Dass die Hände ordentlich etwas abbekommen, ist das Allerwichtigste, die sind am gefährdetsten. An ihnen sieht man es zuerst.«

Sie hielt sich die Hände vors Gesicht und betrachtete die Handrücken missbilligend. Und wenn man gut hinsah, konnte man tatsächlich sehen, dass die Haut dort etwas schlaff und faltig war, nicht jung, und dass die Mittelhandknochen etwas hervortraten. Aber ich dachte noch an die Schnecken.

»Ist das wirklich nicht unangenehm? Dieses Schneckenbad?«

»Die Schnecken sind anfangs schon ein bisschen widerlich, man muss sich erst daran gewöhnen, dass sie auf einem herumkriechen. Einfach die Augen zumachen. Aber ich muss schon zugeben, es war ein seltsames Gefühl, als sie das erste Mal anfingen, meine Haut abzufressen, vor allem im Gesicht. So ein bisschen schabend und saugend. Das Sekret brennt dann ein bisschen. Aber viel unangenehmer war die Sauerstoffübersättigungskur, auf die ich jahrelang schwor, da musste man in einer luftdichten Kammer liegen, aus der die Luft abgepumpt und durch eine Mischung von Sauerstoff und Ozon ersetzt wird, und da drin muss man sich dann stundenlang aufhalten, in absoluter Dunkelheit, bis zu zwölf Stunden täglich, und das dann bis zu zwei Monaten am Stück, und zweimal jährlich. Das war in St. Moritz, unter Doktor Manneken-Morgenqualm.«

Ich dachte an meinen Verschlag unter der Treppe und schauderte, sagte aber nichts. Und Eva Grjothornet sprach weiter:

»Ich muss zugeben, diese Kur war äußerst wirkungsvoll, wirklich, aber am Ende hätte sie mich fast in den Wahnsinn getrieben. Im Lauf von drei Jahren hatte ich ein geschlagenes Jahr in dieser Dunkelkammer verbracht, einhundertzwanzig Tage pro Jahr. Das war es nicht wert. Teuer war es auch, und mein damaliger Mann, der kleine Konsul Lange, protestierte irgendwann. Dieses eine Mal war ich auch ganz seiner Meinung.«

»Hättest du da drin nicht schlafen können? Und die restliche Zeit wach sein?«

»Es war zu dunkel zum Schlafen. Außerdem bestand Doktor Manneken-Morgenqualm darauf, dass die Prozedur tagsüber abgehalten wurde; er übertrieb es wirklich gründlich, sowohl mit dieser Behandlung als auch mit dem Preis, und er verlor dann auch nach und nach seine Patientinnen; sein Stern in wissenschaftlichen Kreisen ist seither erheblich gesunken, ich glaube, er betreibt jetzt ein Kurbad irgendwo in Westfalen. Ausgerechnet.«

»Mein Gott«, sagte ich.

»Ausgerechnet«, wiederholte Eva Grjothornet nachdrücklich. »Und ich habe natürlich noch allerlei andere Kuren gemacht, von Bädern in Lämmerblut – bei Dottore Andrino Amuri in Civitavecchia – über die üblichen elektrischen Bäder, Ionisierungskammern und Schlammkuren bis zu Massage, Dampfkuren und anderem eher gewöhnlichem Zeugs. Ja, sogar in *Walrat* habe ich gebadet, und ich kann dir eins sagen, das war kein Spaß. All das erzähle ich dir, damit du begreifst, dass Schönheit ihren Preis hat, und sie kommt durchaus nicht von innen. Sie kostet, meine Liebe, sie kostet nicht nur viel Geld, sondern auch Zeit und Geduld, enorm viel Zeit und Geduld, und sie verlangt unermüdliche Aufmerksamkeit.

Unermüdliche. Man darf sie nie aus dem Blick verlieren. Darum solltest du vielleicht über deinen Zustand gar nicht so unfroh sein, dir bleibt das alles erspart, du kannst dich auf Wichtigeres konzentrieren. Außerdem bist du auf deine Weise ziemlich hübsch«, sagte sie und musterte mich mit einem sachlich beurteilenden Blick auf meine Figur. »Absolut nicht übel.«

Ich sagte nichts.

»Also«, sagte sie mit ihrem blendenden Lächeln, »für wie alt hältst du mich jetzt, kleine Freundin?«

»Fünfunddreißig«, wiederholte ich, und zum ersten Mal lachte Eva Grjothornet ihr wirkliches Lachen, laut, mit aller Kraft. Ganz anders als ihre sonstigen gedämpften Triller – laut und hemmungslos, mit zurückgeworfenem Kopf und offenem Mund. Und zum ersten Mal konnte ich sehen, dass ihr Zahnfleisch sich teilweise schon von den Zahnhälsen zurückgezogen hatte.

»Du bist wirklich reizend«, sagte sie, als sie wieder Atem geschöpft hatte. »Aber natürlich weit daneben. Ich bin fünfundfünfzig.«

Sie ließ es ein wenig wirken und amüsierte sich ganz offensichtlich über meinen ungläubigen Blick.

»Da kannst du mal sehen«, sagte sie. »Auch wenn du jetzt höflich sein wolltest, es ist ganz anders, als du dachtest. Aber, wie gesagt, es kostet. Und meine Männer haben es bezahlt. Dafür hatte ich sie. Und zurzeit ist es eben Grjothornet. Ole Grjothornet.«

Sie lachte leise.

»Und was hat er davon?«, rutschte es aus mir heraus. Sie sah mich lange an, und ich lauschte betreten meiner Unverschämtheit nach. Aber sie antwortete trotzdem, unumwunden:

»Er bekommt eine schöne Frau.«

»Und was soll er damit?«, fragte ich, abermals erstaunt über meine Unverfrorenheit. Aber unser Gespräch hatte sich eben so entwickelt, frei und unverstellt, und Frau Grjothornet antwortete ebenso frei:

»Er muss ihr Geld geben und sie bei Laune halten, damit sie ihre tieferen Interessen pflegen kann. In meinem Fall Reisen, Reisen in fremde Länder, wo ich wahre, ewige Schönheit sehen kann. Mosaiken und Gemälde, Statuen und prachtvolle Bauten. Ja, denn ich male nicht nur Blumen ab, sondern kopiere auch Fresken und Gemälde, aber von denen gibt es hier in der Ecke jämmerlich wenige.

Dafür zahlt Herr Grjothornet. Als Belohnung bin ich ihm stets loyal ergeben, stets höflich, und suche ihn regelmäßig auf, damit er sich ein wenig verlustieren kann.«

»Ich verstehe«, sagte ich. Wieder lachte sie, diesmal wieder leise.

»Ich glaube nicht, dass du das verstehst«, sagte sie. »Aber du wirst es noch verstehen. Vielleicht du ganz besonders. Auf eine Weise beneide ich dich.«

»Das glaube ich kaum«, sagte ich, ebenso einfach und geradeheraus.

Sie blickte mich nachdenklich an.

»Nein«, sagte sie nach einer Weile. »Da hast du wahrscheinlich recht. Ich würde nicht mit dir tauschen wollen. Alles, was ich habe, und das, was mir alles verschafft hat, das ich im Leben brauche, das war meine angeborene Schönheit. Und glaub mir, Kleines, die war wirklich sehr groß. Ich bemerkte sie selbst früh und war sehr stolz darauf. Benutzte sie. Schon lange, bevor ich zwölf war, drehten die Männer sich auf der Straße nach mir um. Heute bin ich nur noch ein Abklatsch der honigsüßen blonden Schönheit, die ich damals war. Meinen ersten Liebhaber hatte ich, da war ich so alt wie du jetzt.«

Ich machte große Augen.

»Darum«, sagte sie und blickte mich ernst an, »kann ich solche Dinge auch sehen. Er war ein Freund meiner Eltern. Sehr gut aussehend, sehr romantisch. Sehr wohlhabend. Nach ein paar Jahren Heimlichtuerei zog er mit mir unter dem Vorwand kunstgeschichtlicher Studien nach Florenz und zeigte mir die Schönheit. Das war dann schon ein Skandal. Ein paar Jahre später verließ ich ihn wegen eines italienischen Grafen, einem del Vetro, der sich allerdings als zu arm erwies, um mir andere Orte und andere Schönheiten zu zeigen, denn Florenz wurde mir allmählich zu klein. Kurz gesagt, adlig, aber arm. Ich war zwar noch unerfahren, als ich ihm begegnete, aber dann entwickelte ich mich weiter. Und immer weiter. Und das tue ich seither. Darum kann ich dir auch mit Fug und Recht sagen, dass es nichts Vergänglicheres gibt als die Schönheit des Menschen, nichts, das festzuhalten schwieriger wäre, nichts, das als Lebensgrundlage so gefährdet ist, denn sie verschwindet. Und wenn man seine Schönheit so geliebt hat, wie ich meine, dann ist es eine Qual, sie schwinden zu sehen. Denn sie schwindet, trotz Schnecken und Stutenmilch. Nur marmorne und bronzene Schönheit bleibt bestehen, nur die ist wirklich etwas wert. Doch dir«, sagte sie, »so, wie du bist, dir bleibt diese Qual erspart, von vornherein. Ich beneide dich nicht. Aber wenn man so will, ist das keine schlechte Grundlage. Versprich mir, dass du das nutzen wirst, um etwas Vernünftiges mit deinem Leben anzustellen.«

Eine Weile herrschte Stille zwischen uns.

»Ich wäre gern so schön wie du«, flüsterte ich.

Sie lächelte, voller Wärme, streichelte mir die Wange, und als sie weitersprach, glitzerten ihre Augen:

»Das glaube ich gern. Schönheit ist etwas, das alle begehren. Diejenigen, die sie nicht haben, aber merkwürdigerweise auch diejenigen, die schön sind. Sie wollen einfach *noch* schöner sein. Außerdem, wie gesagt, in der Arche ist Platz für viele Tiere, und was die Menschen schön finden und daher begehren, kann sehr verschieden sein. Äußerst verschieden. In Kairo habe ich einmal die berühmteste Bauchtänzerin der Welt gesehen. Die berühmteste der Welt, stell dir vor. Und die fetteste.«

»Aha?«

»Sie war wahnsinnig fett, das reinste Gebirge. Beängstigend fett. Beängstigend. Bebend und mondblass. Aber mit dem Bauch wackeln, das konnte sie. Auf und ab, auf und ab, wie ein großer hüpfender Ballon, während sie im Takt der Musik am Bühnenrand auf und ab spazierte. Eins-zwei, eins-zwei … auf-ab, auf-ab …«

Sie bewegte sich zur Illustration, ich musste lachen, und sie lachte ebenfalls. Dann fuhr sie fort:

»Was ich sagen will: Das männliche Publikum war gebannt. Sprachlos, tief erschüttert von so viel Schönheit und Begehren. Immer wieder sprang einer vom Stuhl auf und ließ eine Litanei von leidenschaftlichen, verliebten arabischen Wörtern los. Winzige arabische Männer. Ich weiß nicht, was sie sagten, aber was sie wollten, das war deutlich zu erkennen. Die Riesenfrau sah sie nur hochmütig und abweisend an. Männer sind schon merkwürdig. Ein anderes Mal, auf Korfu, habe ich eine junge Frau ohne Arme und Beine gesehen. Sie war mit einem jungen Kaufmann von dort verheiratet, einem ziemlich wohlhabenden. Und obwohl ihr Gesicht gar nicht so besonders hübsch war und sie auch nicht weiter geistreich wirkte, war er ihr völlig ergeben. Er trug sie auf dem Arm wie eine Puppe, liebkoste sie und verwöhnte sie, als wäre sie die Schönste auf der Welt, und ganz offensichtlich waren sie ausgesprochen glücklich miteinander.«

Sie hielt eine Weile inne. Ich dachte nach, mich schauderte etwas.

»Darum wirst du ganz sicher erleben – oder hast es vielleicht schon erlebt –, dass deine spezielle Natur, um es so zu nennen, trotzdem den einen oder anderen Mann begeistern wird.«

Ich dachte an dies und das, sagte aber nichts.

»Es macht dich einfach freier, als ich es anfangs sein konnte. Denn wenn man jung ist, denkt man ja, und dachte auch ich damals, dass die Schönheit das Leben selbst ist, dass sie das Ziel und der Sinn von allem ist, dass alles nach ihr strebt. Sie allein begeistert, sie allein ist anziehend, durch sie allein spricht Gott, und sie allein wird, wie der Dichter sagt, die Welt erlösen. Doch was ist Schönheit? Was ist sie eigentlich? Ich habe viele, viele Jahre gebraucht, um ihre allzu leere, allzu flüchtige Natur zu durchschauen. Jetzt verlässt sie mich langsam und allmählich, sogar mich, trotz aller Schnecken und Kuren. Darum sei nicht traurig, sondern aufmerksam Denn du hast ganz andere, viel freiere Möglichkeiten. Nein, Eva, weißt du was, jetzt machen wir was Lustiges!«

Sie machte Anstalten aufzustehen.

»Nein, warte noch«, sagte ich. »Was willst du … später tun?«

»Später? Wie meinst du das?«

»Mit der Schönheit.«

Sie blickte mich forschend an.

»Zuerst«, sagte sie, »habe ich vor, auch Herrn Grjothornet zu überleben, der bereits recht geschwächt ist. So, wie ich meine früheren Ehemänner überlebt oder überstanden habe, den kleinen Konsul Lange und die anderen. Grjothornet ist bislang der reichste, und ich schwäche ihn mehrmals wöchentlich weiter, er kann mir nicht widerstehen. Danach, denke ich, werde ich das Schicksal hinnehmen, mit den Kuren aufhören, keine Zeit und kein Geld mehr damit vergeuden und eine hässliche, faltige alte Dame werden. Eine faltige alte Witwe mit Skizzenblock und voller Reiselust.«

Sie lachte hell und hingerissen.

»Hässlich wirst du nie«, sagte ich, fast mit einem Kloß im Hals, denn es kam mir widernatürlich vor, dass diese strahlend schöne Frau hässlich werden oder sonstwie dahinschwinden sollte; der Gedanke wirkte ganz und gar unmöglich, unlogisch. Aber sie lachte einfach weiter, diesmal allerdings etwas dunkler, und sagte, mit einem Schatten im Blick:

»Oh, das Unvermeidliche ist unvermeidlich. So ist das eben, kleine Eva. So ist das eben. Das ist der Preis. Der Preis für alles Amüsante. – Aber davor«, fügte sie fröhlich hinzu, »davor suche ich mir einen neuen Mann. Einen jungen, virilen Mann. Einen, der noch an die ewigen Dinge glaubt, der den Kopf in den Wolken hat und romantisch von Kunst und Schönheit träumt. Er sollte arm, aber möglichst talentiert sein, etwas weltfremd, etwas zerstreut, und ein bisschen kurzsichtig darf er gern auch sein. Ich werde mich seiner erbarmen. Für ihn sorgen. Er soll für mich da sein und mich trösten, während ich mich langsam in das Unvermeidliche füge.«

Sie blickte zu Boden. Dann stand sie unvermittelt auf, klopfte sich das Kleid ab.

»Nein«, sagte sie, »weißt du was, jetzt tun wir was Lustiges. Wir schauen uns die Schlammfresser an.«

»Die Schlammfresser?«

»Ja, oder was sie gerade machen in diesen miesen kleinen norwegischen Kurhäuschen. Komm, ich kenne da ein paar Fenster.«

Kichernd wie kleine Mädchen schlichen wir uns an eins der kleinen weißen Holzhäuser an. Eva Grjothornet wusste von einer Bank, auf die man sich stellen und dann durch ein schmales Fenster hoch oben an der Wand hineinschauen konnte.

»Heute ist Herrentag«, sagte sie, als wir auf die Bank stiegen, und lachte ihr tiefes Lachen.

Drinnen wurden die Herren in Schlamm gepackt oder bekamen den Schlamm abgewaschen, wurden in neue Bäder gelegt oder abgetrocknet. Ich fand das einen ziemlich interessanten Anblick.

Wir standen eine Weile da und betrachteten sie, machten uns einen kichernden Spaß daraus zu erraten, woran genau die Einzelnen litten, und dann begann Eva Grjothornet, die verschiedenen männlichen Organe dieser Herren zu beschreiben und zu kommentieren. Ich fand sie alle interessant, aber sie schien die meisten als etwas lächerliche und sinnlose Instrumente zu betrachten, und ich lauschte ihr halb erschrocken, halb aufgekratzt. Zum Glück war mein Vater nicht unter den Patienten.

»Der kleine Dicke da«, sagte sie zum Beispiel, »mit dem kann man ganz sicher überhaupt nichts anfangen. Und der da, der ist doch schlicht und einfach hässlich. Bäh. Wie ein Wurm. Oder wie von Michelangelo gezeichnet; der hatte überhaupt keinen Sinn für Proportionen. Schauderhaft. Ich habe große Probleme mit Michelangelo, was das angeht. Nun ja. Aber der da, der ist lang und glatt. Ganz hübscher Anblick. Was meinst du?«

Ich beantwortete die Frage nicht, aber sie lachte bloß und sagte:

»Leider kann man einem angezogenen Mann nicht ansehen, ob er die Mühe lohnt. Es gibt nur eine Methode, um das herauszufinden, und das ist der direkte Augenschein. Die Missverständnisse, die es dabei gibt, können ganz schön lästig sein. Wirklich schlimm. Einer kann hübsch und gut gewachsen sein wie ein griechischer Gott, aber ausgestattet wie ein persischer Eunuch, ein anderer ist ein kleines, graziles Männlein und hat den reinsten Fleischpfahl. Ist das nicht interessant?«

Auch darauf sagt ich nichts, sondern lauschte ihrem Redestrom, der jetzt offenbar erst richtig in Gang kam. Und so blieb es den Kursommer über, während wir unablässig autogame Strandblumen malten, schwammen und uns Badehaus um Badehaus vornahmen. Bisweilen ertappte ich mich dabei, wie ich jene fast wortlose Vertrautheit vermisste, die unser Zusammensein anfangs bestimmt hatte, zugleich lauschte ich fasziniert den Berichten von ihren Erlebnissen auf der Reise von Ehemann zu Ehemann und von Kur zu Kur; ferne Länder und Städte, die Schätze Italiens und Griechenlands, Gesellschaften in Paris, Ballettabende in St. Petersburg, Landwein direkt vom Fass im Elsass und im Schwabenland, Konzerte in kleinen Schlössern in den Alpen, die Museen und Theater von London. Und wenn ich dann über so einen Bericht seufzte, nickte sie oft wissend und sagte: »Abwarten, da kommst du auch noch hin.« Das konnte ich damals natürlich nicht glauben, doch wie schon öfter sagte sie wieder: »Ich kann so was sehen.« Wenn wir beide im kalten Meer geschwommen waren und uns abgetrocknet hatten, unterhielt sie mich mit Geschichten aus – tja, ich nenne es mal ihr Penis-Herbarium, und ich hörte halb gelähmt, halb belustigt von Graf Soundso und Direktor Soundso, beides Vertreter des eher wurmartigen Typus, über Student B., der einen Prügel hatte, und Pianist E., der die reinste Freude war. Diese Berichte mochte ich halb, und halb verabscheute ich sie, und sie lieferte sie alle mit derselben Sachlichkeit ab, wie wenn sie über das Innere der Blüten sprach, die wir malten, über Narben, Pollen und Samenfäden oder wie das alles hieß, diese ganzen verwickelten, hübschen, zarten Sachen tief im Schoß der Blüten – doch wenn sie auch noch so behutsam versuchte, mir über meine eigenen Erlebnisse etwas zu entlocken, klappte ich zu wie eine Auster, denn ich war noch jung. Von Arvid erzählte ich nichts, machte höchstens ein paar Andeutungen, und erzählte schon gar nichts über Kopenhagen, denn das war gar nicht passiert. Ich war jung, sie verstand das, fragte mich nicht aus, sondern sah mich nur an mit ihren klugen Augen. Und ich, die ich nie eine Freundin gehabt hatte – weder Frau Birgerson noch Hanna sah ich als solche, sie standen ganz anders zu mir –, fühlte mich auf einmal gleichaltrig mit dieser wunderbaren, seltsamen, eleganten und schönen Frau. Ich kann es nicht anders sagen. Es schien kein Altersunterschied zwischen uns zu bestehen, und wenn ich ihr erzählte, was mich beschäftigte, Zahlen und Zoologie, hörte sie nicht nur höflich zu, sondern verfolgte meine altklugen Darlegungen mit lebhafter Aufmerksamkeit. »Du wirst weit herumkommen«, sagte Eva Grjothornet zu mir, wissend. Und ich wusste, dass ich Eva Grjothornet liebte, so liebte, wie man nur in diesem Alter eine Freundin lieben kann, und ich war unglücklich, denn der Sommer neigte sich allmählich seinem Ende zu.

Du wirst weit herumkommen, sagte sie, und meines Vaters Kur ging zu Ende, und er war freundlich und zufrieden und zu Kräften gekommen, aber das bemerkte ich gar nicht, denn ich sah nicht mehr, wie ich früher gesehen hatte; ich war eine geschickte Blumenmalerin geworden und eine ziemlich gute Schwimmerin, und ich verabschiedete mich von ihr an dem Morgen unserer Abreise, bei einem letzten gemeinsam Bad unten am einsamen Strand. Ich glaube, ich weinte, aber ich glaube nicht, dass sie es sah, sie wird es für Meerwasser gehalten haben. Wir werden uns, sagte sie, ganz sicher wiedersehen. Glaubst du, sagte ich. Sie sah mich lächelnd an.

Du wirst weit reisen, sagte sie und umarmte mich. Zum ersten Mal. Es fühlte sich seltsam hart und eckig an, ganz anders, als sie mich beim Schwimmunterricht gehalten hatte. Sie streichelte mir über den Nacken, und da spürte ich wieder, wie zart und behutsam ihre Hand war, genau, wie wenn sie ihre Blumen malte, die autogamen Blumen.

»Kleine Freundin«, sagte sie. »Gute Reise.«

NACHPRÜFUNG UND VORSEHUNG

Am Morgen nach der Heimkehr von der Kur kommen sie, die Uniformierten, die sie nie zuvor gesehen hat. Zwei schwarze Uniformen mit ihr unbekannten Abzeichen. Dabei hatte sie gedacht, sie würde sämtliche Uniformen der Bahn kennen. Sie steigen aus dem Frühzug. Zwei ernste Männer. Die Uniformen sind anders, diese beiden sind anders. Sie tragen keine Uniformmützen. Stattdessen haben sie dünne, lederne Aktenmappen dabei. Knudtzon begrüßt sie, sie sieht es vom Fenster aus, der Vater tritt seinen Dienst erst morgen wieder an; Knudtzon salutiert, streckt die Hand aus, grüßt beide, ernst. Sie nicken ihm zu.

Jetzt schreiten sie den Bahnsteig entlang und verschwinden in der Station, irgendwo unter ihr.

Lange steht sie da und spürt, dass sie im Haus sind. In ihrem Haus. Fast in ihnen.

Dann ruft Hanna zum Frühstück.

So war es. Eines schönen Tages standen zwei fremde Uniformen auf dem Bahnsteig; als ich heimlich durch den Flur lief, sah ich sie im Kontor sitzen und in Papieren und Büchern blättern. Sie hatten Messingknöpfe an den Jacken, keine Zinnknöpfe, und trugen schwarze Zivilistenschuhe. Keine Streifen außer an den Brusttaschen.

Drinnen in Vaters Kontor, durch das Glas, konnte ich Knudtzon erkennen. Sie sprachen ernst miteinander.

Draußen traf ich den Funken. Er saß auf einer Kiste hinterm Lokstall und rauchte seine Morgenpfeife. Als er mich sah, erhob er lächelnd die Hand.

Mir wurde klar, wie lang es her war, dass wir miteinander gemorst oder auch nur geredet hatten. Wie lange eigentlich? Seit Kopenhagen jedenfalls nicht mehr.

Eigentlich hatte ich mich an diesem Morgen auf mein rotes Fahrrad schwingen und zum Teich fahren wollen, ich hatte gedacht, nein, gehofft, Arvid könnte dort sein und ich könnte ihm meine neuen Schwimmkünste vorführen. Aber jetzt setzte ich mich neben den Funken.

»Lange her«, sagte der Funken.

»Ja«, sagte ich.

»Du wirst groß. Hast keine Zeit mehr für deinen alten Freund und Morsekameraden.«

»Hab nur viel zu tun gehabt in der letzten Zeit. Und wir waren viel weg. Gleich zwei Mal hintereinander, meine ich.«

»Hm«, brummte der Funken und klopfte die Pfeife aus, um sie sofort neu zu stopfen. »Wie war die Kur?«

»Wer ist das?«

Der Funken sah mich an.

»Revision«, sagte er.

»Aha«, meinte ich.

»Wie war die Kur?«

»Ziemlich langweilig«, sagte ich.

»Keine netten Leute?«

»Alles nur Alte.«

Er lachte. Schaute mich listig an.

»Aber geschwommen bin ich viel«, entschlüpfte es mir.

»Ja?«, fragte er gedehnt und sah mich erstaunt an. »Hast du schwimmen gelernt, Eva?«

»Ja«, sagte ich. »Hab ich. Das war ja ein Bad. Also ein Kurbad.«

»Ah ja. Dann war der Aufenthalt doch keine vergeudete Zeit.«

»Nein«, sagte ich. »Aber was tun die da? Ich meine, was tun sie hier? Diese zwei da … von der Revision.«

Ich machte eine Kopfbewegung zum Stationsgebäude hinüber.

»Oooch«, sagte der Funken lang. »Die gehen die Bücher durch. Nachprüfung. Knudtzon hat sie bestellt. Wahrscheinlich stimmt nicht alles so ganz. Nur heute, dann fahren sie wieder.«

»Ach so.«

»Man muss gut auf die Zahlen aufpassen, weißt du. Muss alles seine Ordnung haben.«

»Klar«, sagte ich.

So geschah es. Sie waren einen Tag lang da, dann fuhren sie wieder ab. Verließen das Stationsgebäude. Verschwanden mit dem Abendzug in ihren fremdartigen Uniformen, ernsten Gesichts; ich sah sie einsteigen.

Arvid kam an dem Tag nicht zum Teich, und tags darauf auch nicht. Aber am dritten Tag, da kam er; er hatte gehört, dass ich wieder zu Hause war. Er kam zu mir, und ich zeigte ihm, was für eine gute Schwimmerin ich jetzt war. Er bewunderte mich. Dann machte er es mir, und er machte mich glücklich. Dann machte er es mir noch einmal, und ich studierte ihn auf eine andere Weise als vor meiner Bekanntschaft mit Frau Grjothornet.

Dann fing die Schule wieder an und zugleich die Vorbereitung auf das Erwachsenendasein, das wirkliche, den Ernst des Lebens, jedenfalls wenn man dem Katecheten glauben wollte, der für die Unterweisungen verantwortlich war, mit deren Hilfe wir endlich – jedenfalls war das der Sinn und Zweck – in die Reihen der Erwachsenen aufrücken sollten.

Der Katechet, der erst in jenem Jahr in unsere kleine Stadt gekommen war, war unangenehm, das fanden alle, doch aus irgendeinem Grund schien er eben deswegen beliebt zu sein. Vielleicht gerade wegen seines klebrigen Wesens zog er die Menschen an; sie umschwärmten ihn wie die Fliegen Ägyptens.

Wir hielten zum Pfarrer, wie wir sagten, Unterricht aber hielt der

Katechet, daran hatten wir uns zu halten. Der Gemeindepfarrer war so alt geworden, dass er Unterstützung brauchte. Dieser Katechet war also unangenehm, und er stand natürlich für eine junge und liberalere Form des Christentums. Wir hatten ihn auch in Christenlehre in der Schule. Wo der Gemeindepfarrer streng war, manchmal unbegreiflich, manchmal gar wütend, fürchterlich und unerreichbar, da war der Katechet mild und freundlich, fast frivol in seiner Freude über das Frohe. Er hatte bereits mit der Bemerkung Aufsehen erregt, Tanz als solcher sei nicht notwendigerweise eine Sünde und gefährde auch nicht unbedingt die Aussichten der Jugend beim Jüngsten Gericht, es stand sogar in der Zeitung, dass er das gesagt hatte; es komme eher darauf an, *wer* tanze und mit welcher *Absicht*, und im Gegensatz zum Pfarrer sprach er nie von dem herrlich rachsüchtigen und unversöhnlichen Gott, den wir alle aus den biblischen Geschichten kannten, von dem Gott der Wüste und Israels und der sieben Plagen, diesem kriegerischen Polterer, sondern redete von Liebe und Freude, und man darf sich vorstellen, dass das Äußere des Katecheten in allem seinem Wesen ähnelte, blond und rein, recht gutaussehend eigentlich, aber immer ein bisschen feucht um die Mundwinkel, wenn er es mit der Freude hatte.

Dank meiner selbstbestimmten Lektüre und wissenschaftlichen Bildung hatte ich Gott eigentlich bereits länger abgeschafft oder aber ihn zumindest in die Abteilung für interessante, jedoch nicht zu beantwortende Fragen abgeschoben. Aber nun, die Gewohnheit ist ein Tyrann, *usus est tyrannus*, ihre Macht ist groß, und obgleich mein Vater seine Religion nicht vor sich hertrug, wäre es unvorstellbar gewesen, dass ich etwas anderes getan hätte als alle anderen und als das, was von uns erwartet wurde. Allerdings überraschte es ihn, dass ich mit den anderen zum Katechismusunterricht gehen wollte; ich glaube, er hatte mehr oder weniger damit gerechnet, dass ich eine Einzel- und Hauskonfirmation anstrebte. So saß ich also dort, ganz hinten, und lauschte mit einem halben Ohr der blonden Stimme des Katecheten, die wie ein frischgeöltes Spinnrad schnurrte und über den Katechismus leierte und das ewige Heil und die Hochzeit zu Kanaa, während ich halb dösend nachsann, was für ein Gott das denn sein mochte, der sich für mich persönlich so etwas höchst Merkwürdiges hatte einfallen lassen, und halb verblüfft war angesichts meiner stetig wachsenden Fähigkeit, die Absichten und Wünsche der Leute geradezu zu lesen, ganz von allein, fast ohne Anstrengung. Oder vielleicht wurde mir jetzt erst bewusst, dass ich diese Fähigkeit besaß. Möglicherweise hatten die Ereignisse in Kopenhagen, dann der lange, lichte Sommer, der hinter uns lag, und schließlich all das, was Eva Grjothornet gesagt und erzählt hatte, mein Bewusstsein für diese Dinge geschärft, mich auf eine Weise wachgerüttelt, die andere Menschen erst später im Leben erfahren, sodass ich mehr Klarheit über meine Situation besaß.

Auf eine Weise war der Katechet der Erste, den ich in diesem Sinne als Lesestoff benutzte, am Anfang einer jeden Stunde, schon bevor er den Mund aufsperrte, konnte ich vorhersagen, worauf er diesmal mit seinem Gerede hinauswollte; und tatsächlich lag ich im Großen und Ganzen richtig. Mich verblüffte, wie lästerlich viel Zeit er brauchte, um zur Sache zu kommen, so zerredete er beispielsweise drei geschlagene Stunden mit allerlei Gleichnissen und einer Unendlichkeit von kleinen und großen Geschichten, wahren und unwahren, lustigen und feierlichen, um uns zu erklären, dass wir bei der Prüfung schlicht und einfach antworten sollten, die sechste Bitte im Vaterunser laute »Und führe uns nicht in Versuchung«, um danach die gesamte vom Katechismus vorgesehene Erklärung herunterzubeten, einen Schwanz ohne Katze, den ich natürlich längst auswendig konnte, *Das ist:*

dass uns Gott behüte und erhalte, damit uns der Teufel, die Welt und unser Fleisch nicht betrüge und verführe in Missglauben, Verzweiflung und andere große Schande und Laster, und wenn wir damit angefochten würden, dass wir doch endlich gewinnen und den Sieg behalten.

Was das bedeuten soll, weiß ich immer noch nicht, doch da ich ganz hinten saß, konnte ich Arvids Nacken sehen, immer noch braun vom Sommer, und bekam Lust, die Zähne hineinzuschlagen, um zu sehen, wie er ihn anspannt und weich werden lässt, immer wieder, im Gleichtakt mit seinen Bewegungen. Was auch der Grund war, dass ich meinem Vater diese Überraschung bereitet hatte, zusammen mit den anderen gehen zu wollen und nicht privat; wovon ich folgenden kleinen Katechismus ableiten konnte, *Das ist:*

dass du deinen Vater erstaunen und erfreuen sollst, sodass er nichts und restlos nichts mehr versteht von dem, was du treibst, sondern dich mit Geschenken überhäuft; ich hatte einen neuen Herbstmantel bekommen und einen neuen Atlas, dabei war der andere noch nicht aufgetragen, und die Grenzen waren kaum verschoben, derzeit herrschte nicht genug Krieg.

Tisch und Tuch sind schon bereit
O Gott, für dein' Barmherzigkeit
Ach, segne diese Gaben nun
Dass sie die Leiber laben tun
Gott gebe jedem, was er braucht
Und unser Dank zum Himmel jauchzt!

Was man, wie ich Arvid hinterher kichernd und gurrend hinter der Hausecke ins Ohr flüsterte, auch anders deuten kann, *Das ist:*

Schwanz und Futt sind schon bereit,
Dank für unsere Heimlichkeit.
Ach segne diesen Jungen nun
Und lass es ihn mit Stärke tun.
Er mache mirs, weil ich es brauch
Ich leere ihm den Pimmel aus.

Da lachte er sich fast kaputt, und seine Augen wurden noch größer und konnten die Lust kaum mehr fassen, denn er wartete immer auf mich; Arvid war an immer anderen Orten, wenn der Unterricht vorbei war, ich brauchte keine Angst zu haben, er war zur Stelle, wartete auf mich und begleitete mich nach Hause, während ich mein Fahrrad schob. Wenn der Unterricht früher zu Ende war als sonst, machten wir noch einen Umweg im Dunkeln, der öfter hinterm Packhaus der Station endete, wo wir einander die Münder auftun und die Hände zum Himmel heben konnten. Sein leichtes, schmales Lächeln, wenn er mich sah, bohrte mir ein tiefes Loch ins Herz.

Und damit hätte ich mich begnügen können, wäre nicht mein Interesse daran, in den Menschen zu lesen, so stark gewesen. Papier kann nicht erröten, und ich auch nicht. Anlass hätte ich durchaus, streng genommen.

Der Katechet interessierte sich für die Mädchen, das war nur zu deutlich. Vor allem für eines. Sie hieß Inger und war eines jener langbeinigen, von Gott vollkommen gestalteten Wesen, blond wie eine Birke, blauäugig wie der Umschlag eines Buches über die norwegische Jugend; versehen mit der dazugehörigen unbewussten Anmut und der passenden gedankenschweren Gedankenarmut; eine, die immer, wenn sie sich meldete, was sie stets tat, etwas Kluges zu sagen hatte. So war sie auch im Schulunterricht, und eine Kaufmannstochter war sie überdies, man wird also begreifen, dass sie schön war. Natürlich verstand sie sich anzuziehen; nicht dass sie sich extravagant kleidete, oder kaufmannsteuer, das tat sie nicht. Nein, es war mehr diese undefinierbare Treffsicherheit, über die manche Menschen einfach verfügen, unbewusst und unmittelbar; ein Talent zur Schönheit. Das muss angeboren sein. *Auch* das, sollte ich sagen. So wie sich jemand, ohne es selbst zu wollen, ohne zu wissen, dass er es kann, einen Wollschal umlegt, und es sieht einfach frappierend gut aus. So wie jemand mit verblüffend einfachen Mitteln sich selbst vorm Spiegel umbauen kann, mit genau der passenden Farbe, genau dem passenden so genannten Farbklecks, einer Schleife, einer blauen Brosche, festlichen Pumps, was weiß ich; und diese Wundermenschen, die an und für sich nicht einmal klassisch hübsch zu sein brauchen, sie *sind* einfach so, die werfen eine alte Unterhose über die Lehne eines Holzstuhls, und das Publikum ist platt vor Bewunderung, weil dieses Stillleben so unglaublich schön ist. Nun ja, sie *war* ja auch hübsch, diese Inger, das war das Schlimme. Hübsch und gut in der Schule, gab immer die richtige Antwort, und dazu noch eine hübsche kleine Singstimme. Platt waren sie, Jungs wie Männer, so was von platt. Auch Arvid bekam einen merkwürdig flackernden Blick, wenn er sie sah, frisch und schön und glatt und weiß, und ich ärgerte mich und sah auf meine pelzigen Handrücken hinunter, und wenn sie die Oberstimme zu *Macht hoch die Tür, die Tor macht weit* sang, dann fing der Katechet fast an zu winseln vor Entzücken, und seine Augen wurden blass. Blass, als träte Milch in sie. Wäre ich älter und klüger gewesen, dann hätte ich vielleicht an meine Freundin gedacht, Eva Grjothornet, geborene Heiberg, das hätte ja nahegelegen, stattdessen begnügte ich mich damit, Inger schlicht und einfach zu verabscheuen. Ich verabscheute ihre Schönheit, und ich verabscheute es, wie Arvid und die anderen Jungen in den Pausen und nach dem Katechismusunterricht sie umschwirrten, wie Motten das Licht. Aber danach gingen wir ja nach Hause, und unterwegs holte Arvid mich immer ein. Und nichts wäre geschehen, wäre nicht der Katechet auf die Idee verfallen, mit einer kleinen Gruppe seiner Konfirmanden eine Art Aufführung für Eltern und Geschwister vorzubereiten, die in Fredheim gezeigt werden sollte, ein *Programm*, so nannte er es – ich hätte es eher als *Kabarett* bezeichnet, doch das ist ein Wort, bei dem man an Krabben und Spargel und ähnlich gottlose Dinge denkt, daher nannte der Katechet es also ein *Programm*. Dergleichen war mit den Heranwachsenden unseres kleinen Städtchens noch nie veranstaltet worden, und so rief das Vorhaben sowohl Diskussionen als auch Begeisterung hervor, allerdings mehr das Letztere, denn wir lebten ja nun einmal in einer modernen Welt mit Radiophonie und Grammophonaufnahmen und ganz unglaublichen neuen Schuhcremes; in diesem liberalen Geist sah man den Plan des Katecheten als einen Ausdruck des Neuen an, und es wurde gemacht. Und dazu brauchte er Freiwillige. Natürlich brauchte er, wie sich zeigte, vor allem schöne junge Singstimmen. Was aus guten Gründen die meisten Jungen von vornherein ausschloss. Diesen ganz bestimmten, zielbewusst flackernden Blick, den der Katechet aufsetzte, als er den Konfirmanden dieses Vorhaben erläuterte, den habe ich seither nur bei gewandten Zauberkünstlern und Falschspielern gesehen – wie er den Blick gleichsam ziellos von Kopf zu Kopf schweifen ließ, um dann in genau der richtigen Sekunde in Ingers Augen zu verweilen, nämlich als er das Wort *Freiwillige* aussprach, und sie sah zu ihm auf mit einem Blick, der eines kopflosen Huhnes würdig gewesen wäre, und ihre Hand schnellte hoch, wie mesmerisiert, und so war sie die erste Freiwillige. Das ärgerte mich ziemlich bei meiner Lektüre des menschlichen Lesestoffes. Nicht, weil ich auch nur den geringsten Wunsch verspürte, an seinem *Programm* mitzuwirken, sondern weil das Offenbare allen andere verborgen blieb.

Als er die Runde nach dem zweiten Freiwilligen absuchte, glitt sein Blick selbstverständlich an mir vorbei, er streifte mich nicht einmal, und das mit einer Selbstverständlichkeit, die sich ebenso klar und deutlich lesen ließ. Natürlich folgten mehrere Mädchen dem Vorbild des Leithuhns und hoben ihre langen, ungeschickten Arme. Ein paar Jungs waren auch noch nötig, trotz des wenig brauchbaren stimmlichen Materials, denn das Programm sollte natürlich auch ein paar Sketche beinhalten, darunter einen mit einer winzig kleinen Spitze gegen die herrschenden gesellschaftlichen Verhältnisse in unserer kleinen Stadt, dazu ein paar *Tableaus* eher erbaulicher Natur. Groß aber war mein Schreck, als ich sah, dass mein Arvid sich sofort meldete. Freilich, Arvid verfügte über ein gewisses komisches Talent, und er sah einfach gut aus, fand ich, aber beides war doch eher unfreiwillig, sodass ich diese Entwicklung der Dinge mit großem Unbehagen sah.

Die *Programmgruppe* traf sich dann mittwochabends nach dem Unterricht, außerdem an dem einen oder anderen Samstagabend, und ich schlich von dannen; schlich allein, nicht mehr mit Arvid, der einen Einakter über *Das Wunder des Glaubens* probte (die Rollenhefte wurden vom Missionsverbund der Handelsreisenden zur Verfügung gestellt), in dem er einen trunksüchtigen Handelsreisenden darstellte, welcher, in aufsteigender Reihenfolge, erst seine Kunden verliert, dann seine Arbeit, sein Geld, dann Frau und Kinder, alles wegen der Flasche. Diese Rolle füllte Arvid ganz gut aus. Ich wusste das, denn bisweilen stand ich auf einer Kiste draußen vorm Fenster von Fredheims Saal und beobachtete die Fortschritte der abendlichen Theaterarbeit. Er schwankte umher, besoffen und elend, eine Mustermappe mit nicht verkauften Drahtspulen in der einen Hand, in der anderen eine Flasche Apfelsaft, und wurde immer unglücklicher und unglücklicher. Und immer betrunkener und betrunkener. Das bekam Arvid richtig gut hin. Die Szene hingegen, in der er der Länge nach im Rinnstein liegt, einem Vertreter des Missionsverbundes der Handelsreisenden begegnet und endlich das Licht erblickt, lag dann doch ein wenig jenseits seines schauspielerischen Vermögens. Die folgenden Szenen, in denen unser frisch bekehrter Held dank Jesu Eingreifen in rascher Reihenfolge all das Verlorene wiedererlangt, Spulenkunden, Spulenfabrikanten, Spulengelder, die Spulen selbst usw., werden dadurch gekrönt, dass der Handelsreisende am Ende mit der Spulenverkäufersgattin, seiner anmutigen, liebenden Frau, wieder vereint wird, die wie ein Gretchen am Spinnrade darauf geharrt hat, dass ihr Mann Vernunft annimmt, ein in der dramatischen Weltliteratur, jedenfalls der von Männern verfassten, hinlänglich bekanntes Motiv. Bei den Proben warf sich der Handelsreisende seiner Gattin wieder und wieder zu Füßen und bettelte um Vergebung, beteuerte, dass fortan die Bibel seine Spulen begleiten würde, nicht mehr die Flasche, die er mit überzeugendem Schwung in die Kulissen schleuderte (erst bei der Aufführung selbst sollte die Apfelsaftflasche durch edleres Leergut ersetzt werden, das dankenswerterweise Redakteur Jahnn der Kirche zur Verfügung stellte); und immer aufs Neue vergab seine anmutige Gattin ihm, und er fiel ihr um den Hals, wieder und wieder. Alles eifrig einstudiert unter Leitung des Katecheten, der hier möglicherweise manche Handlung, manchen Handgriff stellvertretend vornehmen ließ, denn des unglücklichen Handelsreisenden holde Angetraute wurde natürlich von niemand anderem gespielt als von Inger. Natürlich von ihr. Umgeben von glücklich lachender Jugend, gestaltete er als Regisseur wieder und wieder ihre Bühnenumarmung, und wieder standen seine Augen voller Milch.

Und ich stand draußen im Dunkeln und wartete. Wartete im Dunkeln verborgen und sah zu, wie sie nach der Probe von dannen gingen, das handelsreisende Ehepaar lachend, plaudernd, Arm in Arm, zusammen mit den anderen hübschen, glücklichen jungen Menschen. Dann flüsterte ich fauchend, umgeben von zischelnden Herbstschatten, sodass es auch von einem Baum im Wind kommen mochte, flüsterte unser heimliches Erkennungszeichen und seinen Namen. Ich flüsterte, und er hörte es, das sah ich. Aber er tat so, als ob er es nicht hörte, blickte nur etwas erschrocken, etwas irritiert in Richtung des Schattens, wo ich, das wusste er, stand, mit einem nadelspitzen Blick, der mir sagte:

Nicht jetzt.

Nicht jetzt. Und ging weiter mit den anderen, jetzt aber, ohne sie unterzufassen; er wusste, dass ein Schatten ihn beobachtete.

Nicht jetzt, also wann? Jederzeit sonst, aber nicht jetzt, und wenn, dann immer im Schatten, hinter einer Wand, in einer Toreinfahrt, ja, wie gesagt auch im Lokstall, denn ich wusste, wo der Zweitschlüssel hing, aber nicht jetzt, und immer im Schatten, als wäre unser sonnenwarmer, heller Stein verschwunden und nur noch das bodenlose, kalte Dunkel des Teichs übrig, die Sonne fort für immer.

Doch im Lichte der Bühne von Fredheim spielte der Katechet weiter den Regisseur, gnädig und gierig, und durch die Doppelfenster hörte man draußen, wo ich stand, Inger singen, schön, rein und klar, wenn auch mit etwas dünner Stimme, *Von allen Ländern, ob nah, ob fern, ist's Vaterland mein schönster Stern.*

Und der Katechet sah bewegt zu, mehr als dass er bewegt zu*hörte*, und manchmal bat er Inger auch, hinterher für eine kurze Einzelprobe dazubleiben, oder aber sie kam vor den anderen, und in diesem Stadium der bemerkenswerten Entwicklung spürte ich – nein, ich spürte nicht, ich handelte: *Amare et sapere vix deo conceditur*, Gleichzeitig zu lieben und vernünftig zu sein ist auch einem Gott nicht vergönnt. Jedenfalls konnte ich nicht mehr anders, schon gar nicht mehr, nachdem ich seine Hand unten auf ihrem Rücken gesehen hatte, ihre Hand unten auf seinem Rücken, seinen unteren Rücken unter ihrer Hand, ihren unteren Rücken unter seiner, usw. usw. (möglicherweise gab es auch andere Kombinationen, doch die sah ich nicht, hingegen sah ich, wie Arvid Inger küsste, sah es aus einem Schatten, wo, so dachten sie, niemand stand, er küsste sie behutsam und scheu, ganz anders als der gierige Junge, den ich kannte), und jetzt handelte ich, handelte aus Gekränktheit, wenn tatsächlich auch mehr in Arvids Namen als in meinem eigenen, da er ja nicht wusste, was wiederum hinter *seinem* Rücken vorging. Gekränkt war ich und folglich unvernünftig, und so erhob ich in der nächsten Stunde, als es an die Kirchenlieder ging, die Stimme auf eine Weise, dass Ingers kindliche Oberstimme darunter verkümmerte wie ein Veilchen in der Sommersonne. Ich weiß noch, welches Lied es war, ich hatte Glück, denn es war *Vom Himmel hoch, da komm ich her*, Bach hatte die Grobarbeit schon für mich erledigt; Kantor Swammerdamm hätte meine Phrasierungen wohl nicht so ganz taufrisch originell gefunden, doch der Katechet lebte in tiefer Unschuld, musikalisch gesehen, und sah mich an, als wäre ich vom Mond gefallen, beziehungsweise, in diesem Fall, *Vom Himmel hoch*.

Während ich sang, wurde es immer stiller um mich herum, immer mehr begriffen, woher dieser ungewohnte Wohllaut kam, und als ich mit einer hübschen kleinen Barockkadenz abschloss, die ich mir von Swammerdamm abgeschaut hatte, herrschte donnernde

Stille. Alles starrte. So was hatte man noch nie gehört. Ich tat, als ob nichts wäre, sah niemanden an, schon gar nicht Arvid, denn was einer vom anderen nicht weiß, geht ihn ja nicht auf einmal etwas an, nur weil er es jetzt erfahren hat. Finde ich. Eher im Gegenteil.

Und ganz wie erwartet, kam der Katechet gleich nach Ende der Stunde, während die anderen zusammenpackten, an, landete mit einem ungeschickten Flattern vor mir und fragte, ob ich mir nicht vorstellen könnte, also … ja, er meine, bei dem Programm …

Er sah mir unsicher ins Gesicht, das er nicht richtig sehen konnte, und ich antwortete, so treuherzig ich es vermochte, dass ich mir das sehr gut vorstellen könne, und etwas geschah in seinen Augen, fast unmerklich, und ich sagte, dann müssten wir nur noch das passende Lied finden, wie wäre es mit *Herr Gott, dein teuer Ehr und Name*, das erschien mir passend rachsüchtig und gnadenlos, doch der Katechet sagte:

»Ich finde, du solltest dasselbe singen wie eben, *Vom Himmel hoch*.«

»Ja«, sagte ich.

»Und du solltest es, wie sagt man, allein singen«, sagte er.

»Solo«, sagte ich.

»Und dann brauchen wir einen Begleiter«, sagte er, »am Klavier, das wäre schön, was hältst du von …« Und ich sagte nicht »Swammerdamm«, was ich hätte sagen können, was nur natürlich gewesen wäre, ich sah ihm in die Augen und sagte:

»Ich möchte gern, dass Sie, ich meine *du* mich begleitest.«

»Ja«, sagte der Katechet und schluckte.

»Ich bringe Noten mit«, sagte ich.

»Wir müssen noch verabreden, wann wir proben«, sagte er. »Vielleicht vor der Probe der Theatergruppe?«

»Nein«, sagte ich, »das nimmt den anderen zu viel von ihrer Zeit weg, außerdem muss ich nach Hause, wie wäre es mit morgen Abend?«

»Um sieben«, sagte der Katechet folgsam.

»Gut«, sagte ich. Dann ging ich und ließ die Theatergruppe in Frieden proben, sah nicht durchs Fenster, wartete nicht draußen im dunklen Herbstschatten, sondern ging nach Hause und schrieb einen einfachen Klaviersatz für den Katecheten auf. Einfach genug, aber doch mit ein paar Schwierigkeiten durchsetzt, sodass er sich ein wenig anstrengen durfte, ganz im Einklang mit seinem rhythmischen und unverfälscht natürlichen Klavierspiel. Ich gab mir ordentlich Mühe, schrieb sauber lesbare Noten, und erschien andernabends pünktlich um sieben in Fredheim. Er erwartete mich hinter der Tür, nahm mir den Mantel ab, tollpatschig, wir gingen gleich ans Klavier.

»Ich wusste gar nicht, dass du so schön singst«, sagte er, als er sich ans Klavier setzte.

»Nein«, sagte ich nur und stellte die Noten vor ihm hin.

»Das wird ein schöner Beitrag zu unserem Programm.«

»Ja«, sagte ich und schlug die Noten auf, da er keine Anstalten machte, es selbst zu tun. Er sah mich an, wollte etwas sagen, etwas fragen, ich wusste genau, was, ich sagte:

»Wollen Sie – ich meine, willst du nicht den Deckel aufmachen?«

Er machte den Deckel des Klaviers auf, fast etwas schuldbewusst, und blinzelte in die Noten.

»Allerhand«, sagte er, »allerhand.«

»Am besten spielst du das erst ein paar Mal durch, denke ich.«

Er nickte, und zielbewusst spielte er tapfer los, während ich leise und höflich vom Klavier wegglitt. Schwebte ein wenig im Saal umher, in Fredheims großem Saal. Betrachtete Porträts und Wände und Wandlampen und eigentlich nichts, wie ein Gott, den nichts betrifft, und ließ ihn sich drei Mal durch den Satz stottern, um dann wieder zum Klavier zurückzugleiten, als er zum vierten Mal begann; ich lehnte mich über das Instrument, die Arme über Kreuz, und blickte ihn bewundernd an.

»Das geht ja schon richtig gut«, sagte ich in einem Tonfall, der es ihm unmöglich machte zu erkennen, ob das aufrichtig gemeint war, und er hob den Kopf, sichtlich errötend, spielte aber weiter, und ich setzte ein. Sofort kam er raus, er sah mich mit demselben, wie vom Himmel gefallenen erstaunten Blick an, und ich musste ihm wieder reinhelfen.

Irgendwie kamen wir durch alle Strophen, und als wir fertig waren, jubelte er:

»Das muss ganz an den Anfang des Programms! Oder ganz ans Ende!«

»Aber findest du es nicht eigentlich etwas unpassend, dass … jemand wie ich singt, dass er vom Himmel hoch kommt?«

Er dachte lange über diese Frage nach, und ich schloss daraus, dass er das Problem wirklich für und wider erwog.

»Nein«, konkludierte er nachdenklich. »Der Himmel gehört allen. Es wird einfach nur …«, er sah mich etwas unsicher an, »… ergreifend wirken.«

Ich nickte, ebenso nachdenklich, und zufrieden mit seiner Antwort setzte er abermals mit der Begleitung ein, ebenso rhythmisch und flott. Eine kleine kontrapunktische Wendung, die ich im oberen Bass eingefügt hatte, machte ihm Schwierigkeiten, sie musste mit dem ersten und zweiten Finger abwechselnd der rechten und der linken Hand gespielt werden, eine kleine Zwischenstimme hie und da, und er war zwar an Kirchenmusik gewöhnt, aber das hier war Bach. Ich musste es ihm zeigen. So lehnte ich mich über seine linke Schulter und zeigte es ihm.

»Wie hübsch«, sagte er. »Ist der Satz wirklich von dir?«

Seine Stimme wirkte ganz fern, obgleich sie direkt von meiner Schulter kam. Weit entfernt, wie auf der anderen Seite des großen Saals; sie klang klirrend und flach.

»Ja«, sagte ich, »das ist von mir.« Auch meine Stimme wirkte jetzt fern, auf der anderen Seite von allem.

»Du bist geschickt«, sagte er.

»Ich bin geschickt«, sagte ich und führte ihm den Fingersatz vor. Doch dann richtete ich mich wieder auf und sang.

Er spielte.

»Du singst wunderschön«, sagte er, als wir abermals durch waren. Rücken, dachte ich, aber ich besann mich.

»Danke«, sagte ich.

»Das ist faszinierend«, sagte er und blickte mich forschend an, und ich wusste, jetzt kommt es, jetzt kommt die Frage, die er vorhin schon stellen wollte, das konnte nicht ausbleiben, und er fragte, und ich antwortete automatisch, und die ganze Zeit dachte ich an monokline und trikline Kristalle, an ihre Achsensysteme und Winkel, und als er fertig gefragt hatte und ganz stolz war auf sein neu erworbenes Wissen um die *Hypertrichosis lanuginosa congenita*, sagte er:

»Es muss doch manchmal schwierig sein, als hätte Gott dich gestraft, manchmal. Hast du so etwas schon mal gedacht, Eva?«

»Warum?« Ich stellte mich dumm, ich wollte sehen, wie hoch er sein Kartenhaus bauen würde, und er sagte:

»Als hätte Gott dich mit Bedacht in eine schwierige Situation gestellt, Eva«, und er hatte wieder diesen innigen Tonfall am Leib.

»Jaaa«, meinte ich gedehnt.

»Hast du Gott im Gebet nie gefragt: Warum ausgerechnet ich?«, fragte er, Karte auf Karte, es war der reinste Kathedralenturm.

»Schon«, sagte ich, »ist ja klar, ja, natürlich, warum ausgerechnet ich und ausgerechnet so, aber …«

»Ja, nicht wahr«, stimmte er eifrig ein. »Nicht wahr, nicht wahr …«

»… aber«, sagte ich, »ich habe Gott nicht gefragt.« Das sagte ich ernst, schwer, mit einem dunklen, trauervollen Ton im »o« von »Gott«.

»Aha?«, fragte er, voll sachlichem Interesse, wach, eher wie ein Polizist oder Journalist fragen würde, nicht wie ein Katechet.

»Nein«, gestand ich leise. »Ich kann es nicht.«

»Kannst es nicht?«, echote er, ebenso leise.

»Ich kann es nicht«, sagte ich. »Ich kann nicht beten.«

Er verstummte. Sah mich ebenso ernst an wie ein Arzt, dem sein Patient soeben ein besonders besorgniserregendes Symptom geschildert hat, etwas, das er lieber nicht gehört hätte, das jedoch zugleich seinen beruflichen Ehrgeiz anstachelt; er wird gerufen, wird zur Tat und zum Eingreifen gerufen, endlich sind seine teuer erworbenen Fähigkeiten gefragt, ernstlich gefragt, und er ergreift das Stethoskop, seinen Block, seinen Katheter; der Katechet ergriff meine behaarte Hand und sagte, mit jenem professionellen, wohldosierten, innigen Ernst in der Stimme:

»So verhält es sich also, liebe Eva.« Und ich dachte, jetzt kommt die Konklusion, glaubt er wirklich selbst daran, *es gibt*, dachte ich, *in der Welt der Kristalle 14 grundsätzlich verschiedene Raumgitter und 32 verschiedene Kristallklassen*, »verhält es sich wirklich so«, dozierte er, »dass du nicht beten kannst – vielleicht, weil du auf Gott *böse* bist?«

»So könnte es sich durchaus verhalten«, sagte ich sorgenschwer.

»Das Gebet ist unsere Kommunikation mit Gott«, sagte der Katechet ernsthaft. »Mit den ewigen, einzigen, wirklichen und wahren Dingen«, sagte er.

Im isometrischen Kristallsystem stehen drei gleich lange Achsen senkrecht aufeinander. So ist es immer. Im tetragonalen System stehen ebenfalls drei Achsen aufeinander, doch nur zwei davon sind gleich lang.

»Du weißt, was *Kommunikation* bedeutet, Eva«, sagte er.

»Ich glaube«, sagte ich unschuldsvoll.

»Kommunkation bedeutet Gespräch«, sagte er.

»Aha«, sagte ich.

»Siehst du, Eva, dieses Wort ist verwandt mit *Kommunion*, und das bedeutet Gemeinschaft«, sagte er ernst. »Ähnlich wie das Wort *Kommune*, Gemeinde, das du ja kennst. Das ist fast dasselbe.«

Ist das so in der Kirche, aha, dachte ich und nickte interessiert.

»Gemeinschaft mit Gott und Gespräch mit Gott. Verstehst du, was ich sagen will, Eva«, sagte er, ganz eindringlich auf einmal, mit dem besorgten Blick des Tuberkulosearztes auf ein wenig zukunftsverheißendes Röntgenbild.

»Nein«, sagte ich, denn ich verstand es wirklich nicht.

»Du sollst vor Gottes Altar treten und das Abendmahl empfangen«, sagte er geläufig, denn diese Dinge waren sein täglich Brot, »das ist die *Kommunion*. Wenn ich aber den Eindruck habe, dass ein Konfirmand oder eine Konfirmandin nicht in Gemeinschaft mit Gott steht, vielleicht Gott sogar fern ist, sich nicht auf dem Weg zu Gott befindet, ja dann – dann, Eva, kann ich dem Pfarrer nicht empfehlen, denjenigen zur Konfirmation zuzulassen. Verstehst du?«

»Ja«, sagte ich, so ernst, wie ich konnte. »Ich glaube.«

»Das sind ernste Dinge«, sagte er. »Die Konfirmation ist kein leeres Ritual oder nur ein Familienfest – obwohl sie natürlich auch ein Fest sein soll, ein Fest des Lebens, der Jugend, der Schönheit und des aufregenden jungen Erwachsenenlebens, in das ihr nun eintretet. Aber sie ist mehr als das.«

»Hmhm«, sagte ich.

»Wenn man den Weg zu Gott nicht finden kann, kann man auch nicht das Sakrament der Konfirmation erhalten.«

»Ich möchte gern den Weg zu Gott finden«, sagte ich, so betrübt ich es irgend vermochte.

»Schön«, sagte er. »Schön, Eva. Dann findet Gott auch den Weg zu dir, du wirst sehen. Denn Gott sieht den, der leidet, und Gott hört deine Stimme, äh, deine schöne Stimme. Du solltest es nicht so schwernehmen. In Wahrheit ist es leicht. Leicht. Leicht, den Weg zu Gott zu finden.«

»Glaubst du?«, fragte ich zweifelnd.

»Ja«, sagte er nachdrücklich. »Ich werde es dir zeigen.«

»Können wir das nicht noch einmal durchsingen, bitte«, sagte ich schnell, denn auf einmal wurde ich doch nervös. »Damit wir in die rechte Stimmung kommen.« Ich spürte den Drang, mich zu wappnen.

»Ja!«, jauchzte er. »Ausgezeichnet. Ausgezeichnet. Das ist eine ausgezeichnete Idee.«

Beim Singen hatte ich Probleme, meinen Atem zu kontrollieren. Auf einmal saß alles so weit oben in der Brust, überm Solarplexus, mein Zwerchfell war ganz verspannt und hart. Also senkte ich bewusst die Schultern, machte den Rücken auf, wie es heißt, ließ die Luft in mich einströmen und fand zur Ruhe zurück; ich sah den Katecheten nicht an, hörte nicht sein rhythmisches, religiös betontes Spiel, *sempre stampando* sozusagen; ich versuchte, mich auf die Harmonien zu konzentrieren, meine eigenen Harmonien, und auch wieder auf meine Kristalle, und ich wurde ruhiger, fand die Ruhe, fand den Ton, und dann, als der letzte Akkord verklungen war, zeigte er mir, lehrte er mich, wie man den Weg zu Gott findet.

Das rhombische Kristallsystem verfügt über drei Achsen von ungleicher Länge, die senkrecht aufeinanderstehen. So ist das immer.

Er betete. Sachlich wie ein Chirurg und eifrig wie ein Enterich. Er kniete neben mir und erzählte mir, dass ich mir Zeit lassen, zur Ruhe kommen, mich öffnen solle, als ob Gottes Ferne eine Art Atemnot wäre.

Im hexagonalen System steht eine Hauptachse c senkrecht auf drei gleich langen Achsen, die zueinander jeweils einen Winkel von 120° bilden.

Und da spürte ich seine Hand in meinem Nacken. Ich hatte das eigentlich nicht anders erwartet, ich wusste schon, dass die Männer mir aus irgendwelchen Gründen gern in die Nackenmähne fassten. Und von dort ließen sie die Hand dann nach unten gleiten, den Rücken hinab, an den Ort, wohin auch dieser Gottesmann jetzt seine Hand gleiten ließ.

Als sie dann ganz unten an meinem Rücken lag und lange genug dort gelegen hatte, sah ich ihn mit einem, so hoffte ich, verklärten Blick an und sagte:

»Ich glaube, ich fühle mich schon besser.«

Er lächelte. Nahm die Hand weg, entfernte sie wie einen Briefbeschwerer vom Brief eines Kindes.

»Einen Schritt nach dem anderen«, sagte er. »Siehst du, es ist eigentlich gar nicht so schwer.«

»Hmhm«, sagte ich. »Aber jetzt muss ich gehen.« Ich stand auf, ging zum Klavier, schob die Notenblätter zusammen, nahm meine Tasche, tat so, als wollte ich die Noten darin verstauen, ging dann aber zum Katecheten hin, der ebenfalls aufgestanden war, und reichte sie ihm. Da lächelte er. Im allerhöchsten Maße verklärt.

»Hier«, sagte ich. »Vielleicht willst du ja üben. Für nächstes Mal.«

»Ja«, sagte er. »Ja, natürlich. Das ist sicher am besten. Ist nicht so ganz einfach, dieser Satz.«

»Du spielst gut«, sagte ich. »Und du redest so schön mit mir. Ich fühle mich schon ganz anders.«

»Wirklich«, sagte er. »Wirklich. Nun, dann müssen wir weiter miteinander reden.« Er streichelte mir die Wange und sagte Gott befohlen, das war alles, was er sagte, aber ich spürte, nein, ich sah, dass er innerlich seinen Gott bat, mich zu segnen; ich zog den Mantel an, ging gesittet meines Weges, und erst ein Stückchen bergab unterhalb von Fredheim erbrach ich mich, nur ein klein wenig, und es kam auch gar nichts, jedenfalls nichts Nenneswertes.

Im triklinen System stehen drei ungleich lange Achsen in schiefen Winkeln zueinander. So ist das zum Glück immer.

Später habe ich überlegt, und mehr als ein Mal, ob es eine ungünstige Strategie war, die ich zu diesem Zeitpunkt wählte, ob sie mich nicht eher von meinem Ziel fortführte und meinen Absichten auf diese Weise zuwiderlief. Doch erstens war es, wie bereits angedeutet (ich erinnere inständig daran), nicht ich, die die Strategie, sondern die Strategie, die mich gewählt hatte, ob das jetzt vernünftig war oder nicht. Wie gesagt: *Amare et sapere vix deo conceditur*. Und zweitens hatte ich ja auch kein Ziel und verfolgte mit meinem Handeln keine Absicht außer meiner Rache.

Meine Rache. So sicher ist das allerdings nun auch wieder nicht. Das Wort klingt allzu sehr nach Absicht, nach Überlegtheit. In Wahrheit erröten weder das Papier noch ich; es ist, wie ich es schreibe, niemand kann protestieren, sagen wir es so: Ich wartete auf niemanden mehr tief im Dunkeln verborgen, ich ließ jemanden tun, was er wollte, sollte er Arm in Arm und Hand auf Rücken und Blondhaar gehen, kein Flüstern so weich wie Herbstlaub traf mehr an jemandes Ohr, und jemand suchte vergebens nach meiner Hand, meinem Blick, meinem Mund, meinem Weichen; nichts mehr von wegen *Schwanz und Futt sind schon bereit*, der Zweitschlüssel zum Lokstall mochte ewig ruhen, und ich stand nie wieder auf irgendeiner Kiste und schaute heimlich durch Fredheims Fenster: Stattdessen ging ich freudig jeden dritten Abend zum Einzelunterricht beim Katecheten, und der interessierte sich nicht mehr für diese Inger. Arvid offenbar auch nicht mehr, vermute ich, so hübsch und weiblich-mädchenhaft-anmutig sie auch sein mochte, also muss er ihr mindestens in manchen Augenblicken so vorgekommen sein, als wäre sie für ihn unsichtbar geworden; das hoffte ich jedenfalls. Freilich, vielleicht bemerkte sie es gar nicht, sondern nahm die Welt und das Leben so, wie es kam (was weiß ich?), wie vernünftige, ausgeglichene Menschen es tun; das macht diese Leute so anziehend, habe ich mir sagen lassen. Bereits zu diesem frühreifen Stadium des Erwachsenenlebens begriff ich leider, dass es zwei Arten Menschen gibt: Diejenigen, die sich an sich selbst erregen beziehungsweise glücklich werden können, und diejenigen, die das eben nicht vermögen. Sodass ich, als der Katechet murmelte, ich sei ja wie ein kleines Kätzchen, so weich und zart, genau wusste, wo ich ihn hatte, doch froh war ich nicht. Gut, ich konnte die Augen zumachen und mir vorstellen, ich sei Inger, die kleine helle Inger, süß und langbeinig und schlank, die ihre glatte Anmut zu bieten hatte, oder ich tat so, als sei ich Eva Grjothornet, oder niemand, während er mir den Weg zu Gott wies.

Nun war ich also damit beschäftigt, über einen mit schlechten Vorsätzen gepflasterten Weg zum Himmel zu gelangen, und folglich hatte ich weniger Aufmerksamkeit übrig für das, was um mich her geschah. Zu Hause in der Station kam und ging ich mehr oder minder nach eigenem Gutdünken. Mein Vater war ein Schatten seiner selbst, als wäre das langsame Verwittern, das in Kopenhagen begonnen hatte, durch all die Schlammfresserei des Sommers nur noch beschleunigt worden, und das Seltsame war – oder vielleicht war es nicht seltsam, sondern nur die arrogante Trägheit der Jugend, oder meine eigene –, dass ich das ganz angemessen fand, ich nahm es hin, nahm es zur Kenntnis, wie man sagt, ohne dass es weiter Eindruck auf mich machte. Hannas Ermahnungen oder Schelte glitten an mir ab wie Federn von glattem Fels, wirkungslos. Der Einzige, der noch Zugriff auf mich hatte, in dem Sinne, dass er mir gut zureden oder mich wenigstens dazu bringen konnte, in einem normalen Gespräch zuzuhören, das war der Funken.

Groß war meine Verwunderung, als ich eines Tages aus der Schule kam und die Station in einem merkwürdigen Zustand vorfand, alles war drunter und drüber, die Erwachsenen trugen verkniffene Münder im Gesicht, führten allenfalls flüsternde Selbstgespräche, die Tür zum Kontor meines Vaters wirkte noch abweisender verschlossen als sonst, doch waren von dort drinnen Stimmen zu hören, die durchaus nicht flüsterten, im Gegenteil, sie sprachen recht laut, eindringlich, voller klagendem Ernst, sodass man es bis in die Schalterhalle hörte, ohne jedoch ein Wort zu verstehen.

Als ich Angehörige des Personals fragte, blickten sie nur bedauernd drein und kniffen den Mund noch fester zusammen. Der Funken, dachte ich, der wird Bescheid wissen.

Ich rannte zum Telegraphenkontor, doch dort saß kein Funken, sondern ein würstchenfarbener junger Mann, den ich noch nie zuvor gesehen hatte und der mich entsetzt anstarrte, als ich hereinstürmte; er zuckte derart zusammen, dass er tatsächlich um ein Haar vom Stuhl gefallen wäre.

Ich brachte stotternd irgendeine Entschuldigung hervor, machte kehrt, rannte in den ersten Stock hinauf. Doch dort war keine Hanna, so ging ich wieder hinunter und wanderte den Gang auf und ab wie bestellt und nicht abgeholt. Wenn jemand vom Personal vorbeikam, schickte er mich nicht einmal von hier fort. Die Stimmen im Stationsmeisterkontor stiegen auf und ab. Nach einer Weile jedoch wurden sie leiser, schienen verstummen zu wollen, mir war so, als würde auf Papier geschrieben, ich weiß nicht, es war eine graue Stille. Dann ging die Tür auf, der Funken kam heraus, sah mich an, kurz und seltsam, eilte wortlos an mir vorbei und verließ das Stationsgebäude durch die Schalterhalle. Kurz darauf kamen Knudtzon und mein Vater, Knudtzon mit einem Gesicht wie am Jüngsten Tage, mennigerot mit wachsgelben Flecken auf der Stirn vor Traurigkeit und Wut, mein Vater etwas bläulich-blass, mit unstetem Blick, sehr seltsam. Auch diese beiden schienen mich nicht einmal zu bemerken. Dem Duo folgten zwei Männer, die ich sofort wiedererkannte, es waren die beiden abzeichenfreien Revisoren aus der Hauptstadt, auch sie schauten mich ausdruckslos an, stutzten nicht einmal, als hätten sie schon sehr viel dramatischere Summen und Ziffern gesehen als mich kleine Null; mein Vater und Knudtzon geleiteten sie an mir vorbei auf den Bahnsteig hinaus. Ich sah die vier durch die Glastür, sie warteten auf den Zug, unterhielten sich dabei. Kurze, ernste Worte. Mein Vater wirkte verlegen, hatte offenbar am wenigsten beizutragen. Ich begriff gar nichts, doch da kam der Funken aus seinem möblierten Zimmer übers Gelände, in Zivil jetzt, Pullover, Anorak und Knickerbocker, mit einem großen Rucksack und einem abgeschabten, schweren Lederkoffer, den er rumpelnd am Ende des Bahnsteigs abstellte. Er würdigte die vier düsteren Herren keines Blickes, als er an ihnen vorbeiging, schlug einen weiten Bogen um sie herum. Dann ging er in die Schalterhalle, und ich sah, wie er auf eigene Kosten einen Fahrschein löste. Und obwohl ich in diesem Moment begriff, gestattete ich mir nicht zu begreifen, sondern betrachtete ihn durch die Glastür, folgte ihm, als er sich ins Telegraphenbüro begab, gelangte dorthin, als er eben wieder herauskam, ein paar wenige persönliche Gegenstände in der Hand, ein Buch, das Funkerlehrbuch, seine Federmappe, ein kleines Foto seiner Mutter in schlichtem, schwarzem Bakelitrahmen, sein Notizbuch hatte er sich in die Brusttasche des Anoraks gestopft, zusammen mit dem Rechenstab und der langen Pfauenfeder, die immer mit einer Reißzwecke an die Wand geheftet war. So trafen wir aufeinander, in der Tür, und ich brachte nichts anderes heraus als ein gestottertes, fast gemorstes: Fährst du weg, Funken?

Er sah mich an, lange und fremd, streckte dann rasch die Hand aus und strich mir übers Haar.

Ja, sagte er, jetzt fahre ich wohl weg. Er zog die Hand zurück, sagte nichts weiter, sondern schaute mich nur wunderlich verwundert an, machte den Mund auf, ich machte auch den Mund auf, wollte etwas sagen, oder vielleicht auch nicht, doch da kreischten draußen die Bremsen, der Funken schaute mich ein letztes Mal an, murmelte etwas, flüsterte etwas, etwas, das ich gern gehört hätte, gern erfahren hätte, aber ich verstand nur, dass es meinen Namen enthielt, die beiden Vokale und den einen verzögernden Konsonanten. Dann löste er den Blick von mir, drückte sich an mir vorbei, als ob ich ihm im Wege stünde, schritt rasch und bestimmt durch den Flur, auf den Bahnsteig hinaus, machte sich nicht die Mühe, die Tür hinter sich zu schließen, ließ sie sozusagen hängen und im kühlen Herbstwind schwingen. Ich ging hinterher, wäre am liebsten auf den Bahnsteig hinausgelaufen, ihn aufzuhalten, ihn auszufragen, ihn zu verhören, zu verlangen zu wissen, was das alles sollte. Stattdessen blieb ich in der Tür stehen, blieb ebenfalls sozusagen hängen, schwankend, schaute auf seinen Rücken; mein Freund, dachte ich, dein Rücken in dem grauen Anorak, zielbewusst, schlank, das rote Haar aufrecht, während er erneut einen weiten Bogen um die ernsten Herren schlug, zu seinem Koffer und Rucksack. Zugleich bremste der Zug restlos ab, blieb stehen, tickend und fauchend, ganz wie immer, Türen wurden geöffnet, ganz wie sonst, aber es war nicht wie sonst. Funken, dachte ich, als ich sah, wie er seinen Sack und den Koffer in den Wagen dritter Klasse hievte und das Trittbrett erklomm, ohne sich umzusehen, weder zum Stationsgebäude noch zu den vier Herren, noch zu sonst etwas, oder zu jemandem, der da stand und im Herbstwind schwankte. Mein Vater hatte das Gesicht von den zwei Abzeichenlosen abgewandt, sah mit seltsamem Blick in die Richtung des Funkens, wurde dann jedoch wieder zu seinen Pflichten gerufen, verabschiedete die beiden Herren mit einem kurzen, ernsten Händedruck und salutierte knapp, etwas halbherzig, wollte mir scheinen, um sie dann gemeinsam mit

Knudtzon die wenigen Schritte zur Abteiltür der 1. Klasse zu geleiten.

Sie blieben nicht stehen, um bis zur Abfahrt zu warten, sondern kamen zum Stationsgebäude zurück. Mein Vater warf erneut einen langen Blick zum Wagen 3. Klasse, er und Knudtzon kamen zu meiner Tür, sahen mich fast nicht, wirkten etwas verlegen; du solltest nicht hier stehen, brummte mein Vater aus alter Gewohnheit, aber auch das wirkte so halbherzig, dass ich kaum verstand, was er meinte, und als ich weder antwortete noch Anstalten machte, mich zu bewegen, sagte er nichts weiter, sondern ging mit Knudtzon hinein, und ich blieb stehen. Blieb stehen und blickte zu dem Wagen dort hinten hinüber, dem letzten am Bahnsteig. Durch taggraue Scheiben konnte ich ihn undeutlich im Profil sehen, ich erkannte ihn am Haar wieder, er hatte sich hingesetzt. Saß da und schien zu lesen. Im Funkerlehrbuch, nahm ich an. Für ihn hatte die Reise bereits begonnen; dass der Zug noch in der Station stand, war ohne Bedeutung. Ich blieb stehen und blickte unverwandt in seine Richtung, während der sechs unerträglich langen Minuten des Aufenthaltes, die der Zug hier zubrachte. Er drehte sich nicht ein einziges Mal um, sondern saß die ganze Zeit genauso da, und ich konnte sein Profil sehen. Näher hin ging ich nicht. Knudtzon kam heraus und fertigte den Zug ab; eine neue Serie der altvertrauten Geräusche, jetzt in umgekehrter Reihenfolge, der Zug ruckte an, glitt aus der Station, am Gebäude vorbei, vorbei an meinen Fenstern und meinem Blick, und ich sah ihn, immer noch im Profil, und dann war er weg, und er hatte sich nicht ein Mal umgedreht.

AUS MEINEM TAGEBUCH 5

Samson. 20 Jahre lang Oberster Richter Israels. Samson hatte üppiges, schönes, langes Haar, zu sieben Zöpfen geflochten. Ein sehr unangenehmer Mensch, muss man wohl eigentlich sagen. Jedenfalls ziemlich unheimlich im Umgang. Vor allem, wenn man etwas getan hatte, das ihn auch nur ein winzig kleines bisschen kränken mochte. Ich wette, die Israeliter nahmen ihn zum Richter, weil sie sich sonst nichts zu tun trauten. Denn er ist nicht in erster Linie als Jurist bekannt, sondern als Haudrauf. Als Faustkämpfer. Samson ist nämlich stark. Und seine Kraft wächst nur immer noch mehr, er ist wie eine Ein-Mann-Armee, und wenn jemand etwas getan hat, das ihm missfällt oder ihn kränkt, was ja immer mal vorkommen kann, dann prügelt er los und mordet, ohne mit der Wimper zu zucken. Das Schöne ist, dass Samson nie auch nur eine Sekunde an der Gerechtigkeit seiner Sache zweifelt. Da ist er anders als der etwas wankelmütige Esau. Wenn er sich beleidigt fühlt, schlägt Samson um sich. Er fragt nicht erst, er weint und jammert nicht, er ist auch nicht besonders introvertiert. Er haut seine Feinde zu Mus, schlicht und korrekt, und ebenso verfährt er mit einer Reihe von Leuten, mit denen er eigentlich gar kein Hühnchen zu rupfen hat. Vielleicht sollte ich aufhören, in der Bibel zu lesen.

Denn abermals ist hier Gott der Herr der Strippenzieher, der starke Samson ist nichts als ein Werkzeug für Gottes Wut, und Gott will zwischen den rechtschaffenen Israelitern und den unbeschnittenen Philistern, die im selben Lande leben, einen Krieg anzetteln.

Und schau, da ist der junge Samson. Samson ist stark, er hört Gottes Geist, Samson wird Gottes Werkzeug. Denn wie gesagt, GOTT WILL KRIEG. GOTT HAT LUST AUF KRIEG. Erst geht Samson hin und verliebt sich (auf Gottes Betreiben) in eine Philistertochter. Das trifft bei den künftigen Schwiegereltern auf keine große Gegenliebe; sie flehen ihn an, lieber, guter Samson, könntest du nicht eine aus deinem eigenen Volk erwählen? I wo, sagt Samson, ich will sie und keine andere. Auf dem Rückweg von seinem Ausflug als Brautwerber trifft er auf einen jungen Löwen, den er in einem unbeobachteten Augenblick mit bloßen Händen in Stücke reißt. »Da des Herren Geist über ihn kommt«, doch davon erzählt er niemandem, wonach der Kadaver des Löwen von wilden Bienen zum Bienenstock erwählt wird und in der Folge als Samsons Honigdepot dient.

Bereits der Polterabend mit Samsons neuen Philisterfreunden wird problematisch, da Samson ihnen ein unlösbares Rätsel aufgibt. Kein Wunder, dass es unlösbar ist. Es lautet: »Speise ging aus vom Fresser und Süßigkeit vom Starken.« Wenn ihr das löst, sagt Samson zu seinen dreißig Trauzeugen vom Geschlechte der Philister, dann spendiere ich euch allen neue Kleider! Doch wenn nicht, dann soll ich allein dreißig neue Gewänder von euch bekommen! Nicht nur, dass Samson als Einziger die Antwort auf das Rätsel weiß, es ist sowieso völlig unlösbar, denn man muss die Geschichte mit dem Löwen kennen. Mit anderen Worten, Samson hat eine raffinierte Methode gefunden, um sich eine neue Garderobe zuzulegen. Es gilt, das werden wir schon schaffen, sagen die Philister, aber sie finden keine Lösung. Da überreden sie Samsons Zukünftige, ihm die Lösung zu entlocken, und indem sie »bei ihm weinte die sieben Tage«, wie es geschrieben steht, bekommt sie es endlich heraus: »Was ist süßer denn Honig, und was ist stärker denn ein Löwe?«

Triumphierend pfeffern ihre dreißig männlichen Angehörigen ihm am siebten Tage die Antwort auf den Tisch; Samson ist klar, dass das nicht mit rechten Dingen zugehen kann. Niemand sonst als er allein hätte dieses dämliche Rätsel lösen können. Uns schwant bereits, dass Gottes Plan eines Bürgerkriegs zwischen den Israeliten und den Philistern in diesem Samson, der jetzt ein klein wenig ärgerlich wird, einen wirksamen Förderer gefunden hat. »Wenn ihr nicht mit meinem Kalb gepflügt hättet« – er meint seine Zukünftige –, »so hättet ihr mein Rätsel nicht getroffen.« Darauf geht er nach Askalon, erschlägt dort dreißig *andere* Philister und kehrt zur Hochzeitsgesellschaft zurück; »Bitte schön«, er wirft den schockierten Gästen die blutbefleckten Gewänder seiner Opfer hin, »Da habt ihr die Belohnung für das gelöste Rätsel!«. Erst jetzt, so steht im Text, wird er wirklich sauer, er verlässt Fest, Braut und alles und geht nach Hause zu seinem Vater.

Nach einiger Zeit jedoch, irgendwann im Herbst, hat er fertig geschmollt, und ihm fällt ein, dass er ja noch eine Braut guthat. So nimmt er eine Ziege als Versöhnungsgeschenk und wandert zurück zu seinen Schwiegereltern, wo er verlangt, augenblicklich ins Schlafgemach seiner Frau eingelassen zu werden.

Schwiegerväterchen, betrübt über die albtraumhafte Entwicklung, breitet voller Bedauern die Arme aus und sagt: »Ich dachte, du willst sie nicht mehr, nach dem dummen Vorfall bei der Hochzeitsfeier, also hab ich sie … äh … einem deiner Brautführer gegeben … aber, aber, aber, was soll's, lieber Schwiegersohn, mach dir doch nichts draus … äh … ich, ich, ich hab da ja noch eine jüngere Tochter, schau mal, da ist sie, ist sie nicht süß? Ist die Kleine nicht viel hübscher als die Große? Viiiiel hübscher? Nimm doch sie stattdessen! Sei so gut. Um Gottes willen … Samson! *Samson*!«

Aber jetzt ist Samson – wann, wenn nicht jetzt – *richtig* wütend. Er findet, irgendwann muss es genug sein mit den Kränkungen, und sagt:

»Niemand kann sagen, ich sei schuld, wenn ich mich jetzt an den Philistern räche.« Den Philistern als solchen wohlgemerkt, als Ganzes. Also geht er in den Wald und fängt Füchse. Nicht einen Fuchs, nicht fünf, sondern dreihundert Füchse! Er bindet sie paarweise am Schwanz zusammen, und in den Knoten steckt er jeweils eine Fackel.

Es steht zwar nicht geschrieben, aber ich stelle mir vor, es war Nacht, als er die Füchse zum Land der Philister brachte, die Fackeln anzündete und die Tiere über die Äcker trieb. Jetzt ging der Spaß los. Am Morgen war von dem einst fruchtbaren Land nicht mehr viel übrig. Die gesamte Weizenernte war hinüber, samt allen Olivenhainen; bis ein Olivenbaum Frucht trägt, gehen sechzig Jahre ins Land, da kann man sich denken, was für eine Katastrophe gerade das

Letztere für die philiströse Landkommune war. Aufgebracht gehen die Männer der Philister von Haus zu Haus und erkundigen sich, wer das angerichtet habe. Und da Samson keiner ist, der sein Licht unter den Scheffel stellt, wissen die Leute Bescheid: Ha, sagen sie, das war Samson, weil sein Schwiegervater seine Braut dem Brautführer gab!

Und jetzt tut die Dorfbevölkerung etwas Seltsames, Empörendes: Als verzweifelten Versuch, den Konflikt zu beerdigen, ziehen sie zum Hof des Schwiegervaters. Und fackeln ihn ab, mit ihm und seiner Frau und der Tochter, Samsons Weib darin! Vermutlich denken sie, Samson damit mild zu stimmen. Den Kern des Konflikts zu beseitigen. Dem wilden Mann zu zeigen, dass sie seine Reaktion verstehen. In der einzigen Sprache, mit ihm zu reden, die er begreift, nämlich mit Hilfe kraftvoller, extrovertierter, unersättlicher Rachehandlungen.

Aber nichts da. Als Samson hört, dass sie sein Weib verbrannt haben, wird er noch wütender und sagt: »Wenn ihr es *so* macht, müsst ihr begreifen, dass ich erst aufhören werde, wenn ich mich an euch allen gerächt habe!«

Und er geht auf sie los, schlägt sie gründlich zusammen und tötet Unzählige von ihnen.

Danach wird er melancholisch und zieht sich in eine Gebirgsschlucht zurück. Dreitausend Mann sind vonnöten, um ihn aus seinem Schlupfwinkel rauszuholen, wohlgemerkt dreitausend von Samsons eigenen Leuten (die Philister, die im Lande herrschen, haben klugerweise die Israeliter vorgeschickt), und er lässt sich fesseln und geht ganz gutwillig mit ihnen, nicht ohne zuvor erklärt zu haben, er habe den Philistern nur wieder getan, »was sie mir getan haben«. Als nun Samsons Stamm bei den Philistern eintrifft, um ihnen den gebundenen Brandstifter auszuliefern, überkommt diesen abermals der Geist des Herrn, er spannt die Muskeln an, die Fesseln reißen; er sieht einen Eselskiefer am Boden liegen, greift ihn und macht sich vergnügt allein über die Philister her. Tausend Mann erschlägt er mit dem Kinnbacken.

An diesem Punkt der Geschichte, nach der Massenschlächterei mit dem Eselskiefer, tritt eine Pause von zwanzig Jahren ein, eine Art bewaffnete Neutralität zwischen den Philistern und Samson. Die

Israeliter wählen Samson zum Richter. Merkwürdige Entscheidung. Es steht nicht geschrieben, aber man könnte ahnen, dass hier vernünftige Menschen in den diplomatischen Korps beider Seiten eine Art stillschweigendes Abkommen getroffen haben; gebt dem Mann ein Amt, eines voller Würde und mit einer schönen Amtsrobe, aber haltet ihn um Gottes willen von uns fern, dann haben wir alle unseren Frieden und können nebeneinander weiterleben wie zuvor.

Dieses Arrangement funktioniert dann auch zwanzig Jahre lang, doch nach all der Zeit als Jurist will Samson irgendwann doch wieder ein bisschen Spaß haben und macht einen Ausflug in die Philisterstadt Gaza, wo er eine Prostituierte aufsucht. Irgendwie hat er einen Hang zu den Frauen seiner Feinde. Die Philister versammeln sich um die Wohnung der Frau, um ihn zu erschlagen, wenn er herauskommt, aber es geht anders zu: Samson bahnt sich um Mitternacht einen Weg durch die Menge, und wo er schon dabei ist, reißt er gleich noch das Stadttor von Gaza aus den Angeln, schleift es mit und wirft es erst weg, als er ein gutes Stück den Berg hinauf ist.

Einige Zeit später verliebt er sich in eine dritte Philisterin namens Dalila, die auf dem Lande lebt. Mit ihr hat er offenbar eine dauernde und stabile, auf gegenseitigem Vertrauen gegründete Beziehung. Doch die Philisterhäuptlinge haben die Nase voll von diesem Unberechenbaren, und auch die israelitischen Häuptlinge verspüren keinen Drang mehr, diese Mischung von Rechtsprecher und wild gewordener Feuerwerksrakete zu schützen, also gehen die Philisteroberen zu Dalila und bieten ihr unfassbar viel Geld, wenn sie aus Samson herauskriegt, was um alles in der Welt ihn so stark macht.

Man kann sich denken, dass Dalila, die weit von allen anderen Menschen entfernt in einem entlegenen Tal lebt, jetzt vor einem Dilemma steht. Möglicherweise ist Samson ja lieb und nett, auf seine Weise, wenn er kriegt, was er will, aber die Summe, die ihr angeboten wird, ist so unerhört groß, dass sie einfach annehmen *muss*. Das ist für sie die Fahrkarte aus dem Sorek-Tal hinaus, so heißt ihr Krähwinkel nämlich.

Also fragt sie Samson des Nachts, was ihn eigentlich so unfassbar stark macht. Samson ahnt offenbar Unrat, denn er antwortet, wenn man ihn mit sieben frischen, noch nicht trockenen Streifen Bast bindet – man muss sich darunter wohl Rindenstreifen von Weiden vorstellen –, dann werde er ebenso schwach wie andere Menschen.

Im Handumdrehen haben die Philisterhäuptlinge sieben solcher Streifen Bast beschafft, und in derselben Nacht fesselt Dalila ihren Liebsten damit, während er schläft. Dann weckt sie ihn mit dem Alarmruf: »Die Philister sind über dir, Samson!«

Samson springt auf, er zerreißt den Bast, als wäre das Flachs, der dem Feuer zu nahe gekommen ist.

Merkwürdigerweise wird Samson nicht ärgerlich, als Dalila ihn in der folgenden Nacht dasselbe noch einmal fragt, sondern er antwortet, schwach wie normale Menschen werde er, wenn man ihn mit ganz neuen Stricken fessele, die noch nie zu etwas anderem gedient haben.

»Die Philister sind über dir!«, ruft Dalila abermals im Morgengrauen, nachdem sie ihn mit nagelneuen Stricken gefesselt hat. Und die Stricke zerspringen, als wären sie Nähfäden. In der nächsten Nacht erzählt er ihr endgültig höheren Blödsinn, wenn sie nämlich seine sieben Zöpfe mit den Kettfäden ihres Webstuhls verwöbe, dann werde er schwach wie ein gewöhnlicher Mann. Doch auch ihre nächtlichen Webkünste verringern seine Kräfte nicht im Geringsten.

In der vierten Nacht aber kann Samson sich nicht mehr beherrschen; Gott allein weiß, was Dalila mit ihm macht oder zu ihm sagt, denn endlich öffnet der Riese ihr sein Herz und verrät, dass seine Kraft in seinem Haar sitzt. Schert sie es ab, so wird er ein ganz gewöhnlicher Mensch. Es sei kein Schermesser daran gekommen, sein Leben lang. Intuitiv begreift sie, dass er jetzt endlich die Wahrheit sagt, ruft die Häuptlinge, die ihre unermesslich große Belohnung mitbringen, und schert dem Schlafenden das Haupthaar ab. Tatsächlich lässt er sich jetzt überwältigen. In großem Triumph wird er nach Gaza gebracht und muss dort im Gefängnis die Mühlsteine drehen. Da geht er nun, immer rundherum, wie ein gezähmtes Tier, wie ein Löwe, der vergessen hat, dass er ein Löwe ist.

Doch die Philister halten ein Danksagungsfest ab dafür, dass ihr Gott sie den Wüterich endlich hat bezwingen lassen, und in ihrem Übermut holen sie den Gefangenen auf den Festplatz vor dem Tempel, wo sie feiern; er soll kleine, demütigende Kunststückchen vollführen, sie stehen derweil auf dem Dach und schauen zu. Sie haben allerdings nicht damit gerechnet, dass Samsons Haar unterdessen nachgewachsen ist. Samson erlangt von dem Jungen, der auf ihn aufpassen soll, die Erlaubnis, sich an zwei der Säulen zu lehnen, auf denen das Gebäude ruht. Woraufhin er den Herrn um eine allerletzte Stärkung anfleht, die ihm gewährt wird, und so kann er die beiden Säulen umreißen (er scheint ein Gespür für Schwachpunkte zu haben), sodass der ganze Tempel über ihm einstürzt und sämtliche triumphierenden Philister mit in den Tod reißt. Auf diese Weise tötete er, so steht geschrieben, im Sterben mehr Menschen, als er in seinem Leben getötet hatte. Und das waren ja auch nicht gerade wenige.

Samson dachte also, genau wie die alten Kelten, die Kraft wohne in den Haaren. Hier gibt es zwei Möglichkeiten. Entweder bildet er sich das ein, oder es stimmt tatsächlich. Es steht nichts darüber in der Geschichte, ob der Herr ihm direkt erzählt hat, seine Kraft wohne in den Haaren. Es ist einfach etwas, wovon er überzeugt ist. Er *denkt*, er sei unbesiegbar, darum ist er es auch. Aus demselben Grund steckt man wahrscheinlich junge, unfertige, kindische Männer in eine hübsche Uniform, wenn sie zum Sterben in den Krieg geschickt werden. Eine Art Placeboeffekt.

Bis dann also Dalila, diese erste Herrenfriseuse der Weltgeschichte, sein Selbstbild zerstört. Aber er kommt noch einmal zum Zuge, und in seiner Wut ist er unbesiegbar und mächtig, er stirbt im Wüten, wie ein Lemming, wie ein Gott, er tobt, er stirbt, und sein Rachedurst ist immer noch nicht gestillt.

KURZES PHILOSOPHISCHES GESPRÄCH ÜBER PROFANE DINGE

Hat der Funken den Abschied gekriegt?

– Hm?

– Ist der Funken gefeuert?

– Gefeuert? Gefeuert? Nein, durchaus nicht. Durchaus nicht. Gib mir doch bitte mal das Salz.

– Und warum ist er dann nicht mehr im Dienst?

– Das Salz bitte. Danke. Also verflixt nochmal. Hanna. Hanna!

– Ich habe gefragt, warum ist er dann nicht mehr im Dienst?

– Hanna! Es ist verhext, jedes Mal, wenn man am Tisch sitzt und den Salzstreuer braucht, ist er leer!

– Das kommt, wenn man zu viel Salz ans Essen tut, Vater, das ist doch klar.

– Unsinn. Außerdem ist er nicht … gefeuert worden, wie du es nennst. Er ist von sich aus gegangen, aus freien Stücken.

– Aha.

– Ja. Genau.

– Zu viel Salz ist nicht gut für deinen Blutdruck, sagt Doktor Levin.

– Quatsch.

– Deiner ist jedenfalls zu hoch, das hat er gesagt.

– Ah, da bist du ja, Hanna. Könntest du bitte mal den Salzstreuer nachfüllen? Vielen Dank … Ach, hat der Doktor das gesagt?

– Und warum ist er freiwillig gegangen?

– Wer? Doktor Levin wird doch nicht …

– Tu nicht so. Du weißt genau, wen ich meine.

– Nicht in diesem Ton, junge Dame. Es lag an der Revision. Der Innenrevision. Verschiedene Ausgaben waren nicht in den Büchern vermerkt, wie du vielleicht weißt. Danke, Hanna …

– Ja?

– Und … ja … er hat die Karten auf den Tisch gelegt. Hat alle Schuld auf sich genommen. Ich und Knudtzon, also, ich meine, Knudtzon und ich, wir haben ein gutes Wort für ihn eingelegt. So hat sich alles doch noch gütlich regeln lassen.

– Aber er hat seine Arbeit verloren?

– Ja, das hat er. Das war ein Teil der Vereinbarung. So haben wir einen Prozess vermeiden können. Das wäre furchtbar unangenehm gewesen.

– Für dich und die Station.

– Für alle, nicht zuletzt für den Funken. So. Reden wir nicht mehr darüber. Ich verstehe schon, das ist für dich nicht so leicht, Eva, er war immer nett zu dir, aber du musst versuchen …

– Ja?

– Es philosophisch zu sehen.

– Ja. Philosophisch. Gute Idee.

– Nicht in diesem Ton, wie gesagt. Ironie hilft hier gar nichts. Solche Dinge geschehen eben im Leben. Du bist noch zu jung, um das zu verstehen. Es hätte auch viel schlimmer kommen können. Für alle. Für den Funken. Philosophisch, wie gesagt. So, und jetzt wollen wir nicht mehr darüber reden.

– Worüber denn?

– Ich weiß nicht. Danke, Hanna, wir sind satt. Es war sehr gut.

– Sehr gut.

– Über die Konfirmation vielleicht? Du brauchst vielleicht neue Kleider?

– Könnte sein.

– Und was wünschst du dir als Konfirmationsgeschenk?

– Ein Kristallgoniometer.

– Aha …

– Das ist etwas teurer, aber …

– Und wozu verwendet man ein solches Instrument?

– Das ist nicht so leicht zu erklären. Einfach gesagt, dient es zur Bestimmung der inneren Winkelverhältnisse in einem Kristall und damit zur Klärung, welchem System dieses Kristall angehört. Diese Verhältnisse sind stets dieselben, verstehst du, während die Seiten eines Kristalls in Größe und Verhältnis wechseln können, je nachdem, wie das einzelne Kristall gewachsen ist.

– Aha.

– Anders lässt sich das nicht bestimmen.

– Du bist mir schon eine, Eva.

– Aha.

– Ein Kristall…

– …goniometer.

– …goniometer. Na, wir werden sehen. Hast du denn Kristalle, die du bestimmen willst?

– Der Funken und ich wollten in die Molybdängruben hoch und welche suchen.

– Aha. Verstehe.

– Ein Kristallgoniometer ist ein Instrument, mit dessen Hilfe man die Dinge philosophisch betrachten kann. Außerdem brauche ich neue Stiefel. Und zwar hohe, so welche, wie sie gerade in der Zeitung abgebildet waren. Hanna kann sie dir zeigen. Und ich brauche eine Perlenkette für die Kirche. Aber mit großen Perlen, die nicht in den Halshaaren verschwinden. Sondern gut zu sehen sind.

DIE NATURWISSENSCHAFTEN SIND SCHÖN

Da ist sie, nicht ich. Eva. Ich sehe sie, verstehe sie aber nicht. Eva sieht die Dinge philosophisch. Jeden – nein, nicht jeden, sondern jeden zweiten, dritten Abend geht sie zu ihrem Spezialunterricht über die wirklich ewigen Dinge, etwas, das sie durchaus nicht so geplant hatte, es sollte eigentlich nur eine kurze Racheaktion sein, jetzt aber wächst es sich aus, jeden, nein, jeden zweiten, dritten Abend steigt es täglich ein paar Grad höher über den Horizont, ebenso stetig und heller werdend wie die Herbststerne, nur kälter. Sie mag diesen Menschen ja nicht einmal mit seiner frischfrommfröhlich-innigen Innerlichkeit. Aber er will sie, das ist ja schon etwas, will *sie* mehr als diese Inger, das ist die Sache, er wankt und weicht nicht und lässt sie nicht sitzen und reist nicht ab und machte keinen Versuch, sich freizukaufen, er glaubt, das hier ist ein Geschenk, er glaubt offenbar, ist offenbar überzeugt, dass er hier ein gottgefälliges Werk tut. Außerdem hat er einen großen und diensteifrigen Schwanz. Sie vermisst den Funken und seine kleinen, vertrauten Nachrichten abends, sie denkt an all die Kristalle, die sie messen wird, allein jetzt, wenn sie bloß das ersehnte Goniometer bekommt; das wird ein wahrer Freund. Sie denkt nicht viel, sie schließt die Augen.

Kleine Herrlichkeit, ruft eine Stimme weit entfernt.

»Meinesgleichen ist unfruchtbar, wir können keine Nachkommen haben.«

Während sie so die Zeit totschlägt und auf das begehrte Instrument wartet, liest sie in einem neuen Biologiebuch, das sie in die Hände bekommen hat; Autor ist ein berühmter norwegischer Vererbungsforscher. Sie liest über »minderwertige Typen« innerhalb jeder Vererbungslinie, und mit welchem Selbsterhaltungstrieb – der Urkraft des Lebens – sie ihr Äußerstes tun, die Art zu verderben.

Man nehme nur zum Beispiel eine Ente.

»Der Erpel«, so steht da zu lesen, »ist ausgesprochen treu, monogam und bleibt ein Leben lang mit seinem Weibchen zusammen. Aber er ist auch ausgesprochen eifersüchtig und bewacht sein Weibchen auf aggressive Weise. Ein starker, überlebensfähiger Enterich wird sich in aller Regel ein Weibchen sichern, das auch für seine Rivalen attraktiv ist.

Bis das erste Gelege im Nest ist, muss er allerdings sorgfältig auf seine Gattin achten, denn anders als er wird sie durchaus nicht nur ihn erhören, im Gegenteil, sie wird für allerlei verschiedene Männchen zugänglich sein, auch solche von minderwertigem Typus (vgl. von Mautenberg, *Die Rasse als biologischer Auswahlfaktor*, S. 229–237). So kann man im Frühling an einem ganz gewöhnlichen Ententeich höchst dramatische Eifersuchtsszenen beobachten, direkt aus der großen Othello-Vorlage der Natur, indem der Enterich unablässig die Versuche minderwertiger Konkurrenten abzuwehren versucht, die sich an sein Weibchen heranmachen wollen.

Allerdings führt ihn diese konstante Jagd auf Eindringlinge bisweilen recht weit weg, sodass ein riskanter Abstand zwischen ihm und seiner Braut entsteht, was andere, oft noch minderwertigere Männchen skrupellos ausnutzen, da sie eine Chance sehen, sich bei der kurzfristig Verlassenen einzuschmeicheln, die sich durchaus nicht abgeneigt zeigt, mit ihrem neuen Galan durchzubrennen. Kehrt dann der eifersüchtige Gatte von seiner vorigen Intervention zurück, ist das nächste Drama samt Vertreibung des neuesten ›Hausfreundes‹ mit Hacken, Fußtritten und Flügelschlägen bereits vorgezeichnet. Man wird begreifen, dass das Dasein des höherwertigen Erpels kein Zuckerschlecken ist, sondern ein stetiger Kampf, um sein Recht gegen die unwerten Rivalen zu verteidigen. So geschieht es auch bei den Menschen, mit allerdings weit komplizierteren Mustern, doch man beobachtet allenthalben, wie minderwertige Typen und Rassen, auch wenn sie nur vereinzelt auftreten – als Individuen innerhalb eines ansonsten gesunden, homogenen Volkskörpers –, zum Äußersten greifen, um dort Wurzeln zu schlagen, wo die Lebensbedingungen dank der überlegenen Organisationsform der höherwertigen Rasse günstiger sind als anderswo und daher dem Einzelnen bessere materielle und geistige Lebensbedingungen bieten. Ein typisches Beispiel hierfür sind die Juden, die aufgrund ihrer historisch bedingten Entwurzelung und der einzigartig entwickelten Anpassungsfähigkeit imstande zu sein scheinen, in so gut wie jeder Gesellschaft Wurzeln zu schlagen und sich auffallend schnell darin eine Lebensgrundlage zu schaffen, und die unvermeidliche Folge ist dann die biologische Vermischung mit der endogenen Bevölkerung. Die Strategie der Zigeuner und anderen fahrenden Volks sieht mangels vergleichbarer Assimilationsfähigkeit ganz anders aus; sie sind in einem sehr viel primitiveren Stadium gefangen und verbreiten ihr Blut in der endogenen Bevölkerung mittels Vergewaltigung oder billiger Verführungstricks, mit deren Hilfe sie Eingang zu erlangen versuchen; ein weniger heimtückischer, dafür aufgrund der innewohnenden Dramatik viel auffälligerer und aufsehenerregender Ausdruck des Lebenserhaltungstriebes als die kluge, simulierende, diskrete Taktik der Juden.

Die offensichtlich genetisch angeborenen Methoden von Zigeunern und fahrendem Volk erinnern übrigens nicht wenig an die anderer Volksgruppen, so der Lappen, Ungarn, einzelner slawischer und fernerer, minderwertiger romanischer Rassenangehöriger.

Betreffs des Aussehens und der anatomischen Charakteristika der minderwertigen Gruppen lässt sich manches anführen, klar ist aber, dass der Erpel eine einfachere Aufgabe hat, wenn es darum geht, seine Rivalen zu identifizieren, da allein schon die Zeichnung des Federkleides ihm einiges verrät (s. Abb. 29–33). Beim Menschen ist dies weit komplizierter, da ein dem Augenschein nach hochstehender Typus (vgl. Abb. 34–39) sich bei näherer Untersuchung wie genauer Messung der Winkelverhältnisse des Schädels und anderer anatomischer Dimensionen in entkleidetem Zustand als minderwertig herausstellen kann (Abb. 40–46). Erst anhand der auf den Abb. markierten Anhaltspunkte offenbaren sich Maße und Verhältnisse, die mit unweigerlicher Sicherheit Abweichungen von der Norm der höherstehenden nordischen Rasse erkennen lassen, die jedoch der ästhetisch unvoreingenommenen, unmittelbaren Betrachtung verborgen bleiben können – als da wären z.B. schönes Haar, eine an und für sich imponierende Nase, scheinbare Größe der Augen usw. Sieht man aber wie erläutert einmal von diesen zufälligen äußeren Einzelmerkmalen ab, so sind die Verhältnisse zwischen den Winkeln des Schädels unmissverständlich, wenn auch nicht unmittelbar offenkundig. Eine andere Sache ist natürlich, dass auch innerhalb einer minderwertigen Typengruppe einzelne relativ hochstehende Individuen auftreten können.«

Tja. Na ja. Naturwissenschaften sind schön. Das muss die Ansicht dieser Eva gewesen sein. Es war ihr lieb, dass eine der Abbildungen fehlte, sodass sie sie sich selbst das Aussehen der Minder- und Höherwertigen vorstellen musste. Ihr behagte, so erinnere ich mich, der Gedanke, dass es möglich sei, die einzelnen Menschentypen mit untrüglicher Sicherheit anhand von Winkeln und Verhältniszahlen zu klassifizieren, ganz wie bei den Kristallen. Dazu könnte man vielleicht – ein Anthropogoniometer verwenden. Jemand sollte, fand sie, ein solches Instrument erfinden, mit dem sich rasch und präzise und ein für alle Mal derlei Fragen klären ließen. Dies schien ihr, so erinnere ich mich, nicht nur ein nützlicher, sondern ein vollkommen einleuchtender, ja schöner Gedanke. Sie selbst stand sozusagen ein wenig außerhalb dieser Erwägungen, als eine Beobachterin von außen, wie immer.

Solchermaßen organisiert, konnte man sich die Welt denken wie eine Edelsteinwelt, in der alle und jeder funkeln, ganz nach eigenem Karat und eigenem Wert, der jeweiligen Zugehörigkeit zu Kristallsystemen und seinen ihm innewohnenden Winkelverhältnissen. Wie von Gott oder von der Natur gegeben. Ganz oben die Höchstwertigen, glänzend und rein, in ihren eigenen Gruppen; diejenigen, die begriffen und es vermochten, so wie der Funken, wie Doktor Levin und sie selbst, und dann immer weiter nach unten bis zu den minderwertigen Gruppen, wie der Katechet, die Revisoren (die Nase des einen wies so einen verdächtigen Winkel auf), der Vater und vielleicht auch Arvid.

Arvid: *Pfui Teufel!* Solche Sauereien treibt ihr!? *Pfui Teufel. Pfui Teufel. Pfui Teufel.*

Denn zu den Fredheim'schen Fenstern kann man hineinsehen, aber auch durch sie hindurch gesehen werden, wenn man im Saal ist, und auch Arvid kann auf eine Kiste steigen.

Doch er unternahm nichts von dem, was ein hochwertiger Erpel getan hätte, er wandte sich nur ab und ging, ohne sich noch einmal umzudrehen.

EIN DIVERTIMENTO

Und so, mit Arvids viermaliger Anrufung des Leibhaftigen, verlor die Konfirmation jede Bedeutung für mich, sofern davon überhaupt noch ein Restchen vorhanden war, und ich erklärte meinen Abschied von der Kirche als solcher, nicht mittels einer lauten Proklamation, sondern indem ich schlicht und einfach die Teilnahme an den Vorbereitungen einstellte, sowohl der allgemeinen als auch der privaten in meiner Eigenschaft als Beischläferin mit Singstimme und Fell. Der Katechet, der Ärmste, wagte natürlich keinerlei Fragen zu stellen, tat so, als ob nichts wäre, und fuhr selbstverständlich mit den Proben zu seinem *Programm* fort, das, so nehme ich an, am Ende ein Erfolg war, auch ohne den geplanten musikalischen Höhepunkt. Aber irgendetwas war doch durchgesickert, wie ein Geruch, wie ein schwacher Lichtschein aus einem verdunkelten Raum, denn die Beliebtheit des Katecheten sank rapide. Hinter seinem Rücken wurde getuschelt, und bald stellte sich heraus, dass dies seine erste und zugleich letzte Konfirmationssaison in unserer kleinen Stadt war.

Mein Vater nahm meine Verweigerung ohne weitere Fragen oder Kommentare zur Kenntnis, wie man sagt.

Mein Goniometer bekam ich trotzdem, samt Kleid und Perlenkette.

Doch obgleich die erste, die kirchliche Konfirmation auf diese Weise ihre Bedeutung für mich verlor, so erlebte ich doch eine andere Art Konfirmation, eine, die ich als meine geistige oder schicksalsmäßige Konfirmation bezeichnen möchte. Zu diesem Ritual gab es keine Vorbereitung, zu der man sich so einfach anmelden konnte, denn sie fand auf einer ganz anderen, sehr viel grundlegenderen, längerwierigen und vor allem unsichtbaren Ebene statt. Mein kindlicher Attentatsversuch auf den Zauberkünstler, mein Tagebuch, mein wissenschaftliches Interesse, mein Musikunterricht – alles, alles traf in einem kurzen Moment zusammen und wies den Weg zu diesem einen aufrüttelnden, erschütternden, zerschmetternden, zugleich aber seltsam erbaulichen und bejahenden Schicksalsmoment: meiner wirklichen Konfirmation.

Meine wirkliche Konfirmation kam über die Landstraße gerollt, in Form eines silbern glänzenden Tourneebusses und eines Lastwagens, und so wurde sie angekündigt:

ACHTUNG – ACHTUNG

Direkt aus einer Reihe europäischer Hauptstädte
– wo die Auftretenden Furore gemacht haben,
auch in Wissenschaftskreisen –
präsentiert Doktor Johannes Joachim
(Leipzig und Kopenhagen)
seine einzigartige, poetische und lehrreiche

VORSTELLUNG
DER MENSCHLICHEN VIELFALT

N. B.: Nur ein einziger Abend!

Im Saal Fredheim,
Samstag d. 13. Dezember
7.30 Uhr
– Geeignet auch für Kinder –
Eintritt:
Erwachsene 2 Kronen – Kinder 75 Öre
Kinder nur in Begleitung ihrer Eltern
Mehr als drei – 3 – Kinder mit ihren Eltern:
Eintr. 50 Öre/Kind

Wie ich diesen besonderen Abend und den darauffolgenden Tag beschreiben soll, mit allem, was er in sich barg, ich weiß es nicht. *Multa paucis.* Vieles mit wenig Worten sagen.

So mag es wahrscheinlich genügen zu berichten, dass die Luft in Fredheim heiß war von den 197 erwartungsvollen Kinderseelen und dem lebhaften Feuer im Ofen, denn es war über Nacht kalt geworden. Die kleine Bühne war durch Aufbauten ein paar Meter in den Zuschauerraum hinein verlängert und mit einem vollständigen, faltbaren Proszenium ausgestattet worden, mit purpurrotem Vorhang und Scheinwerfern. Auf der Steuerbordseite ein Fünf-Mann-Orchester. Zwei Duftwolken wallten durch den Raum. Aus den Bankreihen stieg der unverkennbare Kleinstadt- und Provinzgeruch auf und waberte nach vorn, wo er auf den süßlichen, geradezu vanilligen Duft von großer Welt und Showmanship traf, der von der vorgelagerten Bühne herabströmte, den Duft von Schminke, Bühnenmalerei und Vielsprachigkeit. Und ungefähr dort, wo diese beiden Wellen sich trafen, saßen mein Vater, Hanna und ich, ebenso erwartungsvoll wie alle anderen; ich in neuem Kleid, mit Hut und dichtem Schleier (worauf mein Vater bestanden hatte, nicht in seiner Eigenschaft als Vater, das konnte er nicht mehr, sondern als Stationsmeister).

Ich weiß nicht ganz, was ich erwartete – Erwartungen sind aller Enttäuschung Ursprung –, doch ich kann versichern, dass meine Erschütterung tiefgreifend war. Mehrere Tage lang hatte ich ein unruhiges, bebendes Vorgefühl mit mir herumgetragen, wie die Vorahnung von etwas Unangenehmem, etwas, dem man ausweichen möchte, dem man sich aber dennoch unterwerfen muss, einem Zahnarztbesuch oder der eigenen Hinrichtung. Nun, da ich in Fredheims Saal saß und auf den Vorhang blickte, in der vierten Sitzreihe, in neuem Kleid und Schleier, hatte ich jäh Lust, aufzustehen und vor diesem leuchtend roten, glänzenden, zugezogenen Bühnenvorhang zu fliehen, der dort hing wie ein noch ungeöffneter Schmerz. Mir einen Weg hinaus ins Freie zu bahnen, wie gesagt – doch ich saß zwischen meinem Vater und Hanna eingezwängt, und außerdem war es schließlich ich, die hatte hingehen wollen.

Ich war es, die hatte hingehen wollen. Mein Vater hatte es mir nicht verwehrt, er verwehrte mir auch sonst nichts mehr.

Da erklangen der Trommelwirbel, Fanfaren mit ihrem typischen, etwas schiefen Akkord, und ich schrak auf meinem Platz zusammen; eine weiße, kalkweiße Hand kam durch den Schlitz des Vorhangs gekrochen. Obgleich dies nur eine Sekunde währte, höchstens zwei, und der Besitzer der Hand unverzüglich seiner Extremität folgte und vor das Publikum trat, erscheint mir dieser Augenblick, die weiße Hand vor dem schweren, leuchtenden Samt, in der Rückschau ebenso lang wie der gesamte Rest dieses ganzen furchtbaren Abends.

Die weiße Hand, mit gespreizten Fingern, langen, eleganten, wohlgeformten Fingern. Das Rot. Der Schlitz des Vorhangs. Der Schlitz. Blanke, sorgsam manikürte Fingernägel. Dies eine Bild, allein dies.

Dann stand er da, das Gesicht so blass wie die Hand, das kohlrabenschwarze, hoch nach hinten strebende Haar glatt pomadisiert, v-förmig hochgezogene Augenbrauen über großen blaugrauen Augen. In seinem schwarzen Anzug mit schwarzer Schleife wirkte er höchst elegant, er strahlte exakt jene Mischung von tiefer Seriosität und Frivolität aus, der, das ist ein Erfahrungswert, das Publikum aller Länder unverzüglich erliegt. Ich jedoch nicht.

In einem etwas allzu makellosen Norwegisch begann diese Gestalt nun ihre Präsentation, suggestiv und informativ – doch nicht für mich, wie gesagt, ich saß restlos unhingerissen da und starrte auf seine wohlgeformten bleichen Hände. Am Zeigefinger der Rechten schimmerte schwarz ein großer, tetraedisch geschliffener Stein in einem Goldring. Die Hände hatte er locker ineinandergelegt, wenn er sie nicht gerade entfaltete wie spitze, weiße Kronblätter; entspannt und angespannt zugleich. Das war alles, was ich sah und wahrnahm. Umso unvorbereiteter war ich, als der Vorhang unversehens zur Seite glitt, der Mann mit den Händen sich in Luft auflöste (vielleicht wurde auch nur ein Scheinwerfer jäh abgeschaltet) und statt seiner eine dunkle Bühne mit schwarzen Sofitten und ebenfalls schwarzen Seitenvorhängen erschien. Zwei niedliche, weiß gekleidete kleine Mädchen mit blauen Schleifen im Haar saßen, halb vom Publikum abgewandt, auf einem Hocker am zum Saal gehörigen, zu diesem Anlass mit einer weißen, golden bestickten Häkeldecke drapierten Klavier. Sie begannen sofort, vierhändig zu spielen. Das heißt, nein, dreihändig, denn die eine hielt eine Hand auf dem Rücken der anderen. Ein klein wenig seltsam, aber nun, so spielten sie also, und zwar *Frühlingsrauschen*, gar nicht so schlecht für ihr Alter – sie sahen aus wie Zwillingsschwestern, jünger als ich, zwölf, dreizehn Jahre –, wenn auch ein klein wenig mechanisch, ein klein wenig allzu auswendig. Erst als sie sich erhoben, wurde mir klar, sickerte die Erkenntnis in mich ein wie ein merkwürdiger, feuchter, plötzlich würgender Geruch, dass die beiden in der Leibesmitte zusammengewachsen waren und daher gar nicht anders konnten, als vierhändig zu spielen, will sagen dreihändig, denn der eine Arm war durch die Art des Zusammengewachsenseins unwiderruflich hinterm Rücken der Zwillingsschwester gefangen, in ewiger Umarmung. Mit frappierender Leichtigkeit ließen sie sich seitlings vom Hocker gleiten, wandten sich zum Publikum und verbeugten sich. Dann nahmen sie eine Ukulele und eine Flöte zur Hand und begannen mit einer weiteren musikalischen Vorführung. Jetzt, da das Publikum erkannt hatte, wer da vor ihm stand, spielte es keinerlei Rolle mehr, was sie spielten; es bedeutete nichts, dass diese beiden niedlichen Dinger mit ihren Korkenzieherlöckchen diese beiden Instrumente weit weniger gut beherrschten als das Klavier, denn jetzt bestand die Nummer im Wesentlichen nur noch darin, dass sie sich langsam im Kreise drehten wie ein seltsamer, menschlicher, zweiköpfiger Taschenkrebs.

Nun war der Mann im schwarzen Anzug wieder auf der Bühne, diesmal mit einem langen, dicken Zeigestock in der weißen Hand. Dieser Zeigestock war sehr suggestiv, da er im gegebenen Zusammenhang sowohl als seriöses, professorales Hinweisinstrument diente als auch dank dem Rampenlicht Erinnerungen an die Peitsche des Dompteurs oder den Bambusstecken des Kameltreibers weckte.

Nur von fern hörte ich Brocken seines Vortrags, ich starrte auf diese beiden, die so lieblich und kleinmädchenhaft lächelten, dass das Publikum hingerissen seufzte. Jetzt konnte ich sehen, dass sie zusammen nur drei Beine hatten, aber nun, das ist immer noch mehr, als wir anderen in der Regel unser eigen nennen.

Sind so geboren worden – und werden so sterben, sagte die Stimme des Blassen, eindringlich und leicht näselnd, dies ist ihr Schicksal, da sie über einen gemeinsamen Blutkreislauf verfügen. Eine der beiden wird als Erste sterben, aus welchem Grunde auch immer, und nach kurzer Zeit wird die andere erkalten und ihr folgen, denn sie sind aneinandergebunden im Tode wie im Leben. Mit einer behänden Bewegung seines Zeigestocks hakte er zwei Ösen im Rücken des speziell angefertigen Doppelkleides auf, eine rechteckige Stofflasche fiel hinunter und offenbarte, an der Grenze zur Unschicklichkeit, wie die beiden zusammenhingen. Die Haut an der Fuge war glatt, weich, wies keinerlei Naht auf und wirkte ganz natürlich. Jetzt war auch ein verkrüppeltes, sehr kleines viertes Bein zu erkennen, das kraftlos zwischen ihnen baumelte.

Erneutes Aufseufzen des Publikums. Eine Damenstimme sagte etwas, halblaut und indigniert, ein Herr hinter uns wisperte – höchstwahrscheinlich für einen anderen Herrn bestimmt –, ist doch praktisch, heiratste eine, kriegste zweie, musste dir mal bildlich vorstellen … Die Gebrüder Bunker, sagte der Bleiche, der genau wusste, in welche Richtung die Gedanken des Publikums in diesem Moment unweigerlich gingen, Chang und Eng Bunker, die ursprünglich namensgebenden siamesischen Zwillinge, heirateten tatsächlich ein weiteres Zwillingspaar, allerdings hingen diese nicht zusammen, und verbrachten die Tage abwechselnd im Schoße mal der einen, mal der anderen Familie, heute als Onkel, morgen als Paterfamilias. *Geeignet auch für Kinder*, konnte man erneut halblaut jene Dame irgendwo im Publikum vernehmen, und auch andere indignierte Stimmen murmelten etwas, doch niemand stand auf, um zu gehen, weder Kinder noch Erwachsene, denn nun veränderte das Tableau sich. Die beiden Doppelniedlichen traten ab, und es erschien ein ganz gewöhnlicher, gutgebauter Jüngling im Leopardentrikot auf der Bühne, eine brennende Fackel in der Hand; unverzüglich begann er, Feuer zu schlucken und Feuer zu spucken, dass es im ganzen Saal nur so nach Paraffin stank, worauf er eine Reihe Messer und Schwerter und anderes Besteck schluckte, was insgesamt die übliche Begeisterung weckte, doch ich war nicht richtig bei der Sache. Ich dachte an die beiden siamesischen Zwillinge und an ihren grausamen gemeinsamen Tod. Der Mann auf der Bühne, so erwies sich, war neben seiner speziellen Ernährungsweise auch ein Schlangenmensch. Er faltete seinen Leib zu einer langen Reihe von überraschenden und unbequemen Stellungen zusammen, womit er verhaltenen, aber tiefempfundenen Beifall seitens des weiblichen Publikums erntete, und alle Indignation war vergessen, jedenfalls für den Augenblick.

Sein Nachfolger auf der Bühne aber machte einen sehr viel größeren Eindruck auf mich. Ebenfalls ein jüngerer Mann, aber schmächtig und von leicht kränklichem Äußeren – eigentlich hätte man ihn auch nur für einen ganz gewöhnlichen Neurastheniker gehalten, wären nicht aus seinem Bauch zwei zusätzliche Beine und aus seiner Hüfte ein Extraarm gewachsen. Diese Sonderausstattung hatte nur jeweils Kindergröße, als wäre ein Vier-, Fünfjähriger in ihn hineingerammt worden und dort stecken geblieben. Es sah bemerkenswert aus, umso mehr, als diese überzähligen Gliedmaßen denselben Anzug trugen wie ihr Wirt, nämlich schwarze Smokinghosen mit Samtstreifen und ein hellblaues Seidenhemd, und umso bemerkenswerter, als sie über ein gewisses Eigenleben zu verfügen schienen. Da war auch wieder der bleiche Mann mit seinem Zeigestock, erneut fielen Stofflaschen, offenbarten Zusammenhänge und wurden wieder festgehakt.

Doch auf der Schulter saß dem schmächtigen jungen Mann ein Klumpen, bedeckt von einem schwarzen Seidensäckchen, und dessen Inhalt wurde dem Publikum jetzt vorgeführt. Es war ein kleiner, verkrüppelter, grauenhaft aussehender Kinderkopf, glänzend und orangerot, mit erstarrtem, verzerrtem Gesichtsausdruck und in alle Richtungen starrenden Haaren wie Schweinsborsten – das Publikum schrie entsetzt auf, als es einen kurzen Blick darauf erhaschte, und so kurz war dieser Blick, bevor die Kapuze wieder darübergezogen wurde, dass mich sofort der Verdacht beschlich, der Kopf auf der Schulter sei eine Attrappe, eine Fälschung, anders als die offenbar echten Zusatzgliedmaßen. Dieser Gedanke schien das restliche Publikum jedoch nicht einmal zu streifen. Hanna wurde blass und griff sich an den Hals, mein Vater stöhnte auf. Das Ganze enttäuschte mich ein wenig.

Es wurde dann auch bald klar, was die billige Effekthascherei sollte. Als der groteske kleine Kopf wieder verdeckt war und der Mann im schwarzen Anzug seinen kleinen pseudomedizinischen Vortrag über die physiologischen Hintergründe dieses Falles beendet hatte, wechselte er zu weniger wissenschaftlichen Anekdoten.

»Ja, meine Damen und Herren, obgleich man wohl nicht behaupten kann, dass diese Reste eines Menschen, die aus unserem lieben Michel hier heraushängen, über ein Eigenleben verfügen, jedenfalls nicht den Ärzten zufolge, so fragt man sich doch unwillkürlich, wenn man diese blinden, automatischen, unfreiwilligen Zuckungen sieht, wie von einem Gefangenen, der noch schwach an seinen Fesseln zerrt – und wenn man den kleinen, deformierten Kopf sieht, den grämlichen Gesichtsausdruck –, so fragt man sich doch: Ist hier Leben? Und wenn ja, was für ein Leben? Und wenn hier Leben ist, gibt es hier auch ein Bewusstsein? Und wenn ja, was für ein Bewusstsein? Wie Sie sehen, meine Damen, bewegt sich Michel, der jetzt 27 Jahre alt ist, sehr vorsichtig, und Sie sehen ebenfalls, dass er ein wenig bleichsüchtig ist. Sein Herz ist nämlich schwach; es ist überlastet, da es für zwei arbeiten muss, zumindest für eineinhalb. Wie diese beiden Blutkreisläufe zusammenhängen, haben die Ärzte nicht restlos klären können, und Michel ist ein häufiger und gerngesehener Gast bei medizinischen Fachkongressen auf der ganzen Welt. Trotz seines vorsichtigen und langsamen Wesens ist er intelligent und aufgeweckt, er ist sogar verheiratet, seit gerade einem Jahr. Das Paar hat ein gesundes, ganz und gar normales Kind. Sehen Sie, jetzt zucken die Beine wieder. Die Frage ist wie gesagt die, ob hier ein Bewusstsein vorhanden ist, und wenn ja, was für eines? Ein Bewusstsein am Rande des Bewusstseins, könnte man vermuten, am äußersten Rande der wachen menschlichen Gedankenwelt, ein Bewusstsein von sich selbst, im nebligen, erschreckenden Grenzland zwischen den beiden großen Begleitern und Brüdern des Lebens, Thanatos und Hypnos, dem Tod und dem Schlaf – und wer weiß schon, was *dort* geschieht? Die ärztliche Wissenschaft kann solche Dinge nicht anerkennen, doch unser Freund Michel hatte bereits als keiner Junge eine Reihe merkwürdiger Erlebnisse. Er wuchs auf in Le Puy in Südfrankreich, in einer armen, aber ordentlichen Familie, die ihn gut versorgte, soweit sie es vermochte. Und bereits dort und damals spürte er, wie sein ungeborener, halbgeborener, untoter Bruder gewissermaßen versuchte, ihm etwas zu sagen, ihm etwas mitzuteilen. Michel hatte drei weitere, völlig normale Geschwister, und wie unter Geschwistern üblich, gab es auch mal Zank und Streit, oder die Größeren hatten Geheimnisse vor den Kleineren und dergleichen mehr. Und da, meine höchst verehrten Damen und Herren, hatte Michel hin und wieder den Eindruck, als wollte sein seltsamer Begleiter gewissermaßen teilnehmen, durch Michels Vermittlung mitwirken am Geschwisterleben, von dem er abgeschnitten war, gefangen in Michels Leib. Kurz: Er schien in seinem dämmrigen, unbewussten Grenzland die Gedanken und Geheimnisse der Geschwister erraten zu können und sie durch leise, piepsende, quäkende Geräusche mitzuteilen, die nur Michel allein zu verstehen imstande war. Übrigens nicht nur die Gedanken der Geschwister, auch die der Eltern, und im Laufe der Jahre auch die anderer Menschen. Mit der Zeit sind die ursprünglich nur für Michel hörbaren Geräusche lauter und auch für andere vernehmbar geworden, doch immer noch versteht nur Michel, was sie bedeuten sollen, ohne dass er selbst erklären könnte, wie diese private, primitive Sprache entstanden ist, und ebenso wenig könnte er sie übersetzen. Wenn ich jetzt also einen Freiwilligen aus dem Saal auffordere, muss ich zugleich um absolute Stille bitten, damit sowohl Michel als auch Sie, meine Damen und Herren, die Laute hören können, die dieses Wesen unter der Kapuze auf der Schulter unseres Freundes von sich gibt ...«

Gebannt lauschte ich diesem Unsinn, faszinierter noch von der Vorstellung selbst und der Art und Weise des Vortrags als von deren Inhalt, denn nach meiner Erfahrung ist es durchaus nicht schwierig, die Gedanken anderer, auch Unbekannter, zu erkennen, man muss nur seine Augen und seine Wahrnehmung benutzen, ein zweiter Kopf ist dazu durchaus nicht vonnöten, sondern nur genügend Gespür und Aufmerksamkeit.

Dennoch war das, was Michel & Co. jetzt darboten, beeindruckend genug. Der blasse Conférencier fungierte als Dolmetscher, da Michel nur Französisch sprach und sein kleiner Kompagnon unter der Kapuze eine noch ungleich exotischere Sprache, wenn man es denn so nennen will. Der schwarze Beutel gab dünne, etwas klagende Knurr- und Krächzlaute von sich, während diverse Freiwillige aus dem Publikum sich mal einfacheren, mal avancierteren telepathischen Experimenten unterzogen – sie wählten Zahlen oder Figuren auf Karten oder Tafeln oder ließen sich einfache private Umstände vorhersagen. Ein Brief, auf den der Betreffende wartete, eine

Summe Geld, die unterwegs sei, ein Kümmernis hier, eine Freude da, dann noch eine Serie von Denken-Sie-an-eine-Zahl; *piep-piep*, machte es auf Michels Schulter, *soixante-neuf*, murmelte Michel, die Zahl ist neunundsechzig, verkündete der Bleiche triumphierend. Der Applaus nach dieser Nummer war herzlich, offen und staunensvoll; allmählich schloss man diesen blutarmen, bescheidenen jungen Mann und sein groteskes bruderähnliches, parasitäres Extrabewusstsein ins Herz und bestaunte zutiefst diese glaubwürdigen Gedankenexperimente. Solchermaßen war das Publikum nun bereit für mehr, ja, egal wofür, und es kam auch mehr. Zunächst aber trat noch einer der stärksten Männer der Welt auf (wer weiß, vielleicht war er tatsächlich der stärkste), in rotem Trikot, mit einer sehr temporeichen, munteren Nummer, zu der er nacheinander die stärksten Burschen unserer Gemeinde auf die Bühne holte, sie dort herausforderte, hochhob und mit ihnen jonglierte, ja, was tat er nicht alles mit ihnen zum luftschnappenden Amüsement des Publikums, das zusah, wie seine ruppigen Mitbürger dem stärksten Mann der Welt als Spielzeug dienten. Der hatte jedenfalls kein schwaches Herz. Er machte den Besiegten artige Komplimente, sodass die ihr Gesicht nicht gänzlich verloren, dankte ihnen und schickte sie auf ihre Plätze zurück, zum Abschluss verbog er noch ein paar Hufeisen und zerbiss ein paar Nägel, dann war er fertig, und der Vorhang wurde vorgezogen. Kurze Pausenmusik, während der es hinterm Vorhang rumorte.

Erneut trat der Blasse vors Publikum.

»Die nächste Nummer«, so verkündete er, »ist ein Tableau der Gegensätze!«

Was das bedeutete, sollte bald allen klarwerden, auch denen im Publikum, die es nicht sofort verstanden. Der Vorhang glitt zur Seite und eröffnete einen Blick in eine Wohnstube. Lehnstuhl, Sofa, Tisch mit Obstschale. Stehlampe. Tapezierte Kulissen mit aufgemalter Wanduhr. Ein Vogelbauer mit einem ausgestopften Papageien darin. Ein Teppichboden. Ein niedriges Regal mit Büchern. Im Lehnstuhl eine kleine, an ein besticktes Kissen gelehnte Porzellanpuppe. Ein stummer Diener.

Von einem nicht näher bestimmbaren Ort auf der Bühne waren leise Töne zu hören, erst so schwach, dass man sie für das

Summen eines elektrischen Apparates halten mochte, vielleicht eines der Scheinwerfer; kurz klang es dann wie das Sirren einer Mücke, dann bald wie dünner Vogelgesang, bis man es endlich als menschlich erkannte, ein schönes, schimmerndes Trällern, fein, dünn, silberhell, das dann in tatsächlichen Gesang überging. Dennoch, es war seltsam, es klang wie eine Zikade mit Stimmbändern und Lippen.

Nur wer die Sehnsucht kennt, weiß, was ich leide; ich hörte im Dunkeln den selig wiedererkennenden Seufzer Kantor Swammerdamms, doch im nächsten Augenblick gab das Publikum ein erstauntes Ächzen von sich. Die kleine Sofapuppe hatte sich bewegt. Jetzt sprang sie mit einem eleganten kleinen Satz vom Stuhl, blieb davor stehen, eine Hand auf der Armlehne, und sang weiter.

Und nun sahen wir alle, dass das keine Puppe war, sondern ein kleines Mädchen, nein, genauer gesagt, eine winzig kleine Frau mit ganz normalen weiblichen Formen und Proportionen. Sie war graziös und schlank, aber so klein, dass man sich nie ein so winziges menschliches Wesen hätte vorstellen können. Sie sang weiter mit ihrer dünnen Flötenstimme, das Publikum war schier außer sich vor Staunen, die Frauen seufzten hingerissen, ein Kind rief *Mama, schau bloß!*. Sie aber stand da, an den Stuhl gelehnt, und schien nur knapp dreißig Zentimeter hoch zu sein, war absolut wie eine Erwachsene gebaut, nicht rundlich wie ein Kind oder zwergenhaft gestaucht. Mir wollte es sogar scheinen, dass sie älter war, als man auf den ersten Blick meinen mochte – etwas an den Händen, etwas um die großen, hervortretenden blauen Augen herum deutete darauf hin. Diese Augen waren fast das Menschlichste und Entzückendste an der ganzen kleinen Person, da sie eine Nummer zu groß für den Schädel zu sein schienen und ihr Puppengesicht vollständig dominierten. Sie sang ihren Schubert bis zum Ende. Riesenapplaus.

Wieder trat der Bleiche auf die Bühne, blieb aber ganz vorn auf dem Proszenium, sodass die kleine Frau allein auf dem Tableau blieb (und, so schwante mir, damit sie womöglich noch kleiner wirkte, als sie ohnehin war). Übrigens hatte er jetzt einen anderen Zeigestock, einen dickeren, längeren, aber ich weiß nicht, ob das außer mir noch jemandem auffiel.

»Die Liliputanerin Nicoline Federle, meine Damen und Herren«, so sagte er, »ist eine der kleinsten Frauen der Welt. Ich möchte nicht behaupten, sie sei die allerkleinste, denn in Amerika soll es eine oder zwei geben, die noch kleiner sind als sie, aber garantiert ist sie, meine Herrschaften, der kleinste Mensch, den Sie je zu Gesicht bekommen haben, da dies ihr erster Besuch in Skandinavien ist; sie wird ein einziges Mal hier auftreten, dann noch bei vier Vorstellungen in der Hauptstadt, später in Kopenhagen und Stockholm. Folglich haben Sie heute Abend ein ganz außerordentliches Glück! Fräulein Nicoline ist vor dem belgischen König aufgetreten, dem König von Italien, dem Prinzen von Asturien, dem Fürsten von Monte Carlo und einer langen Reihe anderer herausragender Persönlichkeiten, sogar, als sie noch sehr jung war, vor den kaiserlichen Familien in Petrograd und Berlin. Sie ist ein medizinisches Wunder, eine physiologische Einzigartigkeit, und dank ihrer Gesangsbegabung und ihres gebildeten, ansprechenden Wesens liegt ihr alle Welt zu Füßen. Zu sehr, sehr kleinen Füßen, denn, ja, meine Damen, können Sie Nicolines Schuhgröße erraten? Ich erspare Ihnen die Mühe, Sie kommen doch nicht darauf – sie trägt Größe 20, und zwar Maßanfertigung, denn ihre Füße sind für normale Kleinkinderschuhe viel zu schmal und graziös. Glücklicherweise fertigt ein Schuhmachermeister in Parma, der sie vergöttert, sie anbetet – er arbeitet auch für die Herzogin von Parma, hier ist mithin von einem wirklichen Modekünstler, nicht von einem gewöhnlichen Flickschuster die Rede –, sämtliches Schuhwerk für Fräulein Federle an, alles, was sie begehrt, in sämtlichen Farben und Varianten, zu allen Anlässen und Jahreszeiten, fast umsonst, sie braucht nur manchmal vor ihm und seiner Familie aufzutreten. Überhaupt wird sie von den hervorragendsten Schneidern des ganzen Kontinents geliebt, die *con amore* und unter erheblichem Zeit- und Kostenaufwand die hinreißendsten Kostüme für sie entwerfen und schneidern, da sie dies als große fachliche und künstlerische Herausforderung ansehen. Das schöne weiße Seidenkleid, das Sie hier an ihr sehen, meine Damen, wurde von Drollinger in Paris kreiert, eine exakte Miniaturkopie der Robe, die dasselbe Modehaus im Jahre 1863 für Kaiserin Eugénie anfertigte. Bedenken wir daher, meine Damen, meine Herren, Nicoline Federle mit einem herzlichen Applaus, danach singt sie uns ein weiteres Stück, diesmal eines der leichten Muse.«

Während des gesamten Geplauders des Conférenciers betrachtete ich die kleine Person auf der Bühne, die ihrerseits den Blick unverwandt auf einen fernen Punkt gerichtet hielt, weit hinter der letzten Reihe, weit jenseits dieses Provinzpublikums. Nach Petrograd, dachte ich, oder noch weiter weg. Sie lächelte unverdrossen, mit geschlossenen Lippen, und ihre blauen, übergroßen Augen strahlten und funkelten. Dennoch hatten sie etwas Fernes, Automatenhaftes an sich. Diese Abwesenheit, diese seelenlose Ungerührtheit und Unberührbarkeit sah ich mit größter Befriedigung. Langsam wandte sie sich hierhin und dorthin, damit das Publikum sie von allen Seiten sehen konnte.

Nun stimmte Nicoline Federle ein Volkslied an, ebenfalls in ihrer Muttersprache, leise, sehr leise begleitet von dem kleinen Orchesterchen; es war die muntere alte Weise *Es klappert die Mühle am rauschenden Bach*, die meinen Landsleuten allermeist zum Trinklied umgedichtet bekannt sein durfte. Und wie anmutig, süß und seltsam klang es, mit ihrer dünnen, gläsernen Stimme gesungen, vor allem, wenn das *Klipp-klapp!* kam. Dann lachten die Zuhörer gutmütig, Nicoline Federle lächelte und funkelte zur Antwort, den Blick weit in die Säle des Winterpalais gerichtet.

In der vierten Strophe geschah dann etwas Unerwartetes. Statt ihr anmutiges *Klipp-klapp!* wieder zu zwitschern, schloss Nicoline Federle die anmutigen Lippen, legte das anmutige Händchen an ihr anmutiges Öhrchen und lauschte in die Kulisse, in einer anmutigen, sacht übertriebenen Pose. Von dort war ein tiefes, brummendes, geradezu donnerndes *Klipp-klapp!* zu vernehmen, von äußerst komischer Wirkung. Alles lachte. Desgleichen beim nächsten *Klipp-klapp!*, nach dem die donnernde Stimme sich dem Refrain anschloss, mit einer tiefen, nicht ganz reinen zweiten Stimme. Und als die nächste Strophe begann, geschah es. Auf der linken Seite der Bühne kam etwas in Sicht, etwas Schwarzes, Glänzendes; erst dachte ich, man trage eine neue Dekoration herein. Doch dann sah ich es, es war der Eigentümer der brummenden Stimme, der hier seinen Auftritt hatte, in Frack und Zylinderhut – und er war so groß, dass er sich bücken musste, um auf die Bühne zu gelangen. Dann richtete er sich auf und stand da in all seiner Pracht und Größe, während er, wenige Schritte neben Nicoline Federle, tiefernst die Strophe zu

Ende sang. Das Publikum brach in spontanen, donnernden Applaus aus. Nun verstand auch der Letzte, was der Conférencier mit »Tableau der Gegensätze« gemeint hatte. Sobald das Lied fertig war, krachend beklatscht, begannen sie mit der nächsten Nummer; die Musik stimmte einen langsamen Walzer an, der namenlose Riese schritt ungelenk zur Miniaturfrau hin, zog seinen hohen Hut und forderte sie zum Tanz auf. Sie knickste zur Antwort.

Es war ein unglaublicher Anblick, da die Dame ihrem Kavalier nur knapp bis zum Knie reichte. Er musste sich tief hinunterbeugen beim Tanz, aber immer noch hatte er Probleme, ihre Hände mit seinen enormen Pranken zu erreichen.

»Meine Damen und Herren!«, tönte der Ansager laut, der wieder leise die Bühne betreten hatte, diesmal jedoch ganz hinten: »Lassen Sie mich Ihnen präsentieren, mit Freude und Stolz, den größten Mann Europas, gefeiert in der ganzen Welt, ihren Landsmann aus Südnorwegen – Samson Grimson!«

Endloser Jubel. Als spiegelte die außergewöhnliche Größe dieses Menschen die ehrwürdigsten Eigenschaften der Nation wider. Die beiden, Nicoline Federle und Samson Grimson, wackelten noch ein wenig über die Bühne, sangen noch ein Lied, der Conférencier versorgte uns unterdessen mit Einzelheiten über beider Biographie und Körperbau, zudem mit dem bemerkenswerten Umstand – und den platzierte er zielgenau in dem Moment, da Samson Grimson mit seinen großen gelben Händen das winzige Wesen hob und sich vors Gesicht hielt, gleichsam staunend und vorsichtig, wie ein Kind eine Kristallschale anhebt oder Hamlet Yoricks Schädel, da also teilte uns der Conférencier mit dem untrüglichen Gespür des wahren Showmans für wirkungsvolles Timing mit –, dass diese beiden, Samson und Nicoline, sich neulich in Brüssel miteinander verlobt hätten und nun bald in Stockholm heiraten würden.

Begeisterung fuhr in die Zuhörerschaft wie der Wind der Blasebälge in die größten Pfeifen einer Orgel, man *schrie* förmlich, so entzückt war man über diese Verlobungsanzeige, über die Tatsache, dass zwei Menschen heiraten wollten. Ich verstand das nicht so ganz: Sie mochten ein noch so seltsames Paar sein, so war dies doch nicht nur ihre Privatsache, sondern außerdem etwas, das überall und andauernd geschieht. Aber es ging zu wie bei einer Fürstenhochzeit.

Als die zukünftige Miniaturbraut graziös ihre schmächtige, knapp zollbreite Hand vorstreckte und den kostbaren großen Verlobungsring mit einem Diamanten vom Juwelier Geiger aus Brüssel zeigte, wollte der Jubel gar kein Ende mehr nehmen. Sogar die anatomischen Kommentare des Herrn hinter uns gingen in der allgemeinen Freude über das ungleiche Paar unter, das so freundlich, wohlgelungen und harmonisch wirkte mitten in all seiner körperlichen Disharmonie. Wie wenn das Biest die Schöne bekommt, der Eisbär die Prinzessin, Aschenputtel seinen Prinzen, Samson seine Dalila (oder eben Nicoline); es war unglaublich. Sogar mein Vater sah ganz glücklich drein angesichts dieses Verlöbnisses und lächelte Hanna und mir begeistert zu. Ich dachte an Andrej Bòr in Kopenhagen und fragte mich, ob Samson Grimson tatsächlich so groß bestückt war, wie es den Anschein haben mochte, und ob Nicoline Federle wohl einen so großen *ptak* zu schätzen wusste.

Nicoline und Samson beschlossen ihr Tableau mit einem Duett, jetzt *en face*, zum Publikum gewandt: *Mann und Weib und Weib und Mann, reichen an die Gottheit an*, in einer etwas vereinfachten und gekürzten Version, die Musik des göttlichen Mozart, den Text des nicht minder göttlichen Schikaneder, und seine Mängel in Intonation und Gehör machte Samson Grimson mehr als wett, indem er hernach das Wort an das tobende Publikum richtete und in einem Norwegisch, das lange gereist war, durch viele Länder, sagte:

»Vülen, vülen Dank.«

Worauf er die Hand hob wie einen schweren Stein und steif und langsam winkte, gläsern lächelnd, während der Vorhang zuglitt. Donnernder Applaus, frische Zwischenmusik von der Kapelle, doch dann wurde das Licht gedämpft, es wechselte die Farbe; der Bleiche hatte noch einen Höhepunkt auf Lager.

Langsames, tiefes Trommeln, über dem eine Oboe mit einem exotischen, zugleich tief melancholischen Solo in Moll zu hören war.

»Im Dschungel von Borneo«, hub der Doktor mit priesterlicher Stimme an, und jetzt hatte er sein Publikum im Griff, sobald er den Mund aufmachte, »in einer der unzugänglichsten Gegenden unseres Erdballs, leben noch unentdeckte Völker und Stämme mit den seltsamsten Ritualen und Gebräuchen, dem außergewöhnlichsten Äußeren und körperlichen Abartigkeiten. Wahrlich, wahrlich – der

Mensch in all seinen Erscheinungen, er ist *vielfältig*. Vielfältiger, als er selbst es sich vorzustellen vermag …«

Der Vorhang glitt zur Seite und offenbarte eine dunkle Bühne, auf der man die Umrisse von Kulissen erkannte, die zu Palmen, Lianen und Bambusgestrüpp, zu Mangroven und anderen dschungeltypischen Gewächsen zugeschnitten waren. Zugleich wurde die Bühne von einer Art Dunst überwabert, der wohl aus Eimern mit Trockeneis zu beiden Seiten stammte; er kroch über den Boden wie eine schwere weiße Flüssigkeit. Hinter den Kulissen waren nun Vogelgesang und Tierschreie zu hören, sehr glaubwürdig vom Personal imitiert, und auf dem rückwärtigen Vorhang tauchten Schatten von Blattwerk auf. Das alles war schön und sehr beeindruckend gemacht. Sei es, das Licht wurde ein wenig heller, sei es, die Augen gewöhnten sich an die Dunkelheit, jedenfalls sah man nun mehr Details – ein langer, überwucherter Baumstamm lag schräg über der Bühne, noch mehr Gebüsch und Gestrüpp, und ein Felsen, kunstfertig aus Pappmaché geformt, am rechten Bühnenrand. Ununterbrochen zog der Nebel über den Boden, und irgendetwas an dem Sinneseindruck, etwas Flaches, halb Dunstiges, verblüffte mich und ließ das Ganze zugleich unwirklicher, traumartiger und realistischer wirken. Erst nach einer Weile bemerkte ich, dass ein transparentes Gespinst vor die Bühne gespannt war – eine Art Gazestoff, der, wenn er von hinten beleuchtet wurde, durchsichtig war, wenn aber das Licht von vorn kam, dann büßte er seine Transparenz ein. Die Scheinwerfereinstellung sorgte dafür, dass die Dschungelszenerie wellenartig hervortrat und wieder abtauchte, zusätzlich sorgte die Gaze für eine gewisse unterwasserartige Unschärfe.

»Im Regenwald von Borneo leben Faultiere und Halbaffen, Lemuren, Leguane, Urzeitechsen und Riesenschlangen, und hier war es, dass im Jahre 1909 eine Gruppe australischer Entdeckungsreisender, die einen Erkundungsauftrag für die Holzindustrie von Borneo ausführten, die folgende unglaubliche, erschüttende Entdeckung machten. In einem Stamm von Dschungelmenschen, so primitiv, dass sie noch in Höhlen und in Laubhütten lebten und deren Älteste sich noch gut an Kannibalismus erinnern konnten, begegneten die verblüfften zivilisierten Männer dem merkwürdigsten Wesen, das sie ihr Lebtag gesehen hatten …«

In einer Öffnung des Pappmachéfelsens konnte man nun eine Bewegung ahnen, eine Gestalt rührte sich darin, und die Musik änderte sich abermals – die Trommelschläge nahmen an Kraft zu, sie wurden schneller, dunkler. Und das Licht nahm einen röteren Ton an. Das Publikum reckte die Hälse.

Jetzt erschien in der künstlichen Höhlenöffnung eine Hand. Und wieder stand für mich die Zeit still an jenem Abend wie der Mond überm Tal von Ajalon, ich werde es nie vergessen, obgleich ich es am liebsten noch selbigen Augenblicks vergessen hätte, konnte es aber nicht, wollte es vielleicht tatsächlich nicht, das kann schon sein; eine lange, runzlige, klauenartige Hand reckte sich in das rote Licht, in den Dschungel Borneos hinein, und da erschien die Gestalt selbst, mit einem Satz stand sie vor der Höhle. Ein Affe, nein, ein Ungeheuer, breitbeinig, in bedrohlicher Positur. Dröhnende Trommeln. Einzelne Entsetzensschreie, manchen Damen schwanden die Sinne. Ein Affe, nein, ein Ungeheuer. Nein, ein halb nackter Frauenleib mit deformierten Schultern, in ein paar schlichte Felle gehüllt, die nur das Notdürftigste bedeckten. Eine Frau mit riesigem, schaurigem Kopf, im halb offenen Mund in unsere Richtung gebleckte Zähne, wie die Menschenaffen im Affenhaus von Kopenhagen – hier jedoch ein Affenmensch im Menschenhaus des Städtchens –, ein fleckiges Gebiss in einem Gesicht, das seinerseits von einem groben, schwarzen, starrenden Bart und Haaren bedeckt war, einer Behaarung, die sich den Hals hinab und über die deformierte Schulter fortsetzte, und weiter zu den verhüllten Brüsten. Auch die Beine trugen dasselbe Fell, bis weit die Oberschenkel hinauf. Nur in der Leibesmitte ließ der Hirsutismus ein wenig nach. Rufe voll Furcht und Verblüffung. Ist das ein Tier? Ist es eine Frau?

»Ist das ein Tier?«, fragte die scharfe Stimme unseres Führers durch den Abend. »Ist es eine Frau? Ein Zwischending, eine Übergangsform zwischen beidem, die unter den primitivsten Menschen fortlebt und sich weitervererbt? Diese Frage stellten sich auch die australischen Entdeckungsreisenden, ja, sie *mussten* sie sich stellen, als sie dieses merkwürdige, wilde Wesen erstmals erblickten.«

Wie auf Kommando stieß das merkwürdige, wilde Wesen einen unmenschlichen, wilden Schrei aus, die Leute zuckten zusammen, und begann eine Art Kriegstanz, schwer und ungeschickt, offensichtlich auch eher unwillig, zum Rhythmus der peitschenden Trommeln.

»Tier oder Mensch? Erst durch nähere Untersuchung ließ diese Frage sich beantworten.«

Sogar im Halbdunkel erkannte ich, dass mein Vater kreideweiß und steif dasaß, und Hanna desgleichen. Völlig ohne Farbe in dem farbigen Licht.

Eine Stimme, halblaut, ganz hinten im Saal:

»So eine ham wer hier auch selber!« Gelächter. Ausgelassenheit, Gemurmel, fast kein Gemurmel mehr, sondern recht laut konnte ich meinen Namen hören, als Echo zwischen den Felsen Borneos. Ich betrachtete das Ungeheuer, das dort über die Bühne stapfte, halb nackt, mit seinem deformierten Gesicht und der buckligen Schulter.

Rasch hatte der Conférencier sein Publikum wieder im Griff, proklamierte: »Tier oder Mensch, sehen Sie selbst, meine Herren, meine Damen …«

Und nun wurde klar, wozu der Trockeneisnebel diente, das gedämpfte Licht, die vor der Bühne ausgespannte Gaze. Anstandshalber von all diesem halb verborgen, begann das Wesen, seine schlichten Kleidungsstücke abzulegen, ohne dabei seinen suggestiven Tanz zu unterbrechen. Das Schamgefühl wurde gerade so eben noch im erträglichen Maße verletzt, und man konnte sie gerade so eben im nötigen Ausmaß nackt sehen. Das Einzige, was im Dschungelszenario im Grunde noch fehlte, war die lokale Ausgabe von Oberschwester Holmboe.

»Meine Damen und Herren, das menschliche Tier Arbora!«, verkündete die Stimme, als niemand mehr bezüglich ihrer Weiblichkeit einen Zweifel hegen konnte, und wieder hörte ich meinen Namen im Saal, während Arbora sich eilig wieder anzog, um die allgemeine Moral nicht länger als ein paar Sekunden zu beanspruchen.

»So, gänzlich wild, wurde sie gefunden, und so kam sie nach Europa und später, auf merkwürdigen Umwegen, zu mir, ganz ohne Sprache und Bildung, eine Seite ihres Wesens, die sich kaum verändert hat. Einer jedoch befand sich in meinem Etablissement, der sie zu verstehen vermochte, der ihre Wünsche und Gelüste begriff, wenn auch auf übernatürliche, lassen Sie mich eher sagen: telepathische Weise. Er wurde der Mann ihres Lebens, er erlöste sie aus dem Tiersein, wurde ihr Beschützer und Ehemann. Meine Damen und Herren, ich meine niemand anderen als unseren Freund von vorhin – Michel!«

Erneut trat Michel auf, begrüßt von vereinzeltem, ungläubigem Applaus. Im Profil gesehen, ragten seine überzähligen Gliedmaßen verblüffend weit hervor, er ging zu seiner Gattin, die jetzt wieder vollständig bekleidet war, soweit ihre paar Fetzen das zuließen, und kokett vor ihm knickste. Woraufhin er ihr ohne weitere Rücksichtnahme auf die Etikette seine beiden Extrabeine über die Schultern schleuderte; die Trommeln fielen jählings in einen anderen Rhythmus, die Bläser folgten, und mit einmal befanden wir uns musikalisch nicht mehr in einem antipodischen Dschungel, sondern mitten in einem Shimmy, rasant, frech und frisch, ein absurder Umschwung, der umso absurder war, als das menschliche Tier Arbora jetzt leicht und biegsam tanzte, dicht an seinen Mann geschmiegt, der nun, ebenso biegsam, wirkte, als tanze er mit ihr und sitze zugleich rittlings auf ihren Schultern, wie ein Alp auf seinem Opfer. *Vielleicht hat er ja zwei*, grölte eine Stimme im Dunkeln, *dann kann er sie von vorn und hinten auf einmal nehmen*. Gelächter. Wieder raschelte mein Name wie trockenes Laub im Nachtwind der Enthemmtheit, der Rhythmus erfuhr ein kleines *accelerando*, die Bläser legten sich in die Kurve; die Nummer näherte sich ihrem Höhepunkt, und die Lackschuhe auf den Schultern des menschlichen Tiers begannen jetzt hüpfend, zuckend und ruckend ebenfalls den Shimmy zu tanzen, als zöge eine Hand oben an unsichtbaren Marionettenfäden, was den Zuschauern Kaskaden von Gelächter entlockte. Mir jedoch entging der Rest und leider auch das *Grande Finale* der Show, da mein Vater und auch Hanna endlich den lähmenden Schock angesichts dieser wenig kindertauglichen Vorstellung – jedenfalls was Katzenkinder anging – hatten überwinden können; mein Vater packte meine Hand, nein, mein Handgelenk, Hanna legte mir das Schultertuch um, und so, halb geschoben, halb gezogen, stolperten wir im Halbdunkel durch die enge Bankreihe, aus Fredheim hinaus, weg von dem Ganzen, von den blinzelnden Blicken und der hitzigen Musik und all der menschlichen Vielfalt, die wir bestaunt hatten, hinaus in die kalte, dunstige Winternacht, die ebenso trockeneisartig vernebelt war wie der Dschungel von Borneo, so kam es mir vor; fort von hier und ab nach Hause.

So versäumte ich also das Finale, wie gesagt, aber ich bin sicher, dass es großartig war und einzigartig, ganz und gar einzigartig.

EXTRANUMMER

Stiller, eiskalt neblig stiller Morgen, ohne Wind. Züge fliegen vorüber. Aber sie wecken sie nicht. Sie wacht von Stimmen auf. Erwacht aus einem Traum, etwas Ekliges, Klebriges hat sich auf ihr festgesetzt, im Fell zwischen den Brüsten. Sie gleitet in das weiße Morgenlicht. Irgendwo hinter ihr, wo das Klebrige herkommt, wabert eine große Dunkelheit. Jetzt aber gleitet sie in das weiße Morgenlicht hinein, oder hinaus, nichts ist mehr von dem Traum zu spüren oder von diesem klebrigen, klitschigen Gefühl vorn. Sie hat geschwitzt. Sie ist durch Stimmen aufgewacht. Weit entfernt, in einem anderen Zimmer. Die Stimme des Vaters und eine andere, die sie nicht kennt, nie zuvor gehört hat, die ihr dennoch seltsam vertraut erscheint. Wie ein Summen nur, weit entfernt, zwei Tonfälle durch Wände und Tapeten. Einzelne Wörter versteht sie nicht. Leise steht sie auf, schlüpft in den Bademantel und schleicht auf lautlosen Sohlen los, öffnet die ordnungsgemäß verschlossene Tür ihres Zimmers ohne jedes Geräusch; sie hat sie selbst geölt, die Scharniere und den Mechanismus des Griffs, um sich nie zu verraten. Die Stimmen kommen aus der Wohnstube am Ende des Flurs. Einzelne Wörter versteht sie nicht, aber sie weiß, ohne zu wissen, warum sie es weiß, dass diese Stimmen sie betreffen, von ihr reden, sie angehen. Näher hin. Über den Läufer des Flurs, auf Füßen; so leicht und stumm wie Sternschnuppen, zur Stubentür, das Ohr daran, näher, die Stimme des Vaters:

»… nicht in Frage, unter gar keinen Umständen. Ich kann nur

wiederholen, was ich schon gesagt habe. Bei zwei früheren Gelegenheiten.«

Die andere Stimme, die fremde, in ihrem singenden, weichen Tonfall:

»Wie gesagt, Herr Arctander, ich habe die weite Reise nur gemacht, um noch einmal mit Ihnen zu reden. Ich bin Ihnen gegenüber offen und ehrlich gewesen, habe Ihnen, gestern Abend, genau gezeigt, was sie zu erwarten hätte. Weder mehr noch weniger. Im Guten wie im Bösen.«

»In all seiner Scheußlichkeit, wollen Sie sagen«, spuckt die Stimme des Vaters.

»Nun – das mag Ihre Auffassung sein. Das ist Ihr gutes Recht. Nur: War denn das, was Sie gestern Abend gesehen haben, wirklich scheußlicher als manch Anderes, zum Beispiel ein medizinisches Theater mit Ärzten und Professoren – in Kopenhagen?«

»Geschmacklos, das war es!«

»Aber die Leute haben sich amüsiert, Herr Arctander. Amüsiert. Und mit diesem kleinen Wörtchen meine ich vieles: Sie wurden unterhalten, zerstreut, erschreckt, aufgerüttelt für längere Zeit. Sie wurden bewegt, überrascht, vielleicht auch erschüttert oder schockiert oder erbost – nun gut –, doch niemand stand dem Gesehenen gleichgültig gegenüber. Sonst wäre es ja ein ganz gewöhnlicher toter, ereignisloser Winterabend in diesem kleinen, charmanten, doch äußerst, wenn ich das sagen darf, provinziellen Städtchen gewesen. Verstehen Sie nicht, Herr Arctander? Die Leute *wollen* so etwas; und wenn Sie es noch so anstößig finden. Die Leute wollen es. Sie mögen es. Durch manches mag ein zartbesaitetes oder schöngeistiges Gemüt wohl erschüttert werden, oder auch die Moralapostel, doch auch diese Erschütterung ist ein Teil der Unterhaltung. So nämlich hält man Schöngeister und Moralisten und Akademiker beschäftigt: Man verschafft ihnen Anlass zur Empörung. Das ist deren Form von Unterhaltung. Tief im Grunde lieben sie es, denn so haben sie endlich wieder einen Grund zur Empörung.«

Sie hört, wie der Vater schwer einatmet, sehr schwer, bevor er antwortet:

»Diese Argumentation ist Spiegelfechterei, nichts weiter. Suchen Sie sich einen anderen Dummen dafür.«

»Herr Arctander, Sie ahnen gar nicht, mit wie vielen Dummen ich es schon zu tun hatte …«

»Lassen Sie die Scherze. Ich finde Sie reichlich unverschämt.«

»Ich will Ihnen wirklich nicht lästig sein. Doch wenn ich eine ziemlich kostspielige Vorstellung an so einem kleinen Ort wie diesem ansetze, außerhalb der Saison und ohne dass die Leute so etwas gewohnt sind, dann doch nicht, weil das rentabel wäre, sondern ausschließlich, um Ihnen zu zeigen …«

»Dieses Gespräch bewegt sich im Kreis, Herr Joachim. Wie schon vor vielen Jahren. Wo es Ihnen aufzutreten behagt, hat mit mir nichts zu tun. Ich denke, Sie sollten jetzt gehen.«

»Sie könnten reich werden, Herr Arctander. Und Ihre Tochter ebenfalls. Zumindest sehr, sehr wohlhabend.«

»Leben Sie wohl, Herr Joachim. Was denken Sie, was meine selige Frau dazu sagen würde? Oder was man hier am Ort über mich denken würde, wenn ich mich auf so etwas einließe?«

»Sie haben keine Ahnung, Herr Arctander, wirklich keine Ahnung, was für Honorare man auf dem Kontinent verlangen kann …«

»Es kommt nicht in Frage.«

»Oder in Amerika. Scheren Sie sich doch nicht darum, was die Leute hier am Ort sagen könnten! Herr Arctander, ich biete Ihnen Gold, und Sie tun so, als wäre es Glimmer. Ihre Tochter könnte die Welt sehen. Amerika. Amerika! Berlin. Paris. London. Welche Möglichkeiten hat sie denn sonst, realistisch gesehen?«

Wieder atmet der Vater schwer, antwortet aber nicht.

»Sie könnte mit anderen zusammentreffen, die … nicht wie sie sind, denn sie ist einzigartig … doch mit anderen, die eben verbindet, dass sie anders sind, jeder auf seine Weise. In meiner Truppe ist niemand, der die Stirn runzelt über jemanden, der anders ist. Sie wäre nicht mehr einsam. Sie könnte die Welt sehen. Und ich kann Ihnen versichern, sie würde sich auf keinen Fall überanstrengen, in keiner Weise. Fragen Sie alle meine Schützlinge, fragen Sie, wen Sie wollen, ob sie je in meiner Obhut schwer haben arbeiten müssen. Die Antwort wird immer gleich lauten. Sie wohnen gut, essen gut, reisen immer Erster Klasse, verdienen gut, begegnen wichtigen Menschen in West und Ost, Adligen, Fürsten und Fürstinnen, Mitgliedern von Königshäusern, Ministern, Künstlern und Wissenschaftlern. Ich sorge immer dafür, dass die jüngeren Mitglieder meiner Truppe eine gute Ausbildung erfahren, mit ausgezeichneten Lehrern, sie lernen Sprachen, Manieren, Etikette, Musik, Tanz. Sprachen lernen sie übrigens wie von selbst bei all den Reisen. Das ›Menschliche Tier‹, das Sie gestern gesehen haben, ha!, der Frau sollten Sie mal persönlich begegnen, sie ist in Wirklichkeit äußerst kultiviert, kommt durchaus nicht aus dem Dschungel von Borneo, sondern aus Portugal, und spricht perfekt Französisch und Finnisch.«

»Es hilft nichts, erzählen Sie, was Sie wollen, meine Tochter braucht weder Finnisch noch Französisch, sie steht nicht zum Verkauf.«

»Von so etwas kann gar keine Rede sein, ich bitte Sie. Sehen Sie mich an: Hier, sehen Sie diese Krawattennadel? Ja, das ist wirklich ein Rubin. Und die Manschettenknöpfe. Schauen Sie gut hin. Ja, ich bin dabei reich geworden. Aber meine Schützlinge machen immer ihren Schnitt, sie sind genauso reich. Sie haben ihr Geld auf ehrliche Weise verdient. Wenn Sie doch nur eine Ahnung hätten, was für ein Geld in diesem Geschäft steckt – nun –, aber es ist ehrliche Arbeit, wie gesagt, das versichere ich Ihnen. Und eine sehr leichte, wenig anstrengende Arbeit außerdem. Stellen Sie sich das doch vor, Sie verdienen ihren Lebensunterhalt und mehr als nur den, einfach, indem Sie sind, wer Sie sind, jeden Abend ein Viertelstündchen. Einfach, indem Sie, zum Beispiel, Ihren Backenbart vorführen – ja, nein, Herr Arctander …«

»Ich denke, Sie sollten jetzt wirklich gehen, Herr Joachim. Ich bedaure, wenn Sie die Unannehmlichkeiten der Reise auf sich genommen haben mit all Ihrem Personal und den Gerätschaften, aber ich habe Sie nun wirklich nicht darum gebeten …«

»*De rien, de rien!* Herr Arctander: Sie haben meine Adresse, meine Telegrammadresse und die meiner Agenten. Falls Sie jemals Ihre Sicht der Dinge ändern sollten … Ich bitte Sie inständigst: Denken Sie an das Glück Ihres Kindes, an seine Zukunft.«

»Nichts anderes habe ich vor Augen.«

»Aber Sie sind blind, verzeihen Sie! Was haben Sie vor? Sie ins Kloster zu stecken? Sie ihr Leben lang in diesem Kaff in ihr Zimmer zu sperren? Sie werden erlauben, aber Sie sind ein älterer Mann. Eines Tages können Sie sie weder beschützen noch trösten.«

»Sie gehen jetzt«, sagt der Vater. »Eva wacht bald auf. Sie darf Sie hier nicht sehen. Es war gestern Abend schwierig genug, sie zur Ruhe zu bringen. Wir hätten nie diese Vorführung besuchen dürfen. Falls Eva jetzt auch noch auf Sie trifft …«

»Dürfte ich sie wirklich nicht sprechen?«

»Nein. Unter gar keinen Umständen. Leben Sie wohl!«

Schwere Schritte nähern sich der Tür. Rasche Füße, pfeilschnell den Flur hinunter, die Tür klackt leise hinter ihr. Schon liegt sie unter der Bettdecke, auf dem Bauch, lauscht dem Geräusch von Absätzen, die die Treppe hinabgehen, und hört ihr Herz schlagen, so schlagen, dass sie am ganzen Leib zittert und bebt.

Schleicht sie heimlich aus dem Haus, nach einem Sonntagsfrühstück, das keins war, weil sie behauptet hat, ihr wäre übel?

Geht sie auf kleinen Umwegen zum Hotel, fröstelnd an dem weißen Morgen?

Als sie sich ihrem Ziel nähert, sieht sie schon von weitem die kleine Ansammlung von Schaulustigen und schlüpft rasch in ein Tor. Durch Hinterhöfe, über Zäune hinweg gelangt sie bis zum Grundstück des Amtsrichters schräg gegenüber vom Hotel und tritt dort verstohlen in die Einfahrt. Dort hockt sie sich hinter einen Mülleimer und blickt zum stattlichen Hotel hinüber. Man sitzt immer noch im Speisesaal beim Frühstück, sie erkennt, wie der Kellner hinter den Fenstern hin- und hergeht.

Friert sie?

Die Leute vor dem Hotel recken die Hälse, um womöglich einen kostenlosen Extrablick auf die Merkwürdigkeiten dort drinnen zu erhaschen. Ihr wird klar, dass sie nichts wird sehen können, ohne selbst gesehen zu werden. Sie ist nervös, aufgeregt, aufgewühlt, sie weiß gar nicht, warum sie hierhergekommen ist.

Ich bin nervös, aufgeregt, aufgewühlt, ich weiß gar nicht, warum ich hierhergekommen bin.

Der silberblanke Tourneebus ist bereits vorgefahren, das Hotelpersonal lädt Koffer und Kisten ein. Aus ihrem Versteck hinter dem Mülleimer des Amtsrichters kann sie eigentlich nur die Rücken der Menge sehen, doch sie hört, wie irgendwann der Motor des Busses angelassen wird. Dann setzt er zurück, bis er ganz nah vorm Eingang steht. Mehr ahnt sie, als dass sie sähe, wie die Eingangstür sich öffnet, und an der Reaktion der Gaffer, an ihren kleinen Ahs und Ohs erkennt sie, dass sie jetzt ihre kurze Extranummer bekommen, als die menschlichen Schaustücke, in Schleier und andere verhüllende Kleidungsstücke gewandet, rasch zum Fahrzeug gehen, sie sieht es vor sich, die paar Meter von der Schwelle zum Bus, dessen Fahrer die Gardinen an den Fensterplätzen bereits aus alter Routine zugezogen hat. Die Aufmerksamkeit aller richtet sich in diesem Moment auf dieses kurze Spießrutenlaufen von Tür zu Tür; wenn ein Nilpferd die Hauptstraße hinabginge, niemand würde es bemerken, so wagt sie sich hervor, um vielleicht einen Blick zu erhaschen, sieht aber auch nicht mehr als zuvor aus dem Versteck. Das Herz hämmert in ihrer Brust. Es ärgert sie, dass sie nichts sieht, doch warum es sie so ärgert, das versteht sie nicht.

Ich verstehe gar nicht, warum mich das so ärgert.

Und dann steht sie doch dicht bei der Menge, und die dreht sich um.

Sie hat ihn die ganze Zeit gesehen, seinen Rücken, hat ihn an dem Haarschopf erkannt, der unter der Mütze hervorlugt, hat es sich aber nicht eingestehen wollen. Er dreht sich um, als wüsste er genau, wo sie steht, und sieht sie mit blauem Blick an, ernst, gefährlich. In demselben Moment, da der Bus losrollt, macht sie auf dem Absatz kehrt und rennt los, stürzt von dannen durch Hinterhöfe und über andere Schleichwege, dank ihrer Kenntnis von Schlupfwinkeln und unsichtbar machender Topographie, denn nun ist sie nicht nur nervös, aufgeregt, aufgewühlt, sie weiß auch, dass er ihr jetzt folgt, irgendwo ist er hinter ihr, oder sie glaubt, dass sie es wisse, aber sie hat einen Vorsprung. Außerdem weiß sie auf einmal, wo sie hinwill, sie will hoch nach Fredheim, sie will unbedingt vor dem Bus dort eintreffen, der einen gewissen Umweg fahren muss, während sie kaninchenschnell an Hecken und Büschen entlang, über Brachland und durch Gärten direkt hügelan rennt, und schon steht sie gebückt, atemlos hinter den Wacholdersträuchern an dem kleinen Huckel im Garten von Fredheim, exakt in dem Moment, da der Bus im niedrigsten Gang um die Ecke gehustet kommt.

Wie sie es gedacht hat, steht der zweite Wagen der kleinen Kolonne noch hier, der Laster, in dem Kulissen und Bühnenzubehör transportiert werden, die nicht in den Gepäckraum des Reisebusses passen. Die Techniker der Truppe samt den Orchestermitgliedern verstauen gerade die letzten Kisten und Säcke. Ab hier werden Bus und Laster dann gemeinsam reisen.

Es duftet ringsum nach Wacholder und Frost. Der silbergraue Bus hält Schnauze an Schnauze mit dem Laster, der Fahrer zieht die Handbremse an. Die Tür öffnet sich, die Passagiere strömen heraus, bemerkenswert rasch, als wären sie schon seit Stunden unterwegs; so wird sie Zeugin der rationellen Zeitbehandlung durch Reiseprofis – das versteht sie, schließlich ist sie an einem Bahnsteig aufgewachsen. Wer große Teile seines Lebens in einem Abteil verbringt, nutzt jeden Aufenthalt in der frischen Luft, auch fünf Minuten sind hochwillkommene Momente einer Wirklichkeit, die stillsteht; sie hat die Handelsreisenden gesehen, die sich, eine Zigarette im Mundwinkel, die Beine vertreten, bedächtig ausschreiten, den Rücken recken, kurz innehalten, sich umsehen, in den Himmel schauen, den Stillstand zurückerobern, eine Ruhe, ein wenig Gegenwart, dann wird zur Weiterfahrt gepfiffen, sie schnipsen die Zigarette auf die Schienen, immer mit derselben nonchalanten kleinen Bewegung, drehen ihrem kurzen Aufenthaltsort resolut den Rücken zu und steigen wieder in den Zug, ohne sich nochmals umzusehen.

So, genau so verhält sich auch diese seltsame Reisegesellschaft neben Fredheims Saal und sieht zu, wie die letzten Kisten im Laster verstaut werden. Man zündet sich Zigaretten an, reckt und streckt sich, begrüßt die Musiker- und Technikerkollegen, freundlich, doch kurz und auf Abstand bedacht – man hält ohnedies einen gewissen Abstand, auf der Reise sitzt man eng genug; all das begreift sie augenblicklich, intuitiv, als hätte sie es schon immer gewusst. Jetzt lüften die Frauen da drüben – bis auf eine Ausnahme – ihre Schleier und setzen die Hüte ab. Die kleine Nicoline Federle nimmt sich die

Perücke vom Kopf. Kurzes, rötlich graues, starres Haar kommt zum Vorschein, dann setzt sie sich den kleinen Pelzhut wieder auf. Sie entzündet eine Zigarette, die viel zu groß für sie wirkt, und nimmt ein paar tiefe Züge. Ihre bessere Hälfte, Samson Grimson, widmet ihr keine Aufmerksamkeit, sondern unterhält sich ein Stück entfernt mit Michel.

Eva begreift, dass sie jetzt Zeugin der Abreise, des eigentlichen Abschiednehmens wird; der kleine Auftritt vor dem Hotel war nur die unumgängliche Extravorstellung. Sie versteht es, als sie sieht, wie Michel, der sowieso weit weniger lethargisch, ja lebhafter wirkt als am Abend zuvor, sich mit einem routinierten Griff unter den Mantel fährt, zur Schulter greift und die Riemen löst, die die Attrappe des Extrakopfes an Ort und Stelle halten, in einem Loch der Mantelschulter. Michel bringt das Teil rasch in den Bus und kommt sofort wieder heraus, mit der Schulter rollend.

Doktor Joachim geht umher, wechselt einige Worte mit den Mitgliedern seiner Truppe, legt jedem Einzelnen fürsorglich die Hand auf die Schulter, lauscht verständnisvoll ihren kleinen Beschwerden oder Fragen; das nimmt Eva jedenfalls an, denn so sieht es aus.

Und da lässt einer von ihnen, nämlich Samson Grimson, die Zigarette sinken und erstarrt. Fixiert etwas mit dem Blick. Vielleicht sieht er besonders gut in die Entfernung, dank seiner Größe oder weil er im Gebirge aufgewachsen ist. Der Riese klopft den Siamesen auf die Schulter, auch sie starren jetzt, aus vier blauen Augen, in die Richtung, in die er deutet. Dann wird Joachim auf sie aufmerksam.

Sie weiß, jetzt ist sie entdeckt.

Ich bin entdeckt. Um mich herum duftet es nach Wacholder und Winter. Doktor Joachim beschirmt sich die Augen mit der Hand, um in dem grauen Licht besser zu sehen. Dann hebt er die Hand, langsam.

Gehe ich los, zu ihnen hinüber. Löse mich aus meinem stacheligen, notdürftigen Versteck und gehe zu der seltsamen kleinen Schar hinunter, vor der ich mich scheue, zu der ich gehören will. Lasse ich den Schal, der mein Gesicht halb verdeckt hat, sinken.

Also so was, piepst Nicole Federle. Also wirklich.

Alle schauen mir ins Gesicht.

Dann lächeln sie, fast verlegen glücklich.

Die entfernteste Gestalt, die selbst jetzt den Schleier anbehalten hat, kommt näher gewackelt. Vor ihr habe ich Angst, und ich bin froh, dass sie ihr Gesicht bedeckt hält. Sie kommt direkt auf mich zu. Bleibt vor mir stehen. Sieht mich an, ohne ein Wort. Dann zieht sie mir, ohne zu fragen, den einen Handschuh aus. Blickt auf meinen haarigen Handrücken. Lässt den Handschuh zu Boden fallen. Sagt immer noch nichts, schüttelt nur den Kopf. Legt die Hand auf meinen Arm. Dann geht sie weg.

Auch Johannes Joachim lächelt. Also so was, sagt auch er.

Dann legt er mir die Hand auf die Schulter, fürsorglich, zieht mich freundlich beiseite, mit einem entschuldigenden Nicken zu den anderen. Ich bekomme Gänsehaut bei der Berührung, mein Herz klopft hart. Seine Stimme echot noch lange in mir.

Ich soll dich grüßen, sagt er, von einem, der viel über dich erzählt hat.

Dann fahren sie ab. Samson Grimson küsst mich auf beide Wangen. Du bist ja ganz weich, brummt er freundlich. Michel sagt etwas Elegantes auf Französisch, macht einen Bückling.

Bus und Laster kriechen bergab. Hinter einer Gardine winkt eine Hand hervor.

Ich drehe mich um. Wanke. Gehe langsam den Weg zurück, den ich gekommen bin, über Höfe und Brachland. Irgendwo oben bei Fredheim liegt immer noch mein Handschuh im Matsch, wie als Herausforderung dort hingeworfen.

Hinter Uhrmachermeister Hansens Haus steht er, von den hohen Holzstößen verborgen.

Da bist du ja, sagt er. Starrt sie feindselig an. Mich. Sie. Ich gehe offenherzig auf ihn zu. Strecke die Hand aus. Nehme ihm die Mütze ab. Sage etwas, weiß nicht was. Ziehe ihn hinter die Holzstöße, öffne seine Kleidung, bedecke seinen Mund mit meinem, ersticke seine Wörter mit meinen Lippen. Lass es ihn tun. Schreie tonlos vor Genuss, als wir beide kommen, rufe meine Freude heraus über diesen merkwürdigen, einzigartigen, eigenartigen und unheimlichen Tag.

Er hat keine Worte, als ich ihn zurücklasse. Halb liegend, halb an den Holzstoß gelehnt. Mit verdrecktem Anorak und Knickebockern. Sein Blick brennt in meinem Rücken.

Will aber mehr. Mehr. Sie. Ich. Es will. Das menschliche Tier.

Es ist, als hätte eine Bewegung eingesetzt, eine unaufhaltbare Beschleunigung, tief unten im Bauch, die in die Beine übergreift, bis in die Füße ausstrahlt. Als säße das Leben selbst in den Füßen. Warum sonst würde der Weg von Arvid fortführen, fort von allem Schlanken, Jungen, Schönen, und weiter, über Umwege oder selten begangene Pfade, benommen, Fuß vor Fuß, bis da auf einmal der Katechet steht, den Schlüsselbund in der Hand, und gerade die Tür zu seinem möblierten Zimmer aufschließt, zu seinem einsamen, keuschen Zimmer im Hause des Kutschers Gundersen, an der Hintertür.

Eine Jungmädchenstimme flüstert, komm. Und sie gehen zusammen hinein. Er zittert. Er zittert weiter, weiß nicht, wo sie eben war, was sie eben getan hat, spürt nichts als sein zitterndes Selbst. Sie aber ist sicher, und sie zittert nicht. Wieder schreit sie stumm. Aber es gibt ihr keine, keine Freude.

Ist es da, dass er mich sieht, mich noch einmal sieht, als ich spät am Nachmittag, in der frühen Abenddunkelheit, nicht mehr hungrig, aber nicht gesättigt, aus dem Zimmer des Christenmannes komme?

Sein Blick brennt aus allen Schatten und aus allen blauen Schneewehen.

Omne animal post coitum triste.

DIE SCHERE

Es geschah in der zweiten Woche nach Neujahr. Sie kamen im Dunkeln. Wenn ein solches Vorhaben kommt, dann gern im Dunkeln, als bräuchte es die Dunkelheit, um zu leben. Es ist, wenn man so will, etwas Beruhigendes daran, dass es die Dunkelheit braucht, vielleicht deutet das auf einen Rest von Schamgefühl hin, eine gewisse Schüchternheit, ein Hauch von schlechtem Gewissen, eine Ahnung von Zivilisation. – Ich gebe zu, dass das Wort »Beruhigendes« hier fehl am Platze ist, denn es ist ja durchaus nichts Beruhigendes daran. Dennoch lässt es auf ein Echo von Anstand schließen. Einen Rest. Doch auch dieser Rest kann unter Umständen erstaunlich rasch umschlagen; man muss dergleichen gar nicht allzu oft üben, schon begibt es sich aus der Dunkelheit heraus in den lichten Tag und schlägt schon vor dem Mittagessen Schaufenster ein oder knüpft eins von den Schweinen an einem Laternenmast auf, während der Zeitungsjunge vorbeigeht, als ob nichts wäre, nur ein kleiner Auftritt am Rande seines üblichen Weges, keine Zeit, sich damit aufzuhalten, das Mittagsblatt muss raus, zu den zahlenden Abonnenten, wackere Leute alle miteinander, ebenso wacker, wahrscheinlich, wie die erwachsenen, starken, verantwortungsbewussten Männer, die unangefochten mit ansehen, wie eine Bande junger Kerle einer etwas leichtsinnigen jungen Dame den Kopf scheren, vielleicht könnten sie sich sogar vorstellen, mitzutun; einer von ihnen dreht sich eine Zigarette, während seine Blicke – exakt gleich aufmerksam – zwischen dem Geschehen auf dem Bürgersteig und seiner kleinen Handarbeit hin- und herwandern; dann steckt er sie an, saugt gemächlich, tief den Rauch ein, entspannt, atmet aus, sieht bedächtig zu, was da abläuft, der Rauch steigt in den Himmel über der Straße, ins Helle, und löst sich auf.

Aber sie beginnen im Dunkeln. Derlei Vorhaben. Sie machen ja auch mehr Spaß im Dunkeln, wie auch eine Reihe anderer menschlicher Tätigkeiten – Zechen, Reden, Huren, Abfackeln von öffentlichen Bibliotheken; nichts davon ist am hellen Tage mehr so bunt und lustig.

Ich war auf dem Heimweg und ahnte keinen Unrat, bis es so gut wie geschehen war. Vier Gestalten in der Dunkelheit, vier Schatten, vier Säulen aus schwarzem Stoff im Winterabend, schwärzer als der Himmel, auf einmal vor mir, hinter mir, aus dem Nichts.

Ich sah zu Boden, weg von den Gesichtern, die ich nicht sehen wollte und die auf diese Weise überhaupt nicht da waren, ich begriff, dass es zum Wegrennen zu spät war, stand resigniert, abwartend da, rechnete mit einem üblichen harten Schubser, wie damals, als ich noch kleiner war. Eigentlich war das letzte Mal schon lange her, aber wer sagt, dass das letzte Mal das allerletzte Mal war?, dachte ich demütig mit gebeugtem Kopf. Sie stießen mich tatsächlich zu Boden, da lag ich, relativ bequem sogar, und daher restlos unvorbereitet auf das, was jetzt kam.

Sie gingen lautlos und methodisch vor; Mütze und Schal kamen weg, *halt sie fest*, fauchte einer grau über mir, eine junge Stimme, eine Hand, hart wie ein Haifischkiefer, packte mein Haar, mitten auf meinem Kopf, riss es so hart nach hinten, dass ich jammerte; da kam das erste leise, nervöse Lachen, das Lachen angesichts des Verbotenen im Dunkeln, und erst da schwante mir, dass jetzt etwas anderes käme als Schnee; ich öffnete die Augen. Ich hätte mich dafür entscheiden können, ihre Gesichter zu sehen, stattdessen entschied ich mich dafür, die Schere zu sehen, die lange, schmale Papierschere, bereits erwartungsvoll über mir gebleckt, blank und glänzend in der winterlichen Dunkelheit. Ich wand mich mit aller Kraft, holte Luft zu einem Schrei, doch im selben Moment legte sich mir eine schwere Hand im Fäustling aus Seehundsfell auf den Mund, so schwer, dass sie mir schier die Vorderzähne nach hinten drückte, nach hinten und in den Hals, und dann begann die Schere ihre Arbeit.

Zu diesem Zeitpunkt des Geschehens beschloss ich, die Schere nicht mehr anzusehen, und machte daher die Augen wieder zu. Die Ohren schließen jedoch konnte ich nicht, und ihr schnatterndes, scharfes Geräusch war um mich herum, mal dicht an den Ohren, mal weiter weg, *schnipp schnapp, schnipp schnapp*, ziemlich schnell und wenig sorgfältig, und als sie mich ein paar Mal geschnitten hatte, zwang ich mich dazu, mich nicht mehr zu winden, sondern lag ganz still, obgleich jede Faser meines Leibes, mein ganzes Ich, mein ganzes Fell aufbegehren wollte, denn es war eine Papierschere, ungeeignet für dieses Werk und zudem Ware zweiter Wahl, das spürte ich ganz genau; besser, sie hätten eine Borstenschere genommen, dachte ich. Mein Haar, dachte ich. Mein Fell. Mein Gesicht, meine Maske, mein Schutz und mein Schirm; was *tut* ihr da bloß?

Jetzt schnitten sie näher an mir, an meiner merkwürdigen, zarten, wunden Haut, die nichts verträgt, an den Wangen und am Hals. Ich spürte die glatten, kalten Spitzen der Schere ganz dicht an mir, wie eine böse Liebkosung, und sie schnitt mich mehrmals, obgleich ich ganz still lag und nur weinte, ohne Laut oder Schluchzen, aus geschlossenen Augen. Sogar als der ambossschwere Fellhandschuh meinen Mund und mein Kinn nicht mehr bedeckte, damit meine nächtlichen Freizeitbarbiere besser um die Lippen herum arbeiten konnten, gab ich keinen Laut von mir, sondern lauschte stumm dem Schnippschnapp der Schere.

»*So* sieht sie also aus«, sagte eine Stimme weit über mir, fast unter den Sternen, und ein weiterer, rieselnder Laut kam, es mag Lachen, es mag ein verächtliches Schnauben gewesen sein oder Hohn und Freude und Rache; Mannomann, sagte einer; Hure, ein anderer, ich öffnete die Augen und blickte ihn an, sprach aber seinen Namen nicht aus; sie schlugen mich nicht und traten nicht nach mir, sie befühlten mich nicht. Nur ein einziges kurzes Ausspucken, einer Sternschnuppe gleich, rein und klar und schleimlos, traf mein nacktes Gesicht, direkt an der Oberlippe; es schmeckte süß. Dann waren sie in der Dunkelheit verschwunden, und ein seltsames Geräusch folgte mir die Straßen entlang, ein langgezogener, pfeifender, jaulender Ton; ich war schon fast daheim, als mir bewusst wurde, dass es mein eigenes Weinen war, von keinem Schluchzen unterbrochen, unendlich, es begleitete mich bis zur Tür.

Die ich ordnungsgemäß hinter mir schloss.

Katharina Hagena
Der Geschmack von Apfelkernen

Roman
Gebunden

»Schon immer begannen die Bewegungen des Schicksals – auch die unserer Familie – mit einem Sturz. Und mit einem Apfel.«

Als Bertha stirbt, erbt Iris das Haus. Nach vielen Jahren steht Iris wieder im alten Haus der Großmutter, wo sie als Kind in den Sommerferien mit ihrer Kusine Verkleiden spielte. Sie streift durch die Zimmer und den Garten. Sie schwimmt in einem schwarzen See, bekommt Besuch, streicht eine Wand an und küsst den Bruder einer früheren Freundin.
Iris ahnt, dass es verschiedene Spielarten des Vergessens gibt. Und das Erinnern ist nur eine davon.

Alexander Gorkow
Mona

Roman
Gebunden

Ein irrwitziger Roman über den rührendsten, lustigsten und zu Herzen gehendsten Verliebten der jüngsten Zeit: Blum, Spezialist für Kühlkettensysteme in einer Münchner Firma, fliegt für einen Auftrag nach Bukarest. Dort trifft er nicht nur auf den Besitzer einer Schlachthofkette und dessen sechs Handlanger, sondern auch auf: Mona. Eine Begegnung, die ein Blaufeuer der Liebe entfacht, in deren Folge es bedauerlicherweise zu ein paar Leichen kommt. Doch kein Preis scheint zu hoch für die wahre Liebe.

»So schön wie in diesem Buch ist lange nichts mehr schiefgegangen. Lesen Sie dieses ironisch-verzweifelte, gescheite Buch!« *Elke Heidenreich in ›Lesen!‹*

»Ein großartiger Roman.« *Elmar Krekeler, Die Welt*

»Manche werden alles von sich werfen, wenn sie diesen wunderbaren Roman lesen und sich dabei heißlachen. Aber vielleicht sollte man sich am Ende doch besser warm anziehen!« *Albert Ostermaier, Der Spiegel*

»›Mona‹ erzählt anrührend komisch vom rasanten Verfall einer Persönlichkeit. Als hätte Monty Python Max Frischs ›Homo Faber‹ überarbeitet.« *Stern*

JOHANNES C. HUBER & ANJA FRANCESCA RICHTER

Wie Frauen heute leben und lieben

JOHANNES C. HUBER
mit
ANJA FRANCESCA RICHTER

Wie Frauen heute leben und lieben

– und wieso Kinder keine Frage des Alters mehr sind

Seifert Verlag

Umwelthinweis:
Dieses Buch und der Schutzumschlag wurden auf chlorfrei gebleichtem Papier gedruckt. Die Einschrumpffolie – zum Schutz vor Verschmutzung – ist aus umweltverträglichem und recyclingfähigem PE-Material.

1. Auflage

Umschlaggestaltung: Karl-Heinz Richter
Druck und Bindung: CPI Moravia Books GmbH, Pohořelice
ISBN: 978-3-902406-90-3

Inhalt

Vorwort

Während des langen Weges zur Emanzipation der Frau hat die Gynäkologie zwei wissenschaftliche Entdeckungen gemacht, die Frauen ihre Selbstbestimmung erleichterten: die Empfängnisverhütung zum einen und hormonelle Therapien zum andern. Damit wurde es möglich, schwere Befindlichkeitsbeschwerden in der Lebensmitte zu lindern. Gegen das schnellere Altern der Eierstöcke aber hat es bisher keine Lösung gegeben: Während Männer bis ins hohe Alter Kinder zeugen können, endet für viele Frauen in der vierten Lebensdekade das Zeitfenster, schwanger zu werden. Bisher.

Denn nun beginnt die Reproduktionsmedizin auch dafür Arzneien zu entwickeln: Einerseits stellen Mediziner bei wissenschaftlichen Kongressen Substanzen vor, welche die Eierstöcke vor freien Radikalen schützen, weil Letztere ein Grund sind für den selektiven Funktionsverlust der weiblichen Keimzellen. Andererseits hat sich bereits eine Methode etabliert, mit deren Hilfe Mediziner Eizellen für eine Schwangerschaft reaktivieren können – selbst wenn sich Frauen bereits jenseits der 40 befinden und »der Richtige« etwas länger hat auf sich warten lassen.

In diesem Zusammenhang äußern betroffene Frauen einen bemerkenswerten Wunsch: »Ich möchte ein Kind, aber keinen Mann.« Dies ist der Grund, warum im Zusammenhang mit der Eizellkonservierung das an die Fortpflanzung geknüpfte Problem der »Partnerschaft« angesprochen wird – in dem vorliegenden Werk aus Sicht einer jungen Publizistin, einer Frau also, und eines Frauenarztes, der seit Jahrzehnten auch in der Reproduktionsmedizin tätig ist. Eben diese Partnerschaft und die Unterschiedlichkeit der Geschlechter stehen für das größte Anliegen der Evolution, nämlich die Erhaltung der Art. Mit diesem Buch möchten die Verfasser einen Diskussionsbeitrag zum »Re-Designing« der Geschlechter leisten, und zwar aus der Hypothese heraus, dass das »Design« von Frau und Mann nicht ein gesellschaftliches, sondern ein evolutionäres Faktum ist. Die Argumentation soll damit allerdings nicht von einem Biologismus, sondern vielmehr von einer evolutionären Betrachtung getragen sein, die sich an naturwissenschaftlichen Fakten orientiert – so auch an der Tatsache, dass Frauen statistisch gesehen länger leben als Männer. Eine zweite Hypothese versucht, auch dieses Faktum evolutionär zu erklären – nämlich aus der größeren Verantwortung, die das weibliche Geschlecht für die Erhaltung der Art hat, weshalb die Evolution dem Körper der Frau seit jeher mehr Privilegien geschenkt hat als dem des Mannes. Das erklärt beispielsweise auch, warum nahezu alle weiblichen Organe anders gesteuert sind als jene des Mannes – und zwar »existenziell« und nicht »essenziell«.

Nach dem derzeitigen Wissensstand ist der Homo sapiens nicht der krönende Endpunkt der Evolution, denn diese scheint weiterzugehen, wenngleich die Direktion noch nicht bekannt ist. Die Reproduktionsmedizin übernimmt dabei in zunehmendem Ausmaß die Funktion des »Zauberlehrlings« und entwickelt Fortpflanzungsstrategien, die geeignet erscheinen, den evolutionären Prozess nachhaltig zu beeinflussen. Ob dabei das kollektive Bewusstsein Sekundärtugenden wie Solidarität, Toleranz und Skepsis gegen das eigene Ich auch weiterentwickelt, bleibt abzuwarten; genauso wie die Frage, ob die immer öfter belächelte »heilige Familie« der Vergangenheit tatsächlich von neuen »Solidargemeinschaften, in denen haushaltsübergreifend, Generationen übergreifend und jenseits von Blutsverwandtschaft Sorge für einander getragen wird« (Eva Novotny: »Ermächtigen«, 2009), abgelöst werden kann. Bisher stellt die Evolution dafür noch keinen Support zur Verfügung. Vielleicht aber ist dies nur noch eine Frage der Zeit.

Dass die Evolution tatsächlich bereits in kleinen Schritten voranschreitet, ist an einfachen Parametern wie dem Gewicht, der Größe und dem Schädel- sowie Schulterumfang eines Neugeborenen zu erkennen. Das Gleiche gilt für die biometrischen Daten der Pubertät. Wahrscheinlich wird dazu auch das »social egg freezing«, das im dritten Teil dieses Buch eine Abhandlung findet, einen Beitrag leisten – gut denkbar, dass eine ganze weibliche Generation die Möglichkeit entdeckt, erst in einem späteren Alter Mutter zu werden.

Erfreulich ist, dass genau dafür Politik und Gesellschaft zur Zeit die erforderlichen Rahmenbedingungen schaffen. Es findet eine Umschichtung des kollektiven Denkens statt: Soziale Kompetenzen gewinnen immer mehr an Bedeutung, Arbeitsmodelle werden vielfältiger, die hierarchischen Strukturen gehen zurück – und dies wird den Megatrend des »female shift« weiter vorantreiben: Die Macht wird weiblich. »Schon im Jahr 2030 könnte einigen Prognosen zufolge jede zweite Führungskraft in Europa weiblich sein.« Elke Holst, Forschungsdirektorin am Deutschen Institut für Wirtschaftsforschung Berlin (DIW), ist zwar skeptischer. Aber auch sie glaubt: »Die Zukunft des Arbeitsmarkts ist weiblich – die Frage ist nur, in welcher Geschwindigkeit dies passiert.« (Die Welt, 5.9.2013)

Mit diesem Megatrend wird sich auch die menschliche Reproduktion verändern – ein Aspekt, der in der rezenten frauenpolitischen Diskussion bisher zu kurz gekommen ist.

Denn am Mann können sich Frauen dabei nicht orientieren, da das reproduktive Zeitfenster bei ihnen wesentlich enger gesteckt ist als bei ihren männlichen Geschlechtskollegen.

»Seit 2006 verlassen alljährlich mehr Frauen als Männer hiesige Hochschulen mit einem Abschluss. Auch ohne Quote ist der Aufstieg der Frauen unaufhaltsam.« Laut einer Studie der Personalberatung Egon Zehnder International ging zwischen Mai 2011 und Mai 2012 rund jede dritte neu zu besetzende Führungsposition in Europa an eine Frau. In Deutschland waren es sogar 41 Prozent der Spitzenjobs. Europaweit hat sich zwischen 2006 und 2012 der Anteil der großen Unternehmen, die einen rein männlich besetzten Aufsichtsrat oder Vorstand haben, fast halbiert.

Dass sich dabei die Zeit für Beziehungen reduziert, ist nicht nur ein Klischee, sondern eine Tatsache, wie kürzlich Wissenschaftler aus München anhand eines »Dating-Barometer« herausfanden, mit dessen Hilfe sie das persönliche Umfeld jener Menschen analysierten, die verschiedene Portale für Partnersuche besuchten.

»Sieben Millionen Menschen sind derzeit im Netz auf der Suche nach einem Partner, und jede fünfte Beziehung beginnt inzwischen online.« Wissenschaftler um Christian Böhm und Sebastian Goebl von der Ludwig-Maximilians-Universität in München haben sich zusammen mit dem Online-Dating-Vergleichsportal zu-zweit.de angesehen, wer dort eigentlich auf der Suche ist – und wer gesucht wird auf den Casual-Dating-Adressen für unverbindlichen Sex, bei Single-Börsen und bei den Partnerportalen, die eine stabil geplante, nachhaltige Beziehung vermitteln wollen. (Die Welt, 1.11.2013) Es findet sich dort vor allem die erfolgreiche Frau ein, die exzellent ausgebildet und in gehobener Position tätig ist, dafür aber auch einen Großteil ihres bisherigen Lebens in die Karriere investiert hat.

»Frauen, die auf diesen Portalen auf die Suche gehen, sind beruflich sehr erfolgreich, arbeiten als Rechtsanwältin, Architektin oder Marketing-Expertin. Nachdem die Karriere meist Vorrang hatte, wollen sie nun den Partner fürs Leben finden. Neben großem Interesse an Kultur und Kunst macht sie gerne Kultur- und Städtereisen nach Paris, Rom oder Mailand. Sie ist sehr romantisch und hält am Traumprinz-Ideal fest.« Wenn der richtige Partner kommt, haben oft die weiblichen Keimzellen den Lebenszenit aber bereits überschritten.

Der beruflichen Emanzipation muss daher die »Emanzipation der Eierstöcke« folgen, da es im Einzelfall sehr wohl, im Durchschnitt aber nicht leicht und selbstverständlich ist, Ausbildung, Karriere und Reproduktion in ähnlicher Weise zu organisieren, wie dies dem Mann seit Jahrhunderten gelingt. Den Unterschied der Keimzellen vermögen weder Politikerinnen, Soziologen noch Frauenrechtlerinnen zu nivellieren. Die Medizin ist dazu aber aller Wahrscheinlichkeit nach imstande, was in diesem Buch dargestellt werden soll. Gelingt das Vorhaben, bedeutete dies den dritten und wahrscheinlich größten emanzipatorischen Schritt, den Frauen je gegangen sind.

Anja Francesca Richter & Johannes Huber

TEIL 1

Wie Frauen heute leben und lieben

Female Shift

Anja Francesca Richter

Stellen Sie sich vor, ein deutscher Spitzenmanager fährt nach seinem wohlverdienten Feierabend nicht direkt nach Hause, sondern für einen kurzen Abstecher auf den Jahrmarkt. Für den Fall, dass er nach einem Happen Curry-Wurst und einem kühlen Bier in das Zelt einer Wahrsagerin geriete – müsste er sich fürchten? Hätte er einen Grund, um seinen Job zu bangen, weil die Personen, die die Hellseherin in ihrer Milchglaskugel erblickt, sich in seinem Büro befinden und ausschließlich weiblich sind? Eine Frau – auf *seinem* Arbeitsplatz?

Wenn es nach so manchem Politiker und Meinungsmacher, aber auch vielen Frauen geht, dann sieht genau so die Zukunft aus: weiblich. Die Diskussion um die Frauenquote ist im Frühherbst 2013 zwar gerade verebbt, weil Kanzlerin Angela Merkel sie abgelehnt hat, doch bei diesem Thema ist das letzte Worte noch nicht gesprochen – auch nicht in Österreich. Im Juli 2013 fordert die damalige SP-Frauenministerin Gabriele Heinisch-Hosek die Frauenquote in der Privatwirtschaft, wird sie im öffentlichen Dienst in Führungspositionen doch bereits umgesetzt. Die Diskussion, inwieweit weibliche Arbeitskräfte in den kommenden Jahren in die Spitzenpositionen ihrer Firmen drängen, wird die Wirtschaft und Öffentlichkeit in Zukunft beschäftigen wie wohl kein zweites Thema. »Female shift« heißt der Trend, der vorsieht, dass schon in den kommenden 20 Jahren jeder zweite Chefsessel von einer Frau besetzt sein wird. Der Grundstein für das Gelingen dieses ehrgeizigen Unterfangens ist längst gelegt: Bereits heute beträgt der Anteil der Firmen, die ausschließlich männliche Spitzenmanager beschäftigen, gegenüber dem Jahr 2006 nur noch etwa 50 Prozent. Laut einer Untersuchung des österreichischen Instituts für Höhere Studien ist der Frauenanteil in höchsten Entscheidungsgremien in den größten börsennotierten Unternehmen in Deutschland im Jahr 2012 bereits auf 16 Prozent gestiegen, in Österreich immerhin auf 11 Prozent. Die Spitze hält derzeit (noch) Norwegen. Hier entscheiden 42 Prozent weiblicher Führungskräfte neben ihren männlichen Kollegen mit.

Und offenbar zu Recht, wie die »Mixed Leadership«-Studie der Wirtschaftsprüfer Ernst & Young darlegt. Denn Unternehmen mit weiblichen Führungskräften sorgen insbesondere in den Bereichen Umsatz, Gewinn und Börsenwert für herausragende Ergebnisse. Schließlich gelten Frauen mitunter als sozialer, zumindest was das Einfügen in Teams und das Arbeiten auf Augenhöhe, also in flachen Hierarchien, angeht. Was aber bedeutet dies nun für die Zukunft? Muss sich Mann tatsächlich fürchten, dass die Kollegin es auf seinen Schreibtisch abgesehen hat? Dann wird es ihm wohl nur ein schwacher Trost sein, dass er in den kommenden Jahren wohl nicht alleine in der Praxis seines Hausarztes sitzen wird. Denn wenn es tatsächlich so kommt wie erwartet, müssen aller Wahrscheinlichkeit nach auch Frauen die gesundheitlichen Risiken einer steilen, aber auch kräftezehrenden Karriere in Kauf nehmen. Und das ist noch nicht alles: Können Frauen sich den Herausforderungen einer langen Berufslaufbahn überhaupt stellen, ohne nicht doch irgendwann den Wunsch nach Kindern dringend zu verspüren?

Tatsache ist bereits heute, dass die drei berühmten »Ks«, auf die sich eine Frau in den vergangenen Jahrhunderten konzentriert hat, nämlich Kinder, Küche und Kirche, zunehmend in den Hintergrund geraten. Die berühmte Schürze trägt ein Großteil der Frauen von heute höchstens noch, wenn sie sich in der Mittagspause im Büro eine Tütensuppe kocht, und auch in der Konferenz sitzen viele von ihnen inzwischen lieber als in der Krabbelgruppe. Das Baby bleibt währenddessen beim Kindermädchen. Mama kann und soll sich das leisten – auch ohne Mann.

Welche Auswirkungen haben diese Umstände auf die Partnerschaft der Zukunft? Verändert der Karrieregedanke der Frau nicht nur die Beziehung zum Mann, sondern auch das Familienleben – und zwar ganz grundlegend?

Mit dem medizinischen Fortschritt des sogenannten »social egg freezing« kann sich jede Frau ein herrlich bequemes Polster für eine Nachwuchssorgen-freie Zukunft schaffen. »Was du heute kannst besorgen, das verschiebe unbedingt auf morgen«, könnte zu einem gängigen Motto der »Irgendwann-mal-Mütter« werden. Beim »egg freezing« entnimmt der Arzt einer Frau Eizellen und friert diese ein – so lange wie die Patientin es wünscht. Falls irgendwann die Zeit »reif« ist für ein Kind, ganz egal, ob dies nun mit 35 oder 55 Jahren der Fall ist, befruchtet der Mediziner die inzwischen aufgetaute Eizelle mit dem Samen ihres Partners (oder vielleicht sogar eines völlig fremden samenspendenden Mannes?) und setzt sie in die Gebärmutter ein. Ganz einfach, ganz unkompliziert. So funktioniert moderne Medizin.

Ausufernd anständig oder anständig ausufern?

Anja Francesca Richter

Der Grundstein für diese Entwicklung begleitet junge Menschen bereits, bevor sie ihren ersten Job antreten. Warum? Weil junge Männer und Frauen Sex haben. Ihre Unschuld verlieren sie irgendwann zwischen Konfirmation, Firmung und der Führerscheinprüfung, und falls sie ihre Lust nicht schon während der Schulzeit ausleben, dann in der Ausbildung oder an der Universität; völlig ungestört, fernab der Eltern. Gänzlich unbeobachtet können sie genau das tun, was sie wollen. Zwei Männer zum Frühstück? Oh ja! Alle vier Wochen ein neuer Verehrer? Aber bitte! Das bedeutet aber nicht, dass alle jungen Frauen »schlampig« sind. Feste Beziehungen führen sie mitunter trotzdem noch. Doch viele dieser jungen Frauen und Männer, so hat es zumindest den Anschein, lassen sich heutzutage seltener auf eine feste Bindung ein, sondern genießen stattdessen die Freiheiten, sich uneingeschränkt ihrem sexuellen Vergnügen hinzugeben. Einem Freund oder einer Freundin längerfristig verpflichtet zu sein, lehnen sie zumeist ab. Erstens, weil sie sich dadurch in ihrer eigenen Freizeitgestaltung einschränken müssen, und zweitens, weil sie das Gefühl haben, noch lange genug, nämlich in einer Ehe, an einen Partner gebunden zu sein.

Als nicht unwesentliches Argument gilt es zu erwähnen, dass Studierende und Berufstätige neben ihrer akademischen und beruflichen Laufbahn zu oft keine Zeit finden, sich zusätzlich noch einer festen Partnerschaft zu widmen. Denn auch diese ist – trotz ihrer vielen Vorzüge – nach gewisser Zeit vor allem eines: emotionale Arbeit. Wenn auch eine lohnenswerte.

In unserer Gesellschaft herrscht eine eigenartige Ambivalenz, wenn es um das Thema Sexualität geht. Auf der einen Seite erfreuen sich lebensbejahende, experimentierfreudige und abenteuerlustige Menschen einer großen Beliebtheit, sie werden bewundert, ja beneidet, und sei es auch nur für ihren Mut, zumindest nach ihrer Façon zu leben, ohne sich allzu sehr um die geltenden Moralvorstellungen der Gesellschaft zu scheren.

Auf der anderen Seite wiederum begeistert die Idee, irgendwann mit Anfang, Mitte 20 den Partner fürs Leben zu finden, noch viele – und zwar längst nicht nur Frauen. Auch etliche junge Männer sehnen sich nach Geborgenheit und Wärme, die sie glauben mit der richtigen Frau an ihrer Seite finden zu können. Vorbilder sind die eigenen Eltern, wenn sie denn noch verheiratet sind, oder aber Freunde, die den Schritt vor den Traualtar wagen.

Wieso es die Sexualität auf die Unsicherheit abgesehen hat

Anja Francesca Richter

Aber bis es so weit ist, dass ein Paar bereits über die Frage »Hochzeit – ja oder nein?« nachdenkt, ist es meist ein doch nicht zu unterschätzender Weg. Die emotionale Unsicherheit ist ein ständiger Begleiter junger Erwachsener, und zwar beider Geschlechter, vor allem nach den ersten Treffen. Was ist, wenn er/sie mich nun doch nicht mag? Warum hat er/sie nicht geantwortet? Ein Tag hat immerhin 14.440 Minuten – da wird es doch ein paar Sekunden für das Schreiben einer SMS geben? Oder: Was ist, wenn ich ihm/ihr noch einmal schreibe? Oder hat meine letzte SMS, in der ich ihr/ihm meine Gefühle zu verstehen gegeben habe, etwa schon irreparablen Schaden angerichtet, sodass ich am Ende nie wieder von ihr/ihm höre?

Die emotionale Schieflage kann durchaus über die Pubertät hinaus anhalten, weil gerade dann, wenn wichtige Entscheidungen anstehen, die das ganze Leben betreffen, Zweifel auftreten. Doch während berufliche Unsicherheiten noch irgendwie zu bewältigen sind, treffen Irritationen, die persönlicher Natur sind, zumeist das Mark: Wieso habe ich noch keinen Freund/keine Freundin – liegt es an mir? Bin ich nicht attraktiv genug? Zu humorlos? Am Ende vielleicht sogar langweilig?

In der Hoffnung, sich geliebt zu fühlen, vertrauen sich junge und ältere Frauen oft Partnern an, die sie unter Umständen gar nicht einmal sonderlich begehren, nur um Nähe,

Zugehörigkeit, aber auch Bestätigung zu empfinden. Auch der Wunsch, als Frau wahrgenommen zu werden, spielt in das Verlangen nach Geschlechtsverkehr hinein. So verbinden Frauen mit dem ersten Sex oft das Gefühl, nun eine »richtige« Frau zu sein, und damit in den »elitären Kreis der Erfahrenen« einzutauchen. Wissen ist Macht – auch in der Liebe. Wer mitreden kann, wenn sich die Freundinnen über intime Praktiken austauschen, gehört dazu. Und selbst wenn die Vertrauten ihre bis dato unerfahrene Freundin wegen ihrer Unerfahrenheit gar nicht ausgeschlossen haben, so ist es doch ein Gefühl von Sicherheit, den Geschlechtsverkehr selbst erlebt zu haben, um zu wissen, wovon wirklich die Rede ist – und das betrifft alle Frauen, egal welcher Herkunft und über sämtliche Religionen hinweg.

Die US-Amerikanerin Nicola Hardy etwa ist strenggläubige, praktizierende Mormonin. In ihrer Religion ist der außereheliche Geschlechtsakt untersagt. Da sie zunächst keinen passenden Mann fand, war Hardy bei ihrem ersten Mal bereits »stolze« 36 Jahre alt, also in einem Alter, in dem manche Frau schon so viele Liebhaber hatte wie eine Rose Blütenblätter. Als es schließlich passierte – Hardy war auch zu diesem Zeitpunkt noch nicht verheiratet, hatte die kirchliche Gemeinde aber verlassen –, fühlte sie sich endlich angekommen in ihrer Sexualität, mehr noch aber in ihrer Rolle als Frau, wie sie in ihrem Buch »Confessions of a Latter-Day Virgin« beschreibt. Trotzdem wolle sie auch darauf hinweisen, dass eine Frau, die noch jungfräulich durchs Leben geht, als weibliche Person keineswegs weniger wert sei.

Werden weibliche Personen als Frau geboren oder werden sie erst zu einer?

Ob eine Person als Frau geboren wird, ist eine naturwissenschaftliche Frage, die oft von Philosophinnen beantwortet wird – meist in die Richtung, dass die Dualität der Geschlechter nicht ursprünglich sei, sondern »Effekt von Institutionen, Verfahrensweisen und Diskursen mit vielfältigen und diffusen Ursprungsorten«. Der Mythos »Frau« wird dekonstruiert, Mutterliebe, Geborgenheitssehnsucht, Kinderwunsch und sexuelle Nachhaltigkeit werden zu Projektionen erklärt, die aus einem geschichtlichen Hintergrund entstehen. Das Wesen der Frau, »ihre Essenz«, so das Fazit, gibt es so wenig wie das Wesen des Mannes. Das ist die Botschaft des »Anderen Geschlechtes«, im Jahr 1949 von Simone de Beauvoir publiziert, die sich damit an den eigentlich von Schelling stammenden Gedanken ihres Lebenspartners und Lehrers Sartre, »Die Existenz geht der Essenz (dem Wesen) voraus«, anlehnt – der aber, völlig legitim, zugute gehalten werden kann, dass sie damit das Frauenrecht einfordert und keine naturwissenschaftliche Aussage tätigen wollte. Denn eine solche wäre unbewiesen.

Wenn die Idee einer weiblichen Identität tatsächlich lediglich paternalistischen Ursprungs wäre und die Geschlechterrollen nur formatiert würden – von sublimen Herrschaftssystemen –, dann steht auch hinter dieser Hypothese das – ebenfalls berechtigte – Anliegen, die Position der Frau neu zu definieren und ihr zur Selbstbestimmung zu verhelfen. Aber auch diese Theorie, selbst wenn sie nur als Vehikel eines lobenswertes Plans dient, ist naturwissenschaftlich schwer zu halten.

Dabei beginnen bereits im Hintergrund jene Misstöne zu klingen, die mitunter Abgrenzungs- und Kompetenzdiskussionen zwischen Geistes- und Naturwissenschaft begleiten: Woher nimmt Letztere das Recht, Noten zu verteilen und zwischen richtig und falsch urteilen zu wollen? Die Antwort der Naturwissenschaft auf diese berechtigte und mit einem Hauch von Vorwurf gestellte Frage lautet folgendermaßen: Sie erkennt Gesetzmäßigkeiten – ob sie endgültig sind oder nicht, kann sie nicht sagen –, die ihr aber eines erlauben: Voraussagen von Ereignissen, die dann auch tatsächlich eintreten. Dies als Biologismus abtun zu wollen, wäre unfair.

Das ist auch die Legitimation des Naturwissenschaftlers, der sich weder die Geisteswissenschaft noch die Philosophie, noch der Feminismus entziehen können. Und das ist auch ein Ausblick für die Philosophen: Ihre Deutungen werden – natürlich nur dort, wo es möglich wird – auf den Prüfstein einer zu Prognosen fähigen Wissenschaftlichkeit gelegt.

Die Geschlechterrollen sind tatsächlich formatiert worden, aber nicht von Herrschaftssystemen, sondern von der Evolution, hinter der die Autorität Hunderter Millionen Jahre steht. Bei dieser Formatierung hatte Mutter Natur nur eines im Auge: die Erhaltung der Art sicherzustellen. Und deswegen erfand sie die Zweigeschlechtlichkeit. Diese ermöglicht ein rascheres Durchmischen der Gene und eine bessere Adaption an die Umwelt – um des Überlebens willen, und nicht, weil die Männerwelt ein schwaches Geschlecht zu formatieren plante. Für dieses geniale Überlebenskonzept wurden die Rollen unterschiedlich verteilt, nämlich mit besonderen Privilegien für die Frau, denn ihre Bedeutung für die Erhaltung der Art ist schlichtweg größer. Dies auch ist der Grund, weshalb sie durchschnittlich betrachtet länger lebt als der Mann.

Die biologische Gesetzmäßigkeit unserer Körper ruht – soweit derzeit begriffen – auf zwei Säulen: den Genen und ihrer elektrischen Ladung. Der körperliche Unterschied zwischen Mann und Frau ist in die Gene gelegt. Das weibliche Geschlecht besitzt ein Stück Chromosom mehr als der Mann, ein emotionsloses Zeichen, dass es Unterschiede gibt, die nicht durch einfaches paternalistisches Formatieren entstehen. Die elektrische Ladung unserer Gene, der epigenetische Code, hingegen ist formbar. Er gestattet die schnelle Adaption an die Umwelt und moduliert in feinen Nuancen, was die »Hardware« der Gene vorgibt. »Der Mensch vernetzt seine Neuronen anlässlich seiner Erfahrungen« – diese These ist an dieser Stelle einzuordnen. Hier können das kollektive Bewusstsein, medizinische Interventionen, Gewohnheiten und möglicherweise sogar Ideologien eingreifen.

Ob sich diese epigenetischen Veränderungen durchsetzen können, entscheidet Mutter Natur in einem einfachen Screening-Verfahren: Nützt es der Erhaltung der Art, so hat es Zukunft, stört es sie, stirbt es von selbst aus. So war es zumindest, als ein scheinbarer Zufall der Evolution die Hand führte. Diesen Determinismus hat die Evolution vorgegeben.

Das jüngste Zeitalter der Menschheitsgeschichte ist durch jene fast bedrohliche, ungeheure Ingenieurbegabung des Menschen geprägt, der nicht nur die Schwerkraft überwindet und die Kenntnis der Elektronik für permanente Kommunikation verwendet, um nur zwei Beispiele zu nennen, sondern der auch in jene Gesetze eingreift, die sich bis jetzt ausschließlich Mutter Natur vorbehalten hatte, um die Fortpflanzung zu überwachen und zu steuern.

Fast eine Milliarde Jahre hat die Evolution in die Entwicklung der Arten investiert. Vor rund 40 Millionen Jahren starben die Saurier aus und die Säuger drängten erfolgreich in diese nun aufgetane biologische Nische – und vermehrten sich nach den Erfolgsrezepten von Mutter Natur, die noch heute gelten und das weibliche Geschlecht privilegierten, weil ihr Anteil an der Fortpflanzung größer ist als jener des Mannes. Daraus erklären und legitimieren sich auch die Unterschiede zwischen Mann und Frau, die der Reproduktionsmediziner aus seiner Sicht erklärt.

In unbarmherziger, aber höchst erfolgreicher Weise entwickelten sich die Arten nach oben und das derzeitige Endprodukt, der Mensch, verdankt seine Begabung und seine Existenz der unfassbaren Brutalität, mit der die Natur eine ebenfalls mathematisch nicht mehr fassbare Zahl von Individuen dem Fraß und dem Verderben preisgab – gemäß dem evolutionären Auftrag »survival of the fittest«, nach dem auch die Fortpflanzung funktionierte. In diese Ordnung beginnt erstmals nach einer Million Jahre eine Gattung einzugreifen – nämlich der Mensch: Er fängt an, die Zufälligkeiten der Empfängnis zu ordnen und zu reglementieren, simuliert die Eierstockfunktionen, um körperliches Wohlbefinden zu prolongieren, und macht Fortpflanzung länger möglich, als die Natur dies im Einzelfall vorgesehen hatte. Damit humanisiert die Fortpflanzungsmedizin Mutter Natur – allerdings um den Preis der Unsicherheit willen, wie die Langzeitwirkungen ausfallen. Möglicherweise relativiert die Reproduktionsmedizin ein globales Problem – das der Überalterung. Um diesem »Ergrauen der Welt« ökonomisch entgegenzutreten, überlegen Politik und Gesellschaft immer wieder aufs Neue, das Rentenalter zu erhöhen. Bleiben die

Menschen beim Älterwerden vigilant und gesund, wäre die Erhöhung des Reproduktionsalters ein Heilmittel gegen jene biologischen Probleme, die sich aus dieser epidemiologischen Veränderung der Welt ergeben.

Aber zurück in die Gegenwart

Dass Frauen sich in fortgeschrittenem Alter unsicher fühlen wie Teenager, liegt auch an dem enormen Einfluss der Medien. Selbst bei einer gehörigen Portion Selbstbewusstsein können Frauen auf Grund der Vielzahl von Artikeln rund um das Thema Liebe, Leidenschaft und Sex auf das dünne Eis der Unsicherheit geraten, fühlt sich Frau wegen der Berichterstattung doch fast genötigt, die perfekte Liebhaberin zu sein – falls sie ihren Freund nicht an eine andere verlieren will. Keine einzige Ausgabe eines Frauenmagazins kommt ohne Tipps und Tricks, ja ganze Regelwerke für die perfekte Verführerin aus. Die Agenda ist immer die gleiche: das Sexualleben zu optimieren, als seien zwei Menschen eine Maschine, die am Ende ein qualitativ einwandfreies Produkt erstellen – nämlich hervorragenden Verkehr. Dass dies den Druck auf die eigenen sexuellen Leistungen erhöht, versteht sich von selbst. Denn ebenso wie sich Männer vor dem Versagen jeglicher Art fürchten, tun dies Frauen. Kein Wunder, dass sich immer mehr von ihnen komplett vom Coitus verabschieden – dazu später ein Beispiel aus Asien – oder aber sich auf der Suche nach einem schnellstmöglich angeeigneten Erfahrungsschatz an vielen Partnern ausprobieren.

Warum die weibliche Liebe nachhaltig ist

Man kann es messen und wiegen: Der weibliche Körper kann Wunderdinge vollbringen, die der männliche nicht annähernd zustande zu bringen vermag. Unter der Lupe erweist sich der viel beschworene »kleine Unterschied« zwischen Mann und Frau nämlich als ein ganz großer: Bedenken Sie nur einmal, dass der Körper einer Frau mit Hilfe eines nur ihm eigenen Organs über 263 Tage hinweg einen heranwachsenden Menschen nährt, das Wachstum des Lebewesens kontrolliert, es vor Erschütterung und Infektionen schützt und genau »weiß», wann dieses Lebewesen seine bergende Umhüllung verlassen muss.

Hinter diesen bis ins Feinste abgestimmten Vorgängen steht ein hormonelles »Computerprogramm«, ein biologisch ausgeklügeltes System, das permanent die notwendigen Energieressourcen überwacht und ausbalanciert. Immerhin benötigt die Frau für Schwangerschaft und Stillzeit zusätzlich 140.000 Kilokalorien, die sich nach der Geburt in Muttermilch wandeln.

Dieses geniale System, das letztlich das Überleben von Säugetieren gewährleistet, fehlt dem Körper des Mannes. Die männliche Hormonproduktion ist auch dementsprechend einfach: Wie aus einem Gartenschlauch das Wasser rinnt, so sickert Testosteron mehr oder weniger gleichmäßig aus den Kanälen des Hodens. Demgegenüber hat die Evolution den Keimdrüsen der Frau nicht bloß eine, sondern gleich drei Hormongruppen zur Verfügung gestellt, die ununterbrochen oszillieren, ihre Konzentration ändern, um damit Eisprung, Befruchtung, Schwangerschaft und Wehen zu steuern. Ihre biologischen Systeme gleichen einer hochwertigen Schweizer Markenuhr, während dasjenige der Männer dem einer Swatch entspricht.

Die Frau investiert weit mehr Energie, Zeit und Kraft in die Erhaltung der Art, weil es bisher schlichtweg üblich ist, dass sie einen Großteil der Betreuung des Kindes übernimmt, selbst wenn inzwischen immer mehr Väter in Elternzeit gehen. Dementsprechend denkt die Frau nachhaltiger, wenn es um Sex, und damit um Fortpflanzung geht.

Beim Mann erweckt Sexualität mitunter den Eindruck des Schnellen, Prompten, und damit auch des Barbarischen. Der weibliche Körper hingegen wehrt sich gegen den Druck des raschen Vollzugs, des Unmittelbaren und der eilends und möglichst mühelos herbeigeführten Bedürfnisbefriedigung; die Frau sträubt sich in ihrem Inneren, von Männern als »hormonelles Ventil« missbraucht zu werden. Gegen eine derartige Degradierung zum Objekt wehrt sich nicht nur der weibliche Verstand, sondern die Frau als Ganzes – ihr Herz, ihre Knochen und ihr gesamtes Immunsystem. Die Totalität des weiblichen Körpers ist von Nachhaltigkeit geprägt.

Die Frage, warum Männer Frauen oft nur als Sexualobjekt zur schnellen Bedürfnisbefriedigung ansehen, wäre einer eigenen wissenschaftlichen Abhandlung wert. An dieser Stelle kann lediglich eine Reihe von Gedanken angeführt werden, die sich in bekannten soziologischen und biologischen Werken nachschlagen lassen.

Dass Frauen der notwendigen Arterhaltung dienen, ist unwidersprochen. Dass sie bewusst oder unbewusst »den besten Mann« für ihren Nachwuchs auswählen, gewährleistet eine optimale Fortpflanzung der Spezies Mensch. Ob das vice versa auch auf Männer zutrifft, sei dahingestellt. Eine schnelle sexuelle Befriedigung erfordert nicht notwendigerweise eine Sexualpartnerin, deren körperliche und geistige Konstitution im Fall einer Schwangerschaft die beste biologische Auswahl einschließt. Das heißt allerdings nicht, dass Männer nicht auch einem bestimmten Beuteschema folgen, allerdings genügt das sehr wahrscheinlich eher physisch-ästhetischen Ansprüchen als dem der Arterhaltung. Mit einer kurvenreichen Blondine oder einer sogenannten Vorzeige-Frau kann ein Mann bei seinen Geschlechtsgenossen eher punkten als mit einer gebärfreudigen Venus von Willendorf.

Hinzu kommen soziale, politische und gesellschaftliche Implikationen, deren Ursprung in der Sozialisation und Enkulturation, also dem Hineinwachsen in eine besondere Kultur, einer Frau und eines Mannes zu suchen sind. Vor allem die Einflüsse von Elternhaus und Schule sowie die der unmittelbaren sozialen Umgebung – man denke beispielsweise an die »peer groups« – spielen hier ganz entscheidend mit.

Doch der perfekte Geschlechtsverkehr aus der Kombination Lieben und Arterhaltung ist nur eines der Probleme, mit denen sich die moderne Frau herumschlagen muss. In den USA hat die mit der Sexualität einhergehende Vorstellung vom perfekten Äußeren bereits zu einer Werbekampagne geführt, die Frauen die Angst vor dem Altern nehmen möchte. Die Cigna Intellectual Property, ein Unternehmen, das sich im Gesundheits- und Finanzsektor betätigt, betont in seiner Kampagne die Vorzüge des nach den gängigen Schönheitsidealen wenig Wohlgeratenen: »Seit wann sind wir so gegen Falten? Falten haben das nicht verdient ... Die Linien stehen für ein intensiv gelebtes Leben« (im Original: When did we become so anti-wrinkles? Wrinkles don't deserve that. The lines speak of a life well lived.). Hier wird die Erfahrung als Niederschlag in körperlich Äußerem akzeptiert.

Ob sich die Firma von der US-Amerikanerin Jennifer Tress inspiriert fühlte? Tress, die für die Regierung ihres Landes arbeitet, baute vor wenigen Jahren die Internetseite yourenotprettyenough.com auf, weil ihr Ehemann sie in einem Streit mit genau diesem Vorwurf konfrontiert hatte. Sein »Du bist nicht hübsch genug!« – »You're not pretty enough!« – verletzte Tress zwar nach eigenen Angaben tief, verlieh ihr aber offensichtlich auch Flügel, die Plattform zu gründen. Sie soll Frauen helfen, die unter ähnlichen Demütigungen und damit verbundenen Selbstzweifeln leiden. Tress hatte herausgefunden, dass etliche Frauen über Google auf ihre Seite stießen. Sie hatten in der Suchmaschine die Frage »Bin ich hübsch genug?« eingegeben.

Ist es also noch überraschend, dass sich immer mehr Frauen, ganz gleich welchen Alters, auf der Suche nach Bestätigung in die Arme eines Mannes flüchten?

Früher war alles besser. Aber gilt das etwa auch für das ... Sexualleben?

Anja Francesca Richter

Unser Sexleben ist zum Pizza-Taxi des 21. Jahrhunderts geworden. Haben sich vorangegangene Generationen die Mühe gemacht, einen Tisch in einem Restaurant zu bestellen, sich mit Lockenwicklern und Duftwasser herauszuputzen und im Kleid oder Anzug beim Abendessen zu erscheinen, bevorzugen jüngere Generationen den Sex, der heiß nach Hause kommt. Und wenn es bei dem (zeitweiligen) Partner mal nicht geschmeckt hat, was soll's? Sex zu haben ist einfach – das Ausfindigmachen eines Kandidaten, der den eigenen Ansprüchen gerecht wird, erscheint dabei noch als die größte Hürde. Alle weiteren Schritte sind einfach: ansprechen, ein wenig flirten, hier und da ein paar auffällig-unauffällige Berührungen, schon kommt es zum ersten Kuss. Den Rest des Abends in Kontakt bleiben, später ein Taxi teilen und bei ihm oder ihr in der Wohnung landen. Im Vergleich zu einer Beziehung ist das Miteinander-ins-Bett-Gehen ein Kinderspiel. Am nächsten Morgen aufwachen und das Weite suchen, sich vielleicht hin und wieder treffen, mehr ist es nicht.

Aber wer ist eigentlich »Schuld« daran, dass wir heute so freizügig leben wie nie zuvor und selbst mit unseren Freunden nach Lust und Laune in die Kiste gehen? Oder sollten wir uns nicht sogar bedanken? Denn während frühere Generationen sich mit der Frage herumplagten, ob ihr Geliebter aus dem Krieg zurückkehrt und sie ihr Liebesleben relativ geordnet oder im Heimlichen ausführen würden, könnte heute eine Freiheitsstatue allein für die Eroberung des lockeren Liebeslebens errichtet werden – wenn auch nicht in jedem Land. Dr. Ruth Westheimer, eine der immer noch bekanntesten Sex-Therapeutinnen Amerikas, äußerte einmal gegenüber der deutschen »Vanity Fair«, dass das »Thema (Sex) so präsent ist, dass sich die Leute schon wundern, wenn sie nur einmal die Woche Sex haben. Die Idee von Sex liegt ständig in der Luft«.

Wie konnte es so weit kommen? War es in den 60er und 70er Jahren die Hippie-Bewegung in Kombination mit dem Auftauchen der Pille, sind es heute nicht zuletzt die Medien, die unsere Einstellung zum Geschlechtsverkehr lenken. »Sex and the City« beispielsweise, die TV-Serie um vier Frauen in New York, ist seit Dezember 2004 omnipräsent, sobald ein Gespräch um den Geschlechtsverkehr kreist; und das, obwohl die Serie seit Dezember 2004 nicht mehr regelmäßig im deutschen Fernsehen zu sehen ist. Wohl keine andere TV-Produktion hat die Freizügigkeit des weiblichen Geschlechts so beflügelt wie dieses Format. Plötzlich war es in Ordnung, sich über Oralverkehr auszutauschen oder einen Dildo im Abendtäschen zu tragen, falls einen unerwartet die Lust überkam.

Die US-amerikanische Serie »Girls« setzt das Phänomen fort: Auch hier fristen vier junge Frauen ein Dasein, bei dem es sich wesentlich um die Interaktion mit männlichen Altersgenossen dreht; wenn auch das Berufsleben eine Rolle spielt. Lena Dunham, eine junge Amerikanerin Ende 20, hat das Konzept der Serie erfunden und ist heute Produzentin, Regisseurin und Hauptdarstellerin – und inzwischen zweifache Golden-Globe-Gewinnerin. Ihr Format ist in der Kategorie »Beste TV-Comedy« mit der begehrten Auszeichnung bedacht worden. Dass sie Fans in der ganzen Welt hat, die ihre auf die Leinwand gebrachten Geschichten rund um Liebe, Sex und Zukunftsangst für nachahmenswert erachten, verwundert kaum. Die Serie trifft den Zeitgeist.

Dass junge Frauen in der westlichen Welt heute so frei leben können, verdanken sie zweifellos der sexuellen Revolution der 60er Jahre, die durch die Entwicklung der Antibaby-Pille erst so richtig in Schwung kam. Bis zu dem Zeitpunkt, als die Pille auf dem pharmazeutischen Markt auftauchte, war jegliches Sexualleben mit dem Risiko behaftet, schwanger zu werden. Hinzu kamen – und kommen nach wie vor – die moralischen Bedenken, denen sich insbesondere die katholische Kirche verschreibt. Endlose Diskussionen um die Frage, ob die Pille nicht eigentlich Vernichtung lebenswerten Lebens sei, beschäftigten die Öffentlichkeit, und sie machten Gläubigen auch der evangelischen Kirchen das Leben schwer. Freigeister, die der Pille eher vertrauten als den moralischen Anfeindungen ihrer Priester, fanden zu einem für sie freieren Sexualleben, wenn auch mitunter mit schlechtem Gewissen. Dennoch: Die Hippie-Weisheit »Make love, not war!« avancierte zu einem gesellschaftsverändernden Slogan, der letztendlich, vielleicht mitentscheidend, sogar dem verachteten Vietnam-Krieg der USA ein Ende bereitete.

Dennoch gab es bereits um die 1920er Jahre eine erste »sexuelle Revolution«, die den »Roaring Twenties« ihren Stempel aufdrückte. Belege dafür lassen sich in der Literatur, zum Beispiel bei Arthur Schnitzler, und in der Kunst, in den Bildern der Expressionisten, beispielsweise bei Otto Dix, nachweisen. Auch das freie Leben der Künstler der »Brücke«-Gruppe im Deutschland der Zeit vor und nach dem Ersten Weltkrieg gehört hierher, ganz zu schweigen von den sexuell sehr freizügigen Vorstellungen der Surrealisten um André Breton, Max Ernst und Salvador Dalí. Erst die Nazi-Zeit bereitete diesen Ausschweifungen zunächst ein Ende. Sexualität – vor allem in der Ehe – diente fortan ausschließlich dem Zweck, »dem Führer« möglichst viele Soldaten zu schenken. Weibliche Fertilität wurde mit einem entsprechenden Orden, dem Mutterkreuz, in aller Öffentlichkeit belohnt. Muttersein und damit das Gebären vieler treuer Erfüller des faschistischen Gedankenguts wurde zum Synonym einer menschenverachtenden Blut- und Boden-Ideologie, denn der nationalsozialistische Nachwuchs sollte die neue »Herren-Rasse« stellen, um die Völker der Welt, insbesondere die Osteuropas, zu versklaven. Daran änderte auch nichts, dass die offizielle Lesart eines moralisch einwandfreien Lebens dem persönlichen Lebenswandel der Nazi-Vordenker deutlich entgegenstand. Man predigte Wasser und soff Wein, und dies in rauen Mengen.

Einmal zwanglosen Sex, bitte!

Anja Francesca Richter

Und was steckt heute hinter dem Wunsch nach zwanglosem Sex? Ist es wirklich der Drang, seine Unabhängigkeit zu leben, oder nicht am Ende eher die Angst, sich in einer festen Beziehung dem anderen öffnen zu müssen? Denn das bedeutet auch, sich und seine Fehler zu offenbaren, die sich nun mal irgendwann auch mit dem besten Willen nicht mehr verstecken lassen. Sich nicht binden zu müssen, erweist sich oft auch als eine Flucht. Die Flucht vor Verantwortung, vor der Last, nicht nur für die eigene Gefühlswelt, sondern auch für die des oder der Geliebten verantwortlich zu sein. In einer Partnerschaft leben, das heißt Hingabe, Rücksichtnahme, Aufopferung, es bedeutet, sein altes Leben aufzugeben, zumindest zu einem gewissen Teil. Es bedeutet auch, sich nach einer Eheschließung im besten Fall 50 oder mehr Jahre monogam an ein und denselben Partner zu binden, was eine enorme emotionale Herausforderung darstellen kann – falls es überhaupt gelingt.

Das Problem ist nur: Was ist, wenn über der Ausgelassenheit sexueller Freiheit und Beliebigkeit die Fähigkeit verloren geht, eine beständige Beziehung einzugehen? Je mehr sich junge Menschen auf das Abenteuer unverbindlichen Vergnügens einlassen, desto geringer ist die Chance, am Ende auch mit einem der Partner glücklich zu werden – und zwar monogam. Denn wieso festlegen, wenn es doch bisher auch kein Problem gewesen ist, sich Donnerstagabend zwischen Fitnessstudio und Fußballabend für eine Stunde Spaß zu verabreden? Es sieht ganz so aus, als hätte die dauerhafte romantische Beziehung, die jahrzehntelang hält, heute die gleichen Probleme wie die Kirche: Ihr gehen die Anhänger verloren.

Sex in Religion und Ideologie

Anja Francesca Richter

Dennoch hat sich die Tradition, jungfräulich in die Ehe zu gehen, in etlichen religiösen Gruppen und Glaubensgemeinschaften bis heute als ein hohes ethisches Gut gehalten – auch wenn ein Großteil der Menschheit sie in den westlichen Wohlstandsgesellschaften nicht mehr als Vorschrift wahrnimmt. Die österreichische Regisseurin Mirjam von Arx dokumentierte das Leben einer US-amerikanischen Familie, die strenggläubig evangelikalisch ist, zwei Jahre lang mit der Kamera. Entstanden ist der Film »Virgin Tales«, der die Familie Wilson, wohnhaft im US-Bundesstaat Colorado, in ihrem Alltag begleitet. Und der sieht etwas anders aus als in der typischen Durchschnittsfamilie westlicher Prägung: Die neun Mitglieder der Familie vertreten nämlich die Überzeugung, dass Sex vor der Ehe in keinem Fall zu akzeptieren sei. Die Töchter gehen – freiwillig – sogar so weit, dass sie ihren Ehemann erst am Altar küssen. Zum ersten Mal überhaupt.

Vater Randy Wilson gründete den »Purity Ball«, eine Tanzveranstaltung, bei der Töchter ihren Vätern ihre Jungfräulichkeit bis zur Ehe schwören und Väter ihren Töchtern versprechen, sie bis zu diesem Zeitpunkt zu beschützen. Männer dürfen sich die jungen Frauen bis dahin nicht suchen – das müssen die zukünftigen Ehemänner übernehmen. Dies erscheint im aktuellen Zeitalter allenfalls noch mit dem Märchen von Rapunzel vergleichbar, die in ihrem Turm auf den Mann ihrer Träume wartet.

Was aber, wenn kein rettender Edelmann vorbeikommt, und das nie und nimmer? In diesem Fall verschreiben sich die Frauen der Glaubensgemeinschaft Gott – und zwar ein Leben lang. Für Männer gilt im Übrigen das Gleiche – auch sie leben keusch, bis sie den Bund der Ehe schließen. Insofern kann in diesem Fall von einer moralisch gleichberechtigten Gesellschaft die Rede sein, was das sexuelle beziehungsweise moralische Verhalten von Frauen und Männern angeht. Fast 25 Prozent der US-amerikanischen Bevölkerung gehört dieser evangelikalischen Glaubensrichtung an.

Ein Bericht über den Film »Virgin Tales« erschien im Juli 2013 in der Online-Ausgabe der englischen Zeitung »Daily Mail«. In den Kommentaren zu dem Artikel äußerten mehrere hundert Leser ihre Bedenken bezüglich dieser Handhabung des Sexuallebens. »Auf welchem Planeten findet das genau statt?«, schrieb eine Leserin – und das Gros der Kommentare ging in die gleiche Richtung. Es erscheint den Lesern dieses Artikels offenbar weltfremd, sich in der heutigen Zeit nur einem Sexualpartner hingeben zu wollen.

Doch so extrem die Entscheidung auf den ersten Blick auch erscheinen mag: Lohnt es, sie zu überdenken? Ist das Warten auf den Richtigen nicht am Ende vielleicht die bessere Variante angesichts der Schnelllebigkeit, die unser Sexualleben heute begleitet?

»Wir sind ganz einfach zu wertvoll, um uns jungen Männern hinzugeben, die uns nicht mit größtem Respekt, Ehre und Wertschätzung begegnen«, begründet eine der (inzwischen verheirateten) Wilson-Töchter ihren Entschluss, jungfräulich in die Ehe zu gehen. Geht der Wert eines Menschen also auch mit seiner sexuellen Enthaltsamkeit einher?

Eine weitere junge Frau, die sich der »Purity«-Bewegung ebenfalls angeschlossen hat, äußert in einer anderen Dokumentation zur Wichtigkeit der Jungfräulichkeit: »Es gibt so viele Mädchen in der Schule, die alle vier Wochen einen anderen Freund haben. Dann machen sie Schluss – und finden schnell wieder einen neuen. Das scheint für mich alles mit großen Schmerzen verbunden zu sein. Dieses Gefühl möchte ich mir ersparen.«

Kevin Moore, ein High-School-Berater, der Randy Wilson bei seiner Arbeit für den »Purity Ball« zur Seite steht und zwei Töchter großzieht, sieht dies ebenso: »Heute geht es nur noch um Sex, Partys und Alkohol. Aber das kann doch nicht das sein, wofür Gott meine Mädchen hierher auf die Erde geholt hat.«

Aber ist das Sich-Aufsparen für den Ehemann tatsächlich ein so hohes ethisch-moralisches Gut, das es zu hüten gilt? Diese Frage muss jede Frau für sich selbst beantworten. Weshalb das weibliche Geschlecht aber tendenziell geschlossen zu Monogamie neigt, weiß die Wissenschaft zu erklären.

Wieso Frauen monogam denken

Häufiger als beim Mann wird im weiblichen Körper ein Kleinhormon freigesetzt, das momentan mediale Hochkonjunktur hat: Oxytocin, ein Bindungshormon, das sogar bei Wirtschaftsmanagern, und nicht nur bei weiblichen, mitentscheidet, ob sie ihrem Geschäftspartner wenig oder mehr Vertrauen entgegenbringen.

Oxytocin entsteht in der Hirnanhangsdrüse, die zwischen den Augen sitzt. Es ist eine uralte Verbindung, die lediglich aus acht hintereinander aufgefädelten Aminosäuren besteht. Das Oxytocin hat eine direkte Einwirkung auf die »Neurogenese«, das heißt auf das Aufsprossen von Nerven und deren Verbindung untereinander. Deshalb verwendet die Evolution diese alte Substanz, um Assoziationsbrücken im Gehirn herzustellen – zwischen Lebewesen, denen ein Mensch begegnet. Beim Stillen, aber auch bei der Geburt schüttet die Hirnanhangsdrüse der Mutter hohe Oxytocin-Mengen aus und konditioniert sich damit selbst, indem sie die Liebe zum neugeborenen Kind auf biochemisch-amtliche Fundamente stellt. Neuen Theorien zufolge übermittelt die Mutter ihrem Kind das Oxytocin sogar während des Stillens. Damit weckt sie beim Nachwuchs eine Emotion, die für sein ganzes Leben entscheidend ist: das Gefühl für Vertrauen.

Oxytocin ist ein wirkungsmächtiges Hormon, das auch in anderen Grenzsituationen freigesetzt wird, in denen es ebenfalls um Bindungen geht – nämlich beim Orgasmus. Dabei schüttet sowohl die männliche wie auch die weibliche Hirnanhangsdrüse Oxytocin aus, das im eigenen Körper – möglicherweise aber auch durch den Kuss über den Speichel ausgetauscht – das Vertrauen des Partners biologisch begründet.

Auch dies dient wiederum der Erhaltung der Art. Denn je hilfsbedürftiger Neugeborene sind, umso mehr profitieren sie von einer Paarbeziehung der Eltern, weil dadurch die Sicherheit für das Kind größer wird.

Besonders gut ist dies bei der Präriemaus erforscht, die in Gegenden wohnt, wo die Nächte kalt und die Gefahr des Erfrierens groß ist. Erwachsene Präriemäuse besitzen eine besonders hohe Anzahl von Oxytocin-Rezeptoren und leben deswegen mehr oder weniger monogam, nicht aus ethischen Gründen, sondern um den neugeborenen Jungen bessere Überlebenschancen zu bieten. Wird allerdings das Gen derartig verändert, dass das kleine Hormon nicht mehr Vertrauen schaffen kann, so werden die monogamen Präriemäuse polygam, die Überlebensrate der Jungen sinkt.

Beim Menschen ist dies zwar nicht ganz gleich, aber doch ähnlich: Auf Grund des aufrechten Ganges ist die Tragzeit des Menschen begrenzt. Kinder des Homo sapiens müssen als Frühgeburt zur Welt kommen, denn würden sie länger in der Gebärmutter heranreifen, könnten sie den Austritt durch den Geburtskanal nicht mehr schaffen. In der jetzigen Konstruktion erlaubt dieser nämlich keine großen Änderungen mehr, da ansonsten die Balance des aufrechten Ganges auf zwei Beinen gestört wäre. Deswegen kommt der Homo sapiens mit einer besonderen Hilfsbedürftigkeit zur Welt, der die Zuwendung der Eltern über weitere Jahre notwendig macht. Und das ist auch der Grund, warum Frauen lieber monogam leben als Männer.

Noch einmal sei hier angemerkt: Die Biologie beinhaltet eine inopportune Botschaft, nämlich die, dass Sexualität von der Evolution primär für die Erhaltung der Art entwickelt wurde. Wenn sie heute der Homo sapiens novus ausschließlich zur persönlichen Gefühlsbereicherung verwendet und partiell von der Reproduktion abkoppelt, dann muss jedenfalls festgehalten werden: Vom Partner abkoppeln lässt sich Sexualität schwer, denn im Gehirn derer, die sich sexuell begegnen, werden Vertrauensprogramme intensiviert, die Verbindungen schaffen und damit auch ein gewisses Maß an Verantwortung für den Partner bedingen. Damit bleibt Sexualität nicht nur koitale Akrobatik, sondern sie wird zu einer besonders intensiven Kommunikation zwischen Menschen, die auf Grund biologischer Programme auf Nachhaltigkeit ausgelegt ist.

Wenn sich demnach Menschen finden, die beschließen, Kinder haben zu wollen, so folgen sie damit nicht irgendwelchen Modeerscheinungen oder Werbeslogans der Reproduktionsmedizin, sondern sie erfüllen ein Programm, das die Natur seit Millionen von Jahren vorbereitet hat.

Lässt sich im Sog der nach wie vor boomenden »grünen Bio-Welle« nicht immer wieder die Botschaft vernehmen, die Gesellschaft möge sich auf das beschränken, was Natur und Entwicklung der Arten von selbst vorgegeben hat? Die Karten der Evolution würden sonst zu weit auseinander geworfen. Jedes Ressentiment gegen genveränderte Obstsorten rührt letztendlich von dem emotionalen Argument her, dass dadurch zu sehr in der Natur eingegriffen würde. Genau dieses Argument müsste dann eigentlich auch gelten, wenn der Kinderwunsch, vor allem von weiblichen Geschlechtsgenossinnen, in Frage gestellt wird. Denn Mutter Natur hat die Evolution, um die Fortpflanzung möglich zu machen, unzählige Male so modifiziert, dass Schwangerschaft, Geburt und Aufzucht des Kindes – und natürlich auch der Kinderwunsch – biologisch möglich geworden sind. Daher folgt eine Frau, wenn sie sich nach einem Kind sehnt, nur solchen uralten Programmen, die natürlich nicht dem Zeitgeist entspringen, sondern hinter denen die Autorität von Jahrmillionen liegt, die Autorität der Evolution.

Und deswegen soll man Frauen auch jene Hilfestellungen angedeihen lassen, die ihnen die Medizin zur Verfügung stellt, wobei man natürlich mit Augenmaß vorgehen und das oberste Prinzip ärztlicher Tätigkeit einhalten muss, nämlich »nil nocere«, was soviel bedeutet wie »nicht schaden«.

Warum Frauen monogam denken, hat die Wissenschaft also herausgefunden. Doch auch in der Natur bestätigen Ausnahmen die Regel.

Die emanzipierte Frau nämlich vertritt einen ganz anderen Standpunkt. Für sie manifestiert sich in dem unversehrten Hymen viel eher der alleinige Besitzanspruch eines Mannes auf seine Frau. Diese physische Tatsache garantiere ihm – zumindest für die Hochzeitsnacht –, dass er kein »Kuckuckskind« großziehen muss, anstehende Erbansprüche der Nachkommenschaft ohne juristische Querelen über die Bühne gehen und die Ehefrau den Charakter eines Wertgegenstandes erhält, eines Besitztums, das er mit niemandem teilen muss – und das »rein« in die Ehe geht. Welchen Konkurrenzkampf müsste der Mann – Sigmund Freud lässt grüßen – unter Umständen ausfechten, wenn ein »Feind« das voreheliche oder eheliche Lager teilte? Natürlich gehört ein enormes Maß an Toleranz dazu, sich gegenseitig sexuelle Freiheit einzuräumen, und es bedeutet selbstverständlich auch einen gewissen Verzicht auf einen Teil der emotionalen Zuwendung des Partners. Diese Großzügigkeit aufzubringen gelingt mit Sicherheit nur wenigen Menschen, dafür sind unsere tradierten gesellschaftlichen Vorstellungen zu stark in unserem Bild von der vollkommenen Partnerschaft verankert. Wissenschaftliche Untersuchungen haben zudem nachgewiesen, dass in Dreierbeziehungen mindestens einer auf der Strecke bleibt. Auf lange Sicht funktionieren derartige »Gemeinsamkeiten« also nicht. Der Therapeut Hans Jellouscheck stellt dazu in seinem Buch »Monogamie im Widerspruch« fest: »Ich habe noch nie eine zufriedene Dreierbeziehung gesehen. Einer kommt dabei immer zu kurz – und manchmal auch alle drei.« Und letztlich: Festgeschriebene gesellschaftliche Normen geben dem Leben Sicherheit, der Mensch fühlt sich moralisch orientiert, er weiß, wo es langgeht. Und die gesellschaftliche Norm hat Beziehungen zu dritt nicht im Programm.

Nun mag es Zeitgenossen geben, die sich wundern, warum dem so ist. Viele andere aber beschäftigt die Lösung eines vermeintlich entscheidenderen Rätsels …

Lang ist die Liste der Antworten auf die Frage, was der Sinn des Lebens ist. Sie reicht vom Klassenkampf, von hedonistischer Lebensführung und stoischer Ausgeglichenheit über transzendente Gründe bis hin zur lapidaren Feststellung, keine Antwort darauf zu kennen.

Die Evolution dagegen weiß in dieser Angelegenheit bereits seit Hunderten Millionen von Jahren ganz genau Bescheid: Der Sinn des Lebens auf unserem Planeten ist die Reproduktion, die Sorge um die Erhaltung der Art. »The two most important decisions, that animals make are what to eat and with whom to affiliate.« Naturwissenschaftlich gesehen, spielt dabei, wie bereits erwähnt, das weibliche Geschlecht eine größere Rolle. Zwar sind Männer für die Zeugung genauso wichtig wie Frauen, allerdings leistet nach der Zeugung der weibliche Körper die Arbeit: die embryonale

Entwicklung, die Geburt, das Stillen. Das alles kostet Nervenkraft und Energiereserven, während der Anteil des Mannes an der Entstehung eines neuen Menschen unfreiwillig nur minimal ist.

Dieses Ungleichgewicht lässt sich nicht nivellieren, wiewohl sich Männer zu Worten und Taten melden, wenn sie zum Kern der Reproduktion vordringen wollen. Erreicht nämlich das Testosteron des Hodens über die Blutbahn das männliche Gehirn, löst es dort einen regelrechten Tsunami aus.

Es erscheint auf den ersten Blick garstig, wenn hochgebildete Männer, die letztendlich auch für die Gesellschaft Verantwortung tragen und die schon auf Grund ihrer Medien-Präsenz Vorbilder vieler Zeitgenossen sind, Bordelle besuchen (wogegen selbst Könige nicht gefeit sind), fremde Frauen verführen und vielfachen außerehelichen Geschlechtsverkehr pflegen. Dies alles – ohne es in Schutz nehmen zu wollen – sind Folgen des evolutionären Urinstinktes von Mutter Natur, nämlich Leben weiterzugeben, sich fortzupflanzen, und damit die Art zu sichern. Dies geschieht beim Mann nur mitunter anders als bei der Frau.

In oft sophistischer Weise hat der Homo sapiens Normen und Regeln entwickelt, um diesen endokrinen Imperativ kulturell und psychologisch verträglichen Bahnen zuzuordnen, allerdings nur als Zielgebot, denn wirklich in Schranken weisen lassen sich Testosteron-getriebene Männer nur schwer – vor allem dann nicht, »wenn sie brennen«. Und das hat schon der Apostel Paulus beobachtet.

Wie soll man aber damit umgehen, dass mitunter Männer einer derartigen hormonellen Eruption unterliegen? Dass die Neue Welt in dieser Hinsicht anderer Meinung ist als der alte Kontinent, konnte vor wenigen Monaten am Beispiel des berühmten Franzosen Dominique Strauss-Kahn observiert werden. Dass aber auch dieser Vorfall durch jene archaischen Hirnstrukturen zu erklären ist, die Männer seit Millionen von Jahren in sich tragen und die über Kopulation und Ejakulation die Erhaltung der Art sicherstellen wollen – dieser Aspekt ist wenig berücksichtigt worden, wenngleich es legitim ist, auch in solchen Situationen nach dem »Über-Ich« zu rufen, das den evolutionären Automatismen Einhalt gebietet. Eine Frage bleibt jedoch offen: Gelingt dies in jedem Fall immer? Und ist es nicht der Regelfall, dass die Kräfte der Evolution das kulturelle Korsett durchstoßen? Sowohl die Testosteron-Getriebenheit des Mannes wie das langfristige Denken des weiblichen Herzens dienen der Erhaltung der Art – allerdings in unterschiedlicher Weise – und haben mit der Symbolik von Eizellen und Spermien wenig zu tun. Ebenso wenig sind sie nur »Essenz« im Sinne Sartres, sondern sie sind »Existenz« und als solche beweisbar.

TEIL 2

Die Geheimnisse des weiblichen Körpers

Sex ist von gestern – wenn Sie die Japaner fragen

Anja Francesca Richter

Ein interessantes Phänomen, das weder mit Religion zu tun hat und auch nur indirekt mit der gegenwärtigen internationalen Gesellschaft, zeichnet sich derzeit in Japan ab. In dem asiatischen Land herrscht nämlich »akute Unlust«, wie die Japanische Gesellschaft für Familienplanung bekannt gegeben hat: Sex ist von gestern. Jugendliche, aber auch Erwachsene, wenden sich vom Geschlechtsverkehr ab, als sei er ein modischer Trend, dem es nicht mehr zu folgen gilt, wie auch die US-amerikanische Frauenzeitschrift »Marie Claire« in ihrer Ausgabe von August 2013 berichtet. Selbst Händchenhalten ist für manch junge japanische Frau schon zu viel des Guten. Der Entzug und das Abdanken des Intimlebens geht inzwischen so weit, dass die japanische Gesellschaft einen Namen für das Geschehen gefunden hat: »Celibacy Syndrome«, heißt es, Zölibats-Syndrom, oder auch »No-Sex Sickness«, also die »Kein-Sex-Krankheit«.

Wenn es allerdings eine Krankheit wäre, sich dem Sex zu verweigern, wie diese Bezeichnung nahe legt, dann müssten viele, sogar sehr viele junge Japanerinnen und Japaner gesundheitlich gefährdet sein. Denn bereits rund 45 Prozent der weiblichen Bevölkerung zwischen 16 und 24 Jahren verspürt keinerlei Interesse mehr an Sex. Rund 25 Prozent der gleichaltrigen Männer ergeht es genauso. Aber diese jungen Menschen sind nicht tatsächlich krank. Sie fühlen sich von dem Geschlechtsakt auch nicht abgestoßen oder haben

Angst davor, den Ansprüchen des Partners nicht zu genügen. Dahinter steckt vielmehr eine andere Ursache: die Emanzipation der Frau. Wie kann das sein?

Da es für japanische Frauen extrem schwierig ist, nach einer Schwangerschaft wieder in den Beruf zurückzukehren, bekommen sie vielfach erst gar kein Kind. So schrumpft die japanische Bevölkerung nicht nur, sondern im Jahr 2011 wurden auch erstmals mehr Windeln für Alte als für Neugeborene verkauft. Während japanische Frauen also auf dem Weg in die Führungsetagen von (Groß-)Konzernen sind, verliert der japanische Mann nicht nur seine traditionelle und bis heute fest verankerte Rolle als Herr des Hauses, als Versorger der Familie, sondern auch seine Lust. Im besten Alter, den Geschlechtsverkehr zu entdecken, scheint also die junge Bevölkerung Japans seiner schon überdrüssig zu sein.

Dazu dürfte auch die Pornografie-Branche ihren Teil beitragen. In Japan so freizügig und öffentlich gehandhabt, als sei es nichts anderes als das tägliche Busfahren ins Büro, verschiebt sie das Bild der »normalen« Frau unaufhaltsam hin zu einem Sexobjekt. Die Porno-Industrie erweckt neben der Werbung und anderen Einflüssen beispielsweise aus der Medienwelt nicht nur den Eindruck, dass jede Frau über ein prall gefülltes Dekolleté verfügen sollte, sondern dies auch tatsächlich tut, was natürlich keineswegs der Realität entspricht.

Für viele junge Menschen ist es aber auch ganz einfach zu unbequem, eine Beziehung zu führen. Dies, so ein junger Japaner gegenüber »Marie Claire«, liege daran, dass eine Partnerschaft anstrengend sei und Energie koste, die er für seine Arbeit brauche. »Außerdem möchte ich einer Frau nicht die Hoffnung machen, dass wir irgendwann heiraten«, so der 31-Jährige, denn die Verantwortung, die mit einer festen Bindung einhergehe, wolle er nicht tragen.

Glücklich sind die jungen Japanerinnen und Japaner eigenen Angaben zufolge trotzdem. Sie treffen sich mit Freunden, konzentrieren sich auf ihre Karrieren und geben ihr Geld für Mode, Reisen oder andere Hobbys aus. Dass manche von ihnen vielleicht ein Leben lang Single bleiben, scheint sie derzeit noch nicht zu stören. Auch nicht, dass sie keine Kinder bekommen werden. Die Chance, als Japanerin Nachwuchs zu bekommen, sind inzwischen auf 40 Prozent gesunken.

Und selbst wenn sie einen Partner finden, heißt das noch nicht, dass Japaner ein reges Sexleben führen. Während beispielsweise Frauen, die dem jüdischen Glauben angehören, vor der Hochzeit einen Vertrag unterzeichnen, in dem sie ihrem Partner regelmäßigen Geschlechtsverkehr versprechen, schlafen rund 40 Prozent der japanischen Eheleute nur selten oder gar nicht miteinander, wie die »Japan Times« im Juli 2012 berichtet. Sie mögen Sex, aber interessieren sich nicht sonderlich dafür, sehen keine Notwendigkeit darin – ein Luxusproblem für die Frauen, die sich etlicher künstlicher Befruchtungen oder anderer psychisch und physisch belastender Behandlungen unterziehen, um ein Kind zu bekommen.

Sind wir nicht alle ein bisschen Single?

Anja Francesca Richter

Die jungen Japanerinnen und Japaner sind mit ihrer Haltung nicht allein. Auch hierzulande zieht inzwischen eine wachsende Zahl von Menschen das Singledasein einer festen Bindung vor. In jedem zweiten deutschen Haushalt, fand das Statistische Bundesamt heraus, lebt heute eine alleinstehende Person. Waren es im Jahr 1991 noch 34 Prozent, liegt die Quote 2012 bereits bei 41 Prozent. In Österreich ergibt sich laut Statistischem Zentralamt in Wien ein ganz ähnliches Bild: Von rund 3,68 Millionen Privathaushalten sind an die 1,34 Millionen Einpersonenhaushalte. Und auch beim Thema Familie sehen die Zahlen nicht viel besser aus: Im Jahr 2012 wohnten in 75 Prozent der insgesamt 40,7 Millionen privaten Haushalte in Deutschland gerade einmal zwei Personen. Im Jahr 1991 waren es nur 64 Prozent gewesen. Gleiches Bild in Österreich: Die Zahl der Familien mit Kindern liegt mit 1,4 Millionen nur knapp über derjenigen der Einpersonenhaushalte mit 1,3 Millionen. Womit ist dies zu begründen? Das Zusammenziehen wird von vielen Menschen als einer der größten Schritte überhaupt in einer Beziehung wahrgenommen – wenn auch nicht so gravierend wie das gemeinsame Kinderkriegen. Plötzlich ist die einsachtzig mal zwei Meter große Matratze nicht mehr ganz so geräumig wie vorher, und die Schoko-Sahne-Joghurts verschwinden viel schneller aus dem Kühlschrank als zuvor. Und dann die Schmutzwäsche, so viel, als sei gleich eine ganze Familie eingezogen!

Wer einmal die Zeitungen, Zeitschriften und Online-Magazine oder auch Vorträge zum Single-Phänomen verfolgt, kommt nicht umhin, sich die Frage zu stellen: »Haben wir die Liebe verlernt?« Die Antwort scheint schnell gefunden: Es sieht ganz danach aus. Oder wie lässt sich der Erfolg des Geschäfts mit der Einsamkeit sonst erklären? Angebote für Single-Reisen gibt es wie Sand am Meer, Einzimmerwohnungen zählen zu den mietpreisteuersten Immobilien auf dem Markt und selbst die gute alte Erbsensuppe bietet ein großer Hersteller nun als Ein-Teller-Büchse an. Na dann, guten Appetit!

Doch woran liegt es, dass inzwischen 12,1 Millionen Menschen in Westdeutschland, 3,7 Millionen Menschen in Ostdeutschland und 1,3 Millionen Menschen in Österreich alleine leben? (In die Statistik fließen auch verwitwete Menschen ein.) Haben wir wirklich keine Ahnung mehr von der Liebe, und das gerade in einer Zeit, in der wir Master-Abschlüsse machen, fünf Sprachen lernen und die Steuererklärung selbst übernehmen?

Vielleicht ist es so, dass der Mensch heute einfach viel zu sehr mit seinem beruflichen Fortkommen beschäftigt und der Freiraum für ein Privatleben dadurch zu sehr eingeschränkt ist. Wer bis sieben Uhr am Abend am Schreibtisch sitzt, empfindet danach verständlicherweise kein allzu großes Verlangen mehr nach Geselligkeit, geschweige denn danach, sich auf die Suche nach der Frau oder den Mann fürs Leben zu machen. Natürlich: Auch in der Vergangenheit arbeiteten die Menschen manchmal 16 Stunden am Tag, aber nach getaner Arbeit gab es dann auch keinen Computer und keinen Fernseher, die in unserer Gesellschaft die individuelle und gleichzeitig massenübergreifende Unterhaltung übernommen haben. Vielmehr trafen sich die Menschen, um zusammenzusitzen, sich zu unterhalten und den Tag Revue passieren zu lassen.

Selbstverständlich tragen weder die Karriere noch die modernen Medien allein die Schuld an der immer weiter zurückgehenden Zahl von Beziehungen, schließlich hat am Ende des Tages jede Person selbst die Handlungshoheit, die Fernbedienung in die Hand zu nehmen oder einen Abend für Freunde zu organisieren, die dann auch gerne noch den ein oder anderen ledigen Bekannten mitbringen mögen. Doch dabei kommt nicht selten ein zweiter Faktor ins Spiel: So sehr wir uns auch nach Liebe sehnen mögen, so wählerisch bleiben wir. Gut ist nicht mehr gut genug. Sich festzulegen, und der Punkt ist bereits kurz angesprochen worden, verlangt eine Entscheidungsfreudigkeit, die angesichts einer schier endlosen Auswahl von Kandidaten so unmöglich erscheint wie das Bezwingen des Computers, der beim virtuellen Schachspiel die Konkurrenz darstellt. Das Problem bei der Suche nach dem Partner fürs Leben ist oft nicht, dass sich kein Partner finden ließe, sondern die eigenen überzogenen Ansprüche an eine Partnerschaft. »Singles wollen Singles sein«, meint Michael Mary, Paartherapeut und Autor aus Hamburg. In einem Interview mit dem Online-Dating-Portal »ElitePartner« äußerte er seine Bedenken gegenüber der schier endlosen Suche nach dem oder der Richtigen. Ob jemand der passende Partner gewesen sei, »erkennen Sie, wenn Sie 94 Jahre alt sind und die Beziehung immer noch nicht bereuen. Wenn Sie so lange nicht warten wollen, vergessen Sie die Idee vom richtigen Partner und sehen Sie ein, dass das Leben keine Liebesversicherung liefert«, rät er.

Ist es möglich, sich in der Hoffnung und Sehnsucht nach dem perfekten Partner zu verlieren? Und das Warten auf das große Glück als angenehmer oder wenigstens als sicherer zu empfinden als die tatsächliche Suche? Immerhin ist es wesentlich bequemer, sich auf der Couch zurückzulehnen und dem Schicksal die nötige Arbeit zu überlassen, als selbst die Initiative zu ergreifen.

Selbstverwirklichung ist das A und O der Weiblichkeit

Anja Francesca Richter

Für viele Frauen ist es inzwischen von enormer Bedeutung, sich vor dem Eingehen einer Ehe selbst zu verwirklichen. Dabei ist nirgendwo definiert, was der Begriff »Selbstverwirklichung« überhaupt bedeutet. Zunächst einmal bleibt festzuhalten, dass jedes Individuum in seinem biologischen, physischen und psychischen Dasein real existiert. Es stellt eine Wirklichkeit dar, die per se existent ist. Wie aber verwirklicht sich eine Einzelperson »wirklich«? Wäre es nicht angebracht, von einer Selbstentwicklung zu sprechen, die, ausgehend von einem Status Quo, zu einem neuen Selbstbewusstsein findet, das bisherige körperliche und seelische Gestimmtheiten »überprüft« und eventuell korrigiert?

Dieses »Überprüfen« setzt voraus, dass sich eine Person mit gesellschaftlichen, sozialen und politischen Fakten auseinandersetzt, die schlussendlich dazu dienen, die eigene Existenz kritisch zu hinterfragen und, im Idealfall, eine alternative Lebensform zu entwickeln, die von traditionellen und konventionell akzeptierten Normen abweicht. Für diese Überlegungen bedeutet das, als Frau nicht mehr der in der Vergangenheit geprägten und bis heute vorgegebenen Geschlechterrolle zu folgen, nämlich als Mutter und Hausfrau zu leben, sondern den jeweils eigenen Vorstellungen einer individuellen Entwicklung nachzugehen, die auf einer beruflichen, aber durchaus auch auf einer familiären «Karriere« basieren kann.

Unabhängigkeit ist für viele Frauen offenbar von enormer Bedeutung. Wie die Selbstverwirklichung am Ende für jede einzelne Frau aussieht, entscheidet sie aber selbst: Bindet sie sich früh, kann sie damit ebenso gut fahren wie eine Freundin, die die ersten Jahre ihres Erwachsenenlebens auf ihren beruflichen Werdegang konzentriert ist und sich dem privaten Glück erst viel später zuwendet.

Für die meisten Frauen kommt es heute nicht mehr in Frage, von einem Mann abhängig zu sein. Sie wollen ihr eigenes Geld verdienen und sich keinesfalls dem mitunter erniedrigenden Schicksal der Hausfrauen vergangener Jahrzehnte hingeben.

Doch ob eine Frau nun im Beruf erfolgreich ist und auf einen großen Kreis von Freundinnen zählen darf, oder ob sie vielleicht in einer hübschen Wohnung mit Parkett und Dachterrasse lebt: Es darf bezweifelt werden, dass sie sich jemals wirklich von dem Thema Mann wird lösen können. Jedes Magazin, fast jeder Werbespot widmet sich dieser zwischenmenschlichen Beziehung in der einen oder anderen Form. Da schmiert sich der halb entblößte, selbstverständlich höchst attraktive Mann das duftende Deodorant unter die Achsel, um sich am Abend mit seiner Liebsten immer noch frisch und freudig zu vergnügen. Da parkt der Vater die nagelneue Familienkutsche, aus der sogleich drei bildhübsche Buben springen, die ihrer an der Haustür wartenden Mutter munter entgegenlaufen. Da sitzt ein älteres Paar mit silberfarbenem Haar auf der Parkbank, einander eng umschlingend und das eigentlich beworbene Blasenmittel zur Nebensache machend.

Die traditionellen Rollenmuster sind tief in unseren Gedanken verwurzelt. Ebenso verhält es sich mit dem Kinderwunsch, auch wenn kinderlose Singlefrauen mittlerweile gesellschaftlich beinahe ebenso akzeptiert zu sein scheinen wie Mütter. »Kinder? Im Ankleidezimmer ist doch gar kein Platz mehr!«, tönte der Werbespruch des Frauenmagazins »Glamour«. Die »Brigitte Mom« macht es ähnlich, die in verwandten Zeitschriften wie dem »stern« ein Bild mit Mutter und Kind zeigt und dazu titelt: »Du bist mein Ein, aber nicht mein Alles.«

Also lieber High Heels als Holzeisenbahn? Es ist schade, dass sich offenbar ein Bild etabliert, dass Frauen mit Kindern kaum in der Lage sind, sich selbst zu verwirklichen. Sicher: Ein dreijähriges Kind zu betreuen, den Haushalt in Gang zu halten und seinem Mann eine liebevolle, leidenschaftliche Ehefrau zu sein, ist kein einfaches Unterfangen. Aber kann Selbstverwirklichung nicht auch außerhalb einer beruflichen Karriere stattfinden?

Vielleicht ist es nicht verkehrt, mit dem Bewusstsein zu leben, dass die sogenannte »Selbstverwirklichung« ein das ganze Leben andauernder Prozess ist, der nie zu einem Abschluss findet. Wie wir mit jedem neuen Tag Neues lernen, können wir uns auch in unserer Person weiterentwickeln – trotz und womöglich auch gerade wegen eines Kindes. Den Alltag durch die Augen eines Kindes zu sehen, birgt die Chance, das eigene Tun und Handeln immer neu zu hinterfragen. Doch für Nachwuchs braucht es natürlich auch einen Partner – und der lässt sich beispielsweise durch das inzwischen so beliebte Online-Dating finden. Oder?

Wie finden wir denn nun den Traumpartner fürs Leben?

Anja Francesca Richter

Möglichkeit A: Die Online-Partnersuche

Statistiken zeigen, dass über das Internet entstandene Beziehungen die schlechtesten Aussichten haben, dauerhaft zu halten. Das sind natürlich keine guten Nachrichten für all diejenigen, die sich nichts sehnlicher wünschen, als endlich Amors Pfeil zu spüren und sich deswegen Abend für Abend von Profil zu Profil klicken. Eine Umfrage des Bundesverbands der Digitalen Wirtschaft (BVDW) von Februar 2013 hat ergeben, dass 70,6 Prozent der Online-Dater auf der Suche nach einer festen Beziehung beziehungsweise einem Lebenspartner (61 Prozent) sind. Nur 22 Prozent schauen in den sieben untersuchten Portalen dagegen nach neuen Bekanntschaften oder Freundschaften (20 Prozent). Lediglich sieben Prozent der Befragten – übrigens in einem Alter ab 14 (!) Jahren – seien demnach auf der Suche nach einem Seitensprung. Dass Befragungen auf Grund des Wunsches nach sozialer Akzeptanz mitunter aber von der Wahrheit abweichen, ist bekannt.

Dennoch sollten laut einer weiteren Studie aus den USA über das Internet gefundene Ehen – wenn sie denn nicht geschieden werden – glücklicher sein als die auf dem »herkömmlichen Weg«, also etwa über den Freundeskreis oder den Verein, geschlossenen. Für eine in dem Fachmagazin

»PNAS« veröffentlichte Studie werteten Wissenschaftler die Fragebögen von rund 19.000 US-amerikanischen Bürgern aus, die zwischen 2005 und 2012 geheiratet hatten: 35 Prozent von ihnen hatten sich über das Internet kennengelernt. Diese virtuell verkuppelten Eheleute seien nicht nur zufriedener als Paare, die sich etwa im Büro oder bei einem Blind Date getroffen haben, sie ließen sich auch seltener früh scheiden. Als Gründe gaben die Forscher unter anderem »die größere Auswahl an möglichen Partnern« an. Ein weiterer nicht unwichtiger Faktor sei die Bereitschaft, online, das heißt anonymer als beim direkten Kontakt, mehr von sich preiszugeben. Auch die »verschiedenen Matching-Algorithmen der Dating-Sites« stellen möglicherweise einen Erfolgsaspekt dar – und das macht Sinn, sucht das eigene Profil bei einem Dating-Portal doch nach Gemeinsamkeiten, sprich ähnlichen Interessen oder Berufen, aber auch korrespondierenden Hobbys und Zukunftswünschen.

Die Vorstellung, dass Gegensätze sich anziehen, ist virtuell schon längst auf dem Abstellgleis gelandet. Denn wenn Datingportal-Nutzer X, nennen wir ihn Willi, es zu Hause gerne gemütlich mag, mit Deckchen auf dem Fernseher und Kuckuck an der Wand, wieso sollte er ausgerechnet mit einer Partnerin, nennen wir sie Erna, funktionieren, die für Designermöbel schwärmt? Was wäre dann erst, wenn er erfährt, dass Erna fünf süße Söhne haben möchte, er aber allerhöchstens eine Tochter? Genau das aber würde der gute Mann im realen Leben vermutlich relativ spät erfahren. Im Netz jedoch hat Erna das Häkchen bei »viele Kinder« gesetzt, und daher geht es für Willi munter weiter zum nächsten Profil. Zum Glück gibt es online so viele Kandidaten wie Wassertropfen in einem Weiher. Bei Friendscout, nach eigenen Angaben »Deutschlands Partnerportal Nr. 1«, sind immerhin 450.000 Frauen und – überraschend, da doch angeblich das weibliche Geschlecht hauptsächlich auf der Suche ist – 550.000 Männer angemeldet.

Das wirft die Frage auf, ob dieses Abwandern ins Internet nicht ein Alarmzeichen dafür ist, dass wir vor der unmittelbaren zwischenmenschlichen Begegnung davonlaufen? Die Werbung eines US-amerikanischen Mobilfunkgeräts spricht Bände: Da wird das neueste Telefon als »life companion«, als Lebenspartner, bezeichnet. Natürlich kann ein technischer Gegenstand keine menschliche Nähe ersetzen, aber auf diese scheint es auch gar nicht mehr anzukommen. Denn viele fühlen sich offenbar wohl mit der räumlichen Distanz, die sowohl das Internet als auch die Mobilfunkgeräte schaffen. Die Maschine wird immer öfter als Schutzschild genutzt. Aus Angst, dass wir beim »echten« Gespräch da draußen in der brutalen Wirklichkeit den richtigen Ton verfehlen?

Schnell, schnell! Das Speed-Dating

Das sogenannte Speed-Dating erfand ein US-amerikanischer Rabbi namens Yacoov Deyo. Rabbi Deyo war unzufrieden: In seiner Gemeinde in Los Angeles ließen sich Ende der 90er Jahre einfach keine Paare mehr trauen. Ein Ausweg musste her! Also erfand der Geistliche das Speed-Dating, bei dem bindungswillige, aber noch alleinstehende jüdische Frauen und Männer einander für wenige Minuten gegenübersitzen. Frei nach dem Prinzip »Der erste Eindruck entscheidet« oder auch »Liebe auf den ersten Blick« sollten sich potenzielle Paare finden. Ist Egon nicht der Richtige, ist die Hoffnung nicht verloren, denn nach sieben, acht oder zehn Minuten wechselt Hans auf seinen Platz. Danach Kevin, Lucas und so weiter. Eine Studie der Universität von Pennsylvania aus dem Jahr 2005 fand heraus, dass die Entscheidung für oder gegen einen Kandidaten innerhalb der ersten drei Sekunden des Kontakts fällt.

Das Kennenlern-Schnellverfahren erfreut sich auch lange nach seinem Debüt im Jahr 1998 in Peet's Café in Beverly Hills noch immer großer Beliebtheit, und zwar auf der ganzen Welt und über sämtliche Religionsgrenzen hinweg. In etlichen Bars und Restaurants finden derartige Veranstaltungen regelmäßig statt. Aber was in der Natur in der Regel zum Erfolg führt, ist im menschlichen Leben schon schwieriger. So finden auch die wenigsten beim Speed-Dating den Partner fürs Leben. Der Gemeinde von Rabi Deyo, Aish TaHora, hat das offenbar nicht geschadet. Den Namen »SpeedDating« hat sie jedenfalls als Marke eingetragen.

Der preisgekrönte deutsche Film »Shoppen« aus dem Jahr 2006 zeigt, wie 18 Männer und Frauen versuchen, beim Speed-Dating einen Partner zu finden. Regisseur Ralf Westhoff begleitet die Kandidaten. Und es geht relativ schnell zur Sache: In einem spärlich ausgestatteten Raum konzentrieren sich die neun Frauen und Männer ganz auf ihr Gegenüber. Wer sich gefällt, trifft sich wieder.

Das Speed-Dating funktioniert in leicht abgewandelter Form inzwischen auch über das Mobilfunkgerät. Apps wie »Lovoo – Flirt in the City« oder »Badoo« verraten kostenlos und mit Hilfe des GPS-Systems, ob sich ein potenzieller Kandidat in der Nähe befindet – und zwar ganz wörtlich. Wenn Hannah in einer Bar in Köln-Mitte sitzt, zeigt ihr das System an, dass Yannik, Jens und Heiko in der Nähe sind und Lust haben, sie zu treffen. Das ist einfach und schnell. Und nicht selten der ideale Weg, nach weniger festen Beziehungen zu suchen. Die Anonymität der App lockt diejenigen, die vor allem einen Partner fürs Bett suchen.

Im Nachtleben auf der Suche

Das abendliche Ausgehen ist für viele Singles noch immer ein zuverlässig erscheinender Marktplatz, um eventuell die große Liebe zu finden. Bei ein paar Aperol und dem einen oder anderen Bierchen flirtet es sich wesentlich leichter, es sind ja alle in Feierabendstimmung. Genau das aber ist auch das Problem: Denn genauso ausgelassen sind mitunter auch die Angebote, die interessierte Männer den anwesenden Frauen und umgekehrt unterbreiten. Der Engtanz in der belebten Bar darf dann gerne im kleinen Kreis fortgeführt werden.

Liebe im Büro oder an der Universität

Da sich der Mensch des 21. Jahrhunderts an seinem Arbeitsplatz besser auskennt als in den eigenen vier Wänden, ist es nur logisch, dass er auch hier nach einem potenziellen Partner Ausschau hält. Wer rund um die Uhr arbeitet, zeigt fast zwangsläufig Interesse an seinen Kollegen, und wenn es – zunächst – auch nur oberflächlich ist.

Doch welche Chance hat eine solche »Büro-Beziehung«? Zuallererst scheint sie doch gar keine so schlechten Voraussetzungen zu haben: Wenn beide Partner den gleichen Arbeitsplatz besuchen, wissen sie, dass es abends hin und wieder etwas später werden kann. Auch nicht unwichtig, insbesondere, wenn die Partnerschaft bereits einige Jahre andauert: Es gibt stets ausgiebig Gesprächsstoff und gemeinsame Interessen.

Gleichzeitig birgt das Arbeiten unter einem Dach aber auch die Gefahr des Einander-Misstrauens und der Eifersüchteleien, etwa wenn die neue Kollegin besonders attraktiv ist. Abgesehen davon ist ein ständiges Aufeinanderhocken natürlich für keine Beziehung förderlich.

Lockerer geht es da an der Universität zu. Das Flirten steht hier genauso auf dem Stundenplan wie Physik, Frühe Geschichte oder VWL. Doch hier gilt ebenso: Auch wenn das Herz im Hörsaal höher schlägt, heißt dies nicht unbedingt, dass der Auserwählte ernsthaftes Interesse an einer Beziehung hat. Schließlich ist die Uni-Zeit jener Lebensabschnitt, in dem sich so mancher Student seinen Fokus mehr auf das Austoben denn auf das Lernen legt. Und das ist gut so.

In der Freizeit verliebt es sich leicht

Ganz egal, ob Heimwerken, Häkeln oder Hockey spielen: Ein gemeinsames Hobby ist ein famoser Start in eine verliebte Zukunft. Vor allem in Vereinen oder Clubs ist die Chance, eine Beziehung zu beginnen, besonders groß. Hier geht es locker und lustig her, weil alle Beteiligten Spaß haben an dem, was sie tun. Auch ins Gespräch zu kommen, ist hier wesentlich einfacher und unverkrampfter als etwa in einer Bar oder in einem Online-Portal.

Der Freundeskreis als Partnervermittlung

Laut einer Studie des Kaffee-Herstellers Jacobs aus dem Jahr 2013 lernten sich 27 Prozent der Paare über Freunde kennen, so viele wie in keiner der anderen Dating-Varianten. Zu Recht: Schließlich funktioniert die Partnervermittlung über den Freundeskreis ganz ähnlich wie etwa bei den Online-Portalen, bloß dass die Beteiligten hier keine Fragebögen ausfüllen müssen. Denn die besten Bekannten wissen, welche Vorlieben und Interessen Freund oder Freundin hat.

Wann passt es wirklich?

Anja Francesca Richter

Dass gerade begonnene Beziehungen aber oft wieder scheitern, liegt nicht selten an einer fehlenden Toleranz gegenüber dem »Anderssein des Partners«. Sollte er nicht zu 100 Prozent den eigenen Vorstellungen entsprechen, führt das mitunter zum verfrühten Ende einer eigentlich vielversprechenden Liaison. Psychologen und Beziehungsexperten lassen deswegen besonders gern folgendes Stichwort fallen: Potenzielle Partner müssen eine gewisse Offenheit zeigen. Und damit liegen sie sehr wahrscheinlich gar nicht so falsch.

Oftmals verharren Frauen in ihren Mustern, was auch verständlich ist. Spinat schmeckt ja schließlich auch nicht jedem. Trotzdem hilft es keiner Frau weiter, bei einem Mann zu bleiben, der zwar Leidenschaft in ihr Leben bringt, aber eben niemals Liebe. Und die meisten Frauen erkennen dies doch relativ schnell. Dennoch neigen viele dazu, sich Desinteresse schönzureden – was den überragenden Erfolg des Selbsthilfebuchs »Er steht einfach nicht auf dich« erklärt, im englischen Original »He's Just Not That Into You«, geschrieben von Greg Behrendt und Liz Tuccillo.

Die Autoren hatten den vielsagenden Satz aus einer Folge von »Sex and the City« als Ausgangspunkt für ihr Ratgeberbuch gewählt, das Frauen dazu anleiten sollte, sich ohne jegliche Entschuldigung oder Ausrede klarzumachen, dass manche Männer schlicht keinerlei Interesse an ihnen haben. Dass das Buch ein so großer Erfolg wurde und inzwischen auch mit Jennifer Aniston und Ben

Affleck verfilmt wurde, zeigt, wie viele Frauen diese doch so einfache Tatsache nicht hinnehmen können. Selbstverständlich empfindet es wohl keine Frau als angenehm zu hören, dass ihr Charakter, ihr Körper und ihre noch so sorgfältig gewählte Kleidung beim Mann ihrer Träume nicht wirklich ankommen. Trotzdem nützt es natürlich nichts, solche Signale zu ignorieren. Und das weiß sie meist auch selbst.

Damit diese Sehnsucht aber erfüllt wird, ist es nicht verkehrt, wenn der Partner zugleich auch Freund, Verbündeter, Vertrauter ist – und eben nicht nur Liebhaber. Eine Ehe wird nie nur auf sexueller Basis bestehen können. Die Lust auf den anderen ist zwar ein unabdingbarer Faktor, aber sie nutzt schnell ab, wenn sie als alleiniger Mittelpunkt und Selbstzweck betrachtet wird. »Relax« sei das Zauberwort, lautet das Motto eines Ratschlags in dem Buch »Wie Männer ticken«, geschrieben von Hauke Brost. Relax, das steht für reden, lachen, Sex, die anscheinend wichtigsten Faktoren für eine nicht nur dauerhafte, sondern auch dauerhaft glückliche Beziehung.

Einer Untersuchung des US-Nachrichtensenders CBS News zufolge suchen Männer in Frauen übrigens eine ganz bestimmte Eigenschaft – und zwar die, als Mutter zu funktionieren und darüber hinaus über Intelligenz zu verfügen. Eine Frau muss also längst nicht nur das »Sexhäschen« sein – auch wenn die Eigenschaften »frech und erfahren« mit 55 Prozent in der gleichen Umfrage besser angekommen sind als »süß und unschuldig«.

Der Designer und Filmemacher Tom Ford sagte in einem Interview mit dem Gesellschaftsmagazin »Vanity Fair« einmal, dass die Liebe wie der Daoismus sei. Die

Menschen müssten akzeptieren, dass es gute und schlechte Phasen in einem romantischen Verhältnis gebe. Als Beispiel nannte er die Stadt Paris: Sie sei einerseits die Hauptstadt der Liebe, andererseits aber, zum Beispiel bei einem wolkenverhangenen Himmel, auch ziemlich grau und ernüchternd. So sei auch die Liebe jederzeit von zwei Seiten zu betrachten.

Die Beziehung läuft: Ehe und Kinder kündigen sich an

Anja Francesca Richter

Trotzdem ist es mit der Ehe so eine Sache. Eigentlich ist es seltsam. Da wissen wir, dass das Konstrukt der lebenslangen, treuen Verbindung so fragil sein kann wie Osteoporose-Knochen, und lassen uns trotzdem darauf ein. Ist das Heiraten also so etwas wie eine Extrem-Sportart, bei der wir den Kick suchen, obwohl wir wissen, dass der Absturz so nah ist wie beim Klettern an einer Felswand im Alpenland? Denn die Frage ist doch: Gibt es sie überhaupt noch, die ganz große Liebe? Oder wird sie auf Dauer dem gleichen Schicksal erliegen wie die Schreibmaschine, das Briefpapier und das Telefon mit Drehscheibe? Schöne, auch wertvolle Dinge, keine Frage, aber eben überholt, von Schnellerem, Praktischerem, Modernerem. Doch noch besteht Hoffnung.

Der Journalist Eric Weiner reiste für sein Buch »Geografie des Glücks« auf der Suche nach den zufriedensten Menschen auf der Welt einmal um den Planeten, immer auf Erfahrung, Abenteuer und den Austausch mit anderen aus sowie das eigene Glück hinterfragend und erkundend, wie andere Menschen ihr Leben gestalten. Als er die Welt gesehen hatte, hatte er sich den Schatz eines Geschichtenerzählers angeeignet. Die wichtigste Erkenntnis in diesem Portfolio aber sollte sein, dass »unser Glück immer auf unseren Beziehungen zu anderen gründet«. Wie viel Geld wir auf der hohen Kante oder in der Socke unter dem Bett auch bunkern, spielt keine Rolle, auch nicht, wie viel und wie hart wir in unserem

Leben arbeiten und ob wir die Karriereleiter so hoch erklimmen, dass wir das Firmament zu berühren imstande sind. Das Prägendste ist die Liebe zu einem anderen Menschen, ob nun als Geliebte oder Geliebter, als Mutter oder Vater, als Sohn oder Tochter, Bruder oder Schwester, Großvater oder Großmutter. Und die Liste ist beliebig fortsetzbar.

Es ist also fast logisch, dass wir an allen Ecken und Enden mit der Liebe konfrontiert werden, ob es uns nun recht ist oder nicht: Im Kino läuft ein Beziehungsdrama nach dem anderen, in Zeitschriften werben große Juweliere mit den Ringen fürs Leben und der Bäcker backt neuerdings Lebkuchen in Herzform. Und was wären all die Schriftsteller, Drehbuchautoren, Psychotherapeuten, Modedesigner, Restaurantbetreiber, Frauenzeitschriften-Herausgeber, Hebammen und Standesbeamten ohne das größte Gefühl der Welt? Vermutlich arbeitslos.

In einer breit angelegten Forschungsarbeit, die über viele Jahre dauern sollte, beschäftigte sich ein Wissenschaftler der Universität von Washington mit dem Zusammenleben von Paaren. Professor Dr. John Gottmann und sein Team sind der Frage nachgegangen, warum manche Paare es so gut miteinander aushielten, und das etliche Jahre lang, manche andere sich aber schon nach kurzer Zeit wieder voneinander verabschiedeten. Also bat er 3000 Probanden im Alter von 20 bis 60 Jahren in das von ihm entwickelte »Love Lab«. Dabei handelte es sich um einen Raum ähnlich einer Bankfiliale: Kameras, an der Decke installiert, zeichneten jeden Schritt der Liebespaare auf, die darüber hinaus auch noch mit Mikrofonen verkabelt waren. So konnten Professor Gottmann und seine Mitarbeiter das Verhalten genauestens studieren. Sein Ergebnis ist interessant: Die glücklichsten

Paare sind demnach diejenigen, die eine emotionale Balance erreicht haben, in der die positiven Gefühle für den Partner stets die negativen übertreffen. Die Glücksgefühle wiegen auf der Waage der zwar nicht problemfreien, aber dennoch harmonischen Beziehung immer stärker als die Wut gegen den anderen. Um eine Partnerschaft krisensicher zu machen, sei es ebenso von Vorteil, genau diese einmal durchstanden zu haben: Krisen, die Mann und Frau gemeinsam meistern, ohne an ihnen zu zerbrechen, stärken das Team-Gefühl und die Verbundenheit zueinander, im Zweifel nicht aufzugeben, sondern die Schwierigkeiten zusammen anzupacken und nicht davor wegzulaufen. Darüber hinaus stärkt es den Respekt füreinander, ohne den keine Partnerschaft auf Dauer funktionieren kann.

Die gute Nachricht ist: Offenbar scheinen gar nicht so wenige Menschen diesen »Tipps« zu folgen. Denn trotz der hohen Scheidungszahlen: Zwei von drei Ehen halten, wie »Die Welt« Ende Juli 2013 in dem Artikel »Ehen halten länger – bevor sie scheitern« berichtet.

Und so eine Ehe hat ja auch immer etwas damit zu tun, wie gut sich zwei Menschen riechen können …

Warum Frauen einen besseren Geruchsinn haben

Eine schwangere Frau steht mit ihrem Mann auf dem Markt und erwähnt beiläufig, dass es nach Ananas rieche. Der Mann schnüffelt, kann aber keinen Ananasgeruch registrieren. »Ich rieche nichts, du musst dich irren«, erwidert er.

Aber: Wahrscheinlich riecht es tatsächlich nach Ananasspalten – nur sind die männlichen Hirnnerven nicht in der Lage, diese zu erfassen. Die weibliche Nase wird in entscheidenden Lebensphasen extrem sensitiv und »durchriecht« förmlich ihre Umwelt, und zwar um Gefahren für das Kind abzuwenden. Ablaufdaten und Gütesiegel besaßen in der Steinzeit die Nahrungsmittel nicht – von Mutter Natur wurde deshalb die weibliche Nase mit der Gabe beschenkt, das Gute vom Schlechten unterscheiden zu können.

Vor allem in der Frühschwangerschaft ereignet sich im Gehirn ein Phänomen, das die Mediziner noch vor Jahrzehnten nicht glauben konnten: Nervenzellen beginnen sich zu vermehren. Aus Hirnstammzellen werden frische Neuronen, die der Frau eine bessere Erfassung der Wirklichkeit möglich machen. Dieser Vorgang ist gut untersucht. Prolaktin und Progesteron, beides Hormone, die in der Schwangerschaft ansteigen, regen das Riechzentrum an, die Anzahl seiner Nerven zu vergrößern.

Damit vermag das Gehirn der Frau etwas, das dem Mann unmöglich ist – zumindest in diesem Ausmaß –, nämlich neue Zellen im Nervensystem zu bilden. Und dies hat einen Sinn: Ist nämlich das Baby geboren, hilflos und nackt, so entscheidet die Aufmerksamkeit, die Konzentration und die Beobachtungsgabe der Frau, ob es überlebt. Genormte Babynahrung gab es vor Jahrtausenden nicht, die Gesundheit des Kindes hing damals, neben vielen anderen Faktoren, auch davon ab, ob die Mutter es vor schlechtem Wasser, verdorbenen Nahrungsmitteln und anderen äußeren Feinden zu schützen vermochte. Dafür wurden ihre Sinne geschärft, weswegen die Frau bereits während der Schwangerschaft besser riecht.

Ähnliches gilt für Geschmacksempfindungen, die um des kindlichen Wohles willen auch durch die Schwangerschaftshormone geschärft werden.

Dieses Phänomen macht sich die Medizin zunutze, indem sie die Schwangerschaftsmechanismen in klinischen Studien erneut abzurufen überlegt. Damit wäre sie in der Lage, Menschen ihre durch das Alter oder Krankheit verlorenen Riech- und Geschmacksfähigkeiten wiederzugeben.

Wie Frauen Männer sehen

Blickdiagnosen des anderen Geschlechts

Eigentlich sehen sich die Geschlechter durch die Brille der Fortpflanzung: Erblicken Frauen im richtigen Moment einen männlichen Körper, so beginnen sie – ob mit der Mathematik vertraut oder nicht – eine unbewusste Hochrechnung: Sie dividieren die Schulterbreite durch den Bauchumfang. Dies war die erste Hormonuntersuchung – praktiziert seit der Steinzeit oder sogar noch früher. Denn der Quotient aus beiden Größen informiert das weibliche Gehirn über den Testosteronspiegel des männlichen Gegenübers. Je breiter die Schulter und je enger der Bauch, desto mehr Androgene – eine wichtige Qualifikation, wenn dieser Mann möglicherweise zur Reproduktion auserkoren wird.

Hängende Bäuche bei langsam älter werdenden Männern sind also keine guten Signale für die erotisierenden Areale des weiblichen Gehirns. Denn die im Hoden gebildeten Aphrodisiaka – so kann man die männlichen Hormone, also die Androgene, benennen – treiben Männer an und machen sie aggressiv für die Verteidigung des gemeinsamen Nestes, ein nicht zu unterschätzender Sicherheitsfaktor.

Sperma, Prostatasekret, Erektion und Libido sind Kürzel für jene Androgenmenge, die den männlichen Körper durchflutet und der Artsicherung, der Reproduktion, dient. Die weiblichen Gehirnganglien kalkulieren also, wenn vor ihnen ein Mann steht, um der Fortpflanzung willen und bevorzugen jene Männer, die ausreichend Hormone besitzen, um Nachkommen zu zeugen.

Erst die Medizin der Jetztzeit hat eine Erklärung dafür, warum breite Schultern und enge Taillen mit der Hormonproduktion des Mannes übereinstimmen: Das Testosteron des Hodens wirkt auch am Muskel und in den Fettzellen. Letztere baut es ab und verwandelt sie in Energie – als Garant für jene Leistungen, die der männliche Körper vollbringt, um Aufzucht, Nahrungssuche und Schutz von Frau und Kindern sicherzustellen. »Ein guter Hahn wird nicht fett«, sagt die Volksweisheit und hat recht. Denn die männlichen Botenstoffe wirken »fettabbauend«, »lipolytisch«, wie es in der medizinischen Nomenklatur heißt. Und deswegen ist der seit der Steinzeit gezogene Schluss richtig: je mehr Testosteron, desto weniger Fett.

Anders ist es beim Muskel: Ihn bauen männliche Hormone auf, eine Tatsache, die sich Bodybuilder und Sportler zu Nutze machen. Damit hat die Frau den Gegenbeweis: Wenn nicht nur weniger Taillenfett, sondern gleichzeitig auch eine vermehrte Schultermuskulaturmasse den Mann dekorieren, dann muss er über reichlich Fortpflanzungshormone verfügen. Das Abenteuer, zum Kern der Reproduktion vorzudringen, kann also gewagt werden.

Doch es scheint, als mache das Steinzeitmuster eine Entwicklung durch. Die Moderne nämlich bietet andere Parameter, um eine Attraktivität auch ohne den Schulter-Bauch-Quotienten sicherzustellen. Möglicherweise betrachteten vor tausenden Jahren Frauen nur Schultern und Bauch, obwohl die Hände des Mannes noch heute nicht nur als Symbol von Feinsinnigkeit und Zärtlichkeit gelten. Denn sie eröffnen eine weitere interessante Einsicht, die in den Fingern kodiert ist – die Länge des männlichen Gliedes.

Solche Studien sind wahrscheinlich nur in Großbritannien möglich, im Land der Empirie. Britische Wissenschaftler korrelierten die Länge des Ringfingers mit der Penislänge und stellten dabei eine signifikante Parallelität fest.

Auch das Gesicht erzählt eine spannende Geschichte. Eine Prominenz der Backenknochen, die Größe von Nasen und Kinn, die Steilheit der Stirn und die Umrandung der Augen lassen auf den Charakter schließen: Brutalität und Genusssucht spiegeln sich dort genauso wider wie Sensibilität und Rücksicht. Die Bewertung des männlichen Gesichtes erfolgt durch die Frau in unterschiedlicher Weise und hängt von ihrer Menstruationsphase ab: Am Tag des Eisprungs – wenn sie also schwanger werden kann – bevorzugt sie Männer mit dem herberen, »brutaleren‹ Gesichtstyp, in den Tagen danach – wenn also möglicherweise eine Schwangerschaft schon beginnt – hat der einfühlsamere Gesichtstyp mehr Chancen.

Frauen verstehen also zu rechnen, allerdings wird sie umgekehrt auch zum Rechenobjekt der Männer. Das hat eine in »The Lancet«, einem der angesehensten Medizinjournale, veröffentlichte Studie gezeigt. (The Lancet, 353(9163), S. 1500, 1. Mai 1999)

Die »Vermessung des weiblichen Körpers« erfolgt jedoch anders als beim Mann. Oberweite und Taille erscheinen darin als nicht so wichtig wie zunächst geglaubt werden könnte. Die Attraktivität der Frau hängt vom »Body-Mass-Index« ab, jener Bewertung des Körpergewichts eines Menschen in Relation zu seiner Körpergröße, die in absoluten Zahlen ausgedrückt wird. Weist sich der weibliche Körper mit einer Indexzahl von 22 aus, so ruft dies in den männlichen Gehirnen Attraktivitätssignale hervor. Hinter einem Body-Mass-Index von 22 verbirgt sich keine zu schlanke, sondern eine normalgenährte Frau. Eine solche erregte vor Jahrtausenden die männlichen Drüsen mehr als eine unterernährt erscheinende Schlanke. In der Postmoderne, welche die Fortpflanzung aus ihrem Programm zu streichen versucht, hat sich dies langsam geändert. Damals aber, als sich die Attraktivitätsmodule im weiblichen und männlichen Körper zu engrammieren begannen, drehte sich noch alles um Fertilität und Zeugung.

Denn schätzungsweise sind es 140.000 zusätzliche Kilokalorien, die der weibliche Körper für neun Monate Schwangerschaft und drei Monate Stillzeit benötigt. In genialer Weise legt der weibliche Körper für diese Höchstleistungen Energiereservoirs an, vor allem unter der Haut, die diese 140.000 Kilokalorien in ihren Fettzellen speichert, sodass sie bei Bedarf, also bei Eintreten einer Schwangerschaft, mobilisiert werden können.

Fehlen der Frau andererseits die Energiereserven, werden Monatsblutung und Fortpflanzung unterbrochen: Das energetische Wunder der Schwangerschaft und der Stillzeit ist nur dann garantiert, wenn jene 140.000 zusätzliche Kilokalorien vorhanden sind, aus denen der weibliche Körper die Kraft für die Entstehung eines neuen Menschen und für dessen Ernährung nimmt. Deswegen betasten die Keimdrüsen der Frau, die Eierstöcke, ununterbrochen den weiblichen Körper, sie zählen förmlich die Fettzellen, analysieren den Inhalt und prüfen, ob ausreichend Triglyceride und Fettsäure, aus denen letzten Endes die Energie stammt, abrufbar sind. So verfügen die Eierstöcke über eine Kraftstoff-Uhr, welche die zur Verfügung stehende Energie überwacht. Im letzten Jahrzehnt haben Mediziner diesen Dialog zwischen Eierstock und Fettzellen genau untersucht und ein Hormon des Fettes entdeckt, das Leptin. Es bildet sich in den Fettzellen, den Energiereserven des menschlichen Körpers. Sind zu wenige dieser Fettzellen vorhanden, fehlt dieses Leptin. Die Eierstöcke aber messen und registrieren es dennoch tagtäglich, da es die Energiesituation widerspiegelt. Wenn es absinkt, schließt der Eierstock daraus, dass zu wenig Kraft für Schwangerschaft und Stillzeit vorhanden ist, und beendet daher kurzfristig die ovarielle Aktivität, um eine Schwangerschaft mit ungewissem Ausgang gar nicht erst beginnen zu lassen. Dies ist auch einer der häufigsten Gründe, warum junge Mädchen, wenn sie Gewicht verlieren, ihre Periode nicht mehr bekommen. In einem solchen Fall besteht die Behandlung nicht unbedingt in einer Hormonzufuhr, sondern in einer Normalisierung des Körpergewichts. Einige Kilo mehr, und die Blutung kommt wieder.

Manchmal kann aber paradoxerweise auch das Übergewicht dem Körper ein Energieproblem signalisieren. Steigt das Leptin bei einer massenhaften Vermehrung der Fettzellen stark an, so kommt es zur sogenannten »Leptin-Resistenz«. Die Zellen wehren sich, das Leptin aufzunehmen, wodurch der Eindruck eines Leptinmangels entsteht, der ebenfalls zu Zyklusstörungen führt.

Und doch gilt festzuhalten: Dem für viele Frauen leidigen Gewichtsproblem an Po und Oberschenkel verdankt das Menschengeschlecht sein Überleben. Ein Blick auf die Venus von Willendorf verdeutlicht, dass dahinter ein Programm der Evolution steht. Wenn nämlich tatsächlich 140.000 Kilokalorien zusätzlich notwendig sind, um Schwangerschaft und Stillen sicherzustellen, so musste dies in einer Zeit, in der das tägliche Mittagessen nicht garantiert war und es auch Babynahrungsfirmen wie Nestlé, Alete und Milupa nicht gab, irgendwo gespeichert werden. Und das geschah in Po und Oberschenkeln.

Beginnen in der Pubertät die Eierstocke ihre Arbeit und erreichen deren Hormone, Östradiol und Progesteron, das Gehirn der jungen Frau, so fangen die »Umbauarbeiten« an. Das junge Mädchen verändert seine Silhouette, und der Stoffwechsel wird neu programmiert. Beide Geschlechtshormone positionieren im Po und an den Oberschenkeln Bataillone biochemischer Scheren, die den Inhalt eines Butterbrotes und alles, was Fett enthält, spalten, um die einzelnen Teile leichter in die unter der Haut liegenden Fettzellen hineinschleusen zu können, dorthin, wo die Kraftspeicher für die Fortpflanzung liegen.

Warum Frauen länger leben

Die Tatsache, dass Frauen länger leben, ist nicht nur auf die biologische Entwicklung zurückzuführen, sondern hat auch ganz einfache Gründe. Das weibliche Geschlecht achtet, wie bereits vormals kurz erwähnt, mehr auf seine Gesundheit, meidet konsequent Genussgifte und geht öfter zum Arzt.

Die durchschnittliche Lebenserwartung der Frau beträgt heute 78 Jahre, die des Mannes 74 Jahre. In den vergangenen Jahrzehnten waren es ungefähr vier Jahre, um die Frauen Männer überlebten – jetzt steigt in vielen Ländern die Differenz sogar auf sechs Jahre an. Eigentlich ist es paradox: Frauen mussten und müssen noch immer wesentlich mehr leisten als Männer, sie betreuen intensiver die Kinder und gehen oft erfolgreich einem Beruf nach. Demnach sollten sie eigentlich kürzer leben als ihre männlichen Partner.

Lange hat sich die Wissenschaft bemüht, eine Erklärung für diesen scheinbaren Widerspruch zu liefern. Das Ergebnis: Von zwei Systemen ist bekannt, dass sie im weiblichen Körper auf höherem Niveau arbeiten als im männlichen und für die längere Lebenszeit der Frau mitverantwortlich sind.

Frauen haben im reproduktiven Alter einen größeren Schutz vor Nervenverlusten, der Neurodegeneration, vor Vergesslichkeit, Orientierungslosigkeit und geistigen Verfall, obwohl unter dem Strich die Anzahl der Alzheimerfälle bei Frauen größer ist als bei Männern. Trotzdem sind sie, verglichen mit einem gleichaltrigen Mann, im Durchschnitt geistig aktiver und vigilanter. Grund dafür sind jene Geschenke, welche die Evolution dem weiblichen Körper übergab, um zielsicher die Erhaltung der Art gewährleisten zu können. Die längere Lebenszeit ist quasi ein Nebeneffekt. Auch das

Gelbkörperhormon leistet einen wertvollen Beitrag, denn es bereitet nicht nur eine Schwangerschaft vor, sondern erweist sich auch als nachhaltiges Mittel gegen das Altern des Gehirns. Bei schweren Schädelhirntraumen beschleunigt es gar den Heilungsprozess.

Das zweite Organ, das im weiblichen Körper privilegierter, geschützter und in der geschlechtsreifen Phase nur selten anfällig für Erkrankungen wird, ist das Herz. Der Zusammenhang zur Fortpflanzung ist hier sehr deutlich erkennbar: So lange der weibliche Körper in die Reproduktion und damit in die Erhaltung der Art involviert ist, genießt er den vollen Schutz von Mutter Natur. Herzinfarkte kommen vor der Menopause so selten vor, dass Ärzte sie mitunter fehldiagnostizieren, wenn sie sich dann doch einmal ereignen. Das kardiale Schutzhormon ist das Östrogen, das eigentlich die Fortpflanzung dirigiert. Allerdings endet diese Privilegierung mit dem Ausbleiben der Periode, also zu jenem Zeitpunkt, da die fruchtbare Lebensphase abgeschlossen ist. Beendet die Frau ihre geschlechtsreife Zeit, was meist zu Beginn der fünften Lebensdekade eintritt, fallen diese Schutzmechanismen weg, da die Reproduktion nicht mehr möglich ist; manchmal verspüren das auch die betroffenen Frauen und klagen über Ausfallserscheinungen, die in dieser Form der Mann, der theoretisch noch bis ins Alter zeugungsfähig wäre, nicht kennt. Trotzdem sind das weibliche Herz und Gehirn, aber auch andere Organe in den vorangehenden Jahrzehnten, also während der Geschlechtsreife, nicht so schnell gealtert. Der Schutz hat eine Nachhaltigkeit, die auch über die Menopause hinaus wirkt. Dies erklärt die Längerlebigkeit des weiblichen Geschlechtes.

Um die Erhaltung der Art sicherzustellen und eine

Schwangerschaft ordnungsgemäß ablaufen zu lassen, schuf die Evolution viele biologische Mechanismen, die auch das Leben der Frau gesünder gestalten und verlängern. Dies erklärt das »Philemon und Baucis«-Phänomen. Wenn Ehepaare gemeinsam alt werden, so fällt in den meisten Fällen ein eklatanter Unterschied auf: Der 80-jährige Mann ist wesentlich gebrechlicher als die Frau, die auch in diesem Lebensjahrzehnt oftmals eine überraschend hohe Vitalität und Wachheit an den Tag legt. Dies sind die »Spätfolgen« jener biologischen Reaktionen, die ursprünglich im weiblichen Körper die Fortpflanzung möglich gemacht haben, aber unabhängig davon auch Schutzeffekte für das Gehirn und für das Herz entfalten.

Das weibliche Herz

Das weibliche Herz wurde lange unterschätzt

Auf den ersten Blick erscheint es nicht stimmig: Das weibliche Herz und der weibliche Blutkreislauf sind hormonell privilegierter als Herz und Kreislauf von Männern. Und dies, obwohl sie in der Lage sind, mehr Leistung aufzubieten. Denn nur das Herz einer Frau ist imstande, während einer Schwangerschaft gleich doppelt zu schlagen – selbst wenn das kindliche Herz selbst schlägt, wird es doch während der gesamten Schwangerschaft von der Mutter ernährt. Die kluge Evolution hat für diese Großleistungen vorgesorgt: Stammzellen aus der Gebärmutter können im Herz Reparaturen vollbringen, und ein Gas, das den Uterusmuskel während der neun Monaten ruhig stellt, schützt den weiblichen Körper vor Bluthochdruck und Verkalkung. Das Cholesterin wird rasch aus der Mutter entfernt und dem Kind zum Zellaufbau zur Verfügung gestellt, wodurch der Blutfettspiegel im Körper der Frau sinkt.

Dennoch beurteilten Mediziner den grazileren weiblichen Körper lange Zeit als weniger leistungsfähig, wie eine Anekdote aus den sechziger Jahren illustriert:

Im April des Jahres 1967 sitzen zwei hohe Funktionäre der »Boston Athletic Association« auf dem Rücksitz eines Pressewagens. Ihre Tätigkeit sieht vor, Sport und Sportler zu fördern. An diesem Tag sehen sie aber, so berichtet die »Frankfurter Allgemeine Zeitung«, ihre Aufgabe darin, Läufer Nr. 261 an der Teilnahme des Bostoner Marathons zu hindern. Der einzige Grund: Läufer Nr. 261 ist eine Frau.

Die Teilnahme war ihr – offensichtlich aus biologischen Gründen – untersagt.

Die Information hatte den Funktionären ein Fotograf zugesteckt, denn Läufer Nr. 261 hatte sich unter dem Namen K. V. Switzer angemeldet. Niemand war auf die Idee gekommen, dass die Initialen für Kathrine V. Switzer stehen könnten, also für eine Frau.

Mit Mütze und Jogging-Anzug trat sie, Nr. 261, an die Startlinie. Bei Meile zwei sprangen die Funktionäre aus dem Wagen, stürmten auf sie zu und schrien: »Verschwinde aus unserem Rennen, verdammt noch mal!«

Womit sie nicht gerechnet hatten: Tommy Miller, Hammerwerfer und Marathonläufer, war der Freund von Kathrine Switzer. Er sorgte dafür, dass die Situation den umgekehrten Ausgang nahm: Am Straßenrand landeten nun die Funktionäre, und Switzer lief den Marathon zu Ende. Sie bewies damit: Frauen können ebenfalls Marathon laufen, auch wenn Generationen von Ärzten erklärt hatten, warum das eine körperliche Unmöglichkeit sei. K. V. Switzers Bild ging um die Welt, und 1984 wurde der Frauen-Marathon eine olympische Disziplin.

Switzers Geschichte zielt mitten in den Kern des Problems: Das Kreislaufsystem der Frau war damals noch völlig unbekannt, und auch Mediziner dachten sehr lange, dass das Herz der Frau dem des Mannes unterlegen sei. Aber genau das Gegenteil ist der Fall.

Das weibliche Cholesterin

Babys senken den weiblichen Cholesterinspiegel

Cholesterin ist, wie bereits kurz erwähnt, ein markanter Baustein des heranwachsenden Babys, der Umgrenzungsmembrane herstellt, die jede Zelle umgeben. Deswegen transportiert der weibliche Körper das Cholesterin aus seinem Blut in die Gebärmutter und in das heranwachsende Kind. So sinkt das Cholesterin im Körper der Frau, in ihren Blutgefäßen verweilt es für nur kurze Zeit; im Gegensatz zum Mann, bei dem das Cholesterin diese Aufgabe nicht hat, da er bekanntlich nicht imstande ist, schwanger zu werden.

Um diesen Transport des Cholesterins von der Frau zum Kind sicherzustellen, schafft das Östrogen Durchgangsstellen, aus denen das Cholesterin vom Blut in die Zellen eintreten kann. Die sogenannten LDL-Rezeptoren werden durch Östrogen vorbereitet. Cholesterin wird in die Zellen transportiert, dort verarbeitet, gleichzeitig sinkt es aber auch im Blut ab. Die Verweildauer des Cholesterins ist für die beginnende Verkalkung von großer Bedeutung.

Aber auch aus einem zweiten Grund ist die Anwesenheit des Cholesterins in den weiblichen Blutgefäßen kürzer: Die Geschlechtshormone entstehen ebenfalls aus Cholesterin, das Östrogen genauso wie das Progesteron. Deswegen ist der »turn over« von Blutfetten im Körper der Frau höher als beim Mann. Der weibliche Körper hat mehr Verwertungsmöglichkeiten für Blutfette und Cholesterin, und deswegen stören sie eigentlich auch nicht in ihren Gefäßen. Arbeiten die Eierstöcke normal, werden ausreichend

Geschlechtshormone synthetisiert. Da das Cholesterin Teil dieses Prozesses ist, verweilt es nur kurz in den Blutgefäßen der Frau. Die daraus entstehenden Botenstoffe, vor allem Östrogen und Progesteron, haben zusätzlich einen direkten Schutz für die weiblichen Zellen: Sie wirken Entzündungen entgegen und arbeiten ähnlich wie Aspirin, ein interessanter Mechanismus, über den die Frau, was ihre Blutgefäße betrifft, geschützter ist als der Mann.

Was kann die Medizin davon lernen?

Die Diskussion über Hormone und Herz wurde in den letzten Jahren intensiv geführt, und langsam klärt sich die Situation, die folgendes Bild aufzeigt: In der geschlechtsreifen Zeit sind Östrogene starke Schutzfaktoren für das weibliche Herz, aber auch für das Kreislaufsystem der Frau. Fallen die Hormone während der Wechseljahre aus, kann der Blutdruck zu steigen beginnen, Blutfette verschlechtern sich und Herzrhythmusstörungen treten auf. In diesem Lebensabschnitt hätten Östrogene einen Schutzeffekt für den weiblichen Körper. Sie können das Cholesterin senken und das weibliche Herz schützend beruhigen. Im späteren Alterungsprozess treten verständlicherweise auch bei der Frau Verkalkungen und Gefäßschäden auf. Verschreibt man Jahrzehnte nach der Menopause das Östrogen, so hat es nicht mehr jene positive Wirkung wie vor dem Wechsel oder im Klimakterium. Im Alter kann ein plötzlich verordnetes Geschlechtshormon Probleme bereiten, unmittelbar nach den Wechseljahren prolongiert es den Schutz. Das Fazit ist damit einfach: Das richtige Hormon muss eine Frau zum richtigen Zeitpunkt einnehmen.

Die weiblichen Blutgefäße

Die Gebärmutter, die Blutgefäße und Alfred Nobel

Dass Gebärmutter und weibliches Herz zusammenhängen, dokumentiert die Wissenschaft zunehmend in positiver Weise. Das Bindeglied zwischen beiden ist ein Kleinmolekül, das an Nitroglycerin und Alfred Nobel erinnert.

Um den größten Muskel des menschlichen Körpers, die Gebärmutter der schwangeren Frau, ruhig zu stellen, verwendet die Evolution ein Gas, mit dem gleichzeitig auch die Blutgefäße entspannt und behütet werden, und zwar bei der Frau mehr als beim Mann. Dieser Gasotransmitter gehört in die Familie der Nitro-Verbindungen. Er ist ein Wehen-Hemmer, der auch unnötige Verengungen von Blutgefäßen verhindert und damit den gesamten weiblichen Körper schützt.

Innerhalb von neun Monaten erweitert sich die Gebärmutter der Frau von der Größe einer Birne auf mehr als einen halben Meter, ein architektonisches Meisterwerk der Natur. Jedes Organ, das so schnell wächst, muss verständlicherweise ausreichend mit Blut versorgt werden. Für das Kreislaufsystem eine fast unmögliche Umstellung, da es nicht nur die entsprechenden Blutgefäße anlegen, sondern auch die Durchblutung der Organe sicherstellen muss. Dafür sorgt ein uraltes Gas, das die Evolution eigens für diesen Vorgang abgestellt hat. Es erweitert die Blutgefäße der Gebärmutter und sichert damit die Versorgung der Schwangerschaft.

Alfred Nobel – er litt an starken Durchblutungsstörungen am Herzen – vertraute kurz vor seinem Tod seinem Tagebuch an, dass es für ihn eine Paradoxie des Schicksals wäre, wenn ihm die Ärzte jene chemischen Verbindungen verschrieben, die er selbst ein Leben lang erforscht hatte, nämlich die bereits genannten Nitro-Verbindungen.

Aus ihnen spaltet sich das Kleinmolekül Stickmonoxyd ab, das, vom Östrogen des Eierstockes dazu angeregt, Gebärmutterzellen und Arterienmuskulatur entspannt und so die Blutgefäße erweitert. Im Jahr 1993 kündigte die Amerikanische Akademie der Wissenschaften in ihrem Magazin »Science« unter dem Titel »Just Say No« an, dass das Stickmonoxyd zum »Molekül des Jahres« erklärt worden sei.

Dieses Stickmonoxyd steht unter der Kuratel des Östrogens, es wird von den Eierstockhormonen mitgesteuert und erfüllt zahlreiche Aufgaben im menschlichen Körper. Allerdings hatte es noch vor einem Jahrzehnt einen denkbar schlechten Ruf. Damals war dieses Gas verpönt und galt als Abbauprodukt bei Verbrennungsmotoren, das für den sauren Regen und für die Zerstörung der Ozonschicht mitverantwortlich gemacht wurde. In der Zwischenzeit hat sich seine Reputation gebessert: Das Stickmonoxyd gilt inzwischen als lebenswichtiger Signal-Überträger, der nicht nur die Durchblutung unseres Körpers reguliert, für die Gebärmutter und für die Schwangerschaft essenziell ist, sondern auch Abwehrzellen befähigt, Viren und Bakterien abzutöten – und all diese Aufgaben möglicherweise in der weiblichen Gebärmutter lernte.

Dieses Gas ist letzten Endes auch jenes Molekül, dessen sich Viagra bedient. Der Eröffnungsmechanismus der Venen des männlichen Gliedes wird durch Stickmonoxyd beeinflusst. Die Verschlussmuskulatur des Penis erschlafft, wodurch er sich vermehrt mit venösem Blut füllt– die Erektion entsteht.

Gleiches passiert in den Muskeln der Blase: Auch sie werden durch das Stickmonoxyd entspannt, und Probleme, die im Rahmen der Reizblase auftreten, werden dadurch gemildert. Der gute Behandlungserfolg mit Östrogenen an der Blase beruht ebenfalls auf der blutgefäßerweiternden Wirkung des Stickmonoxyds.

Diese Entspannung hilft auch dem Auge. Normalerweise beträgt der Augendruck 16 mmHg und wird vom Durchmesser eines Kanals, dem Schlemmkanal, gesteuert, der die Augenflüssigkeit direkt in die Blutgefäße abführt. Der Widerstand dieses Kanals ist für den Druck im Auge mitverantwortlich. Wird der Kanal erweitert, so fließt mehr Flüssigkeit ab; der Augendruck sinkt. Die Zellen des Schlemm'schen Kanals verfügen ebenso über glatte Muskelzellen und haben damit eine Ähnlichkeit zur Muskulatur der Blutgefäße und der Gebärmutter. Wie dort bewirkt das Östrogen auch hier eine Erweiterung, was sich günstig auf die Druckverhältnisse im Auge auswirkt. Dies ist vor allem bei Glaukompatientinnen wichtig. Berichten die Frauen, dass der Augendruck mit Beginn der Menopause ansteigt, so ist eine Östrogenbehandlung zu überlegen.

Dies zeigt einmal mehr: Die Schöpfung bedient sich einiger Module, die für die Fortpflanzung gebraucht werden, und das auch in verschiedenen anderen Organen. Das Ergebnis: Eine biologische Komplexität entsteht.

Das Gebärmuttergas lässt Frauen die Hackordnung besser ertragen

An Cynomolgus-Affen machten Wissenschaftler folgende Beobachtungen: Bei Belastungen, im Schmerz und im Stress verkrampfen sich Blutgefäße und Herz der Tiere, was wesentlich zur Verkalkung der Gefäße beiträgt. Damals erkannten die Forscher zuerst, dass ein Molekül mit dem Namen Acetylcholin eine doppelte Wirkung auf die Blutgefäße ausübt: Einerseits verkrampft es im Stress und im Schmerz die Herzkranzgefäße, andererseits bewirkt es in der Blutgefäß-Innenauskleidung eine verstärkte Stickmonoxyd-Freisetzung, das eine entgegengesetzte, nämlich eine gefäßerweiternde Wirkung entfaltet. Das Gleiche gilt auch für den Menschen. Es ist ein Yin-Yang-Mechanismus, den die weiblichen Hormone in Richtung Entspannung trimmen.

Wird ein männliches Tier bedroht und beginnt ein Überlebenskampf, so ziehen sich kurzfristig die Blutgefäße des Herzens zusammen; aber schon wenig später wird in den Arterien das Stickmonoxyd freigesetzt, und nach einer anfänglichen Verkrampfung erweitert sich das Herz-Kreislauf-System. Dies sieht man in besonderer Weise bei den Alpha-Tieren unseres Planeten, also bei jenen, die zum Beispiel in der Affengesellschaft die obersten Plätze der hierarchischen Rangordnung einnehmen.

Nicht ganz so verhält es sich bei den Omega-Tieren, die in der Hackordnung niedriger platziert sind. Sie haben nur bedingt Zugang zur Nahrung und zum weiblichen Geschlecht – nicht vergleichbar mit den Alpha-Tieren, weshalb sie im chronischen Stress leben, der zu einer höheren Cortisol-Ausschüttung der Nebenniere führt. Dies verändert den

Acetylcholin-Effekt dramatisch: Kränken sich die Omega-Männchen, so setzen sie zunächst auch Acetylcholin frei, das einen Gefäßspasmus bewirkt, der aber, anders als bei den Alpha-Männchen, nicht von einer Erweiterung der Blutgefäße abgelöst wird. In den Omega-Männchen bleibt das Blutgefäßsystem verspannt, die Durchblutung ist reduziert, die Anfälligkeit für Kreislauferkrankungen steigt.

Auch bei den Weibchen gibt es Omega-Tiere. Zwischen den Omega-Männchen und den Omega-Weibchen besteht allerdings ein großer Unterschied: Letztere haben einen Schutzfaktor, der den Omega-Männchen fehlt, nämlich das Fortpflanzungshormon Östrogen. Dieses entspannt auch beim Omega-Weibchen die Blutgefäße, und damit verkraften Frauen – zumindest von Seiten des Herzens – die Bosheiten des Lebens besser als die um Rangordnung kämpfenden Männer.

Durch Östrogene kann also der Gefäßkrampf des Acetylcholins überwunden und beim Omega-Weibchen genauso wie beim Alpha-Weibchen – und beim Alpha-Männchen – eine Blutgefäßerweiterung erreicht werden.

Damit geht Frauen die Hackordnung des Lebens nicht so sehr ans Herz wie den Männern. Grund dafür ist die Gebärmutter: Dieser große Muskel wird, wie erwähnt, während der Schwangerschaft ebenfalls entspannt, um vorzeitige Wehen zu vermeiden, und diesen Job verrichtet das Stickmonoxyd NO. In diesen »Entspannungseffekt« werden neben der Gebärmutter auch die Blutgefäße, Arterien und Venen, aber auch die Kanäle des Auges einbezogen – letzten Endes zu deren Vorteil.

Die Fortpflanzung schützt demnach das weibliche Herz. Das Östrogen, dieses wichtige Hormon der Reproduktion und der Schwangerschaft, stimuliert ein Enzym – die im Fachjargon sogenannte endotheliale NO-Synthase – zur Bildung des Stickmonoxyds, das dann wiederum in Muskelzellen kriecht und dort letztendlich zur Gefäßentspannung beiträgt. Das kleine Molekül Stickmonoxyd stammt aus einer Aminosäure, dem Arginin, das sich durch Abspaltung des Stickmonoxyds in Citrullin umwandelt. Dieses Arginin ist die Muttersubstanz des gefäßerweiternden Stickmonoxyds, das im Übrigen auch für Sportler besonders interessant ist, da es die Muskelarbeit verbessert, die Durchblutung fördert und die sportliche Leistungsfähigkeit erhöht.

Das Fortpflanzungshormon Östrogen wirkt auf die Blutgefäße wie sportliche Aktivität

Dass sportliche Aktivitäten für das Herz-Kreislauf-System gesund sind, wissen Mediziner seit langem; dass sich der Sport allerdings der gleichen Gesetze bedient wie das Fortpflanzungshormon Östrogen, ist auch ihnen relativ neu. Denn auch beim Laufen, beim Schwimmen oder bei anderen Sportarten wird jenes Stickmonoxyd freigesetzt, das über Östrogene die Gebärmuttermuskulatur ruhig stellt. Beim Sport allerdings ist es die »Arterien-Massage« des zirkulierenden Blutes: Findet eine körperliche Anstrengung statt, so beginnt das Herz schneller zu schlagen, wodurch mehr Blut in den Muskel gelangt, das folgerichtig schneller in die Gefäße fließt. So wird die Innenauskleidung der Blutgefäße stärker »massiert«, wodurch sich der gleiche Effekt einstellt wie beim Östrogen. Die Endothel-Massage (Endothel ist die innere Auskleidung der Blutgefäße) bewirkt eine verstärkte

Stickmonoxyd-Freisetzung, Blutgefäße weiten sich und stellen die für den Sport notwendigen Höchstleistungen sicher. Viele Athleten berichten, dass zu Beginn des Laufens die ersten Minuten die anstrengendsten sind. Nur Momente später aber berichten sie von dem Eindruck, die Blutgefäße gingen regelrecht auf, weswegen die sportliche Aktivität wesentlich weniger mühevoll erscheint. Dies ist ein Resultat der Stickmonoxydbildung. Sport und Östrogene haben damit eines gemeinsam: Sie verbessern die Durchblutung, indem sie die Blutgefäße erweitern.

Das Stickmonoxyd entspannt, es erweitert die Blutgefäße im Unterleib und – wie dargestellt – in vielen anderen Organen des weiblichen Körpers, der dadurch geschützter ist als der männliche. Entspannung bewirkt das Stickmonoxyd auch im Darm, wo es allerdings zu Blähungen und Flatulenz führen kann, wie viele Frauen vor ihrer Regel berichten. Damit hat dieser Mechanismus ein Yin-Yang-Gesicht, das auch Schattenseiten beinhaltet. Denn die Venen sind ebenfalls davon betroffen: Sie erweitern sich und führen damit bei Frauen häufiger zu Krampfadern als beim Mann.

Vor allem nach der Schwangerschaft, aber auch bei einer Östrogenzufuhr durch die Pille beobachten manche Frauen ein Durchscheinen der kleinen und der größeren Venen; Besenreiser entstehen, aber auch Krampfadern. Letztendlich ist dies die andere Seite der Medaille, denn auch die Venen erweitern sich, genauso wie die Arterien, und können im weiblichen Körper zu gesundheitlichen Problemen führen. Ähnliches gilt für den Darm, auch dort erzeugt eine zu intensive Entspannung Probleme, die allerdings durch ein Gegenhormon, nämlich durch das Progesteron, gemildert werden können. Progesteron hemmt die Wirkung des Östrogens auf das Stickmonoxyd, es verstärkt den Tonus der Blutgefäße und auch des Darms. Damit kann das Progesteron vor allem bei praemenstruellen Darmproblemen durch eine Verhinderung der Östrogen- und Stickmonoxydwirkung manche subjektiven Beschwerden verbessern.

Was kann die Medizin davon lernen?

Das Entspannungsgas Stickmonoxyd senkt nicht nur den Druck der Gebärmutter, sondern auch den Druck in den Blutgefäßen. Dadurch tritt die Hypertonie bei Frauen seltener auf als bei Männern. In der Lebensmitte jedoch, nach den Wechseljahren, benötigt der weibliche Körper keine Ruhigstellung der Gebärmutter mehr, da die Fortpflanzungsperiode abgeschlossen ist. Deshalb werden die Fortpflanzungshormone eingespart, und damit sinkt auch deren Effekt auf zahlreiche andere Organe des weiblichen Körpers – auf das Herz und auf die Blutgefäße. Die Entspannung, die durch das Stickmonoxyd bewirkt worden war, fällt weg.

Dies ist einer der Gründe, warum manche Frauen in den Wechseljahren über einen Anstieg des Blutdrucks berichten, der ihnen völlig unerklärlich erscheint. Der schwankende Blutdruck ist ein häufiges Symptom der klimakterischen Jahre und beruht auf der fehlenden Wirkung des Gebärmutter-ruhigstellenden Gases NO. Nimmt die Frau in der Menopause zu viel Östrogen zu sich, regt sie dadurch die Stickmonoxydsynthese an, wodurch sich der Blutdruck normalisiert. Einen ähnlichen Effekt hat übrigens auch das Melatonin. Studien demonstrierten, dass es zusammen mit der

Hormonersatztherapie nicht nur den Blutdruck, sondern auch den »Pulsationsindex« (vereinfacht erklärt: den Druck zwischen zwei Herzschlägen) senkt. Damit wäre die Kombination von Melatonin und Östrogen bei Patientinnen, die während der Wechseljahre einen hohen Blutdruck entwickeln, überlegenswert.

Das weibliche Gehirn

Frauen sind stressresistenter und regenerieren ihr Gehirn schneller

Schon in den ersten Lebenstagen ist der weibliche Körper widerstandsfähiger als der männliche. Kommen Kinder zu früh auf die Welt, so verkraften dies die Jungen schlechter als die Mädchen.

In ihrem späteren Leben wird die Frau biologisch stärker gefordert als Männer – die Fortpflanzung ist für sie mitunter lebensgefährlich. Grund genug für Mutter Natur, das weibliche Gehirn intensiver zu unterstützen als das männliche. Sie schenkt dem weiblichen Denkorgan eine höhere Regenerationskraft und auch Wege, verletzte Neurone zu reparieren und neue entstehen zu lassen. Schwangerschaftshormone, mit denen der Körper der Frau das Wachsen ihres Kindes kontrolliert, verbessern nicht nur die Anatomie des weiblichen Hirns, sondern auch seine Funktionen.

Die berufliche Doppelbelastung der Frau hat sich erst in den vergangenen Dekaden entwickelt. Der weibliche Organismus aber war schon vorher über Zehntausende von Jahren stärker gefährdet: Die monatliche Blutung, der Eisprung, vor allem aber Schwangerschaft und Geburt stellen Extremsituationen für den weiblichen Organismus dar. Die Geburt selbst war lange lebensbedrohend, und noch heute sterben Millionen Frauen – übrigens ein Skandal! – in manchen Teilen der Welt während der Wehen oder unmittelbar nach der Geburt. Die Weitergabe des Lebens bedeutet für den weiblichen Körper eine existenzielle Bedrohung – und deswegen benötigt die Frau Schutzmechanismen, die dem Mann nicht in gleichem Ausmaß zur Verfügung stehen müssen.

Vor allem die Blutgerinnung hat sich diesen Herausforderungen der Evolution gestellt und für den weiblichen Körper Genvarianten entwickelt, die mit einer besseren Gerinnungsfähigkeit und einer geringeren Verblutungsgefahr bei der Geburt assoziiert sind. Das Energiesystem ist ökonomischer, denn Schwangerschaft und Laktation sind hochenergetische Prozesse, die der männliche Körper nicht kennt.

Das Wissen, dass es Hormone des Eierstockes auch im Gehirn gibt, ist verhältnismäßig neu. Sie fördern dort die Ernährung und das Wachstum der Nerven und haben darüber hinaus noch weitere Funktionen: Sie sind Antidepressiva, Stressneutralisatoren, Stimmungsaufheller und Psychopharmaka in einem.

Im menschlichen Kopf existieren Neurone, Nervenzellen, welche die Aufgabe haben, auch bei Stress und Belastung das Gehirn in einem ausgewogenen, ruhigen Zustand zu halten. Diese Zellen arbeiten nach den üblichen Usancen: Sie besitzen spezifische Tore, Rezeptoren, durch die Botenstoffe in die Gehirnzelle gelangen und dort dem Stress entgegenzuwirken beginnen. Normalerweise ist es die Gamma-Amino-Buttersäure, die zwar furchtbar riecht, den Nerven aber zu Entspannung verhilft. Führt die Medizin pharmazeutische Stimmungsaufheller und Psychopharmaka zu, dann benutzen diese die gleiche Tür und schleichen sich über den Rezeptor der Gamma-Amino-Buttersäure in die Zelle, um dort beruhigend zu wirken.

Auch die Gelbkörperhormone der Frau, die normalerweise eine Schwangerschaft vorbereiten, können die gleichen Rezeptoren, die gleichen Türen mitbenutzen und über sie ebenfalls in die Zelle gelangen, wo sie Ruhe verbreiten, um so der Frau psychische und physische Belastungen zu ermöglichen.

Der Vergleich der Verschreibungsrate von Psychopharmaka in Deutschland vor der Wende zeigt auf, dass pro Jahr etwa 20 Millionen Verordnungen bei Männern 40 Millionen Verschreibungen bei Frauen gegenüberstanden. Auffallend ist, dass im weiblichen Geschlecht der Psychopharmaka-Bedarf in der Lebensmitte plötzlich hinaufschnellt. Während in der zweiten bis vierten Lebensdekade der Psychopharmakaverbrauch beim weiblichen Geschlecht gering ist, steigt er um die Menopause um das Zehnfache an. Verschiedene Gründe können dafür verantwortlich sein: das Umfeld, der Beruf und die Partnerschaft. In den Jahren, da die Frau vermehrt Psychopharmaka braucht, verlassen oftmals die Kinder das elterliche Haus, wodurch das Leere-Nest-Syndrom entsteht, das ebenso wie ein sich veränderndes Verhältnis zum Partner für den vermehrten Bedarf an medikamentöser Hilfe verantwortlich sein kann. Daneben gibt es aber auch sehr viele Frauen, die beteuern, über eine glückliche Familie, ein schönes Heim und ein gefestigtes gesellschaftliches Umfeld zu verfügen, und dennoch klagen sie völlig unerwartet über depressive Züge. Treten diese mit dem Ausbleiben der Periode auf, so ist der Zusammenhang zur weiblichen Hormonsituation sehr wahrscheinlich.

Progesteron ist das erste Hormon, das in den Wechseljahren auszufallen beginnt. Obwohl das weibliche Gehirn imstande ist, es herzustellen, bezieht es einen Teil dieses Rohmaterials vom Eierstock, um es dann im Gehirn weiter umzubauen und durch das Hinzufügen zweier Atome zu einem Psychopharmakum zu wandeln.

Ein Progesteronmangel manifestiert sich in unregelmäßigen Blutungen im Wasserstau, da das Gelbkörperhormon unnötiges Wasser aus dem weiblichen Körper entleert, und dies im übertragenen Sinn auch an der Seele schafft. Depressive Verstimmungen in der Menopause sind daher mitunter Symptom eines Progesterondefizits. Das Gelbkörperhormon wird im Gehirn weiterverarbeitet, um aus ihm einen sogenannten »GABA-Rezeptor-Agonist« herzustellen, der stimmungsaufhellend und antidepressiv wirkt – ähnlich wie die berühmten »Selektiven Serotonin Reuptake Inhibitoren (SSRI)«, die Serotonin in Nervenspalten anhäufen und so die Stimmung anzuheben in der Lage sind.

Das weibliche Gehirn regeneriert sich schneller

Leider nehmen schwere Unfälle mit Hirnverletzungen zu, wobei Intensivmediziner ein fast makabres Detail entdecken: Werden Frauen nach einem schweren Unfall ins Krankenhaus eingeliefert und intensivmedizinisch betreut, so erholen sie sich schneller, wenn der Unfall in der zweiten Zyklusphase geschieht. Nur, warum? Der Grund liegt in der Anwesenheit des Hormons Progesteron, das unmittelbar nach dem Unfall mit der Reparatur beschädigter Nerven im weiblichen Gehirn beginnt. Der gleiche Botenstoff weiblicher Keimdrüsen, der die Schwangerschaft vorbereitet und ermöglicht, regeneriert also auch das mütterliche Gehirn.

Ähnlich wie das Gelbkörperhormon die Neubildung von Nerven in der Frühschwangerschaft anregt, um Vigilanz und Aufmerksamkeit der werdenden Mutter zu verbessern, stimuliert es nach einem Unfall die Genesung der Nerven. Diese sind – Ästen und Baumstämmen vergleichbar – von einer Rinde umgeben, welche die Nerven ernähren. Sie stellen also Ernährungszellen dar und sind für die Gesundheit, die Regenerationskraft, aber auch für die Aktivität der in ihnen eingeschlossenen Nerven mitverantwortlich, da sie Nährstoffe und Wachstumsfaktoren antransportieren. Das Gelbkörperhormon Progesteron vermehrt sie, es stimuliert die »Myelinscheiden« – so heißen die Ernährungszellen – und nimmt damit in indirekter Weise auch auf die Nervenfunktion Einfluss. So regenerieren sich verletzte Nerven beim weiblichen Geschlecht durch das Progesteron rascher. Seine Schutzfunktionen sind im kalifornischen San Diego bei einem Weltkongress der Neurologen präsentiert worden, die offen bekannten, dass von den Dutzenden Substanzen, die zur Nervenregeneration überprüft worden sind, nur das Schwangerschaftshormon übrig geblieben ist.

Professor Donald Stein von der Emory University in Atlanta hat in diesem Zusammenhang Studien vorgestellt, nach denen das Sexualhormon nicht nur die Überlebenschance nach Schädel-Hirn-Traumen verbessert, sondern vielen Unfallopfern überdies hilft, mit einem weniger schweren Trauma später wieder ihrem Beruf nachgehen zu können.

Stein war schon vor 25 Jahren in seinem Labor aufgefallen, dass männliche Ratten schwerer unter einem Hirntrauma litten als weibliche. Besonders dann, wenn die weiblichen Ratten gerade in der Phase ihres Zyklus waren, in denen ihr Körper mehr Progesteron produzierte. Die Nationale Gesundheitsbehörde (NIH) der USA fördert gegenwärtig die letzte Phase eines klinischen Tests mit 1140 Patienten, die die Heilwirkung des Schwangerschaftshormons unter Beweis stellen sollen.

Auch bei frühen Frühgeborenen ist die Entwicklung der

Hirnzellen gefährdet. Mediziner setzen in klinischen Studien auf Progesteron, um einen möglichen Schaden abzuwenden. Kommt ein Kind in der 28. Schwangerschaftswoche oder noch davor zur Welt, so ersetzt die neonatologische Intensivmedizin all die Substanzen, die das zu früh zur Welt gekommene Neugeborene braucht: Flüssigkeit, Nahrung, Elektrolyte und Nährstoffe.

Das Progesteron reguliert bereits in der Embryonalzeit die Neurogenese; es ernährt schon im Mutterleib die Nervenzellen des kindlichen Hirns, und auch später bleibt ihm diese Aufgabe erhalten. Es schützt weiter die weiblichen Neurone, repariert sie und stattet sie mit besonderen Privilegien für die Schwangerschaft aus. Ob auch im Alter diese Schutzwirkung aufrecht bleibt, versuchen Wissenschaftler noch herauszufinden. Sicher ist, dass der Mensch nicht sosehr durch einen Verlust der grauen Hirnsubstanz, die den Nerven entspricht, altert, sondern durch ein Defizit jener weißen Zellen, die das Progesteron dirigiert. Diese nehmen im Laufe des Lebens kontinuierlich ab, wodurch die Nerven schlechter ernährt werden und der Alterungsprozess fortschreitet. Progesteron regt die weißen Gehirnzellen dagegen an und unterstützt sie in ihrer Arbeit. Ob dies dem Anti-Alterungsprozess zugute kommen kann, werden wissenschaftliche Arbeiten der nächsten Jahre klären.

Eine Anekdote von Professor Festetic, Verhaltensbiologe und Schüler von Konrad Lorenz, unterstreicht die Wichtigkeit des Schwangerschaftshormons für das Gehirn: Sein Ur-Ur-Großvater war Kanzler am Habsburgischen Hof und konnte über Jahre Fürstin Maria Theresia aus nächster Nähe erleben. Ihre Fitness, ihre Entscheidungsfreudigkeit und ihr schnelles und sicheres Urteilen, aber auch ihre physische Kapazität waren während ihrer Schwangerschaften besonders bemerkbar. Sie strotzte in der Schwangerschaft offensichtlich vor Progesteron.

Warum junge Mädchen zu Panikattacken neigen

Der Progesteronmangel in der Menopause und die daraus entstehenden Depressionen und Panikattacken haben ein spiegelbildliches Äquivalent, das bereits zu Beginn der reproduktiven Phase des weiblichen Lebens anzutreffen ist: Junge Mädchen, die gerade in die Pubertät gekommen sind, leiden häufiger an Panikattacken und Phobien als ihre männlichen Altersgenossen. Oft scheint nur eine psychiatrische Behandlung Hilfestellungen leisten zu können – zum Leidwesen der Eltern. Ähnlich wie das Klimakterium ist auch die Pubertät eine Lebensphase in der weiblichen Biografie, die durch einen Progesteronmangel charakterisiert ist, woraus die höhere Anfälligkeit für seelische Verletzbarkeit in beiden Lebensperioden folgt.

Die Geschlechtsreife ist ein hochsensibler Abschnitt im Leben einer Frau. Um die Pubertät einzuläuten, müssen jene Nervenzellen im weiblichen Gehirn zu feuern beginnen, über welche die Hirnanhangsdrüse den Eierstöcken die Befehle zur Arbeit gibt. Damit die Keimdrüsen der Frau nicht frühzeitig, also bereits in der Kindheit, Hormone herzustellen beginnen, wird die dafür verantwortliche Schaltzentrale im Gehirn ruhiggestellt. Sie gibt keine Befehle zur Östrogen- und Hormonproduktion an die Hirnanhangsdrüse weiter, sie ist inaktiviert. Diese Blockade übernimmt ebenfalls die Gamma-Amino-Buttersäure, der beruhigende Neurotransmitter des Gehirns. Um am Ende der ersten Lebensdekade diese Bremse zu lockern und den Schalter dieser

Steuerungsneurone auf Aktivität zu legen, ist die Gamma-Aminosäure in ihrer bremsenden Aktivität zu stoppen. Ein anderer Neurotransmitter, die Glutaminsäure, tritt nun auf diesen Platz. Sie regt die Nervenaktivität an und aktiviert jene Schaltzentrale, die die Hormonbildung in den Eierstöcken startet. Dadurch fehlt der beruhigende Neurotransmitter, die Gamma-Amino-Buttersäure. Dieses Defizit ist der Preis für die beginnende Pubertät, für die nun anlaufende Eierstockaktivität sowie für die Hormonproduktion. Letztere gleicht das Defizit der beruhigenden Gamma-Amino-Buttersäure aus. Kommt nämlich der Eierstock in Gang und startet er seine Produktion des Gelbkörperhormons Progesteron, so gewinnt der weibliche Körper einen neuen Stoff, der ebenso wie die Gamma-Amino-Buttersäure beruhigend auf die Zellen einzuwirken vermag.

Allerdings fehlt manchen Mädchen unmittelbar nach Pubertätsbeginn noch der Eisprung. Es sind zwar Östrogene und Monatsblutungen vorhanden, aber nur selten eine Ovulation und dadurch zu wenig Progesteron. So bleibt kurzfristig jenes Hormon aus, das die Funktion der Buttersäure übernehmen müsste, das Gelbkörperhormon, das ebenfalls anxiolytisch und stimmungsaufhellend wirkt.

Dies ist wahrscheinlich einer der Gründe, warum junge Mädchen häufiger an Panikattacken und Phobien leiden als Jungen. Mediziner prüfen derzeit intensiv, ob sie in derartigen Fällen nicht jenes Hormon zuführen sollten, das genauso wie ein Selektiver Serotonin Reuptake Inhibitor wirkt – nämlich das Progesteron. Dies erscheint vor allem dann sinnvoll, wenn junge Mädchen gleichzeitig über unregelmäßige Blutungsintervalle klagen und ein Gelbkörperhormon als Therapie in Frage kommt.

Prämenstruelles Syndrom – Wochenbettdepression – Progesteron

Der weibliche Körper gilt nicht nur als besonders empfindsam, sondern ist es auch tatsächlich. Ändert beispielsweise das Progesteron kurzfristig seine Konzentration, so ist der weibliche Körper in der Lage, diesen Vorgang wahrzunehmen. Das Progesteron bildet sich erst nach dem Eisprung, das heißt in der Zyklusmitte. Tritt eine Schwangerschaft ein, so steht es der Frau weiterhin zur Verfügung und begleitet die Einnistung der Eizelle und das Wachstum des ungeborenen Kindes. Kommt es jedoch zu keiner Schwangerschaft, fällt das Progesteron – unmittelbar vor der Menstruation – wieder ab, was die Frau als kurzfristigen Gelbkörperhormonmangel registriert. Depressive Verstimmungen sind die Folge. Natürlich kann das prämenstruelle Syndrom auch andere Ursachen haben, doch eine ist zweifelsfrei der Progesteronmangel. Die Diagnose kommt aus der Praxis, in der Ärzte Depressionen ihrer Patientinnen durch deren Einnahme von Progesteron behandeln. Ähnliches gilt auch für jene Stimmungsveränderungen, unter der manche Frauen im Wochenbett, also nach der Entbindung, leiden. Dabei erlebt die junge Mutter den steilen Progesteronabfall, der zur Entleerung der beruhigenden Neurosteroiden im Gehirn und zur Entstehung jener seelischen Probleme führen kann, die viele Frauen nicht zuordnen können. Schließlich hätten sie doch nur Anlass zur Freude, weil sie gerade ein Kind bekommen haben.

Ob eine Progesteronzufuhr diesen Patientinnen helfen kann, ist derzeit ebenfalls Teil der wissenschaftlichen Forschung.

Das weibliche Gedächtnis

Frauen vergessen selten

Die Sorge um und der Schutz der Kinder benötigen eine gut funktionierende Hirnleistung. Unter den wenigen Menschen, die das Telefonbuch der Stadt New York auswendig können, sollen Frauen in der Überzahl sein. Es ist das »Seepferdchen« im Gehirn, der Hippocampus, der für die Gedächtnisleistung verantwortlich ist und bei der Frau privilegierter zu sein scheint als beim Mann. Da Frauen aus biologischer Sicht für die Aufzucht des Nachwuchses verantwortlich sind, können sie sich mehr merken als Männer, die zu einer gewissen Vergesslichkeit neigen; auch wenn Ausnahmen selbstverständlich die Regel bestätigen. Das Hormon Östrogen unterstützt also nicht nur den Eisprung, sondern auch das Gedächtnis, und wenn es fehlt, so bricht nicht nur der weibliche Zyklus zusammen, sondern mitunter auch die Merkfähigkeit des Gehirns.

Manche Frauen erleben diesen Prozess in der Lebensmitte, wenn Hormonstörungen auftreten und sie feststellen müssen, dass sie früher kaum ein Notizbuch benötigten, um sich drei Telefonnummern zu merken. Nun aber findet es sich in ihrer ständigen Verwendung.

Im Seepferdchen-Organ des weiblichen Gehirns vermehrt das Östrogen einen wichtigen Stoff, der für das Gedächtnis bedeutsam ist: das Acetylcholin. Das Acetylcholin ist eine kleine Verbindung, die die Gedächtnisimpulse von einem Nerventeil zum anderen trägt. Hergestellt wird dieses Acetylcholin in den sogenannten »cholinergen Acetyltransferasen«, die aus verschiedenen Bausteinen den Gedächtnisstoff Acetylcholin basteln. Das Östrogen trägt diese Bausteine im Hippocampus zusammen. Dieser ist ein sehr alter Teil unseres Kopfes (heißt deswegen auch Archicortex) und stellt die Brücke zwischen dem emotionalen Gehirn (lymbischen System) und der Großhirnrinde dar. Der Intellekt des Großhirns auf der einen und die Emotionen des lymbischen Systems auf der anderen Seite verarbeiten die Ereignisse des Tages, bevor sie es im Hippocampus (emotionell gefärbt) ablegen.

Je mehr Kalzium in die Nervenzellen (Postsynapse) einströmen, umso höher die Leistung und umso besser die Merkfähigkeit. Bewirkt ein Sinnesreiz diesen Kalziumeinstrom und wird er mehrmals aktiviert, kommt es zu einem häufigeren und schließlich auch selbständigen Kalziumeinstrom, der ein wichtiger Schritt in der Gedächtnisentstehung ist. Östrogene vermehren nicht nur das Acetylcholin, den Helfer der Nerven, sondern auch den Kalziumeinstrom, indem es die sogenannten NMDA-Rezeptoren anregt.

Östrogene und Kalzium hängen zusammen, da beide in verschiedenen Funktionen wirken; so auch beim Gedächtnis und im Knochen. Damit ist zu erklären, warum eine wissenschaftliche Arbeitsgruppe die Knochendichte mit der verbalen Gedächtnisleistung in einen Zusammenhang gebracht hat.

Unser Gehirn ist auf Kohlenhydrate, also auf Zucker angewiesen, der seine Leistung ermöglicht. Daher sorgen sich auch Östrogene, dass ausreichend Zucker in Neurone transportiert werden, um diese zu Höchstleistungen zu konditionieren. Parallel zum Östrogenspiegel steigt der Glukosestoffwechsel im Gehirn an; während des Eisprungs findet sich die höchste Zuckerverwertung. In dieser Phase ist auch das Östrogen am höchsten.

In faszinierender Weise vollbringt das Östrogen also viele Aufgaben im weiblichen Gehirn: Es steuert den Kalziumeinstrom, ist für die Zuckerverwertung der Nervenzellen verantwortlich und erhöht auch einen bestimmten, sehr alten Wachstumsfaktor, den sogenannten TGF-beta, der die motorischen und sensorischen Hirnleistungen verbindet. Das Fortpflanzungshormon konditioniert damit auch das Gedächtnis – allerdings nicht aus Zufall, sondern zum Schutz der Kinder und um der Erhaltung der Art willen.

Deshalb verbessert auch eine Schwangerschaft – und das passt in das Gesamtkonzept – Gedächtnis und Lernverhalten. Sowohl das Östrogen wie auch das Progesteron fördern einerseits die Reproduktion – ja, sie sind Voraussetzung dafür –, andererseits erhöhen sie die Anzahl der Nervenausläufer und vergrößern so die Gesamtoberfläche jener Stellen, über die die einzelnen Nerven kommunizieren.

Die Achse Gehirn und Knochen

Fortpflanzung und die daran beteiligten Hormone, vor allem das Östrogen, bilden eine Achse zwischen völlig unterschiedlichen Organen: Gehirn und Knochen waren einer gleichzeitigen Evolution unterworfen, was Wissenschaftler am Lanzett-Fisch aufzeigen können. Über der Mittel-Linie des embryonalen Fisches entwickeln sich Elektrorezeptoren, an denen sich mineralisierte Partikel anordnen, die Knochenteile bilden, aus denen dann die Wirbelsäule entsteht. Diese Elektrorezeptoren vermögen nicht nur, Kalzium und Knochenteilchen anzuziehen, sondern lassen auch Photorezeptoren entstehen, aus denen sich dann Nerven, Augen und das Gehirn bilden. So scheint es eine Gehirn-Knochen-Achse zu geben, ähnlich wie auch eine Gehirn-Darm-Achse, über die Neurotransmitter die Darmaktivität beeinflussen und modellieren.

Vor einiger Zeit wurde der Physiker Stephen Hawkins gefragt, unter welchem Stern das neue Jahrhundert stehen werde. Und er antwortet wider Erwarten, dass es nicht die Physik oder die Biologie sei. Das neue Jahrhundert stehe vielmehr unter dem Aspekt der Komplexität, die sich zunehmend am menschlichen Körper offenbart; vor allem vor dem Hintergrund der Fortpflanzung und Erhaltung der Art.

Die Erhaltung der Art fordert auch ein Vergessen

Für das gesamte Leben gilt: Manchmal dient das Vergessen eher unserem Wohlbefinden als das Erinnern. Dies ist auch in der Fortpflanzung zu beobachten. Östrogene verbessern zwar das Gedächtnis der Frau, sorgen aber gleichzeitig auch dafür, dass sie sich in entscheidenden Momenten eben doch nicht alles merkt. Die Schmerzen der Geburt beispielsweise löschen sich umgehend aus ihrer Erinnerung. Andernfalls würde sich wohl selbst die widerstandsfähigste Frau weigern, sich dem Prozess einer Entbindung erneut hinzugeben. Oder? Deswegen hat die Evolution dem Bindungshormon Oxytocin, das für den Wehenbeginn und damit auch für die Schmerzen mitverantwortlich ist, eine zusätzliche Aufgabe erteilt: Es soll Erinnerungen an die Wehenschmerzen vernichten, sobald das Kind auf der Welt ist, um der Frau nicht die Freude an weiteren Schwangerschaften zu nehmen.

Die weibliche Haut

Sie flirtet

Viele Frauen erfreuen sich während ihrer Schwangerschaft seidiger Haare und einer reinen, rosigen Haut. Dabei handelt es sich keinesfalls um einen Zufall, sondern um ein ausgeklügeltes Konzept der Evolution.

Schwangerschaftshormone dirigieren nicht nur die faszinierende Entwicklung des Kindes und passen neun Monate lang den weiblichen Körper an die Fortpflanzungsbelastungen an. Sie verändern nicht nur die Immunsituation und die Leistung des Herzens, die Nieren- und Lungenfunktion, sie lassen nicht nur neue Nerven in das Riechhirn einwachsen, sondern regen die Haare an, besonders schnell und gut zu wachsen – und sie haben den gleichen Einfluss auf die Haut. Diese wird fester, besser ernährt und erweckt mitunter den Eindruck, sich zu verjüngen.

Dass Haut und Hautanhangsgebilde, genauso wie Drüsen, Hormone zu bilden imstande sind, ist bekannt; dass sie aber auch von der Hirnanhangsdrüse und vom Gehirn dazu Impulse bekommen, ähnlich wie der Eierstock, ist doch bemerkenswert. Denn damit wird die Haut nicht nur zu einem sogenannten »sekundären Geschlechtsmerkmal«, ähnlich wie die Brust, sondern scheint direkt in die Hormonbildung und in die geschlechtliche Kommunikation einzugreifen, was bei der Frau wesentlich besser erforscht ist als beim Mann.

Die Eierstöcke machen die Haut zum Duftorgan

Wissenschaftliche Hinweise illustrieren, dass dieses größte Organ des menschlichen Körpers Signale sendet und auch Signale empfängt, die für das gleiche und für das andere Geschlecht interessant sind. Im Tierreich ist diese Form der Kommunikation noch besser erhalten: Chemische Verbindungen, von der Haut produziert, werden im Riechhirn registriert und beeinflussen die inneren Drüsen. Relikte scheinen noch beim Homo sapiens geblieben zu sein. Das »Schlafsaal-Phänomen« erklärt durch die Kommunikation zwischen Eierstöcken, Nase und Haut, warum sich junge Mädchen, die lange Zeit beisammen leben und im gleichen Raum schlafen, mitunter in ihrem Menstruationsverhalten anpassen; der Eisprung, aber auch die Regelblutung treten gleichzeitig bei ihnen auf.

Sekrete der Haut und der Achsel beeinflussen die Hormonsteuerung im Gehirn. Schon 2001 berichteten Forscher von der japanischen Universität Yokohama, dass sich in den Achseln von Männern hormonähnliche Substanzen befinden – von der Schweißdrüse freigesetzt –, die den Eisprung der Frau beschleunigen sollen. Das Ovulationssignal, also das Signal für den Eisprung, sendet an die Hirnanhangsdrüse, und diese steht wiederum mit den Geruchseindrücken der Nase in enger Beziehung – eine Erklärung für die Eigenartigkeit, dass die in der Haut gebildeten Stoffe des Mannes die Fruchtbarkeit der Frau anregen und modulieren.

Aber auch der umgekehrte Fall ist zu beobachten gewesen. Die Testosteronbildung des Hodens wird durch Stoffe der weiblichen Haut stimuliert. Dies führt, wie 1990 an der US-amerikanischen Arizona State University festgestellt, zu erotischen Gedanken im Gehirn des Mannes, die das Pheromon auslöst. Im Jahr 2001 berichten Forscher der Universität von Chicago – über die reine Verhaltensbeobachtung hinausgehend –, dass hormonähnliche Duftstoffe, in der Haut und in den Hautanhangsorganen gebildet, den Metabolismus im Gehirn des Partners, der diese Hauthormone registriert, verändern. Zu diesem Schluss sind auch Wissenschaftler an der Karolinska-Universität bei Stockholm gekommen: Riechen Frauen Moleküle, die den männlichen Hormonen ähnlich sind und die die Haut ebenfalls abgibt, aktiviert dies den zentralen Steuerungsteil des weiblichen Gehirns, den Hypothalamus. Gleiches geschieht auch bei Männern, wenn sie eine östrogenartige Substanz der weiblichen Haut registrieren. Diese Untersuchungen haben Mediziner mit Hilfe modernster bildgebender Verfahren präsentiert und bewiesen.

Die Haut als Sendemast

Die Haut ist also nicht nur eine große Antenne, sondern auch eine Sendeanlage, über die Menschen miteinander kommunizieren. Eine atemberaubende Bestätigung dieser bis jetzt als nicht für möglich gehaltenen Funktion der Haut liefern israelische Forscher: Unsere Haut ist von Schweißdrüsen durchzogen, welche interessanterweise keinen geraden, sondern einen geschlängelten Verlauf nehmen und von der untersten Hautschicht bis zur Hautoberfläche reichen. In Erregungszuständen, bei körperlicher Anstrengung, aber auch unter dem Einfluss bestimmter Hormone, füllen sich diese geschlängelten Drüsengänge mit Flüssigkeit, also mit Schweiß, und nehmen dabei eine völlig neue Funktion an. Sie werden Antennen für elektromagnetische Wellen, registrieren Strahlen von rund 100 Gigahertz und reflektieren diese wieder zurück. Dabei kommt es auf den Flüssigkeits-Füllungszustand an: Sind die Drüsenschläuche leer, so haben sie keine Antennenfunktion, sind sie aber gefüllt – zum Beispiel in einem Zustand erotischer Erregung –, so empfangen sie und geben die eingestrahlte Botschaft reflektierend wieder. Bereits heute überlegen Wissenschaftler, welchen Einfluss diese Informationen auf die Kommunikationsüberwachung des Menschen haben könnten.

Einmal mehr scheint auch in diesem Zusammenhang die männliche Haut einfacher zu sein als die weibliche, denn Letztere passt sich den Eierstöcken an und oszilliert mit Eisprung, Gelbkörperphase und Menstruation.

In der geschlechtsreifen Zeit, nach dem Eisprung, hebt der weibliche Körper – zunächst völlig unabhängig von sportlicher Aktivität – seine Temperatur an, um einer möglichen Schwangerschaft sofort die Hochleistungen der Zelle anbieten zu können. Um aber nicht im hohen Fieber zu enden, wird vermehrt Schweiß gebildet, die Antennen füllen sich und stehen hochkonzentriert auf Empfang und Sendung. Das dem Mann weitgehend fehlende Progesteron errichtet diese Sendeanlagen; es hebt die innere Wärme an und füllt die Schweißdrüsenschläuche, die geschlängelt in der Hautschicht verborgen ruhen, wie kleine Sendemasten, die auf elektrische Wellen warten. Möglicherweise verbirgt sich dahinter eine Form der Kommunikation, die uns bis heute unbekannt ist.

Die Eierstöcke schmücken die Haut

Die drei Hormongruppen, die die Fortpflanzung und Schwangerschaft organisieren, wachen auch über die Haut, halten sie geschmeidig und attraktiv und verhindern ihren frühzeitigen Abbau. Östrogene lagern Zellflüssigkeit ein und vermitteln so Spannkraft, sie bauen im Skelett und in der Haut Stützfasern und verleihen diesen Organen Festigkeit – vor allem schieben sie neue Zellteile nach, wenn ein Organ regeneriert oder aufgebaut werden soll, wie es während der Schwangerschaft der Fall ist. Das alles kommt der Haut zugute. Und dies ist keinesfalls nur Kosmetik. Im Gegenteil. Denn betroffen ist nicht nur die Haut im Gesicht, sondern auch im Mund, im Rachen und in der Vagina.

Die Kollagenfasern, vom Östrogen stimuliert, sind in eine geleeartige Substanz eingebettet, den »Proteoglykanen«, Verbindungen, die sowohl aus Zucker wie auch aus Eiweiß bestehen und gelförmig die Kollagenfibrillen umgeben. Diese Quellsubstanz ist elektrisch geladen, weist eine negative Spannung auf und zieht dadurch Wassermoleküle an, die sich in der Haut zusätzlich zum Kollagen und zu den Proteoglykanen positionieren. Dadurch bekommt die Haut ihren »Turgor«, ihren »Wasserdruck«, wörtlich übersetzt – ein frischer Gesichtsausdruck entsteht. Wichtiger Bestandteil der Glukosamine ist die Hyaluronsäure, deren Bildung östrogenabhängig ist.

Um während der Schwangerschaft die kindlichen Organe zusammenzustellen, greift das Östrogen auf Stammzellen zurück. Ähnlich wie das Knochenmark, die Leber, die Bauchspeicheldrüse und das Gehirn, besitzt auch die Haut Regenerationszellen, also Stammzellen, aus denen sie sich und die Haare ununterbrochen erneuert und die auch nach der Geburt hormonabhängig bleiben. Eigentlich ist dieser Prozess seit langem bekannt: Die oberste Hautschicht stirbt ab, wodurch sie die Hornhaut bildet, wird aber ununterbrochen erneuert; Tag für Tag wachsen aus unteren Regionen neue Hautzellen nach. Diese Kraft nimmt unser größtes Organ von Millionen Stammzellnestern, die sich über unseren Körper verteilen und fast stündlich neue Zellen ausstoßen, um die gealterten Hautstrukturen zu erneuern.

Vor einigen Jahren haben Mediziner diese Stammzellnester geortet: Sie liegen in Nischen verborgen und halten sich an die kleinen Härchen, die sich überall am menschlichen Körper befinden. Diese sind förmlich das Leitorgan für Hautstammzellen, denn unmittelbar neben ihnen finden sich kleine Behälter, in denen diese Reservezellen ein Leben lang ruhen. Jedes Härchen ist von einem Muskel versorgt, der vor allem in Stress-Situationen die Haare förmlich zu Berge stehen lässt – der sprichwörtliche Ausdruck »Mir stehen die Haare zu Berge« ist demnach auch anatomisch völlig richtig. Und genau dort, wo der kleine Muskel das Härchen trifft, liegt das Stammzelldepot für die Haut.

Ähnliches gilt übrigens für die Augenlinsen, die Stammzellen so wie die Haut regenerieren können.

Das Gelbkörperhormon für die Haut

Warum entstehen eigentlich Falten? Diese Frage dürfte sich die eine oder andere Frau beim entsetzten Blick in den Spiegel sicher schon gestellt haben. Es ist nicht die Mimik, die die Zellen zerknittert, sondern biochemische Scheren, die plötzlich in den Hautschichten auftauchen und das Kollagen zu zerschneiden beginnen, angeregt durch Sonne, Nikotin, psychische Belastungen und Hormonmangel.

Diese enzymatischen Scheren haben eine besondere Aufgabe in der Fortpflanzungsbiologie: Sie zerkleinern unmittelbar nach der Geburt die Gebärmutter. Während der Schwangerschaft hält sie das Schwangerschaftshormon Progesteron noch minutiös in Schach. Tritt eine Schwangerschaft ein, so beginnt ein kleiner Muskel, nicht größer als eine Birne, derart zu wachsen, dass er nach neun Monaten den Rippenbogen berührt, also fast bis zum Herz heranreicht. Damit bietet die Gebärmutter dem sich ausdehnenden Kind Platz und gewährt ihm Schutz; gleichwohl diese Muskelexpansion den weiblichen Körper, wie bereits kurz angesprochen, an physiologische Grenzen bringt.

Normalerweise lässt unser Organismus ein derartig massives Wachstum nicht zu, sondern schickt die erwähnten biochemischen Scheren sofort dorthin, wo ein Muskelpaket zu groß wird. Eigentlich müsste dies auch bei der Gebärmutter so sein, und tatsächlich würden die sogenannten Matrixmetalloproteinasen die schnelle Größenzunahme der Gebärmuttermuskulatur während der Schwangerschaft verhindern, wären sie nicht durch das Progesteron daran gehemmt. Das Progesteron gewährt der Gebärmuttermuskulatur Ruhe und Wachstum. Unmittelbar nach der Geburt sinkt das Progesteron allerdings rasch ab, wodurch die Scheren-Enzyme enthemmt ihre Aktivität beginnen: Sie docken zunächst dort an, wo sich im weiblichen Organismus kleine Verletzungen finden – nämlich in der Gebärmuttermuskulatur, die durch die Wehentätigkeit und durch die Geburt strapaziert worden ist. Die Gebärmutter zerkleinert sich und nimmt nach der

Geburt innerhalb weniger Wochen wieder ihre ursprüngliche Größe an – um für eine nächste Schwangerschaft bereit zu sein.

Allerdings schießen diese Scheren mitunter auch übers Ziel hinaus und suchen sich im weiblichen Körper noch andere Bereiche, in denen, durch die Geburt bedingt, Verletzungen stattgefunden haben. Mitunter ist dies im Bereich des Beckenbodens der Fall, also im Scheidenbindegewebe, wenn, ebenfalls durch den Geburtsvorgang bedingt, das Becken überdehnt wurde. Als Folge davon tritt eine Beckenbodenschwäche ein, die im äußersten Fall zum Harnverlust führen kann.

Haut und Licht

Das in den Eierstöcken produzierte Östrogen ist ein sehr altes Hormon, das mit anderen archaischen Signalstoffen korrespondiert, beispielsweise mit dem nur aus zwei Atomen bestehenden Uralt-Molekül, dem NO, das bereits wenige Kapitel zuvor Erwähnung findet. Durch diese Wechselwirkung kann die Haut möglicherweise Lichtsignale registrieren.

Dass die Haut tatsächlich auf Lichtempfindungen reagiert, ist schon lange bekannt. In bestimmten Hautzellen, den Melanophoren, findet sich das gleiche Protein – Opsin –, das zu Beginn der Evolution bei primitiven Lebewesen Lichtquanten einfing und in weitere Signalkaskaden (»second messenger«) umwandelte. Die Haut der Säugetiere hat sich dieses einfache Auge behalten.

Hämoglobin, der Blutfarbstoff, der an seinem Eisen-Atom Sauerstoff trägt, verändert seine Struktur, wenn er mit Licht in Berührung kommt. Gleichzeitig setzt er durch den Lichtreiz zwei Gase frei, das östrogenabhängige Stickmonoxyd und das Kohlenmonoxyd, zwei uralte Signalstoffe mit großen Wirkungsmöglichkeiten.

Bilirubin, ein Abbauprodukt des Hämoglobins, reagiert auf Licht und lässt ebenfalls beide gasförmigen Moleküle frei. Das Melatonin wird dadurch in seiner Synthese beeinflusst. Dies ist eine Erklärung, warum Blinde, auch ohne das Tageslicht mit den Augen sehen zu können, einen zirkadianen Rhythmus besitzen.

Dies alles demonstriert eindrucksvoll die Multifunktionalität der menschlichen Haut: Sie ist nicht nur das größte Organ, sondern scheint auch ein elektronischer Kommunikator und ein hormonabhängiges und hormonproduzierendes Relais zu sein, das bei der Frau anders die Wirklichkeit einfängt als beim Mann. Denn die Geschlechtshormone spiegeln sich während des Zyklus, in der Schwangerschaft, aber auch in Zeiten von Hormonveränderungen und -störungen auf der Haut wider – ähnlich wie in der Scheide und in der Innenauskleidung der Gebärmutter, dem Endometrium.

Wie lange lebt die Haut?

Mit dem Alter verändert sich nicht nur der Körper, sondern auch die Haut. Beträgt die Lebensspanne der Hautzellen bei jungen Menschen noch circa 100 Tage, sinkt sie bei 50-Jährigen auf 46 Tage. Die Folge? Die Haut wird dünner, durchsichtiger und verletzbarer. Gleichzeitig weisen bestimmte Zellen der Haut, die Melanozyten, jene »Altersverschiebungen« auf, die auch von Fettzellen bekannt sind. Diese Färbezellen der Haut sinken nach unten, verlassen also den Kopf, dessen Behaarung sich ins Weiße wandelt. Die Färbezellen setzen sich dann irgendwo im Körper fest; Altersflecken entstehen.

Östrogene dagegen verbessern die Qualität der Hautzellen und verlängern ihre Lebensspanne. Bekannt und von der Medizin akzeptiert ist dies für ein besonderes Hautareal des weiblichen Körpers, das äußere Geschlechtsorgan, die Vulva. Dort treten bei Hormonstörungen Hauterkrankungen auf, die durch einen Verlust von Hautzellen geprägt sind, die »Kraurosis vulvae«, die bis zum Hautkrebs führen kann. Letzten Endes ist es ein starkes Defizit an Hautzellen, das zu diesem Problem führt. Die Medizin hat dafür ein erprobtes und meist auch sehr wirksames Behandlungsmodell zur Verfügung: Östrogene werden lokal aufgetragen und fallweise auch noch mit anderen Hormonen vermischt, wodurch sich die Haut regeneriert, neu zu wachsen beginnt und die Krankheit in vielen Fällen löst.

Ähnliches ist auch im Gesicht zu beobachten: Ein Östrogenmangel bewirkt dort ebenfalls einen Verlust an Hautzellen, die im Anschluss dünner, fast durchsichtig werden und sogar regelrecht pergamentös erscheinen. Dies mit Hormonen zu behandeln, ähnlich wie es seit Jahrzehnten an der Vulva geschieht, ruft mitunter ungläubiges Stirnrunzeln hervor, aber es ist schwer nachzuvollziehen, warum die Hormontherapie im Genitalbereich erlaubt sein soll – um dort die Hautqualität zu verbessern –, im Gesicht jedoch ironisiert und mitunter kritisiert wird.

Die lokale Hormonbehandlung der Haut – Östrogene für das Gesicht?

Natürlich hat die Hautalterung viele Ursachen, äußere und innere. Zu den Inneren gehören beispielsweise Hormonstörungen. Bemerkt die Frau in der Menopause ein verschlechtertes Hautbild, so liegt der Verdacht eines Hormondefizits in der Haut nahe. Verbessert sich das Hautbild jedoch nach der lokalen Verabreichung eines Hormons, bestätigt dies in umgekehrter Weise den dermatologischen Östrogenmangel. Neueste Erkenntnisse lassen darauf schließen, dass Östrogene auch die Stammzellen in der Haut stimulieren, sie zum Wachstum anregen und damit eine natürliche Erneuerung der obersten Hautschicht bewirken. Dabei bedient sich das Östrogen eines Wachstumsfaktors, der sich, durch das Wachstumshormon angeregt, in der Leber bildet, nämlich des »Insulin-like growth factor (IGF1)«, eines Hormons, das ebenfalls stammzellenanregend wirkt.

Östrogen ist eine chemische Verbindung, bestehend aus nur 18 Kohlenstoffatomen, weshalb es leicht durch die Haut dringt. Dies macht das Östrogen für die lokale Anwendung als Salbe oder Creme geeignet. Wie eine Patientin Östrogene verwenden kann, sollte sie mit ihrem Arzt besprechen. Bereitet das Östrogendefizit weitere Beschwerden wie Schlaflosigkeit und Hitzewallungen, so wird eine Hormontherapie als Tablette, Gel oder Kristall sinnvoll.

Wie sich die Haut vor äußeren Feinden schützt

Ist vom Älterwerden der Haut die Rede, bieten Dermatologen dafür ein doppeltes Erklärungsmodell an: Einerseits sprechen sie vom inneren Alterungsprozess, der durch die Stoffwechselbelastung, aber auch durch eine veränderte Hormonsituation ausgelöst wird. Daneben gibt es aber auch das äußere Altern der Haut, das Älterwerden durch die Belastung der Umwelt. Auf Grund ihrer exponierten Lage und vor allem durch ihre große Oberfläche ist die Haut ein bevorzugtes Organ, auf das freie Radikale prallen und dabei Hautbestandteile wie Fettsäuren, aber auch DNA zu zerstören versuchen. Die bereits dargestellte Melaninsynthese ist ein Mechanismus, über den sich die Haut vor den durch das Licht entstehenden freien Radikalen zu schützen versteht. Ferner besitzt sie ein ganzes Arsenal von Enzymen, die es ihr erlauben, den freien Radikalen zu widerstehen. Die Gluthation-Peroxidase sowie die Katalase sind zwei dieser Enzyme, die auch in anderen Organen freie Radikale inaktivieren und unschädlich machen. In der Haut sind diese »Feuerwehrmänner« besonders dicht positioniert. Weibliche Hormone regen die Radikalfangenzyme an. Das Östrogen ist darüber hinaus in der Lage, freie Radikale direkt zu fangen. Der Phenolring, ein chemischer Teil des Östrogenmoleküls, ist so angeordnet, dass Letzteres herumschwirrende Radikale direkt bergen kann.

Dieser Effekt ist auch bei Pflanzenhormonen zu beobachten, den Isoflavonen, die ebenfalls einen starken Radikalfangmechanismus entwickeln und jene Enzyme stimulieren, die die Haut vor Sonnenbrand schützen beziehungsweise sie nach dem Sonnenbrand wieder reparieren. Deswegen scheint folgender medizinischer Rat richtig zu sein: Der Genuss von reichlich Isoflavonen, also beispielsweise Soja oder Rotklee, bewahrt die Haut vor UV-Schäden.

Die Haut ist das menschliche Kommunikationsorgan mit der Umwelt. Es wird als Erstes angegriffen, wenn irgendwo biologische Feinde lauern. Deswegen wacht in der Haut ein dichtes Netz von »Abfangjägern«, die sofort aufsteigen, wenn sich Eindringlinge nähern, diese beschießen, gefangen nehmen und der Immunantwort des Körpers übergeben. Diese »Abfangjäger« sind die sogenannten »Dendritischen Zellen«, die in der Haut als »Langerhans-Zellen« bezeichnet werden und auch in den Schleimhäuten, im Mund, in der Nase, vor allem aber in der Scheide vorkommen, also überall dort, wo ein besonderer Schutz gegen äußere Feinde notwendig ist. Auch diese Langerhans'schen Zellen steuern die Geschlechtshormone mit.

Das doppelte Gesicht der männlichen Hormone

Dass männliche Hormone für die Haut vorteilhaft sein können, ist vom Genital bekannt. Nimmt an der äußeren Scheide die Hautdicke und das Kollagen ab, können sowohl das Östrogen wie auch das Testosteron-Propionat zum Einsatz kommen. Das Testosteron stimuliert den sogenannten »Keratinozyten-growth factor«, der für die Verankerung der obersten Hautschicht mitverantwortlich ist. Gleichzeitig wirken die männlichen Hormone kollagenaufbauend, ähnlich wie das Östrogen. Für die Behandlung der »Kraurosis vulvae« hat sich diese Kombination seit vielen Jahren bewährt. Im Gesicht hingegen ist damit Vorsicht geboten. Einerseits arbeiten die männlichen Hormone aufbauend in der Haut, andererseits regen sie die Drüsenaktivität an, derartig viel Talg zu produzieren, dass sich dadurch die Drüsen verstopfen und eine Lokalentzündung entsteht. Dieser Mechanismus liegt der Akne zu Grunde, der unreinen Haut, ein Phänomen, das vor allem in der Pubertät Mädchen beschäftigt. Denn unmittelbar nach der Geschlechtsreife beginnt der Eierstock, überschießend Hormone zu bilden, und zwar nicht nur das Östrogen, sondern auch männliche Hormone, aus denen normalerweise sofort Östrogene entstehen. Manchmal aber ist der Androgenüberschuss so groß, dass sich die männlichen Hormone bis in die Haut verirren, dort die Talgdrüsenaktivität stimulieren und für die Ausbildung der Akne verantwortlich sind. Die Hormonkosmetik hat auch hier seit vielen Jahren gute Rezepte an der Hand. Die männlichen Hormone müssen in ihrer Überproduktion gestoppt werden. Das gelingt durch bestimmte Pillen, die zum Beispiel Antiandrogene enthalten.

Das Cyproteronacetat ist ein in der Pille verwendetes Hormon, das gezielt die Androgene unterdrückt und deren Wirkung auf die Talgdrüsen hemmt. Darum eignet es sich in hervorragender Weise zur Behandlung der Akne. Allerdings kann diese Substanz auch lokal – kosmetisch – angewandt werden. Wenn eine Frau die Pille nicht einnehmen möchte, aber an Hautunreinheiten leidet, kann sie das Cyproteronacetat beispielsweise als Salbe oder als Gel verwenden. Dadurch lässt sich die Akne reduzieren oder sogar vollständig beseitigen.

Das weibliche Haar

Es ist sehr oft zu hören: »Meine Haare waren in der Schwangerschaft besonders schön!« Auch die Haare dienen der erotischen Korrespondenz, mithin der Fortpflanzung, und vergrößern die Oberfläche für jene Moleküle, die aus den Haarwurzeldrüsen freigesetzt werden.

Probleme mit den Haaren treffen viele Frauen sehr schwer und sollen deswegen vom behandelnden Arzt ernst genommen und nicht ironisiert werden. Haare sind Hautanhangsgebilde, die der gleichen hormonellen Regulation unterworfen sind wie die Haut. Die gleichen Stammzellen, die in der Nische am Haarschaft Regenerationsprozesse der Haut steuern, können auch die Haare regenerieren. Das Haarwachstum ist einem Zyklus unterworfen, der aus drei Teilen besteht: das »Anagen«, das »Katagen« und das »Telogen«. Dieser Zyklus ist mit den Jahreszeiten vergleichbar: Haare fallen aus und entstehen aus dem Haarfollikel wieder neu. Komplizierte Regulationsproteine, aber auch hormonelle Faktoren spielen dabei eine entscheidende Rolle. Grundsätzlich stimulieren die beiden Schwangerschaftshormone, das Östrogen und das Progesteron, den Haarzyklus und bewirken, dass neue Haare rasch aus dem Haarfollikel entstehen. Deswegen erzählen viele Frauen unisono, dass sie gerade während der Schwangerschaft, wenn das Östrogen und das Progesteron verstärkt vorhanden sind, besonders schönes Haar hatten, das sie aber unmittelbar nach der Entbindung, wenn beide Hormone rasch abzufallen beginnen, wieder verloren. Die dritte Hormongruppe, die der Eierstock bildet, die männlichen Hormone, sind die Gegenspieler von Progesteron und Östrogen, nicht nur im Haarfollikel, sondern auch in anderen Teilen des weiblichen Körpers: in der Gebärmutterschleimhaut, in der Brust und im Fett. Auch beim Haarwachstum wirken sie bremsend, sie reduzieren die haarwachstumsfördernde Wirkung der Schwangerschaftshormone und verursachen mitunter sogar einen massiven Haarausfall.

Haare sind biochemische Wunder: Aus kleinsten Follikeln kommend, wachsen sie relativ rasch und benötigen dafür Nährstoffe und Energie, die in hauchdünnen Kapillaren an die Haarfollikel gelangen. Versorgungsschwierigkeiten, aber auch Durchblutungsstörungen haben einen katastrophalen Effekt: Wird ein Organ von großen Blutgefäßen ernährt, kann es lange Zeit eine geringere Durchblutung kompensieren; anders jedoch bei den Kleinstgefäßen, die den Haarfollikel umgeben. Ziehen sich diese zusammen, wie dies zum Beispiel beim Passivrauchen der Fall ist, so reagieren die Haarfollikel hochsensitiv. Sie erleiden kurzfristig einen »Infarkt«, weshalb das Rauchen ein großer Feind des Haarwachstums ist. Aber auch der Mangel an Eisen kann sich in Haarproblemen widerspiegeln. Klagt eine Frau über Haarprobleme, so schaut ein Arzt zunächst auf den Eisenspiegel. Denn die kleinen Kapillaren des Haares sind bei Eisenmangel nicht mehr in der Lage, ausreichend Sauerstoff zur Haarwurzel zu transportieren.

Die Diagnose der Ursachen des Haarausfalls wird einerseits durch genaue Befragungen der Patientin, andererseits aber auch durch Hormonuntersuchungen gestellt. Berichten Patientinnen, dass mit dem Ausbleiben der Regel, also zu Beginn der Menopause, gleichzeitig auch der Haarausfall einsetzte, so scheint tatsächlich zwischen Klimakterium und Haarverlust ein Zusammenhang zu bestehen. Werden die Haare dünn und fallen sie diffus aus, also am ganzen Kopfbereich, so kann dies ein Hinweis auf den Mangel von Östrogenen als Ursache sein.

Über den bereits angesprochenen »Insulin-like growth factor« greifen Östrogene und Progesteron in den Haarzyklus ein und stimulieren das Nachwachsen der Haare. Gleichzeitig unterdrücken beide Hormone entzündungsähnliche Reaktionen, die mitunter auch bei Stress-Situationen die Haare belasten, und sie hemmen das Interleukin 6, das den Knochenabbau fördert und sich ebenfalls ungünstig auf das Haarwachstum auszuwirken scheint.

Manche Frauen berichten auch über einen Haarausfall während der Pille, die auf Grund ihres empfängnisverhütenden Effekts den Eierstock ruhigstellt. Damit unterdrückt sie die Hormonproduktion der Eierstöcke. Den inneren Hormonmangel bemerkt die Frau jedoch meist gar nicht, da sie durch die Pille Östrogene zu sich nimmt. Und dies bewirkt bei anderen Frauen sogar eine Verbesserung der »Haarsituation«.

Manchmal kommt es unter der Pille auch zu einer Verarmung an Folsäure und an Cobalamin, dem Vitamin B12; beide Substanzen sind für den Haarzyklus wichtig. Die Therapie bei hormonbedingtem Haarausfall richtet sich nach dem Mangel: Fehlen Hormone, so können sie zugeführt werden, wobei das nicht unbedingt in Form von Tabletten sein muss; der Kopfbereich resorbiert das Östrogen und das Progesteron ohne Probleme. Eine Patientin kann es direkt auftragen, allerdings unter ärztlicher Kontrolle.

Der Haarausfall im Wochenbett korrigiert sich meist von selbst, sodass eine Behandlung nur dann notwendig ist, wenn sich das Problem auch nach Wochen nicht von selbst löst, sondern sich zunehmend verschlechtert. Nach der Geburt sollte eine Frau daher in besonderer Weise auf ihren Eisenspiegel achten.

Zu viel männliche Hormone als Ursache des Haarausfalls

Wie schon erwähnt, stellen sich männliche Hormone, die Androgene, den Östrogenen entgegen. Beim Mann ist die Wirkung der männlichen Hormone auf das Haupthaar gut zu beobachten. Zunächst lichten sich die Geheimratsecken, dann entsteht die berühmte Tonsur, bis schlussendlich der gesamte Kopfbereich unter dem Haarausfall leidet. Durch die Inspektion ist auch hier die Diagnose nicht schwer: Klagt eine Frau vor allem in beiden Geheimratsecken über beginnende Haarprobleme, so spricht das für einen Androgenüberschuss. Nicht immer ist es möglich, diesen im Blut zu dokumentieren, denn der Haarfollikel ist in der Lage, das Testosteron in Dihydrotestosteron umzubauen. Und genau dieses ist letztendlich dafür verantwortlich, dass die Haare ausfallen.

Das blutdrucksenkende Mittel »Minoxidil« ist gut untersucht und wirkt bei vielen Formen des Haarausfalls. Wenn Frauen keine Hormone verschrieben bekommen wollen – auch nicht lokal –, so ist das Minoxidil ein gutes Mittel der Wahl. Die kausale Behandlungsform beim hyperandrogenemischen Haarausfall (Haarausfall durch ein Zuviel an männlichen Hormonen) ist allerdings die Normalisierung des Hormonüberschusses. Männliche Hormone müssen auf ihr normales Niveau herabgesenkt werden. Dies kann durch eine lokale Behandlung der Geheimratsecken, durch das Antiandrogen-Cyproteronacetat erfolgen. Ähnlich wie bei der Behandlung von Akne stellt sich diese Verbindung den männlichen Hormonen entgegen und verhindert so ihre unangenehme Wirkung auf die Haare.

Die Schilddrüsenstörung als Ursache für den Haarausfall

Schilddrüsenhormone sind zusammen mit Vitamin D an der Evolution der Hautzellreifung beteiligt. Sie mischen sich aber auch in das Haarwachstum ein. Fehlen sie, wie dies zum Beispiel bei der Unterfunktion der Schilddrüse, der Hypothyreose, der Fall ist, dann kann auch dies mit Haarproblemen einhergehen.

Die Diagnose erfolgt auf doppeltem Weg: einerseits durch die Inspektion, andererseits durch eine Hormonuntersuchung. Bei Letzterer zeigt sich im Rahmen eines speziellen Tests zuverlässig, ob eine Unterfunktion vorhanden ist oder nicht. Schilddrüsenmangelzustände lassen nicht nur im Kopfbereich die Haare »welken«. Oft fallen auch die seitlichen Augenbrauen aus, selbst die Schambehaarung wird weniger. Berichtet eine Patientin von diesen Symptomen, so liegt der Verdacht der Schilddrüsenunterfunktion als Ursache für den Haarausfall nahe. Die Zufuhr des entsprechenden Hormons unter ärztlicher Kontrolle kann das Problem lösen.

Das weibliche Immunsystem

Ein geniales Netz von Strategien

Das weibliche Immunsystem verfügt über Strategien, die dem männlichen Körper unbekannt sind und die auch in diesem Fall letztlich der Fortpflanzung dienen: In kürzester Zeit kann das Immunsystem Organteile, die nicht mehr notwendig sind, auflösen und entsorgen. Wird eine Frau nach dem Eisprung nicht schwanger, so benötigt sie jene Gebärmutterschleimhaut, die für eine Schwangerschaft vorbereitet wurde, nicht mehr und stößt sie infolgedessen ab. Dafür hat der weibliche Körper die Menstruation konstruiert. Dieser komplizierte Vorgang ist keineswegs eine simple Ausstoßung von Zellen, sondern ein immunologisch gesteuerter Prozess, durch den körpereigenes Gewebe gelöst und eliminiert wird. Kurzfristig verwendet der weibliche Körper entzündungsähnliche Reaktionsmuster, um so die Gebärmutterschleimhaut entsorgen zu können. Diese Entzündung findet allerdings ohne Bakterien und Keime statt.

Männer menstruieren nicht, sie haben keinen Eisprung und kennen keine Wehen – vordergründige Privilegien, die vielleicht auch erklären, warum Kriege hauptsächlich von Männern geführt wurden. Während der Mann täglich seine Keimzellen, die Spermien, zur Verfügung stellen kann, ist dies bei der Frau wesentlich komplizierter: Nur einmal pro Monat, in der Zyklusmitte, reift eine befruchtungsfähige Eizelle heran, schafft die Möglichkeit einer Empfängnis und damit einer Schwangerschaft. Vierzehn Tage pro Monat benötigt der Eierstock demnach, um in jene Endphase einzutreten, die die endgültige Reife und Befruchtungsfähigkeit möglich macht. Diese Eizellen entweichen nicht aus dem weiblichen Körper, so wie die Spermien beim Mann, sondern schwimmen in einem Bläschen, wo sie den 14-tägigen Entwicklungsprozess – von vielen Signalen gesteuert – erleben. In der Zyklusmitte muss dieses Eibläschen platzen, damit die Eizelle entweichen und im Eileiter mit den Samenfäden zusammentreffen kann.

Als die Medizin noch alles mechanistisch zu erklären versuchte, glaubten Wissenschaftler, dass dieser »Eisprung«, das heißt das Platzen des Eibläschens, mit dem Platzen eines Ballons vergleichbar wäre. Die Wirklichkeit ist jedoch viel differenzierter und offenbart einmal mehr, welche Mühen die Evolution sich gemacht hat, um die Fortpflanzung und die Erhaltung der Art auch bei Säugetieren gewährleisten zu können. Hat nämlich die Eizelle in ihrem Bläschen jene Reife erreicht, die sie für das Zusammentreffen mit den Samenfäden benötigt, so sendet der weibliche Körper besondere Boten, kleinen Pfeilen vergleichbar, um am Eibläschen Löcher zu brennen, über die dann die Eizelle ausgeschwemmt wird.

Manche Frauen spüren in der Mitte des Zyklus sogar einen kurzen Schmerz. Der »Mittelschmerz« kündigt an, dass der weibliche Organismus diese biochemischen Signale für den Eisprung nun ausgesandt hat. Das klingt zwar einfach, ist aber ein hochkomplizierter Prozess, für den Mutter Natur viel Mühe investieren musste – schließlich soll die Ovulation ordnungsgemäß ablaufen. Würden diese biochemischen Pfeile nämlich zu früh oder auch zu spät ausgesandt, wäre die Eizelle noch nicht oder nicht mehr befruchtungsfähig, womit die Reproduktion in Frage gestellt und die Fortpflanzung gefährdet wäre.

Aber zurück zur Eizelle. Um das Eibläschen zum Platzen und die Menstruation beginnen zu lassen, zieht die Frau ihr Immunsystem heran, das die nicht mehr benötigte Gebärmutterschleimhaut entsorgt und Eizellen in die Eileiter katapultiert. Und noch ein drittes Mal ruft der weibliche Organismus sein Immunsystem auf, körpereigene Organe abzubauen: Der Blasensprung, unmittelbar vor der Geburt, beruht auf ähnlichen Mechanismen wie der Eisprung. Auch dabei werden Informationsproteine versammelt, die über die Gewebsscheren (Matrixmetalloproteinasen) ein Loch in die Eihäute schneiden, wodurch es zum Blasensprung kommt, der wiederum zur Geburt führt. Es handelt sich also um eine entzündungsähnliche Reaktion, die allerdings ohne Bakterien stattfindet und sich gegen keinen Keim richtet, sondern gegen die eigenen Strukturen des weiblichen Körpers – um, wie so oft, der Reproduktion willen.

Es muss die Evolution viel Mühe gekostet haben, um im komplizierten Immunsystem einen Geschlechter-Unterschied zu etablieren, der ebenfalls der Fortpflanzung dient. Denn anders als der Vater muss die schwangere Frau ein Lebewesen akzeptieren, das teilweise nicht ihr eigenes ist. Sie trägt Zellen, Organe, ja ein ganzes Kind aus, das teils immunologische Eigenheiten des biologischen Vaters aufweist. Normalerweise ist der menschliche Organismus hochgerüstet gegen jeden äußeren Feind, alles, was »fremd« für die Zellen ist, wird sofort eliminiert, damit der Körper nicht zur Gänze Opfer von Bakterien, Viren oder anderen Parasiten würde. Selbst kleine Holzspäne, leblos und an sich gar nicht gefährlich, rufen enorme Reaktionen hervor, wenn sie durch eine Verletzung unter die Haut geraten. Das irritierte Gebiet beginnt zu schmerzen, schwillt an und weist schon nach kurzer Zeit eine Rötung auf, die schnell in einer Entzündung des Organismus mündet.

Ein Wunder der Schöpfung ist es, dass dieser Vorgang an einer Stelle des weiblichen Körpers fehlt, nämlich in der Gebärmutter, wenn sich dort artfremdes Eiweiß zu implantieren beginnt – das Kind. Ein geniales Netz von Immunstrategien hat sich die Evolution des weiblichen Körpers ausgedacht, um hier eine Ausnahme zu machen. Seitdem es Säugetiere gibt – und das ist seit circa 40 bis 60 Millionen Jahren der Fall – hat die Evolution an diesen Mechanismen gebastelt und gefeilt und im weiblichen Körper jenes Wunderwerk errichtet, das erst das Heranwachsen eines teilweise vom Vater stammenden, also halb fremden Lebewesens ermöglicht. Und so übt sich das weibliche Immunsystem in einer Dialektik, die dem Mann vollkommen fehlt: Einerseits erhöht es seine immunologischen Waffen, um Eisprung und Menstruation sicherzustellen, andererseits nimmt es die Kraft seines Immunsystems wieder zurück, um ein Kind aufzunehmen und auch zu tolerieren. Und das ist noch nicht alles. Denn der weibliche Körper scheint zwar grundsätzlich anfälliger für Immunreaktionen gegen das eigene Gewebe zu sein. Andererseits aber wird diese Erkrankungstendenz in der Schwangerschaft oftmals besser. Unglaublich beeindruckend ist dies beispielsweise bei Gelenkschmerzen und Rheuma zu beobachten, die während der Schwangerschaft milder verlaufen, um nach der Entbindung erneut und manchmal sogar verstärkt wieder aufzutreten.

Auch die Migräne ist eine entzündungsähnliche Reaktion, die ohne Bakterienbefall abläuft. Dabei offenbart sich oftmals das gleiche Phänomen. Wenn Frauen, die unter einer schweren Migräne litten, schwanger werden, können sie mitunter erleichtert aufatmen: In der Schwangerschaft sind die Migräneanfälle verschwunden, um dann, nach der Entbindung, erneut und mitunter verstärkt wiederzukommen.

Immunglobuline – bei der Frau anders als beim Mann

Um der Fortpflanzung und um des Kindes willen verzichtet der weibliche Körper – zumindest in der Frühschwangerschaft – auf das schnelle immunologische »Eliteheer«. Dafür muss er andererseits Sorge dafür tragen, dass die Anfälligkeit für Erkrankungen, also für bakterielle und virale Infektionen, nicht steigt. Dieses Problem scheint die Frau genial gelöst zu haben, denn trotz des Verzichtes auf die schnellen Einsatztruppen ist die Schwangerschaft wahrscheinlich die gesündeste Zeit in der Biografie des weiblichen Körpers. Infektanfälligkeiten sinken und die Immunkraft scheint – trotz besagten Verzichtes – sogar besser zu sein. Wie schafft sie das?

Die Frau bedient sich der zweiten »Armee«, über die das menschliche Immunsystem verfügt, der Immunglobuline. Zwar sind sie nicht sofort da, wenn ein Feind den Körper betrifft, sondern vermessen diesen zunächst. Dann aber stürzen sie sich gezielt auf den Eindringling.

Jede Impfung geht nach dem gleichen Prinzip vor: Dem Körper werden inaktivierte Feinde injiziert, die zwar die Krankheit nicht auslösen können, wohl aber dem Immunsystem Modell sitzen. Antikörper passen sich im Detail dem Feind an und schmieden Abwehrreaktionen, die exakt auf das Virus passen. Betritt dieses bei einer versuchten Infektion im aktiven Zustand erneut den Organismus, so stehen die Bataillone der spezifischen Immunglobuline bereit; sie beginnen ihren Marsch gegen das Virus und verhindern, dass sich dieses vermehrt. Schon vor längerer Zeit machten Forscher eine interessante Entdeckung: Impften sie geschlechtsreife Frauen, die die Hormone der Fortpflanzung produzierten, so erreichten sie einen höheren Impfschutz, da die Schar der Antikörper größer ist als beim Mann. Östrogene vermehren Immunglobuline und bedienen sich deren Schutzes, um die geringere Zahl der schnellen Eingreiftruppen wieder wettzumachen. Dabei sind es vor allem die Körperhöhlen, in denen Immunglobuline bereitstehen müssen, da insbesondere in den Eintrittspforten zum menschlichen Organismus die Gefahr einer Infektion erhöht ist. Besonders die Gebärmutterhöhle muss, da sie über den Muttermund und die Scheide mit der Außenwelt in einer Beziehung steht, gut abgesichert sein, um gerade dort, wo die Reproduktion stattfindet, eine Infektion zu verhindern. Immunglobuline werden vom Östrogen gezielt geleitet, sie akkumulieren in der Gebärmutterhöhle und schützen damit dieses Organ und den sich dort einnistenden Frühembryo. Auch in anderen Eingangspforten des Körpers, vor allem in der Nase und in der Lunge, bewirkt das Östrogen eine Akkumulierung der Immunglobuline.

Progesteron hemmt die Wirkung des Östrogens auf Mastzellen und vermindert damit hyperallergische Reaktionen. Diese sind während der Schwangerschaft geringer, was eine Funktion der Progesteronsynthese ist.

Wenn das weibliche Immunsystem fremdgeht

Der weibliche Körper hat die Tendenz, Immunzellen gegen eigene Organe zu mobilisieren, allerdings nur für kurze und begrenzte Zeit und im umschriebenen Ausmaß. So macht die Frau Monat für Monat zwei Mal entzündungsähnliche Belastungen durch: beim Eisprung und während der Periode.

Tatsächlich berichten betroffene Frauen, dass es gerade diese Tage sind, in denen sich andere Probleme dazugesellen, die sie normalerweise nur von der Grippe, bei Fieberzuständen und Entzündungen kennen: Sie registrieren eine Abgeschlagenheit, allgemeine Schmerzzustände und eine Veränderung des Vegetativums. Die großen Belastungen einer, wenn auch nur begrenzten Autoimmunreaktion, nimmt der weibliche Körper auf sich, um eine Fortpflanzung, und die damit einhergehenden reproduktiven Aufgaben wie Einsprung, Wehentätigkeit, aber auch Menstruation erfüllen zu können. Zweifellos stellt dies eine Belastung für den weiblichen Organismus dar, die dem männlichen Körper einmal mehr unbekannt ist. Das erklärt den Geschlechter-Unterschied bei vielen autoaggressiven Krankheitsbildern. Diese kommen nämlich bei Frauen häufiger vor als beim Mann: Schilddrüsenentzündungen, die durch eine Immunattacke gegen eigenes Drüsengewebe entstehen, rheumatoide Arthritis, Lupus erythematodes oder das Sjögren-Syndrom, um nur einige Beispiele von vielen zu nennen, treten beim weiblichen Geschlecht deutlich häufiger auf als beim Mann. Auf einen an Lupus erkrankten Mann kommen 15 bis 20 weibliche Patientinnen. Die Erkrankungshäufigkeit von Rheuma verhält sich 1 zu 3; bei Schilddrüsenerkrankungen ist es ähnlich.

Diese Tatsachen sind seit langem bekannt und es ist interessant zu reflektieren, warum dem so ist. Ein Erklärungsmodell leitet sich aus den Fortpflanzungsaufgaben der Frau her: Genauso wie das weibliche Immunsystem die Gebärmutterschleimhaut oder die Fruchtblase attackiert, erweitert es diese Attacke mitunter auf »unschuldige« Organe, die keineswegs der Fortpflanzung dienen, sondern möglicherweise eine Ähnlichkeit haben mit der Fruchtblase, dem Follikelepithel oder der Gebärmutterschleimhaut. Die Immunangriffe gehen dabei auf das Schilddrüsenepithel, auf die Innenauskleidung der Gelenke oder auf Hautbestandteile. Dies ist ein Erklärungsmodell für den Unterschied der Geschlechter im Fall von Immunkrankheiten.

Um es zusammenzufassen: Eisprung, Menstruation, aber auch Wehenbeginn sind Reaktionen, die sich entzündungsähnlicher Vorgänge bedienen. Durch ein besonderes Hormonmuster der Frau sind für kurze Zeit Abbaumechanismen initiiert, dadurch wird die Frau sensitiv für autoaggressive Probleme, wobei vor allem die Zeit nach der Entbindung besonders anfällig zu sein scheint. Die Geschlechtsspezifität immunologischer Erkrankungen der Frau ist durch »physiologische« autoaggressive Vorgänge, die – ähnlich wie nach einer Infektion – überschießend fehlgeleitet werden können, mit erklärbar.

Eierstöcke regulieren das Histamin

Dies ist jedoch nur eine Facette der weiblichen Immunologie. Schon vor Jahren gelangten Forscher zu der Erkenntnis, dass die Histaminfreisetzung aus den Mastzellen durch hohe Östrogene angeregt wird. Das Östrogen »degranuliert«, also öffnet das Histamindepot dieser Zellen, wodurch Symptome am Körper der Frau zu beobachten sind, die mit einer erhöhten Histaminfreisetzung assoziiert sind: Allergien, Hautausschläge und mitunter auch Atemprobleme. Tatsächlich erzählen Frauen oft, dass in der Zyklusmitte, wenn das Östrogen am höchsten ist, die histaminbedingten Probleme den weiblichen Körper verstärkt zu »belästigen« beginnen. Histamin bewirkt eine Hyperämie, eine verstärkte Durchblutung. Möglicherweise ist auch dies für den Eisprung vonnöten, denn unmittelbar bevor das Östrogen abfällt und damit eine Entzündungskaskade initiiert, setzt es am Höhepunkt seiner Konzentration vermehrt Histamin aus den Mastzellen frei, die jene Stellen im weiblichen Körper markieren, wo bei dem nachfolgenden Hormonabfall gewebsabbauende Immunreaktionen stattfinden sollen. Ist die abzubauende Stelle durch Histamin gekennzeichnet, beginnt der Hauptdirigent von Entzündungen, der nukleare Faktor kB, an jenen Stellen mit entzündungsähnlichen Reaktionen. Dies führt letztendlich zur Wehentätigkeit, zum Eisprung und zur Menstruation.

Der nukleare Faktor kB ist die Schaltstelle für Entzündungen und inflammationssähnliche Prozesse, wobei die Hormonabhängigkeit dieses wichtigen Proteins nicht nur bei Entzündungen zu Tage tritt, sondern auch in der Schwangerschaft embryonale Aufgaben erfüllt. Denn in bestimmten Phasen der Schwangerschaft steuert dieser nukleare Faktor kB auch die Ausbildung von Herzklappen bei – ebenfalls moduliert von den Geschlechtshormonen der Mutter, der Plazenta oder des Kindes. Findet ein besonderes Hormonprofil statt, bewirkt der nukleare Faktor kB eine bestimmte Reaktion im Zellkern, die allerdings nicht nur zur Entzündung führen kann, sondern auf der anderen Seite auch neue Organe ausbilden lässt.

Die Entzündungsmediatoren des erwachsenen Lebens haben während der Embryonalzeit andere Aufgaben zu erfüllen – beides steht jedoch unter dem Taktstock der Fortpflanzungshormone: In den neun Monaten Schwangerschaft steuern sie die Entwicklung und das Wachstum der kindlichen Organe, im späteren Leben, nach der Geburt, werden sie für die Immunabwehr verwendet.

Progesteron hemmt die Wirkung des Östrogens auf Mastzellen und vermindert damit hyperallergische Reaktionen. Diese sind während der Schwangerschaft geringer, was eine Funktion der Progesteronsynthese ist.

Das weibliche Immunsystem balanciert

Wie schon ausgeführt, besitzt das Immunsystem des Menschen, vereinfacht gesagt, zwei schlagkräftige »Armeen«: eine schnell einsetzbare, die sich sofort auf Eindringlinge stürzt, wo immer im menschlichen Körper derartige auftauchen. Zu diesen blitzartig agierenden Eingreiftruppen zählen unter anderem besondere Lymphozyten, die von der Wissenschaft den Namen »Killerzellen« bekommen haben. Wenn Feinde auftauchen, werden diese »gekillt«; seien es Bakterien, Tumorzellen oder Fremdkörper. Das Wort »Nachhaltigkeit« gibt es nicht nur in der Politik, sondern auch in den Immunsystemen des Körpers, und es lässt sich in unserem Zusammenhang auf die zweite große Abwehr-Armada anwenden: Sie ist zwar langsamer unterwegs, zeichnet sich aber durch eine stärkere Nachhaltigkeit aus. Sie besteht aus besagten Immunglobulinen, die der Körper zunächst bedächtig zu bilden beginnt, wenn er eines Feindes ansichtig wird. Allerdings nehmen diese Immunglobuline genau Maß an den Eigenschaften des Feindes und sind dann, wenn er es später noch einmal wagt, den Körper zu verletzen, sofort zur Stelle und überschütten ihn mit immunologischen Geschützen, um ihn so zu vertreiben oder zu töten. Für die Feindesabwehr hat sich die Evolution sehr viel Mühe gegeben, denn neben der Fortpflanzung und der Versorgung mit Energie gehört die Immunabwehr zu den zentralen Überlebensstrategien, weshalb der menschliche Körper in großem Stil in diese Sicherungssysteme investiert. Interessanterweise bleiben alle drei Hauptaufgaben vernetzt: Die Abwehrsysteme, die Fortpflanzung und der Energiehaushalt sind untereinander verbunden, was wiederum auch die Abhängigkeit des Immunsystems von den Geschlechtshormonen erklärt. Beide modulieren Immunsysteme des Menschen – natürlich nur im weiblichen Organismus – dialektisch: Die Haupthormone der Fortpflanzung, das Progesteron und das Östrogen, nehmen die rasch arbeitenden Elitetruppen, die sich oft unreflektiert auf jeden Feind stürzen, in ihrer Geschwindigkeit etwas zurück. Sie ermahnen diese immunologischen Soldaten förmlich, nicht zu schnell zu schießen, da sie möglicherweise etwas treffen könnten, das der Fortpflanzung schadet: nämlich das Kind, die embryonalen Strukturen, die zumindest genetisch auch Teilfremdkörper sind, was die Immunzellen zweifellos zu entdecken im Stande wären. Würden sie sich ungehemmt und unreflektiert auf diesen »Feind« stürzen, müsste jede Schwangerschaft in einem Abort enden – das Menschengeschlecht könnte aussterben. Deswegen wird der weibliche Körper vor überschießenden Immunreaktionen protegiert, was schlussendlich das Phänomen erklärt, warum sich manche Autoimmunerkrankungen, bei denen sich die schnellen Immunzellen gegen körpereigenes Gewebe wenden, in der Schwangerschaft verbessern.

Wenn es Mutter Natur um wichtige Dinge geht, dann sichert sie diese doppelt ab. So ist es auch beim jungen Embryo, der sich gerade in die Gebärmutterhöhle eingenistet hat und dort einen doppelten Schutz erfährt. Einerseits mindern beide beschriebenen Hormone den Angriff der Schnelleingreifertruppen auf die embryonalen Organe. Andererseits verwendet der weibliche Körper eine listenreiche Strategie, um diese raschen Immunzellen, sollten sie sich dennoch in die Gebärmutter verirren, sofort auszuschalten und zu inaktivieren. Denn diese rasch marschierenden Immunzellen benötigen einen besonderen Nährstoff, um den Feind zu stellen und am Ort seines Eindringens zu sein. Dieser Nährstoff ist das Tryptophan, eine Aminosäure, die eine Frau mit ihrer Nahrung zu sich nimmt. Die Gebärmutter verfügt über eine biologische Schere, ein spezifisches Enzym, mit dem sie dieses Tryptophan zerstört und dadurch den Lymphozyten ihre Kraft nimmt und so ihre Attacken verhindert.

Ist allerdings noch keine Schwangerschaft eingetreten und sind diese Schutzmechanismen für das heranwachsende Kind noch nicht gefragt, so lässt die Frau die schnell eingreifenden Immuntruppen agieren und stellt deren Schlagkraft sogar noch in den Dienst der Reproduktion: Um das Eibläschen aufzuschneiden, damit die Eizelle freigesetzt und eine Befruchtung ermöglicht wird, bedient sich die Frau, wie bereits geschildert, der rasch am Ort eintreffenden Immuntruppen. Meist werden sie vom Östrogen in Schach gehalten; sinkt allerdings vor dem Eisprung der Östrogenspiegel ab, werden die lauernden Immunzellen enthemmt und suchen sich einen Feind. Das Eibläschen ist zu diesem Zeitpunkt durch das Histamin stärker durchblutet und gerötet. Mit Gewalt stürzen sich die Immunzellen auf dieses kleine Gewebe, zerstören es und setzen dadurch die Eizelle frei.

Ähnliches ereignet sich auch vor der Menstruation: Zu diesem Zeitpunkt fallen die Östrogen- und Progesteronspiegel erneut ab und entriegeln die Bremse, die normalerweise beide Hormone den rasch arbeitenden Lymphozyten verpassen. Diese vermehren kurzfristig erneut ihre Aktivität, rasen in die Gebärmutterschleimhaut, lösen sie ab und eliminieren sie aus dem Körper – die Menstruation findet statt.

Schwillt allerdings an anderer Stelle im weiblichen Körper eine Entzündung, so eilen durch den Hormonabfall die schnellen Immuntruppen dort ebenfalls hin und eröffnen – unabhängig vom Eibläschen und von der Gebärmutterschleimhaut – ihre Attacken. Dies erklärt eine oft gemachte Beobachtung: Sind Schwachstellen in den Zähnen, im Darm oder in Weichteilen vorhanden, so werden diese Probleme zwei Mal im Monat stärker und symptomreicher, nämlich vor und während der Regel sowie zum Zeitpunkt des Eisprungs.

Vor allem aber nach der Geburt fallen Östrogen und Progesteron ab – diese Zeit ist besonders gefährdet für überschießende Attacken im weiblichen Körper. Das enthemmte Abwehrsystem des weiblichen Organismus richtet sich nach der Entbindung bevorzugt gegen die Schilddrüse; der Morbus Hashimoto kommt bei der Frau viel häufiger vor als beim Mann.

Sind Allergien Frauenkrankheiten?

Geschlechtshormone stimulieren Immunglobuline und verbessern die Immunkraft der Frau. Allerdings wird dieser Vorteil um einen gar nicht so niedrigen Preis »eingekauft«: Immunglobuline sind auch an der Entstehung allergischer Reaktionen beteiligt, vor allem dann, wenn Pollen sie irritieren. Denn auch Pflanzenbestandteile werden – wenn sie über den Mund und die Lunge den Körper betreten – als Fremdkörper interpretiert, als Allogen, auf das sich vor allem das Immunglobulin E stürzt. Dieses Immunglobulin stuft Blütenpollen oft als fremd ein und ruft, wenn es auf diese trifft, die »Feuerwehr des Immunsystems« zu Hilfe – Mastzellen, Basophile und Eosinophile, also Immunabwehrkräfte. Diese besitzen einen Anker, einen »Rezeptor«, den FcRI, über den die Pollenantikörper immunologische Reaktionen auslösen, die bis zur Allergie reichen.

Dass Frauen eher zu allergischen Reaktionen neigen, liegt daran, dass sie durch die Fortpflanzungshormone mehr Immunglobuline bilden. Dies findet in jenen Körperhöhlen statt, in die das Östrogen die Immunglobuline hineindrängt, also in der Lunge, in der Nase und mitunter auch in der Blase und in der Gebärmutter. Die pollenbedingte Übererregung der Lunge, die bis zu schweren Asthmaanfällen führen kann, resultiert daraus; ebenso Heuschnupfen, das Anschwellen der Nasenschleimhaut, aber auch unerklärliche Schmerzen in der Blase und im Unterbauch – ohne dass eine Infektion stattgefunden hat. Andererseits erklärt dies auch ein weiteres Phänomen, nämlich dass es während der Anwendung von Ovulationshemmern, der Pille, gehäuft zu allergischen Reaktionen kommt. Hauterkrankungen, die mit einer verstärkten Sensitivität der Epidermis einhergehen, können durch die Einnahme künstlicher Hormone, wie sie in der Pille enthalten sind, stärker auftreten; dazu zählen die Nesselsucht und das Erythem. Aber auch Heufieber und allergische Rhinitis scheinen unter der Behandlung mit oralen Kontrazeptiva vermehrt aufzutreten, wobei es auf die Östrogendosis ankommt: Je höher diese ausfällt, umso größer ist auch die Wahrscheinlichkeit, Allergien zu entwickeln. Mitunter ist dieses Phänomen auch in der Schwangerschaft zu finden, wenn es ebenfalls zu einem starken Ansteigen des Östrogens kommt und die Schwangerschaftsrhinitis entsteht.

Die Zellen des Immunsystems, besonders Mastzellen, die Histamin enthalten, aber auch Basophile und Eosinophile, also Lymphozyten, besitzen eine Andockstelle, einen Rezeptor, den FcaRI, an dem die IgE-Antikörper andocken, wenn ein Allergen, zum Beispiel Pollen, den Körper betritt. Dies ruft eine Reihe von überschießenden Reaktionen hervor, an denen auch das Kalzium beteiligt ist. Tritt Kalzium in die Immunzellen ein, so wird die Reaktion verstärkt. Östrogene vermehren nicht nur den entsprechenden Rezeptor, sondern unterstützen die Kalziumaktivierung der Mastzellen – beide Mechanismen erklären, warum Frauen zu erhöhten Allergien neigen. Dies macht auch den Geschlechtsunterschied bei Allergien verständlich, in anaphylaktischen Reaktionen und bei der atopischen Dermatitis, die stärker während der Menstruation auftreten. Asthma, das Ärzte ebenfalls prä- und perimenstruell verstärkt registrieren, ist infolgedessen ebenfalls zu erklären.

Aber auch umgekehrt ist der Zusammenhang zwischen Hormonen und Allergien beziehungsweise Asthma dokumentiert: Asthmapatientinnen, aber auch Frauen, die an

Heuschnupfen leiden, zeigen häufiger unregelmäßige Zyklen – ein Hinweis, dass nicht nur die Hormone die Sensibilität für Allergene erhöhen, sondern umgekehrt allergische Reaktionen auch den Eierstock irritieren.

Diese Bereitschaft des weiblichen Körpers für Allergien, für Heuschnupfen und Asthma, kann die Pille, aber auch eine Hormonersatztherapie verstärken. Progesteron scheint dabei die Asthmabereitschaft zu intensivieren, vor allem, wenn die betroffene Frau raucht und gleichzeitig ein Progesteronpräparat zu sich nimmt.

Immunerkrankungen kündigen sich häufig an

Bereits Jahre, bevor sich Autoimmunerkrankungen manifestieren, lassen sich Antikörper entdecken, und das noch im asymptomatischen Zustand des Körpers, also ohne das Auftreten von Symptomen. Bis zu fünf Jahre vor dem Ausbruch einer rheumatoiden Arthritis finden sich bereits bei einem Teil der Patientinnen, die später diese Krankheit entwickeln, Antikörper.

Ein kritisches Zeitfenster sind die Wochen nach der Entbindung. Die beiden Schutzhormone, das Östrogen und das Progesteron, fallen unmittelbar nach der Geburt ab. Das Immunsystem des weiblichen Körpers wird dadurch entkoppelt und kann überschießend beginnen, gegen eigenes Gewebe Antikörper zu produzieren. So findet man bei fünf Prozent aller Frauen nach der Geburt Antikörper gegen ein bestimmtes Schilddrüsenprotein (Thyroxin-Peroxidase – TPO); in 2,4 Prozent hat sich dann tatsächlich innerhalb von fünf Jahren eine Autoimmunerkrankung gegen die Schilddrüse etabliert. Das Risiko, ob eine Frau nach der Geburt dazu tendiert, lässt sich durch eine Antikörperbestimmung erkennen. Liegen hohe Titer, also Flüssigkeitsvolumnen, vor, so bewegt sich die Wahrscheinlichkeit in einem Rahmen von 90 bis 97 Prozent, dass eine Frau im Jahr nach der Geburt eine Schilddrüsenerkrankung erleiden wird.

Ähnlich ist es auch beim Krankheitsbild der Diabetes 1, ebenfalls einer Autoaggressionserkrankung. Rund ein Viertel der Frauen, die eine Schwangerschaftsdiabetes entwickelten, waren bereits Monate bis Jahre vorher positiv für Antikörper gegen eigenes Gewebe (Glutaminsäure Decarboxylase). Aber auch Lupus erythematodes beziehungsweise das Sjörgen-Syndrom lassen sich voraussagen, wenn sich unmittelbar nach der Geburt ein diesbezüglicher Antikörperanstieg entdecken lässt.

Vor allem beim Gestationsdiabetes erscheint es sinnvoll, nach schwangerschaftsassoziierten Antikörper, die sich später beim Typ-1-Diabetes wiederfinden lassen, zu fahnden. Die Geburt ist ein besonderes Auslösemoment für schon leicht schwelende, aber noch nicht erkannte immunologische Prozesse. So haben Mediziner 180 Frauen, die während der Schwangerschaft einen Gestationsdiabetes entwickelten, nach Antikörper gegen die Glutaminsäure Decarboxylase untersucht und fünf Jahre lang nachkontrolliert: 43 von ihnen zeigten unmittelbar nach der Geburt einen Titeranstieg, und damit einen positiven Befund. Von diesen entwickelten später 24 Frauen tatsächlich einen Typ-1-Diabetes.

Autoimmunologische Schilddrüsenerkrankungen kündigen sich ebenfalls bereits während der Schwangerschaft oder unmittelbar danach an. Eine diesbezügliche Untersuchung wurde an 1.594 schwangeren Frauen vorgenommen; in 83 Fällen, das sind 5,2 Prozent, zeigte sich unmittelbar nach der Entbindung ein Schilddrüsenantikörper-Titeranstieg (Peroxidase-Antikörper). 38 Frauen, immerhin 2,4 Prozent vom Gesamtkollektiv, erlitten im Jahr darauf tatsächlich einen Autoaggressionsschub gegen die Schilddrüse, einen Morbus Hashimoto. Dies macht deutlich, dass die Zeit nach der Entbindung für eine derartige Vorsorge besser genützt werden sollte.

Auch die biliäre Leberzirrhose zählt zu den Autoaggressionskrankheiten (Antikörper gegen den Pyruvat-Dehydrogenase-Komplex), die bei der Frau häufiger auftreten. Ihre schwankenden Geschlechtshormone sind in der Lage, ruhende Immunzellen, also T-Zellen, so zu aktivieren, dass sie eine andere Gattung von Immunpolizisten, die B-Zellen, anregen, Antikörper herzustellen.

Der weibliche Knochen

Wie er zum Tresor wird

Die menschlichen Knochen dienen nicht nur der Fortbewegung und dem aufrechten Gang, sondern sie verfügen über noch viele weitere Funktionen – vor allem bei der Frau. In ihrem Inneren lagern Stammzellen, die nach jeder Menstruation das Blut erneuern; dazu docken sich Signale des Knochens an der Bauchspeicheldrüse an und beteiligen sich damit am Stoffwechsel. Vor allem verbergen sie einen der ältesten Signalstoffe der Natur, auf den zurückgegriffen wird, wenn es um die Fortpflanzung, um das Stillen und um das Heranwachsen der Brustdrüsen geht – das Kalzium.

Zwischen den Eierstöcken der Frau und ihren Knochen läuft demnach ein permanenter Dialog ab, der beim Mann nicht existiert.

Am Anfang war das Kalzium

Das Kalzium ist ein wundersames Element, das in der Evolution auf eine lange Karriere zurückblicken kann.

Wenn im Frühjahr Knospen zu sprießen beginnen, dann ist das Kalzium daran entscheidend beteiligt. Befallen Raupen Blätter, so ist es wieder das Kalzium, das auf den Plan tritt und Verteidigungsstrategien gegen die Eindringlinge initiiert.

Kalzium-Ionen sind Kommunikatoren zwischen den Nerven. Sie bestimmen mit, wie aktiv Enzyme und Gene arbeiten und wann und in welchem Ausmaß Drüsen und Zellen Hormone abgeben. Kalium-Ionen beeinflussen die

Zellteilung, das Wachstum und auch den Zelltod. Beeindruckend arbeitet Kalzium dort, wo Organe, wie zum Beispiel der Herzmuskel, unterschiedlichen, in ganz kleinen Perioden auftretenden Spannungsverschiedenheiten unterliegen. So entstehen die Kontraktionen des menschlichen Herzens. Ein ähnliches periodisches Arbeiten, quasi in Schlägen, ereignet sich im Gehirn: Auch dort gibt es Zentren, die in bestimmten Intervallen Impulse setzen und somit das nervliche Gleichgewicht des Körpers ermöglichen. Diese Zentren reguliert das Kalzium, das ein regelrechtes Wunderwerk der Natur ist, ist es doch in etliche Vorgänge des menschlichen Körpers involviert.

Kalzium für das Kind

Das Kalzium hat aber noch eine weitere sehr wichtige Aufgabe, ist es doch ein bedeutender Bestandteil der Muttermilch, die das Kind nach der Geburt versorgt. Dies ist auch einer der Gründe, warum der Kalziumbedarf einer Frau während der Schwangerschaft sehr hoch ist. Da Milch überhaupt sehr kalziumreich ist, empfehlen Mediziner diese zum Schutz der Knochen und zur Vorbeugung gegen Osteoporose.

Wie mobilisiert der weibliche Körper das Kalzium aus dem Knochen?

Unmittelbar nach der Entbindung beziehungsweise sogar schon etwas früher sinken die Geschlechtshormone, die den Knochen schützen, ab. Dadurch fällt die Schutzfunktion weg; das Kalzium kann also aus dem Knochen mobilisiert werden.

Kalzium wird im weiblichen Körper besonders in Anspruch genommen, denn die Fortpflanzung im weitesten Sinn benötigt dieses Element, um Stammzellen zu aktivieren, die in der Brust für die Heranbildung des Brustdrüsengewebes notwendig sind und später, am Ende der Schwangerschaft und nach der Geburt, die Ernährung des Kindes sicherstellen sollen.

Das Kalzium des Knochens korrespondiert mit dem Stoffwechsel

Da eine Schwangerschaft der Frau eine große Energieleistung abverlangt, korrespondiert der Knochen nicht nur mit den Geschlechtshormonen, sondern auch mit der Bauchspeicheldrüse, dem Stoffwechsel und mit der Verdauung.

Der Knochen steht mit den Fettzellen in einem Dialog: Das von ihnen gebildete Leptin wirkt auf Knochenzellen und baut sie auf. Dies ist eine der Ursachen, warum Knochen ein zu schneller Gewichtsverlust, vor allem in jungen Jahren, nicht guttut. Das Kalzium des Knochens kommuniziert auf der anderen Seite mit der Bauchspeicheldrüse, die dadurch ihre Zellen vermehrt. Im Folgeschluss setzt die Drüse mehr Insulin frei, und die Verwertung von Kohlenhydraten und Zucker wird verbessert – was vor allem in der Schwangerschaft notwendig wird.

Der Knochen hat ein gutes Gedächtnis

Für den Knochen gilt Gleiches wie für andere Organe: Probleme der Lebensmitte werden oft schon in der Jugend vorherbestimmt – »living with the past«, mit unserer Vergangenheit haben wir zu leben. Bereits bei jungen Mädchen können Essstörungen und Gewichtsabnahme zur krankhaften Veränderung des Knochens führen. Auch Blutungsunregelmäßigkeiten junger Frauen können den Knochen unangenehm belasten. Bleibt die Blutung über sechs Monate oder sogar länger aus, so kann dies Knochensubstanz kosten, die später nicht mehr oder nur sehr schwer aufholbar ist. Die frühe Menopause reiht sich ebenfalls als ein Risikofaktor für den Knochen ein. Kommt eine Frau zu früh in den Wechsel, reduziert dies den Knochen mit all seinen Funktionen.

Was kann die Medizin davon lernen?

Im Unterschied zum Mann wird bei Frauen der Knochen durch die Eierstöcke geschützt – allerdings mit dem Hintergedanken, über einen kurzfristigen Hormonentzug Kalzium für verschiedene Aufgaben im weiblichen Körper mobilisieren zu können.

In der Menopause fällt das Östrogen ab, ohne wieder anzusteigen. Kalzium wird dadurch ununterbrochen aus den Knochen geholt, wodurch Stammzellen – vor allem in der Brust – jedoch unnötigerweise in Unruhe versetzt werden und die Osteoporose beginnt.

Der Knochen ist kein starres Gewebe, sondern er lebt und baut sich permanent um. Obwohl es auf den ersten Blick nicht zu vermuten ist, handelt es sich beim Knochen um ein hochsensibles Organ, das auf Umweltreize, aber auch auf Hormonschwankungen unverzüglich reagiert. In diesem Umbauprozess zeichnet sich der Knochen durch eine Balance zwischen dem Abbau und zwischen dem Aufbau aus. Ist die Balance gestört, so kann es zu gefährlichen Knochenerkrankungen kommen. Auch die Osteoporose ist letzten Endes eine Folge des Ungleichgewichts zwischen Abbau und Aufbau.

Die Knochenerweichung trägt eine starke genetische Komponente in sich. Töchter von Müttern, die an Osteoporose gelitten haben, laufen vermehrt Gefahr, sie ebenfalls zu bekommen; Osteoporose ist demnach offenbar vererbbar. Risikofaktoren – und das ist für die präventive Medizin von besonderer Bedeutung – sind ein graziler Körperbau und eine Pigmentarmut, wie sie sich in heller Haut, in blauen Augen und in blonden Haaren niederschlägt. Hier sollten Ärzte mit Knochenmessungen besonders umsichtig vorgehen. Manche Erkrankungen, vor allem die der Schilddrüse, sind mit der Osteoporose stark assoziiert. Auch dies sollten Mediziner bei der Beratung der Frau berücksichtigen.

Nicht nur die Menopause, sondern auch andere Faktoren können einen ungünstigen Einfluss auf den Knochen haben. Stress-Situationen, Schilddrüsenerkrankungen, vor allem aber das Rauchen und ein bewegungsarmes Leben schaden dem Knochen und stören das Gleichgewicht zwischen Knochenaufbau und Knochenabbau zugunsten des Letzteren. Die Früherkennung der Osteoporose durch eine Knochendichte-Messung ist deswegen ein wichtiger Teil der präventiven Medizin.

Das weibliche Gewicht

Das lästige Übergewicht ist ein Problem der vergangenen Jahrzehnte, litten Menschen hunderttausende Jahre zuvor doch an Untergewicht und drohendem Hungertod. Um dem zu entgehen, schenkte die Evolution vor allem der Frau geniale Strategien.

Um die Schwangerschaft sicherzustellen, legt der weibliche Körper mit Hilfe von Fortpflanzungshormonen Energiereserven an. Diese steuern nicht nur die Befruchtung, die Kindesentwicklung und die Geburt, sondern stellen im Vorfeld bereits sicher, dass dafür auch die nötige Energie im weiblichen Körper deponiert ist. Für Mutter Natur sind die Fettzellen so wichtig, dass sie unter der Kuratel der Eierstöcke bleiben. Damit haben diese eine weitere Funktion: Einerseits erledigen sie die Fortpflanzung, andererseits sorgen sie sich um die Energie und die Fett-Depots, aus denen die Frau ihre Kraft für die Schwangerschaft und das anschließende Stillen nimmt. Mit eben diesen Reserven schützte sich der weibliche Körper auch vor dem Verhungern.

Warum männliche Augen sich magisch vom weiblichen Po angezogen fühlen

Oberschenkel und Gesäß sind die Energiereserven des weiblichen Körpers, die Frauen in der Steinzeit vor dem Verhungern retteten, vor allem aber die Kraft für die Schwangerschaft und die Stillzeit speicherten. Sie sind der plakative Garant, dass die Erhaltung der Art – energetisch gesehen – funktioniert. Und dies zieht die Augen potenzieller Geschlechtspartner an, die sich mit einer Blickdiagnostik Informationen über das reproduktive Potenzial des weiblichen Gegenübers verschaffen.

Das weibliche Gesäß – an sich Attraktivum – wird in der Neuzeit aber auch zum Problem. Hormonstörungen bewirken, dass ein Übermaß an Östrogenen den weiblichen Körper durchflutet. Dadurch werden im Oberschenkelbereich auch vermehrt »Prozessoren« aufgebaut, die Triglyceride spalten und Fettsäuren vermehrt in dem Unterhautbereich einlagern. Dieses Problem beklagen manche Frauen unter der Pille beziehungsweise während einer Hormonbehandlung. Dabei wird mitunter zu viel Östrogen angeboten, was mit den plötzlich zu beobachtenden Gewichtsproblemen verbunden sein kann. Oft genügt es, die Hormondosis zu senken oder ein Hormon-Gleichgewicht herzustellen. Alkohol greift hier ebenfalls ein: Er erhöht die Östrogenkonzentration im Gewebe, verstärkt das Enzym Aromatase und bewirkt dadurch eine vermehrte Fetteinlagerung. Deswegen ist es ratsam, zu Beginn einer Hormonbehandlung auf jeden Tropfen Alkohol zu verzichten, und zwar für eine umschriebene Zeit. So wird die Gefahr der Gewichtszunahme vermindert.

Gelangen Östrogene oder Progesteron durch die Haut in den Körper, wie dies im Rahmen der Hormonersatztherapie der Fall ist, sollte eine Frau Gesäß und Oberschenkel als Auftragungsort der Creme meiden, denn die lokale Hormonanwendung in diesem Bereich bewirkt ebenfalls einen verstärkten Fettimport. Das Fett des Gesäßes und der Oberschenkel wird auch als »Sexualfett« bezeichnet. Schwangerschaft und Ernährung des Neugeborenen gehören für die Evolution zu den höchsten Gütern; Fettgewebe in den unteren Körperregionen signalisiert Fortpflanzungskraft und Nachkommen. Dies war wahrscheinlich auch einer der Gründe, warum

Künstler diese Körperregionen in den ersten Darstellungen des weiblichen Körpers zu Beginn der Menschheitsgeschichte überproportional wiedergegeben haben. Letztendlich garantierte die dort gespeicherte Energie das Überleben des menschlichen Geschlechtes.

Ein guter Hahn wird nicht fett

Der männliche Körper ist zunächst nicht darauf aus, Fett zu speichern; im Gegenteil, er muss es schnell mobilisieren können. Der Kampf um Weibchen und Revier sowie die ständige Auseinandersetzung mit der Konkurrenz machen einen raschen Zugriff auf seine Energiereserven notwendig. Deswegen verfügt der männliche Organismus über starke Mobilisierungskräfte.

Aber auch der weibliche Körper benötigt mitunter schnelle Energie, denn auch er ist imstande, mit Hilfe männlicher Hormone Fett zu organisieren. Allerdings lässt er dabei die Oberschenkel und das Gesäß aus und mobilisiert, ähnlich wie der Mann es auch tut, vor allem die Fettzellen rund um den Nabel. Dieses Fett bezeichnen Mediziner als »upper fat«, da es in der oberen Körperhälfte liegt, im Unterschied zum »lower fat« des Gesäßes. Letzteres ist Reproduktions- und Sexualfett.

Die männlichen Hormone der Frau werden genauso wie Progesteron und Östrogen im Eierstock produziert. Diese Botenstoffe sind wie beim Mann in der Lage, aus der »upper region« Fettzellenenergie zu gewinnen. Fehlen männliche Hormone im weiblichen Körper, kommt es zu einem Phänomen, worüber viele Frauen klagen: die klassische Trias – der Schwimmreifen, die größer werdende Brust, der Libidoverlust.

Androgene, also männliche Signalhormone, mobilisieren das Fett um die Hüfte. Leidet der Mann unter einem Hormonmangel, so bekommt er Gewichtsprobleme; ähnlich wie die Frau, die wegen des berühmten »Schwimmreifens« mitunter zahlreiche Ärzte konsultiert. Dabei weist sie mit Recht darauf hin, dass ihre Essgewohnheiten und auch ihre körperliche Aktivität gleich geblieben sind, sie aber dennoch Veränderungen an ihrem Körper bemerkt. Fragt der Arzt die Patientin, ob sie in der vergangenen Zeit ein Größerwerden der Brust festgestellt hat, so bejaht sie dies zumeist. Ebenso wie die Frage nach dem Libidoverlust.

Frauen erzählen oft übereinstimmend, dass sie einen liebevollen Partner haben, an Sexualität jedoch nicht mehr interessiert sind. Mitunter belastet dies die Beziehung, und mit Recht vermutet die Frau, dass auch hier hormonelle Störungen zugrunde liegen. Die größer werdende Brust, der Libidoverlust und der Schwimmreifen können tatsächlich Symptome eines Hormondefizits sein.

Eierstöcke bilden neben dem Östrogen und dem Progesteron auch männliche Hormone, und zwar gar nicht so wenig, da sie auch nach der Menopause weitergebildet werden, wenn Progesteron und Östrogen bereits fehlen. Androgene sind die letzten Eierstockhormone, die im weiblichen Körper ausfallen, was oft erst zwischen dem 60. und dem 70. Lebensjahr geschieht. Da sie auch in Östrogen umgewandelt werden können, geschieht mitunter etwas nahezu Mysteriöses: Frauen fangen in der sechsten und siebenten Lebensdekade an, erneut Wallungen zu bekommen, ähnlich wie seinerzeit mit 50. Dies ist durch den späten Abfall an männlichen Hormonen bedingt. Vor allem aber leiden Patientinnen an Gewichtsproblemen um den Bauch, wenn männliche Botenstoffe fehlen. Das Bauchfett bei der Frau ist oft nicht Symptom eines zu starken Appetits, sondern signalisiert Hormondefizite.

Warum Frauen mehr an Cellulite leiden

Es ist bekannt: Der weibliche Körper ist anmutiger, besser proportioniert und anziehender als der männliche. Dabei sind es Fett- und Bindegewebszellen, die der weiblichen Silhouette eine gewisse Eleganz verleihen.

Im Unterhautfettgewebe findet sich ein Viertel des Blutes der Frau. Die Frische der Haut, aber letzten Endes auch seine Funktion ist durchblutungsabhängig; deswegen ist das Fettareal zwischen Haut und Muskeln auch für das »Outfit« der Oberflächenhaut wichtig. Fettzellen sind Energiereservoirs, welche die Höchstleistungen der Muskelzelle erst möglich machen. Fettzellen gleichen – bildlich gesprochen – dem Tank, den der Muskel wie ein Motor immer mit sich führt. Deswegen ist letztendlich jeder Muskel von Fettzellen umgeben, die in Bindegewebslogen eingebettet sind, wobei es auf das goldene Mittelmaß ankommt. Überwiegen Fettzellen und fehlen die Muskeln, so führt dies den Körper in einen Verwirrungszustand, da er die Proportionsstörung nicht mehr zuordnen kann. Stoffwechselerkrankungen beginnen. Normalerweise sind diese »Energiepolster« bei der Frau schöner und besitzen einen besonderen Appeal.

Der Alterungsprozess ist mit einer Verschiebung verbunden: Das Muskelgewebe nimmt ab, wohingegen sich die Fettzellen vermehren, weil sie nicht mehr in kleinen Bindegewebsbehältern zusammengefasst sind, sondern größer werden. Die Cellulite beginnt. Körperliches Training ist ein hervorragendes Mittel, diese Beschwerden zu vermeiden oder zu reduzieren.

So sehr Eierstockhormone die weibliche Silhouette auch verschönern, so sehr zeigt sie sich für Hormonstörungen anfällig. Östrogen und Progesteron, die beiden Reproduktionshormone, erzeugen kleine »Lagunen« im Fettgewebe der Frau, vor allem am Oberschenkel und am Gesäß. In diesen biologischen Höhlen gelingt es, mehr Fettzellen einzulagern, um für die Fortpflanzung ausreichend Energiereserven zur Verfügung zu haben. Dazu verwenden die beiden Schwangerschaftshormone Kollagen, das die subkutane Fettstruktur durchzieht. Progesteron und Östrogen machen daraus feste Logen, in denen die Fettzellen ruhen. Allerdings können sich diese subkutanen Höhlen auch an der Oberfläche der Haut widerspiegeln: Die Cellulite wird sichtbar.

Männliche Hormone – ebenfalls Produkte der Eierstöcke – sind auch hier die Widersacher von Progesteron und Östrogen. Sie limitieren die Größe der einzelnen Logen, verkleinern sie und reduzieren dadurch die Anzahl der Adipozyten, also der Fettzellen, und wirken so der Fortpflanzung entgegen. Sie unterstützen aber den Kampf der Frau gegen die Orangenhaut.

Wahrscheinlich ist diese Sparaktion des weiblichen Körpers heute nicht mehr so notwendig wie vor fünftausend Jahren. Die Ernährung der schwangeren Frau ist in vielen Teilen der Welt inzwischen sichergestellt, wenn auch noch genug Bedarf besteht. Die überschießenden Hamsterinitiativen von Progesteron und Östrogen könnten relativiert werden, mitunter auch unter Zuhilfenahme der männlichen Hormone. Werden sie lokal auf Problemzonen gegeben, kann dies tatsächlich die Fettzellen verringern, das Bindegewebe straffen und der Cellulite entgegenarbeiten. Allerdings muss auch dies unter ärztlicher Kontrolle und Aufsicht erfolgen.

Ein Fett, das Fliegen und Menschen gemeinsam haben

Fett ist nicht Fett. Es ist bekannt, dass es im menschlichen Körper unterschiedliche Fettarten gibt. Die unter der Haut befindlichen Fettzellen des Oberschenkels unterscheiden sich von den Fettzellen im Bauchbereich; ein völlig anderes Fettgewebe findet sich hingegen zwischen den Gedärmen, hier nämlich ist die Rede von »innerem Fett«. Dieses gibt es bereits seit hunderten Millionen von Jahren bei einfachen Lebewesen, wie etwa der Fruchtfliege.

Durch die Möglichkeit, die unterschiedlichsten Gene zu dokumentieren, ist die Wissenschaft in die Lage versetzt, Genmuster zwischen verschiedenen Arten zu vergleichen; beispielsweise die zwischen Menschen und Fliegen. Die Fragestellung war einfach: Gibt es in der Fliege Organe beziehungsweise Gewebe, die während der Evolution erhalten geblieben sind und sich noch heute beim Menschen finden lassen? Tatsächlich haben Forscher Zellen entdeckt, die über hunderte Millionen von Jahren bis zum Erscheinen des Menschen unverändert geblieben sind – unter anderem die Fettkörperchen in der Fliege. Ihre Aufgabe ist es, Energie für die Abwehr von Pilzen und anderen Parasiten, die auch Fliegen befallen, bereitzustellen.

Diese Fettkügelchen sind Vorläufer des Immunsystems. Sie bilden Stoffe und Moleküle, die jenen ähnlich sind, die im menschlichen Körper Immunvorgänge steuern. Diese Fettzellen haben sich im Laufe der Evolution erhalten und ruhen noch heute im Menschen, allerdings nicht in den

Fettzellen unter der Haut, sondern zwischen den Gedärmen. Das bereits angesprochene »viszerale Fett«, das »innere Fett«, ist ein »Entzündungsgewebe«. Es bildet Abwehrstoffe, die Bakterien, Viren und Pilze töten. Eine Funktion, die beim Menschen andere Zellen, wie zum Beispiel die Lymphozyten, übernommen haben. Trotzdem produziert der Körper das viszerale Fett weiter, was sich als problematisch herausgestellt hat. Denn Lymphozyten richten sich nicht nur gegen Pilze und Viren, sondern belasten mitunter auch körpereigenes Gewebe, das angegriffen wird, wenn im Bauch zu viel dieser entzündlichen Abwehrstoffe hergestellt werden. So wichtig dieses Fett ist, um äußere Feinde zu attackieren, so gefährlich ist es, wenn zu viel davon zwischen den Gedärmen ruht. Denn in diesem Fall richten sich die Verteidigungsproteine auch gegen den Körper selbst und zerstören wichtige Funktionen.

Die Vorbeugung gegen das Übergewicht beginnt in der Schwangerschaft

Die Sorge um das richtige Gewicht beginnt bereits in der Kindheit, wahrscheinlich schon früher, nämlich in der Gebärmutter während der Schwangerschaft. Kommen Kinder mit einem niedrigeren Geburtsgewicht zur Welt, dann ist es ein großer Fehler der Eltern, dieses Defizit in den ersten Lebensjahren wettmachen zu wollen. Werden untergewichtige Kinder nämlich unmittelbar nach der Geburt überernährt, so arretiert sich die Übergewichtigkeit im späteren Alter. Die Prägejahre der Kindheit und die Prägejahre der Pubertät sind auch für das Körpergewicht von großer Bedeutung und beruhen wahrscheinlich auf epigenetischen Prägemechanismen.

Das Dinner-Cancelling-Konzept

Übelkeit und Erbrechen begleiten die Frühschwangerschaft oft – zur großen Sorge der werdenden Mutter, die mitunter befürchtet, ihr Kind müsse verhungern. Dabei ist das Gegenteil der Fall – das Kind profitiert vom Unwohlsein seiner Mutter. Werden nämlich in der Frühschwangerschaft Glukose und Insulin vorübergehend abgesenkt, so prägt dies den Stoffwechsel des Babys in günstiger Weise. Die Frühschwangerschaft lehrt, wie sich der Mensch vor Stoffwechselproblemen und zu schnellem Altern schützen kann.

Auch im erwachsenen Leben ist es möglich, so wie beim Schwangerschaftserbrechen vorübergehend Hungerstunden einzulegen. So ist es sinnvoll, am Morgen und zu Mittag normal zu essen und acht Stunden vor Mitternacht eine absolute Nahrungskarenz zu zelebrieren, ähnlich wie vor einer Operation.

Bei der Beratung von Patienten sollten Ärzte auch an folgenden Aspekt denken: Berichtet die betroffene Frau, dass sie größte Gewichtsprobleme hat, obwohl sie nur einmal, nämlich abends, Nahrung zu sich nimmt, so ist es in vielen Fällen hilfreich, ihr das »Dinner-Cancelling-Konzept« anzuraten. Den größten Effekt auf die Gewichtsabnahme hat der Verzicht auf das Abendessen.

Die Kalorienrestriktion scheint in der Altersprävention eine große Rolle zu spielen. Seit Menschengedenken versucht das Gehirn, Mittel und Wege zu finden, das menschliche Leben zu verlängern. Von allen therapeutischen Interventionen, die bis jetzt vorgestellt worden sind, hält naturwissenschaftlich nur eine einzige Strategie, nämlich die Kalorienreduktion, vergleichbar der Hyperemesis gravidarum – der Appetitlosigkeit in der Frühschwangerschaft.

Eindrucksvolle Tier- und Primatenexperimente demonstrieren, dass die Lebensspanne von Tieren, die unter einer reduzierten Nahrungseinnahme standen, um bis zu 40 Prozent verlängert werden konnte. Diese Untersuchung bestätigten zahlreiche Arbeitsgruppen, und es ist daher mit gutem Gewissen davon auszugehen, dass sie auch auf den Menschen übertragbar ist.

Nahrungsaufnahme ist mit einem Energiegewinn verbunden, der durch die Kraftwerke der Mitochondrien möglich wird. Allerdings entsteht dabei nicht nur Energie, sondern auch »Materialschaden«, der durch freie Radikale bedingt ist. Diese belasten die menschlichen Zellen. Je mehr Energie über die Nahrung umgesetzt wird, umso mehr Radikale entstehen. Essen ist damit nicht nur eine Quelle für Energie, sondern auch eine Quelle für das Altern. Durch die Reduktion von Kalorien wird die Quelle der Radikale kleiner.

Dies hat auch mit der sogenannten »Boltzmann'schen Entropie« zu tun. Je höher die Leistungsfähigkeit eines Systems ist, umso wahrscheinlicher ist es auch, dass es von Ordnung in Unordnung übergeht. Der Alterungsprozess wird dadurch verzögert, dass die Unordnung langsamer eintritt. Für die Aufrechterhaltung des Lebens sind Energien notwendig, die aber nur auf jenem Niveau ablaufen sollen, wo sie tatsächlich benötigt werden. Ein Zuviel an Energie, ein Zuviel an Nahrung fördert die Entropie und die Unordnung.

Die weibliche Lunge

Warum Frauen seltener schnarchen als Männer

Es war der Revolutionär Che Guevara, der als Erster den Zusammenhang zwischen Lunge und Eierstöcken entdeckte. Auf seine Arbeit über Progesteron und Lungenfunktion wird auch heute noch verwiesen. Vor seiner revolutionären Aktivität – und auch noch bevor er als Bankdirektor tätig gewesen ist – übte er kurzfristig eine ärztliche Tätigkeit aus; der Zusammenhang zwischen Hormonen und Lunge schien ihn dabei besonders zu interessieren, möglicherweise auch deswegen, weil er selbst an Asthma litt.

Che Guevara war übrigens nicht der einzige Arzt, der seinen Beruf an den Nagel hängte, um ganz etwas anderes zu machen. Arthur Schnitzler war ebenfalls Mediziner, der in die Fußstapfen seines Vaters treten sollte, eines berühmten Hals-Nasen-Ohren-Arztes aus Wien, an den noch heute eine Gedenktafel in der Aula der Poliklinik im 9. Wiener Gemeindebezirk erinnert. Schnitzler wurde jedoch Schriftsteller.

Die Schwangerschaft verändert das Herz-Kreislauf-System der Frau, stellt das Immunsystem um und schärft die Sinne; um die Sauerstoffversorgung des Kindes sicherzustellen, beginnen bei der geschlechtsreifen Frau die Eierstockhormone auch Atmung und Lungenfunktion zu verändern. Eine Schwangerschaft verbessert die Atmung, der Kohlendioxydgehalt des Blutes nimmt ab, die Sauerstoffkonzentration steigt an. Dabei wartet der weibliche Organismus gar nicht, ob eine Schwangerschaft tatsächlich eingetreten ist, aus Sicherheitsgründen optimiert er die Lungenfunktion bereits ab dem Eisprung, für alle Fälle, falls es ab den fruchtbaren Tagen doch zu einer Schwangerschaft kommen sollte.

Progesteron, das schon in der zweiten Zyklusphase anzusteigen beginnt, hat die Aufgabe übernommen, den Sauerstoffgehalt im Blut der Frau zu erhöhen und die Atmung auf die Schwangerschaft vorzubereiten.

Geschlechtshormone garantieren damit die ausreichende Sauerstoffsättigung des weiblichen Blutes. Fehlen sie, bei endokrinen Störungen beispielsweise oder auch in der Menopause, so nehmen Atmungsprobleme verständlicherweise zu. Die Luftzüge werden seichter, manchmal setzt kurzfristig sogar die Atemfrequenz aus.

Als »Apnoe« und »Hypopnoe« bezeichnet die Schulmedizin diese Probleme, die vor allem in der Menopause dramatisch zuzunehmen beginnen. Sechzig Prozent der postmenopausalen Frauen zeigen demnach – oft ohne es zu registrieren – nächtliche Atmungsprobleme, die zu einer Minderversorgung mit Sauerstoff während des Schlafes führen. Auch der Progesteronmangel kann für diese Probleme verantwortlich sein. Eine Reihe anderer Hormonstörungen weisen Defizite dieses Gelbkörperhormons auf; so zum Beispiel das Polycystische Ovar, das ebenfalls mit einem Progesteronmangel assoziiert ist. Betroffene Frauen erleiden mitunter in der Nacht vermehrt Apnoe-Attacken. Dieses Hormonproblem zu beseitigen ist auch dann sinnvoll, wenn kein Kinderwunsch besteht.

Das weibliche Haupthormon Progesteron steuert die Atmungszentrale und beugt der unregelmäßigen Atmung vor. Ähnlich wie das Herz im Alter bisweilen unregelmäßig schlägt – manchmal bleibt einfach ein Herzschlag aus –, kann es in der zweiten Lebensphase, vor allem im Schlaf, ebenfalls zum

Aussetzen eines Atemzugs führen: Das Progesteron versucht, dies zu verhindern.

Frauen haben einen aktiveren Kehlkopf

Progesteron stärkt aber auch die Kehlkopfmuskulatur und verringert seine Erschlaffung, wenn im nächtlichen Ruhezustand viele andere Muskeln »zu schlafen beginnen« und sich im Entspannungszustand befinden. Da Männer nicht über dieses Hormon verfügen, ist ihr Kehlkopf in schlechterer Kondition, er kollabiert leichter, vor allem wenn durch Alkohol die allgemeine Muskelentspannung noch unterstützt wird. Deswegen schnarchen Männer häufiger als Frauen.

Das Gelbkörperhormon verstärkt und tonisiert die Muskeln des Kehlkopfs, das sogenannte »genio-glossale« Muskelpaket. Dadurch wird die Erschlaffung einzelner Muskeln vermindert und die Entstehung von Schnarchzuständen gehemmt. Frauen sind durch das Progesteron vor Schnarchattacken geschützt. Selbst wenn sie in der zweiten Zyklusphase Alkohol trinken, schnarchen sie selten.

Wenigstens etwas schützt den Mann vor zu häufigem Schnarchen: das Testosteron. Aber leider sinkt das männliche Hormon beim alternden Mann zuweilen ab. Deshalb sollten häufig schnarchende Männer den Testosteronspiegel überprüfen lassen.

Fällt während der Nacht hin und wieder ein Atemzug aus, so reagiert der Körper darauf mit Stress. Er lässt vermehrt Kortisol bilden, wodurch morgens der Blutdruck anzusteigen beginnt und sich das Herz-Kreislauf-System belastet zeigt. Denn Lungenfunktion und Blutgefäßsystem liegen verständlicherweise eng beieinander.

Warum Rauchen bei der Frau noch gefährlicher ist als beim Mann

Rauchen und Östrogene stehen einander feindlich gegenüber. Dies ist bei der Pilleneinnahme seit langem bekannt. Frauen, die rauchen und zur Empfängnisverhütung die Pille nehmen, neigen häufiger zu Thrombosen und anderen, mitunter lebensbedrohenden Erkrankungen des Blutgerinnungssystems. Deswegen sollen Raucherinnen ab dem 35. Lebensjahr die Pille nicht mehr zu sich nehmen.

Befindet sich Östrogen auch in der Lunge – und das ist bei der geschlechtsreifen Frau der Fall –, so schadet das Rauchen besonders. Ein Viertel aller Frauen, die an einer Krebsart sterben, litten an einem Bronchialkarzinom, also an Lungenkrebs. Die Fünf-Jahres-Überlebensrate ist leider nach wie vor niedrig. Raucht eine Frau, so ist das Risiko, an Lungenkrebs zu erkranken, höher als beim Mann. Diese Wahrscheinlichkeitszahl, Lungenkrebs zu bekommen – die »odds ratio« –, liegt beim Mann um 13,8, bei Frauen jedoch um 32,7, wenn sie über fünf Lebensjahrzehnte geraucht haben. Aber auch andere Organe sind davon betroffen – all jene, wo das Nikotin Schaden anrichten kann: Zungenkrebs, Speiseröhrenkrebs, Blasenkrebs und Magenkrebs kommen bei Rauchern viel häufiger vor als bei Nichtrauchern, und leider bei weiblichen Raucherinnen häufiger als bei Männern.

Die höhere Gefährlichkeit des Nikotins im weiblichen Körper hängt tatsächlich mit den Eierstockhormonen zusammen, vor allem mit jenen Enzymen, die die Östrogene weiterverwerten, die sogenannten »CYP1A1-Proteine«. Diese bauen das Östrogenmolekül um; einerseits für weitere Aufgaben, andererseits, um es entsorgen zu können. Wird dieses Enzym in seiner Östrogenumbauarbeit durch Schadstoffe gestört, wie sie beim Rauchen dem Körper zugeführt werden, entgleist die normale Enzymaktivität. Es wird nicht nur das Östrogen, so wie es vorgesehen ist, in andere Metabolite ordnungsgemäß verwandelt, sondern das durch Nikotinschadstoffe völlig durcheinander gebrachte Enzym CYP1A1 beginnt Östrogen-Nachfolgeprodukte herzustellen, die dem weiblichen Körper schaden.

Die Lunge ist für die Schwangerschaft wichtig. Letztendlich garantiert sie die Sauerstoffversorgung des Kindes. Deswegen verfügt der weibliche Körper über geniale »Reserveprogramme«, die – wenn eine Schwangerschaft eingetreten ist – die Lunge zu Höchstleistungen hochfahren lässt. Am X-Chromosom, von dem die Frau eine doppelte Ausgabe besitzt, befindet sich das Gen für den sogenannten »Gastrin-Releasing-Peptidrezeptor«, der im Lungengewebe die Zellen stimuliert, sie vermehrt und so die höhere Lungenarbeit in der Schwangerschaft fördert.

Ist die Lungenfunktion unzureichend und droht das Kind, mit zu wenig Sauerstoff versorgt zu werden, oder tritt irgendwo ein Schaden im Lungengewebe auf, so ist dieses Gastrin-Releat-Peptid zur Stelle, um Stammzellen anzuregen, den Schaden zu reparieren und den Gasaustausch zu heben. Das Protein stellt sicher, dass den höheren Belastungen der Schwangerschaft – diese benötigt eben vermehrt Sauerstoff – Rechnung getragen wird. Durch den Zigarettenrauch werden die Anpassungsstrategien der Lunge gestört.

Auch in der Lunge werden Östrogene gebildet

Die Lunge kann in ihren Zellen selbständig Östrogene produzieren. Das dafür notwendige Enzym heißt Aromatase (CYP19). Dadurch werden die Lunge und auch die Brust von den Eierstöcken unabhängig und sind fähig, eigene Hormone zu bilden. Beim Brustkrebs ist schon lange bekannt, dass diese innere Östrogensynthese im Gewebe mit der Entstehung des Brustkrebses in einem Zusammenhang stehen kann beziehungsweise dass die Hemmung des Enzyms, der Aromatase, erfolgreich nach einem Brustkrebs eingesetzt wird. Möglicherweise ist dies auch für das Lungenkarzinom interessant. Denn das Östrogen erfüllt in der Lunge unterschiedliche Funktionen. Gerade weil die Lunge selbständig Östrogene herstellen kann, ist die Belastung mit den Bestandteilen des Zigarettenrauches besonders gefährlich. Dadurch werden die in der Lunge vorhandenen Produktionsstätten des Östrogens gestört und Östrogenverbindungen freigesetzt, die schädlich und damit für die Entstehung von Lungenkrebs mitverantwortlich sind.

Die weibliche Verdauung

Warum sie anders ist

Körperöffnungen sind immer ein Problem; dies gilt für die Lunge genauso wie für die Scheide, die Blase und den Darm. Diese Öffnungen sind mit den Toren einer Stadtmauer vergleichbar, gilt es doch, auch sie vor Eindringlingen zu schützen. Im Rahmen der Evolution hat Mutter Natur faszinierende Strategien entwickelt, um ein Gleichgewicht zwischen den entstandenen Arten möglich zu machen. Höher entwickelte Lebewesen sind vor allem durch Bakterienattacken gefährdet, wie die Geschichte der Pest in Europa illustriert. Den Körper betreten diese Bakterien durch seine Tore, durch die Lunge, den Harnausführungsgang, durch den Mund, die Scheide und auch den Darm. Deshalb ließ sich der Körper eine Reihe von Schutzstrategien gegen bakterielle Bedrohung einfallen.

Darmbakterien – die Soldaten des Verdauungstraktes

Als besonders geniale Idee hat sich die Ansiedlung von Hilfstruppen erwiesen, die aus Bakterien bestehen, die wiederum das Eindringen fremder Bakterienstämme zu verhindern wissen. In der Scheide und auch im Mund sind es die sogenannten Döderlein-Bakterien, die die Verteidigung dieser Körpertore übernehmen. Ihr Wohlergehen und damit auch ihre Abwehr- und Widerstandskraft wird durch die Geschlechtshormone ermöglicht, denn vor allem in der Scheide muss ein gewisser Säuregrad herrschen, damit sich die Döderlein'schen Bakterien wohlfühlen können. Dieser Säuregrad wird vom Östrogen sichergestellt. Durch das Eierstockhormon Östrogen nehmen die Zellen der Scheide vermehrt Glykogen auf, eine Zuckerverbindung, die gärt und Milchsäure bildet, die wiederum in die Vagina abgegeben werden kann. Damit ist jenes Säuremilieu garantiert, das für die Milchsäurebakterien vonnöten ist. Sie schützen die Scheide und vertreiben bakterielle Artgenossen, die für den weiblichen Körper andernfalls eine Gefahr darstellen würden.

Während es in der Scheide und im Mund vor allem die Milchsäurebakterien sind, die eine Schutzfunktion übernehmen, sind es im Darm unterschiedliche Stämme, mit denen der Körper kooperiert und die nicht nur, wie in der Vagina, eine Schutzfunktion darstellen, sondern an der Verdauung und der Entgiftung mitzuarbeiten gelernt haben. Auch diese Darmbakterien werden von den Eierstockhormonen gesteuert.

Allerdings verlässt sich der weibliche Körper nicht nur auf diese Hilfstruppen, die mitunter auch schwache Momente durchleben können und dann der Invasion feindlicher Bakterien Tür und Tor öffnen würden, sondern setzt auch auf das sogenannte Histamin, das vor allem in den Atemwegen und in der Lunge der Feindesabwehr dient. Es wird ebenso im Darm und in der Blase aufgerufen, um eine lokale Immunabwehr sicherzustellen.

Während die Lunge mitunter ganze Schwadrone von Pollen erreichen und dadurch einen »Histamin-Tsunami« auslösen kann, laufen die Reaktionen im Darm und in der Blase zurückhaltender ab, denn einer derartigen Pollenflut wie in der Lunge sind diese beiden Organe nicht ausgesetzt. Trotzdem wacht das Östrogen darüber, dass Mastzellen im Darm und in der Harnblase ununterbrochen mit Histamin gefüllt bleiben, damit dieses auf einen Reiz hin sofort reagieren und sich entladen könnte.

Und dann hat der weibliche Körper – besonders in den gefährdeten Körperöffnungen – ein Frühwarnsystem positioniert, das dem Mann fehlt. Nicht nur das Schwangerschaftshormon Progesteron kann neue Nerven wachsen lassen, auch das Östrogen hat auf Nervenerregungen einen Einfluss. Es verdichtet in der Schleimhaut die sogenannten Schmerzrezeptoren, über die leichte Entzündungen, Invasionsversuche von Feinden und Veränderung des Füllungszustandes sofort dem Gehirn gemeldet werden. Hohes Östrogen führt zu einem hochsensitiven Vorwarnsystem, zu einer erhöhten Nervenerregung und damit auch zu einer stärkeren Schmerzempfindlichkeit.

Hormone beeinflussen die Darmmotilität

Manchmal berichten Patientinnen, dass sich die Stuhlkonsistenz mit dem Menstruationszyklus ändert. Dies könnte ein Hinweis darauf sein, dass Hormone möglicherweise doch einen Einfluss auf die Darmaktivität haben. Diese These lässt sich durch eine andere Beobachtung stützen: In der Frühschwangerschaft sind Verstopfungen häufig, nur während der Menstruation und unmittelbar davor häuft sich die Stuhlfrequenz, weil der Darm aktiver ist. Hohe Hormonkonzentrationen, wie sie während der Schwangerschaft den weiblichen Körper durchfluten, scheinen den Darm eher zu beruhigen, während der Hormonabfall – unmittelbar vor der Menstruation – den Darm in Bewegung bringt.

Frauen leiden häufiger an Verstopfung als Männer, was nicht unbedingt als Unfall der Evolution anzusehen ist: Eine längere Verweildauer der Nahrung im Darm garantiert eine effizientere Aufnahme der Nahrungsbestandteile, wobei sich der weibliche Darm dadurch auch als träge erweisen kann.

Das Stickmonoxyd stellt die Gebärmutter ruhig und auch den Darm

Wie bereits beschrieben, wächst im weiblichen Körper ein Muskel auf eine Größe heran, die regelrecht beeindruckend ist. Dabei hat die Gebärmutter ihre Hauptaufgabe, nämlich die Kontraktion, zu diesem Zeitpunkt noch gar nicht ergriffen. Die Gebärmutter besteht genauso wie die Muskelschicht des Darms aus glatten Muskelfasern, die sich von allein zusammenziehen können, beispielsweise während der Wehen oder beim Verdauungstrakt. Um eine Frühgeburt zu verhindern, bombardiert das Schwangerschaftsöstrogen die Gebärmuttermuskulaturzellen mit Stickmonoxyd, das sie ruhig hält.

Jede Muskelzelle besteht aus zwei Faserarten: aus dem Aktin und dem Myosin, die sich ineinander »verkrallen« und damit ein Zusammenziehen, eine Kontraktion, des Muskels ermöglichen. Stickmonoxyd lockert die Bindung dieser zwei Muskelbestandteile, womit sich zunächst die Muskelfasern entspannen und der gesamte Muskel erschlafft. Vorzeitige Wehen bleiben damit bis zur Geburt des Kindes aus.

Auch Blutgefäße sind von den gleichen Muskelzellen begleitet. Im Stress, aber auch während des Alterungsprozesses, vermehren sie sich und verstärken ihre Bereitschaft, sich zu kontrahieren. Dadurch wird unser Körper, vor allem aber das Herz, schlechter durchblutet. Seit fast einem Jahrhundert verwendet die Medizin Nitropräparate, die Stickmonoxyd freisetzen, um die Herzkranzgefäße zu entspannen – ein ähnlicher Mechanismus wie in der Gebärmuttermuskulatur.

Für die Darmmuskulatur gilt Gleiches: Wie die Blutgefäße ist auch der Darm von einer Muskelschicht überzogen, die die Weiterbeförderung der zu verdauenden Nahrung besorgt. Die sogenannte »Peristaltik«, also die Darmkontraktion, wird durch diese Muskelschicht ermöglicht. Ähnlich wie im Herzen und in der Gebärmuttermuskulatur entspannt das Östrogen den Darm, verlangsamt seine Kontraktionen und bewirkt jene Verstopfung, die mitunter zu Beginn der Schwangerschaft, in der das Östrogen dominiert, zu beobachten ist. Östrogen regt die Bildung des Stickmonoxyds an und ist demnach ein relaxierendes Hormon, das die Gebärmuttermuskulatur, die Blutgefäße und auch den Darm zu entspannen versteht. Trägheit und Verstopfung des weiblichen Darms sind die Schattenseiten eines großen Vorteils: nämlich der besseren Durchblutung des weiblichen Körpers sowie des Schutzes vor Verkalkung und vor frühzeitigen Wehen.

Was kann die Medizin davon lernen?

Nicht in der Gebärmuttermuskulatur, wohl aber im Darm scheint das Progesteron vor einer zu starken Erschlaffung zu schützen. Treten vor allem nach dem Eisprung, in der zweiten Zyklusphase, Verstopfungen auf, so kann ein rektal verabreichtes Progesteronzäpfchen Obstipation und Flatulenz mitunter verbessern.

Darüber hinaus hemmt das Progesteron die Histaminfreisetzung der Mastzellen und kann den weiblichen Körper vor

Irritationen in verschiedenen Organen bewahren. Mastzellen sind in zahlreiche allergische Reaktionen involviert, da sie eine Reihe entzündungsauslösender Stoffe freisetzen, und zwar vor allem besagtes Histamin, das in den entsprechenden Organen Irritierungen und Schmerzen hervorrufen kann: in der Blase, wo es für die Reizsymptome verantwortlich ist, in den Blutgefäßen des Gehirns, in denen es die Migräne mitauslösen kann, und auch im Darm, wo es Reizsymptome hervorruft. Diese Mastzellen entstehen unter dem Einfluss des Östrogens, für das sie zahlreiche Rezeptoren besitzen. Das Progesteron agiert dabei als Gegenhormon: Es verhindert die östrogene Wirkung auf diese Zellen, dämmt die Histaminfreisetzung ein und schützt Organe, darunter auch den Darm, vor den durch das Histamin ausgelösten Irritationen. Bei der Reizblase, aber auch beim Reizdarm, könnte demnach eine Progesteronbehandlung die Beschwerden beseitigen helfen.

Östrogene schützen vor Leber- und Darmkrebs

Frauen sind vor Leber- und Darmkrebs besser geschützt als Männer, was Mediziner ebenfalls mit den Hormonen des Eierstocks in einen Zusammenhang bringen. Manchen Krebsarten geht nämlich eine langjährige Entzündung voraus. Dabei werden Zellen zur Teilung angeregt, um die Wundheilung sicherzustellen, da der Körper die Erfahrung gemacht hat, dass jede Entzündung mit einer Zell- und Gewebszerstörung einhergeht und Reparaturvorgänge notwendig macht. Dauert eine Entzündung zu lange, so können Zellteilungen überschießend angeregt werden, wodurch nicht nur die Wundheilung, sondern auch bösartige Geschwülste entstehen.

Nun sind die Hormone des Eierstocks wirksame Entzündungshemmer. Diese Wirkung setzen sie im Leben einer Frau nur kurzfristig aus. Dabei öffnen sie über einen wenige Tage dauernden Hormonabfall das Fenster für entzündungsähnliche Prozesse, für den Eisprung und für die Monatsblutung. Ansonsten aber hemmen die Eierstockhormone inflammatorische (Entzündungs-)Prozesse, was verständlich macht, wieso jene Geschwulstbildungen, denen eine lange Entzündung vorausgeht, bei Frauen seltener vorkommen. So entsteht Leberkrebs oft nach einer chronischen Leberentzündung. Hepatitis-B- und Hepatitis-C-Infektionen sind demnach Risikofaktoren für das Entstehen eines Leberkarzinoms; das Risiko, daran zu erkranken, ist bei diesen Infektionen, und damit auch bei den dadurch ausgelösten Entzündungen, 30 Mal häufiger als bei Menschen ohne ein derartiges Virusproblem. Denn die Leber wehrt sich mit starken Entzündungen, um das Virus zu eliminieren, und dies wiederum zerstört die Leberzellen, die durch einfache Bindegewebszellen ersetzt werden – die Leberzirrhose entsteht, die den Boden für das Leberkarzinom bildet.

Auch dem Magenkrebs eilt oft eine chronische Entzündung voraus. Über Jahrzehnte verneinte die Medizin, dass die Übersäuerung des Magens für die Entstehung des Magenkrebses verantwortlich zu machen sei. Heute wissen Forscher, dass es die Helicobacterinfektion ist, auf die der Magen mit einer chronischen Entzündung reagiert, die nicht nur die Wundheilung, sondern auch die Krebsentstehung begünstigt.

Auch der Dickdarmkrebs ist bei der Frau seltener als beim Mann, selbst gutartige Adenome des Darms trifft man bei Frauen weniger oft an als bei Männern. Dass dafür die Östrogene verantwortlich sind, wurde durch Beobachtungen um die Hormonersatztherapie bestätigt.

Dabei scheint sich das Östrogen einer besonderen Zell-Eintrittspforte zu bedienen, des Östrogenrezeptors beta, über den es im Darm die Entzündungen zu unterdrücken versteht. Entfernen Forscher diesen Rezeptor im Tierversuch, so fällt der Schutz vor dem Darmkrebs weg und die Tiere erkranken in der Folge sehr häufig an dieser Geschwulst. In der Brust, im Eierstock, aber auch in der Prostata des Mannes benützt das Östrogen eine andere Eintrittspforte in die Zelle, nämlich den Östrogenrezeptor alpha, der in der Darmzelle seltener zu beobachten ist.

Im Darm erfüllt das Östrogen die Funktion eines biologischen Architekten: Es koordiniert die Beziehungen zwischen den einzelnen Darmzellen, regelt die kleinen Vertiefungen, die Darmkrypten, über die die Nahrungsaufnahme erfolgt, und hemmt eine überschießende Zellteilung, die zur Geschwulstbildung führt. In unrühmlicher Weise sind Verbindungen, die auch im Spermaejakulat vorkommen, an der Tumorgenese beteiligt. Es handelt sich dabei um sogenannte Polyamine, die die Zellteilung im Darm so stark stimulieren, dass daraus Krebszellen entstehen können. Diese Polyamine werden aus der Aminosäure Ornithin hergestellt, durch ein Enzym, das den Namen »Ornithin-Decarboxylase« trägt. Östrogene hemmen dieses Enzym und schützen damit den Darm.

Östrogenähnliche Verbindungen kommen auch im Pflanzenreich vor, zum Beispiel in Soja oder Rotklee. Diese Produkte besetzen ebenfalls jenen Östrogenrezeptor beta, der für den Dickdarm von so großer Wichtigkeit ist, weil sie die krebsauslösenden Polyamine hemmen. Zur Vorbeugung des

Darmkrebses bekommen diese »Naturprodukte« demnach zunehmend Bedeutung. Über den Östrogenrezeptor beta sorgen die Pflanzenhormone dafür, dass kranke Zellen nicht zu lange aktiv bleiben, sondern durch die »Apoptose«, das Selbstmordprogramm der Zellen, aus dem Körper eliminiert werden. Dadurch schützt sich der Darm quasi selbst vor einer Krebserkrankung.

TEIL 3

Verändert das Einfrieren von Eizellen das gesamte Leben?

Warum nur Frauen in die Wechseljahre kommen

Wie konnte Mutter Natur so ungerecht sein und Männer vor den Wechseljahren bewahren? Zwar soll es auch unter ihnen Personen geben, die unter Hitzewallungen klagen, depressiv sind und an einer nachlassenden Libido leiden. Doch die hormonelle Flut, die Frauen erleben, bleibt ihnen erspart. Die Hoden arbeiten meist bis ins hohe Alter und behalten ihre Kapazität, auch in der zweiten Lebenshälfte noch Nachwuchs zeugen zu können.

Unfairerweise stellt sich der Wechsel bei Frauen deswegen ein, weil ihre Eizellen höchstqualifiziert sind und dadurch nur über eine begrenzte Lebensdauer verfügen. Spermien dagegen sind simpel gestrickt und leben deshalb länger.

Im Vergleich zu den männlichen Samenfäden sind Eizellen Hochleistungsgeneratoren, die nach der Befruchtung differenzierte Aufgaben übernehmen, wozu Spermien nicht in der Lage sind. Somit brauchen die Eierstöcke eine höhere Körpertemperatur, weil sie sich gerne »im Warmen« aufhalten, wenn sie die ersten Schritte eines neuen Lebens beginnen. Damit sind sie allerdings auch anfälliger fürs Altern.

Müssen Zellen Leistungen vollbringen, so benötigen sie eine bestimmte Körpertemperatur, die thermodynamisch jenes Networking zwischen den einzelnen Molekülen ermöglicht, das für die unzähligen biochemischen Schritte notwendig ist. Da Eizellen über nahezu magische Fähigkeiten verfügen und mit vielen Steuerungsmodulen für die beginnende Schwangerschaft ausgestattet sind, müssen sie im Bauchraum aufbewahrt werden, wo die Körpertemperatur nicht nur höher ist, sondern sich auch auf einem stabilen Niveau bewegt.

Spermien dagegen sind nicht viel mehr als verpackte DNA, die ohne große Zellkörper auskommen und daher auch über viel weniger Möglichkeiten verfügen als Eizellen; sie vegetieren deswegen an einem kühlen Ort »außerhalb« des Körpers, nämlich im Hodensack. Dort ist die Körpertemperatur um mehr als einen ganzen Grad niedriger, wodurch die Spermien in einem »Kühlkabinett« lagern und auf ihre Aufgabe warten, die DNA des Vaters im entscheidenden Moment an die Eizelle zu übergeben.

Das Leben ist Elektronik – und das trifft auch auf die Keimzellen zu. Je mehr Leistung eine Zelle vollbringt, umso mehr freie Radikale bilden sich, quasi als Nebenprodukt, was einerseits eine hohe Energieleistung ermöglicht, andererseits aber auch zum »biologischen Verschleiß» beiträgt. Bleiben Zellen nur in einer Ruheposition, ohne biologische Funktionen erfüllen zu müssen, so können sie unbeschadet über längere Zeit ruhen – wie dies bei den Spermien der Fall ist. Vom Alterungsprozess der Eizelle sind nicht nur die Chromosomen betroffen, da ihre Integrität und ihre räumliche Struktur im Laufe der Jahre ebenfalls Schaden nehmen. Verändert werden über die Jahre auch jene RNA-Moleküle und Proteine, die in jeder Eizelle ruhen und auf ihre Aufgaben nach der Befruchtung warten.

Die Eizelle ist nicht nur der Behälter für die weiblichen Chromosomen, sie ist gleichzeitig auch der Garant, dass die ersten Tage der Embryogenese, die Fruchtungsteilungen und die Zuteilung der Keimblätter richtig und koordiniert ablaufen können. Ab der vierten Lebensdekade treten hier Irrtümer auf, die den Beginn einer Schwangerschaft erschweren oder unmöglich machen. Demnach kommt es also nicht nur auf die Chromosomen der Eizellen an, sondern auch auf viele andere »magische Kräfte«, die im Zytoplasma der Eizelle schlummern und die auf Grund ihrer Hochdifferenziertheit leichter durch freie Radikale gestört werden und altern. In der zweiten Lebensdekade sind diese Störungen noch nicht vorhanden, weswegen Frauen wesentlich schneller schwanger werden können.

Ob es tatsächlich nur die Eizellen sind, die eine Schwangerschaft auf Grund ihres Alterungsprozesses beschweren, hat die Wissenschaft lange diskutiert und untersucht. Dabei haben Mediziner die Meinung vertreten, dass möglicherweise andere Systeme im weiblichen Körper, die ebenfalls altern, mit einer Eizellkryokonservierung nicht umgangen werden können. Sie hatten geglaubt, dass dies beispielsweise für die Gebärmutterschleimhaut, die den Embryo aufnimmt, gelten würde. Doch Frauen, die sich bereits in den Wechseljahren befunden hatten, jedoch durch Embryonenspenden schwanger wurden, bewiesen, dass nur Eizellen die Wahrscheinlichkeit auf eine Schwangerschaft ab der Lebensmitte reduzieren.

Natürlich forscht die Medizin intensiv, ob es nicht Mechanismen geben könnte, die auch im Eierstock selbst den Alterungsprozess bei gleichbleibender Leistung verlangsamen. Seit kurzem haben Forscher dabei das »Selbstmordkommando« der Eizellen im Visier: Bei der Geburt kommt ein Mädchen mit mehreren Millionen Eizellen zur Welt, womit es spielend bis zu seinem 100. Geburtstag schwanger werden könnte.

Zur Zeit der Menopause besitzt die Frau nur mehr eine Handvoll Eizellen, die aber zerstört und dem programmierten Selbstmord, der Apoptose, übergeben sind. Würde es

Medizinern gelingen, diesen Prozess zu unterdrücken, könnte dies eine Möglichkeit darstellen, die Fertilität zu verlängern.

Eine interessante neue These gibt nicht den Eizellen die Schuld für die Menopause, sondern dem Ambiente, in dem sie ruhen – nämlich dem Eierstock. Durch eine gezielte Hormonbehandlung mit dem Produkt »DHEA« versuchen Wissenschaftler derzeit, den Alterungsprozess des Eierstocks zu verlangsamen und die Qualität der Eizellen zu erhalten.

Den großen Unterschied zwischen Spermien und Eizelle konnten Forscher an Schaf Dolly beobachten, das mit Hilfe einer Eizelle geklont wurde. Bekanntlich wurden diese Klonierungsexperimente deswegen begonnen, um milchproduzierende Drüsenzellen zu etablieren, die zur Herstellung neuer Medikamente dienen sollten. Deswegen nahmen Wissenschaftler den Zellkern von Milchdrüsenepithelzellen, isolierten ihn und injizierten ihn in das Zytoplasma von Eizellen, deren genetisches Programm durch die Entfernung des Zellkerns vernichtet worden ist.

Ursprünglich waren die Forscher der Meinung, dass nun wieder Brustepithelzellen entstünden, die dann für die in-Vitro-hergestellte Milchproduktion eingesetzt werden könnten. Dem aber war nicht so. Denn aus dem Genom der Milchdrüsenzelle entstand nicht wie erwartet eine weitere Milchdrüsenzelle, sondern ein neuer Embryo.

Und so besitzt die Eizelle zahlreiche Moleküle und Steuerungseinheiten, die den Spermien fehlen und die die Eizelle zu Höchstleistungen hochfahren lassen – allerdings um den Preis, dass dies nur über eine begrenzte Zeit möglich ist. Und das ist – wie dargelegt – der Grund, warum Eizellen von Frauen in ihrer Lebensmitte die Fähigkeit verlieren, eine weitere Schwangerschaft möglich zu machen. Wäre die Eizelle so einfach und simpel «gestrickt», wie es die Samenfäden sind, dann bliebe die Fertilität der Frau, ähnlich wie beim Mann, ebenfalls erhalten.

Entgegen einer veralteten Auffassung kommt es nicht unmittelbar beim Geschlechtsverkehr zu einer Befruchtung. Die Spermien benötigen vielmehr rund 12 Stunden, um den langen Weg durch die Gebärmutter bis in die Eileiter zurückzulegen. Hier treffen sie die weibliche Keimzelle an, die nach dem Eisprung von den Trichtern der Eileiter angesaugt und Richtung Gebärmutter transportiert wird. Um für die Spermien auffindbar zu sein, sondert die Eizelle einen Duftstoff ab, der die Samenfäden anlockt; andernfalls würden sie die Eizelle auf Grund ihrer Größe nicht finden. Das Sperma selbst hat nämlich nur einen Durchmesser von einigen Mikrometern; die Eizelle beträgt im Durchmesser circa 100 Mikrometer. Die Strecke von der Vagina bis zu den Eileitern beträgt 15 Zentimeter, weswegen es höchst unwahrscheinlich ist, dass die Spermien zielsicher auf die Eizelle stoßen, sonderte diese nicht ihren Maiglöckchen-ähnlichen Lockstoff ab. Die Samenfäden sind in der Lage, dieses Molekül zu perzipieren und ihm entgegenzueilen, wodurch sie der Eizelle begegnen und sich mit ihr vereinen.

Nach der Verschmelzung von Ei- und Samenzelle ist das genetische Programm des zukünftigen Menschen aber noch nicht abgeschlossen, denn beide Erbanteile, vom Vater und von der Mutter, bleiben im Zytoplasma der Eizelle zurück, die damit bereits eine übergeordnete Rolle spielt. Diese Begegnung beider Erbanteile spielt sich über einen Zeitraum von ungefähr einem Tag ab, so als wollten sie es sich noch einmal überlegen, ob sie das Wagnis einer endgültigen Vereinigung tatsächlich eingehen wollen. Erst 24 Stunden nach dem Zusammentreffen von Ei- und Samenzelle verschmelzen beide Chromosomensätze von Eizelle und Sperma; ein Prozess, dessen Namen die Biologie aus dem Griechischen entlehnt hat und als »Syngamie« bezeichnet, was soviel wie »Hochzeit« bedeutet. Auch dieser Prozess ist vom Zytoplasma der Eizelle gesteuert; die männlichen Gene werden mehr oder weniger nur gelotst, ohne dass sie einen entscheidenden Anteil an dem Prozess der Syngamie haben – abgesehen davon, dass sie die Gene des Vaters besitzen. Ein bis eineinhalb Tage, nachdem Samenfäden und Eizellen endgültig ihre biologische Ehe eingegangen sind, beginnt sich die befruchtete Eizelle wie von magischer Hand zu teilen, wobei der Prozess ebenfalls vom Zytoplasma der Eizelle initiiert ist.

All jene komplexen Vorgänge, die in den folgenden Tagen dazu führen, dass für die Entstehung des Frühembryo alle notwendigen Zellteilungen korrekt ablaufen, beruhen auf Steuerungsmechanismen, die in der Eizelle schlummern. Das Genom des Vaters mischt in diesen frühembryonalen Entwicklungsvorgängen nicht mit, es verdoppelt sich lediglich und wird von Zelle zu Zelle mitgeschleppt; die Zellteilungsarbeiten hingegen stammen fast ausschließlich von Steuerungsmodulen, die in der Eizelle lokalisiert sind.

Frauen werden immer später schwanger

Der Druck auf die Eierstöcke, permanent Hochleistungen vollbringen zu müssen, stammt aus Urzeiten, als Frauen viele Jahre ihres Lebens schwanger waren. Kinder- und Müttersterblichkeiten sind durch eine hohe Schwangerschaftsrate kompensiert worden, weswegen die Eierstöcke Monat für Monat »parat« standen. Zu den großen Errungenschaften der modernen Medizin gehört die Senkung des Kind- und Frauensterbens bei der Geburt – was vor hundert Jahren noch keine Selbstverständlichkeit gewesen ist. Damit fällt der evolutionäre Druck auf den Eierstock weg, sich permanent für eine Schwangerschaft bereithalten zu müssen. Für Frauen lassen sich die Lebensabschnitte, in denen sie schwanger werden möchten, heute gezielt definieren. Jahrzehnte hindurch können sie ohne akuten Kinderwunsch durchs Leben gehen, wobei ihre Eierstöcke aber weiterhin auf »stand by« stehen und somit unnötige Arbeit leisten. Die Evolution ermöglichte es bis dato nicht, den Kinderwunsch auf einen späteren Lebensabschnitt zu verschieben.

Das Durchschnittsalter, in dem Frauen Kinder gebären, steigt kontinuierlich an; ein soziologisches Faktum, das die Medizin berücksichtigen und dem sie Rechnung tragen muss. Während in Großbritannien das durchschnittliche Alter, um Kinder zu bekommen, im Jahr 1971 noch bei 27,6 Jahren lag, stieg es 2006 auf 29,5 Jahren. Vor allem am Alter der Erstgebärenden ist die Verschiebung der reproduktiven Phase zu beobachten. 1971 war eine Frau bei ihrer ersten Schwangerschaft durchschnittlich 23,9 Jahre, während sie 2006 bereits 30,3 Jahre alt war. Momentan sind immerhin acht Prozent aller Frauen älter als 35 Jahre, wenn sie ihr erstes Kind bekommen.

Die Herausforderungen des Kinderkriegens

Anja Francesca Richter

Das Bild der Familie, die aus Vater, Mutter und leiblichen Kindern besteht, ist zwar nach wie vor präsent, scheint aber immer mehr aus der Gesellschaft zu verschwinden. Eine deutsche Frau bekommt im Durchschnitt nur noch 1,36 Kinder, in Österreich sind es 1,44. Der europäische Durchschnitt liegt bei 1,57 Kindern. Demografisch gesehen sind das erschreckend niedrige Quoten. Stirbt die Gesellschaft etwa allmählich aus? Laut einer Umfrage der BAT-Stiftung schreckt die Sorge vor dem Verlust eigener Unabhängigkeit und einem potenziellen Karriereeinbruch Frauen von einem Kinderwunsch ab. Das Thema Selbstverwirklichung, es hält sich aber auch hartnäckig! Und der Stress, den die Erziehung eines Kindes mit sich bringen kann, ist auch nicht zu verachten.

Rund 144.000 Euro kostet ein Kind bis zu seinem 18. Lebensjahr im Schnitt. Genau das ist das Problem, denn 67 Prozent der Befragten nannten die hohen finanziellen Aufwendungen als Grund, keine Familie gründen zu wollen. Das Geld ist Schuld, dass Deutschland und Österreich keine Kinder mehr bekommt, das Geld! Nicht die fehlende Liebe, nein, die Moneten. Jeder zweite Befragte argumentiert außerdem mit fehlenden Kindergarten-Plätzen, die der Staat nur unzureichend zur Verfügung stellt.

Die Frage ist: Sind es nun eigentlich egoistische Motive, eine Familiengründung zu umgehen, oder ist es doch der berufliche Erfolg, der die Frauen neben dem süßen Duft nach Unabhängigkeit in ihrem Lebensentwurf so stark beeinflusst? Angesichts der Geldfrage muss diskutiert werden, ob finanziell schwach gestellte Paare bei ihrem Wunsch nach Nachwuchs nicht doch staatliche Unterstützung erhalten sollten. Im Sinne eines funktionierenden Rentensystems, dem sogenannten »Generationenvertrag«, kann eine staatliche Familienförderung nicht außer Acht gelassen werden, zumal eine entsprechende Kinderzahl die Renten und Pensionen von kinderlosen Paaren mitfinanziert, was bei genauer Betrachtung doch recht ungerecht erscheint. »Wer ein Kind großzieht, der schenkt der Allgemeinheit damit Geld – und zwar nicht nur ein bisschen, sondern richtig viel Geld«, sagt Martin Werding, Professor für Sozialpolitik und öffentliche Finanzen aus Bochum, gegenüber dem »Solinger Tageblatt« im August 2013. Denn: Bei aller Freude und allem Familienglück, das Kinder mit sich bringen – der materielle Wohlstand von Familien wird nie jenen erreichen, den kinderlose Paare anhäufen können. Es gilt sich zu entscheiden: Pampers – oder Porsche.

»Ein durchschnittliches Kind beschert der öffentlichen Hand im Laufe seines Lebens einen Überschuss von deutlich mehr als 50.000 Euro«, wird Werding auch in der »Welt am Sonntag« im Juli 2013 zitiert, weil einzukalkulieren bleibt, dass Kinder einen zukünftigen Pool an Beitragszahlern bilden. Somit tragen sie zu den Krankheitskosten der alten und kinderlosen Menschen bei, wie auch »Die Welt« in ihrem Artikel »Der Staat bevorzugt kinderlose Paare« vom 28. Juli 2013 berichtet. Die bereits seit einiger Zeit in der Öffentlichkeit laufende Diskussion drängt einem regelrecht den Eindruck auf, eine »richtige« Frau sei nur eine solche, die auch beruflichen Erfolg vorweisen kann. Sich ausschließlich der Kindererziehung zu widmen, scheint mit dem Makel der Erfolglosigkeit behaftet und wird nur dann anerkannt, wenn eine Frau darüber hinaus auch eine allgemein akzeptierte Karriere gemacht hat; wenn sie also mit zwei Leitern gleichzeitig umgehen kann: der Leiter der Karriere und der des Klettergerüsts. Diese öffentlich gültige Meinung verdeutlicht ein neues Frauenbild, das eine multifunktionale Rolle beinhaltet. Zu beobachten ist dies beispielsweise an Marissa Meyer, Chefin des amerikanischen Internetkonzerns »Yahoo«, die ihre Stelle hochschwanger angetreten ist und wenige Wochen nach der Geburt ihres Sohnes wieder an ihren Arbeitsplatz zurückkehrte. Auch Sheryl Sandberg, Geschäftsführerin von Facebook und Mutter von zwei Kindern, arbeitet voll. Ein weiteres Paradebeispiel ist auch die deutsche Verteidigungsministerin Ursula von der Leyen mit ihren sieben Kindern.

Bei Licht betrachtet ist es bedauerlich, wenn die Freude, die ein Kind in das Leben seiner Eltern bringen kann, gegen Kosten aufgewogen werden muss. Selbstverständlich sollte sich ein Paar überlegen, ob es sich Nachwuchs auch wirklich leisten kann, zumal die meisten Frauen und Männer ihren Kindern etwas bieten möchten – wenn auch nur, um bei den Standards der Kindererziehung im 21. Jahrhundert mit Geigen-Unterricht vom dritten Lebensjahr an mithalten zu können. Aber ist ein solcher Schritt wirklich nur mit rationalem Abwägen und Kostenkalkulation zu entscheiden? Wo sind die Gefühle hin? Dass ein Kind in der Lage ist, das Leben seiner Eltern um 180 Grad zu verändern, und zwar in den allermeisten Fällen zum Guten, scheint immer mehr Nebensache zu sein. Und welches materielle Gut auf der Welt ist so wertvoll wie ein Kind, das seine Eltern bedingungslos liebt?

Die ausgiebigen Kegelabende mit anschließendem Feiern im angesagtesten Nachtclub der Stadt fallen zwar aus, und auch die Treffen mit Freunden und Freundinnen werden generell weniger. Doch ein Kind bietet Frauen und Männern die Chance, das eigene Dasein noch einmal völlig zu überdenken. Überhaupt, erzählen viele Paare, die ein Kind bekommen haben, gebe der Nachwuchs ihrem Leben einen ganz neuen Sinn, einen Wert, der eben durch nicht viel anderes aufzuwiegen ist. Die Verantwortung für einen Menschen zu übernehmen, und zwar nicht nur als Partner, Freund oder Vorgesetzter, ist überwältigend. »Ehe man eigene Kinder hat, hat man nicht die leiseste Vorstellung davon, welches Ausmaß die eigene Stärke, Liebe und Erschöpfung annehmen kann«, sagte Schauspieler Peter Gallagher. Recht hat er.

Welche Gründe gibt es also, dass nur noch so wenige Kinder zur Welt kommen?

Vor allem ist es die berufliche Karriere, die bei Mann und Frau Zeit und Kraft in Anspruch nimmt. Für Männer ist das ein geringeres Problem, weil sie durch den Zeugungsakt selbst nicht aus der beruflichen Karriereplanung katapultiert sind; so wie das zumeist bei Frauen der Fall ist. Außerdem bleibt die Fertilität des Mannes – wie beschrieben – wesentlich länger erhalten; er ist also rein theoretisch in der Lage, auch im hohen Alter noch Vater zu werden.

Anders hingegen ist es bei der Frau. Während den Mann sein Beitrag zur Fortpflanzung mitunter nur wenige Minuten kostet, trägt eine Frau ihr Kind neun Monate lang aus, bringt es zur Welt, stillt es und betreut es, meist Aufgaben, die das Nachgehen einer beruflichen Betätigung fast unmöglich machen.

Selbst wenn europäische Staaten den schwangeren Frauen entgegenkommen und sie mit Mutterschutz oder Haushaltshilfen unterstützen, empfinden es noch immer viele Frauen als Nachteil, ihre berufliche Tätigkeit über mehrere Monate und Jahre hinweg zu unterbrechen. Und das gilt nicht nur für Führungspositionen.

Nach einem abgeschlossenen Studium mit 24 oder 25 Jahren bleiben der Frau nur rund zehn Jahre, bis die Fertilität zu deklinieren beginnt. Der Eierstock hat den Charakter einer Zeituhr, die es zu berücksichtigen gilt. Kinder und Karriere vereinbaren zu wollen, stellt für viele junge Frauen einen elementaren Teil ihres Arbeitslebens dar. Dass sich eine entsprechende Belastung entwickelt, diese Ziele auch zu erreichen, versteht sich fast von selbst. Das meistgenannte Motiv bei Frauen, ihre Eizellen einfrieren zu lassen, ist dann tatsächlich auch eben dieser soziale Druck gewesen, den sie durch die Eizellen-Einfrierung umgehen können.

Zu den beruflichen Gründen, die eine Frau motivieren, ihre Eizellen zu vitrifizieren, treten auch private. Trotz Internet und Partnerbörsen trifft sie nicht sofort jenen Mann, den sie sich als Vater für die gemeinsamen Kinder vorstellen kann. Auch das schafft einen Druck, dem sich manche Frauen nicht aussetzen möchten. Sie sind sicher, dass sie den Partner finden, haben aber auch mitunter nicht die Zeit, nach ihm zu suchen, oder nicht das Glück, ihm zu begegnen.

Nicht nur die Karriere, auch die intensivere Ausbildung schiebt das Alter beim ersten Kind nach hinten. Dies kann man an der Anzahl der kinderlos gebliebenen Frauen in

Großbritannien studieren: In den Jahren 2000 und 2001 blieben 28 Prozent der Frauen mit Hochschulabschluss ohne Kinder. Bei Frauen mit mittlerer Ausbildung waren es 20 Prozent, bei Frauen, die nur die Grundschule besucht hatten, lediglich 16 Prozent. Das macht deutlich, dass das Studium deswegen kinderfeindlich ist, weil Frauen erst spät beginnen können, ihrem Kinderwunsch nachzugehen. Auch unter diesem Aspekt ist die Vitrifizierung von Eizellen ein Schritt in Richtung der Autonomie der Frau. Ähnlich wie die Pille die Emanzipation der Frau greifbar gemacht hatte, indem sie alleine entscheiden konnte, wann sie nicht schwanger werden wollte, ermöglicht das »social egg freezing« die emanzipatorische Entscheidung auf der anderen Seite – die Frau definiert das Zeitfenster ihrer Reproduktion.

Natürlich gäbe es gesellschaftsverändernde Maßnahmen, die die Autonomie der Frau in Sachen Reproduktion besser berücksichtigen könnten und die eine Vitrifizierung von Eizellen aus den oben genannten Gründen nicht notwendig machen würden.

Sollte sich der Kinderwunsch aber nicht verwirklichen, so würde dies kein so gravierendes Problem darstellen wie kryokonservierte Embryonen. Denn ähnlich wie Sperma sind unbefruchtete Eizellen nicht beginnendes menschliches Leben. Werden sie also entsorgt, ähneln sie normalen Körperzellen, aus denen ohne Manipulation und Zutun keine Schwangerschaft entstehen kann. Demnach wird auch die ethische Komponente bei der Kryokonservierung von Eizellen geringer.

Der Druck, einen Partner zu finden

Die Gold-Studie untersuchte die Motivation von Frauen, die ihre Eizellen einfrieren ließen, und stellte erstaunt fest, dass ein nicht unerheblicher Teil der Frauen unter dem Druck, den richtigen Kindesvater in einer begrenzten Zeit finden zu müssen, leiden. Auch hier haben es Männer leichter, sie können über die fünfte Lebensdekade hinaus nach der Mutter ihrer Kinder suchen, da sie auch zu diesem Zeitpunkt noch zeugungsfähig sind. Anders die Frau: Entweder sie findet während ihrer fruchtbaren Jahre den richtigen Partner oder sie muss den Kinderwunsch begraben. Die Vitrifizierung von Eizellen nimmt von Frauen diesen unnötigen Druck; verallgemeinern darf man auch hier nicht: Es gibt genug Frauen, die den richtigen Partner fanden und mit ihm eine Familie gründeten. Trotzdem gibt es andererseits auch solche, bei denen das nicht der Fall ist, für sie sollte man die Option der Vitrifizierung offen lassen.

Möglicherweise senkt dies auch die hohe Scheidungsrate, da sich Frauen einfach Zeit lassen können, bis sie sich binden.

Dem muss auch die Reproduktionsmedizin Rechnung tragen. Werden Blastozysten – was derzeit in vielen Ländern möglich und erlaubt ist – kryokonserviert, so kann es vorkommen, dass, noch bevor der Embryo implantiert werden kann, die Ehe in die Brüche geht und der geschiedene Ehemann einem Rücktransfer nicht mehr zustimmt. Ein bekanntes Beispiel ist Natalie Evans, die Embryonen tieffrieren ließ, bevor sie sich einer Chemotherapie unterzog, in der Intention, nach der Behandlung die Embryonen rücktransferieren zu lassen. Allerdings ging die Beziehung in die Brüche, bevor eine Schwangerschaft etabliert werden konnte, und der Ex-Partner zog seinen Konsens für eine gemeinsame Schwangerschaft wieder zurück. Natalie Evans konnte keine eigenen Eizellen nach der Chemotherapie produzieren, ihre Embryonen waren kryokonserviert, aber der Mutter für eine Schwangerschaft nicht mehr zugänglich. Dieses Problem wäre durch ein »egg freezing« leichter zu umgehen gewesen.

Die Möglichkeit, Eizellen in einem Zustand zu erhalten, der auch jenseits des 40. Lebensjahres eine Schwangerschaft möglich macht, würde vor allzu raschen Entscheidungen mit dem falschen Partner bewahren.

Wenn die Beziehung nicht klappen will ...

Anja Francesca Richter

Fest steht: So wichtig sie auch für eine Beziehung sind, schützen Kinder doch nicht vor der großen Gefahr einer Ehe – der Affäre.

Denn wer sagt, dass nach dem Eingehen einer Ehe jede weitere Form von Verliebtheit zu unterbinden ist und unter keinen Umständen zugelassen werden darf? Gott, die Kirche, die Gesellschaft? Oder am Ende nur das eigene Gewissen? In dem Gelübde vor dem Traualtar stand jedenfalls nichts davon, nie wieder Schmetterlinge im Bauch spüren zu dürfen – also für einen anderen Menschen, und nicht ausschließlich für den Ehepartner. Wie die Flattervögel unterdrücken, wenn der Lieblingskollege morgens mit einem breiten Lächeln und einem heißen Kaffee zur Tür hereinspaziert und dabei aussieht wie George Clooney, Brad Pitt und

James Dean in einer Person … und vielleicht sogar noch ein kleines bisschen besser?

Ob der Mensch in seinem Naturell monogam oder polygam veranlagt ist, wird die Wissenschaft vielleicht eines Tages klären können. Einem Blick auf das Sexualverhalten von Frauen und Männern in unserer jüngeren Vergangenheit nach zu urteilen, scheinen beide Geschlechter einem eher polygamen sexuellen »Programm« zu folgen – auch wenn ein Großteil der Frauen langfristig eine feste Bindung mit einem Partner sucht.

In historischen Epochen galten Konkubinen, Kurtisanen oder Mätressen als sozial geachtet oder zumindest gesellschaftlich geduldet, wenn nicht sogar als die Personen, die einen nicht unerheblichen Einfluss auf das Denken und Handeln gesellschaftlich angesehener Männer ausübten. Häufig waren es diese Frauen, die, wenn sie das Bett mit einem Potentaten teilten, letzten Endes als politische Drahtzieherinnen hinter den Kulissen agierten.

Seit der Romantik gibt sich die abendländische Gesellschaft jedoch dem Ideal der Partnerschaft hin, dieser Verbindung, zu der nur zwei Menschen gehören: einem Idealbild, das im Grunde nie den gesellschaftlichen Realitäten entsprach. Im Spiel waren stets auch die Geliebte beziehungsweise der Geliebte, wobei offensichtlich die Geliebte in einer Menage à trois immer noch die dominantere Rolle einnimmt. Die Geliebte steht symbolhaft für zwei Erscheinungsformen: einerseits dafür, dass Außenbeziehungen nach wie vor unter dem Deckmantel der Verschwiegenheit ablaufen, was den Reiz einer verbotenen Liebe erhöht, und andererseits widerspricht ihre Existenz der bürgerlichen Vorstellung, dass in sich geschlossene Zweierbeziehungen unabdingbar zum biologischen Pool sprich zur menschlichen Psyche gehören. Die österreichische Gesellschaft für Sexualforschung trat 2007 mit einer Studie an die Öffentlichkeit, in der rund 1000 Personen zwischen 20 und 60 zu außerpartnerschaftlichen Beziehungen befragt wurden. Fazit: Zwei bis vier Prozent der Befragten gestanden ein, schon einmal im Leben in länger andauernde Dreiecksbeziehungen verwickelt gewesen zu sein, wie im Artikel »Monogamie im Widerspruch zu unserem Naturell« in der Zeitung »Die Welt« vom 17. Juni 2013 zu lesen gewesen ist. Deutschland weise vergleichbare Zahlen auf, so die Studienleiterin Gerti Senger.

Die Mehrzahl der Außenbeziehungen bestehen allerdings nicht allzu lange. So dauert die Dreiecksbeziehung im Normalfall nur sechs bis acht Monate. Senger stellt weiterhin fest, dass Frauen sich eher in der Rolle der Geliebten sehen, weil sie »abhängiger, ängstlicher und deshalb schmerzbereiter« seien. Männer ergreifen hingegen offenbar eher die Flucht, wenn keine Aussicht auf eine längerwährende, das heißt exklusive Partnerschaft besteht – was den ein oder anderen doch überraschen dürfte, gelten Männer zumindest bis zu einem gewissen Alter doch als die Jäger und Sammler begehrenswerter Frauen.

Die Attraktivität einer geheimen Liebesbeziehung möchte eine moderne Frau heute aber nicht mehr über einen längeren Zeitraum ertragen. Da die Zahl der berufstätigen und damit wirtschaftlich unabhängigen Frauen nach dem Zweiten Weltkrieg rapide angestiegen ist, sind sie imstande, sowohl dem Ehepartner als auch dem Geliebten – je nach Gefühlslage – »die kalte Schulter« zu zeigen. Ökonomische Interessen für das Zustandekommen einer »Außenbeziehung« sind für die Frau von heute mit großer Wahrscheinlichkeit lediglich von marginaler Bedeutung. Dass dennoch gebundene Frauen mit Anfang oder Mitte 30 häufiger auf vergebene Männer zurückgreifen, liegt in der Selbstsicherheit und Souveränität der fest etablierten Männer begründet. Sie wirken solider als unsichere Singles, deren Misserfolg in Beziehungen evident ist. Dazu kommt: Gebundene Männer haben bereits ihr Verantwortungsbewusstsein demonstriert, haben unter Umständen sogar Kinder in die Welt gesetzt. Also warum nicht mit einem solch gestandenen Mannsbild den schon länger gehegten Kinderwunsch realisieren? Dabei kann dann auch die eingefrorene Eizelle in der neu aufzubauenden Partnerschaft, ob mit oder ohne Ehering, weiterhelfen.

Doch wie erfüllend kann eine Affäre auf Dauer wirklich sein? »Eine Frau, die liebt, muss man nicht trösten«, schrieb der Journalist Matthias Kalle einmal in einer Kolumne im Magazin »Neon«. Das heißt: Eine Frau, die fühlt, und sei es nur in einer Affäre, ist keineswegs bemitleidenswert.

Wer sich einmal eine Künstlerbiografie angesehen hat, gewinnt den Eindruck, dass künstlerische Kreativität ohne Seitensprünge kaum existieren kann. Die großen Namen aus Kunst und Kultur – hatten sie nicht alle Affären? Geliebte, die nicht einmal vor der Öffentlichkeit versteckt oder geheim gehalten wurden, einfach weil es zum guten Ton gehörte, eine solche außereheliche Liaison zu unterhalten? Ray Charles, Musiker, der Blues und Gospel miteinander verband und die offizielle Hymne des US-amerikanischen Staates Georgia schrieb, hatte stolze zwölf Kinder – neun davon außerehelich. Seine Frau Della Bea blieb dennoch bei ihm. Bis zu seinem Tod im Jahr 2004 wich sie nicht von seiner Seite, und auch Charles hegte offenbar nicht den

Wunsch, seine Frau zu verlassen – war sie doch die »Liebe seines Lebens«. Fragt sich nur: Hatte Della Bea nun Glück, dass Ray Charles bei ihr blieb, oder hätte sie lieber das Weite suchen sollen? Ist es richtig, bei einem Mann (oder einer Frau) zu bleiben, dem (oder der) die eigene Person nicht genügt? Johnny Cash, Country-Legende, hatte ebenso wie Ray Charles früh geheiratet, doch seine Seelenverwandte, June Carter, erst später kennengelernt. Seiner ersten Frau Vivian aber hatte er die ewige Treue versprochen und mit ihr vier Töchter bekommen sowie ein Haus gebaut, in Los Angeles, oben in den Hollywood Hills. Geld spielte keine Rolle, die Platten verkauften sich; Cash hatte jeden Grund, glücklich zu sein. Doch dies war nicht der Fall. Erst als er wieder und wieder um seine große Liebe, June Carter, kämpfen muss, erfährt er den Wert dieser Frau für sein Leben. Bis zu ihrem Tod im Jahr 2003 bleiben Johnny Cash und seine June ein Ehepaar. Dass Cash nur kurze Zeit nach seiner Frau stirbt, klingt fast wie die logische Folge dieser großen Liebe. Und vielleicht sogar wie der Beleg für das Broken-Heart-Syndrom.

Die Gleichheit und Ungleichheit der Geschlechter

Von Robert Edwards, dem Pionier der In-Vitro-Fertilisation und Nobelpreisträger, stammt die Anmerkung, dass ein Mann, wenn er mit 50 noch Vater wird, von allen Seiten Glückwünsche bekommt; bei einer Frau hingegen, die im gleichen Alter schwanger würde, verhielte sich die Gesellschaft ablehnender.

Dass Mutter Natur die Fruchtbarkeit der Frau vor allem in das zweite und dritte Lebensjahrzehnt gelegt hat, hat evolutionäre Gründe: Die Lebenserwartung der Menschen lag den Großteil der menschlichen Geschichte bei unter 30 Jahren. Die Reproduktion musste also frühzeitig erfolgen. Durch die Errungenschaften der Zivilisation, aber auch durch Forschungsergebnisse der Medizin, durch eine veränderte Lebensführung sowie durch die Entwicklung der Hygiene, verschiebt sich die Alterspyramide nach oben. Vor allem aber ist eine heute 50-jährige Frau in besserer physischer und psychischer Konstitution als es 50-jährige Frauen vor einigen hundert Jahren gewesen sind.

Wie lange eine Frau schwanger werden soll – mit Hilfe der Reproduktionsmedizin und der Eizellenspende – wird von verschiedenen Wissenschaftlern und unterschiedlichen Kreisen in unserer Gesellschaft unterschiedlich beantwortet. Wird ihr so lange geholfen, wie die Natur es theoretisch möglich macht, dass sie schwanger wird, also bis zum 50. Lebensjahr, dann ist dies ein akzeptabler Zeitrahmen – allerdings kein dogmatischer, sondern nur ein pragmatischer. Denn nach der Geburt sollte die Mutter ihrem Kind noch mindestens 15, wenn nicht 20 Jahre und mehr in guter gesundheitlicher Verfassung zur Seite stehen können.

Könnte in wenigen Jahren also eine 80-jährige Frau eine »junge« Mutter sein? Diese Überlegung müsste allerdings auch für Männer gelten: Denn wenn ein Mann mit 70 zwar noch in der Lage ist, ein Kind zu zeugen, allerdings drei bis fünf Jahre danach stirbt, so erzeugt dies eine unnötige Belastung des heranwachsenden Kindes. Prinzipiell sollten beide Eltern nicht zu spät Kinder bekommen – aber ausschließlich aus Gründen der Sorgeverpflichtungen. Wird eine Frau zwischen 40 und 50 Jahren schwanger, so hat sie eine durchschnittliche Lebenserwartung von weiteren 30 Jahren. Das Wohl des Kindes wäre von diesem Aspekt her rein theoretisch gesichert, allerdings sind bei einem Großteil der Frauen in dieser Lebensphase die Eierstöcke trotz normaler Menstruation nicht mehr in der Lage, eine Befruchtung möglich zu machen. Dies ist ein weiteres Argument für das »social egg freezing«, wobei nicht oft genug gesagt werden kann, dass es der Reproduktionsmedizin vor allem um die vierte Lebensdekade geht.

Ähnlich wie beim Wort »Gentechnologie« assoziieren viele Menschen auch mit der Reproduktionsmedizin Homunculus-Experimente, die abstoßend wirken. Die Vorstellung, Eizellen einzufrieren, erzeugt bei manchen Zeitgenossen eine innere Reserviertheit – aus Angst, was damit alles passieren könnte. Und auch hier gibt es eine Ungleichheit der Geschlechter: Männliche Eizellen eingefroren zu lagern gehört zum medizinischen Tagesgeschäft und wird bei der Retortenbefruchtung oft routinemäßig praktiziert. Der Unterschied zwischen der Spermienlagerung und der Eizellvitrifizierung liegt nämlich nicht so sehr in der Technik – sondern im Altern. Männer produzieren noch im Alter ausreichend Keimzellen, Frauen sind dabei in ihrer Lebensmitte begrenzt. Vielleicht erzeugt auch das jene Emotionen, die sich rational nicht immer zuordnen und die sich auch bei den dogmatischen Gegnerinnen der Hormonersatztherapie finden lassen: Dass einzelne Frauen versuchen, ihre Altersbarriere zu überspringen, kann mitunter bei Geschlechtsgenossinnen Ablehnung und Wut hervorrufen. Die Diskussion um die Hormonersatztherapie zeigte sich auch von der Vorstellung geprägt, dass es damit einigen Frauen gelänge, den Alterungsprozess hinauszuschieben. Kritik, Hohn und Spott sollten folgen.

Kritik, Hohn und Spott sehen sich sowohl Frauen als auch Männer aber ebenso an einem anderen Zeitpunkt ihres Lebens ausgesetzt. Dann nämlich, wenn nach der rauschenden Traumhochzeit die Scheidung folgt …

»Innerliche« Trennung und ökonomische Gründe

Anja Francesca Richter

Die Ehe währt schon viele Jahre, die Kinder sind aus dem Haus, das Reihenhaus ist abbezahlt. Die Leidenschaft ist schon so lange verglüht wie die Grillkohle aus dem vorvorletzten Sommern und der Garten ist altersgerecht angelegt. Was bleibt noch an Gemeinsamkeiten, die ein interessantes Gespräch ermöglichen? Und dennoch: Im fortgeschrittenen Alter wird es immer schwieriger, jemanden zu finden, mit dem ein angenehmes Beisammensein vorstellbar ist. Die Alterseinsamkeit droht als Angst machendes Menetekel hinter dem neuen Flachbildschirm. Deswegen lautet die Devise: lieber weitermachen!

Paare halten jedoch genauso aus umgekehrten Gründen durch, denn das schmucke Eigenheim gehört noch der Bank, die Kinder müssen Schule oder Studium absolvieren, und die Raten für das neue Familienauto laufen auch noch. Für beide Partner würde eine Trennung ökonomisch in einem Debakel enden. Eine oder mehrere Trennungen aus ehelichen oder eheähnlichen Gemeinschaften können nur diejenigen ohne allzu große Schwierigkeiten angehen, deren Bankkonto entsprechend prall gefüllt ist. Eine dauerhafte Liebesbeziehung ohne ausreichend Geld existiert allenfalls in Groschen-Romanen. Doch nicht jedes Paar entscheidet sich aus ökonomischen Gründen für die Aufrechterhaltung der Beziehung. Und so kommt es zur Trennung.

Die Trennung als einziger Ausweg

Was noch vor Jahrzehnten der absolute Supergau gewesen ist, die Trennung, gehört zum Alltag des 21. Jahrhunderts wie Mikrowellen und Mobiltelefone. Die heutige Gesellschaft ist so an das Scheitern von Beziehungen gewöhnt, dass es keine große Überraschung mehr darstellt, wenn es wieder ein Paar aus dem Bekanntenkreis getroffen hat.

Wer die Entwicklung genauer betrachtet, stellt fest, dass Paare, die sich heute scheiden lassen – und das waren in Deutschland im Jahr 2012 rund 179.100 –, im Schnitt länger zusammen gewesen sind als noch vor 20 Jahren. Wer sich im Jahr 2012 trennte, so das Statistische Bundesamt in Wiesbaden, war durchschnittlich 14 Jahre und sieben Monate an der Seite seines Partners. In den 1980er Jahren trennten sich Eheleute nach rund 11,5 Jahren.

Und einige werden überrascht sein, wenn sie erfahren, wer von beiden Partnern letztendlich dafür verantwortlich ist, dass es auch wirklich zur Scheidung kommt. Es sind nämlich die Frauen. »Nach der Liebe mit Alain war ich verbraucht, verloren, geschunden«, sagte schon Schauspielerin Romy Schneider, und vielleicht würde ihr die eine oder andere Frau mit dem Kopf nickend zustimmen. Rund 53 Prozent der Scheidungen erfolgen auf Betreiben der Frauen. Ob dies daran liegt, dass sie finanziell abgesichert sind, während den Männern eine Scheidung generell viel mehr kostet? Nur 40 Prozent der Männer reichen die Scheidung ein. In acht Prozent der Fälle sind beide Partner gleichermaßen dafür. Der Soziologe Harald Rost, Professor am Staatsinstitut der Universität Bamberg, hält dazu fest, dass die Mehrzahl der Frauen die Scheidung beantragt, wenn die Kinder auf eigenen Füßen stehen, was erklärt, warum immer mehr langjährige Ehen geschieden werden.

Auch in diesem Kontext scheint sich das Bild von den immer selbstbewusster werdenden Frauen zu bestätigen. Frauen gehen diesen Schritt auch in dem Bewusstsein, ihr Leben selbst noch im fortgeschrittenen Alter neu organisieren beziehungsweise gestalten zu können.

Obwohl Statistiken zeigen, dass die Scheidungsrate im Jahr 2012 um 4,5 Prozent gesunken ist, zeichnen sie für die Zukunft doch ein anderes, weniger positives Bild: Jede dritte Ehe, zu der sich Paare im Jahr 2012 entschlossen, wird 2037, also in 25 Jahren, schon wieder vor dem Scheidungsrichter enden. Was bleibt, sind Schmerz und Wut. »Was am allermeisten wehtut, ist die Erkenntnis, dass die Enttäuschung nur das Ende einer langen Täuschung war«, hat es die türkischstämmige Schauspielerin Jale Arikan einmal formuliert. »Die Erkenntnis also, dass man sich geirrt hat.«

Die Folgen der Trennung: Alleinerziehende Frauen und Väter

Die Leidtragenden bei Trennungen sind meist die Kinder. Sie können in der Regel am wenigsten dafür, dass ihre Eltern keinen anderen Ausweg als die Scheidung sehen. Ihr Schmerz hört mit dem Moment der Trennung auch nicht auf, im Gegenteil: Er zieht sich meist über Jahre hin, vielleicht sogar das ganze Leben lang. Selbst für den Fall, dass sich ein Kind mit der neuen Situation anzufreunden weiß oder am Ende womöglich sogar froh über den Schritt der Eltern ist, bleibt doch immer ein gewisser Verlustschmerz zurück. Denn Mutter oder Vater gibt es im Alltag nicht mehr.

In ihrer Mai-Ausgabe 2013 widmete sich die Frauenzeitschrift »Brigitte« diesem Thema.

Unter der Überschrift »Ein toller Vater. Bis zur Trennung« berichtet die Redakteurin Julia Karnick von den Erlebnissen einer Freundin, die mit zwei kleinen Kindern von ihrem Ehemann sitzen gelassen worden ist. Anhand dieses persönlichen Beispiels hob sie hervor, dass sich heute immer mehr Väter aus dem Staub machen, sobald eine Ehe gescheitert ist. Neunzig Prozent der Alleinerziehenden sind dabei Frauen.

Grundsätzlich ist dies nicht verwunderlich, ist doch die Mutter in der Regel Hauptbezugsperson der Kinder, auch weil sie ihr bei einer Scheidung in den meisten Fällen zugesprochen werden. Doch die Art und Weise, wie Väter sich verhalten, so Karnick, macht diesen Umstand eben bedenklich. Sie schreibt:

»Wenn es unangenehm, anstrengend oder teuer wird, wenn die Verbindlichkeiten, die er in der Vergangenheit eingegangen ist, den Neustart in die Zukunft beschweren, dann windet er sich eben aus der Verantwortung: zahlt Unterhalt nach eigenem Ermessen, sagt Besuchszeiten ab, weil angeblich Dringenderes anliegt. Und wenn er sich kümmert, erwartet er, dass die Mutter es ihm mit Dank- und Duldsamkeit vergilt, so als übernähme er die Kinder in erster Linie zu ihrer Entlastung, und nicht aus Vaterliebe.«

Das klingt zunächst brutal, ist aber angesichts der Zahlen des Bundesfamilienministeriums, die auch Karnick erwähnt, leider gang und gäbe: Nur rund ein Viertel der Kinder bleibt nach der Trennung der Eltern ein enger Kontakt zum Vater. Rund ein Drittel hat später überhaupt nichts mehr mit ihm zu tun. Deutsche Kinder sind heute nicht mutterseelenallein, sie sind vaterseelenallein. Wie aber kommt das? Auch dazu liefert die Redakteurin eine Erklärung: »Vielleicht ist die traurige Wahrheit die, dass nach Trennungen ein häufiger Mangel offenbar wird, der sich in einer intakten Familie besser kaschieren lässt. Dass Männer heute zwar zwei Monate Elternzeit nehmen. Dass es aber vielen von ihnen nicht gelingt, ihren Kindern dauerhaft nahe zu bleiben und eine eigenständige Beziehung aufzubauen«.

Nun ist zu überdenken, ob dies zwangsläufig immer die Schuld der Väter ist. Ernähren sie die Familie, sind sie in der Regel notgedrungen den ganzen Tag im Büro, was bedeutet, dass sie sich logischerweise nicht gleichzeitig zu Hause auch noch um den Nachwuchs kümmern können. Die Mutter übernimmt hier also ganz automatisch die Rolle der ersten Ansprechpartnerin, die von den Hausaufgaben bis hin zur Fahrt zum Handballtraining für sämtliche Anliegen verantwortlich ist. Ist es also fair, immer dem Mann die Schuld in die Anzugschuhe zu schieben? In ihrem Artikel beschreibt die Redakteurin weiter, dass Männer Fürsorglichkeit lernen müssen, und bezieht sich dabei auf den Soziologen Hans Bertram. »Die Fürsorge für ein Kind«, so Karnick, »bedeutet: Seine Bedürfnisse sind das Wichtigste. Männer müssen also lernen, ihr Kind wichtiger zu nehmen als sich selbst. Das scheint vielen von ihnen schwerzufallen. Vielleicht, weil sie selbst Väter hatten, denen ihre Freiheit oder die neue Partnerin wichtiger war als der Sohn. Oder weil Kinder eben nicht nur süß, sondern auch anstrengend sind.«

Aber denken Väter das wirklich? Steht der Mann des 21. Jahrhunderts so hinter dem (Windel-)Berg, dass er nicht in der Lage ist, zu erkennen, dass ein Baby nicht nur Vergnügen, sondern auch Verantwortung bedeutet? Sicher, die Wissenschaft kennt nur den »Mutterinstinkt«. Doch Forschungen belegen, dass auch Männer sich intensiv in die Erziehung ihrer Kinder einbringen möchten. Martin Bujard, Politologe des Bundesinstituts für Bevölkerungsforschung in Wiesbaden, fand etwa heraus, dass bereits 28 Prozent aller »Neu-Väter« in Elternzeit gehen, rund sieben Mal so viele Männer wie zur Einführung der Elternzeit in Deutschland im Jahr 2007.

Für die Frauen, denen kein Mann zur Seite steht, bietet die Reproduktionsmedizin die Chance, Kinder auch alleine großzuziehen. Ein Extremfall sorgte in der jüngeren Vergangenheit für mediales Interesse: Wie lebt ein Kind mit dem Bewusstsein, einen anonymen Vater oder – weniger populär – eine anonyme Mutter zu haben? In Deutschland hat eine junge Frau, Sarah P., 22 Jahre alt, porträtiert im Mai 2013 von »stern TV«, vor dem Oberlandesgericht Hamm das Recht erstritten, den Namen ihres leiblichen Vaters zu erfahren. Das Essener Zentrum für Reproduktionsmedizin hatte sich zuvor geweigert, den Namen des anonymen Samenspenders herauszugeben, von dem sich die Mutter von Sarah P. hatte befruchten lassen. Dass Vater und Tochter mittlerweile Kontakt miteinander pflegen – entgegen der oben aufgeführten Statistik der sich entfremdenden Väter – ist der erfreuliche Teil der Nachricht.

Sarahs Vater hatte mit seiner Samenspende, so seine Aussage, sein Studium finanziert. Dass männliche und weibliche Fertilität die Möglichkeit einschließen, sich finanziell zu »sanieren«, ist kaum noch zu bestreiten. Wird es in Zukunft »Zuchtanstalten« geben, in denen jeder halbwegs gesunde Mensch seine Spermien oder Eizellen – je nach Marktsituation – zu entsprechenden Summen anbieten kann? Vielleicht bieten Spermien- und Eizellen-Spende einem neuen – expandierenden – Markt ein ungeheures finanzielles Potenzial.

Doch Kritiker gehen noch weiter ...

Das »egg freezing« mögen Kritiker als unethisch und als eine Form von »Reproduktionsversicherung« für die Frau bezeichnen. Tatsächlich sind Reproduktionsmediziner gut beraten, diese medizinische Möglichkeit nicht zu plakativ zu bewerben, da ansonsten tatsächlich der Eindruck entstehen könnte, dass die Medizin hier ein Geschäft mit der Angst der Frau vor kommender Unfruchtbarkeit betreibe. Andererseits entspricht es der menschlichen Seele, Vorkehrungen treffen und für die Zukunft planen zu wollen – wenn auch mit unterschiedlichen Inhalten. Wenn eine Frau sich dagegen entscheidet, dass Monat für Monat unnötige Eizellen durch den Alterungsprozess des Ovars zerstört werden und dieses Selbstvernichtungsprogramm unterbricht, weil der ideale Zeitpunkt für eine Schwangerschaft für sie erst jenseits des 40. Lebensjahres erreicht ist, dann sind die Wünsche der Frau völlig gerechtfertigt. Oder nicht?

Mitunter erzählen betroffene Frauen, dass sie es in der beruflichen Aufbauphase nicht wagten, Kinder zu bekommen, da die wohnlichen und finanziellen Möglichkeiten einfach nicht gegeben waren. Mit 40 allerdings, als sämtliche Bedingungen für ein Kind erfüllt gewesen sind, versagten ihr die Eizellen eine Schwangerschaft. Auch hier könnte das »social egg freezing« Erleichterungen schaffen, ja sogar die Geburtenrate in der immer stärker alternden Population erhöhen. Dass die gesamte Erdbevölkerung ergraut, auf manchen Kontinenten stärker, auf manchen langsamer – erscheint für die Zukunftsforscher wie ein Menetekel an der Wand; ein Ausweg aus den sich daraus ergebenden Problemen könnte die erhöhte Fertilität unmittelbar vor der Menopause sein.

Die reproduktive Lebensspanne würde dann mehr als die Hälfte der gesamten Lebenszeit ausmachen, und die Eltern wären – bei guter Gesundheit – auch noch in ihrer zweiten Lebenshälfte mit der Kindererziehung beschäftigt. Natürlich ist dies mit ähnlichen Emotionen behaftet wie das Hinaufsetzen des Rentenalters. Wenn sich aber tatsächlich nicht nur die Lebensspanne, sondern auch die gesunde und vigilante Lebenszeit erhöht, dann wäre beides ein möglicher Ausweg aus der gesellschaftlichen Alterspyramide.

Mütterliche Risiken – mütterliche Vorteile

Die Vitrifizierung der Eizellen erfolgt im Rahmen einer normalen In-Vitro-Fertilisation; die Eierstöcke werden dafür zuvor hormonell stimuliert, um ausreichend Follikel zur Reifung zu bringen. Dies geschieht mit bestimmten, aus der Hirnanhangsdrüse stammenden Hormonen. Auch bei der normalen In-Vitro-Fertilisation kommt es mitunter zu einer Überstimulation, was bedeutet, dass die Eierstöcke zu viele Eibläschen bilden, die sich oft vergrößern und eine stationäre Behandlung notwendig machen, was bei einer von 300 behandelten Frauen notwendig wird.

Schwangerschaftskomplikationen, wie hoher Blutdruck, Gestose, Eklampsie und Diabetes, nehmen bei Frauen, die in der vierten Lebensdekade schwanger werden, zu und sind häufiger anzutreffen als bei einer 20-jährigen Erstgebärenden. Das gilt nicht nur für die »egg vitrification«, sondern auch für jede Form der Schwangerschaft ab dem 40. Lebensjahr, sei es für solche, die spontan eingetreten sind, oder solche von Frauen, die eine normale In-Vitro-Fertilisation im vierten Lebensjahrzehnt haben machen lassen. Darüber muss ein Arzt die Patientin aufklären.

Gleiches gilt für die aus epidemiologischen Untersuchungen gewonnene Erkenntnis, dass die Erstschwangerschaft in späteren Lebensphasen mit einem leicht erhöhten Risiko für das Mammakarzinom verbunden ist. Die Medizin kennt eine Reihe von Faktoren, die das Risiko für den Brustkrebs erhöhen beziehungsweise reduzieren. Eine frühe Pubertät steigert das Risiko für den Brustkrebs genauso wie eine erst in späteren Jahren stattfindende Menopause. Die früh eingetretene Menopause ist, genauso wie eine späte Pubertät,

Schutzkonstellation für die Brust. Dies hängt von der Länge der Hormonexposition ab, da die Hormone mit zunehmendem Lebensalter auch in jene Metabolite, also Stoffwechselprodukte, umgewandelt werden, die die Brust belasten.

In Risikokonstellation, wenn das BRCA1-Gen verändert oder in der Familie eine starke hereditäre Belastung für Brustkrebs vorhanden ist, rät ein Arzt möglicherweise von einer Schwangerschaft jenseits der 40 ab. Das gilt natürlich auch für das »egg freezing« und ist ein weiteres Beispiel dafür, dass solche reproduktiven Faktoren auch in die Beratung von Frauen mit einfließen sollten, wenn sie sich zwischen 20 und 30 Jahren zum ersten Mal die Frage stellen, wann sie ein Kind bekommen möchten. Natürlich nimmt die allgemeine Anfälligkeit für Krankheiten mit zunehmendem Alter zu – das der größte Risikofaktor ist.

Deshalb ist eine Güterabwägung bei dem Entschluß, schwanger zu werden – in manchen Fällen notwendig.

Das Verschieben der Lebensphase

Anja Francesca Richter

War das Leben einer Frau ebenso wie das eines Mannes bisher in drei große Phasen unterteilt, nämlich die Kindheit, Jugend und das junge Erwachsenenleben als erste, die Einstiegsjahre in den Beruf und das Gründen einer Familie bis hin zum Rentenalter als zweite und die Jahre nach dem Berufsausstieg mit dem Dasein als Großmutter beziehungsweise Großvater als dritte und letzte Phase des Lebens, verschiebt sich der zweite Abschnitt auch für die Frau immer weiter nach hinten. Während es Männern wie Ulrich Wickert, Jean-Paul Belmondo, Charlie Chaplin oder Pablo Picasso möglich ist, auch in einer späteren Phase ihres Lebens, also mit über 60, Vater zu werden, blieb der Frau eine Schwangerschaft nach der Menopause verwehrt. Bisher.

»Das Leben ist kein Sprint, es ist ein Marathon«, sagte der Schauspieler Mickey Rourke einmal, und seine Aussage bekommt angesichts des zukünftigen Einsatzes des Einfrierens von Eizellen eine ganz neue Bedeutung. Denn Frauen wird es möglich gemacht, eine Art »Mutterschaftsvorsorge« zu treffen.

Der richtige Zeitpunkt für Kinder – wann wird er in Zukunft sein? Wie stark wird sich das weibliche Geschlecht tatsächlich von der medizinischen Revolution beeinflussen lassen? Werden sich Frauen zum 28. Geburtstag in Zukunft keine Juwelen mehr schenken lassen, sondern einen Platz im Gefrierfach, um sich im Endeffekt selbst das größte Geschenk zu machen, nämlich: Zeit?

Die Zeit spielt auch für den Körper eine entscheidende Rolle …

Während die späte Erstschwangerschaft die Brust belastet, scheint eine sehr frühe Schwangerschaft zwischen 18 und 20 Jahren die Brust zu schützen; die Wahrscheinlichkeit, dass junge Mütter später Brustkrebs bekommen, ist also entsprechend geringer. Deswegen überlegt die Wissenschaft derzeit, ob es sinnvoll sein könnte, eine Frau zur Vorbeugung gegen Brustkrebs »scheinschwanger« werden zu lassen. Dies ist mit Injektionen, die das Schwangerschaftshormon Human Chorionic Gonadotropin (HCG) beinhalten, zu ermöglichen. Dieses Hormon bewirkt – genauso wie in der Frühschwangerschaft –, dass die Brustdrüse aus ihrer Entwicklungsphase in die definitive Arbeitsphase übertritt, aus der sie dann beim Stillakt die Muttermilch produziert. Durch diese frühe »Inbetriebnahme« der Brust werden Stammzellen, die auch in der Brust »schlummern«, in fertige Brustdrüsenzellen umgewandelt und verlieren damit ihre mitunter gefährliche Kapazität, in bösartige Zellen umzuschlagen. Dies ist eine Erklärung, warum Frauen vor Brustkrebs geschützter sind, wenn sie frühzeitig Kinder bekommen. Die Enddifferenzierung an der Brust, also die Umwandlung von unreifen Zellen in reife Zellen, wird während der Schwangerschaft durch das HCG-Hormon bewirkt.

Wird eine Frau jenseits des 40. Lebensjahres schwanger, mit und ohne Vitrifikationen der Eizelle, und handelt es sich um ihre erste Schwangerschaft, werden Mediziner ihr Empfehlungen für einen bestimmten Lebensstil mit auf den Weg geben, durch deren Hilfe sie die Wahrscheinlichkeit der Erkrankung an Brustkrebs senken kann. Alkohol beispielsweise hat sich als ein Risikofaktor für die Brust erwiesen, da er jenes Enzym, die Aromatase, anregt, die aus männlichen Hormonen weibliche Hormone herstellt. Und tatsächlich haben große wissenschaftliche Untersuchungen gezeigt, dass der Alkoholkonsum das Risiko für das Mammakarzinom erhöht.

Die Reduktion des Körpergewichtes tut auch der Brust gut – wahrscheinlich wegen des gleichen Mechanismus, der auch bei Alkohol zu Buche schlägt: Übergewicht ist mit einer hohen Anzahl von Fettzellen, sogenannten Adipozyten, assoziiert, in denen sich das Testosteron zu Östrogen wandeln kann. Besitzt die Frau viele Adipozyten, so stellt sie auch sehr viel Östrogen her; die Gefahr für das Mammakarzinom steigt. Aus diesen Gründen geben Ärzte einer Frau, deren Brustkrebsrisiko durch eine späte Erstschwangerschaft etwas erhöht ist, den Rat mit auf den Weg, ihr Gewicht zu reduzieren beziehungsweise zu normalisieren. Ähnliches gilt für die körperliche Aktivität. Dadurch sinkt im Gewebe der Östrogenspiegel, wodurch die weitere Umwandlung dieses Hormons in aggressive Verbindungen nahezu unmöglich wird.

Ein normales Gewicht, körperliche Bewegung und das Einschränken des Alkoholkonsums sind erprobte Empfehlungen, mit deren Umsetzung eine Frau das Risiko für ein Mammakarzinom tatsächlich verringern kann. Zudem hat die Forschung Medikamente entwickelt, die die Brustbelastung durch Hormone herabsetzt und die nun auch »vorbeugend« medikamentösen Einsatz finden.

Allerdings scheint eine späte Schwangerschaft auch Vorteile zu haben: Untersuchungen bei den »Centenarians«, also bei Hundertjährigen, zeigten, dass der Anteil von Spätschwangerschaften unter sehr alten Frauen erhöht gewesen ist. Offen ist die Interpretation: Waren die Frauen genetisch privilegiert, sodass sie in ihrer vierten Lebensdekade leicht schwanger geworden sind, oder hat die Schwangerschaft einen lebensverlängernden Effekt? Möglich wäre Letzteres aus dem Grund, dass die weiblichen Organe insbesondere während einer Schwangerschaft unter einem besonderen Schutz stehen.

Kindliche Risiken – kindliche Vorteile

Mehrere Jahrzehnte lang beobachteten Wissenschaftler die Gesundheit von Frauen, die die Pille nahmen, um feststellen zu können, ob sich durch die Empfängnisverhütung ein ernster Langzeitschaden für Mutter und Kind ergeben habe. Dem war nicht so.

Ähnliches gilt auch für die künstliche Befruchtung: Seit der Geburt von Luise Brown, dem ersten Retorten-Baby, am 25.7.1978 wurde in Ländern mit einem hervorragenden medizinischen Register genau überprüft, ob bei Kindern, die durch In-Vitro-Fertilisation gezeugt wurden, erhöhte gesundheitliche Probleme auftreten. Die bis jetzt vorliegenden Daten zeigen, dass dem im Großen und Ganzen nicht so ist. Es gibt allerdings Hinweise, dass die Wahrscheinlichkeit für Immunerkrankungen erhöht sein könnte. Auch Erkrankungen, die der Vater primär vererbt, könnten durch die Spermainjektion häufiger an das Kind weitergegeben werden. Allerdings gilt es, dies in größeren Untersuchungen noch genau zu klären.

In der frühen Schwangerschaft, also unmittelbar nach der Empfängnis, beginnt der weibliche Organismus, den sich einnistenden Embryo genau zu überprüfen. Mit Hilfe eines integrierten Systems zwischen Mutter und befruchteter Eizelle wird die Gesundheit des Frühembryos, die Intaktheit der Chromosome und die Funktionsfähigkeit all jener Zellorganellen evaluiert, die für das Wachstum und für die Normalität des Embryos notwendig sind. Bemerkt dieses Überprüfungssystem einen Fehler, so wird die Schwangerschaft beendet beziehungsweise so früh abgestoßen, dass die Frau oft gar nicht bemerkt, dass sie überhaupt schwanger gewesen ist. Dieses »Alles oder Nichts«-Prinzip dient dazu, gesunde Kinder zur Welt zu bringen.

Sind ältere Frauen weniger belastbar?

Im Jahr 2007 wurde in dem bekannten Wissenschaftsjournal »Fertility & Sterility« eine Arbeit publiziert, die untersuchte, ob eine Mutterschaft nach dem 50. Lebensjahr für die betroffene Frau eine größere Stress-Situation darstellt als die Schwangerschaft bei jüngeren Müttern. Dafür wurden Frauen zwischen 30 und 50 nach einem spezifischen Überlegungsbogen untersucht. Die Studie zeigte den Trend, dass ältere Frauen besser mit dem Stress, den die Sorge um ein Kind mit sich bringt, umzugehen wussten.

Die heute 40-jährige Frau kann nicht mit einer Gleichaltrigen vor 100 Jahren verglichen werden – es steigt nämlich nicht nur die Lebenserwartung, sondern auch die Gesundheit und die Vigilanz, die eine späte Schwangerschaft eventuell sogar noch fördert. Dazu kommen soziale Sicherheit und finanzielle Absicherungen, die einer Frau die Erziehung ihres Kindes ebenfalls erleichtern.

In Großbritannien bieten ungefähr zehn Kliniken die Eizellvitrifizierung an. Die Kosten liegen zwischen 2.000 (2.390 Euro) und 3.000 Pfund (rund 3.580 Euro) pro Zyklus und inkludieren die Eizellentnahme, die Vitrifizierung sowie die Einlagerung. Wird an der Eizelle definitiv eine ICSI (Intrazytoplasmatische Spermieninjektion) vorgenommen und die befruchtete Eizelle transferiert, so erhöhen sich die Kosten erneut um 1.500 Pfund (1.790 Euro). Auch in Deutschland muss eine Frau mit Kosten von mehreren tausend Euro rechnen.

Es ist sinnvoll, Patientinnen auf diese Methode aufmerksam zu machen, doch aggressiv bewerben sollten Mediziner das Verfahren nicht. Auf keinen Fall soll der Eindruck entstehen, dass eine Frau mit dem Einfrieren ihrer Eizellen alle Probleme der Infertilität gelöst hat. Das Versprechen, dass sie sicher schwanger wird, kann ihr kein Arzt geben, da diese Garantie in der Reproduktionsmedizin schlichtweg nicht existiert. Denn nicht jede Ursache, derentwegen eine Frau nicht schwanger wird, kann mit der Eizellvitrifizierung umgangen werden. Nach dem derzeitigen Wissensstand sind die Erfolge ähnlich wie nach der Kryokonservierung von Embryonen, was bedeutet, dass durchaus Frauen schwanger werden, die es sonst nicht vermochten, und zwar liegt der Prozentsatz zwischen 35 und 45 Prozent.

Gehört die Eizellspende der Vergangenheit an?

Bei der Eizellspende wird einer Frau, deren Eierstöcke nicht mehr arbeiten beziehungsweise nicht mehr ausreichend Oozyten herstellen können, die Eizelle einer fremden Frau implantiert, die vorher mit dem Samen des Mannes oder auch eines Spenders befruchtet worden ist. Bei manchen Frauen ist der Kinderwunsch so groß, dass sie diese Belastung auf sich nehmen, obwohl sie wissen, damit ein genetisch nicht identes Kind auszutragen. Es gibt derzeit einige Theorien, die darauf hinweisen, dass alleine durch das Austragen des Kindes die Epigenetik an das mütterliche Environment angepasst wird, sodass zwar die Gene nicht von der austragenden Mutter sind, sich möglicherweise aber die Genverpackung durch die Schwangerschaft der Mutter anpasst. Allerdings bedarf es auf diesem Feld weiterer Untersuchungen.

Die Eizellspende nehmen Frauen oftmals dann in Anspruch, wenn ihre Eierstöcke ihre Funktion bereits unerwartet beenden, wenn sich der Wunsch nach einem Kind erst zu einem späteren Lebenszeitpunkt erfüllen soll oder sie dem richtigen Partner erst spät begegnet. Bedeutet dies, dass ein Teil der Fremdeizellspender zurückgehen könnte, wenn Frauen ihre eigenen Eizellen einfrieren lassen können? Bisher existieren darüber keine Daten, doch vorstellbar ist es allemal. Vom ethischen Standpunkt aus betrachtet ist die Kryokonservierung der eigenen Eizellen unproblematischer als die Eizellspende, da hierfür »fremde« Frauen zur Verfügung stehen müssen. Meist sind es Studentinnen zwischen 20 und 25 Jahren, die sich einer Eizellspende unterziehen. Dafür unterziehen sie sich im Vorfeld einer Hormonbehandlung, um gleich mehrere Eizellen heranreifen zu lassen. Diese Hormonbehandlung ist die gleiche, wie sie bei der normalen In-Vitro-Fertilisierung stattfindet. In manchen Fällen ist sie mit Komplikationen verbunden, die eine stationäre Behandlung notwendig machen. Dies ist für jede IVF-Patientin ein Problem, auch wenn sie sich ihre eigenen Eizellen befruchten und transferieren lässt.

Die Spenderinnen hingegen machen dies für ein reproduktionsmedizinisches Zentrum, das diese Belastungen finanziell zwar entgilt, sich aber oft die Frage stellen lassen muss, ob das Preis-Leistungsangebot – in diesem Fall für die Spenderin – stimmt. Denn es ist nicht nur die Hormonbehandlung, die vor der Punktion notwendig ist. Auch das Entnehmen der Eizellen ist mit einem Eingriff verbunden, auch wenn dieser in den seltensten Fällen Komplikationen hervorruft. Das Ganze ist dennoch mit einer gewissen Belastung für die spendende Frau verbunden, die sie vor allem in jenen Ländern, in denen postkommunistisch noch eine gewisse Armut herrscht, akzeptiert. Berichten zufolge werden in den früheren Oststaaten Frauen in ihrem Menstruationszyklus durch Hormone synchronisiert, sodass ungefähr zum gleichen Zeitpunkt der Eisprung ausgelöst werden kann. Ist das geschehen, werden die Frauen in ein Flugzeug gesetzt, in Länder mit Reproduktionszentren wie zum Beispiel nach Spanien geflogen, dort punktiert und anschließend wieder gen Heimat geschickt.

Steht der betroffenen Frau aber ihre eigene Eizelle zur Verfügung, ist es nicht mehr länger nötig, Spenderinnen um Hilfe zu bitten.

Ist das Ego der Frau das Problem?

Anja Francesca Richter

Im 21. Jahrhundert lebt der Mensch in einer Überflussgesellschaft – zumindest in der westlichen Welt. Von allem ist alles vorhanden, nur ein Gut wird immer knapper: die freie Zeit. Nur noch vier Stunden bleiben dem Durchschnittsbürger am Tag, um sich seinen Interessen zu widmen – auch wenn dies wie ein Luxusproblem anmutet, angesichts früherer Generationen, die von sechs Wochen Urlaub im Jahr nur träumen konnten. Und was macht der Mensch in seiner Freizeit am liebsten? Vor dem Fernseher hocken, wie die im August 2013 veröffentlichte Studie »Freizeit-Monitor 2013« der »Stiftung für Zukunftsfragen« von British American Tobacco belegt. In sämtlichen befragten Gruppen landete das Freizeitvergnügen vor dem Flachbildschirm auf Platz 1 – von den Jugendlichen bis zu den Ruheständlern!

Und ja: Auch bei Singles ist Fernsehen der klare Favorit. Doch noch erstaunlicher ist, dass in dieser Gruppe keine einzige von zehn Freizeitbeschäftigungen auch tatsächlich mit Mitmenschen stattfindet – vom Telefonieren einmal abgesehen. Alles andere spielt sich mehr oder weniger in den eigenen vier Wänden ab: E-Mails lesen und schreiben, vor dem Computer sitzen, im Internet surfen oder in Zeitungen und Zeitschriften lesen. Freunde oder Familie treffen? Fehlanzeige!

Zieht sich also die Frau immer mehr zurück und konzentriert sie sich am Ende vielleicht sogar so weit auf sich selbst, dass nicht einmal mehr für einen Partner oder Kinder Platz ist? Das Fehlen des Nachwuchses begründet das weibliche

Geschlecht nicht nur mit dem Wunsch nach Karriere, sondern auch bekanntermaßen immer wieder mit dem Argument, den richtigen Partner noch nicht gefunden zu haben. (Nur nebenbei bemerkt: Was ist, wenn der Sachverhalt ganz anders aussieht und der Mann erkennt, dass die Frau nicht die Richtige ist, weil sie viel zu sehr auf den erfolgreichen Werdegang ihrer Firma bedacht ist, anstatt auf den ihrer eigenen Familie?)

Bei so viel Ungebundenheit besteht selbstverständlich auch die Gefahr, dass ein solcher Ego-Trip nicht ohne Folgen bleibt. Wer sich dauernd nur um sich selbst kümmert, hat in ein paar Jahren vielleicht Probleme, eigene Wünsche für einen anderen Menschen zurückzustecken oder gar aufzugeben.

Kann die ominöse »Selbstverwirklichung« also wirklich alles sein, was den Menschen heute antreibt? Besteht diese Gesellschaft nur noch aus weiblichen und männlichen Personen, die so Ego-fixiert sind, dass das Selbstverwirklichen das Nonplusultra eines erfüllten Daseins geworden ist?

Konzentrierten sich frühere Generationen auf ein erfülltes Familienleben, scheint die Gesellschaft des 21. Jahrhunderts zumindest in der westlich geprägten Welt zunehmend aus Narzissten zu bestehen. Und obwohl dies nicht für jede Person gilt, so bestätigen Scheidungsstatistiken und die wachsende Zahl von Single-Haushalten jedenfalls den Trend. Das Karriere- und vielleicht auch Konsumdenken des modernen Menschen ist inzwischen so weit fortgeschritten, dass er bereit ist, sich über jegliche Grenzen hinwegzusetzen, die ihm die Natur auferlegt hat. Mittlerweile ist sogar der Punkt erreicht, dass er Leben außerhalb des weiblichen Körpers in einer Glasschale entstehen lassen kann.

Die Technik des Eizelleinfrierens

Seit Jahrtausenden ist bekannt, dass Lebensmittel ihre Frische länger behalten, wenn sie in kühler Umgebung lagern. Vor der Erfindung des Kühlschranks und des allgemeinen Zugangs zu stets verfügbarer Elektrizität fuhren bis in die 50er Jahre des vergangenen Jahrhunderts oft noch pferdegezogene »Eiswägen« durch die Großstädte Europas. Die Hausfrauen erwarben Eisblöcke, die sie in mehr oder weniger gut isolierte Truhen und »Eis-Schränke« legten, um Speisen und Getränke zu kühlen und deren Haltbarkeit zu verlängern. Das Eis wurde in Eisfabriken hergestellt oder im Winter aus Teichen gewonnen. Noch heute sind in Andenregionen »Eismänner« zu finden, die natürliches Eis für die Kühlung der Waren auf den Wochenmärkten aus den Bergen holen und auf ihrem Rücken zu Tal transportieren.

Die Entwicklung des Kühlschrankes beginnt in den 30er Jahren des 19. Jahrhunderts. Ständige Weiterentwicklungen, vor allem durch ein von Carl von Linde entwickeltes Verfahren, führten dazu, dass der Kühlschrank rasch zur Standardausstattung von Haushalten auf der ganzen Welt wurde. Im Jahr 1937 hatte jeder zweite amerikanische Haushalt bereits einen Kühlschrank. Problematisch waren lange Zeit die Kühlmittel: Anfänglich verwendete Kühlmittel wie Ammoniak ermöglichten den Austritt von giftigen Gasen bei fehlender absoluter Dichtheit, weswegen später Fluorchlorkohlenwasserstoffe (FCKW) eingesetzt worden sind, die sich jedoch als ozonschädlich herausstellen sollten. Im Jahr 1992 kam dann der erste FCKW-freie Kühlschrank auf den Markt. Diese Technik hat sich bis heute durchgesetzt und keinerlei negative Auswirkungen auf den Treibhauseffekt – außer dass sie immer noch Strom verbrauchen. Und daraus ergibt sich die interessante Tatsache, dass ein Gerät, das eigentlich kühlt, über seinen Stromverbrauch durch Kraftwerke mit fossilen Brennstoffen zur globalen Erwärmung beiträgt. Die zunehmende Verbreitung von hocheffizienten, energiesparenden Geräten sollte also auch weiterhin in allen umweltpolitischen Überlegungen höchste Priorität haben.

Die Technik der Konservierung von Lebensmitteln mittels Frierens ist also heute in nahezu jedem Haushalt präsent. Warum also sollte es nicht möglich sein, auch Eizellen ins Gefrierfach zu legen? Die Antwort ist relativ einfach. Doch dafür eine adäquate Lösung zu finden, hat sich als höchst schwierig erwiesen und bedurfte vieler Jahrzehnte intensiver Forschung.

Jedes Problem hat eine scheinbar einfache Lösung – und die ist meist falsch!

Es handelt sich bei Gameten (Samen- und Eizellen) um lebende Zellen, die in ein Stadium überführt werden müssen, in dem sie unverändert und unveränderbar ohne Zellaktivität – also »leblos« – über einen längeren Zeitraum konstant gehalten werden und anschließend an einem beliebigen Zeitpunkt in der Zukunft »ins Leben zurückgeholt« werden können.

Dabei ist vor allem der Akt des »Frierens« und des »Tauens« problematisch, bei dem die Zelle verschiedensten potenziell schädigenden Einflüssen ausgesetzt ist. Ist die Zelle eingefroren, scheint sie nur mehr für Strahlungsexposition empfänglich zu sein, die potenziell ihre Erbsubstanz, die DNA, schädigen kann. Ansonsten ist dieser Zustand so stabil, dass Zellen von Säugetieren und von Menschen in diesem Zustand höchstwahrscheinlich hunderte und tausende von Jahren überdauern können, ohne Schaden zu nehmen.

Der Grund für diese bemerkenswerte Stabilität liegt darin, dass die Zellen bei derartig niedrigen Temperaturen, nämlich bei minus 196 Grad Celsius, gelagert werden, dass keine bekannten biologischen Reaktionen mehr ablaufen. Die Temperatur ist vorgegeben durch Flüssigstickstoff, der sich hervorragend für diese Zwecke eignet. Die Lagerung in Flüssigstickstoff ist außerdem eine sehr verlässliche Lagerungsmethode, weil – anders als im Kühlschrank – kein »Generator« oder »Kompressor« betrieben werden muss und die Methode somit unabhängig von jeglicher Stromversorgung ablaufen kann. Lediglich der Stand des Flüssigstickstoffes muss in den Behältern regelmäßig kontrolliert und gegebenenfalls ergänzt werden (neben den natürlich heute vorgeschriebenen weiteren Maßnahmen zur Qualitätssicherung und zur Dokumentation des Lagerungsprozesses), um die Friertemperatur konstant zu halten.

Die größte Gefahr droht der Eizelle also nicht in der (auch sehr langfristig möglichen) Lagerung, sondern wie bereits erwähnt während des Prozesses des Frierens und des Auftauens. Warum ist das so?

Wird Wasser bis unter seinen Gefrierpunkt abgekühlt, bilden sich solide kristalline Strukturen: Eis! Eis hat eine geringere Dichte als Wasser, also dehnt sich das Volumen von Eis gegenüber dem Grundvolumen des Wassers aus. Diese Erfahrung hat jeder bereits gemacht, der Getränke in geschlossenen Behältern, zum Beispiel Sekt, ins Gefrierfach gelegt hat, um sie rascher zu kühlen. Bleibt die Flasche allerdings zu lange im Eisfach liegen, zerspringt sie durch die

Ausdehnung der Flüssigkeit. Durch die Eisbildung entsteht also Druck auf das Gefäß beziehungsweise in diesem Fall die Zelle. Außerdem entstehen Scherkräfte, die auf die Zellorganellen einwirken. Die Zelle würde also zugrunde gehen.

Doch das ist nur einer von drei Effekten, die dafür ausschlaggebend sind, dass sich das Verstauen in der Gefriertruhe nicht so einfach realisieren lässt.

Zudem gilt zu berücksichtigen, dass – bei langsamem Abkühlen – die Eisbildung nicht plötzlich vonstatten geht, sondern dass sich in der Zelle zunächst »Kristallisationskerne« bilden, die von noch ungefrorener Zellflüssigkeit umgeben sind. Alle im »Zellwasser« gelösten Substanzen werden von der Eisbildung ausgeschlossen, wodurch sich deren Konzentration in der verbleibenden flüssigen Phase erhöht. Mit zunehmender Eisbildung steigt somit die Konzentration der gelösten Stoffe in der noch vorhandenen flüssigen Phase. Die gelösten Stoffe können Konzentrationen annehmen, die eine »toxische Grenze« überschreiten und schädigend auf die Zelle wirken.

Derselbe umgekehrte Effekt findet sich nun beim Tauen: Während des Auftauprozesses wird aus dem Eis »freies Wasser« freigesetzt – die Osmolarität der umgebenden Flüssigkeit sinkt. Bei raschem Tauen würde durch die Tendenz des Ausgleiches zwischen intra- und extrazellulärer Osmolarität Flüssigkeit in die Zelle einströmen und es käme zur Zellschwellung und schließlich zur Zellzerstörung, zum »osmotischen Schock«.

Diese drei Effekte, die beim »natürlichen Frieren« der Zelle ohne Hinzugabe von speziellen Friermedien und ohne Verwendung spezieller Frierprotokolle, die genau die Vorgehensweise beim Frieren und die einzuhaltenden Zeitspannen beschreiben, auftreten würden, verhindern das »Weiterleben« der Zelle nach dem Auftauprozess und damit eine gelungene Befruchtung.

Schon lange vor der humanen Fruchtbarkeitsmedizin suchten Rinder- und Pferdezüchter nach Möglichkeiten, Spermien von Zuchtbullen und Zuchthengsten einzufrieren und – unabhängig von Ort und Zeit der Gewinnung – einsetzen zu können. Inseminationen, also Besamungen, haben bereits eine lange Historie hinter sich. Die erste erfolgreiche Besamung wird Lazzaro Spallanzani zugeschrieben, der im Jahr 1780 mit einer Art »Spritze« eine Hündin während der Läufigkeit mit frisch gewonnenem Rüden-Samen befruchtet haben soll. Ein gewisser John Hunter soll auf ähnliche Weise 1799 einer Frau zu einer Schwangerschaft verholfen haben.

Erst in den späten Jahren des 19. Jahrhunderts, etwa um 1880, wurden Inseminationen gezielt eingesetzt, um bei besonders »wertvollen« Zuchttieren mehr Nachkommen generieren zu können, als dies einem Zuchttier während seiner Lebensdauer auf natürlichem Wege möglich gewesen wäre. So ist es überliefert, dass ein englischer Hundezüchter eine einzige »Portion« eines Ejakulates einsetzte, um damit mehrere Hündinnen trächtig zu machen. Zur gleichen Zeit wurde die Technik auch für Pferde übernommen, um deren Fruchtbarkeit zu steigern.

In ganz Europa blühte eine Inseminations-Industrie auf. Aus einem russischen Report ist bekannt, dass bis 1938 auf diesem Wege in Russland 40.000 Stuten, 1,2 Millionen Kühe und rund 15 Millionen Schafe behandelt wurden.

Die Technik war in Europa und Russland schon lange etabliert, als sie auch in den USA zunehmende Verbreitung fand – und damit vor allem in der dort weit verbreiteten Rinderzucht zum Einsatz kam. Im Jahr 1907 wurde in den USA das erste Rind geboren, das auf diese Weise gezeugt worden war. Die Züchter mussten jedoch immer auf frischen Samen setzen, das Einfrieren und Auftauen schien einfach nicht zu funktionieren.

Ein Unglücksfall, der zum Glücksfall wurde

Die Wende kam 1949 mit einer bahnbrechenden Arbeit: Erstmalig wurde durch einen Zufall Glycerol als Gefriermedium verwendet. Diese Entdeckung sollte die Tür in eine neue Ära der Gefrierbiologie öffnen, dabei handelte es sich um ein Missgeschick, das zu dieser Erkenntnis führte.

Christopher Polge (1926–2006) war ein Diplomstudent in London, der über Nacht explosionsartig zu »Ruhm« unter den Biologen gelangte: Er hatte entdeckt, dass Glycerol Hühnersamen beim Frieren vor dem Zelltod bewahrt. Einige Autoren hatten zwar schon früher bewiesen, dass unter gewissen Umständen Samenzellen nach Einfrieren auf minus 79 Grad und darauffolgendem Wiederauftauen eine Vorwärtsbeweglichkeit aufwiesen – aber der Anteil an vitalen, überlebenden Spermien nach dem Auftauprozess war extrem niedrig. Umso mehr waren alle Mitarbeiter im Labor des Kryobiologen Audrey Smith – darunter auch der Diplomstudent Christopher Polge – im Jahr 1949 höchst erstaunt, als eines Tages fast alle aufgetauten Samenzellen überlebt hatten.

Sie beeilten sich, den Versuch mit frisch angesetzten Friermedien zu wiederholen – doch wieder war alles beim Alten und die altbekannten, frustrierenden Ergebnisse stellten sich erneut ein. Die Forscher konnten sich absolut nicht erklären, warum gerade bei diesem einen Versuch eine so hohe Erfolgsrate zustande gekommen war.

Schließlich stellte sich heraus, dass sich die Etiketten der Laborfläschchen gelöst hatten und ein Labormitarbeiter versucht hatte, diese eilig und korrekt an den Fläschchen wieder anzubringen. Dabei war es aber offensichtlich zu einer Verwechslung gekommen: Unter den Fläschchen mit den Ingredienzien der bis dato verwendeten Gefriermedien befand sich auch ein Fläschchen mit Glycerol, das im Labor eigentlich für die Fixierung von ultradünnen Gewebeschnitten auf den Objektträgern benutzt wurde. Der Mitarbeiter hatte die Etiketten aber derart vertauscht, dass nun statt der bisher üblichen Frier-Ingredienzien Glycerol zum Einsatz kam.

Glycerol ist die gebräuchliche Bezeichnung für Propan-1,2,3-Triol, einen dreiwertigen Alkohol. Es ist in allen natürlichen Fetten und Ölen vorhanden und spielt eine zentrale Rolle in verschiedenen Stoffwechselprozessen. Durch seine wasserbindenden Eigenschaften wird es gerne als »Feuchthalter« in der Lebensmittelindustrie eingesetzt, zum Beispiel bei Kaugummi oder Datteln, aber auch in zahlreichen Feuchtigkeitsspendern und Kosmetika. Bekannt ist es auch in Zäpfchenform als Abführmittel: In den Enddarm eingebracht, führt es einerseits zu einem Defäkationsreiz, andererseits zieht es Flüssigkeit ins Darmlumen, wodurch sich der Stuhl im Enddarm erweicht und leichter abgesetzt werden kann. Die meisten tierischen und pflanzlichen Fette und Öle sind Triacylglyceride (Triglyceride). Sie bestehen aus dem dreiwertigen Alkohol Glycerin, das über die Hydroxygruppen (-OH) dreifach mit Fettsäuren verestert ist.

Die »fette Eigenschaft« führte schließlich auch zur Entdeckung der Verwechslung: Da die Mitarbeiter des Labors nun wussten, dass die Laboretiketten neu angebracht worden waren, mussten sie die korrekte Zuordnung neu treffen. Also hielten sie alle Lösungen in den Fläschchen in die Flamme eines Bunsenbrenners – und siehe da: Die Lösung, die zum durchschlagenden Gefriererfolg geführt hatte, roch nach verbranntem Hamburger – und outete sich damit als Glycerol. Das erste hochwirksame »Gefriermedium« für Spermien war entdeckt worden.

Nach der Entdeckung des Glycerols als Friermittel und der Einführung weiterer Substanzen und damit weiterer Verbesserungen der Frier- und Auftauergebnisse wurden bis dato Spermien von nahezu allen bekannten, auch wildlebenden Säugetierarten gefroren, die bei Mensch und Tier zu gesunden Lebendgeburten geführt haben.

Gefriersubstanzen wie Glycerol tragen die Bezeichnung »permeable Gefriermedien«. Diese können die Zellwand durchdringen und in das Zellinnere gelangen. Ihre Aufgabe ist es nun, durch Bildung sogenannter »Hydrogen-Bonds« mit Wassermolekülen die Eis-Kristallisierung zu verhindern. In ausreichender Konzentration verhindern sie die Eisbildung und führen zu einer soliden, glasähnlichen Struktur, in der Wasser zwar fest geworden ist, sich aber nicht ausgedehnt hat. Neben der Unterbindung der Eiskristallbildung haben sie aber noch einen zweiten wesentlichen Effekt: Sie bewahren die Zelle vor schädlichen Einflüssen steigender Konzentrationen an löslichen Stoffen und Elektrolyten. Dies bewerkstelligen sie, indem sie »in Lösung« bleiben und damit zu einer Verdünnung der verbleibenden Elektrolyte führen. Durch den sogenannten »Phasen-Effekt« ist es nämlich so, dass in einem Zwei-Phasen-System, zum Beispiel Eis und Wasser, die Gesamtkonzentration der gelösten Stoffe bei vorgegebener Temperatur konstant ist. Wenn also freies Wasser zu Eis kristallisiert, wird die verbleibende flüssige Phase höhere Konzentrationen an Gefriermittel und Elektrolyten aufweisen; weil aber nun die Gesamtkonzentration von Gefriermittel und Elektrolyten konstant ist, wird sich – je höher der Anteil an Gefriermittel in der flüssigen Phase ist – der Anteil an Elektrolyten verringern, und ihr toxischer, gefährlicher Effekt auf die Zelle wird sich vermindern.

Neben dem »klassischen« Glycerol werden heute in der Kryobiologie Propylen-Glykol (PROH), Ethylen-Glykol und DMSO verwendet.

Durch die Verwendung von Medien mit diesen »Kryoprotektiva« können nun der Effekt der Zellschwellung durch die Volumenzunahme sowie der toxische Effekt der zunehmenden Konzentration von Elektrolyten wirksam ausgeschaltet werden.

Nun aber blieb eine Frage: Wie sollten Mediziner all diese Mittel einsetzen, sodass die »Wiederbelebung« der Zelle nach dem Frieren und Auftauen am besten gelingen und sich damit der Erfolg der Zeugung gesunder Nachkommen einstellen würde?

Langsam oder schnell – das ist hier die Frage!

Es war rasch klar, dass die Erfolge, die in der Reproduktion mit gefrorenen und wiederaufgetauten Spermien erreicht werden konnten, sich mit Eizellen nicht wiederholen ließen. Eizellen bieten zweierlei Schwierigkeiten: Sie sind wesentlich aufwendiger zu gewinnen und entwickelten sich überdies nach dem Frieren, Auftauen und nachfolgendem Befruchten in nur sehr seltenen Fällen zu einem gesunden Nachkommen.

Allgemein gehen Wissenschaftler davon aus, dass sehr langsames Vorgehen bei Belangen mit hohem Schwierigkeitsgrad vorteilhafter ist und zu besseren Ergebnissen führt als schnelles Handeln. Und so arbeiteten die frühen Frierprotokolle alle nach der sogenannten »slow-freezing«-Methode.

Diese Methode verwendet nur sehr geringe Konzentrationen an Kryoprotektiva, was Forscher hinsichtlich möglicher negativer Effekte der Kryoprotektiva auf die Zelle selbst als vorteilhaft erachteten. Die Zelle reduziert ihren Stoffwechsel, je weiter die Temperatur sinkt. Bei Körpertemperatur, also 37 Grad Celsius, ist der Stoffwechsel und damit die Empfänglichkeit der Zelle für schädigende Substanzen am höchsten. Der Zellstoffwechsel sinkt entsprechend stark ab; in Schritten von zehn Grad Celsius sinkt der Stoffwechsel um jeweils 50 Prozent ab. Die Temperatur wird in diesen Protokollen also schrittweise mit einer Geschwindigkeit von etwa zwei Grad Celsius pro Minute reduziert. Dieses langsame Abkühlen erfolgt bis zur sogenannten »Seeding-Temperatur« bei minus sechs Grad Celsius.

Es ist dies die Temperatur, bei der sich Eiskristalle in der Lösung bilden. Diese Bildung eines initialen Kristallisationskeimes wird nun manuell durchgeführt und damit gezielt in Gang gesetzt: Der »straw« – die Eizelle wird im Medium in eine Art Strohhalm aufgezogen und in diesem Halm gefroren – wird von außen mit einem sehr kalten Gegenstand, üblicherweise einer zuvor in Flüssigstickstoff getauchten Pinzette, kurz gefasst. Dies geschieht in ausreichender Distanz zu den Eizellen im »straw« und induziert die Bildung eines gezielten Kristallisationskeimes. Um ein »Äquilibrieren« zu erreichen (die Bildung von Eis führt zu einer Freisetzung von Energie, die man auch »heat of fusion« nennt) wird diese

Temperatur nun über einen Zeitraum von 10 bis 30 Minuten konstant gehalten.

Nach dieser »Äquilibrierungsphase« erfolgt das weitere schrittweise Absenken der Temperatur bis minus 32 Grad Celsius. Dieses weitere Absenken erfolgt sehr langsam, um nur 0,33 Grad Celsius pro Minute. Dabei dehnt sich die extrazelluläre Kristallisation weiter aus und erhöht konsekutiv die Konzentration des Kryoprotektivums in der Zelle selbst – die nun aber nicht mehr so anfällig für die toxische Wirkung des Mittels ist, weil ihr Stoffwechsel durch die Abkühlung schon stark reduziert ist. Die Zugabe von nicht-permeablen Kryoprotektiva führt zu einer gewünschten »Dehydrierung« der Zelle. Durch die nun hohe Konzentration des Kryoprotektivums in der Zelle ist die Zelle selbst bei diesen Temperaturen immer noch nicht »tiefgefroren«, weil der Gefrierpunkt des Kryoprotektivums noch tiefer liegt als die nun erreichten minus 32 Grad Celsius.

Der finale Schritt des »slow-freezing« erfolgt nun durch Eintauchen des »straw« in Flüssigstickstoff und damit rasches Abkühlen auf minus 196 Grad Celsius.

Dieses ausgeklügelte System versucht auf geniale Weise, alle bekannten Faktoren, die zum Zelltod beziehungsweise zum Stress für die Zelle führen, auszuschalten und funktioniert für die Kryokonservierung von bereits befruchteten Eizellen hervorragend. Doch leider blieben die Erfolge mit unbefruchteten Oozyten weit hinter den Erwartungen zurück. Im Jahr 1986 kam es zwar zur Geburt des ersten Kindes mit gefrorenen, unbefruchteten Eizellen nach der »slow-freezing«-Methode, über die Jahre hinweg blieben die Schwangerschaftsraten mit dieser Methode aber niedrig – in der folgenden Dekade wurden nur wenige Fälle von erfolgreichen Schwangerschaftsverläufen erreicht.

Die Erfolge waren so niedrig, dass die Methode des Eizellfrierens selbst in dringenden, medizinisch begründeten Fällen, zum Beispiel im Fall einer Krebserkrankung mit notwendiger, eizellschädigender Chemotherapie und aktuell nicht bestehender Partnerschaft, nur relativ selten eingesetzt worden ist. Wenn immer möglich, froren Ärzte befruchtete Eizellen oder frühe Embryonen ein – was aber natürlich immer eine bestehende Partnerschaft voraussetzte. In der fruchtbarkeitserhaltenden Therapie vor Chemo- oder Strahlentherapie bei jungen Krebspatientinnen ging die Stoßrichtung hin zu OTB (»ovarian tissue banking«) – also dem Frieren von Eierstockgewebe, das mittels Bauchspiegelung entnommen wird. Dies bietet zusätzlich den Vorteil eines rasch möglichen Therapiebeginns, weil die Stimulationszeit und das Abwarten der korrekten Zyklusphase entfällt.

In Ländern wie beispielsweise Italien, in denen die Gesetzgebung das Frieren von Embryonen verbietet und nur so viele Eizellen befruchtet werden dürfen, wie im aktuellen IVF-Zyklus zurückgesetzt werden, stand und stehen Frauen unter besonders großem Leidensdruck. Es mussten dringend Wege gefunden werden, um die nach Stimulation und Punktion gewonnenen Eizellen, die nicht im aktuellen Zyklus befruchtet werden durften, für Folgezyklen aufzubewahren und dann zur Befruchtung heranzuziehen, wenn im aktuellen Zyklus keine Schwangerschaft eingetreten war.

Gerade in Italien, aber auch in Ländern mit viel Eizellspendeprogrammen, etwa in den USA und Spanien, wurde daher mit großem Engagement nach Lösungen gesucht, die Erfolge mit unbefruchteten Eizellen zu verbessern.

Die Schocktherapie

Im Jahr 1999 hat die erste Geburt nach Befruchtung einer aufgetauten Eizelle stattgefunden, die mit einer damals neuen Gefriermethode, der Vitrifikation, eingefroren worden war.

Unter Vitrifikation ist das plötzliche, ultraschnelle Überführen der Eizelle in einen »glasartigen« Zustand zu verstehen. Das Wort »Vitrifizieren« leitet sich vom griechischen Wort für »Glas« ab.

Ganz anders als beim »slow-freezing« wird beim Vitrifizieren das Kryoprotektivum in sehr hoher Konzentration bei Raumtemperatur zugesetzt. Nach nur kurzer Zeit der »Äquilibrierung« werden die Eizellen direkt in Flüssigstickstoff getaucht. Die dabei erreichte Abkühlung geschieht so rasch, dass es nicht zur Eiskristallbildung kommt, sondern die Eizelle augenblicklich in einen glasähnlichen Zustand übertritt. Diese ultraschnelle Abkühlung kann nur erfolgen, wenn die Eizelle in direkten Kontakt zum Flüssigstickstoff kommt. Geschieht diese Abkühlung nur geringfügig langsamer, bleibt die Eizelle zwar nach dem Auftauen, das im Übrigen ebenso ultraschnell erfolgen muss, unter dem Mikroskop unauffällig, und es kommt auch in einem sehr hohen Prozentsatz zur Befruchtung, doch die Schwangerschaftsrate bleibt im niedrigen einstelligen Bereich.

Sehr gut ablesbar ist diese Entwicklung an den Erfolgszahlen über die Jahre hinweg:

Nach der ersten Geburt eines Kindes nach Eizell-Vitrifikation im Jahr 1999 (Kuleshova et al.), für die 17 Eizellen kryokonserviert und damit »verbraucht« werden mussten, wurde 2003 die erste größere Serie von Fällen vorgestellt (Yoon et al.).

Fast 70 Prozent der gefrorenen Eizellen überlebten das Auftauen, von denen wiederum etwa 70 Prozent befruchtet werden konnten. Die Implantationsrate, also der Nachweis eines Fruchtsackes in der Gebärmutter mittels früher Ultraschalluntersuchung, betrug 6,4 Prozent pro Embryo. Üblicherweise werden beim Embryo-Transfer, also dem Zurücksetzen der frühen Embryonen mittels Katheter in die Gebärmutter, mehrere Embryonen pro Transferversuch zurückgesetzt, um die Schwangerschaftsrate zu erhöhen. So erreichte die Arbeitsgruppe eine Geburtenrate von 21,4 Prozent.

Je »direkter« der Kontakt der Eizelle zum Flüssigstickstoff und je rascher damit der Abkühlungsprozess abläuft, umso höher sind die Erfolgsraten. Ein sogenanntes »offenes System« (Cryoleaf, Arbeitsgruppe von Chian et al.) zeigte in einer 2005 publizierten Studie klinische Schwangerschaftsraten von fast 47 Prozent pro Transfer. Einschränkend gilt es hier zu erwähnen, dass die mittlere Embryonenanzahl pro Transfer mit 3,6 – meist wurden drei oder vier Embryonen pro Transfer zurückgesetzt – sehr hoch lag.

Mediziner testeten viele verschiedene Methoden, um die Eizelle beziehungsweise das Friermedium mit der darin befindlichen Eizelle in direkten Kontakt zum Flüssigstickstoff zu bringen. Am meisten beeindruckten die Erfolge einer japanischen Arbeitsgruppe um Dr. Masashige Kuwayama von der Kato-Frauenklinik in Tokio. Er benutzte eine neue Technik, die Cryotop-Methode (Firma Kitazato Biopharma). Dabei wird nur eine winzige Menge von Gefrierflüssigkeit unter 0,1 Mikroliter verwendet. Durch dieses geringe Volumen in Verbindung mit einem »offenen System«, also dem direkten Kontakt zum Flüssigstickstoff, wird eine außerordentlich schnelle Abkühlung bewirkt. Kuwayama erreichte mit dieser Methode eine Schwangerschaftsrate von damals unglaublichen 41,4 Prozent und eine Geburtenrate von fast 35 Prozent pro Zyklus – und das bei nur durchschnittlich 2,2 transferierten Embryonen pro Transfer. Knapp über 90 Prozent der Eizellen überlebten den Frier- und Auftauprozess, und auch die Befruchtungsrate lag bei nur knapp unter 90 Prozent.

Auf Grund der überragenden Ergebnisse haben viele Zentren weltweit die Vitrifikation mit offenen Systemen, hauptsächlich mit dem Cryotop-System, übernommen, weiterentwickelt und die Gefrierprotokolle modifiziert. Die Gefahr der Infektion von gefrorenen Gameten oder Embryonen mit kontaminiertem Flüssigstickstoff scheint nach heutigem Wissensstand extrem niedrig zu sein – in Zukunft sollen Systeme, die den Flüssigstickstoff durch Filtersysteme oder Bestrahlung dekontaminieren, auch noch die letzte mögliche Infektionsgefahr bannen.

Der Fertilitätsmarkt heute – und morgen

Anja Francesca Richter

Wenn es einen medizinischen Fortschritt gibt, der das Leben von Frauen nachhaltig, also auf viele Jahre und vielleicht sogar für immer verändern kann und höchstwahrscheinlich wird, dann der Vorgang des ausführlich beschriebenen »social egg freezing«. Dass Ärzte und Wissenschaftler Eizellen für Jahrzehnte einfrieren können, um sie zu einem beliebigen Zeitpunkt wieder aufzutauen, ist eine revolutionäre medizinische Entwicklung mit weitreichenden Folgen für die Stellung der Frau. Denn im 21. Jahrhundert scheint es möglich zu werden, dass Frauen endgültig über ihr Leben verfügen können. Das »social egg freezing« ist so etwas wie der Bausparvertrag der Fruchtbarkeit, nur dass Frauen das dafür »nötige Material« bereits in ihrem Körper tragen. Schon nach einer vergleichsweise kurzen Hormontherapie und relativ schmerzfreien Entnahme sind die Eizellen bereit für ihre Konservierung im Eis.

Laut einem Artikel in der Wochenzeitung »Die Zeit« vom 18. Juli 2013 haben im Jahr 2012 erst rund 100 Frauen ihre Eizellen in Deutschland einfrieren lassen. Dass sich diese Zahl rapide verändern dürfte, ist nur noch eine Frage der Zeit, denn legal, das heißt medizinisch zugelassen, ist das Verfahren in Deutschland und Österreich bereits.

Endstation Abstellgleis? Die Zukunft des Mannes

Anja Francesca Richter

Nur: Wenn das Baby in Zukunft im Labor entsteht, welche Rolle spielt dann der Mann von heute überhaupt noch – abgesehen davon, dass er der Frau seinen Samen »spendet«? Die weibliche Freiheit ist inzwischen so groß geworden, dass auch das Thema Heirat an den Rand gedrängt ist und allerhöchstens noch aus romantischen Gründen ins Spiel kommt, sicher aber nicht mehr als Grundlage für das eigene finanzielle Überleben.

Das »social egg freezing« wird von vielen Menschen wohl auch deswegen als letzter Schritt zur Gleichstellung der Geschlechter wahrgenommen. Endlich kann Frau ihren Wünschen nach einem erfolgreichen Berufsleben ebenso unbeschwert entgegensehen wie ihr männlicher Gegenpart. Diese Tatsache kann die Beziehung zwischen Mann und Frau einerseits positiv beeinflussen, intensivieren und vielleicht sogar glücklicher machen. Andererseits kann es ebenso passieren, dass ein Paar vor ganz neuen, bisher nie da gewesenen Herausforderungen steht. Ein Beispiel: Thomas und Angelika sind beide 48 Jahre alt. Ein Kind auf natürlichem Weg zu bekommen, ist für sie leider nicht mehr möglich. Schon als Angelika 30 Jahre alt war, und damit im besten »Einfrier-Alter«, bestand die Möglichkeit des Einfrierens von Eizellen. Diese Option aber hatte Angelika damals nicht wahrgenommen, weil sie sich die 3.000 Euro, die die Behandlung gekostet hätte, nicht leisten konnte. Thomas ist sauer, weil er nun niemals einem Sohn das Hockeyspielen wird beibringen oder seiner Tochter nie wird erklären können, dass Mathe auch Spaß machen kann. Wieso hat sich Angelika nicht rechtzeitig darum gekümmert? Oder hat sie ihr Erspartes wieder für Handtaschen zum Fenster hinausgeworfen?

Erschwerend kommt folgendes Szenario hinzu: Was ist, wenn Eltern den vermeintlich richtigen Zeitpunkt für Nachwuchs gewählt haben, dann aber unerwartet das eigene Unternehmen pleite geht? Sind dann Zerwürfnisse der beiden Partner die Folge, die letztendlich sogar in eine Trennung münden?

Vielleicht ist es Zeit, sich mit dem Gedanken anzufreunden, dass es ebenso wie den perfekten Partner auch den richtigen Zeitpunkt für eine Schwangerschaft ganz einfach nicht gibt. Ein bisschen Risiko muss sein. Und das macht den Alltag doch gleich ein wenig aufregender.

Ausblick

Am 22. Juli 1932 nahm sich der österreichische Physiologe Ludwig Haberlandt, Pionier der hormonellen Empfängnisverhütung, das Leben; kurz vorher hatte er im Tierversuch jenen biologischen Mechanismus entdeckt, der eine Empfängnisverhütung möglich machte und den er auch in der Wiener Medizinischen Wochenschrift publizierte. Die Publikation löste einen Tsunami von Bösartigkeiten gegen ihn aus: Studentenverbände umstellten sein Haus und skandierten den bis heute erhaltenen Spruch »Verdirb nicht deines Vaters Ruf (Haberlandts Vater war auch ein bekannter Naturwissenschaftler) mit dem corpus luteum!«

In seiner Verzweiflung wählte Haberlandt den Freitod. Aber auch noch als amerikanische Forscher auf diese Erkenntnisse zurückgriffen und die erste Pille entwickelten, blieb über Jahre das Thema der Empfängnisverhütung der Frau emotionsgeladen – obwohl es ein wichtiger Schritt zur Emanzipation war.

Emotionsgeladen ist nach wie vor jene Hormontherapie, mit der man vielen Patientinnen in der Lebensmitte schwere und belastende Befindlichkeitsstörungen lindern kann. Dass Östrogene mitunter sogar das Brustkrebsrisiko senken und dass die Resultate von Interventionsstudien nicht mit denen von Präventionsstudien gleichgesetzt werden dürfen, dies alles wurde in der Diskussion ausgeblendet. Ein Mysterium, in dem die Absicht offenbar die Einsicht lenkte.

Ähnliches kann auch beim »social egg freezing« passieren: dass Spermien seit Jahrzehnten tiefgefroren werden, dass die Eigenblutvorsorge zum klinischen Alltag gehört, das wird möglicherweise die öffentliche Akzeptanz dieser Methode nicht erleichtern. Allerdings werden auch hier die betroffenen Frauen das letzte Wort haben – wie bei der Pille und der Hormonersatztherapie. Man wird sehen, wie diesbezüglich die Welt in einigen Jahrzehnten aussieht.

Dankeschön

Als mich Herr Professor Huber im Juni 2013 anrief und zu meiner größten Überraschung fragte, ob ich an seinem Buch mitarbeiten wolle, habe ich begeistert zugestimmt. Was für eine Chance!, dachte ich damals. Doch schon als ich den Hörer aufgelegt hatte, überkamen mich die ersten Zweifel. Würde ich, eine gerade ins Berufsleben gestartete Journalistin, es schaffen, diesem anspruchsvollen Themenbereich gerecht zu werden? Herr Professor Johannes Huber und Frau Dr. Maria Seifert, unsere Verlegerin, haben mich jedoch bestärkt, mich neben meiner Alltagsarbeit dieses komplizierten Themenbereichs anzunehmen. Den soziologischen Überlegungen rund um die Rollenentwicklung der Frau gerecht zu werden, war mein Anspruch. Ich hoffe, dies ist gelungen, wenngleich die Überlegungen einer fortwährenden Diskussion der sich verändernden gesellschaftlichen Implikationen bedürfen. Herzlichen Dank an Sie, Herrn Professor Dr. Huber, und Sie, Frau Dr. Seifert, für Ihr in mich gesetztes Vertrauen. Unsere gemeinsame Arbeit ist mir ein Ansporn, mich immer neuen journalistischen Herausforderungen zu stellen.

Außerdem möchte ich meiner Familie danken. Meiner Mutter für ihre grenzenlose Unterstützung in allen Lebensfragen, meinem »kleinen« Bruder, dessen inspirierende Ideen und fröhliche Art mir oft weitergeholfen haben, wenn sich beim Schreiben eine gedankliche Blockade eingeschlichen hat, und meinem Vater, der mich immer wieder darin bestärkt hat, vor nichts und niemandem Angst zu haben, und der mir, stets an meiner Seite, bewiesen hat: Es stimmt. Was wäre ich ohne euch.

Berlin, im April 2014

Anja Francesca Richter

Johannes Huber & Walter Thirring

Baupläne der Schöpfung

Hat die Welt einen Architekten?

ISBN 978-3-902406-73-6
412 Seiten, € 24,90

Dieses Buch steckt die Grenzen ab zwischen dem, was wir wissen, und dem, was wir glauben. Der Physiker Thirring beschreibt die Entwicklung des Universums und was wir mathematisch zwar berechnen, aber mit den Mitteln des Verstandes nicht erfassen können: Gesetz und Zufall spielen dabei so zusammen, dass aus dem Chaos des Urknalls immer komplexerer Strukturen entstehen und durch den Menschen gekrönt werden. Johannes Huber wiederum richtet die Ampel der Molekularbiologie auf unsere Innenwelt und zeigt aus Sicht des Mediziners, dass die althergebrachte Bewusstseinslehre durch Hormonforschung und Epigenetik gründlich revidiert wird: Unser Bewusstsein hat sich im Zeichen von Reproduktion und Arterhaltung herausgebildet, und für Erkenntnisse des unendlich Großen oder des unendlich Kleinen sind wir ebensowenig ausgestattet wie für solche des Jenseits oder der personalen Gotteserfahrung. Dennoch gipfeln seine Ausführungen in dem provokanten Schluss, dass sich die göttliche Offenbarung sehr wohl im Bewusstsein widerspiegeln kann.